Trent Dalton

Lola im Spiegel

Roman

Übersetzt aus dem australischen Englisch
von Rita Gravert

Illustrationen von Paul Heppell

NAGEL UND KIMCHE

Die Originalausgabe erschien 2025 unter dem Titel
Lola in the Mirror bei The Borough Press, London.

Deutsche Erstausgabe

Valentinskamp 24 · 20354 Hamburg
info@harpercollins.de
Gesetzt aus der Centennial
von GGP Media GmbH, Pößneck
Druck und Bindung von CPI books GmbH, Leck
Printed in Germany
ISBN 978-3-312-01420-0
www.nagel-kimche.ch

Für alle, die nicht in den Fluss gesprungen sind.
Und für alle, die es getan haben.

Anmerkung des Autors

Viele der geschilderten Ereignisse sind von Geschichten inspiriert, die mir in meinen siebzehn Jahren als Journalist für soziale Themen Menschen auf den Straßen meiner Stadt erzählt haben. Einige dieser Ereignisse beinhalten Gewalt, Sucht und Selbstverletzungen, was zugegebenermaßen ziemlich erschreckend wirken kann. Doch dieselben Menschen sprachen mit mir auch über Gemeinschaft, Hoffnung und Liebe. Aus diesem Grund habe ich dieses Buch geschrieben.

Der Tyrannosaurustanz

Der Tyrannosaurustanz

April 2022
Stift und Tusche auf Papier

Eine der frühesten und bekanntesten Zeichnungen der Künstlerin, die sie in der Nacht auf ihren siebzehnten Geburtstag angefertigt hat. Zu der Zeit lebte sie noch mit ihrer Mutter in einem orangen 1987er-Toyota-HiAce-Transporter mit platten Reifen. Man beachte den Dinosaurierkopf, der auf einen Männerkörper im Anzug gezeichnet wurde. Von der Identität des Dinosauriermannes ist wenig bekannt, doch man nimmt gemeinhin an, dass es sich um den Vater der Künstlerin handelt. Wahrscheinlich das früheste Werk der überaus beliebten und weltweit anerkannten Mädchen-auf-der-Flucht-Phase der Künstlerin. Vollendet zwei Jahre bevor sie am Ufer des Brisbane River von einer Kugel getroffen wurde.

Meine Mutter vollführte den Tyrannosaurustanz. Es ist der Tanz der Mütter und ihrer Monster. Traditionell wird er in der Küche eines ganz normalen Hauses an einem beliebigen Ort in Australien dargeboten. Dabei hält eine junge Mutter ihr Baby eng an die Brust gedrückt und steht vor dem Monster, das so tut, als würde es sie lieben.

»Bitte, lass mich gehen«, sagt die Mutter.

»Nicht mit meiner Tochter«, sagt das Monster. »Eher bringe ich dich um.«

Und dann kann der Tanz beginnen. Die Mutter führt, das Monster folgt. Sie macht einen Schritt nach links und das Monster einen nach rechts, um ihr den Weg zu versperren. Daraufhin macht die Mutter einen Schritt nach rechts und das Monster einen nach links. Und so tanzen sie.

Mum sagt, ich werde das nie erleben. »Du wirst niemals mit Monstern tanzen«, sagt sie. »Aber eines Tages wirst du mit einem Prinzen tanzen.«

Der Tyrannosaurustanz kann auf verschiedene Weisen enden, doch der schockierendste und spektakulärste Abschluss besteht darin, dass die Mutter ein Schälmesser vom Abtropfbrett neben dem Spülbecken nimmt und es dem Monster in die weiche Haut unter seinem Adamsapfel rammt. Danach müssen Mutter und Kind um ihr Leben rennen. Und niemals stehen bleiben.

So geht der Tyrannosaurustanz.

Temple-&-Webster-Spiegel gegen eine Backsteinmauer auf dem Schrauberschrottplatz im West End gelehnt

Temple-&-Webster-Spiegel gegen eine Backsteinmauer auf dem Schrauberschrottplatz im West End gelehnt

September 2022
Stift und Tusche auf Papier

Ein verstörendes, traumhaftes Bild, in dem erstmals der berühmte Ganzkörperspiegel der Künstlerin in Erscheinung tritt. Der titelgebende »Schrauberschrottplatz im West End« bezieht sich auf das Zuhause der Künstlerin, das sie mit ihrer Mutter, einem Waisenjungen, der ihr bester Freund war, einem ehemaligen Militärpanzerfahrer, einer Krankenschwester und deren tauben Sohn sowie einer zahnlosen Frau teilte, die mit ihrer Sucht nach Pascall Clinkers zu kämpfen hatte. Gezeichnet rund sechzehn Monate bevor sie ihre einzig wahre Liebe Danny Collins traf.

»Spieglein, Spieglein auf dem Teer, wo geh ich hin? Wo komm ich her?«

Viele denken, dass es Zauberspiegel nur im Märchen gebe. Aber ich habe meinen letzten Sommer in der Lime Street in Highgate Hill gefunden, bei einer Sperrmüllsammlung der Stadt Brisbane.

»Spieglein, Spieglein, bitte lüge nicht. Sag mir, wer du bist. Sag mir, wer bin ich!«

Mein Zauberspiegel ruhte auf einer verschimmelten Tischtennisplatte neben einer Bananenkiste voller Puppen, denen verschiedene Gliedmaßen und Augen fehlten. Er hat einen mattgoldenen Rahmen, der oben geschwungen ist wie der Torbogen zum Schlafzimmer einer arabischen Prinzessin. Die Familie aus Nummer 36 hatte ihn weggeworfen, weil er quer durch die Mitte einen breiten Riss aufwies. Auf der Rückseite klebte ein Preisschild: *Temple & Webster: Amina-Bogenspiegel, $ 299*. Zunächst dachte ich, es sei etwas übertrieben, drei Hunderter für etwas hinzulegen, in das man starrt, während man sich die Haare kämmt, doch nun, in der Schwere des fliederfarbenen Jakarandafrühlings meines achtzehnten Lebensjahres, betrachte ich den Spiegel, in den ich gerade im morgendlichen Dämmerlicht starre – übrigens das beste Licht, um in einen Spiegel zu starren –, als die zweitwertvollste Sache in meinem Leben.

Das liegt an den Orten, die ich darin gesehen habe. Die ägyptischen Pyramiden. Die Ziergärten in Shanghai. Die kleine Bar drei Straßenecken vom Berliner Alexanderplatz entfernt. Die hinduistische Gebetsstätte am Ufer des Ganges. Und jetzt also diesen cremig rosa Himmel. Ich will verdammt sein, wenn das nicht Paris ist. Runde grüne Metalltische auf einem öffentlichen Platz am Fuße des Eiffelturms. Da sich Zauberspiegel nicht um Zeitzonen scheren und auch dort der Morgen anbricht, ist der Platz noch menschenleer. Und da sitzt sie an einem Kaffeetisch. Das Mädchen im roten Kleid. Eine Frau, die an allen exotischen Orten in meinem Spiegel auftaucht. Wie immer mit dem Rücken zu mir, nippt sie an ihrem Kaffee. Ungeheuer selbstsicher. Mühelos cool. Meine gesichtslose Freundin. Meine Muse.

Ich verstehe, wie verrückt das alles klingen muss. Doch das ist die Wahrheit meiner Jugend. Und wenn ich die harten frühen Jahre dieses sicherlich wilden, langen und bahnbrechenden Lebens als international anerkannte Künstlerin ordentlich dokumentieren soll, dann muss ich die große Verrücktheit mit all ihren zittrigen Wundern und Gefahren abbilden. Diese Momente in der Morgendämmerung auf dem Schrottplatz sind ebenso entscheidend für meine Kunst wie all das Echte, Dunkle, das im Laufe der Zeit noch aufkommen wird: die ganze Sache mit dem Mädchen auf der Flucht, die Hungersache, der Gestank, die Gewalt, die Angst, die Arbeit, Mums Drogenschmuggel für Lady Flo. Und diese Bemerkungen zur Verrücktheit sind ebenso gültig wie alles, was ich zum Wegrennen sagen kann. Manchmal ist es das Verrückte, was ein Mädchen durchbringt.

Bevor ich meinen Zauberspiegel fand, benutzte ich die Seitenspiegel des HiAce, um mich selbst zu betrachten. Mehr brauchte ich nicht. Manchmal ist es gut, sich für die Seitenspiegelansicht des Lebens zu entscheiden. Manchmal will man nicht das ganze Bild sehen.

Übrigens war er nicht von Anfang an ein Zauberspiegel. Monatelang diente er lediglich dazu, meine Sommersprossen auf den Wangen, meine Knopfnase mit dem kleinen Sonnenbrandschorf auf der Spitze und meine aufgesprungenen Lippen anzusehen. Lange Zeit war er einfach nur ein alter Spiegel, mehr nicht. Doch dann, um drei Uhr nachmittags am 23. April 2022 – meinem siebzehnten Geburtstag –, beschloss Mum schließlich, dass ich alt und hart genug sei, um all die blutrünstigen Einzelheiten darüber zu erfahren, warum wir quer durchs Land gefahren waren. An einem metallic-grünen Starbucks-Kaffeetisch unten im Myer Centre, Ecke Albert und Elizabeth Street, erzählte sie mir die ganze mörderische Geschichte. Dabei trank sie Eistee, und ich sog mein Erdbeerfrappé so schnell auf, dass mir das Hirn gefror.

Sie sagte, mein Vater sei, von außen betrachtet, ein guter Mann gewesen, doch sie habe zu lange gebraucht, um sein Inneres zu erkennen. Sie sagte, man müsse mit einem Mann mindestens fünf Jahre verheiratet sein, bevor man wirklich in ihn hineinsehen könne. Sie sagte, manchmal könne man in einem Kerl ein Licht entdecken, das so hell brennt, dass es auch in dir zu leuchten beginnt. Doch in meinem Vater fand meine Mum nichts als schwarzes Monsterblut. Das Zeug, das heiß und voller Aufruhr vor sich hin brodelt. Säuremonsterblut. Mit dem Blut meines Vaters hätte man einen Ofen reinigen können. Man hätte die Plörre auf die Motorhaube eines Subaru Forester gießen können (übrigens das beste Auto, in dem ich je geschlafen habe: viel Beinfreiheit, hoher Innenraum mit genug Platz, um die Hose zu wechseln), und sie hätte ein dampfendes Loch direkt bis zum Motorblock gebrannt.

»Habe ich Monsterblut in mir, Mum?«, fragte ich.

»Nee«, erwiderte sie.

»Aber er ist doch mein Vater«, wandte ich ein. »Du hast gesagt, meine weiche, künstlerische Seite habe ich von dir. Was, wenn ich von ihm die Monsterseite habe?«

»Nee«, wiederholte Mum. »Du hast mehr Monet-Blut als Monsterblut in dir.«

»Hast du denn Monsterblut in dir, Mum?«, fragte ich.

»Ja, ich glaube, ich trage ein bisschen was in mir«, sagte sie. »Wie, glaubst du wohl, konnte ich sonst das tun, was ich deinem Vater angetan habe?«

Aber das ist es ja gerade. Ich weiß hundertpro, dass sie keine Spur Monsterblut in sich trägt. Ich schwöre. Wie also kann eine Frau ohne einen Tropfen Monster in den Adern etwas so – was ist das richtige Wort dafür? – *Monströses* tun?

Mum hat mir nie erzählt, wo und unter welchen Umständen sie geboren wurde oder wer ihre Eltern waren. Für ein Mädchen auf der Flucht ist die Vergangenheit eine gefährliche Sache. Ich persönlich glaube, dass sie von einem Felsen, befruchtet von einem Regenbogen, zur Welt gebracht wurde. Deshalb besteht sie zur Hälfte aus schwarzem Stein und zur Hälfte aus rosa, lila, gelben und orangen Lichtspielen. Noch nie habe ich sie die Stimme heben hören. Was nicht bedeutet, sie wäre sanftmütig oder nicht in der Lage, sich in eine Gorillamama zu verwandeln. Aber bisher habe ich sie nur einmal am Rande der Gewalt erlebt. Das war an der Bar des einzigen Pubs in Cracow, einer Goldminenstadt knapp fünfhundert Kilometer nordwestlich von Brisbane. Wir aßen eine Portion Pommes mit Bratensoße, und neben uns saß eine betrunkene Frau mit Schlangenlederstiefeln und enger Bluejeans, die zu ihrem Freund immer wieder »Dumme Fotze« sagte, während sie ein T-Bone-Steak mit Pellkartoffeln und Gemüse verdrückte. Mum fand diesen Ausdruck in meiner Anwesenheit völlig zu Recht unangemessen. Schließlich war ich damals erst neun. Zweimal bat sie Schlangenlederstiefel, mit dem Fluchen aufzuhören, und zweimal wurde sie ignoriert. Beim dritten Versuch tippte Mum Schlangenlederstiefel auf die Schulter, um ihre Aufmerksamkeit zu erhalten, wurde jedoch wütend weggestoßen, ohne dass Schlangenlederstiefel sie eines Blickes gewürdigt hätte. »Verpiss dich«, spie sie ihr entgegen. Das veranlasste Mum dazu, Schlangenlederstiefel am Nacken zu packen und ihren Kopf sehr nah an ihren Teller zu drücken. Dann nahm Mum das vor Bratensoße triefende Messer in die Hand und zielte damit direkt auf Schlangenlederstiefels weit aufgerissenes linkes Auge. »Sag das noch mal«, flüsterte sie.

Ich finde ja nicht, dass das monströs von Mum war. Eher verdammt gangstermäßig. Als wir fünf Minuten später in einem roten Holden Camira von 1989, der eigentlich nichts mehr auf den staubigen Straßen des westlichen Queensland zu suchen hatte, Richtung

Theodore rasten, sagte ich zu Mum, dass ich stolz auf ihren Mut sei, mir jedoch wünschte, sie hätte nicht so reagiert.

»Warum?«, fragte Mum.

»Wir haben einen halben Teller Pommes mit Soße an der Bar stehen lassen.«

»Tut mir leid«, sagte Mum. »Das ist tatsächlich eine Tragödie. Welche Bestie zwingt eine Frau dazu, einen Teller Pommes mit Soße stehen zu lassen?«

Als Mum mir von dem Monsterblut erzählte und davon, wie es sich anfühlte, ein Schälmesser in die Kehle ihres Mannes zu rammen, um ihr eigenes und mein Leben zu retten, landeten die Worte wie splitterndes Glas in meinem Kopf. Ich schwöre, ich spürte, wie plötzlich ein Riss durch mein Gehirn lief, genau wie in meinem Zauberspiegel. Auf der einen Seite des Gehirnrisses befand sich alles, was ich mit Sicherheit über die Welt wusste. Kaugummi. Spaghetti bolognese. Die Songs von Taylor Swift. Fahrradklingeln. Auf der anderen Seite befand sich alles, was ich auf mich zukommen sah. Wahrheit. Erwachsensein. Verletzungen, Schmerz und Kunst. So viel Kunst. Und so viele Fragen. Wer war meine Mutter, bevor sie wegrannte? Wo lebten wir? Wer war ich? Wer bin ich?

Als ich an jenem Nachmittag zurück zum Schrottplatz kam, starrte ich aus so geringer Entfernung in meinen zerbrochenen Spiegel, dass ich die Poren meiner Nase sehen konnte. Und meine smaragdgrünen Augen. Ich hatte das Gefühl, bis ans Ende des Universums zu blicken. Doch sosehr ich es auch versuchte, ich konnte kein Monster in mir entdecken.

Dann trat ich einen Schritt zurück – und da sah ich sie. Unterhalb des Risses im Spiegel lugte meine alte abgeschnittene Jeans hervor, und meine nackten feuerroten Beine endeten in einem Paar grün-weißer Slazenger-Sneakers, die ich bei Big W erstanden hatte. Doch oberhalb des Risses entdeckte ich eine Frau in einem roten Kleid, die mir den Rücken zuwandte. Es sah aus, als befände sie sich gleich dort jenseits des Glases, und ich würde sie durch ein Schlafzimmerfenster beobachten.

Ihr knielanges Cocktailkleid hatte am Rücken gekreuzte Träger, die ihre schön geformten Schulterblätter zur Geltung brachten. Sie stand in der Straße einer Stadt. Eine Stadt, die viel größer wirkte als meine. Ihre Haare waren dicht und braun und in Locken gelegt, die so natürlich und wundersam wirkten wie Meeresschnecken. Sie hob den linken Arm, und ich erhaschte einen Blick auf eine lange weiße Zigarette zwischen ihrem Mittel- und Zeigefinger. Als sie den Kopf etwas drehte, um einen tiefen Zug zu nehmen, konnte ich ihre Kinnlinie erahnen. Am Ende der Zigarette blieb ein leuchtend roter Lippenstiftabdruck zurück.

»Spieglein, Spieglein im Morgenlicht«, flüsterte ich, »bitte zeig mir, wer du bist, bitte zeig mir dein Gesicht.«

Doch die Frau im roten Kleid beachtete mich nicht. Sie stand auf und ging eine breite weiße steinerne Treppe hinauf, die zu einem Gebäude führte, das aussah wie ein europäisches Schloss. Dann fuhr ein gelbes Taxi in mein Blickfeld, und mir ging auf, dass sich die Szene in New York City abspielte. Ich kannte das Gebäude aus Dokus, die ich mit Mum im Fernsehen geschaut hatte. Das war kein Schloss. Sondern das Metropolitan Museum of Art.

Solche Sachen macht sie, die Frau im roten Kleid. Weil sie international ist. Und gewollt, nicht ungewollt. Sie ist wertvoll, nicht wertlos.

An diesem Morgen sitzt sie allein unter dem berühmtesten Turm der Welt und schlürft schwarzen Kaffee. In der linken Hand eine reinweiße Zigarette, die sie an die Lippen hebt. Dann schiebt sich ein Mann in einem braunen Vintage-Anzug ins Bild, dessen Gesicht mir verborgen bleibt, und küsst die Frau im roten Kleid zwölf lange Sekunden direkt auf den Mund. Voller Romantik. Leidenschaft. Kunst.

Plötzlich ertönt neben mir eine Stimme: »Was, zum Teufel, starrst du da an?«

Die Frau im Spiegel fährt herum, um zu sehen, wer ihren intimen Pariser Kuss unterbrochen hat.

Auch ich fahre herum und sehe eine Frau mit verschränkten Armen, die mich mustert, als versuchte sie herauszufinden, wie weit es mit meiner Verrücktheit schon gekommen ist.

Mein Fels, befruchtet von einem Regenbogen. Das Wertvollste in meinem Leben.

Mum.

Man im Kapuzenpulli,
der ihre Narben verdeckt,
wie sie schweigend an
Brisbane River
entlangläuft

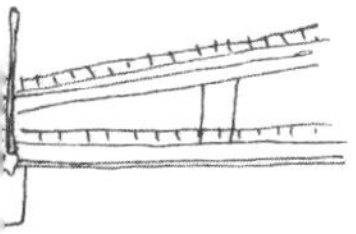

Mum im Kapuzenpulli, der ihre Narben verdeckt, wie sie schweigend am Brisbane River entlangläuft

Februar 2023
Stift und Tusche auf Papier

Eine aufschlussreiche und zärtliche Verarbeitung des wichtigsten Tages in der hochkomplexen Kindheit der Künstlerin. Zwei Monate vor ihrem achtzehnten Geburtstag experimentierte sie offensichtlich mit anthropomorphischen Darstellungen der Menschen, die sie am meisten liebte. Im Vordergrund der Zeichnung ist, so wird gemeinhin mit großer Sicherheit angenommen, die Mutter der Künstlerin abgebildet – die stolze Löwin. Die Bedeutung des Wesens hingegen, das sich hinter ihr aus dem Wasser erhebt, war Gegenstand heftiger Debatten bei Kunstkritikern wie Bewunderern. Handelt es sich um die »Hand des Schicksals«, wie einige sie nannten? Oder steht die Hand in Wahrheit für die achtzehn Jahre andauernde Flucht und eine Vergangenheit, die die Löwenmutter schließlich doch eingeholt hat?

Wer bin ich? In einer Welt mit acht Milliarden Menschen bin ich das siebzehnjährige namenlose Mädchen, das neben seiner schlafenden Mutter auf einer Matratze in einem Van neben dem Brisbane River liegt. Ich bin das Mädchen mit zwei Beinen, zwei Armen, kurzen braunen Haaren, einem rosafarbenen Muttermal in Form eines Picknickkorbs auf dem Arsch und einem Skizzenbuch in der Hand. Ich bin das Mädchen mit dem steifen Nacken, da ihr Kopfkissen aus einem Waschmaschinenbeutel für empfindliche Kleidung besteht, vollgestopft mit unempfindlichen Socken und Unterhosen. Ich bin das Mädchen mit einem Kreis Morgensonnenlicht auf dem Bauch. Ein einziger Sonnenstrahl extra für mich und nur möglich durch ein Rostloch im Dach unseres Vans. Ich bin das Mädchen, das mit Daumen und Zeigefinger den Kreis misst, der wie ein Scheinwerferlicht auf sein Nachthemd strahlt. Wie groß ist der Lichtkreis heute Morgen? So breit wie eine Dose Insektenspray.

Ich bin das Mädchen, das eine schöne Frau in einem roten Kleid zeichnet, die nachts in Berlin auf einen Zug wartet. Die Frau blickt zum Vollmond auf. Ich lege die Zeichnung unter den Lichtkreis, sodass das echte Licht genau den Vollmond meiner Zeichnung ausfüllt. Der Mond über Berlin leuchtet auf wie eine Nachttischlampe.

Licht, so besann sich die Künstlerin, wird nicht wirklich auf das Papier gezeichnet. Licht entsteht aus den Schatten. Das Licht in unserem Leben, so sagte sie zu sich selbst, entsteht aus der Dunkelheit, die wir drum herum legen.

Unter die Zeichnung kritzele ich den Titel: *Frau im roten Kleid unter Gelbmond in Berlin*. Dann denke ich über mögliche Namen für mich nach. Namen, wie sie eine Künstlerin unter ihre Zeichnungen kritzelt.

»Selena?«, flüstere ich. Selena bedeutet »Mond«.

»Vera?«, flüstere ich. Vera bedeutet »wahr«.

»Wendy?«, flüstere ich. Wendy bedeutet »Freundin«.

Für Mädchen auf der Flucht sind Namen eine gefährliche Sache. Sie können den Lauf jäh unterbrechen. Würde Mum mir gegenüber je mein echter Name rausrutschen, und mir würde er dann jemand anderem gegenüber rausrutschen, und diesem Jemand wiederum würde er gegenüber der falschen Person rausrutschen, dann könnte meine Mum für das, was sie meinem Dad angetan hat, ins Gefängnis wandern. Und so versuche ich mir einzureden, dass ich keinen Namen brauche. Schließlich haben viele Dinge auf dieser Welt keinen Namen. Die meisten Felsen sind namenlos, und die meisten Felsen sind schon viel länger hier als wir alle. Hunde und Katzen haben Namen, aber die Fledermäuse in South Brisbane nicht. Zwar kommt jede Nacht ein Opossum namens Merlin auf unseren Hof, um die Fruchtsalatreste unserer Schrottplatznachbarin Roslyn zu vertilgen, doch die meisten Tiere rund um diesen Fluss fristen ein namenloses Dasein. Zyklone erhalten Namen, Stürme nicht. Ebenso wenig Schnecken, grüne Ameisen,

Regenwürmer oder Regenbögen. Und der Mond heißt auch einfach nur »der Mond« und nicht Andromeda oder irgendwas anderes ähnlich Cooles und Galaktisches. Er heißt einfach nur »der Mond«, weil die Menschen damals nicht wussten, dass es in unserem Sonnensystem noch mehr davon gibt. Für sie gab es nur ein so ein silbernes Ding in Münzenform, das nachts am Himmel schwebt.

Von mir gibt es auch nur eine. Darum werde ich auch »das Mädchen im Van« oder »das Ausreißermädchen« oder »die Tochter von der Mutter, die weggerannt ist« genannt. Oder »das namenlose Kind im Van« oder »das Mädchen ohne Zuhause« oder »das obdachlose Mädchen vom West End mit Dreck im Gesicht«. Keine dieser Bezeichnungen sagt irgendetwas darüber aus, wer ich wirklich bin oder wer ich wirklich sein möchte. Zunächst einmal bin ich nicht obdach-, sondern wohnungslos. Hauslos. Nicht heimatlos. Dazwischen besteht ein himmelweiter Unterschied. In etwa, als würde man den Kopf auf einem seidenen Kopfkissenbezug ablegen oder auf einem Backstein. Und wenn man mir unbedingt einen Namen geben möchte, dann würde ich gern »die Künstlerin« genannt werden. Die Künstlerin ohne Namen im Van neben dem Fluss im West End mit Dreck im Gesicht, Hoffnung im Herzen und Schmerz im Nacken. Oder vielleicht eher Schmerz im Herzen und Hoffnung im Nacken?

Immerhin bin ich nicht die Einzige hier unten am Fluss, die darum kämpft, unter Beweis zu stellen, wer sie ist. Durch diese Stadt am Fluss treiben jede Menge Menschen, die in kein Haus und auf keine Liste der Arbeitssuchenden gelangen, nicht aus dem tiefen schwarzen Loch bei Nacht herauskommen, weil sie keinen Ausweis haben. Keinen Führerschein. Keinen Pass. Keine Mutter, die sagt: »Hey, das ist mein Sohn.« Keinen Sohn, der sagt: »Hey, das ist meine Mutter.« Manche der Treibenden haben ein Gedächtnis wie ein Sack Murmeln, ohne jegliche Ordnung. Manche haben einfach vergessen, wie man quer über den Sozialamttisch schreit: »Ich existiere, verdammt noch mal, geben Sie mir doch einen Moment!« Ich kenne Treibende, die ihre Namen mit ihrer Hoffnung verloren. Ein alter Kerl nennt sich einfach Tea Leaf. Erster Name Tea, zweiter Name Leaf. An den Namen, den seine Mutter ihm gegeben hat, kann er sich nicht erinnern. Den hat er sich weggesoffen. Hat seine ganze Identität von den Felsen gepisst, die den Brisbane River säumen. Brauchte er in den letzten zwei Jahrzehnten ohnehin nicht. Nichts an ihm gibt irgendeinen Aufschluss über seine Person, nur ein handgekritzeltes Tattoo auf der Innenseite seines linken Unterarms: *Marilyn*. Schon mal versucht, einen Ausweis ohne jegliche Erkennungsmerkmale zu bekommen? Das ist, als würde man versuchen, mit offenen Augen zu schlafen.

In Wahrheit habe ich Dutzende Namen und zugleich keinen einzigen. »Süße«, »Liebes«, »Schätzchen« und »du« werde ich von Mum genannt. Meine Nachbarin Roslyn nennt mich »Kindchen«. Ich habe eine Freundin, die Esther Inthehole heißt. Esthers Gesicht habe ich nie gesehen, weil sie als Einsiedlerin in einem Loch unter der St.-Peter-Apostelkirche in der Canoe Street lebt. Esther Inthehole wiederum nennt mich »Liv Bytheriver«, weil ich in einem orangen Van ohne Räder neben dem Brisbane River lebe. Mein bester Freund Charlie Mould alias Prince Charles nennt mich »Princess Di« alias »Di Bytheriver«, auch wenn ich ihm immer wieder sage, dass ich lieber am Fluss lebe, als am Fluss zu sterben. Der nigerianische Priester der St.-Peter-Apostelkirche Father Joseph Kikelomo nennt mich »Sputnik«, weil er sagt, dass ich immer auf der Jagd nach Sternen bin, die zu hoch über mir am Himmel schweben. Meine Freundin Evelyn Bragg – die Leiterin der sozialen Anlaufstelle The Well in der Moon Street, derselben Straße, in der man mich und meine Mum in unserem Van findet – nennt mich immer Patsy, weil ich einmal bei einem Karaokeabend zum Spendensammeln im Aufenthaltsraum des Zentrums gesungen habe. Sie fand, dass ich traurig und schön zugleich klang, genau wie Patsy Cline. Mums Chefin Flora Box nennt mich »Brooke«, weil ich früher so lange Haare hatte, dass sie mir wie ein Vorhang über die Schultern fielen und Flo das an irgendeine Schauspielerin erinnerte, die sie liebte und die die Hauptrolle in einem alten Film über zwei Kinder spielte, die auf einer tropischen Insel festsaßen und den ganzen Tag Kokosnüsse aßen und sich prügelten. Mums treuester Kunde im Tagesgeschäft, ein alter Mann namens George Stringer, nennt mich »Laura«, weil Mum ihm gesagt hat, mein Name sei »Laura Branigan«, der Name der Sängerin von Mums Lieblingsnamenssong »Gloria«. Mum liebt nichts so sehr wie einen guten Namenssong: »Jolene«, »Layla«, »Angie«, »Cecilia«, »Beth«, »Rhiannon«. Ich habe mal in einer Zeichnung all die Figuren aus ihren Lieblingsnamenssongs zu einem Wiedersehen im Veranstaltungsraum des Story Bridge Hotel versammelt. Runaround Sue und Barbara Ann, wie sie in einer Ecke Punsch mit Jack und Diane nippen. Billie Jean, wie sie mit Bobby

McGee rumknutscht. Und die arme Eleanor Rigby, an der das Aufräumen hängen bleibt.

Ja, ich versuche mir einzureden, ich brauche keinen echten Namen. Aber ich fürchte, das stimmt nicht. Ich glaube, es ist wichtig zu wissen, wer du wirklich bist und wer du wirklich sein willst. Ich schätze, was ich sagen will, ist, dass ich kein Fels bin. Und verdammt sicher kein Regenbogen.

Ich bin das Mädchen, das zu viele Dinge zu zeichnen und zu wenig Tinte in seinem Stift hat. Wohin ich blicke, nur Zeichnungen. Bilder in mattgoldenen Rahmen. Allein an diesem Morgen ein Dutzend möglicher Kritzeleien. Schmutzige Zehen am Ende der Matratze. Mums Vorhänge zugezogen vor der Heckscheibe des Vans. *Die Füße der Künstlerin mit lila Vorhängen.*

Mum gehört die rechte Vanseite, über und über mit Kinderfotos von mir bedeckt, die sie bei Milton Officeworks ausgedruckt hat. Die linke Seite gehört mir. Ein *Rolling Stone*-Cover mit Harry Styles ist dort neben drei Zeichnungen gepinnt, die tatsächlich so geworden sind, wie ich sie mir vorgestellt habe. *Porträt der Künstlerin mit platzendem Wassermelonenkopf.* Es zeigt mich im Sommerkleid mit einem Wassermelonenkopf, der in viele Brocken aus breiigem rotem Fruchtfleisch zerplatzt. *Doms Vater ist gestorben.* Darin spiele ich unten im Well 9-Ball mit einer sechsundfünfzigjährigen Treibenden namens Dominique Ferrara. Die Zeichnung fängt den Moment ein, als Dom den Ball mit der Nummer 7 in einem Sprungstoß verlor und mir erzählte, dass ihr Vater an einem Stück Steakknorpel im Kedron Park Hotel erstickt ist. Dann zuckte sie die Schultern und versenkte die Nummer 8 mit einem Kissenstoß, der so sauber die Bande entlangrollte, dass ich sie der Hexerei verdächtigte. *Unser Haus in Monte Carlo* zeigt mich und Mum neben einem *Zu verkaufen*-Schild vor einem zweistöckigen Haus, das vollständig aus Arnott's Monte-Carlo-Keksen gebaut ist.

Hinter der Schiebetür unseres Vans sind Schritte zu hören. Roslyn treibt sich geschäftig im Hof herum und macht Frühstück. »Verschwinde, Richter Cavanagh!«, bellt sie. Ein störrischer einbeiniger West-End-Ibis gesellt sich in letzter Zeit immer beim Frühstück zu uns. Laut Roslyn gibt er sich hochnäsig, genau wie ein Richter, mit dem sie mal am Brisbane Mags Court zu tun hatte. »Keine Krumen für Sie heute Morgen, Euer Ehren.«

Roslyn bedeutet »sanftes Pferd«. Der Klang ihrer Stimme weckt Mum, die neben mir auf dem Bauch liegt. Auf dem Kissen dreht sich ihr Kopf in meine Richtung.

»Gut geschlafen?«, fragt sie, die Augen noch geschlossen.

»Ich habe geträumt, dass Pablo Picasso die Mauer unter der William Jolly Bridge bemalt hat.«

»Hast du Hallo gesagt?«

»Hab ich. Und er hat mit *Hola* geantwortet. Er hat einen großen roten Klecks gemalt. Unheimlich, der hat pulsiert, als wäre er am Leben, und tropfende rote Linien kamen raus, wie Tentakeln aus altem schwarzem Blut.«

»Hast du ihn gefragt, was es ist?«

»Hab ich. Er hat gesagt: ›Das ist Maria. Das ist mein Herz.‹«

»Wer ist Maria?«

»Keine Ahnung. Und dann hab ich ihn gefragt, warum er den ganzen Weg nach Brisbane in Australien gekommen ist, und er hat gesagt, er sei gekommen, um mir zu sagen, dass meine Zeichnungen noch nicht gut genug sind, um zu Gemälden zu werden. Ich hab ihm gesagt, dass meine Zeichnungen eines Tages im Metropolitan Museum of Art hängen werden, und er hat geantwortet, das sei ein gefährlicher Traum. Und dann habe ich ihn gefragt, wie es eine junge Künstlerin aus Brisbane in Australien bis ins Met in New York schaffen kann, und er hat gesagt, es gebe nur einen Weg, es so weit zu bringen. Und dann hat er den Pinsel geschwungen, sodass ein roter Klecks in meinem Gesicht gelandet ist, und hat gesagt: ›Du musst weinen.‹«

»Und was ist dann passiert?«

»Dann hab ich angefangen zu heulen wie ein Schlosshund.«

Mum setzt sich auf und reibt sich die Augen. »Das ist ja ein furchtbarer Traum.«

»Nee, Mum«, sage ich und blättere in meinem Skizzenbuch, bis eine neue weiße Seite mit nichts als der ganzen Welt vor mir liegt. »Er war wunderschön.«

Zuhause ist, wo der pulsierende rote Klecks ist. Unser tennisplatzgroßer Schrottplatz ist von einem hohen Stacheldrahtzaun umgeben. Nach hinten grenzt er an den Geh- und Radweg Riverside Drive, der sich durch die stinkenden Mangroven entlang des Brisbane River hinter dem Industriegebiet im West End schlängelt.

Mum steht neben der offenen Vantür im tauüberzogenen Schrottplatzgras. Den rechten Arm vorn in ihrer

Schlafanzughose, wischt sie sich gerade die Muschi mit einem Babyfeuchttuch sauber. Voll im Blickfeld von Roslyn am Frühstücksfeuer zwei oder drei Meter neben uns und den frühmorgendlichen Flussjoggern, die am Zaun vorbeilaufen. Dann knüllt sie das Feuchttuch zusammen und wirft es ins Feuer. Nimmt ein weiteres aus der Verpackung, die in der Türschwelle der Beifahrertür liegt. Wischt sich damit erst das Gesicht ab, dann die Achseln. Nickt auffordernd in meine Richtung. »Los, mach dich sauber«, sagt sie.

»Ich dusch mich heute Nachmittag im Well«, sage ich.

Mum beugt sich vor und schnuppert an meinem Nachthemd. »Du hast letzte Nacht geschwitzt«, stellt sie fest. »Willst du noch mal 'ne Infektion da unten?«

Ich verdrehe die Augen. Roslyn hat unsere Unterhaltung vom Feuer aus verfolgt. Sie ist zweiundsiebzig Jahre alt und wohnt zwei Autos weiter in einem blauen Honda Jazz von 2002. »Sie hat schon ein bisschen gelitten«, sagt Ros immer, wenn sie neuen Freunden ihr vierrädriges Zuhause vorstellt. Sie hat sechs kurze Hosen im Kofferraum, zwei Kopflampen im Handschuhfach, acht Zähne im Mund und eine dreiundvierzigjährige Tochter in Manly, Sydney. Heute Morgen kritzelt Ros Notizen in ein Buch, das sie *Die Schlacht zwischen dem guten und dem bösen Shit* nennt. Es handelt sich um eine lebenslange Abhandlung, in der sie die Höhen und Tiefen ihres Daseins festhält und versucht, vor ihrem Tod den ultimativen Wert menschlichen Lebens zu ermitteln.

Der gute Shit

Erdbeeren geerntet
Einen Rosella gerettet,
der die Montague Road
mit einem kaputten
Flügel überquert hat
Von Kasey D den Rücken
gekratzt bekommen
Hokey-Pokey-Eiscreme
vorm Schlafengehen
Ben H hat meinen
Nagelknipser zurück-
gebracht
Badetraum von Daryl
Braithwaite im Hot Tub

Der böse Shit

Mögliches Karzinom
am Kopf wächst
Verkehrsrowdy auf
der Peel Street
Erdbeben in Peru mit
1100 Toten
Linke Brust immer
noch viel größer als
die rechte
Bananen weigern
sich zu reifen
Noch immer keine
Antwort von Zoey

»Um deine Vulva musst du dich kümmern«, ruft Ros quer über den Hof, ohne ihre Stimme der Natur unserer Unterhaltung angemessen zu drosseln. »Der vaginale Kanal ist zwar ein selbstreinigendes Hygienewunder, aber du musst dich vor Keimen und Fremdkörpern rund um die Klitorisvorhaut in Acht nehmen.«

Mum nickt zustimmend. »Hör besser auf Ros. Glaub mir, die hatte ihren Anteil an Fremdkörpern rund um die Klitorisvorhaut.«

Ros heult wie eine Ziege, die auf einen Zaunpfahl aufgespießt wurde. Mum schnappt sich ein weiteres Feuchttuch.

»Oder willst du, dass deine Mum es übernimmt wie in den guten alten Zeiten?«, schlägt Ros vor.

Mum dreht sich zu ihr um. »Oh, weißt du noch, wie du

dein Mädchen abgewischt hast, als es noch ein Baby war?«

»Hab's geliebt«, antwortet Ros und dreht ein metallenes Toastgitter überm Feuer. »Wie sehr ich das vermisse. Die Muschi meiner kleinen Zoey abzuwischen. Ihre Bröckchen sahen immer aus wie Kichererbsendip.«

Mum nickt ernsthaft. »Ich hab's nie bereut, eine Windel von dir zu wechseln«, sagt sie zu mir.

Ich sehe ihr in die Augen. »Erinnerungsblick« nenne ich diesen Ausdruck.

»Mum, warum weinst du?«

»Das war unser Deal«, sagt sie und kämpft gegen eine Träne vorm Frühstück an. »Ich hab das Stillen, das Baden, das Füttern und das Wiegen übernommen, und alles, was du tun musstest, war kacken. Jedes Mal, wenn du dich in diesen ersten Tagen eingeschissen hast, war ich unendlich erleichtert. Es hieß, dass alles gut funktioniert.«

»Ein Schiss a day keeps the doctor away«, bestätigt Ros aus der Ferne.

Ich drehe mich zu Mum um. »Hör auf, bitte«, flüstere ich und ziehe widerstrebend zwei Feuchttücher aus der Verpackung.

Unsere Nachbarin June und ihr Sohn Sully trotten über das Gras, um sich zu mir, Mum und Ros zum Frühstück am Eckfeuer des Hofes zu gesellen. June und Sully leben neben Ros in einem rot-weißen Newlands-Campmaster-Wohnwagen von 1972.

»Was steht heute auf der Karte, Ros?«, fragt June.

»Sardinen auf Toast«, antwortet Ros. »Ein oder zwei Scheiben, Sully?«

Sully flüstert seiner Mutter etwas ins Ohr. Er ist zweiundzwanzig und hat in den zwei Jahren, die wir hier auf dem Schrottplatz schon Nachbarn sind, noch kein einziges Wort zu mir gesagt. Überhaupt habe ich ihn noch nie mit jemand anderem sprechen sehen als mit seiner Mutter. Viele denken, er habe irgendeine Art von Behinderung, aber June sagt, ihr Sohn sei sanftmütig, und nur an einem so harten Ort wie Queensland werde Sanftmut als Behinderung betrachtet.

June hört Sully zu und stellt dann noch eine Frage: »Sind das die Meeressardinen von Coles oder die Nordfangsardinen von Aldi?«

Ros inspiziert eine Dose, die auf einem weißen Blechteller neben ihren lila Crocs liegt.

»Woolworths Essentials, fürchte ich, Sully«, stellt sie fest.

Sully nickt und flüstert seiner Mutter wieder etwas ins Ohr.

»Er nimmt nur Toast, und ich esse zwei Scheiben mit den Sardinen. Danke, Ros«, verkündet June. Sie sitzt auf einem umgedrehten blauen Milchkasten, den ich vor zwei Monaten hinter der Parmalat-Milchfabrik in der Boundary Street gefunden habe.

»Ist Serge schon zur Arbeit gegangen?«, frage ich June.

Unser Nachbar Serge Martin wohnt neben June und Sully in einem Holden-Jackaroo-Allradjeep von 2000 und arbeitet vier Schichten die Woche bei einer Fleischerei in Cannon Hill. Serge bedeutet »Diener«.

»Ich glaube, er ist noch da«, erwidert June und dreht sich zu Serges Auto um. Rücksitze runtergeklappt. Schwarze Stoffe verdecken die Fenster. »Hab da heute Morgen jemanden rumoren hören.«

In dem Moment öffnet sich die Heckklappe von Serges Jeep, und eine Frau mit strohfarbenen schulterlangen Haaren tritt barfuß ins Gras. Sie trägt rot-blaue Surfshorts und ein T-Shirt, das mich sofort anspricht. Aufgedruckt sind vier große Vögel, die auf den Vollmond zufliegen. Ein fünfter Vogel ist mit dem Kopf voran seitlich in den Mond gekracht.

Vorsichtig macht sie im Gras ein paar Schritte auf uns zu, und als ihr Blick auf mich fällt, lächle ich ihr zu. Damit will ich ihr zu verstehen geben, dass es uns überhaupt nicht stört, wenn Fremde aus Serges Auto auftauchen. In sozialen Dingen war Serge schon immer ein hoffnungsloser Fall, und wir drängen ihn immer, mal rauszugehen und neue Leute kennenzulernen. In Sachen Dating hat er ziemlich zu kämpfen, weil er ständig über seine Metzgerarbeit redet, und Frauen interessieren sich einfach nicht so sehr für die lang unterschätzte Kunst des Hähnchenentbeinens.

»Guten Morgen, Sonnenschein«, sagt Ros.

»Guten Morgen«, antwortet die Frau und bleibt ein bisschen verschüchtert am Rand unseres Frühstückskreises stehen.

»Ist Serge noch da?«, fragt Ros.

»Er ist zur Arbeit gegangen«, antwortet die Frau.

»Wie heißt du?«, fragt Ros.

»Samantha«, sagt sie. »Sam.«

»Schöner Name«, kommentiere ich. »Samantha bedeutet ›Zuhörerin‹.«

Samantha lächelt mich an und nickt. Mitte zwanzig, schätze ich. Jünger, als sie aussieht. Wie die meisten von uns, die hier am Fluss leben.

»Ich bin Roslyn. Woher kennst du Serge?«

»Wir haben gestern Abend vor dem Schifffahrtsmuseum was getrunken«, erwidert Samantha.

»Schläfst du draußen?«, fragt Ros.

»Ja«, antwortet Samantha. »Stehe seit acht Monaten auf der Warteliste.«

»Hast du Kinder?«

Sie schüttelt den Kopf.

»Irgendwelche Einschränkungen?«

Schüttelt wieder den Kopf.

»Dann musst du wahrscheinlich noch ein bisschen Geduld haben, Liebes«, erwidert Ros und dreht sich zu June um. »Wie lange stehst du schon drauf, Juney?«

»Ein Jahr, siebenunddreißig Tage und ungefähr acht Stunden, Ros«, rechnet June nach.

»Serge meinte, ich könnte ein bisschen hierbleiben«, sagt Samantha.

»Oh, hat Serge das gesagt, ja?«, antwortet Ros. »Tja, vielleicht hätte Serge die Sache dem Zauberer vorlegen sollen, bevor er von den freien Zimmern in Oz zu singen beginnt.«

»Ruhig Blut, Ros«, mischt Mum sich ein. »Die Arme ist gerade erst aufgewacht.«

»Konsumierst du?«, fragt Ros Samantha.

»Hab ich. Jetzt nicht mehr.«

»Was ist dein Gift?«

»Crystal Meth. Aber jetzt nicht mehr.«

»Und du magst unseren Serge?«, fragt Ros.

»Ja, schon. Er ist süß. Weiß 'ne Menge über Fleischaufschneiden.«

Darüber lacht Mum.

»Bleibst du ihm treu?«, fragt Ros.

»Keine Ahnung«, erwidert Samantha. »Hab ihn ja gerade erst kennengelernt.«

Ros zeigt mit einem rostigen Buttermesser auf sie. »Wenn nicht, zeig *ich* dir mal, was ich übers Fleischaufschneiden weiß, verstanden?«

Samantha nickt ernst. »Verstanden.«

»Welche ist deine Lieblingsmannschaft beim Rugby?«

»Canberra Raiders«, erwidert Samantha.

Ros holt tief Luft. »Nicht die richtige Antwort«, sagt sie. »Aber falsch ist sie auch nicht.« Sie ruckt mit dem Kopf in Richtung des leeren weißen Plastikstuhls neben Sully. »Setz dich. Magst du Sardinen auf Toast?«

»Das wäre toll, danke, Roslyn«, sagt Samantha.

Ros reicht Samantha einen Teller mit Sardinen und öffnet dann ihre Aufzeichnungen. Begierig lehne ich mich in ihre Richtung und kann entziffern, wie sie bei »Der gute Shit« einen neuen Eintrag hineinkritzelt: *Serge hat gestern Nacht gevögelt!* Und zack, haben wir eine neue Nachbarin in Oz.

June nickt, lächelt und dreht ihren Kopf zu dem weißen Ford-Kastenwagen von 1989, der neben unserem Toyota parkt. Dort wohnt mein bester Freund Charlie Mould.

»Charlie macht immer noch seinen Schönheitsschlaf?«, fragt June mich.

Ich schüttele den Kopf und schlucke einen Mund voller Sardinen mit verbranntem Toast hinunter. »Hab ihn gestern nicht nach Hause kommen hören.«

Ros schnaubt. »Wahrscheinlich weggetreten an irgendeinem gemütlichen Plätzchen an der Autobahn.«

Inzwischen schrubbt Mum ihren Frühstücksteller in einer armeegrünen Waschschüssel auf einem runden weißen Plastiktisch neben dem Feuer und spült ihn in einer zweiten Schüssel mit klarem Wasser ab. Dann trocknet sie ihn ab und schiebt ihn in einen Geschirrständer, neben dem ein Schild angebracht ist: *Abwaschen. Abspülen. Abtrocknen. Oder Ros ersticht dich im Schlaf.*

Mum tippt mir auf die Schulter. »Wir müssen los.«

In einer Welt mit acht Milliarden Menschen bin ich das siebzehnjährige Mädchen ohne Namen, das in einem kalten Raum einem gefährlichen Trottel gegenübersitzt. Es ist der Verpackungsraum des Meeresfrüchtegroßhandels Ebb 'n' Flo in der Moon Street Nummer 6, nur zwei Gehminuten von unserem Schrauberschrottplatz in der Moon Street Nummer 38 entfernt. Ich bin das Mädchen, das mit Brandon Box an einem langen weißen Plastikverpackungstisch sitzt, auf dem sechs Styroporkisten mit frischen blauen Schwimmkrabben, Moreton-Bay-Garnelen, Endeavour-Garnelen, Tigergarnelen, Königsgarnelen, Austern und ganzen Fischen stehen. Sie alle warten darauf, in die U-förmige Glasvitrine im Verkaufsraum jenseits der weißen Schwingtür hinter mir zu wandern.

Brandon Box ist der einzige Sohn von Mums Chefin Flora Box alias »Lady Flo«. Sie ist die siebenundfünfzigjährige Eigentümerin und Leiterin von Ebb 'n' Flo, dem besten Meeresfrüchteladen in ganz South East Queensland. Ohne eine einzige Frage zu stellen, hat Flo uns seit unserer Ankunft im West End unter die Arme gegriffen. Brandon ist ein achtzehnjähriger Dummkopf, dessen Hirn aus den Scheißefäden besteht, die die Leute am zweiten Weihnachtstag aus den Königsgarnelen ziehen.

Den Kopf hinter seinem iPad vergraben, sitzt er mir gegenüber und guckt NBA, begleitet vom Schlürfen seines Frühstücksproteinshakes. Brandon und ich blicken auf eine lange Geschichte zurück, jedes einzelne Kapitel darin widerwärtig. Trotz der arktischen Raumtemperaturen ist ihm in seinem Muskelshirt, das er trägt, um seine seitlichen Männertitten zur Schau zu stellen, nicht kalt. Brandon liebt Gewichtheben. Gewichte bis ans Kinn, Proteinshakes in den Mund, vor Angst erstarrte Junkies in Kofferräume. Ihm ist nicht kalt, weil sein Säuremonsterblut ihn warm hält.

Hinter Brandons Schulter ist ein Fenster in der breiten, blauen Tür, durch das ich den Liefer- und Verteilerraum des Großhandels mit seinen kalten Betonwänden sehen kann. Gerade hält Mum einen Notizblock in der Hand und schreibt Anweisungen von Flora Box auf. Flora trägt einen pfirsichfarbenen, übergroßen Pulli, eine weiße Caprihose und weiße Sneakers. Sie hat graue Locken und bekämpft ihre unterirdische Sehstärke mit dicken Brillengläsern in einem durchsichtigen Plastikgestell, die ihre blauen Augäpfel stets milchig wirken lassen. Kräftige Beine und kräftiger Arsch.

Flo überreicht Mum einen Stapel indonesischer Raubkopie-Pop-CDs, die sie vor drei Jahren aus Jakarta importiert hat. Mum sagt immer, Flo sei gefährlich. Dass ich bloß aufpassen solle, wie nah ich Flora Box komme. Dabei wirkt sie auf mich ungefähr so gefährlich wie die Frauen, die sonntagmorgens die Spendenkörbe in Father Joe Kikelomos Kirche halten.

Ich hebe den Deckel der Styroporkiste zu meiner Rechten an. Tausende frische Moreton-Bay-Garnelen. So frisch, dass sie noch nicht einmal riechen. Gibt einfach keine besseren Garnelen auf der Welt. Halb so groß und dabei eine doppelt so dicke Schale wie Königs- oder Tigergarnelen, aber auch doppelt so lecker.

Brandon hebt den Kopf von seinem iPad. »Ein Kilo für einen Blick auf deine Titten«, flüstert er.

»Ein Kilo, und ich erzähl deiner Mum nicht, was für ein Ekelpaket ihr Sohn ist.«

»Okay, ein halbes Kilo Garnelen, eine Titte?«

Ich drücke den Deckel zurück auf die Garnelenkiste. »Weißt du, wer du bist, Brandon?«

»Nee, wer bin ich denn?«

»Nein, Brandon, ich kann dir nicht sagen, wer du bist. Deshalb frag ich dich ja. Weißt *du*, wer du bist? Und ganz abgesehen davon«, ich mache eine ausschweifende Bewegung mit der rechten Hand, die den Raum beschreibt, den er derzeit im Universum einnimmt, »ist *das* die Version deiner selbst, die du für immer sein möchtest?«

Für einen kurzen Moment mustert Brandon mich quer über den Verpackungstisch. Eine halbe Sekunde lang bin ich gewillt zu glauben, dass er etwas Bedeutsames sagen wird. Die Ringe des Saturn werden sich andersherum drehen. Gigantische Eisbrocken werden sich auf wundersame Weise wieder mit den Polkappen verbinden. Und Brandon Box wird etwas Tiefgründiges von sich geben.

Doch dann lacht er. »Was laberst du für 'ne Scheiße?« Kopfschüttelnd vertieft er sich wieder in die NBA. Brummt in sich hinein: »Durchgedrehte Schlampe.«

Ich hebe den Deckel der Styroporkiste zu meiner Linken. Ein Dutzend gefrorene silbrig rote Malabar-Schnapper.

»Wann kommt der Malaysische Yellowtail rein?«, frage ich.

Brandon gluckst und sieht widerstrebend von seinem Bildschirm auf. »Was weißt du denn schon vom Malaysischen Yellowtail?«

»Oh, du würdest dich wundern. Wenn du wüsstest, was deine Mum mir alles über den Malaysischen Yellowtail erzählt hat, der hierhergeliefert wird.«

»Blödsinn«, sagt Brandon.

Dann wird unsere Unterhaltung von Floras Eintritt durch die blaue Tür unterbrochen. Hinter ihr lässt Mum die Raubkopien in einen schwarzen Adidas-Rucksack gleiten, der ihr von der Schulter hängt.

Flora breitet ihre Arme in meine Richtung aus. »Wer gibt Tante Flo eine Umarmung!«, trällert sie.

Mum nickt unauffällig in meine Richtung. Ich umrunde den Tisch, lasse meinen Kopf auf Flos weiche Wasserbettbrust sinken und schlinge meine Arme um ihre steinernen Umrisse.

Sie rubbelt mir mit einer Hand den Kopf. »Wann fängt die Kleine an, für mich zu verticken?«, fragt sie. »Wie gut kennst du die Stadt, junge Dame?«

»Besser als die Oberseite von meinem Fuß und die Rückseite von meiner Hand, Flo«, gebe ich zurück.

»Das bezweifle ich nicht«, sagt sie zufrieden.

»Sie hat kein Interesse«, mischt Mum sich ein. Streng. Ohne Umschweife.

Flo sieht erst meine Mutter an und dann mich. »Du hast kein Interesse daran, wirklich mal ein bisschen Geld zu verdienen?«, fragt sie mich.

Ich sehe Mum an. Kaum wahrnehmbares Kopfschütteln, das Flo dennoch nicht entgeht. Flo entgeht nichts.

»Na ja, ich täte nichts lieber, als die Lieferungen für dich zu machen, Flo«, sage ich. »Aber momentan stecke ich all meine Energie und meine Freizeit in die Kunst. Ich will mal weltberühmt werden.«

»Und wer bin ich, mich diesem Schicksal in den Weg zu stellen«, sagt Flo wohlwollend. »Wo wir schon beim Thema wären, hast du mir nicht eine neue Zeichnung versprochen? Für die leere Stelle über unserer Preisliste?«

Ich ziehe eine aufgerollte Zeichnung aus der Potasche meiner abgeschnittenen Jeans und überreiche sie Flo. »Der Titel lautet *Flora, wie sie ein Garnelensandwich in einem Pottwal isst.*«

Das Bild zeigt Flora in einer ganz gewöhnlichen Küche, wie sie an einem Tisch sitzt und ein Garnelensandwich mit Meeresfrüchtesoße und Avocado isst. Dabei liest sie *Moby Dick*. Die ganze Szene ist im Bauch von Moby Dick, dem Wal, verortet.

Flo lacht tief aus ihrem eigenen ausladenden Bauch heraus. »Seht euch nur meine Schuhe an«, kommentiert sie und zeigt auf die Zeichnung.

»Asics Gel-Quantums«, bestätige ich, wippe auf den Fersen und rucke den Kopf in Richtung Flos Turnschuhe.

»Dir entgeht einfach nichts, oder, Schätzchen?«

Ich zucke die Schultern. »Eine Künstlerin sieht kein bisschen mehr oder weniger, als sie muss, Flo.«

Mum tippt mir auf die Schulter. »He, Picasso. Siehst du nicht, dass wir langsam mal losmüssen?«

An diesem Morgen ließ die Künstlerin ihre Mutter am Riverside Drive vorausgehen. Ihre Mutter trug schwarze Gummisandalen und blaue Jeans. Sie ging den Gang der

Belasteten und Belagerten: Kinn an die Brust gezogen, die Hände in den Taschen eines schwarzen Kapuzenpullis vergraben, auf dem das Logo einer beliebten australischen Surfmarke prangte. Bei der Arbeit trug die Mutter der Künstlerin immer etwas Langärmeliges, selbst in der drückendsten Brisbaner Hitze. Jede Kunstwissenschaftlerin, die mit der dunklen Geschichte der Künstlerin auch nur ansatzweise vertraut ist, wird wissen, dass ihre Mutter zeit ihres Lebens versuchte, die Brandmale auf ihren Unterarmen zu verbergen. Laut ihrer Mutter seien diese ihren Kunden unangenehm. Die Narben wanderten die gesamten Unterarme hoch und erinnerten die Künstlerin an ein Paar Opernhandschuhe – das hässlichste, das sie je zu Gesicht bekommen hatte. Während die Künstlerin vom Kleinkind zum Teenager heranwuchs, änderten die Narben ihre Farbe von Rot zu Rosa und schließlich zu Braun. An diesem besonderen Morgen wirkten sie auf die Künstlerin, als hätte ihre Mutter ihre Arme in zwei Eimer Erdnussbutter getunkt. Die Mutter der Künstlerin wusste, dass die Künstlerin wusste, dass die Narben das Werk ihres Monsters waren. Das hinderte sie jedoch nicht daran, der Künstlerin eine Reihe immer abwegigerer Schwindeleien über ihren angeblichen Ursprung zu erzählen. »Missgeschick mit einem Heißluftballon«, behauptete sie. »Habe einen zehnjährigen Jungen aus einer brennenden Feuerwerksfabrik gerettet«, hieß es ein anderes Mal. »Regel Nummer eins«, lautete ihre Warnung an einem dritten Tag, »setz deine Fürze nie in Brand, wenn du Seide trägst.«

In den Augen der Künstlerin war ihre Mutter klein und dünn, aber schön wie ein Popstar. Sie fand, dass ihre Mutter die taffe ältere Schwester sein könnte, die

Kylie Minogue nie gehabt hatte. Ihre Mutter mochte die großen hellen Blumengemälde von Georgia O'Keeffe, aber auch Edvard Munchs Abend auf der Karl Johans gate, *das eine Menge gut betuchter Fußgänger in eleganter schwarzer Kleidung im nächtlichen Oslo zeigt, die den Betrachter aus geisterhaft blassen Gesichtern anstarren. Auf die Künstlerin wirkten sie unheimlich und geistesabwesend. Sie hatte gelesen, dass Munch* Abend auf der Karl Johans gate *gemalt hatte, nachdem er aufgeregt auf eine Geliebte gewartet, sie ihn jedoch bei ihrer Ankunft lediglich mit einem schwachen Lächeln bedacht hatte und weiter die Straße entlanggeeilt war. »Sie hat ihn einfach geghostet, Mum!«, erklärte die Künstlerin. »Sie hat ihm das Gefühl gegeben, dass er unsichtbar ist.«*

»Stimmt«, bestätigte die Mutter der Künstlerin. »Er hatte das Gefühl, dass er gar nicht existiert. Deshalb hat er die Straße in eine Geisterstraße verwandelt.«

In diesem Moment kam der Künstlerin der Gedanke, wie faszinierend es doch war, von einer Frau aufgezogen zu werden, die Edvard Munch ebenso verehrte wie die Spice Girls. Dann überlegte sie kurz, welches Gewürz ihre Mutter wohl als Spice Girl gewesen wäre. Sie dachte erst an Muskatnuss, entschied sich dann jedoch für gemahlenen Pfeffer.

Seht ihr, was ich hier getan habe? Macht der Gewohnheit. Manche Leute knabbern ihre Fingernägel ab, andere pinkeln ins Schwimmbecken. Ich hingegen habe die Angewohnheit, mir mein Leben als Gegenstand einer Führung im New Yorker Metropolitan Museum of Art im Jahr 2100 vorzustellen, die ein spießiger englischer

Kunstkritiker namens E.P. (Edward Percival) Buckle leitet. Er schildert einer Gruppe hingerissener Kunstliebhaber diese frühen namen- und hauslosen Jahre meines Lebens. Verbreitetes Phänomen, da bin ich mir sicher.

In meiner Vorstellung lauschen diese Kunstliebhaber Buckles Einsichten in mein Leben, während sie meine frühen Tuschezeichnungen aus der Brisbaner Ära betrachten, die über mehrere Säle der Galerie verteilt sind und nur einen Teil einer posthumen Ausstellung mit einem feinsinnigen und bescheidenen Namen wie *Sie war die größte Künstlerin, die es je gab* oder *Keiner kannte ihren verdammten Namen* bilden. Während sie durch die Ausstellung schlendern, kommentieren sie mein Leben und meine Kunst.

»Sie war ein eigenartiges Kind«, sagen sie.

»Offen gestanden ist es ein Wunder, dass sie überhaupt den Absprung aus Brisbane geschafft hat«, sagen sie.

»Sie berührt mich«, sagen sie. »Sie geht mir nahe. Sie spricht direkt und tiefgründig zu meinen Ängsten und Schwächen. Einfach ausgedrückt ist sie schlicht die überragendste Künstlerin, die je gelebt hat, und keiner kannte ihren verdammten Namen.«

Verrückt, ich weiß. Doch um die Wahrheit zu sagen, hat Mr. Buckle mir sehr dabei geholfen, einen Schritt zurückzutreten und klar und ungetrübt zu betrachten, was ein sehr ungewöhnliches und unruhiges Leben auf der Flucht war. Manchmal, wenn ich nervös oder ängstlich bin oder etwas Schlimmeres als beides zusammen verspüre, dann schiebt sich der gute alte E.P. Buckle in meine Gedanken, und kaum fängt er mit seinem Geschwätz an, fühle ich mich wie jemand anderes. Ich habe das Gefühl, dass es nicht notwendigerweise ich bin, die diese Dinge durchlebt, sondern jemand Schlaueres, Talentierteres und Mutigeres. E.P. Buckle verleiht allem eine Bedeutung. Es ist, als würde er mir sagen, dass all diese Dinge aus gutem Grund geschehen. Sie müssen geschehen, damit ich an Orte gelange, von denen E.P. Buckle weiß, dass ich einmal dorthin gelangen werde. Es ist unglaublich hilfreich, das eigene Leben durch die Brille eines siebzigjährigen Engländers zu betrachten, der redet, als hätte er einen Füllfederhalter im Arsch stecken.

»Bronwyn?«, frage ich. »Bronwyn bedeutet ›weiße Krähe‹.«

»Nein«, sagt Mum.

Später Vormittag, Spaziergang am Fluss. Genug Zeit, um das »He, Mum, wie lautet mein echter Name«-Spiel zu spielen. Sie sagt, ich werde ihn nie erraten und könne mir die Mühe deshalb sparen. Weil mein Name eine schöne, aber auch seltene Bedeutung hat. »Vanessa?«, frage ich. »Vanessa bedeutet ›Schmetterling‹.«

»Nein.«

Der schwarze Adidas-Rucksack auf den Schultern. Risse in den Fersen. Ich halte mein Skizzenbuch in der linken Hand und in der rechten einen schwarzen Copic-Multiliner-Zeichenstift mit einer Einmillimeterfeder. Gut, um Falten, Zehenhaare und Risse in den Fersen zu zeichnen. Würde ich diese Szene jetzt zeichnen, dann würde ich mit den Rissen in Mums Fersen anfangen. *Hauslose alleinerziehende Mutter mit Fersenrissen.*

»Beatrix?«, frage ich. »Beatrix bedeutet ›Reisende‹.«

»Nein«, gibt Mum zurück.

Fersenrisse. Das ist Mum, wie sie leibt und lebt. Fersenhaut wie Sandpapier. Fußsohlen wie schwammige Korallen, die zum Sterben in die Sonne gelegt wurden. Wenn sie irgendwohin muss, dann geht sie, wenn sie nicht rennt. Ihre Füße sind so verhornt, dass ich mir manchmal vorstelle, wie ein Eagle-Farm-Pferdetrainer ihr U-förmige Hufeisen auf die Sohlen nagelt.

Vor dem ganzen Gerenne war sie Lehrerin. Aushilfslehrerin. Eine der ganz großen Allrounderinnen der australischen Pädagogik. Mum sagt, ein Klassenzimmer als Aushilfslehrerin zu betreten, sei, als würde man eine Bärenhöhle in einem Anzug aus Lachshaut aufsuchen. Sie sagt, der Grund, warum Kinder mit Aushilfslehrern so leichtes Spiel haben, sei, dass sie ein Klassenzimmer blind betreten. Sie haben keine Ahnung vom bisherigen Verhalten der Kinder. Die guten Kinder erkennen eine willkommene Gelegenheit, einen Tag böse sein zu dürfen. Und die bösen riechen ihre Gelegenheit, noch böser zu sein. Aus diesem Grund hat Mum die Kinder morgens beim Aufruf der Namen immer aufgefordert, ihren Namen zu sagen und das letzte Mal zu beschreiben, als sie etwas Nettes für jemanden getan haben. Sie sagt, Kinder sind weniger böse, nachdem sie der Welt und sich selbst in Erinnerung gerufen haben, wie gut sie sein können.

Es ist Mum zu verdanken, dass ich ein Jahr früher meinen Abschluss gemacht habe – zu Hause an der »Hobo High«, wie ich gern sage. Inoffiziell natürlich. Anlässlich meines Schulabschlusses stellte Mum auf dem Schrottplatz eine zutiefst traurige, aber sehr feierliche Zeremonie auf die Beine. Ros buk einen Vanillebiskuitkuchen, und ich hielt eine Abschlussrede, in der ich uns all die Mathestunden auf den Rücksitzen viel zu heißer Vans in Erinnerung rief. Die unzähligen Englischstunden, die Mum mir in klimatisierten öffentlichen Bibliotheken entlang der australischen Ostküste gab. Meereskundliche Biologieexkursionen zu Stradbroke Island. Naturwissenschaftsexkursionen zu Brisbanes Planetarium. Und schließlich mein ganz persönliches Lieblingsfach: wöchentlicher Kunstunterricht, der beim Schlendern durch die Queensland Art Gallery abgehalten wurde. Mein Abschlusszeugnis war aus der Innenseite einer Cornflakespackung hergestellt, und der Hut, den ich am Ende der Zeremonie halbherzig in die Luft schleuderte, war ein von Schweißrändern bedeckter Secondhand-Golfhut mit dem Emblem des Indooroopilly Golf Club.

Nach den Fersenrissen würde ich eine ganze Zeit auf Mums Haare verwenden. Ich habe ihre vor drei Tagen mit einer Bastelschere geschnitten und sie meine. Jetzt sehen wir beide aus wie Waisenjungen aus der Londoner Gosse im 17. Jahrhundert. Nach den Haaren würde ich versuchen, durch ihren Schmutz ein Gefühl für Mum als hauslose Person hineinzuschattieren. Ich spreche hier von einem Schmutz, der so tief sitzt, dass er Teil der Haut geworden ist. Von Schmutz, den man an den Fingernägeln schmeckt, wenn man Chips isst. Schmutz an den Beinrückseiten, den alte Menschen fälschlicherweise für Leberflecke halten. Epidermaler Schmutz. Schmutz als Waffe. Schmutz als Schild. Klingt komisch, ich weiß, aber manchmal geht die gefühlte Nähe zum Schmutz so weit, dass man auch eine Erdnähe spürt. Du entdeckst eine Verbindung zum Boden und hast irgendwann das Gefühl, selbst Teil des Bodens zu sein. Als könntest du auf jedwedem Fleckchen Gras überall auf der Erde schlafen, weil du jetzt Teil davon bist. Du bist Boden. Du bist Schmutz. Du bist Erde. Dieses Gefühl bekommt man leicht, wenn man nur lang genug hier draußen lebt. Aber es ist nicht leicht zu zeichnen.

»Marlene?«, frage ich. »Marlene bedeutet ›Stern‹.«

»Nein«, gibt Mum zurück.

Ich muss mir in Erinnerung rufen, möglichst viel aus diesen Spaziergängen herauszuholen. Der Frieden und die Behaglichkeit des Hier und Jetzt, so lange ich es noch mit Mum teile. Wir beide, so lange wir überdauern. Mum und ich. Um die Wahrheit auszuspucken wie den Samen einer Wassermelone: Wir leben auf gepumpter Zeit, wie Mum es ausdrückt. Und davon kann sie keiner abbringen.

»Maeve?«, frage ich. »Maeve bedeutet ›die Berauschende‹.«

»Nein«, gibt Mum zurück.

Am Tag meines achtzehnten Geburtstags will sie sich den Bullen stellen: am 23. April. Nur noch zwei Monate. Dann werde ich ein normales Leben führen können, sagt sie. Dann bin ich in Sicherheit, sagt sie. Kann mich selbst um mich kümmern. Frei sein und meinen Künstlerinnenträumen nachjagen. *Herzlichen Glückwunsch, Kind. Und jetzt verschwinde ich besser in das große Haus.*

Lange Geschichte, aber wenn ich schon erzähle, woher all dieser E.-P.-Buckle-Gerede-im-Met-Kram kommt, dann ist es sinnvoll, auch zu erzählen, wann die Kunst mich zuerst wie ein Blitz traf. Du weißt nie, wann ein Traum dich findet. Ein Traum kann dich erreichen wie ein Lied im Wind oder ein Schlag gegen den Kiefer.

Ich hatte meine große welterweckende Erleuchtung mit zwölf, als ich mit Mum im Wohnwagen eines Freundes in Far North Queensland wohnte. Wir schauten eine Doku auf einem Fernseher von der Größe eines Briefkastens. Es handelte sich um eine SBS-Dokumentation über eine große Pablo-Picasso-Ausstellung im New Yorker Metropolitan Museum of Art. Heute, im reifen goldenen Alter von siebzehn Jahren und zehn Monaten, kann ich glücklich sagen, dass ich mir viele Kunstausstellungen in der Kunstgalerie von Queensland und ihrem schwarzen Schaf von Schwester, der Gallery of Modern Art, angesehen habe. Doch damals waren die tätowierten Rücken von ein paar Comanchero-Bikern, mit denen Mum sich im McDonald's in Childers, rund dreihundertzwanzig Kilometer nördlich von Brisbane angefreundet hatte, das, was einer Kunstausstellung in meinem Leben noch am nächsten gekommen wäre.

Als wir an jenem Abend die Doku im Fernsehen schauten, sagte ich Mum, dass Pablo Picasso mich ein wenig an sie erinnere, weil Pablo genau wie Mum eine Art hatte, tragische Figuren und verstörte Seelen in seinem Leben willkommen zu heißen, die seinen Geist sowohl bereicherten als auch zerstörten. Ich sagte Mum auch, wie sehr mir Pablo Picassos Gemälde gefielen, vor allem die der Blauen Periode, die laut der Doku mit dem Tod seines Freundes Carles Casagemas eingeläutet wurde. Dieser war Picasso ein derart guter Freund gewesen, dass er ihn sogar in die Bordelle Barcelonas begleitete, obwohl er trotz aller Bemühungen seinen Pimmel nicht dazu überreden konnte, voll im Nashornmodus zu bleiben. Und so wartete der treue Casagemas geduldig, bis Picasso mit seinem leidenschaftlichen Geschäft fertig war, um dann gemeinsam ihre Odyssee unterm Sternenhimmel fortzusetzen und weiter Stillleben, Schattierungen und Schmerz zu diskutieren. Casagemas war in ein Künstlermodell namens Germaine Pichot verliebt und lud im Jahr 1901 in einem Pariser Café zu einem Abendessen ein, um mit Germaine und seinen engsten Freunden Berge von Essen und Ströme von Absinth einzunehmen. Dabei ahnten Germaine und seine Freunde nicht, dass es sich in Wahrheit um ein Abschiedsessen handelte.

An diesem Abend bat Casagemas Germaine um ihre Hand, doch sie lehnte ab. Da zog Casagemas eine Pistole, hielt auf Germaine und drückte ab. Der Schuss ging daneben. Dann zielte Casagemas auf seinen eigenen Kopf und schoss. Die Doku zeigte ein Gemälde, das Picasso kurz darauf anfertigte. Es hieß *Der Tod von Casagemas* und jagte mir eine Heidenangst ein, weil es so real, traurig und ehrlich wirkte: ein Ölgemälde von Casagemas' zombiehaft grünem Kopf auf etwas, was aussah wie ein Totenbett neben einer Kerzenflamme. Doch das Einzige, von dem Mum und ich den Blick nicht abwenden konnten, war das große schwarze Loch, das Picasso seinem Objekt auf die rechte Schläfe gemalt hatte.

»Wow«, sagte ich zu Mum. »Ich wusste nicht, dass wir so was tun dürfen.«

»Was, dir selbst eine Kugel in den Schädel jagen?«

»Nein«, antwortete ich. »Ich wusste nicht, dass wir so ehrlich sein können.«

»Natürlich kannst du so ehrlich sein«, sagte Mum. »Wie sollen wir je die Wahrheit verstehen, wenn keiner gewillt ist, sie uns zu zeigen?«

Während dieser Doku fingen Mum und ich an darüber zu lachen, wie sich der Kurator der Met-Ausstellung ständig auf Picasso als »den Künstler« bezog:

»Der Künstler war vom Tod seiner Schwester Conchita tief getroffen.«

»Wenn der Künstler überhaupt einen Sinn für Disziplin hat, dann ist es eine unnachgiebige Hingabe zu kreativer Undiszipliniertheit.«

»Der Künstler ist wie besessen von Akrobaten und Harlekinen, was bedeutet, dass er endlich wieder lacht.«

Dazu aßen Mum und ich Chipolata-Würstchen und den McCain-Winter-Gemüsemix aus der Mikrowelle. Ich blickte hinunter auf meinen Teller, der auf meinen dünnen zwölf Jahre alten Oberschenkeln ruhte. »Die Künstlerin ist wahrlich und gründlich aus ihrer Periode des gefrorenen Brokkolis herausgewachsen«, kommentierte ich in meiner besten hochgestochenen Museumskuratorenstimme.

»Die Mutter der Künstlerin versuchte, nicht darüber nachzudenken, was alles in ihren Chipolatas steckt«, entgegnete Mum in ebenso pompösem Tonfall.

Zwei Tage später kaufte Mum mir in einem Antiquariat ein Buch mit den Gemälden Picassos. Besonders faszinierte mich daran, wie alle Titel seiner Werke unumwunden die Wahrheit darüber sagten, was er malte. Ich verliebte mich in ein Gemälde namens *Frau in Grün*, das eine Frau in grüner Kleidung darstellte, genau wie der Titel versprach. Mir gefiel die Einfachheit seiner Titel wie *Stillleben mit Flasche und Glas* und *Des blinden*

Mannes Mahlzeit, das einen blinden Mann zeigt, der eine Mahlzeit einnimmt. Auch ich begann die ungeschönten Wahrheiten um mich herum zu zeichnen und gab ihnen einfache Titel, die ich mir selbst ausdachte: *Tankwart mit aufgeplatzter Lippe; Saxa-Salz und Chiko-Rolle auf einem Tisch; Mum, wie sie erkennt, dass ich die letzten Coco Pops gegessen habe; Bunnings-Wurst auf Brot ohne Zwiebel.* Dann teilte ich meiner Mum mit, dass ich mit dem Arsch zuerst in meinen Lebenstraum gefallen war: Eines Tages würden meine Zeichnungen im New Yorker Metropolitan Museum of Art ausgestellt werden.

Mit dreizehn Jahren verkündete ich, ich hätte beschlossen, den Rest meines Lebens so zu führen, als würde es von E.P. Buckle für eine posthume Ausstellung meines Lebenswerks dokumentiert. Verbreitetes Phänomen, da bin ich mir sicher.

»Ich will ein kühnes Leben leben«, erklärte ich Mum. »Genau wie Picasso und Casagemas. Die größten Künstler haben alle ein kühnes Leben gelebt. Sie haben fast immer eine rücksichtslose Wahl getroffen. Sie haben sich in wilde Liebesdreiecke geworfen, zu viel getrunken und Drogen genommen. Sie haben genau wie wir in Dreckslöchern gewohnt, Mum. Solange sie ein bisschen Farbe und einen sauberen Pinsel hatten, war ihnen egal, wo sie lebten. Picasso hätte in einem stinkenden alten Schuh wohnen können und wäre immer noch damit zufrieden gewesen, die Wände anzumalen. Und sie waren immer impulsiv und mutig. Als hätten sie gewusst, dass wir eines Tages alle über sie lesen würden, und wollten uns große, inspirierende Geschichten bieten. Sie haben sich jedes Mal für das Wagnis entschieden.«

»Viele von ihnen haben sich auch dafür entschieden zu sterben, bevor sie vierzig geworden sind«, merkte Mum an.

»Aber ihre Kunst lebt für immer weiter«, antwortete ich. »Die Kunst stirbt nie.«

Es ist eine sehr gute Idee anzunehmen, dass dein Leben eines Tages Gegenstand einer umfassenden retrospektiven Ausstellung wird, weil es dich dazu bringt, jeden Moment mit einem Sinn für seine Bedeutsamkeit zu leben. In meinem Fall ist der unerwartete Vorteil dieses verrückten Denkens das eigenartige und kuriose Phänomen, dass ich an bestimmten Gabelungen der sich entfaltenden Geschichte meines Lebens innehalte, um in Echtzeit alternative Ergebnisse in Erwägung zu ziehen.

Zum Beispiel fand ich mich vor zwei Wochen am George-Street-Ende der Queen Street Mall wieder und hatte vor, gemächlich die Einkaufsstraße hinunter bis zum H&M gegenüber vom Wintergarden zu schlendern. Doch was, wenn ich mich für das Wunder entschiede? Was, wenn ich etwas wagte? Wäre es nicht eine viel bessere Geschichte, wäre es nicht viel kunstvoller, wenn ich stattdessen den ganzen Weg Rad schlagend zurücklegte? Und so tat ich das. Ich schlug sechsunddreißig aufeinanderfolgende Räder bis zum H&M. Dabei verpasste ich der Luftballonstation vor dem Telstra-Laden beinahe einen Karatekick, und zweimal rutschte mein Rucksack herunter. Als ich endlich den H&M erreichte, war mir so schwindelig, dass ich zum Gartenbeet vor Mecca Maxima taumelte und die drei Weet-Bix auskotzte, die ich zum Frühstück gegessen hatte.

Doch dann legte mir eine sudanesische Frau mit Air-Pods in den Ohren mitten in der Kotzattacke eine Hand auf die linke Schulter und fragte, ob es mir gut gehe. Sie gab mir eine dieser orange-schwarzen Nike-Plastiktrinkflaschen und ließ mich mit dem Rest Wasser darin den Mund ausspülen. Wir setzten uns auf eine Bank, und sie erzählte mir, dass sie Mutter dreier Kinder war, die allesamt 2003 nach Brisbane gekommen waren, um einem Bürgerkrieg zu entfliehen, der so blutig, gewaltsam und laut war, dass sie auf ihren AirPods nichts anderes mehr hören kann als Vogelgesang. Sie fragte mich nach meinem Namen, und ich sagte ihr, dass ich keinen habe, und fragte sie, ob sie es für sich behalten könne, wenn ich ihr erzählte, dass Mum und ich wegrannten, seit ich sechs Monate alt war, und ich meinen Namen nicht kannte, weil es für Mädchen auf der Flucht gefährlich ist, ihren Namen zu kennen. Weil Mädchen auf der Flucht diesen Namen anderen gegenüber auf keinen Fall ausplaudern dürfen und weil dich, wenn du auf der Flucht bist, absolut jeder ans Messer liefern kann.

»Wie ist dein Name?«, fragte ich.

»Mein Name ist Amina Osman«, antwortete sie.

»Dein Name ist Amina?«

»Ja.«

»Ich habe zu Hause einen Temple-&-Webster-Spiegel, der Amina heißt«, sagte ich.

Amina lächelte. Sie schien diese Neuigkeit nicht so unglaublich zu finden wie ich.

»Findest du das nicht unglaublich?«, fragte ich.

Amina zuckte die Schultern und lachte. »Wo ich herkomme, ist Amina ein sehr beliebter Name«, sagte sie. »Auch für einen Spiegel.«

»Warum das?«, fragte ich.

»Amina bedeutet ›vertrauenswürdig‹«, sagte sie. »Spiegel lügen nicht. Kann sein, dass der Spiegel in deinem Leben das Vertrauenswürdigste überhaupt ist.«

Dann förderte ich mein Skizzenbuch zutage und fragte Amina, ob ich sie zeichnen dürfe, und sie sagte Ja. Eine halbe Stunde später überreichte ich ihr ein Porträt mit dem Titel *Amina, wie sie in der Queen St Mall sitzt und auf ihren AirPods Vogelgesang hört*.

Und in diesem Moment dachte ich mir, dass es nur zu dieser bemerkenswerten Interaktion gekommen war, weil ich entschieden hatte, Rad schlagend zum H&M zu gelangen. Weil ich mich für das Wunder entschieden hatte. Besser kann man es wohl nicht auf den Punkt bringen: Will ich durch mein Leben gehen? Oder will ich Rad schlagen?

»He, Mum«, sage ich, während wir uns am Flussufer entlangschlängeln.

»Ja, Schätzchen.«

»Ich glaube, ich weiß jetzt, worum es in dem Picasso-Traum ging.«

»Ach ja?«

»Ja. Ich glaube, ich habe mir unterbewusst gezeigt, dass es wehtun wird, wenn du dich stellst, und dass ich tagelang weinen werde.«

»Das wirst du«, sagt Mum. »Und ich auch.«

»Aber es wird auch Vorteile mit sich bringen«, sage ich.

»Was für Vorteile?«, fragt Mum.

»Es wird mich zu einer besseren Künstlerin machen«, erwidere ich.

»Wie das?«

»Ich habe all diese Kunstbücher im Buchladen der Gallery of Modern Art gelesen.«

»Sieh dich bloß vor. Du solltest dich in dem Laden nicht mehr blicken lassen.«

»Quatsch, die Verkäuferinnen lieben mich«, sage ich. »Sie lassen mich immer in der Ecke neben dem T-Shirt-Ständer lesen. Eine von ihnen, Maeve, hat mir sogar mal einen Stuhl hingestellt. Einen großen gelben Stuhl in Form einer Ananas, der der Kopf abgehackt wurde. Maeve ist Künstlerin, genau wie ich. Sie ist wunderschön, intensiv und zieht sich an wie Helen Frankenthaler in den Fünfzigerjahren.«

»Wer ist Helen Frankenthaler?«

»Amerikanische Expressionistin. Sie hat mal eine Ausstellung von Jackson Pollock gesehen und gesagt: ›In diesem Land will ich leben.‹«

»In diesem Land will ich leben«, wiederholt Mum. »Das hat sie schön ausgedrückt.«

»Ja, nicht wahr?«, sage ich. »Sie hat Pollocks Kunst als einen Ort betrachtet, den man besuchen kann. Venezuela. Tahiti. Bundaberg. Das Land von Jackson Pollock.«

»Willst du mir jetzt von den Vorteilen erzählen?«, fragt Mum.

»Na ja, den meisten großen Künstlern ist irgendwas Furchtbares widerfahren, als sie noch jung waren, und sie alle wurden von dem Schmerz, den das Ereignis ausgelöst hat, angetrieben. Es gibt zwar jede Menge schöne Gemälde, die aus Liebe oder Glück heraus entstanden sind, aber ich halte nach wie vor die für die richtig, richtig gut, die aus richtig, richtig großem Schmerz heraus entstanden sind. Und den werde ich fühlen, wenn du dich stellst.«

»Richtig, richtig großer Schmerz«, sagt Mum. Langes Schweigen. »Müssen wir jetzt darüber reden?«

»Tut mir leid.«

Ich habe vergessen, wie sehr es ihr wehtut, über das Wegrennen zu reden. Und über das Anhalten. Nichts kann daran was ändern. Deshalb hat es auch keinen Zweck, darüber zu sprechen. Mum stellt mir jedes Jahr dieselbe absurde Frage. Jedes Mal starrt sie mir geradewegs in die Augen, packt mich an den Schultern – in der Art, in der die meisten australischen Vorortmums ihre Töchter bei den Schultern packen, wenn sie ihnen die Risiken von Glätteisen und Autosex mit Jungs namens Dylan näherbringen – und fragt: »Bist du es leid, so zu leben? Willst du, dass ich mich dieses Jahr stelle?«

»Nein, ich will nicht, dass du dich dieses Jahr stellst«, antworte ich immer wieder aufs Neue. »Ich werde niemals wollen, dass du dich stellst.«

Meine Mutter warnt mich nie vor Jungs in Autos. Meine Mutter warnt mich nur vor Jugendschutzbeauftragten.

Der Uferweg verläuft hinter einer Reihe Fabriken im West End, die rechts von uns liegen. Pauls Milch. Visy Glas. Hanson Beton. Links von uns fließt der Brisbane River selbst. Gerade hat er Hochwasser. *Ausgerissene Flussmädchen*. Würde ich diesen Moment zeichnen, dann würde ich die verlassene und eingestürzte Holz- und Stahlwerft links von uns einfangen, wo ein Typ namens Gusto dreimal sein Tag in Sprühfarbe hinterlassen hat. Wasservögel suchen in den halb aus dem Wasser ragenden Mangrovenbäumen entlang des Ufers nach ihrem Frühstück. Hoch aufragende Moreton-Bay-

Feigenbäume, deren Stämme mehr knorrige Nischen und Verstecke bieten als die meisten Vorstadthäuser in Brisbane.

Auf dieser Strecke laufen wir unter fünf Brücken hindurch, die allesamt zur Stadt zu meiner Linken führen. Inzwischen bin ich seit fünf Jahren Teenager und habe all diese Jahre ausnahmslos unter diesen Brücken verbracht. Zuerst kommt die Go Between Bridge, benannt nach einer von Mums Lieblingsbands aus Brisbane. Ihr Geländer ist mit Brettern in verschiedenen Blauschattierungen verkleidet, die in meinen Augen aussehen wie Klaviertasten. Ich hoffe, sie spielen »Spring Rain«. Das ist mein Lieblingssong der Go-Betweens, weil es der einzig mir bekannte Song ist, der einfängt, wie ein Novembersturm in Brisbane einen sich zugleich fröhlich, krank und vollkommen sicher fühlen lässt.

Dann ist da die Merivale Bridge, die zweispurige Eisenbahnbrücke, die durch Milton Reach verläuft. Unter ihr steht eine große Bronzestatue, die an eine Gefängnistür erinnert. Sie hat ein großes Schlüsselloch, doch es ist weit und breit kein Schlüssel in Sicht, um sie aufzuschließen. Mum hat gesagt, es handele sich um ein Denkmal für all die Kinder in meinem Alter, die die gute alte Lebenslotterie verloren haben und in staatlichen Waisenhäusern des Bundesstaates Queensland großgezogen wurden. Insgeheim habe ich mich immer gefragt, wie das funktionieren soll, und mir ein Mädchen vorgestellt, das von der Schule nach Hause kommt und an der Schwelle von einer Figur in Form von Queensland geküsst und umarmt wird. Die Figur hatte Beine, Turnschuhe, eine Schürze und ein Handtuch über dem Golf von Canberra hängen. »Was ist hinter der Tür?«, fragte ich Mum. Doch sie antwortete nur, dass sich dahinter der Grund verbarg, warum wir in einem Van auf einem Schrottplatz neben einem Fluss wohnten, der nach Fischfürzen stinkt.

»Barbara?«, frage ich. »Barbara bedeutet ›Fremde‹.«

»Nein«, gibt Mum zurück.

Nach der Merivale Bridge kommt die William Jolly Bridge. Sie verfügt über zwei breite parallele Bögen neben der Fahrbahn, die von jedem, der halbwegs Eier hat, überquert werden können. Mein bester Freund Charlie Mould und ich haben einmal »You Belong With Me« von Taylor Swift gesungen, während wir auf dem Scheitelpunkt eines der Regenbögen getanzt haben. Dann kommt die Kurilpa-Fußgänger- und Radfahrerbrücke und anschließend unser Ziel, die gepflegten Gärten unter der Victoria Bridge.

»Cecilia?«, frage ich. »Cecilia bedeutet ›blind‹.«

»Nein«, sagt Mum. »Und das reicht für heute, okay?« Klingt wie eine Bitte, ist es aber nicht. Sie geht weiter in Richtung Brücke.

»Die Künstlerin bereute die unbarmherzigen Inquisitionen, die sie ihrer leidgeprüften Mutter auferlegte«, sage ich in meiner E.-P.-Buckle-Stimme.

Mum bleibt stehen. Wartet darauf, dass ich sie einhole. Legt mir ihren linken Arm um die Schultern. »Die Mutter der Künstlerin träumte von einem einfacheren Leben für ihre Tochter«, sagt sie ebenfalls ganz E.-P-Buckle-mäßig. »Einem, in dem sie nicht so inquisitorisch sein muss.«

Wasser umspült die Uferfelsen, auf denen vor langer, langer Zeit Aborigines gefischt haben und die vor nicht ganz so langer Zeit von britischen Siedlern mit Kürbiskernen in den Taschen angepisst wurden. Ausladende Flammenbäume neben dem Fluss, unter denen ein Mädchen wie ich sechs Stunden lang sitzen kann und niemals einen Sonnenbrand bekommt, während es Bilder von seinen Nachbarn und Nashörnern, mutigen, mittelalterlichen Rittern in Kleidern und obdachlosen West-End-Alkis in glänzender Rüstung malt.

»Guck mal, Mum. Sieht cool aus.«

Sechs leere Kajaks schießen an uns vorbei den breiten braunen Fluss hinunter. Heute Morgen ist er voll, gewaltsam und reißend und lässt die Kajaks übereinanderpurzeln wie hungrige Krokodile, die um ein totes Hühnchen kämpfen.

»Ordentlich angepisst ist sie heute Morgen, die alte Bitch«, stellt Mum fest. »Die hat sie vom Grammar-Pier mitgerissen. Der ganze Regen der letzten Zeit ist von den Bergen runtergeströmt und hat unsere verschlafene braune Schlange aufgewühlt.«

Ganz in der Nähe von uns stehen drei gelb-grüne Zweipersonenzelte, die von ein paar Treibenden bewohnt werden, die ich aus dem Well kenne. Zelte wie diese gibt es einige am Flussufer verstreut. Die Leiterin des Well, Evelyn Bragg, hat vor sechs Monaten eine Spende von einem Zelthersteller für die Obdachlosen in South Brisbane organisiert.

»Na, sieh mal an, was der Fluss angespült hat«, sagt Mum.

Meinen besten Freund Charlie Mould. Schlafend an seinem Lieblingssaufplatz unter dem Laternenpfahl an der Grasböschung hinter der Mauer des Hanson-Betonwerks auf der Hockings Street. Die Mauer zeigt zum

Fluss, ist hoch und breit wie ein Autokino, und auf ihr prangt ein großes Schild mit blauer Schrift: *Hanson*.

Neben Charlie liegt ein silberner Rotweinbeutel, dessen Ausgießhahn von seinen fieberhaften Fingern zu Tode gequetscht wurde. Charlie ist ein Jahr älter als ich. Ein achtzehnjähriger Alki mit einer Pflaume anstelle einer Leber. Eine braune Haartolle fällt ihm in die Stirn. Der fünfte Beatle. Trägt ein graues Anzughemd mit einem Aufdruck der Westpac-Bank auf der Brusttasche. Noch so ein zufälliges Kleidungsstück von der Salvation Army. An den Kniekehlen abgeschnittene schwarze Jeans. Offene Schürfwunden an den Schienbeinen.

Ich stupse ihn sanft in die Rippen. »He, Charlie«, rufe ich.

Der Junge rührt sich nicht.

Mum kommt an meine Seite. Todernst. »Du musst ihm sagen, dass er mit der Sauferei aufhören muss«, sagt sie. »Seine Organe sind noch nicht voll entwickelt. Der verdammte Scheißkerl ist noch nicht stark genug, um sich so wegzuballern.«

»Sag ich ihm die ganze Zeit.« Ich beuge mich vor und gebe Charlie einen sanften Klaps auf die linke Wange. »Ey, Charlie«, belle ich. »Aufstehen! Du wirst hier von der Sonne frittiert.«

Noch ein Klaps. Charlie bewegt sich. Schlägt die Augen auf und blinzelt angestrengt gegen die Sonne über meiner Schulter. Offenbar hat er Mühe, sich einen Reim auf das zu machen, was sie ihm zeigen. »Bist du das, Gott?«, fragt er, Ehrfurcht in der Stimme. »Bin ich im Himmel?«

Mum verpasst ihm einen Tritt in die Seite. »Ja. West

End, Brisbane. Jetzt steh auf, Charlie, du weich gekochtes Ei.«

Charlie lacht und wappnet sich für einen weiteren Tritt von Mum.

»Alles gut?«, frage ich und reibe ihm die Stirn. Mehr Mitgefühl, als Mum aufbringen kann.

»Ja, mir geht's gut«, sagt er, setzt sich auf und wischt sich Grashalme von Händen und Armen.

Mum öffnet den Reißverschluss ihres Adidas-Rucksacks, zieht eine Colaflasche mit Wasser raus und reicht sie Charlie.

»Danke, Gott«, sagt er und stürzt das Wasser runter, als hätte er einen viertägigen Marsch durch die Wüste hinter sich.

Mum und ich gehen weiter am Ufer entlang.

»Wartet mal, wo wollt ihr hin?«, ruft Charlie uns nach.

»Es nennt sich Arbeit, Charlie«, rufe ich über die Schulter zurück.

»Was zeichnest du?«, fragt Mum.

»Dich«, sage ich und füge drei schnelle Striche zu ihrer Kinnlinie hinzu. »Wird überhaupt nichts.«

Wir sitzen am Fuß des alten Brückenpfeilers am südlichen Ende der Victoria Bridge und blicken über den Fluss auf die Bürotürme des Brisbaner Geschäftsviertels CBD, die hohe Schatten aufs Wasser werfen.

»Warum bekomm ich dein Gesicht nicht hin?«

Mum sieht mich nicht an, sondern hat den Blick starr auf zwei Fußgänger am Uferweg gerichtet.

»Der Stift lügt für dich«, sagt sie.

Der klobige Brückenpfeiler aus braunen Backsteinen hinter uns erinnert mich an einen Schachturm. Ich stelle mir immer vor, dass mittelalterliche Söldner mit kuppelförmigen Helmen von dort oben kochendes Öl auf Mum und mich kippen, wenn wir zu lange bleiben. Bei Regen schlafen manchmal Treibende aus dem West End hier und breiten ihre Bündel auf den weichen Gartenbeeten im Schutz der Brücke aus, die zum südlichen Teil der Stadt führt. Wir sitzen auf einer blaugrau gepflasterten Garteneinfassung direkt unter einem schwarzen Laternenpfahl mit einer Lampenfassung in Form des Helms des australischen Volkshelden Ned Kelly.

»Wie lügt er denn für mich?«

»Ist immer schwer, die Menschen zu malen, die wir am meisten lieben«, erklärt Mum. »Ob du es willst oder nicht, der Stift lügt für dich. In keinem Porträt, das du von mir zeichnest, triffst du mich ganz. Sie sehen nie nach mir aus, weil du zu nett zu mir bist. Du kannst gar nicht anders. Du siehst Dinge, die in Wirklichkeit gar nicht da sind. Aus dem Grund gibst du mir auch manchmal einen Löwen- oder Elefantenkopf statt der hässlichen Visage, die dich jeden Tag anstarrt.«

Nur so eine Darstellungsform, mit der ich in letzter Zeit herumexperimentiert habe. Menschen mit Tierköpfen, um ihre wahre Natur zum Ausdruck zu bringen. Liegt bestimmt an meinem Alten mit dem Monsterblut und dem T-Rex-Kopf.

»Das ist alles symbolisch gemeint«, erkläre ich. »Der Löwe steht für deine Stärke. Und der Elefant dafür, dass dich nichts umwirft. Du bist nicht zu stoppen.«

Unter der Woche ist es ruhig hier. Nur ungefähr alle zehn Minuten kommt jemand vorbei. Zwei Jogger. Ein Trio junger Skateboarder. Mütter mit Kinderwagen. Paare, die ihre Hunde ausführen. Touristen mit zu viel

Sonnencreme drauf und Touristen mit Rote-Bete-Gesichtern, weil sie zu wenig Sonnencreme drauf hatten. Familien, die vom Uferweg abbiegen, um zum South Bank Cultural Forecourt oder dem Queensland Performing Arts Centre hinter uns zu gelangen.

»Hey, Mum.«

»Ja, Schätzchen.«

»Weißt du, wer du bist?«

»Was meinst du?«

»Ich meine, wer bist du?«, frage ich. »Was sind die Dinge an dir, die dich zu der machen, die du bist? Was macht dich zu ... *dir*?«

Mum hebt die Hände an die Lippen und denkt über meine Frage nach. »Na ja, ich bin deine Mum«, antwortet sie. Langes Schweigen. Und dann kommt nichts mehr.

»Das war's?«, frage ich. »Das ist alles, was dich zu der macht, die du bist?«

»Das ist alles, was ich brauche.«

»Was, wenn ich mehr brauche, um zu wissen, wer du bist?«

»Zum Beispiel?«

»Keine Ahnung, ein Name wäre vielleicht nicht verkehrt.«

»Du hast schon einen Namen für mich«, wendet sie ein. »Und zwar Mum. Und zufällig ist Mum auch noch der schönste Name der Welt.«

»Das heißt, du bist meine Mutter und mehr nicht?«

Mum zuckt die Schultern. »Schätze schon.«

»Du bist mehr als nur eine Mum, Mum.«

»Ist das so? Was bin ich denn noch?«

»Du bist Ros' beste Freundin. Und ich glaube, vielleicht auch Junes. Du bist eine gute Schwimmerin. Du kannst einen Frisbee halb durch den Musgrave Park schleudern. Du machst tolle Pfannkuchen. Du bist einfallsreich. Irgendwie ist es dir gelungen, uns beide quer durch Australien zu bringen, ohne dass wir verhungert sind, während du die Bullen im Dunkeln hast tappen lassen. Du bist klug. Du bist weise. Du bist Witzeerzählerin. Geschichtenerzählerin. Geflüchtete. Beschützerin. Lehrerin. Die mutigste Person, die ich kenne.«

Mum lacht. »Okay, schön zu wissen, wer ich alles bin.«

Auf meinem Blatt fährt der Stift sanft über Mums Nase. Striche für die Falten in den Tränensäcken unter ihren Augen.

Mum dreht sich weg. Sie sieht einem halben Gummibaum nach, der den Fluss hinuntertreibt. Muss im Sturm abgeknickt sein. Stundenlang können wir hier sitzen, weil eine große Feigenbaumkrone halb über uns ragt und halb über den Fluss vor uns und Schatten spendet. Rund fünf Meter links von Mum treffen drei Abschnitte des Uferwegs in einer T-Kreuzung direkt unter der Victoria Bridge aufeinander. Ein Pfad führt hoch nach West End, ein anderer führt Fußgänger entlang des South-Bank-Gehsteigs und ein weiterer zentraler Pfad führt runter zum Riverside-Drive-Fußweg, den Mum und ich hochgekommen sind.

»Mach mich nicht so hübsch«, sagt Mum. »Du machst mich immer hübscher, als ich bin. Stärker, als ich bin.«

»Was ist falsch daran?«

»Nichts ist daran falsch. Es ist nur nicht die Wahrheit, mehr nicht.«

»Okay, dann fange ich jetzt an, dich hässlich aussehen zu lassen.«

»Nee, das auch nicht«, wehrt Mum ab. »Du sollst nur nicht für mich lügen.«

»Ich lüge schon mein ganzes Leben lang für dich.«

Sie sieht mich scharf aus dem rechten Auge an. »Das weiß ich«, sagt sie. »Aber diese Lügen sind in Ordnung.«

»Warum sind diese Lügen in Ordnung?«

»Weil sie aus einer guten Absicht entstanden sind.«

»Was für eine Absicht?«, frage ich.

Mum schüttelt den Kopf und wendet sich wieder dem Fluss zu. »Das weißt du genau.«

Ein Mann, ungefähr Ende zwanzig, kommt auf Mum zugeschlendert. Er ist gut aussehend und ordentlich gekleidet. Weißes Leinenhemd, blaue Jeans und Slipper. Bei ihr angekommen, schiebt er seine dunkle Ray-Ban-Sonnenbrille hoch. »Bestellung für Jordan«, sagt er.

Mum wirft einen Blick in ihr kleines gelbes Notizbuch. »Zweihundert«, sagt sie.

Jordan schiebt Mum zwei neue grüne Hundertdollarscheine in die Hand. Mum steckt sie ein und sagt zu mir: »Gloria.«

Ich schiebe die Hand in den schwarzen Adidas-Rucksack, ziehe eine wertlose indonesische Raubkopie-CD von Gloria Estefans Album *Cuts Both Ways* von 1989 heraus und gebe sie Jordan.

»Danke«, sagt er mit einer halben Verbeugung zu Mum und marschiert den asphaltierten Weg davon, der sich um den Brückenpfeiler herum und hoch zum Fußweg der Victoria Bridge schlängelt.

Ich zeichne Mums Nase. Eine perfekte Skipiste. Sommersprossen auf den Wangenknochen. Gebräunte Haut. Für immer von der Sonne geschädigt. Grüne Augen, genau wie meine. Nur dass ihre einen müden Ausdruck haben. Sie haben schon mehr Licht gesehen als meine. Und mehr Dunkelheit.

»Hey, ich hab gedacht, vielleicht könnte ich Lady Flo darum bitten, dass sie uns Tickets nach New York kauft.«

Mum späht den Uferweg auf und ab. Bloß eine weitere Straßenhändlerin auf der Suche nach einem weiteren treuen Kunden.

»Warum denkst du, dass Flo so was für uns tun würde?«

»Weil ich weiß, wie viel Geld du ihr allein im letzten Jahr eingefahren hast«, sage ich. »Ich weiß, dass sie genug hat.«

»Klar hat sie genug«, sagt Mum. »Das bedeutet aber noch lange nicht, dass sie es mit uns teilt.«

»Aber sie kümmert sich um uns«, sage ich. »Sie liebt uns.«

Mums Hand fährt herum und packt meinen linken Oberschenkel viel zu fest. »Flo liebt dich nicht«, zischt sie. »Wage es ja nicht, auch nur eine Sekunde lang zu denken, sie würde dir nicht Hände und Beine fesseln, dich in eine Fischkiste sperren und hier versenken, wenn sie müsste.« Wissend nickt sie in Richtung Fluss, als wäre die Sache mit der Fischkiste mehr als nur eine wahnwitzige Idee, die sie aus dem Nichts gegriffen hat. Noch immer hält ihre knochige, weiße Hand meinen Oberschenkel fest umklammert. »Das Einzige, was die Frau liebt, ist ihre Viper von Sohn«, sagt Mum. »Verstanden?«

»Ja, ich hab's verstanden«, sage ich und befreie mein Knie aus ihrem Griff.

Da werden wir von einer Frau Mitte vierzig mit Ralph-

Lauren-Sonnenbrille und einem grauen Businesskostüm unterbrochen. »Entschuldigung«, flüstert sie.

Noch immer hitzig vor Ärger fährt Mum zu ihr herum. »Was?«, bellt sie, offenbar hat sie ihre Manieren als Verkäuferin vorübergehend vergessen.

»Ähmmm ... Flo hat gesagt, ich könnte hier die Bestellung für Gail abholen«, sagt die Frau, die Handflächen nervös und unsicher auf die Brust gepresst. »Ähmmm ... Gail, das bin ich ... Na ja, bin ich nicht ... aber ... Sie wissen schon ... ähmmm ... verstehen Sie?«

»Ja, ich verstehe, Gail«, erwidert Mum und bringt ein halbes Lächeln zustande, das sie aus irgendeinem Steinbruch tief in ihrem Innern ausgegraben hat. Sie wirft einen Blick in ihr Notizbuch und streicht einen weiteren Namen durch. »Hundertfünfzig.«

Gail reicht Mum einen Briefumschlag, und Mum dreht sich zu mir um. »Alanis.«

Ich wühle im Rucksack, ziehe die wertlose indonesische Raubkopie-CD von *Jagged Little Pill* von Alanis Morissette heraus und überreiche sie Gail.

»Besser nicht hier aufmachen, Gail«, informiere ich sie.

Gail nickt. »Ich verstehe.« Sie lässt die CD in ihre olivfarbene Handtasche gleiten und ergreift die Flucht.

Zurück zu meiner Zeichnung. Augenbrauen. Wimpern. Kleine alte Narben über der Oberlippe. Dann der Hals. Und der Oberkörper.

Über Mums linker Schulter entdecke ich ganz oben am Weg, der sich sanft den Fluss entlangschlängelt, eine Mutter und einen Vater mit einem großen schwarzen Kinderwagen, der mit seinen riesigen Reifen geländetauglich genug wirkt, um ihr Kleinkind zum Basislager des Mount Everest hochzuschieben. Sie sprechen eine Sprache, die klingt wie eine, die meine Filipinafreundin Eleanora Reyes manchmal spricht, wenn sie als Freiwillige montagmittags Tacos im Well austeilt. Die rechte Hand auf dem Lenker des Kinderwagens ruhend, fragt die Mutter nun auf Englisch den Vater, wo sie hingehen. Erst zum Queensland Museum oder erst zur Gallery of Modern Art?

Ihr speckiges Kind scheint ein ungefähr zweijähriges Mädchen zu sein. Es trägt einen roten Strampler mit Knöpfen, der mit rosa und lila Muscheln bedruckt ist, und scheint vollkommen zufrieden damit, die Unterseite meiner Lieblingsbrücke in Brisbane anzustarren. Manchmal stelle ich mir vor, die Victoria Bridge würde auf den Kopf gestellt und die drei langen, massiven Betonpfeiler, die sie tragen, würden zu den Begrenzungsmauern zweier paralleler Rennstrecken, auf denen Radfahrer mit neonbeleuchteten Fahrrädern über den Fluss rasen. Ich glaube, die Kleine im roten Strampler sieht das auch gerade.

Über Mums rechter Schulter bummelt ein Pärchen händchenhaltend und genießerisch den Fluss entlang. Der Typ hat einen himmelblauen Pulli über die Schulter gebunden und erinnert mich an eines dieser gut aussehenden Models, die ich aus den West-End-Aldi-Broschüren kenne. Das Mädchen ist hübsch, ordentlich und trägt ein breites Colgate-Lächeln. Unsere Blicke folgen ihnen.

»Meinst du, das hält?«, frage ich.

»Nee, da kracht's«, sagt Mum.

»Warum?«

»Sieh dir doch mal ihre Schuhe an«, antwortet sie.

Ich beuge mich vor und verenge die Augen zu Schlitzen. Die beiden tragen die gleichen marineblauen Wildleder-Adidas-Schuhe. »Oh, die sind am Arsch«, verkünde ich.

»Hör auf zu fluchen«, rügt Mum mich. »Aber du hast recht. Abgestimmte Schuhe. Das kann einfach nicht lange halten.«

Ich wende mich wieder meiner Zeichnung zu. Zeit für die Hände. Die finde ich am schwersten zu zeichnen. Finger sehen bei mir immer alle gleich aus. Dabei sind die Finger und Hände eines Menschen ebenso einzigartig wie sein Gesicht. Krumme Mittelknochen am kleinen Finger. Leberflecke am Zeigefinger. Ringfinger, die sich nach außen biegen. Finger, die zu eng beieinanderliegen. Daumen, die zu weit vom Zeigefinger entfernt sind. Narben und Schwielen oder die Weichheit des Alters oder die Falten des Alters oder Risse durch Zeit und Arbeit. Diese Dinge machen uns ebenso zu denjenigen, die wir sind, wie unsere Träume und unsere Erinnerungen, unser Lachen und unsere Tränen.

Mum starrt mich mit einem eigenartigen Lächeln an. Das ist ihr sentimentales Lächeln. Ihr Erinnerungslächeln.

»Was ist los?«

»Mir ist gerade eingefallen, wie du mal gesagt hast, du willst Gott zeichnen. Weißt du noch?«

»Nein.«

»Du warst neun Jahre alt«, erzählt Mum. »Wir haben auf dem Parkplatz von dieser riesigen Christ Church Cathedral in Newcastle geschlafen.«

»War das in dem Pulsar?«

»Ja, in dieser Schrottkarre von einem Nissan Pulsar. Du hast den ganzen Tag lang die Decken in der Kirche angehimmelt und bist dann mit deinem Skizzenbuch auf den Rücksitz gesprungen. Damals hast du doch immer diese kaputte alte *Bob der Baumeister*-Taschenlampe mit dir rumgeschleppt. Und dann hast du mir gesagt, jetzt zeichnest du ein Porträt von Gott. Und ich hab dich gefragt, wie, um alles in der Welt, du ein Porträt von Gott zeichnen willst, wo doch keiner weiß, wie er aussieht. Und du hast gesagt: ›Na ja, wenn ich Gott gezeichnet habe, wissen wir alle, wie er aussieht.‹« Mum lacht, und eine Träne sammelt sich in einem Auge. Sie wischt sie mit dem Finger fort.

»Siehst du, das bist du«, stelle ich fest.

»Was?«, fragt sie und reibt sich die Augen mit dem Schulterstoff ihres Pullis.

»Eine Frau, die gern mal ordentlich weint.«

»Gibt Schlimmeres.«

Ich nehme ihre vor Tränen schwimmenden Augen in meine Zeichnung auf. Weiche, warme Augen. Gute Augen. Die Art von Augen, die niemanden im Zweifel lassen, wer du bist. Ich weiß noch genau, wie ich als kleines Mädchen zu diesen Augen aufgeschaut habe, wenn meine Mum mich in den Schlaf geredet hat, weil ich nachts Angst hatte. Dann erzählte sie mir eine Märchenversion meines zukünftigen Lebens. All die Dinge, die ich einmal tun würde. All die Drachen, die ich töten würde. All die Prinzen, mit denen ich tanzen würde.

»Hey, Mum?«

»Ja.«

»Kann ich dir eine Was-wäre-wenn-Frage stellen?«

»Natürlich.«

»Was wäre, wenn ich nie einen Prinzen fände, der mit mir tanzen will?«

Mum zuckt die Schultern. »Dann triffst du eben eine Prinzessin«, erwidert sie lächelnd. »Oder einen Bettler, der in seinem Herzen ein Prinz ist. Einen prinzenhaften Bettler, der dich wie eine Prinzessin behandelt.«

»Wie soll ich je einen Prinzen treffen, wenn ich in einem Van auf einem Schrottplatz wohne, den die meisten Menschen aus lauter Angst gar nicht erst betreten?«

Wir werden von einer Stimme unterbrochen. Einer Männerstimme. Bisschen zu laut für einen so friedlichen Ort. Mum wirft einen Blick über die Schulter, um zu sehen, zu wem sie gehört. Es ist der Vater mit dem riesigen Geländekinderwagen und dem Kleinkind im roten Strampler. Offenbar streitet er sich mit der Mutter darüber, wo sie hingehen. Er zeigt auf den Weg, der nach Westen zur staatlichen Bibliothek und dem Queensland Museum führt. Sie hingegen zeigt Richtung South Bank. Und jetzt redet er in seiner Muttersprache und gibt ihr einen Stoß mit dem Zeigefinger.

Mum dreht sich wieder zu mir um und hebt die Augenbrauen, als würde sie spöttisch ein billiges Feuerwerk betrachten. »Wie war deine Frage?«

»Wie soll ich je einen Prinzen treffen, wenn ich in einem Van auf einem Schrottplatz wohne, den die meisten Menschen aus lauter Angst gar nicht erst betreten?«

Mum nickt. Zweimal. »Die Tatsache, dass du in einem Van auf einem Schrottplatz wohnst, ist der Grund, warum du deinen Prinzen treffen wirst. Weil sich die Welt dreht, Kleines. Jetzt steht sie für dich kopf. Aber bald dreht sie sich richtig herum.«

»Wenn ich achtzehn werde?«, frage ich. »Wenn wir zur Polizei gehen?«

Mum nickt noch zweimal. »Ja«, sagt sie. »Wenn wir zur Polizei gehen.« Und dann atmet sie tief die Flussluft ein. Verleiht ihr einen Wert, als wäre Flussluft eine begrenzte Ressource.

»Die Welt dreht sich für uns alle«, fährt sie fort. »Pass bloß auf, eines Tages wirst du aufwachen und merken, dass sich die Welt für dich wieder richtig herum gedreht hat und dass alles Schlechte, was du auf der Unterseite nicht verdient hattest, durch etwas Gutes ausgeglichen wird, das dir auf der Oberseite widerfährt. Eines Tages wirst du aufschauen und in ein Gesicht sehen, und plötzlich wird alles Sinn ergeben und all der schlechte Unterseitenkram wird im Nachhinein notwendig erscheinen. Es wird einfach nur ein ganz normales Leben sein, einfach nur der Lauf der Welt, aber für dich wird es sich anfühlen wie ein Wunder. Wie für dich gemacht. Für dich entworfen, gezeichnet wie eines deiner verrückten Bilder. Du wirst es Schicksal nennen. Du wirst sagen, dass es so kommen sollte. Und vielleicht ist es auch so. Weil das alles ist, was die Welt tun soll. Sich drehen. Und du bist dazu bestimmt, dich mit ihr zu drehen.«

»Die Welt dreht sich«, wiederhole ich. »Gefällt mir, Mum. Das bedeutet nämlich, dass sie sich auch für dich dreht.«

Sie zuckt erneut die Schultern. »Vielleicht.«

»23. April«, sage ich. »Nicht mehr lange hin, wie, Mum?«

Sie lässt den Kopf sinken und fährt mit dem Fingernagel die Steinkante entlang. »Nein, nicht mehr lange hin.«

Dann hellt sich ihre Miene auf, und sie klopft mit den Fingerknöcheln auf mein Knie. »Aber was machen wir bis dahin?«

»Wir müssen uns unsichtbar machen.«

»Richtig.« Mum nickt.

»Okay«, sage ich. »Jetzt brauche ich nur noch dein Lächeln.«

»Warum?«

»Weil ich dich lächelnd malen will.«

Sie wendet ihr Gesicht mir zu und schenkt mir ein zögerliches Lächeln.

»Nein, ein echtes.«

»Wie kriege ich denn ein echtes Lächeln zustande?«

»Denk an etwas, was dich so richtig zum Lächeln bringt.«

Mum schüttelt den Kopf und überlegt einen Moment lang, den Blick auf den Fluss gerichtet. Dann bricht sie plötzlich in Gelächter aus. Mit einem Lächeln, bei dem ich an den Mond denken muss, den wir nachts durch unser Rostloch im Van sehen können, dreht sie sich zu mir um.

»Ja, das ist ein echtes Lächeln«, sage ich. »Halt das mal bitte so.«

Striche auf dem Papier. Schnell und wahrheitsgetreu. Keine Zähne in ihrem Lächeln. Geschlossene Lippen, aber ein Lächeln so breit wie der Fluss in ihrem Rücken.

»Schön siehst du aus«, stelle ich fest. »Woran hast du geda…«

Doch ich kann meine Frage nicht beenden, weil meine Aufmerksamkeit plötzlich voll und ganz vom Anblick eines riesigen schwarzen Geländekinderwagens mit großen schwarzen Reifen eingenommen wird, der viel zu schnell hinter meiner Mutter auf den Fluss zurast. Es ist der Kinderwagen mit dem speckigen Kind im roten Strampler, das als verschwommener roter Fleck an mir vorbeizieht.

Das Bild ist vollkommen falsch. Unmöglich. Das Bild einer Welt, die kopfsteht. Feigenbäume wachsen nicht auf dem Mond. Australische Lungenfische gehen sonntags nicht in die Kirche. Regenbogen bringen keine Felsen zum Bersten. Und Kinderwagen rollen nicht in den Brisbane River.

Bleib hier,
ich liebe dich

Bleib hier, ich liebe dich

Februar 2023
Stift und Tusche auf Papier

Ein beunruhigendes Bild, bekannter für das, was die Künstlerin darin ausgeklammert hat, als für das düstere Abgebildete. Ein Werk der Unstimmigkeiten und Störungen. Die Künstlerin stellt ein im Wald verlorenes Kind dar. Die Szene erinnert an ein Märchen der Brüder Grimm, das hier jedoch nur lückenhaft abgebildet ist. Die für den Betrachter nötigen Informationen, um eine Interpretation anzustellen, fallen durch die Risse der Zeichnung. Ein gebrochenes Bild, beinahe wie ein kaputter Spiegel. Die durch den Titel suggerierte Erwartung eines Werks der Liebe und Hingabe wird nicht eingelöst, sondern einer Reflektion der Angst gegenübergestellt.

Ein Aufheulen von der Mutter des Kindes. Kehlig. Urzeitlich. Schauderhaft. Eine einzelne herausgeschriene Bitte an die Welt, die sich zu oft und viel zu schnell dreht. »*Neeeeeiiin!*«, heult sie. Schwerkraft, Erde und die Neigung uralten Bodens. Von hier aus kann der Kinderwagen nur noch rollen, und die Mutter des Kindes ist zu sehr Mensch, um die Zeit anzuhalten und die Schwerkraft auszuhebeln. Ganz egal, wie sehr sie den rechten Arm ausstreckt, er wird die sechs oder sieben Meter nicht überbrücken können, die zwischen den wie Stiften gestreckten Fingern und dem Griff des Kinderwagens liegen. Mein Gehirn jedoch kann schneller Fragen formulieren, als ich es für möglich gehalten hätte. Ein Geheimnis in sechs Akten. Warum. Rollt. Der. Kinderwagen. So. Schnell? Von unserem Beobachtungsposten aus ergibt das keinen Sinn.

Der Schrei der Mutter veranlasst meine Mum sofort, sich umzudrehen, als wäre die Frequenz dieses »*Neeeeeiiin!*« an einem Ort hergestellt worden, den jede Mutter kennt. »Neeeeeiiin!«, schreit die Frau wieder, stolpert auf dem abschüssigen Weg und schlägt mit dem Gesicht zuerst auf dem Beton auf. »Christina!«, kreischt sie, als der Kinderwagen den gewundenen Gehweg verlässt und ungehindert über einen Abschnitt aus dekorativen grauen Pflastersteinen auf den hochstehenden gereizten Brisbane River zurast. Keine Begrenzung, die ihn stoppen könnte. Kein Zaun am Ufer. Nur eine saubere Kante Pflastersteine, dann achtzig Meter von Norden nach Süden wütendes braunes Flusswasser.

Dieser Moment enthält eine Geschichte, die von Schicksal, Zufall und außergewöhnlichen Ereignissen erzählt wird, und das Narrativ ist brutal. Unerbittlich. Erschreckend. Für den Kinderwagen gibt es überhaupt keine andere Möglichkeit als weiterzurollen, aber ich sage etwas Dummes und Nutzloses wie: »Anhalten!« Keine Ahnung, an wen das gerichtet ist, und warum auch sollte irgendwer oder irgendwas auf mich hören? Ich bin bloß das unsichtbare Mädchen mit der unsichtbaren Mutter, die beobachtet, wie sich das Unmögliche in Zeitlupe und doppelter Geschwindigkeit abspielt – unglaublich langsam und zugleich unerträglich schnell.

Der Kinderwagen ist zu geländegängig. Zu gut hergestellt. Die dicken Reifen sind zu effizient und bewegen sich zu schnell. *Anhalten. Anhalten. Anhalten.* Und inzwischen weiß ich auch, an wen meine Worte gerichtet sind. An das Ding, das uns hierhergebracht hat. An das Ding, das mir dieses Leben gegeben hat. Es ist dasselbe Ding, das dafür gesorgt hat, dass wir vor dem Monster wegrennen. Es ist Grausamkeit. Das Leben selbst. Es ist Leben. Es ist Drehen. Es ist Kunst. Und es wird nicht anhalten.

Als der Kinderwagen schließlich den Fluss erreicht, ist er noch schneller geworden. Zuerst brechen die breiten Vorderreifen über die Kante, dann vollführt der Kinderwagen einen Sturzflug von weniger als einem Meter und landet mit einem lauten Platschen im aufgewühlten

Wasser. Durch den Aufprall dreht er sich um, und das kleine Mädchen im roten Strampler, festgeschnallt in den Gurten, steht nun kopf, dem Wasser in einer Luftblase zugewandt, die zu schrumpfen beginnt, als der Kinderwagen langsam untergeht.

Dann das Getrappel gummibesohlter Schuhe auf Pflastersteinen. Christinas Vater rennt zum Fluss und stürzt sich mit den Füßen zuerst hinein, doch in seiner Panik verkalkuliert er sich und kracht mehr als eine Armeslänge vom Kinderwagen entfernt ins Wasser. Die Strömung treibt das kopfstehende Ding unbarmherzig vom Ufer und seiner verzweifelt ausgestreckten Hand fort. Panisch und wahllos fuchtelt er mit den Armen, doch sie fassen nur Flusswasser.

»Er kann nicht schwimmen!«, heult die Mutter, nun wieder auf beiden Füßen.

Bereits drei Körperlängen ist der umgedrehte schaukelnde Kinderwagen vom Vater fortgetrieben, der Flusswasser schluckt, während er mit dem braunen Schlamm ringt. Hilfe suchend drehe ich den Kopf in alle Richtungen, doch der Uferweg ist menschenleer. Keiner links. Keiner rechts. Heute Morgen sind alle bereits dorthin entschwunden, wo sie hinwollten. Und dann wird mir plötzlich bewusst, dass Mum aufgesprungen ist. Ihr Blick ist auf das angstverzerrte Gesicht der Mutter gerichtet. Dann zuckt er zum Vater, der hilflos im Wasser planscht. Ganz still ist sie, meine Mum. Ganz ruhig. Der Kinderwagen treibt mit der Strömung weiter, immer tiefer in den Fluss. Während er umgedreht dahinschaukelt, taucht er langsam unter. Noch schwimmt der Großteil jedoch wie durch ein Wunder auf der Wasseroberfläche. Mum kickt ihre Riemensandalen fort und wendet sich wieder mir zu. »Bleib hier«, sagt sie. Grüne Augen, genau wie meine. Kraftvoller Ausdruck.

»Nein, Mum, nicht«, flüstere ich.

Aber sie ist eine Löwin. Immer die Löwin. »Bleib hier, ich liebe dich«, sagt sie.

Und dann dreht sie sich um und rennt am Flussufer entlang, den Blick unverwandt auf den Kinderwagen und seine mutmaßliche Strömungsbahn gerichtet. Im Rennen reißt sie sich den Billabong-Kapuzenpulli über den Kopf. Darunter trägt sie ein dünnes weißes T-Shirt. Die Narben auf ihren Unterarmen kommen zum Vorschein. Sie sprintet beinahe zwanzig Meter vor den Kinderwagen, und dann ziehe ich zischend die Luft ein und schreie »Mum!«, während sie sich mit dem Kopf zuerst in den Fluss stürzt. Brillant, stark und mutig sieht es aus, wie sie durch das Wasser pflügt wie die australische Olympionikin, die ich im Well im Fernsehen gesehen habe. Sie hebt kurz den Kopf, um den Winkel des treibenden Wagens abzuschätzen, und taucht ihn dann wieder unter. Ihre kurzen Arme und Beine wühlen wie die Räder am Heck der alten *Kookaburra Queen* durch den Fluss.

»Bleib hier«, hat sie gesagt, aber das kann ich nicht. Ich muss auch aufstehen und rennen. »Hilfe!«, schreie ich. »Hilfe, irgendjemand!« Und für den Fall, dass irgendjemand mich noch nicht gehört hat, schreie ich einfach weiter. Ein urzeitlicher Schrei, der durch meine Rippen rattert. Ich bewege mich an den Rand des Ufers, wo Mum eingetaucht ist, und ich kann sehen, dass sie die Strömungsbahn richtig eingeschätzt hat. Sie schneidet dem treibenden Kinderwagen wie eine schnelle wohlgezielte Rakete, die ein langsameres U-Boot abschießt, den Weg ab.

Die Mutter des Mädchens rennt ebenfalls an die Uferkante und schreit erneut. »Christina!« Inzwischen abgehackt. Hysterisch. Weinend und jammernd. Der Schrecken des Augenblicks verwandelt sich in körperliche Schmerzen. »David!«, schreit sie. »Er kann nicht schwimmen!« Ihr Mann schlägt im Wasser um sich, dessen Strömung ihn unbarmherzig immer weiter in die tosende Flussmitte zieht.

Mum hebt den Kopf und findet wieder den Kinderwagen, genau rechtzeitig, um den Arm auszustrecken und eines der Räder zu packen, bevor er vorbeischnellt und für immer davontreibt. Der Fluss will das umgedrehte Mädchen ganz in seinen Mund spülen, hinunterschlucken und erst in der Moreton Bay wieder ausspucken. Doch das lässt Mum nicht zu. Bleib hier, Mum. Bleib hier, ich liebe dich. Heftig zerrt sie am treibenden Wagen, der sich nun verlangsamt. Mit beiden Händen das Rad gepackt, schwimmt sie auf dem Rücken gegen die Strömung, gegen die Kraft des wütenden Flusses an.

»Hilfe!«, schreie ich und drehe mich nach rechts, wo zwei Radfahrer von Richtung South Bank auf uns zufahren.

»Christina!«, heult der Vater im Wasser. Und da weiß ich, dass die Schlacht für ihn geschlagen ist. Er kann dem Fluss nicht trotzen, wie meine Mum es kann. Hilflos streckt er einen Arm aus, doch die Strömung zerrt ihn drei Körperlängen am Kinderwagen vorbei. Mum dreht noch rechtzeitig den Kopf, um ihn vorbeiziehen zu sehen. Er ist nur ein weiteres Treibholz. Nur eine weitere Gliedmaße eines vom Sturm entzweigerissenen Baumes, der in den Fluss geschleudert wurde. Er sieht meine Mutter an, und sie teilen einen Moment unausgesprochenen

Verstehens. »Treten!«, schreit meine Mum. »Du musst mit den Beinen treten!« Doch der Mann ist vor Schreck wie erstarrt.

»David!«, schreit seine Frau vom Ufer aus. Er findet sie dort. »Bless!«, ruft er. Dann wird sein Körper von einer Stromschnelle herumgewirbelt. Er wird auf die Seite geworfen und sein Kopf in den Fluss getaucht. Er schafft es nicht mehr, sich aufzurichten. Sein Kopf verschwindet für immer. »*Daviiiiid*«, heult seine Frau und fällt auf die Knie.

Mum holt zweimal tief Luft und findet wieder Kraft. »Mum!«, rufe ich. Ich will hineinspringen, doch sie sieht mich an und schüttelt den Kopf. *Nein, bleib hier*, besagt ihr Kopfschütteln. *Bleib hier, ich liebe dich.* Dann lässt sie sich von der Strömung mittragen und nutzt diese Schwimmpause, um wie ein springender Lachs mit einem großen Kraftaufwand in die Höhe zu schnellen und den Kinderwagen umzudrehen. Das kleine Mädchen hustet Wasser und beginnt dann zu schreien. Die kleinen Arme fuchteln im Wasser. Ihre Schreie sind zu viel für ihre Mutter. »Christina!«, kreischt sie.

Inzwischen haben die beiden Radfahrer, eine Frau und ein Mann mit Helmen und blau-weißen Radlerhosen, uns erreicht. Der Mann löst die Schuhe von den Pedalen, springt vom Rad und lässt es hart auf den Beton prallen. Mit einer Bewegung schleudert er seinen Helm vom Kopf, sprintet zum Ufer und hechtet in den Fluss, wo Mum nun davontreibt. Ihre Kraft reicht gerade noch, um den Kinderwagen über Wasser zu halten, doch sie schafft es nicht mehr, gegen die Strömung anzukämpfen. Mit sauberen Kraulbewegungen pflügt der Radfahrer durch den Fluss und nutzt die Strömung, um schneller zum Kinderwagen zu kommen. Er ist so schnell, dass er hart mit ihm kollidiert und Mum es nur mit Mühe schafft, weiterhin ein Rad zu umklammern. Mit kräftigen Beinschlägen hilft er ihr, den Kinderwagen über Wasser zu halten. Ich habe Mühe, Mums einzelne Worte zu verstehen, aber ich glaube, sie sagt: »Nimm sie«, denn der Mann bewegt sich vor den Wagen und kämpft mit dem Sicherheitsverschluss am Bauch des Kleinkinds. Endlich schafft er es, ihn zu öffnen, hebt das Kind heraus und drückt es an seine Brust.

Und dann sehe ich, wie Mum ihn aufhält, um ihm etwas zu sagen, was ich aus der Ferne nicht verstehen kann. Sie weint heftig. Warum weint sie so sehr? Hör auf zu weinen, Mum! Hör auf zu weinen und schwimm! Doch sie zeigt auf mich am Ufer, und der Mann folgt mit dem Blick ihrem Finger, dreht sich wieder zu Mum um und nickt. Was sagt sie nur?

Dann stößt er sich plötzlich rücklings von Mum und dem Kinderwagen fort. Mum sieht ihm nach, wie er den Blick zum Ufer wendet, das Kind mit dem linken Arm auf die linke Schulter hebt und dann heftig mit dem rechten Arm zu schwimmen beginnt. Sie lässt den Kinderwagen los, und ihr Kopf taucht kurz unter Wasser, während sie forttreibt. Doch sie taucht wieder auf und versucht genug Luft zu holen, um die zwanzig Meter gegen die Strömung anzuschwimmen, die sie von mir trennen.

»Mum!«, schreie ich. Da findet sie mein Gesicht am Ufer, und ihre Lippen formen die Worte »Ich liebe dich« über die ganze tosende Wasseroberfläche des Flusses. Sie nutzt ihre letzte Kraft, um mir zuzurufen: »Es tut mir so leid …« Und ich könnte schwören, da gab es noch ein Wort am Ende des Satzes, doch es wird von Wind und

Wasser geschluckt und verschwindet zwischen uns im Nichts. Ich schüttele den Kopf. Sie hat keinen Grund, sich zu entschuldigen. »Schwimm einfach«, schreie ich. »Beweg die Arme und schwimm!«

Dann wird meine Aufmerksamkeit vorübergehend auf den Mann im Wasser mit dem Kleinkind auf der Schulter gelenkt. Er ist schon ganz nah bei mir am Ufer. Doch er kann sich nirgendwo an der steinigen Kante festhalten. »Gib sie mir«, schreie ich. Die Partnerin des Mannes ist inzwischen neben mir, und ich bitte sie, meine linke Hand mit ihren beiden Händen festzuhalten. Dann lehne ich mich so weit wie möglich in den Fluss und verhake meine Finger mit dem Halsausschnitt des klatschnassen roten Stramplers.

»Ziehen Sie mich raus«, schreie ich, und die Frau zieht mich mit einem Ruck nach hinten. All das ereignet sich so langsam, dass mir genug Zeit bleibt, um über die Schulter zu Mum hinüberzusehen, deren Kopf kurz verschwindet und dann wieder über dem Wasser auftaucht. Das Kind ist jetzt in Sicherheit. Ich drücke es fest an meine Brust. Die Fahrradfahrerin hat mir einen so heftigen Ruck versetzt, dass ich mit Schwung auf dem sauber gestutzten South-Bank-Rasen pralle. Die nassen Haare des Mädchens drücken gegen mein Kinn, und es fängt an zu weinen. Es ist schwerer, als ich gedacht hätte. Es steht unter Schock. Seine weichen, eiskalten blauen Bäckchen bringen mich zum Weinen. Ich atme viel zu schnell.

»Pst«, flüstere ich. »Ich hab dich jetzt. Ich hab dich.« Und plötzlich wäre ich auch gern eine Mum. Ein unglaublich seltsames Gefühl. Ich wünsche mir die Mutterschaft. Genau jetzt. In genau diesem Moment. Ein Urinstinkt. Ich ziehe dich auf, Flusskind. Du kannst bei mir und Mum im Van mit den vier platten Reifen leben. Du wirst glücklich sein. Ich werde dich beschützen. Ich werde dich für immer lieben.

Doch dann stürzt sich die Mutter des Kindes auf mich. »Mein Baby!«, heult sie, und ich lasse los. »Christina!« Weinend drückt sie das Baby an ihre Brust und wiegt es vor und zurück. »Schhhschhhschh, schhhhschhhh.«

Ich blicke auf und sehe, wie die Radfahrerin ihren Partner am Handgelenk packt und ihn zum Ufer zerrt. Im tosenden Wasser ist nur noch ein Mensch übrig, und meine Augen suchen sie. Doch sie ist nicht mehr dort, wo ich sie zuletzt gesehen habe. Ich entdecke weder sie noch den Kinderwagen.

»Mum!«, schreie ich. Ich bekomme keine Luft mehr, schaffe es kaum, mich am Ufer auf den Beinen zu halten. »Mum!« Doch sie ist fort. Ich sprinte fünfzig Meter am Ufer entlang und suche panisch die Wasseroberfläche ab. Da sehe ich sie. Sie treibt auf dem Rücken mit der Strömung, Brust und Kopf ragen aus dem Wasser. Weit, weit entfernt in der Mitte des Flusses. »Muuuum!«

Sie hört mich nicht. Treibt einfach auf dem Rücken und blickt in den Himmel. Ruhig und würdevoll. Als wäre ein Engel vom Himmel in den Brisbane River gefallen, hätte Arme und Beine gespreizt und wartete einfach auf den großen goldenen Sonnenstrahlfahrstuhl, um wieder zum Himmelstor aufzusteigen.

Ich versuche am Ufer rennend mit ihr mitzuhalten. »Bleib hier, Mum«, schreie ich. »Ich liebe dich!« Dabei weine ich, doch das will ich nicht, denn Tränen können sie nicht retten. Nur die Strömung kann sie retten. Nur der Fluss kann sie verschonen.

Plötzlich verliere ich über einer Mulde, wo ein Abwasserrohr in den Fluss führt, die Bodenhaftung und stürze. Erde und Gras im Mund, schlage ich einen Purzelbaum. Mit blutigen Knien und Ellbogen springe ich hastig wieder auf, schüttele mich und versuche meine Mum wiederzufinden. Doch sie schwimmt oder treibt nicht mehr im Fluss. Sie ist verschwunden. Fort.

»Mum«, flüstere ich. Und dann breche ich auf dem gemähten Rasen am Ufer zusammen und weine, wie Pablo Picasso es mir aufgetragen hat. Ich lasse den Kopf sinken und schluchze in meine Hände, in meine gekreuzten Beine und in die Erde. Dann liege ich flach auf dem Rücken, die Arme ausgestreckt unter der gleißenden Sonne. In dieser Haltung verharre ich minutenlang und will für immer so bleiben.

Doch dann spüre ich eine sanfte Berührung am Oberschenkel, und eine Stimme fragt: »Bist du in Ordnung?«

Die Radfahrerin kniet neben mir, noch immer mit Helm und Sonnenbrille. Die gleißende Sonne strahlt über ihrem Kopf. »Atme«, sagt sie. »Es ist vorbei. Du warst sehr mutig.«

Ich setze mich auf und starre auf den Fluss, während sie meine rechte Schulter tätschelt. »Deine Mutter hat etwas Außergewöhnliches getan«, sagt sie. »Sie ist eine Heldin.«

Ich kann nicht aufhören zu weinen.

»Die Polizei ist bald da«, sagt die Frau. »Alles wird gut. Wir bleiben einfach hier.«

Bleib hier, ich liebe dich. Bleib genau hier. Die Polizei kommt. Alles wird gut, Bleib einfach hier.

»Die Polizei ist bald da«, wiederhole ich und nicke. »Die Polizei ist bald da.«

Ich lasse den Kopf sinken. Die Frau stellt mir eine Frage, doch ich höre sie nicht.

Dann schüttelt sie mich sanft an der Schulter. »Hey, Liebes«, sagt sie sanft. »Hast du mich nicht gehört? Wie ist dein Name?«

Ich hebe den Kopf, drehe mich zu ihr um und wische mir mit dem Handrücken Tränen und Schmutz aus den Augen. »Wie ist mein Name?«

»Ja, Schätzchen. Wie ist dein Name?«

Tief Luft holen. Mehr Tränen aus den Augen wischen. »Ich kann Ihnen meinen Namen nicht sagen.«

»Wie meinst du das, Liebes?«, fragt die Frau. Ihre Frage ist sanft, ganz weich.

Endlich gelingt es mir, aufzustehen und auf den Fluss zu zeigen, den Mum von nun an ihr Zuhause nennen wird. »Weil sie ihn mir nie gesagt hat.«

Und dann renne ich. So schnell ich kann, sprinte ich den Uferweg zurück. Vorbei an dem Mann in den engen Radlerhosen, der gerade auf einer Steinmauer neben dem Uferweg sitzt und mit den Händen auf den Knien versucht, wieder zu Atem zu kommen.

»He, warte!«, ruft er hinter mir her.

Doch ich laufe weiter.

»Stopp!«, schreit er und springt auf. »Sie hat mir eine Nachricht für dich mitgegeben.«

Ich halte so abrupt an, dass ich mir beinahe den Muskel im rechten Oberschenkel zerre. Doch zu viel Adrenalin pumpt durch meinen Körper, um den Schmerz zu spüren. Zu viele Gefühle, um überhaupt etwas zu fühlen. Stattdessen drehe ich mich um und sehe den Mann in seinen blau-weißen Radlerhosen an.

»Was hat sie gesagt?«, frage ich.

Er geht drei weitere Schritte auf mich zu und bleibt eine Armeslänge von mir entfernt stehen. Dort wischt er sich Flusswasser und Schweiß von der Stirn und holt tief Luft, als wollte er sein Gehirn beruhigen, um mir die Nachricht genau so zu überbringen, wie meine Mutter es wollte. Auch wenn sie überhaupt keinen Sinn ergibt, räumt er jedem einzelnen Wort die Zeit ein, die es verdient hat.

»Sie hat gesagt: ›Roslyn wird dir die Welt geben.‹«

Ich verstehe das nicht. »Tut mir leid«, sage ich. »Können Sie das bitte wiederholen?«

»›Roslyn wird dir die Welt geben‹«, wiederholt der Mann. »Das soll ich dir sagen. Genau das waren ihre Worte: ›Roslyn wird dir die Welt geben.‹«

»Das ist alles, was sie gesagt hat?«, frage ich.

»Das ist alles, was sie gesagt hat«, bestätigt er unter abgehackten Atemzügen.

Ich weiß nicht, was ich sagen soll. Dann gewinnt ein Wort die Oberhand. »Danke«, sage ich.

Und damit drehe ich mich um und renne davon.

Und so sprintete die angehende Künstlerin, so schnell sie konnte den grausamen Fluss entlang und blieb für nichts in der Welt stehen. Atemlos. Kopflos. Mutterlos. Einfach weiterrennen, sagte sie sich. Renn um dein einsames Leben. Halt nicht an, bis du in Sicherheit bist. Renn. Halt nicht an, bevor du achtzehn bist. Bis du erwachsen bist. Sie raste durch die kleine Gruppe an Leuten, die sich um die andere Mutter und ihr Kind Christina versammelt haben. Im Vorbeilaufen begegneten sich ihre Blicke. Bless, hatte der Mann im Wasser ihr zugerufen. Bless hatte er gerufen, als wäre das ihr Name.

Bless. Segen. Das ist doch mal ein verfluchter Name, sagte sich die Künstlerin in ihrer Schrottplatzsprache. Wenn ihr Name Bless war, dann war der einzig passende Name der Künstlerin an diesem Tag Curse. Fluch. Curse Smith. Curse Jones. Curse Keinebesondere. Die Künstlerin wurde einen Moment langsamer, doch ihre Flucht unterbrach sie nicht. Segne dieses Leben, sagte sich die Künstlerin. Segne dieses Kind. Verfluche diesen niederträchtigen Fluss. Einfach weiterrennen. Zurück zum Adidas-Rucksack. Zurück zum Skizzenbuch, dem Tintenstift mit der Einmillimeterfeder und der noch aufgeschlagenen Seite mit der Zeichnung ihrer Mutter, die nun mit den Lungenfischen auf dem Grund des Brisbane Rivers ruhte. Sie stopfte das Skizzenbuch in den Rucksack und rannte weiter. Immer weiter den Uferweg entlang, vorbei an der Gallery of Modern Art. Vorbei an den stinkenden Mangroven, die der Künstlerin den Heimweg wiesen. Hinter den Fabriken und Lagerhallen vorbei, die sie ihr Viertel nannte. Hinein in den jämmerlichen Schrauberschrottplatz, den sie ihr Zuhause nannte.

»Ros!«, rufe ich. »Ros!« Keiner da. Keiner beim kalten Lagerfeuer. Keiner kommt aus einem der Autos. Ich stürze auf Ros' Honda zu. Spähe durch die Fenster. Keiner drin. Diesmal schreie ich lauter: »Roslyn!« Nur für den Fall, dass sie irgendwo in der Nähe ist. Welse am Fluss angeln oder sich mit befreundeten Treibenden drei Türen weiter in der Moon Street unterhalten. Doch auf dem ganzen Hof kein Lebenszeichen. Kein Geräusch bis auf das sterbende Herz in meiner Brust.

Ich stürze zu dem Van, den ich nicht länger mit meiner Mutter teile. Schiebe die Seitentür auf und ziehe sie schwungvoll hinter mir zu. Krieche auf Knien auf der Matratze herum und taste mit zittrigen Händen über die Wand mit den Drucken. Bilder von Mum und mir, wie wir am Strand von Manly sonnenbaden. Mum und ich mit überdimensionalen Bargain-City-Weihnachtshüten. Mum und ich an meinem Geburtstag mit kleinen Schokomuffins, in denen angezündete Kerzen stecken.

Noch zwei Monate. Nur noch zwei Monate bis zu meinem achtzehnten Geburtstag. Zwei Monate, bis sie sich verabschiedet hätte. Sie hat es überstürzt. Sie ist dem Startschuss zuvorgekommen. Ich schlage die Faust gegen die Vanwand – härter, und ich würde mir einen Knochen brechen. Die Wut in meinem Bauch strahlt bis in meine Hände aus, die gewaltsam all die billigen Papiererinnerungen herunterreißen. Zerknüllte und zerrissene Bilder, zerstörte Erinnerungen. Dann verwandelt sich die Wut in meinem Bauch in Übelkeit. Ich muss kotzen. Taumelnd schiebe ich die Vantür auf und stolpere über das dichte Schrottplatzgras. Hände in die Knie gestützt, krümme ich mich vornüber. Bauchmuskeln kontrahieren. In meinem Mund sammeln sich Spucke und etwas Kleines, das sich wie eine Nacktschnecke meine Kehle hochschiebt. Ich spucke es ins Gras: ein Ball aus Sardinen und Magensäure, gefolgt von einer unschönen Mischung aus grüner Galle und Wasser. Dann wische ich mir über den Mund und drehe den Kopf in Richtung Himmel. Die Welt dreht sich. Ich drehe mich. Die Welt steht kopf.

»Ros!«, schreie ich wieder. »Ros!«

Ich schließe die Augen gegen die gleißende Sonne, und alles, was ich sehe, ist Mum, wie sie auf dem Rücken treibt und dann im braunen Fluss untergeht. »Mum!«, schreie ich. »Mum!«

Ziellos drehe ich mich mehrfach im Kreis, breche dann mitten auf dem Schrottplatz zusammen und weine hemmungslos. Die Art von Schluchzer, die jeden einzelnen Muskel meines Körpers ansteuern. Körperliche Trauer. Verlust, den ich im Kiefer spüre. Inzwischen wissen meine Ellbogen, dass sie gegangen ist. Meine Schulterblätter wissen, dass sie aus diesem Fluss nie mehr wiederkehren wird. Meine Knöchel wissen es. Meine Leber weiß es. Nach zwei vollen Minuten Körperschluchzen – bis meine Muskeln und Knochen zu sehr schmerzen, um weiterzuweinen – wische ich mir übers Gesicht und erkenne erst in dem Moment, dass ich nur eine Armeslänge von meinem Amina-Spiegel entfernt sitze. Nun weiß ich, wie verloren, aufgelöst und verzweifelt ich aussehe. Amina bedeutet »vertrauenswürdig«. Spiegel sind vertrauenswürdig. Spiegel lügen nie.

Ich gehe zum Spiegel und starre mich an. Packe den Rahmen an beiden Seiten und beobachte mich selbst beim Weinen. Dann drücke ich die Stirn so nah an den Spiegel, bis ich nur noch meine weinenden Augen sehe. In diesem Moment beschließe ich dem Spiegel eine Frage zu stellen, und wenn ich weiterhin keine Antworten erhalte, werde ich meine nutz- und namenlose Stirn gegen ihn schlagen, bis meine ganze kopfstehende Welt rot anläuft und die Farbe über all die Menschen in dieser Sonnenscheinstadt spritzt – über all die Flüsse, all die Liebenden, all die Mütter, all die Väter und all die Monster.

Ich stehe auf. »Spieglein, Spieglein auf dem Teer«, flüstere ich durch zusammengebissene Zähne. Mein warmer Atem formt eine beschlagene Wolke auf dem Spiegel. »Wo geh ich hin? Wo komm ich her?«

Keine Antwort. Also atme ich tief die heiße, salzige Flussluft ein und reiße meine Stirn weit zurück, um sie dann voll roter Gewalt nach vorn schnellen zu lassen. In dem Moment sehe ich zum ersten Mal das Gesicht der Frau im roten Kleid. Ihr ganzes perfektes Gesicht. Tiefgrüne Augen starren mich an. Perfekte Wangenknochen. Kunstvolle Wangenknochen. Ein dunkler Schönheitsfleck über einer vollen Oberlippe. Hellroter Lippenstift. Braune Locken. Silberner Leinwandstoff. MGM-Stoff aus Hollywoods goldenen Zeiten.

Sie zieht an einer langen weißen Zigarette. Und genau hier, auf diesem nutzlosen Schrottplatz, genau jetzt, am schlimmsten Tag meines Lebens, spricht die Frau im Spiegel zu mir. »Warum weinst du?«, fragt sie.

Dann starrt sie mich mit leerem Ausdruck an, während sie auf meine Antwort wartet.

Doch ich fürchte, Sprechen gehört nicht länger zu meinen Fähigkeiten. »Wie bitte?«, bringe ich nur krächzend hervor.

»Du hast mich gehört. Warum weinst du?«

»Weil meine Mum im Brisbane River ertrunken ist«, sage ich.

Die Frau im roten Kleid nickt verständnisvoll und dreht dann ihren Kopf zur Seite, um einen weiteren Zug von ihrer Zigarette zu nehmen. Hinter ihrem Profil erkenne ich farngrüne Wände. Sieht aus wie eine Wohnung. Und an dieser Wand hängt ein gerahmtes Gemälde von Pablo Picasso. *Mädchen auf der Kugel.* Picasso hat einen Mann auf einem Betonblock gemalt, der ein Mädchen anstarrt, das auf einer Kugel steht. Genau wie der Titel verspricht.

»Und was willst du jetzt tun?«, fragt die Frau im roten Kleid.

»Ich weiß es nicht«, erwidere ich. »Eigentlich wollte ich gerade meine Stirn sechsmal gegen den Spiegel schlagen, und dann habe ich ernsthaft überlegt, mich zu Mum in den Fluss zu gesellen.«

»Was für eine Verschwendung«, stellt die Frau im roten Kleid fest und inhaliert erneut Zigarettenrauch.

»Verschwendung von was?«

»Von allem, was du einmal sein wirst«, erwidert sie. »Von allem, was du tun wirst. Jedes Lachen. Jede Träne. Jeder Scherz. Jeder Pie mit Erbsen, den du je essen wirst. Jeder Song, den du je singen wirst. Jedes Kästchen, das du je ankreuzen wirst. Jede Hürde, die du je überwinden wirst. Jeder Strich schwarze Tinte, den du je auf eine leere weiße Seite malen wirst. Jeder Klecks Farbe, den du je über diese grausame schwarze Welt pinseln wirst.«

»Wer bist du?«, frage ich.

»Wer ich bin?«

»Ja, wer bist du?«

»Was tut es zur Sache, wer ich bin? Wer ist irgendwer überhaupt? Wer bist du? Bist du die grottenhässliche Fratze, die ich vor mir sehe, oder die schlecht gewählten Worte, die ich aus deinem Mund höre? Bist du die Beine, die vom Fluss weggelaufen sind, oder bist du das Herz, das deinen Atem aufrechterhalten hat? Bist du jeder Traum, den du nachts hast, oder jeder Wunsch, der dir morgens Angst einjagt? Bist du deine Sünden oder deine Erlösungen? Bist du dein Lächeln oder deine Wut oder deine Sehnsucht oder deine Hoffnung, oder bist du all die Tränenspuren, die ich in der Schmutzschicht auf deinem Gesicht sehe? Bist du alles, was du jeden Morgen vor der Dämmerung im Spiegel siehst, sogar bevor die

Vögel anfangen, den Sonnenaufgang zu besingen? Bist du all die tragischen Fragen, die durch diesen verstörten Kopf rattern, oder all die Antworten, die deine Mutter mit sich auf den Grund des Brisbane Rivers genommen hat?«

»Himmel, ich wollte doch nur deinen Namen wissen.«

»Mein Name? Ach so, tut mir leid.« Tiefer Zug. Rauchwolke. »Mein Name ist Lola.«

»Cooler Name, Lola.«

»Ich weiß.«

»Lola bedeutet ›Leid‹.«

»Ich weiß. Ich stecke voller Leid.«

»Warum?«

»Weil du mir gerade erzählt hast, dass deine Mutter im Brisbane River ertrunken ist. Das ist das Traurigste, was ich je gehört habe.«

»Ich weiß«, antworte ich. »Deshalb will ich ja auf die Victoria Bridge marschieren und mich hinterherschmeißen.«

»Wie, du willst nicht warten, bis Roslyn nach Hause kommt?«

»Was soll das schon ändern?«

»Vielleicht weiß sie, worum es in der Nachricht ging? Was deine Mutter mit den Worten meinte, die sie dem Mann in Radlerhosen gesagt hat. Vielleicht verbirgt sich darin der Schlüssel zu all den Antworten, die du schon so lange suchst?«

»Was, wenn ich die Antworten nicht mehr wissen will?«

Lola nimmt einen weiteren tiefen Zug und nickt. »Ja, das verstehe ich. Ich glaube, wir können mit Sicherheit davon ausgehen, dass sie tragisch sein werden.«

»Was bringt dich dazu, das zu sagen?«

»Welcher Teil der vergangenen achtzehn Jahre deines Lebens lässt dich annehmen, dass sie irgendetwas anderes als tragisch sein werden?«

»Guter Punkt«, sage ich.

»Aber das bedeutet nicht, dass du die Antworten einfach ignorieren solltest.«

»Ich glaube, du hast recht. Schlimmer als jetzt kann es mir danach kaum gehen.«

Sie zieht an ihrer Zigarette. »Nee, du wirst dich viel schlimmer fühlen als jetzt.«

»Werde ich?«

»Natürlich. Aber dann wirst du dich besser fühlen als jetzt. Und dann wirst du dich schlimmer fühlen als je zuvor. Und dann wirst du dich, ganz vielleicht, besser fühlen, als du es je für möglich gehalten hättest.«

»Redest du von wahrer Liebe?«, frage ich.

»Ich rede jedenfalls nicht von Pommes mit Bratensoße«, antwortet Lola.

Mein Herz weitet sich um einen halben Millimeter. Ich wische mir eine Träne aus dem Auge. »Aber zuerst bekomme ich alle Antworten?«

»Na ja, im Moment brauchst du gar nicht *alle* Antworten«, sagt Lola. »Jetzt brauchst du nur die Antwort auf eine Frage.«

»Welche Frage?«

»Wie hindere ich mich daran, in den Fluss zu springen?«

»Gute Frage«, sage ich. »Wie hindere ich mich daran, in den Fluss zu springen?«

»Du wartest, bis Roslyn nach Hause kommt.«

Ich nicke.

»Wie ist dein Nachname, Lola?«

»Mein Nachname? Kannst du den nicht erraten? Ist der nicht völlig offensichtlich?«

»Warum sollte er für mich offensichtlich sein?«

»Weil er passend ist. Ein Aptronym. Weißt du, was ein Aptronym ist?«

»Ja«, sage ich. »Darüber habe ich in der Brisbane Square Library gelesen. Es bedeutet, dass eine Person einen Namen hat, der seltsamerweise genau zu ihrem Leben passt. Zum Beispiel heißt der schnellste Mensch der Welt Usain Bolt. Und der Erfinder des Klos Thomas Crapper. Sara Blizzard ist eine brillante Meteorologin geworden.«

»Nominativer Determinismus«, bestätigt Lola. »Menschen, die sich zu Existenzen hingezogen fühlen, die zu ihren Namen passen.«

»Nicht zu vergessen Penny Hooker«, werfe ich ein.

»Und deine Freundin Esther Inthehole«, fügt Lola hinzu.

»So hat sie sich nur genannt, weil sie nicht mehr den Namen ihres Mannes benutzen wollte. Machen hier viele alleinstehende Frauen. Sie zeigen der Ehe den Stinkefinger. Tabitha Underthebridge. Sandy Overthehill. Melissa Openforbusiness.«

»Und sie sind wild entschlossen, den Stinkefinger weiter hochzuhalten, wie?«

»Lola Imtraum?«, schlage ich vor. Lächelnd schüttelt sie den Kopf.

»Lola Imgeist?«

»Nein.«

»Lola Imhammerkleid?«

Sie lacht. »Fürs Erste reicht einfach Lola.«

»Spieglein, Spieglein auf dem Teer«, flüstere ich. »Wo geh ich hin? Wo komm ich her?«

Lola nickt lächelnd. Noch ein Zug, dann drückt sie ihre Zigarette in einem mir verborgenen Aschenbecher aus.

»Tja«, sagt sie. »Ich werde nicht lügen.«

»Spiegel lügen nicht«, sage ich. »Spiegel sind vertrauenswürdig. Vor allem meiner.«

Sie nickt zweimal. »Wo du herkommst? Ich fürchte, dahinter steckt eine unvorstellbare Horrorshow der Tragik und Faszination. Wo du herkommst, reicht beinahe schon aus, um dich umzubringen.« Dann wackelt sie mit dem Finger in meine Richtung. »Aber du wirst überleben. Du wirst stärker werden. Du wirst eine großartige Künstlerin werden. Wegen deiner Kraft. Wegen deiner Vergangenheit. Weil du dich jetzt so fühlst. Weil du am liebsten in den Fluss springen würdest, es aber nicht tust.«

Sie lächelt. »Und wo du hingehst? Tja, was soll ich sagen …« Sie zwinkert mir durch den Spiegel zu. »Das wird ein verdammter Triumph!«

Roslyn auf dem Schrottplatz mit Elefant

Roslyn auf dem Schrottplatz, mit Elefant

Februar 2023
Stift und Tusche auf Papier

Eines von mehreren Porträts, das die Künstlerin von ihrer langjährigen Schrottplatznachbarin Roslyn angefertigt hat. Es zeigt eine alternde Roslyn in einer liebevollen, beinahe mütterlichen Beziehung zu einem Elefanten, der erstaunlich entspannt zu ihrer Linken sitzt. Man beachte den Rüssel, der warm, sogar schützend auf Roslyns rechter Schulter ruht. Aus Gründen, die nicht immer offenbar werden, ist der Elefant in den Werken der Künstlerin ein wiederkehrendes Motiv. Vielleicht dient er hier als Symbol der Macht und Stärke des Subjekts. Oder, und das ist wahrscheinlicher, er thematisiert die Macht eines guten Erinnerungsvermögens, ein Schlüsselelement zum Überleben eines jeden Elefanten in der freien Wildbahn.

Ich schätze mal, Mum wollte sich kunstvoll ausdrücken. Doppelbedeutungen und all das. *Roslyn wird dir die Welt geben.* Sie wird mir alles geben, was ich brauche. Sie wird mir Essen und ein Dach über dem Kopf geben. Eine Umarmung. Eine Hand. Ein Taschentuch, mit dem ich all die Tränen abwischen kann, die mir unentwegt mein schmutziges Gesicht hinunterrinnen. Doch noch viel nützlicher als ihre Taschentücher werden *ihre* Tränen sein. Ihre eigene Trauer um Mum wird hinunter auf den Grund dieses Flusses wandern. Wenn sie weint, fühle ich mich nicht mehr so dumm dabei, all dieses wertvolle H_2O aus meinen Augen zu spülen.

Nur wir beide in ihrem Honda. Ros mit den Händen auf dem Lenkrad, obwohl wir auf diesem stillen Schrottplatz nirgendwohin fahren. Ich sitze mit einem schwarzen Loch Trauer neben ihr, das durch meinen ganzen Körper brennt, von meinem Gehirn, in dem ich Mums Weisheiten aufbewahre, bis zu meinem Herzen, wo ich den Rest von ihr am Leben halte.

»Deine Mum und ich hatten eine unausgesprochene Abmachung«, sagt Ros. »Ich würde sie nicht fragen, wie sie in der Moon Street gelandet ist, und sie mich auch nicht. So konnten wir den Mund halten und tun, als wären wir sündenfreie Mütter, solange wir wollten. Wir würden uns auf Grundlage der Dinge beurteilen, die wir in der Gegenwart taten. Die Vergangenheit konnte uns mal. Das war jedenfalls der Deal. Doch eines Abends haben wir eine Flasche Cointreau am Feuer getrunken. Warmer Cointreau am Lagerfeuer, Kindchen, das ist ungefähr das, was einem legalen Heroinschuss am nächsten kommt. Das Zeug bringt dich von innen und außen zum Leuchten. Zu gleichen Teilen rektifizierter Alkohol, karibische Orangenschale und Stasiwahrheitsserum. Schon bald hatte ich restlos ausgeplaudert, warum ich so verdammt Schiss vor Pascall Clinkers habe.«

Ich kenne die Geschichte. Wir alle hier auf dem Platz kennen die Geschichte. Und weil ich die Geschichte kenne, muss ich daran denken, wie es kam, dass Mum und ich hier im Hinterhof der Unfallreparatur-Autowerkstatt in der Moon Street Nummer 38, West End, eingezogen sind. Und wie wir Ros, die Zauberin von Oz, kennenlernten.

Durch die Moon Street laufen die Menschen immer, ohne anzuhalten, weil es so einfach ist durchzulaufen, ohne anzuhalten. Dabei ist ein Besuch im West End, ohne in der Moon Street anzuhalten, etwa so, als würde man den Louvre besuchen und einfach an der *Mona Lisa* vorbeilatschen. Schmale Einbahnstraße. Magisch bei Tageslicht und ein bisschen gefährlich nach Anbruch der Dunkelheit. Die Straße, die von der Montague Road abzweigt und zwischen Beesley Street und Pidgeon Close eingeklemmt ist. Sie führt geradewegs zum Fluss hinunter, und ich habe bestimmt tausend verschiedene Versionen von ihr im Kopf und in meine Skizzenbücher gezeichnet.

Meine geliebte tintenperfekte Moon Street. Ihre in grellem Gelb auf den Gehsteig gesprühte Nachricht: *Land back, bitches!* Der Stromkasten, bemalt mit einem übergroßen roten Hufeisenmagneten in Form eines U, aus dem *U R MAGNETIC* wird. Ein rotes Lederausziehsofa mitten auf dem Gehsteig, das schon lange der unbarmherzigen Sonne und den unzähligen Nachmittagshagelstürmen eines Brisbaner Sommers standhält. Der schwarze Maulbeerbaum, den ich mit Charlie Mould im August und September aberntе, wenn die Beeren fett und reif sind. Kleine Werkstätten und Lagerhallen, die im West End allesamt fehl am Platz wirken. Der Laden Uncommon Valour mit Militärkleidung in der Nummer 12, gleich neben Christopher Stoikovs Ersatzteillager und Motorradwerkstatt Motorcycle Spares in der Nummer 14. Das Geschäft für Bogenschießen Arrowheads in der Nummer 18, gleich neben der Werkstatt für Heizkörper West End Radiator Service in der Nummer 20.

Die meisten meiner Freunde wohnen am unteren Ende der Moon Street in billigen staatlichen Wohnblöcken und Rehabilitationszentren. Dort steht der Wohnblock Queensland Department of Housing, Nummer 28, den alle wegen seiner Farbe nur den Pfirsich nennen. Daneben The Well, unser soziales Begegnungszentrum in der Nummer 30. Der Hinterhof vom Well ist mit dem Hinterhof der St.-Peter-Apostelkirche auf der Canoe Street verbunden, eine kleine, aber wichtige Kirche, in der alle Treibenden der Gegend zum Beten gehen, wenn sie sich die zerkrümelten Lammkoteletts zurück auf die Mittagskarte des Well wünschen. Flora Box' Meeresfrüchtegroßhandel Ebb 'n' Flo befindet sich weiter oben Richtung Montague Road, in der Moon Street Nummer 6.

Weil sie uns bei unserer Ankunft 2017 geholfen hat, haben Mum und ich in Lady Flo eine Zeit lang Glinda, die gute Hexe in *Der Zauberer von Oz,* gesehen. Davon wollen Ros und meine andere Nachbarin June jedoch nichts hören. Sie nennen Lady Flo nicht »die gute Hexe von Oz«, sondern »die böse Hexe vom West End«.

»Erinnerst du dich noch, wie deine Mum an manchen Tagen weinend zusammengebrochen ist?«, fragt Ros mich vom Fahrersitz ihres Honda Jazz aus.

»Ja, ich erinnere mich«, antworte ich.

Ich erinnere mich an viele Dinge. Wie Mum ihre Fingernägel abgeknabbert hat, bis sie blutig waren. Wie sie davon überzeugt war, dass jeder Mann, den wir trafen, ein Bulle oder der Sohn eines Bullen oder der Bruder eines Bullen oder der schwule Geliebte eines Bullen war. Und dann das Wegrennen. Rennen, so lange ich mich zurückerinnern kann. Geschichten, die sich am Wegesrand entspinnen. Manchmal hat sie Fremden erzählt, wir kämen aus Adelaide. Manchmal hat sie erzählt, wir kämen aus Neuseeland. Manchmal Melbourne. Manchmal Alice Springs. Die Route unseres Langstreckenmarathons veränderte sich so oft, dass ich nie genau wusste, wo wir gerade herkamen und wo wir hinliefen. Manchmal versuchte ich in Karten von Australien, die ich in öffentlichen Bibliotheken fand, unsere lange, gewundene Reise nachzuverfolgen. Ich zog meinen Bleistift über die Landkarten, doch die Striche endeten immer wieder in Kreisen, und am Ende hatte ich einen großen Ball Stahlwolle gezeichnet. Ich erinnere mich an Wüsten, dann Bäume, dann Schnee, dann das Meer und dann, ab sieben Jahren, erinnere ich mich an Weipa. Eine Minenstadt aus rotem

Lehm mit viertausend Einwohnern – die Hälfte davon freundlich, die andere Hälfte besoffen – im hohen Norden von Queensland, auf der Cape York Peninsula. Dort traf Mum einen Bauxitminenarbeiter, der Spin genannt wurde. Er ließ uns in einem Wohnwagen in der Nähe der Mündung des Mission River schlafen. Eine richtige Wohnung oder auch nur ein richtiges Zimmer mit richtigen Fenstern und einer richtigen Tür konnten wir nie mieten, weil Mum ihren richtigen Namen nicht angeben konnte.

Namen. Ich erinnere mich an all ihre Namen. Als sie starb, benutzte sie Louise Oxford. Bevor wir nach Brisbane kamen, war sie Naomi Murphy. Vor Naomi hieß sie Carol Malone und davor Giaan Bridges. Auch an ihre Haarfarben erinnere ich mich. Alle paar Monate bunt gefärbte Waschbecken. Haarbüschel auf dem Boden öffentlicher Toiletten. Und an ihre Gewichtsschwankungen erinnere ich mich. Manchmal schob sie Unmengen in sich hinein. Ganze Tafeln Cadbury-Schokolade. Tim Tams in Milch getunkt. Und dann die abrupten Schlankheitskuren. Wochenlang aß sie keinen Bissen. Lutschte nur Lollies und nippte an Apple Cider. Ich erinnere mich, wie sie nachts neben mir schreiend aufwachte. Furchtbare Albträume. Feuerträume. Einmal träumte sie, dass ich bei lebendigem Leib im Toyota HiAce verbrannte und sie die Schiebetür nicht öffnen konnte, um mich zu retten. Ich erinnere mich an ihre zitternden Finger. Ihr Schluchzen. Ihre Arme um mich geschlungen. Meine Arme um sie geschlungen. Und ich erinnere mich, wie sie oft zerbrach. Nicht wegen dem, was um uns herum geschah oder der Straße oder dem Schrottplatz oder den Menschen, die uns auf dem Heimweg Angst einjagten. Nein, sie zerbrach an ihren Erinnerungen.

»Ich habe sie oft am Fluss in ihre Hände schluchzen sehen«, erzählt Ros. »Dann bin ich zu ihr gelaufen, hab die Arme um sie gelegt und gesagt, alles würde gut werden. Aber sie konnte nicht aufhören zu weinen, und ich wusste immer schon, dass in ihren Tränen mehr als nur Traurigkeit steckt.«

Der Schrauber vom Schrottplatz ist ein Freund von uns namens Trevor Prendergast. Ein Zweiundsiebzigjähriger, der an Lungenkrebs stirbt und deshalb seine Werkstatt seit zwei Jahren nicht mehr geöffnet hat. Vor sechs Jahren fand er mich und Mum eines Montagmorgens kurz nach Tagesanbruch schlafend in dem orangen 1987er-Toyota HiAce vor, den er hinter seiner Werkstatt auf einem überwucherten Stück Land von der Größe eines Tennisplatzes zu Tode hatte rosten lassen. Die Brache blickt durch die Mangroven des West End auf den sich dahin schlängelnden Brisbane River und ist von einem hohen Maschendrahtzaun sowie drei noch höheren Strängen Stacheldrahtzaun umgeben. Die vier Nächte zuvor hatten wir uns über das Nachbargrundstück eines koreanischen Unternehmens, das vielseitige und zuverlässige Gepäckstücke herstellte und zu unserem Glück die linke hintere Ecke seines Zauns nicht repariert hatte, auf das Gelände geschlichen. Mithilfe eines rostigen Vierzehn-Zoll-Bolzenschneiders, der Mum von einem großzügigen und betrunkenen Kesselschmied in Weipa geschenkt worden war, schnitt sie schnell ein Loch in den Zaun, groß genug, damit wir mit unserem zuverlässigen Lederkoffer, gefunden auf einer Straße nach Byron Bay, hindurchschlüpfen konnten.

»Verpisst euch aus meinem Auto!«, bellte der Schrauber Mum an, während er einen Ratschengriff gegen das

Heckfenster knallte. Doch in solchen Momenten glänzte Mum stets mit Einfallsreichtum. Schnell verließ sie unseren jeweiligen Schlafplatz – das Haus von irgendjemandem, die Garage von irgendjemandem, das Boot von irgendjemandem, den rostigen Van von irgendjemandem –, entschuldigte sich wortreich und entspann dann die dunkle Geschichte des Tyrannosaurustanzes mit meinem Vater, dem Monster, der Tyrannenechse. Wie sie getanzt und noch mehr getanzt hatte und dann mit mir in den Armen losgerannt war. Sie erzählte nie so viel, dass sie ihre Identität preisgegeben hätte, jedoch genug, um sicherzustellen, dass die Bullen nicht gerufen wurden.

»Was steckt denn in Tränen außer Traurigkeit, Ros?«, frage ich vom Beifahrersitz ihres Honda Jazz aus.

»Willst du das wirklich wissen?«

»Ros, meine Mutter ist gerade im Brisbane River ertrunken«, sage ich. »Und mit ihr alle Hoffnung, je etwas über meine Vergangenheit herauszufinden. Ja, ich will es wirklich wissen.«

»Schuld«, antwortet Ros. »Blanke, elende Schuld. Klar, in ihren Tränen steckte auch Traurigkeit. Aber ich schwöre, da waren auch ein paar Mützen voll Schuld hineingemischt.«

»Woher weißt du, dass es Schuld war?«

»Glaub mir, Kindchen«, sagt Ros. »Ich erkenne die Schuldgefühle einer Mutter, wenn ich sie sehe.«

Von außen wirkt Trevor wie ein Grizzlybär, doch ich erkannte schnell, dass er im Inneren ein Welpe war, der mit herausgestreckter Zunge um eine Tüte Hundekekse herumrannte. Wie beinahe jeder, der Mum je dabei zuhörte, wie sie vom Tyrannosaurustanz erzählte, rief er nie die Bullen. Und jagte uns nie fort. Meiner Erfahrung nach sind die meisten Menschen gutherzig und anständig. Meiner Erfahrung nach wählen Fremde meistens Mitgefühl statt Angst, und ihr Beschützerinstinkt siegt über ihre Vorsicht.

Vielleicht schadete es auch nicht, dass Mum die Schwester hätte sein können, die Kylie und Dannii Minogue nie hatten. Sie war schön und freundlich. Am Tag, als sie Trev traf, musste sie etwa so viel gewogen haben wie eine Wassermelone, und ebenso süß kam sie daher, ohne einen einzigen schlechten Kern. Ganz bestimmt tat sie Trev leid. Oder vielleicht wusste er auch das eine oder andere über Tyrannenechsen, wie fast jeder Australier, den ich bisher getroffen habe. »Macht euch jeden Morgen in der Dämmerung vom Acker, dann könnt ihr so lange bleiben, wie ihr wollt«, sagte er. »Keinen Fitzel will ich von euch sehen. Ihr müsst unsichtbar bleiben, verstanden?«

»Verstanden«, sagte Mum. »Unsichtbar.«

Später am selben Morgen briet Mum am öffentlichen Gasgrill im Schatten der Kurilpa Bridge Scheiben von einem Stück gerolltem Hähnchenfleisch.

»Wie bleiben wir unsichtbar?«, fragte sie mich in der Art, wie ein Drillsergeant einen jungen Soldaten fragt, wie man seine Stiefel poliert.

»Keine Namen«, antwortete ich. »Kein Laut. Keine Vergangenheit.«

Mum nickte kurz und knapp. »Ich liebe dich«, sagte sie.

»Ich liebe dich noch mehr«, gab ich zurück.

»Ich liebe dich mehr, als es Gras in Irland gibt«, sagte sie.

»Ich liebe dich mehr, als es Sand in Ägypten gibt.«

Schuld in ihren Tränen. Das hatte ich nicht bedacht. Ich hatte sie nur für einen Ausdruck des Leids gehalten. Ich erinnere mich, wie sie in manchen Nächten so sehr weinte, dass sie ganz dehydriert war und die Schiebetür des Vans aufziehen musste, um ins Schrottplatzgras zu kotzen. An Schuldgefühle erinnere ich mich nicht. Nur an Liebe. An Monde. Ich erinnere mich an das Loch im Vandach von der Größe eines Tennisballs. Wenn es regnet, verdecke ich es mit dem Blechdeckel eines großen Suppentopfes. Manchmal lagen Mum und ich nachts auf dem Rücken und blickten durch das Loch zum weißen Mond auf und zu all den Leben, die wir hätten führen können, wenn Mum nie den Tyrannosaurustanz hätte tanzen müssen.

»Was wolltest du mal werden, Mum?«, fragte ich sie mit zwölf. »Was hattest du in meinem Alter für Träume?«

»Ich wollte Mutter sein und meine Tage damit verbringen, mit meiner talentierten Tochter durch die Kunstgalerien von Brisbane zu schlendern«, antwortete sie.

»Warte mal, aber genauso verbringst du doch deine Tage.«

»Ich weiß. All meine Träume sind wahr geworden.«

Eines Nachts, als ich fünfzehn war und wir zum gelben Mond aufschauten, fragte ich Mum, warum ich den Mann im Mond nicht sehen könne. Sie sagte, dass er in manchen Nächten lieber unsichtbar bliebe. Im Verborgenen. Er wolle nicht immer auf die ganz große Bühne. Lieber anonym bleiben.

»Ein bisschen wie wir«, stellte ich fest.

»Sehr wie wir«, bestätigte Mum.

Und dann fragte ich sie, wie lange ich noch unsichtbar bleiben müsse.

»Noch drei Jahre«, antwortete sie.

»Was passiert in drei Jahren?«, fragte ich.

»Dann bist du erwachsen«, erwiderte sie. »Dann können sie dich nicht mehr an Orte bringen, an die du nicht willst.«

»Kein Wegrennen mehr«, sagte ich.

»Kein Wegrennen mehr.«

»Ich wünschte, ich wäre morgen schon achtzehn«, sagte ich.

»Ich wünschte, es würde noch eine Ewigkeit dauern, bis du achtzehn bist.«

»Warum?«

»Weil all das hier dann zu Ende gehen muss.«

Ich sah mich im Van um. Nicht viel zu sehen, bis auf das Loch im Dach und die Mondscheibe.

»Was ist *das hier* überhaupt?«, fragte ich.

»Das sind du und ich«, gab Mum zurück. »Das ist das Paradies.«

»Und warum muss es zu Ende gehen?«

»Weil ich eines Tages fortmuss«, antwortete Mum.

»Warum musst du fort?«, fragte ich.

»Das weißt du ganz genau«, erwiderte Mum. »Weil ich etwas sehr, sehr Schlimmes getan habe. Weil du eines Tages wollen wirst, dass ich gehe.«

Ich kuschelte den Kopf an ihre Brust. »Mir egal, was du getan hast«, sagte ich. »Nie im Leben würde ich wollen, dass du gehst. Ich liebe dich, Mum. Mehr als es Fahrräder in Peking gibt.«

»Ich liebe dich mehr, als es Tacos in Mexiko gibt«, schoss sie zurück.

»Das ist gemein, jetzt von Tacos zu reden«, jaulte ich.

»Taaacoooos!«, seufzte sie.

Weil du eines Tages wollen wirst, dass ich gehe. Ich habe mich immer gefragt, was sie damit meinte. Ich habe gedacht, sie meinte, dass ich es eines Tages leid bin wegzurennen. Dass ich eines Tages ein normales Leben führen will. Dass ich eines Tages mehr will als einen Van mit vier platten Reifen. Aber vielleicht meinte sie in Wahrheit: *Eines Tages wirst du die Wahrheit wissen.* Oder sogar: *Eines Tages wirst du mich für das hassen, was ich getan habe.*

Nach einem Jahr in dem orangen Van erlaubte Trev Mum und mir an Wochenenden auch bei Tageslicht zu bleiben. Nach zwei Jahren erlaubte er Mum, das wuchernde Gras zu mähen und neben dem Van ein Gemüsebeet anzulegen. Nicht lange darauf gab er Mum den Schlüssel zu dem Vorhängeschloss, das am Tor zum Hinterhof hing. Kurze Zeit später erlaubte er einem obdachlosen Freund von mir, den ich im Well kennengelernt hatte, neben unserem Van sein Lager aufzuschlagen. Ich hatte Trev erzählt, was für ein guter Junge Charlie Mould doch sei und dass er lästige Arbeiten rund um den Rasen und den Schuppen erledigen könnte. Eines Abends kam Charlie nach Hause und stellte fest, dass Trev ihm einen neuen Schlafplatz geschenkt hatte: einen weißen Ford-Kastenwagen von 1989, innen entkernt und verrostet, doch mit einer Schaumstoffmatratze und brandneuen Laken. »Um dein Herz musst du dir jedenfalls keine Sorgen machen, Trev«, sagte Mum. »Es ist das größte in ganz Australien. Du bist der netteste Mann in Oz.« So kam unser Schrottplatz zu seinem Namen. Deshalb leben wir in Oz.

»Ich glaube, eines Tages nahm die Schuld überhand bei deiner Mum«, sagt Ros. »Ich weiß noch, dass du und Charlie unten beim Betonwerk irgendeinen Unfug angestellt habt. Deine Mutter ist völlig außer sich zu mir gekommen. Als hätte sie so viel nachgedacht, dass ihr Hirn sich in ein großes Knäuel aus dummen Schnüren verwandelt hatte. Sie hat so schnell geredet, dass ich dachte, Gott hätte auf der Fernbedienung doppelte Geschwindigkeit gedrückt. Meinte, sie könne nicht mehr mit sich leben. Könne nicht mehr damit leben, was sie getan hat.«

»Du meinst, was sie meinem Vater angetan hat?«, frage ich.

»Ja, vielleicht. Aber ich glaube, es war was anderes. Ich glaube, es ging um etwas, was sie dir angetan hat. Das war jedenfalls der Tag, als sie die Hand in die Tasche gesteckt und mir die Welt gegeben hat.«

Roslyns Honda Jazz von 2002 war auch eine Spende von Trev. Ich sage ihr ständig, dass sie ein größeres Auto mit mehr Beinfreiheit zum Schlafen braucht – so was wie den Subaru Outback oder einen Toyota Kluger mit sieben Sitzen –, aber sie blockt immer ab. Was würde ich doch für einen Unfug reden, und ich sei nur neidisch, dass ihr Auto neuer ist als unser Van und tatsächlich Luft in den Reifen hat.

Roslyn war eine dreiundvierzigjährige Ehefrau und Mutter einer vierzehnjährigen Tochter, als sie in der St. Patricks Cathedral in Parramatta eine Panikattacke erlitt. Damals arbeitete sie für drei familiengeführte solidarische Supermärkte in Western Sydney als Buchhalterin. Die Panikattacke ereignete sich, als sie in einen offenen Sarg blickte und das Gesicht ihres toten Vaters, eines überaus strengen und frommen Mannes, der Süßwarenläden am Stadtrand etwa so betrachtete wie andere Eltern Rauschgiftkonsum in der Innenstadt. Wann immer er herausfand, dass seine Tochter Roslyn sich diesen berüchtigten, von der Hand des Teufels hergestellten Versuchungen – Gummibärchen und Jaffas – hingegeben hatte, schlug er sie mit ledernen Rasiermesserriemen. »Du hast das schönste Lächeln deiner Klasse«, schrie ihr Vater sie an. »Willst du, dass dir das verrottet, Ros? Willst du das?«

Die erste Panikattacke führte zu vielen weiteren, und Roslyn suchte Hilfe bei einer langjährigen Kollegin, von der sie wusste, dass sie nach dem frühen Tod ihres Mannes an Darmkrebs Ähnliches erlebt hatte. Ihre Kollegin riet Roslyn, sich Hobbys zu suchen, die sie entspannten. Sie selbst hatte große Erleichterung darin gefunden, im örtlichen Western Sydney Leagues Club Glücksspiele zu spielen. Sie lud Roslyn ein, sie jeden Dienstag- und Donnerstagabend zu begleiten. Dort fand Roslyn eine unmittelbare namensbasierende Verbindung zu einer grell angemalten Maschine namens Cracklin' Rosie. Diese Maschine zierte das Bild eines lebhaften Cowgirls mit roten Haaren, das sich an den Hut tippte und seinen möglichen Spielern so anzüglich zuzwinkerte, dass man eine Idee davon bekam, welchen Spaß es machen musste, eine Münze in ihren Schlitz zu stecken.

Bald verbrachte Roslyn jeden Dienstag- und Donnerstagabend gefangen in Cracklin' Rosies warmem Glanz, in der linken Hand ein paar Münzen und stets eine Dreihundert-Gramm-Tüte Pascall Clinkers zwischen den Beinen. Nicht lange, und Roslyn besuchte Cracklin' Rosie auch mittwochs in ihrer Mittagspause. Und dann samstagnachmittags, bevor sie ihre Tochter Zoey vom Netball abholte. Und dann montagabends. Und dann auch freitags in der Mittagspause.

Nach einer Weile war von Cracklin' Rosies sanftem Cowgirlcharme nichts mehr zu spüren. Sie wurde gierig. Bösartig. Sie wollte nicht mehr nur Roslyns Zeit, Ruhe, Hoffnung und Wünsche. Sie wollte auch die Ersparnisse der Familie, und dann wollte sie das Unmögliche. Sie wollte, dass Roslyn die Bücher auf der Arbeit fälschte und kleine Geldbeträge aus dem Supermarkt auf ein geheimes Konto überwies, das allein für Cracklin' Rosie eingerichtet worden war. Fünfhundert Dollar. Eintausend. Dann zehntausend und zwanzigtausend.

Zeitgleich hatte Roslyn eine unerwartete Sucht nach Pascall Clinkers entwickelt. Heutzutage lacht sie, wenn sie an die unzähligen Gefangenen im Silverwater Women's Correctional Centre zurückdenkt, die ihre erste Woche damit verbrachten, von Heroin und Metamphetaminen runterzukommen. »Ich habe meine erste Woche damit verbracht, von diesen verdammten Clinkers runterzukommen«, sagt sie.

Vom Fahrersitz des Hondas aus lehnt Ros sich über meine Beine und öffnet das Handschuhfach. Zwei Taschenlampen liegen dort, neben McDonald's-Servietten, Kleenex-Taschentüchern und einem kleinen Erste-Hilfe-Set. Außerdem gibt es Lipgloss und eine alte, abgenutzte Tube rosa Zinkcreme für ihre Nase, die ständig von Dr. Jenyns, dem Hausarzt, der jeden zweiten Freitag ins Well kommt, auf bösartige Tumore untersucht wird. Ros gräbt tiefer im Handschuhfach, und dann hat sie die Welt in den Händen: eine Plastikkugel von der Größe eines Squashballs an einer Schlüsselanhängerkette, die wiederum an einem silbernen Autoschlüssel befestigt ist. Ros hält mir den Schlüsselanhänger in der offenen Handfläche hin. Leuchtende Blautöne für die Ozeane, und die Kontinente glänzen in Rot-, Grün- und Gelbtönen. Ich entdecke Australien, braun bemalt. Schmutzbraun. Sonnenverbranntes Braun.

»Sie hat mir das hier gegeben«, sagt Ros. »Und mir gesagt, ich solle es dir geben. Ich soll dir von ihr sagen, dass sie gehen musste, weil sie dich nicht noch mehr verletzen wollte, als sie es ohnehin schon getan hatte. Da hab ich sie am Kragen gepackt und ihr so sehr meine Meinung gegeigt wie noch nie. Ich hab ihr gesagt, sie ist ein Hühnerschiss, wenn sie einfach so abhaut, und dass sie dir das alles selbst ins Gesicht sagen soll, weil ich ganz sicher nicht diejenige sein werde, die einem kleinen Mädchen das Herz bricht, vor allem, da dieses kleine Mädchen keine Herzen mehr übrig hat, die man noch brechen könnte.«

»Sie hätte mich niemals einfach so verlassen«, sage ich.

»Tja, ich bin froh, sagen zu können, dass du recht hast, Kindchen«, sagt Ros. »Sie hat es nie getan. Aber trotzdem hat sie mich gebeten, auf das hier aufzupassen. Für den Fall, dass ihr irgendwas passiert. Für den Fall, dass die Bullen, vor denen sie immer Schiss hatte, näher kamen.«

Ros lässt die Welt von ihren Fingerspitzen über meinem Schoß baumeln. »Sieht ganz so aus, als wäre gerade etwas Schlimmeres passiert«, sagt sie.

Ich öffne meine Hand, und sie legt die Welt hinein.

»Weißt du noch, wo ihr gewohnt habt, bevor ihr in Oz gelandet seid?«, fragt Ros.

»Ja, weiß ich noch«, antworte ich. »Auf dem Bedrock-Abwrackhof in Rocklea.«

»Yabba-Dabba-Doo, Kindchen.« Ros nickt. »Und erinnerst du dich noch an das Auto, das ihr euer Zuhause genannt habt?«

»Ja, ich glaube schon. Ein gelbes. Vorne völlig zerdellt. Und ungefähr so groß wie ein Briefkasten.«

»Was genau war das für ein Auto, Kindchen?«

Vor meinem inneren Auge läuft ein ganzes Auto-Showreel von beengten Schlafplätzen auf Rücksitzen, unbequemen Mahlzeiten mit Heinz-Dosenspaghetti und Filmabenden auf tragbaren DVD-Playern ab: *Findet Nemo* in einem Ford Laser, *Frozen* in einem Ford Focus.

»Weiß ich nicht mehr«, sage ich schließlich.

»Was war das Sternzeichen deiner Mutter?«

»Zwillinge.«

Ros nickt. »Gelber Gemini«, bestätigt sie. »Bedrock-Abwrackhof.«

»Was finde ich in dem Auto, Ros?«, frage ich und umschließe den Schlüsselanhänger, Mums Welt, mit der Faust.

»Ich weiß es nicht, Kindchen«, sagt Ros. »Sie hat es mir nie gesagt. Vielleicht ist es was Schönes. Aber vielleicht auch was Schreckliches. Ich weiß es nicht.«

Mit der Welt in der Hand überlege ich, wie wohl der anerkannte Kunstkritiker und Kurator E.P. Buckle über diesen Moment zu einer Gruppe Kunstliebhaber sprechen würde, die durch die posthume Ausstellung meines Lebenswerks im New Yorker Met schlendern. Was würde er wohl über diesen Moment hier und jetzt sagen, als das Mädchen ohne Namen sich für das Wagnis entschied? Für den Mut.

In Buckles Gruppe von Galeriebesuchern entdecke ich ein Mädchen von ungefähr zwölf Jahren, das einen gelben Mantel trägt. Sein Blick wandert von einem meiner Gemälde zu seiner Mutter neben ihr. »Traurig war sie, oder, Mum?«

»Sie war sehr traurig«, bestätigt ihre Mutter. »Aber vergiss nicht, sie war auch mutig. Sie hat Räder geschlagen.«

Roslyn legt sanft ihre Hand auf meine geschlossene Faust. »Die Welt gehört jetzt dir, Kindchen«, sagt sie. »Jetzt ist es an dir zu entscheiden, was du damit machst.«

Kofferraum eines Holden Gemini voller Planeten, Sternen und Galaxie-staub

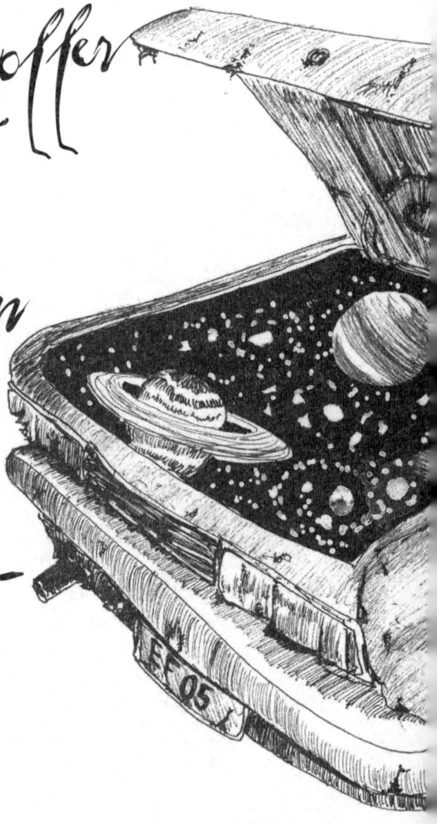

Kofferraum eines Holden Gemini voller Planeten, Sternen und Galaxiestaub

Februar 2023
Stift und Tusche auf Papier

Die Künstlerin war siebzehn Jahre alt und litt unter tiefer Trauer, war jedoch zugleich offenbar tief bewegt von etwas, was sie im Kofferraum eines verlassenen und wertlosen Holden Gemini von 1978 entdeckt hatte. Das Werk wird von vielen als Hommage an die Entdeckung gesehen oder, wie es der hochgeschätzte Kurator des Metropolitan Museum of Art E.P. Buckle einst beschrieb, an »die Strahlkraft der Wahrheit«.

Um neun Uhr abends klopfe ich mit dem Metallgriff von Roslyns alter schwarzer Maglite-Taschenlampe gegen die verhangene Heckscheibe von Charlie Moulds weißem Ford-Kastenwagen. Wanderschuhe an meinen Füßen, Adidas-Rucksack auf der Schulter.

Charlie öffnet die linke Hecktür einen Spalt, gerade breit genug, dass ich einen Blick auf seinen Paddle-Pop-Löwenschlafanzug erhaschen kann. *Cool Bananas* steht darauf – und er ist mit einer ganzen Galaxie aus schwebenden Paddle-Pop-Bananeneiscremes bedruckt. Charlie trägt eine Kopflampe. »Princess Di.«

Vor sechs Jahren hat Charlie beschlossen, dass er mich von nun an »Princess Di« nennen werde, weil das hieße, dass er mein Prince Charles sei. Aber Charlie ist kein Prinz. Charlie ist bloß einer dieser liebenswürdigen Schurken mit einem verborgenen Herz aus Gold. Wie Han Solo, Keith Richards und der Artful Dodger. Dabei ist Charlie der Zwielichtigste von allen. Der Artful Dodgiest. Vollblutkünstler noch dazu. Dazu geboren, genau wie ich. Brennt für die Kunst, genau wie ich. Eines Tages treten wir hier von Brisbane aus eine Kunstbewegung los. *Nouveau Brisbane. Neoananas. Postbanane.* Wir konnten uns noch nicht auf einen Namen einigen.

»Bist du gerade beschäftigt?«, flüstere ich.

»Warum flüsterst du?«, flüstert Charlie zurück.

»Keine Ahnung«, flüstere ich und kehre zurück zu meiner normalen Lautstärke. »Bist du gerade beschäftigt?«

»Ich hab mich mit Sudoku beschäftigt, neben einem Gläschen Golden Oak Fruity White.«

»Willst du mir dabei helfen rauszufinden, wer ich bin?«

»Klar«, sagt Charlie.

»Wir treffen uns in fünf Minuten am Seitentor. Bring deine Kopflampe mit.«

Ich will gehen.

»He, warte mal«, sagt Charlie. »Komm her.« Er winkt mich zu sich.

»Warum?«

»Komm einfach her, okay?« Er öffnet die Hecktür weiter, und ich mache zwei Schritte auf ihn zu. Da zieht er mich in eine Umarmung, die länger dauert als eine Minute. Er lässt den Kopf auf meine Schulter sinken und flüstert mir zu: »Ich hab sie gezählt. Genau sechs hab ich. Sechs Menschen auf der Welt, die was auf mich geben. Du bist einer von ihnen, Prinzessin. Und deine Mum war auch einer von ihnen.«

Er fängt an zu weinen. »Ich dachte, sie sei ein Engel.«

Und jetzt lasse auch ich meinen Kopf auf Charlies Schulter sinken und fange ebenfalls an zu weinen. »Das dachte ich auch.«

Der Bahnhof von Rocklea liegt acht Haltestationen vom Bahnhof South Brisbane entfernt. Der Abwrackhof Bedrock befindet sich im Hutton Drive, rund sieben Gehminuten vom Bahnhof Rocklea entfernt. Um zehn

Uhr abends ist auf der Straße keine Menschenseele zu sehen.

»Vielleicht finden wir einen Sack voller Goldbarren«, schlägt Charlie vor und klopft mit einem Stock auf den Gehsteig wie ein Eishockeyspieler mit dem Schläger aufs Eis. »Vielleicht war sie Milliardärin, bevor sie mit dir wegrennen musste«, fährt er fort. »Und ihr musstet eure Goldbarren hinten in einem Gemini aufbewahren. Ist schließlich nicht leicht, den Kram einzutauschen, ohne dass einem unangenehme Fragen gestellt werden.«

»Sie war keine Milliardärin, Charlie. Sonst hätten wir wohl kaum die letzten sechs Jahre in einem Van geschlafen.«

»Dann vielleicht eine Leiche?«

»Was, zur Hölle, panschen die in diesen Golden Oak rein? Da ist keine Leiche.«

»Wer weiß, vielleicht finden wir ja deinen Alten da reingequetscht, nur noch verwesende Knochen? Hast du je rausgefunden, was mit seiner Leiche passiert ist? Hat sie dir je gesagt, wo er begraben ist?«

Jetzt, wo du es sagst, Charlie Mould, nein, das hat sie mir nie gesagt.

»Da ist keine Leiche und auch nicht die Knochen von meinem Alten«, sage ich. »Und jetzt schmeiß diesen Stock weg. Der Hof ist hinter dieser Kurve.«

Der Bedrock-Abwrackhof befindet sich auf einem Gelände mit mehreren Gewerbehöfen: eine Werkstatt für Lastwagen, mehrere Autolackierer und -tuner, ein Großhandel für Lebensmittel und das Lagerhaus eines Catering-Unternehmens. Zur Straße hin ist das Gelände durch einen hohen rostigen Stacheldraht abgeschirmt.

Dahinter sieht man ein kleines einstöckiges Haus mit Flachdach, das offenbar als Verkaufsgebäude dient. Auf dem Flachdach steht ein zerbeulter froschgrüner VW-Käfer mit einem Schild auf dem Dach: *Bedrock-Abwrackhof*. Hinter dem Haus befindet sich ein geschotterter Parkplatz voller ausgeschlachteter und verrosteter Autos. Alte Holdens und Fords und neuere Nissans und Hyundais und Kias und Hondas und Toyotas. Dutzende. Das Tor ist mit einer schweren Kette verschlossen.

»Also, wie kommen wir rein?«, fragt Charlie.

»Keine Ahnung. Früher sind wir einfach reingelaufen. Mum kannte den Typen, der den Laden hier führt.«

Im Jahr 2017 sind wir von Bundaberg nach Brisbane getrampt. Damals suchte Mum nach einem Auto, und irgendjemand in der Stadtmission von Emmanuel, wo wir immer zu Mittag aßen, erzählte ihr von diesem Ort, weil der Typ, der hier arbeitete, Autos zusammenbaute und sie Menschen spendete, die vier Räder brauchten, aber sie sich nicht leisten konnten. Zwar hatte er kein Auto für Mum, dafür lud er uns aber ein, jederzeit eines der zweihundert vor sich hin rostenden Autos auszuwählen, wenn wir einen Schlafplatz brauchten.

»Er war ein guter Mann«, erzähle ich Charlie. »Hat uns in dem Gemini schlafen lassen, nachdem das Tor zu war. Ich kann mich nicht mal mehr an seinen Namen erinnern. Verdammt, wie hieß er noch gleich?«

Was hatte Ros noch gesagt? *Yabba-Dabba-Doo.*

»Hast du jemals die *Flintstones* gesehen?«, frage ich Charlie.

»Was zur Hölle sind die *Flinstones*?«, gibt er zurück.

»Eine alte Zeichentricksendung, die früher die Leute in unserem Alter gesehen haben. Alles ist wie im modernen Leben – du weißt schon, Eltern und ihre verwöhnten Kinder und so ’n Kram –, aber es spielt in der Steinzeit.«

»Wie geht das denn?«

»Keine Ahnung, in Zeichentricksendungen geht das eben. Alle Figuren lebten in einer Stadt namens Bedrock. Ich glaube, der Typ, der den Laden hier geführt hat, hatte denselben Namen wie eine der Figuren, deshalb hat er ihn Bedrock genannt. Aber an seinen Namen kann ich mich nicht erinnern. Vielleicht Ernie oder so?«

»*Bert* und Ernie?«

»Nee, das ist die *Sesamstraße.*« Während wir uns unterhalten, schleichen wir zu dem Gewerbegelände rechts vom Abwrackhof, die große Lagerhalle eines Unternehmens namens Latitude Couriers. Mühelos klettere ich über die weiße Betonmauer. Charlie folgt mir. Links neben der Lagerhalle rutschen wir hinunter und landen genau neben dem Stacheldrahtzaun des Abwrackhofes. Auf der Rückseite des Lagerhauses stapeln sich Paletten und mehrere kleine Schiffscontainer sowie eine große gusseiserne Industriemülltonne auf Rädern. Daneben leere Parkplätze. Ich lasse meinen Blick über den Abwrackhof wandern und entdecke einen Haufen aus vier zerdrückten Autos neben dem Zaun. Ich stemme meine Schulter gegen die Industriemülltonne. Doch erst als Charlie es mir gleichtut, fängt das Ding an sich zu bewegen. Kaum haben wir es gegen den Zaun geschoben, lege ich eine Hand auf Charlies Schulter. Ich muss nichts sagen, weil Charlie und ich die vergangenen sechs Jahre damit verbracht haben, uns in ganz South East Queensland gegenseitig über Zäune, auf Fenstersimse und in Fenster zu helfen.

Er beugt die Knie und formt mit den Händen eine Räuberleiter für meinen rechten Fuß. Dann hebt er mich mit einem Ruck seiner Spaghettiarme hoch. Ich ziehe ihn hinter mir her auf die Mülltonne, öffne den Reißverschluss meines Rucksacks und nehme Mums Vierzehn-Zoll-Bolzenschneider heraus.

»Kniest du für mich nieder, Herkules?«

»Du willst ja eh nur meinen Körper, oder?«, gibt Charlie zurück, lässt sich jedoch gehorsam auf das linke Knie fallen und stellt seinen rechten Fuß auf, sodass ich auf seinen Oberschenkel steigen kann. Als ich mein Gleichgewicht gefunden habe, strecke ich den Bolzenschneider, so hoch ich kann, zu den drei Reihen Stacheldraht und drücke mit aller Kraft seine langen blauen Hebel zusammen. Der Draht gibt anstandslos nach. Ich schiebe die losen Stacheldrahtenden beiseite, klettere über den Zaun und rutsche auf den Stapel der vier verschrotteten Autos. Dahinter türmt sich ein weiterer Stapel aus drei Schrottautos und dahinter noch einer aus zwei. Wie eine Autotreppe, die vom Zaun zum Boden verläuft und mir und Charlie wie zwei Affen, die die Stufen eines Aztekentempels hinabsteigen, den Weg weisen. Charlie steigt etwas zu hart auf die Motorhaube eines roten Commodore und ein lautes *Boink* hallt im ganzen Hof wider.

»Leise«, zische ich durch zusammengebissene Zähne.

Die Künstlerin knipste die Maglite an. Endlose Reihen ungenutzter Autos. Hunderte, getrennt durch kiesbedeckte Wege. Schräghecklimousinen und Limousinen, SUVs und Kombis, alte zerbeulte englische und schwedische Autos aus den Achtzigern und alte eingestaubte australische Autos aus den Neunzigern.

»Wie sollen wir denn hier einen Gemini finden?«, fragte Charlie zweifelnd und zog sich die Kopflampe über.

»Hier lang«, erwiderte die Künstlerin und folgte einem Schotterweg, der zum linken Teil des Abwrackhofes führte. Ihr war flau im Magen. Ihre Finger zitterten und das nicht nur wegen der unheimlichen Stimmung, die die Autoleichen um sie herum verbreiteten, sondern auch in Gedanken daran, was sie wohl in dem wertlosen Gemini erwartete. »Mum und ich sind hier immer langgegangen«, sagte sie. »Ich weiß noch, dass ganz hinten ein großer alter …« Im selben Moment entdeckte sie ihn. »– ein großer alter Bus steht.« Er war blau-weiß mit roten Radkappen. Eine Art Schulbus aus den Siebzigern. Sie leuchtete mit der Taschenlampe auf seine kaputten Frontlichter und die zerschlagene Windschutzscheibe. »Ich habe mich immer hinters Steuer gesetzt und so getan, als würde ich Mum zur Schule fahren«, sagte sie. »Das bedeutet, der Gemini ist gleich da drüben …«

Ich haste einen weiteren Pfad, flankiert von rostigen Autowracks, entlang, wende mich nach links, nach rechts und wieder links. Dann bleibe ich stehen und lasse den Schein der Taschenlampe über die eingedrückte Motorhaube eines hellgelben Holden Gemini wandern.

»Mum hat mich unser Zuhause aussuchen lassen«, sage ich. »Ich hab mich für den entschieden, weil er so klein und übersehen aussah, genau wie ich mich damals gefühlt habe. Und weil Mums Sternzeichen Zwillinge ist. Und weil das Auto die Farbe vom Sonnenschein hat.« In Erinnerung daran muss ich lachen. »Ray.« Selbst manche Autos haben Namen. Die Leute geben ihren Autos

Namen wie Betty, Bella, Susie, Sparky und Queenie. »Wir haben das Auto Ray genannt«, erkläre ich. »Kleiner Sonnenstrahl.«

Charlie sieht sich hektisch auf dem Abwrackhof um. »Ich krieg an diesem Ort 'ne Gänsehaut«, sagt er. »Warum hab ich das Gefühl, dass jeden Moment ein riesiger Rottweiler aus der Dunkelheit auf mich springt und mir das halbe Gesicht abbeißt?«

Ich sehe weiterhin unverwandt den Gemini an. »Für Mum war er zu klein, um darin zu schlafen. Aber damals stand direkt daneben ein silberner Kia Grand Carnival, und da ist Mum nachts meistens rein, um mal die Beine auszustrecken.«

Charlie verlagert ungeduldig das Gewicht von einem Bein aufs andere und dreht den Kopf zu allen Seiten. »Jaja, gute Zeiten, schlechte Zeiten ... Los, wir gucken jetzt in das Ding rein und dann nichts wie weg.«

Die Türen sind nicht verschlossen. Mit unseren Taschenlampen suchen wir das Auto ab. Gelber Schaumstoff quillt aus den Rissen der kaputten Ledersitze vorn im Auto. Über allem hängt der Geruch nach Staub und sonnenverbrannten Autokunststoffen. Auf dem Rücksitz nichts außer Opossumkacke und Pissegestank. Wir wenden uns dem Kofferraum zu. Ich halte meine Taschenlampe auf das Schloss, ziehe Mums Weltkugel-Schlüsselanhänger aus der Tasche, stecke den Schlüssel ins Loch und drehe um. Hole tief Luft und sehe Charlie an.

Er rückt seine Kopflampe zurecht und nickt mir aufmunternd zu. »Der Kofferraum geht nicht von allein auf, Süße.«

Ich hebe die Klappe an. Die Mischung aus Rost und Staub in den Scharnieren löst ein metallenes Heulen aus.

»Scheiße«, entfährt es mir, und ich drehe den Kopf nach allen Seiten. Kein Lebenszeichen. Nichts und niemand zu sehen. Ich wende mich wieder der gähnenden Höhle des Kofferraums zu. Meine Hände tasten etwas Weiches, Graues. Charlie tritt näher, und der Lichtkegel seiner Kopflampe fällt in den Kofferraum.

»Was, zur Hölle?«, sagt er.

»Was, zur Hölle«, flüstere ich.

Da sitzt er im Schein der Taschenlampe. Vollkommen nutz- und wertlos, aber dennoch das Faszinierendste, was ich je gesehen habe. Ich strecke die Arme aus und nehme ihn in beide Hände. Es ist ein grauer Elefant, ein Kuscheltier. Gehäkelt von jemandem, der sein Handwerk beherrschte. Große rote kreisrunde Flicken für die Wangen. Zusammengewürfelte Flicken für das Innere der Ohren. Smaragdgrüne Knöpfe für die Augen. Gehäkelte schwarze Wimpern aus Wolle. Weicher, schlaffer Rüssel.

Ich drücke den Elefanten an die Brust. Er ist mir seltsam vertraut. Ich hebe ihn an die Nase, um seinen Geruch einzuatmen, und aus irgendeinem Grund kommt auch der mir bekannt vor. Vor meinem inneren Auge sehe ich das Gesicht einer Frau, die in einem reinweiß gestrichenen Zimmer auf mich herabsieht. Das Gesicht der Frau ist ein einziger Lichtschein. Und sie sagt einen Namen. Meinen Namen. So leise, dass ich sie kaum verstehe. Wenn ich nur die Augen schließe und die Ohren spitze, wenn ich diesen Elefanten nur nah genug an meine Wange halte, dann werde ich ihn verstehen.

Doch statt eines Namens höre ich das Bersten von Glas, das von etwas sehr Hartem getroffen wurde. Das Geräusch wiederum löst ein erstaunlich weibliches

Quietschen tief in Charlies Brust aus, und wir wirbeln beide herum. Vor uns steht ein Mann mit einer Taschenlampe in der einen und einer Brechstange in der anderen Hand, die er offenbar in dem erfolgreichen Versuch, uns zu Tode zu erschrecken, durch das Fenster auf der Fahrerseite eines ausgeschlachteten Nissan Pintara getrieben hat.

»Was, zum Teufel, glaubt ihr, was ihr hier tut?«, bellt er. Sein Gesicht können wir hinter dem grellen Schein der Taschenlampe nicht erkennen. Er knallt die Brechstange auf das Dach des Nissan. »Ihr verdammten kleinen Aasgeier!«

Ich hebe den Arm mit dem Elefanten. »Es tut mir leid«, sage ich. »Wir sind keine Aasgeier. Ich habe früher mit meiner Mum in diesem Auto geschlafen. Als ich noch klein war.« Ich nehme den Schlüssel aus der Tasche und hebe ihn ebenfalls hoch. »Sie hat mir diesen Schlüssel gegeben. Sie wollte, dass ich finde, was im Kofferraum ist.«

Der Mann macht einen Schritt auf mich zu und hält mir die Taschenlampe direkt ins Gesicht. »Joan?«, fragt er. »Die kleine Joan? Bist du das?«

Joan? Ah ja, *Joanie, die Ausreißerin*. Jetzt erinnere ich mich. Mum hat mich eine Weile so genannt. Nach Joan Jett, einer der größten Ausreißerinnen aller Zeiten.

»Ja, das bin ich«, antworte ich.

»Joanie?«, fragt Charlie verblüfft.

Nun leuchtet sich der Mann mit der Brechstange selbst ins Gesicht. Kräftiger Typ. Brille. Blonde Locken. Er trägt einen blau-weiß gestreiften Schlafanzug, hat jedoch vor dem Schlafengehen offensichtlich nicht geduscht. Seine Hände und eine Gesichtshälfte sind noch schwarz verschmiert.

»Ich bin's, Barnie«, sagt er. »Erinnerst du dich an mich?«

Barnie? *Barnie.* »Ja ... Klar erinnere ich mich an dich. Wie ist es dir ergangen, Barnie?«

»Oh, ich hab schon hellere Tage gesehen, Joanie.«

»Joanie?«, wiederholt Charlie.

»Keiner braucht mehr Ersatzteile von Schrottkarren«, fährt Barnie fort. »Also braucht auch keiner mehr den alten Barnie.«

Dann schleudert er den Lichtkegel in Charlies Gesicht. »Und wer ist das?«

»Das ist Charlie«, antworte ich. »Charlie ist mein bester Freund.«

»Wo ist Paula?«, fragt Barnie.

Paula? *Paula.* Jetzt weiß ich wieder. Mum hat sich damals eine Zeit lang Paula genannt. Paula wie Paula Abdul.

»Sie ist fort, Barnie.«

»Fort? Wohin?«

»Fort auf den Grund vom ...« Ich bringe den Satz nicht zu Ende. »Der Fluss hat sie geschluckt, Barnie. Sie hat einem Kind namens Christina das Leben gerettet und ist dabei ertrunken.«

»Das war Paula?«, fragt Barnie ungläubig. »Das ging überall durch die Nachrichten. Das war deine Mum?«

»Das war meine Mum.«

»Scheiße noch mal. Das war verdammt mutig von ihr, Joanie.«

»Das brauchst du mir nicht zu sagen, Barnie.«

»In den Nachrichten haben sie gezeigt, wie Polizeitaucher im Wasser nach ihrer Leiche suchen. Glaubst du, die finden sie?«

»Hängt ganz davon ab, Barnie.«

»Wovon?«

»Ob der Fluss sie wieder ausspucken will oder nicht.«

Er schlägt sich die Hand gegen die Stirn. »Aaah, zum Teufel!« Er blickt sich suchend um und lässt sich schließlich auf die Motorhaube des Pintara sinken, um die Nachrichten zu verdauen. »Aaah, zum Teufel.« Diesmal mit mehr Betonung auf »Teufel«. »Ich habe sie erst vor einem Monat gesehen.«

»Du hast Mum vor einem Monat gesehen?«

»Ja, sie ist vorbeigekommen, um Hallo zu sagen und ihr Weinen zu erledigen.«

»Was soll das denn heißen?«

Er zeigt auf den Elefanten in meiner Hand. »Na ja, weiß nicht … Vor ungefähr zwei Jahren taucht sie hier auf und sagt, sie hat den Elefanten hinten in dem kleinen alten Gemini da liegen lassen. Zum Glück hatte ich noch die Schlüssel von der Schrottkarre. Hab ihr den Kofferraum aufgemacht, und sie hat sich den verdammten Elefanten geschnappt, und dann sind alle Dämme gebrochen. Ich hab sie 'ne halbe Stunde allein da im Auto sitzen lassen. Hat nachgedacht und geweint. Dann kommt sie in mein Büro, lässt den Schlüssel wieder auf den Tisch fallen, aber den verdammten Elefanten hat sie nicht mehr. Sagt, sie hat den da hinten drin gelassen, damit er in Sicherheit ist. Sag ich ihr, sie hat sich für das kleine Ding den besten Kofferraum überhaupt ausgesucht, weil keiner nach Teilen für einen Holden Gemini von 78 sucht. Sie verabschiedet sich und steht einen Monat später wieder auf der Matte. Will wieder den Schlüssel. Sagt, die Leute, mit denen sie zusammenlebt, wollen sie nicht mehr weinen sehen.« Er zeigt auf mich. »Du. Sie hat gesagt, du magst es nicht, wenn sie weint.«

Ich lasse den Kopf sinken und weiche Barnies Blick aus. Als würde ich mich schämen oder so. Aber dafür habe ich schließlich keinen Grund. Oder doch?

Zaghaft sehe ich wieder zu Barnie auf. Er zuckt die Schultern und rückt sich die Brille zurecht. »Deshalb ist sie hergekommen, um hier ihr Weinen zu erledigen«, fährt er fort. Nachdenklich spielt er an seiner Taschenlampe herum und schaltet die Helligkeit herunter. »Fand ich erst ein bisschen seltsam. Stell dir vor, ganz nach Rocklea auf einen Abwrackhof kommen, um dir die Augen auszuheulen? Aber mit der Zeit fand ich's ganz niedlich. Einmal hab ich sogar mitgeweint. Hab da in dem Auto ein paar Schluchzer für meine tote Mum gelassen. Hat sich gut angefühlt, so mit Paula zusammen zu weinen. Sie konnte für ganz Australien weinen.«

Mir ist schwindelig. Ich kneife die Augen zusammen und grabe die Füße in den Schotter, um das Gleichgewicht wiederzufinden.

»Wie oft ist sie hergekommen, Barnie?«, frage ich.

»Kann ich nicht genau sagen«, erwidert er. »Einmal im Monat, schätze ich. Hab ihr am Ende den Schlüssel gegeben, damit sie nicht jedes Mal zu mir ins Büro kommen muss. Sie konnte einfach direkt ins Auto und weinen.«

Atemlos schüttele ich den Kopf. Ich habe das Gefühl zu schweben. Wovon, zur Hölle, redet Barnie? Wieder drücke ich den Elefanten an meine Brust.

»Du hast ihn schon mal gesehen, oder?«, fragt Barnie.

»Wen?«

»Den Elefanten. Hast ihn schon mal gesehen. Kennst du jemanden namens Elizabeth?«

»Was? Wovon redest du?«

Mühevoll stemmt Barnie sich von der Motorhaube des Pintara wieder auf die Beine. Schlendert zu mir herüber und hält seine Taschenlampe auf den selbst gehäkelten Elefanten in meinen Händen. Greift nach dem rechten Vorderbein. »Der Name da auf dem Bändchen«, flüstert er. »Der Name!«

Er dreht das Bein im Schein der Taschenlampe. Unten um das Bein des Elefanten ist ein Armband geschlungen, wie es Neugeborene im Krankenhaus bekommen.

Ich halte es näher an meine Augen und lese die Worte, die darauf stehen. Geburtsdaten, ausgespuckt von einem Computer.

Name: Finlay, Elizabeth R.
Geburtsdatum: 23.04.2005
Geschlecht: weiblich
Dr. S. Yelland

Dann stellt Barnie eine Frage, die vollkommen überflüssig ist. »Weißt du, wer sie war?«

»Wer sie war«, flüstere ich. Und starre die grünen Knopfaugen des Elefanten an. *Geburtsdatum: 23.04.2005*. Das ist mein Geburtstag.

Ich sage mir den Namen im Kopf vor. Elizabeth Finlay. Und noch mal. Elizabeth Finlay. Und noch mal. *Elizabeth Finlay*. Die Elefantenohren, der Rüssel und das Armband. Und in meinem Kopf und meiner Erinnerung sehe ich eine gesichtslose Frau, die sich über mich beugt und mir den Elefanten auf die Brust legt. »Elizabeth«, flüstere ich in mich hinein.

Charlie liest das Armband auf dem Elefantenbein und legt mir eine Hand auf die Schulter. »Wer ist Elizabeth Finlay?«, flüstert er.

Mit Tränen in den Augen drehe ich mich zu ihm um. »Das bin ich.«

Mr. und Mrs Finlay

Mr. und Mrs. Finlay

Februar 2023
Stift und Tusche auf Papier

Eines der makabersten Werke der Künstlerin, das unter die Haut geht. Es scheint fast, als lüde sie den Betrachter zu einer Hochzeit zwischen zwei Liebenden in der Hölle ein. Ein Bild, wie man es von Francis Bacon oder Hieronymus Bosch erwartet. »Bitte, gesellen Sie sich doch dazu«, scheint die Künstlerin auszusagen. »Bitte kommen Sie und wohnen Sie dieser schrecklichen Vereinigung mit eigenen Augen bei.«

Wer bin ich? In einer Welt mit acht Milliarden Menschen bin ich die Tochter von Mr. und Mrs. Finlay. Ich bin eine siebzehnjährige Künstlerin mit einem Namen. Ich bin das Mädchen, das an einem hellen und windstillen Dienstagmorgen in Brisbane, der Stadt der Möglichkeiten, der Stadt der Antworten, über die Victoria Bridge läuft. Vom nördlichen Ende der Brücke kommt ein älteres Paar Hand in Hand auf mich zu. Und da das Leben ein langwieriges Wunder ist und wir uns Atem und Sonnenschein damit verdienen müssen, älteren Paaren zuzulächeln, die Hand in Hand laufen, schenke ich ihnen ein Lächeln.

»Hallo«, sage ich.

Der ältere Mann lüpft seinen Filzhut. »Guten Morgen«, grüßt er zurück.

Ich bleibe stehen. »Wie ist Ihr Name?«

Nun bleibt auch der ältere Mann stehen und seine Frau mit ihm. »Ich heiße Ken«, antwortet er.

»Kenneth bedeutet ›der Gutaussehende‹«, sage ich.

Ken neigt den Kopf. »Das sag ich meiner Frau auch immer«, erwidert er. »Aber sie glaubt mir nicht. Wie heißt du?«

»Mein Name ist Elizabeth«, sage ich. »Elizabeth bedeutet ›Gott ist mein Schwur‹.«

»Schön, dich kennenzulernen, Elizabeth«, sagt er.

»Wie recht du hast, Ken«, bestätige ich. »Es ist verdammt schön, Elizabeth kennenzulernen.«

Brisbane Square ist ein Wolkenkratzer, der achtunddreißig Stockwerke hoch über der George Street am oberen Ende des CBD aufragt. Die Brisbane Square Library belegt die ersten drei Stockwerke. Die breiten Glastüren gleiten für mich auf, und ich eile durch den gefliesten Eingangsbereich. Bei der Mitarbeiterin, die am Infotisch direkt am Bibliothekseingang sitzt, verlangsame ich meine Schritte zu einem Schlendern. Wir hatten schon miteinander zu tun, die Mitarbeiterin und ich. Sie ist alt und so sauer wie die Orangen, die Ros in einer Ecke von Oz anbauen wollte. Ihre Frisur erinnert an das Fell eines altenglischen Hütehundes. Brille an einer Schnur um den Hals. Ich versuche unauffällig und ohne Blickkontakt an ihrem Tisch vorbeizukommen. Leider ohne Erfolg.

»Warte mal, du«, bellt sie.

Ich bleibe stehen und drehe mich zu ihr um.

»Wo, glaubst du, dass du hingehst?«, fragt sie.

»Ich muss nur schnell was im Internet recherchieren«, antworte ich.

»Heute nicht, fürchte ich.«

»Warum nicht?«

»Wir haben drei Schulen da. Alle öffentlichen Computerplätze sind entweder belegt oder reserviert.«

»Macht nichts. Ich geh einfach hoch und sehe nach, ob ich zwischen den Reservierungen schnell eine Sucheingabe machen kann.«

»Oh nein, das wirst du nicht.«

»Warum nicht?«

»Weil du mit deinem Freund beim letzten Mal so viel Lärm veranstaltet hast, dass wir euch bitten mussten zu gehen.«

»Er ist nicht *mein Freund*. Und das war nicht unsere Schuld. Das war Will Ferrells Schuld. Wir haben *Stiefbrüder* auf Netflix geguckt.«

»Unser Sicherheitsbeauftragter hat gesehen, wie dein Nichttyp aus einem Flachmann getrunken hat«, sagt sie.

»Tja, na ja, er hat ein Alkoholproblem«, gebe ich zurück. »Wenn Sie sein Leben führen würden, würden Sie sich auch besaufen und hin und wieder *Stiefbrüder* sehen wollen.«

Die Frau schüttelt vehement den Kopf. »Nee«, sagt sie bestimmt. »Heute kommst du hier nicht rein.«

Ich hole tief Luft und lese das Namensschild auf ihrer Brust. Neue Herangehensweise. »Sie heißen Ruth«, stelle ich fest. »Ihr Name bedeutet ›mitfühlende Freundin‹. Wissen Sie, woher ich das weiß? Weil ich diesen komischen Tick habe, die Bedeutung von Namen rauszufinden. Ich komme in diese wundervolle Bibliothek, um all die wundervollen Bedeutungen hinter den wundervollen Namen nachzuschlagen. Und wissen Sie auch, warum ich das tue?«

Ruth antwortet nicht.

»Das tue ich, weil ich meinen echten Namen nie erfahren habe, Ruth«, fahre ich fort. »Kein Scheiß. Ich habe beinahe achtzehn Jahre meines Lebens ohne Namen verbracht. Aber gestern Abend habe ich ihn erfahren. Können Sie das glauben? Endlich habe ich die große Antwort auf die Frage, die ich mir immer gestellt habe, seit ich wusste, was Fragen überhaupt sind. Und alles, was ich von Ihnen, Ruth, meiner mitfühlenden Freundin, brauche, ist, mich hier vorbeizulassen, damit ich die Rolltreppe nach oben nehmen und dort geduldig warten kann, bis einer der Computer frei ist und ich den Namen bei Google eingeben kann. Und vielleicht endlich ein oder zwei Einzelheiten darüber erfahre, wer ich bin, woher ich komme und wohin ich gehe.«

Ruth verschränkt die Arme und neigt den Kopf zur Seite. »Du. Kommst. Heute. Nicht. Rein.« Unverwandt starrt sie mich an. Ruth bedeutet »steinernes Gesicht«. Ruth bedeutet »Empfangstischgemeinheit«.

»Wissen Sie, was Ruth wirklich bedeutet?«, frage ich.

»Was?«

»Die Tochter Satans«, sage ich und sprinte an Ruths Tisch vorbei in die Bibliothek, vorbei an zwei Wandregalen mit laminierten Taschenbuchausgaben. Dann stürze ich auf die Rolltreppe. Als ich mich umdrehe, sehe ich Ruth hinter mir verzweifelt in die Tasten ihres Telefons hauen. Bestimmt ruft sie Brad, den fleischigen Sicherheitsmann, an, der immer ninjamäßig und mit geschärften Sinnen durch die Bibliothek schleicht, als befürchtete er, dass fünf Typen in Hockeymasken eines Tages mit Maschinenpistolen in die Abteilung Fiktion eindringen und alle Bibliotheksausgaben von *Normale Menschen* verlangen.

So schnell ich kann, haste ich die Stufen der Rolltreppe nach oben ins zweite Stockwerk und rase an einem langen Regal mit Zeitschriften und einem weiteren mit Mangas und Comics vorbei. Scharf links, und dann liegt die Computerbucht vor mir, wo Schulkinder in braunen und grauen Schuluniformen selbstvergessen auf Tastaturen tippen.

Ich lasse mich auf einen leeren Platz neben einem Jungen fallen, auf dessen Federtasche *Jiang Chen* steht.

Jiangs Haare hängen ihm wie ein Vorhang vor dem Gesicht. Er nimmt die Kopfhörer aus den Ohren und sagt: »Ariel benutzt den noch.«

»Nur ganz kurz, Jiang«, antworte ich. »Schöner Name, übrigens. Was bedeutet Jiang?«

»Es bedeutet ›Fluss‹.«

»Weil du mit dem Flow gehst«, schlage ich vor.

Jiang scheint diese Interpretation zu gefallen. »Verdammt richtig«, bestätigt er. »Bei mir dreht sich alles um den Flow.«

»Mein Name ist Elizabeth«, sage ich. »Du weißt schon, wie Elizabeth Taylor oder Elizabeth die Erste *und* die Zweite, natürlich.«

»Natürlich«, sagt Jiang. Er starrt mich einen Moment lang an und wendet sich dann wieder seinem Computer zu.

Ich klicke auf das Google-Chrome-Symbol am unteren Bildschirmrand. Werfe einen Blick über die Schulter. Noch nichts von Brad, dem Sicherheitsmann, zu sehen. Mit zittrigen Fingern fange ich an, meinen Namen in den Google-Suchbalken zu tippen. Meinen Namen. *Elizabeth Finlay*. Doch ich schreibe zu hastig.

Ellizabjth …

»Scheiße.« Rücktaste, Rücktaste, Rücktaste.

Elizzabeth …

Rücktaste, Rücktaste, Rücktaste.

Über die Schulter sehe ich Sicherheitsmann Brad an der Fantasybuchecke für junge Erwachsene vorbei in meine Richtung marschieren.

Schneller jetzt. Tipp einfach deinen verdammten Namen ein, Elizabeth.

E-l-i-z-a-b-e-t-h F-i-n-l-a-y.

Enter.

»Du!«, bellt Brad, als er die Computerabteilung erreicht. »Aufstehen und mitkommen!«

»Gib mir noch ’ne Sekunde, Brad.«

»Nein, dir wurde untersagt, heute hierherzukommen. Raus. Sofort!«

Ein Auge auf Brad, eins auf dem Computerbildschirm, wo nun die Suchergebnisse angezeigt werden.

»Meinetwegen, bis jetzt war ich nett«, warnt Brad. Er trampelt über drei Schultaschen, um zu meinem Tisch durchzupflügen, packt mich hart am rechten Arm und zerrt mich vom Stuhl.

»Warte mal, bitte«, bettle ich. »Nur eine Minute.« Während Brad mich langsam vom Stuhl schleift, lese ich das erste Suchergebnis in blauer Schrift. Es ist der Link zu einem Onlinezeitungsartikel des *Daily Telegraph*. Der Link ist zugleich der Titel: *Das Monster von der March Street: Warum ist Marcus Finlay ausgerastet?*

Brad zerrt heftiger an meinem rechten Arm. Mit dem linken umklammere ich die Stuhllehne und versuche, meine Füße in den Bibliotheksteppich zu graben.

»Ruhig Blut, Tiger«, sagt Jiang zu Brad. »Gib ihr doch ’ne Sekunde.«

Neben dem Titel der Internetseite wird ein kleines quadratisches Foto mit einem tanzenden Paar auf einer Art Ball angezeigt. Der Mann trägt Smoking und Fliege und lächelt in die Kamera. Die Frau trägt ein violettes Kleid. Lachendes junges Gesicht. Lockige braune Haare, üppig und wunderschön.

Das Gesicht meiner Mutter.

»Mum!«, flüstere ich. Die Tränen kommen, bevor ich auch nur darüber nachdenken kann. Bevor ich es realisiere. Sie strömen direkt aus meinem Blut.

Als es Brad endlich gelingt, mich aus meinem Stuhl zu schälen, starre ich immer noch fassungslos auf das kleine quadratische Bild einer jungen und glücklichen Version meiner Mutter.

»Warte!«, bitte ich Brad unter Tränen. »*Bitte.* Nur ganz kurz. Das ist meine Mum. Das ist meine Mum.«

Doch er schleift mich weiterhin unerbittlich aus der Bibliothek.

Bitte, Brad, bettle ich innerlich unter Tränen. *Bitte, Brad.* Zu aufgelöst, die Worte laut auszusprechen. *Das ist meine Mum. Bitte, Brad. Das ist mein Dad. Bitte, Brad. Das sind meine Mum und mein Dad, Brad. Das sind Mr. und Mrs. Finlay.*

Eine Stunde später.

»Spieglein, Spieglein unterm Himmel weit, bitte sag mir, warum dieses Leid.«

In meinem Zauberspiegel zieht Lola an ihrer Zigarette.

»Du meinst, warum ausgerechnet du? Weil du diejenige bist, die es aushalten kann. Weil du es für dich nutzen kannst.«

»Wie denn nutzen?«

»Für deine Kunst«, sagt Lola. »Für deine Zukunft.« Sie nippt an ihrem schmalen hohen Glas. Zwischen den Eiswürfeln klemmt eine Zitronenscheibe. Sie steht im säuberlich gemähten Vorgarten eines Herrenhauses mit hohen weißen Säulen und einer Sandsteinfassade.

Lola Imherrenhaus. Lola Indersonne. Lola Imglanz.

»Hast du all die Antworten bekommen, die du wolltest? Zu wie hieß sie noch gleich?«

»Elizabeth«, sage ich. »Elizabeth Finlay.«

»Ja, genau die. Hast du deine Antworten bekommen?«

»Nee, sie haben mich aus der Bibliothek geschmissen. Dann habe ich fremde Leute auf der Straße angesprochen, ob ich auf ihren Smartphones was im Internet nachsehen kann.«

»Hat irgendwer angebissen?«

»Nein. Keiner. Ich glaube, alle dachten, ich will ihr Handy klauen.«

»Da rennt sie wie ein kopfloses Hühnchen in der ganzen Stadt rum, auf der Suche nach Antworten: ›Weeeeer. Biiiiiin. Ich?‹ Dabei hast du sie genau vor der Nase.« Lola fährt mit dem Zeigefinger den Rand ihres Glases nach. »Du weißt genau, wer du bist«, sagt sie. »Und wenn du nicht selbst draufkommst, kann ich dir auch nicht helfen.«

»Wo soll ich jetzt hingehen, Lola?«

»Geh zu Evelyn Bragg ins Well. Die haben doch einen Computer, oder nicht?«

»Das Well hat dienstags geschlossen.«

»Dann ist es wohl an der Zeit, zu Lady Flo zu gehen. Die hat dich seit dem Tod deiner Mutter nicht mehr gesehen. Sie wird sich freuen.«

»Ich will Flo nicht um einen Gefallen bitten. Mum hat mir gesagt, ich soll sie niemals um irgendwas bitten. Sie hat gesagt, ich darf niemals in der Schuld von Flora Box stehen.«

»Sie lässt dich bestimmt ihren Computer benutzen. Und das ist ja wohl kaum ein größerer Gefallen, als würde sie dir Salz und Pfeffer reichen.«

»Was, wenn er da ist?«

»Wer?«

»Brandon.«

»Vor dem Schwein hast du ja wohl keine Angst, oder?«

»Nee ... Okay, ein bisschen vielleicht ... Doch, ja, ich habe Angst vor dem Schwein.«

»Denkst du immer noch an das, was damals im Betonwerk passiert ist?«

»Ich denke andauernd an das, was damals im Betonwerk passiert ist.«

»Ich hoffe, auch daran, wie mutig du dich damals verhalten hast?«

»Nein, an den Teil denke ich normalerweise nicht.«

»An den Teil solltest du immer denken.«

Im Spiegelhintergrund entdecke ich über Lolas Schulter eine Gruppe Tagespartygänger in schicken Anzügen und teuren Kleidern.

»Wo bist du eigentlich gerade, Lola?«

»Im Garten von Graceland.«

»Elvis' Graceland?«

»Na, bestimmt nicht Justin Biebers Graceland.«

Ein Mann in einem braunen Vintage-Anzug, dessen Gesicht ich nicht erkennen kann, ruft Lola etwas zu: »Kommst du?«

Lola dreht sich zu dem Mann um und antwortet ihm mit einem Wink ihrer Hand: »Gleich!«

»Wer ist das?«, frage ich.

»Mein Typ.«

Lola Inderromanze. Lola Imbegehren. Lola Inderliebe.

»Wer ist dein Typ?«

»Wer mein Typ ist?«, entgegnet sie. »Gute Frage. Wer ist mein Typ? Ist er die Hand, die er mir auf den Oberschenkel legt, wenn ich traurig bin? Ist er der Fuß, der sich an meinem reibt, wenn wir im Bett Dickinson lesen? Ist er der Twinings-English-Breakfast-Tea, den er mir am Morgen macht? Ist er der Witz, den er mir über die beiden Muffins erzählt, die im Ofen sitzen? Ist er die Weichheit seiner Lippen, wenn er sich mit einem Kuss verabschiedet? Ist er der Arm um meine Taille, wenn er mich begrüßt? Ist er der ...«

»Himmel, Lola«, unterbreche ich sie. »Ich will doch nur seinen Namen wissen.«

»Ah, sein Name«, sagt sie. »Komisch, dass du das fragst. Ich dachte, den kennst du. Ich dachte, den kanntest du schon immer. Warum kennst du seinen Namen nicht?«

Wer bin ich? Ich bin das Mädchen unter einem grauen Brisbaner Himmel, das zu dem übergroßen gemalten Gesicht eines neunjährigen Brandon Box aufsieht. Vor einem Jahrzehnt ließ Flora Box die Frontfassade ihres Meeresfrüchtegroßhandels Ebb 'n' Flo durch eine riesige Wandmalerei schmücken, die ihren geliebten Sohn zeigt. Als Vorlage diente ein wohlgehütetes Foto ihres einzigen Kindes, das ihn als kleinen Jungen zeigt, wie er in den Mangrovenufern von Kauri Creek in Tin Can Bay südlich von K'gari Schlammkrabben fängt. Brandon bedeutet »Prinz«. Aber Brandon ist kein Prinz.

Die Wandmalerei zeigt ihn als süßen, lieben Jungen mit einem breiten Lächeln, das eine Zahnlücke entblößt. Lachend hält er eine braune Schlammkrabbe mit großen Scheren in die Kamera, wobei seine kleinen, dicken Kinderhände die Krabbe fest am Ansatz der Hinterbeine packen. Aber Brandon Box ist kein süßer, lieber Junge. Brandon lebt in einer Wohnung, die Flo vor zwanzig Jahren in dem alten, unter Denkmalschutz stehenden Hochhaus in der Dornoch Terrace in Highgate Hill gekauft hat.

Inzwischen hat Brandon es in einen Ort verwandelt, der an den Kraftraum eines Fitnessstudios erinnert.

Brandon macht mich auf die gleiche Art nervös wie die Schlammkrabben, als Flo mir während meines ersten Teilzeitjobs als Aushilfe im Verpackungsraum auftrug, sie aus den großen blauen Trawlereimern zu sammeln. Brandon ist kein Prinz. Brandon sieht mich immer komisch an. Das tut er schon, seit ich mit zwölf Jahren zum ersten Mal herkam, weil Mum von Flora Box einen Bar-auf-die-Hand-keine-Fragen-über-die-Vergangenheit-Job bekam, bei dem sie Garnelen schälte und Krabben schrubbte.

Mit dreizehn rauchte ich eines Tages mit Charlie Mould und Brandon Winfield Blues und fuhr mit einem Skateboard hinter dem Hanson-Betonwerk am Fluss entlang, am Ende der Hanson Street. Da Sonntag war, blieben die Fabriktore geschlossen, und Brandon hatte die Idee, über den vorderen Zaun zu klettern. Das Betonwerk steht auf einem Gelände, das fast so groß ist wie ein Cricketfeld. Es gibt eine große asphaltierte Ladefläche, wo wir immer beobachtet haben, wie die großen sich drehenden Trommeln der Betonmischfahrzeuge mit fertigem Beton befüllt wurden und dann in die Vororte Brisbanes abfuhren. Im hinteren Teil des Geländes ragen zwei buntstiftförmige blaue Silos von der Größe eines Raketenkörpers auf. Sie sind mit dem Mischwerk verbunden, einem riesigen Gebäude auf der linken Seite des Komplexes, das an eine Festung erinnert und größer ist als einige der Wohneinheiten, die in den wohlhabenderen Ecken des West End errichtet werden. Vor diesem Gebäude findet sich eine lange Reihe LKW-Parkbuchten, nummeriert von 1 bis 12.

Vom Mischwerk verläuft ein langes Förderband über die gesamte Breite der Ladefläche nach unten. Umschlossen von einem zylindrischen Metallschutz, erinnert es an die Rutsche eines Freizeitparks. Man erwartet fast, dass es in einem Planschbecken neben dem Wasserturm rechts von der Ladefläche endet. Schon lange hatten wir damit geprahlt, dass wir uns eines Tages in die Fabrik schleichen und die steilen Metallstufen erklimmen würden, die oben aufs Förderband führen. Von dort aus, so behaupteten wir, seien wir in der Lage, außen die Metallabdeckung hinunterzurutschen wie beim Schulfest auf einem Kartoffelsack.

Als wir über den Fabrikzaun geklettert waren und Charlie auf der anderen Seite des Werkes auf dem Skateboard losfuhr, zerrte Brandon mich in eine der Parkbuchten – Glückszahl 7 – und versuchte sein Glück bei mir, indem er mir mit der Hand unters T-Shirt fuhr und meine kaum vorhandenen dreizehnjährigen Brüste begrapschte. Zugleich knallte er seine Lippen mit solcher Geschwindigkeit und Wucht auf meine, dass unsere Schneidezähne kollidierten. Sein Atem schmeckte nach Winfield Blues und dem Mischgetränk, dass er in einer Zweilitertrinkflasche mit sich herumschleppte: Fanta gepanscht mit dreihundertfünfundsiebzig Millilitern Smirnoff Red. Als seine Finger an meinen Brüsten zogen, drückte ich mein rechtes Bein hinter seine rechte Wade, vergrub es im Boden und stieß ihm, so fest ich konnte, beide Fäuste gegen die Brust. Er stolperte hintenüber, landete mit dem Arsch zuerst auf dem Asphalt. Seine geöffneten Handflächen rutschten so hart über den Boden, dass er bei näherer Inspektion Blut entdeckte.

»Verklemmte Schlampe«, knurrte er und hievte sich wieder hoch.

»Widerliches Schwein«, konterte ich und stopfte mir das T-Shirt in die Hose. »Warte bloß, bis ich das deiner Mum erzähle. Dann bist du dran.«

Mit einem Satz stand er direkt vor mir und presste aggressiv seiner Nase an meine. »Wenn du ihr das erzählst, bring ich dich um«, zischte er.

Und dann rannte er. Er überwand ein gelbes Tor hinter den Parkbuchten und verschwand im Mischwerk. Charlie und ich verbrachten die nächste halbe Stunde damit, dort drinnen herumzulaufen und Brandons Namen zu schreien, doch keine Spur von ihm. Wir waren schon wieder aus dem Gebäude raus und wollten zurück zum Schrottplatz gehen, als wir einen Ruf von ganz oben hörten. Wir drehten uns um und entdeckten Brandon, wie er gefährlich schwankend ganz oben auf der konvexen Abdeckung des Förderbandes balancierte. Er tat, wovon wir nur geträumt hatten.

»Guckt mal, ich bin auf der Wasserrutsche!«, rief er und wippte einmal, dann noch einmal auf dem dünnen Metall. Fünfzehn Meter war er bestimmt über dem Boden. Nichts als Luft zwischen einem Wodka geschuldeten Ausrutscher und dem Asphalt. Schwungvoll drehte er sich um und breitete die Arme aus. »Guckt mal, von hier aus kann ich die ganze Stadt sehen!«, brüllte er.

»Brandon, komm da runter, verdammt!«, brüllte ich zurück.

»Nein«, rief er. »Nicht, bevor du mir versprichst, dass du meiner Mum nicht sagst, was ich getan habe.«

»Ich sag deiner Mum nicht, was du getan hast«, gab ich zurück. »Und jetzt komm runter. Du rutschst noch aus und bringst dich um.«

»Ich fall nicht«, sagte er. Und dann begann er mit den

Füßen zu stampfen und den Kopf herumzuwerfen, als würde er langsam zu Heavy Metal tanzen. Einmal mehr sprang er hoch, rutschte jedoch bei der Landung aus und landete hart mit dem Hintern auf der unheilvollen Abdeckung. Er schrie. Schrecken und blanke Angst erstickten den Mut des Alkohols in seiner Stimme. »Fuck.« Dann begann er langsam seinen Weg nach unten, indem er die Füße beidseits des Eisens setzte und auf dem Hinterteil die Förderbandabdeckung entlangrutschte, ohne sich auch nur einmal vom Metall zu lösen. Er sah aus wie ein großer dummer Hund, der sich auf einem Stück Rasen die Scheiße vom Arsch wischte.

Zehn Minuten später waren wir wieder am Fluss. Einer der Alkoholiker der Gegend, Barton Forrest, stolperte mit einer Packung Coolabah-White-Weißwein an uns vorbei, die er wie einen Rugbyball unter den Arm geklemmt hatte.

»Was stinkt hier denn so?«, bellte Brandon. Er drehte sich zu Barton um. »Hast du dich wieder eingeschissen, Bart?«

»Lass ihn in Ruhe«, sagte ich. »Er stört doch keinen.«

Bart stolperte in wechselnden Winkeln und Richtungen dahin und blinzelte mit zusammengekniffenen Augen gegen die Sonne, wahrscheinlich in dem Versuch, sich daran zu erinnern, unter welchem Feigenbaum er sein Zelt aufgeschlagen hatte.

Brandon holte ihn ein und schlang ihm einen Arm um den Hals. »Du gehst in die falsche Richtung, Barty.«

Damals war Brandon gerade einmal vierzehn Jahre alt, aber größer und stärker als Barton. Mühelos zerrte er ihn ans Flussufer.

»Was du brauchst, ist ein kaltes Bad, Barty«, höhnte Brandon.

Mit Charlie auf den Fersen holte ich die beiden ein.

»Lass ihn los, Brandon«, zischte ich und zerrte seinen Arm von Barts Schulter.

»Verpiss dich«, fuhr Brandon mich an und schlug meine Hand mit geschlossener Faust weg. »Der stinkende Dreckskerl muss sich mal waschen.«

Das Wasser stand niedrig, und aus dem Ufer ragte ein Abwasserrohr wie die Kanone eines Piratenschiffs. Darauf führte Brandon Barton. »Vergiss den Arsch nicht, Barty«, sagte er und schubste Barton in den Fluss. Der arme Säufer machte einen Bauchklatscher und landete mit dem Gesicht zuerst hart auf der Wasseroberfläche. Zu betrunken und schwach, um sich über Wasser zu halten, tauchte seine rechte Wange noch zweimal auf, bevor er sich einfach dem Fluss hingab. Sein Gesicht verschwand unter der Oberfläche, und Blasen stiegen aus seinem Mund auf.

»Bist du völlig bescheuert?«, fuhr ich Brandon an und stürzte ans Ufer. Ich schlug mir die Schienbeine an den scharfen grauen Steinen auf, und nur aufgrund des niedrigen Wasserstandes konnte ich mich stabil genug hinstellen und Barts Kopf über Wasser halten, bis Charlie mir zu Hilfe kam. Gemeinsam zerrten wir den armen durchweichten Alten zurück ans Ufer.

Auf Händen und Knien nach Luft schnappend, blickte ich auf und entdeckte Brandon Box heulend vor Lachen oben auf dem Abwasserrohr. Die grelle Sonne in seinem Rücken verwandelte ihn in einen Schatten, und er zog abwechselnd ein Bein hoch, während er grölend auf mich deutete. Alles, was ich sah, war der Tyrannosaurus. Alles, was ich sah, war die Tyrannenechse. Brüllend.

Nein, Brandon Box ist kein Prinz.

Im Verkaufsraum von Ebb 'n' Flo herrscht klirrende Kälte. Nasser Betonboden und grüne Gummimatten. Über allem hängt der Geruch nach Salzwasser und Fischinnereien. Eine chromfarbene Verkaufstheke und daneben eine lange rechteckige offene Meeresfrüchteauslage voller Eis, die beinahe den gesamten Raum einnimmt. Ganze Kaiserschnapper. Goldbandschnapper, mein Lieblingsfisch. Plattkopffilets. Königs- und Tigergarnelen. Blaue Schwimmerkrabben. Schlammkrabben. Meeräschen. Blaufische. Sandfische und – was einem Königshaus in Queensland am nächsten kommt – frische Moreton-Bay-Hummer. Frankreich hat die *Mona Lisa*, Ägypten die Pyramiden. Queensland hat den Moreton-Bay-Hummer.

Die Öffnungszeit ist um. Heute muss das Geschäft gut gelaufen sein, denn es ist erst fünf Uhr fünfunddreißig, und Verkaufsleiter Glenn Ash hat bereits ein Lagerbier geöffnet. In blaue Poloshirts, blaue Schürzen und blaue Gummistiefel gekleidet, verpacken Glenn und drei Mitarbeiter – allesamt hartgesottene, grimmige Ex-Knackis in ihren Fünfzigern – die nicht verkaufte Ware in mit Eis gefüllte Styroporkisten.

»Ist Flo hier?«, frage ich.

»Schon weg«, gibt Glenn zurück und wischt die Verkaufstheke mit einem blauen Lappen ab. Um seinen dicken, haarigen Unterarm schlängelt sich ein tätowierter Python mit Diamanten statt Augen, und er trägt wie immer beim Verkauf sein Lieblingskäppi von den North Sydney Bears. Von Leuten, die ihn gut kennen, wird er »der Priester« genannt. Der Name wurde ihm in der Strafvollzugsanstalt Sir David Longland in Wacol verpasst, nachdem er im Alter von neunzehn Jahren vergeblich versucht hatte, sich an einem Stück Stacheldraht zu erhängen. Der Stacheldraht hinterließ gezackte rosa Narben an seinem Hals, die er im Alter von einundzwanzig Jahren von einem Gefängnistätowierer durch einen schwarzen Streifen verdecken ließ – mit einem quadratischen Stückchen normaler Haut am Adamsapfel, wodurch er aussieht wie der Kragen eines Priesters. Daraus entwickelte sich der Spitzname, der außerdem darauf beruht, dass Glenn Ash angeblich der letzte Mensch auf Erden ist, der ein Leben frei von Sünde führen würde. Ich kenne Glenn Ash nicht gut genug, um ihn »den Priester« zu nennen.

»Was wolltest du denn von Flo?«, fragt Glenn.

Im selben Moment kommt Brandon durch die weiße Schwingtür aus dem Verpackungsraum in den Verkaufsraum. Er hat die Frage gehört und sieht mich an. »Du willst was von Mum?«, fragt er.

»Ich wollte ihren Computer benutzen«, antworte ich.

»Wozu?«

»Um einen Namen zu googeln.«

Brandon kratzt sich verwirrt am Kopf. »Wir haben gerade gehört, was deine Mutter im Fluss getan hat«, sagt er.

»Wer hat dir das erzählt?«

»Ros hat's Mum erzählt.«

»Bitte erzähl keinem, dass es Mum war, Brandon«, bettele ich. »Ich hab keine Lust, dass die Bullen in der Moon Street rumlaufen und nach mir suchen. Die nehmen mich mit und stecken mich an einen Ort, wo ich nicht sein will.«

Brandon lacht. »Glaub mir, Schwester, das Letzte, was wir wollen, sind Bullen, die in der Moon Street rumlaufen.«

Ich bin kurz baff von dem winzigen Anflug von Mitgefühl, der in seinem letzten Satz mitschwang.

Glenn Ash packt einen ganzen Forellenbarsch mit den Händen und trägt ihn durch die Tür in den Verpackungsraum. Jetzt stehen hier nur noch Brandon und ich.

»War verdammt mutig, was deine Mum da getan hat«, sagt er.

»Ach, echt?«

Er fährt sich mit dem Daumen über die Lippen. »Willst du mein iPad benutzen?«

»Hä?« Seine ungewohnte Großzügigkeit macht mich vorübergehend sprachlos.

»Da hinten liegt mein iPad«, sagt er mit einem Schulterzucken. Er zeigt auf die Schwingtür. »Ich sag's dir nur. Was auch immer du suchen willst. Dahinten findest du die Antworten.«

Natürlich wusste die Künstlerin, dass es gefährlich war, Brandon Box irgendwohin zu folgen, doch ihr Wunsch, etwas über ihre Vergangenheit zu erfahren, war größer als ihre Vorsicht, die sie die Gegenwart gelehrt hatte. Also folgte sie ihm in Flora Box' Büro im hinteren Teil des Ebb-'n'-Flo-Meeresfrüchtegroßhandels. Es war Brandon Box, der den Namen Elizabeth Finlay *in den Google-Suchbalken auf dem iPad eingab. Es war Brandon, der auf den Link des Suchergebnisses klickte, der oben auf dem klebrigen Bildschirm voller Sojasoßekleckse und Proteinshakefingerabdrücke erschien. Ein* Daily Telegraph-*Artikel von 2006 mit der Überschrift:* Das Monster von der March Street: Warum ist Marcus Finlay ausgerastet?

Brandons rechter Zeigefinger tippt auf den Link, und ich sehe, wie in seinem Blick neues Feuer auflodert, während er von links nach rechts über das iPad huscht.

»Fffffffuuuuuuuuuck.«

»Bitte, gib es her, Brandon.«

Doch Brandon liest weiter den Artikel und schüttelt über jedes Wort, jeden Satz, jede Antwort den Kopf, bis ...

»Gib mir das beschissene iPad, Brandon!«, schreie ich, strecke die Hand über Flora Box' Schreibtisch und reiße ihm das Gerät aus den Fingern.

Als sie den Artikel las, schien ihr Herz sich zusammenzuziehen, als würde Materie in das Vakuum eines Himmelslochs gesogen. Vergangenheit, Gegenwart und Zukunft falteten sich in sich selbst zusammen. Der Bericht handelte von den Schrecken, die sich eines Oktobermorgens im Jahr 2005 ereignet hatten: Die Einwohner von Bomaderry an der verschlafenen, idyllischen Küste von New South Wales wachten mit fürchterlichen Fernsehnachrichten über einen nach außen hin glücklichen und liebevollen Immobilienmakler auf, der sich aus unerklärlichen Gründen mit seiner sechs Monate alten Tochter bei lebendigem Leibe in einem Mitsubishi Outlander in der Auffahrt eines drei Jahre alten zweistöckigen Backsteinhauses in der March Street 34 in Bomaderry verbrannt hatte. Die mutige, das Kind über alles liebende Mutter Erica Finlay hatte noch vergeblich versucht, ihr Kind aus dem brennenden Fahrzeug zu retten, und sich dabei schwere Verbrennungen an Armen und Oberkörper zugezogen.

Die Tragödie an der ganzen Geschichte war, dass Erica die Polizei schon lange vor dem mörderischen

Suizid über verschiedene Gewaltausbrüche ihres wütenden Ehemannes informiert hatte. Die engagierte und anpassungsfähige Aushilfslehrerin arbeitete regelmäßig an der Oakham High School in South Bomaderry, doch keiner ihrer Kollegen konnte sich entsinnen, dass sie sich je besorgt über ihre Beziehung mit Marcus geäußert hätte, der sich wiederum aller Welt als idealer Ehemann präsentierte.

Von ihren Schülern wurde Erica sehr verehrt. Und Marcus beschrieben seine Nachbarn in der March Street als aufgeschlossenen, charismatischen Mann, der gern Grillpartys für die ganze Straße gab, bei denen er seine Gäste mit seinem Texas Pulled Pork begeisterte. Was den Bewohnern der March Street jedoch verborgen blieb: Die Polizei von New South Wales erlegte Marcus Finlay zweimal eine einstweilige Gewaltschutzverfügung auf, die er beim zweiten Mal brach, indem er am Tag, als er seine Tochter ermordete, das Haus der Familie aufsuchte. »Es heißt, wir leben im glücklichsten Land der Welt«, schrieb der Journalist. »Für einige mag das stimmen. Für die Frauen, die jede Woche infolge familiärer und häuslicher Gewalt getötet werden, gilt das jedoch nicht.«

Doch es waren nicht die aufrührenden Einzelheiten in der ersten Hälfte des Artikels, die bei der Künstlerin zu einem tränenreichen Zusammenbruch und Bauchkrämpfen führten. Sondern die zweite Hälfte, in der der Journalist verschiedene Fragen zum geheimnisvollen Verschwinden von Erica Finlay aufwarf. Lediglich zwei Monate nach dem Tod des kleinen Mädchens wurde Erica Finlays silberner Toyota Corolla Ascent verlassen auf einem öffentlichen Parkplatz im Conjola National Park aufgefunden, ein Gebiet mit elftausend Hektar dichtem Buschland und dem natürlichen Seengebiet am Rande des Princes Highway südlich von Nowra in New South Wales. Nach monatelanger erschöpfender Suche wurde Erica Finlays Name tragischerweise zum Nationalregister vermisster Personen hinzugefügt. Seither wurde Erica Finlay nie wieder gesehen.

Als sie am Schlussabsatz des Journalisten anlangte, war die Künstlerin kurz davor, sich zu übergeben, denn darin wandte er seinen investigativen Blick taktlos und unnötigerweise auf sich selbst: Als Vater einer kleinen Tochter denke ich oft an das Schicksal von Erica Finlay und ihrem Baby, diesem wundervollen kleinen Mädchen, das niemals die Freuden des Reisens, die Zufriedenheit, die man aus einer beruflichen Karriere gewinnt, oder das Wunder der Liebe erfahren wird. Wenn ich an Erica Finlay denke, ziehe ich es vor, sie mir nicht am Grund irgendeines namenlosen Waldsees vorzustellen. Lieber stelle ich sie mir irgendwo dort draußen vor, wie sie in genau diesem Moment ein schönes Leben führt, ein Leben, wie sie es vielleicht gehabt hätte, wäre da nicht das Monster der March Street gewesen.

Ich lege das iPad auf Flora Box' Schreibtisch, lasse den Kopf in die Hände sinken und schluchze. Brandon Box beugt sich über den Tisch, schnappt sich das Gerät und überfliegt mit geweiteten Augen den Rest des Artikels.

»Ach du heilige Scheiße«, ruft er aus. »Das Baby.« Er sieht mich an. Unter seiner gebräunten Haut ist er vor Schreck erblasst. »Elizabeth Finlay?« Dann verwandelt sich der Schrecken in unbändiges Gelächter. »Du dachtest, das bist du«, stellt er fest. »Fuck me! Wie traurig ist das denn bitte.« Er kichert wieder. »Was bist du nur für eine bekloppte Schlampe.« Lachen wie ein Maschinengewehr. Streuschüsse und Streuhirn. Er zeigt mit dem Finger auf mich.

Dann liest er den Artikel erneut durch und schüttelt den Kopf. »Hier steht, Marcus und Erica Finlay hatten nur ein Kind.« Er sieht mich an und bricht wieder in Gelächter aus. »Wo, zur Hölle, kommst du also her?«

Genüsslich lehnt er sich im Bürostuhl seiner Mutter zurück, legt sich das iPad auf den Bauch und die Füße auf den Tisch und wendet sich wieder dem Artikel zu. »Alter, ist das abgefuckt!« Noch mehr Lachen.

Ich muss aufstehen. Nur raus hier.

»Warte mal, geh nicht«, sagt Brandon. »Jetzt wird's doch gerade erst interessant!«

Ich renne, die Hand fest auf den Mund gepresst, um Brandon Box nicht durch ein weiteres Geräusch Grund zum Lachen zu geben. Durch die weiße Schwingtür des kalten Verpackungsraums. Raus aus der Ladentür. Die Moon Street entlang an Lagerhallen und Anlaufstellen und den billigen, hässlichen Absteigen vorbei, die meine elende Nachbarschaft darstellen. Den kleinen Pfad an der Werkstatt vorbei und quer über den Hof zu meinem Zauberspiegel.

Dort angekommen, packe ich den Rahmen mit beiden Händen und starre fest hinein. Mein Gesicht erwidert meinen starrenden Blick. »Lola«, flüstere ich unter Tränen. »Lola, bist du da?«

Gott sei Dank, da ist sie. Sitzt auf einem Einzelbett mit weißen Laken. Hinter ihr an der Wand ein Holzkreuz. Sie hat mir den Rücken zugewandt, und der Mann im braunen Vintage-Anzug tätschelt sanft ihren Oberschenkel.

»Geh weg«, sagt sie.

»Lola, ich muss mit dir reden.«

»Geh weg!«, wiederholt sie, nach wie vor mit dem Rücken zu mir.

»Geh weg? Warum? Du hast mir doch gesagt, ich soll zu Flo gehen. Du hast mir das gesagt!«

Lola antwortet nicht. Lola Inderdrehung. Lola Imdunkeln. Lola Imschmerz.

»Wo bist du gerade, Lola?«, frage ich. »Was ist das für ein Ort? Bitte rede mit mir.«

»Ich will gerade nicht mit dir reden«, sagt sie über die Schulter. »Siehst du nicht, dass ich im Krankenhaus bin?«

Lola Indertiefe. Lola Inwut. Lola Inverzweiflung.

»Du lässt einfach nicht locker, oder?«, faucht sie. »Wie oft soll ich dir das noch sagen?« Und dann dreht sie sich wieder zu mir um, und ich sehe die Finsternis in ihrem Gesicht. Mit zusammengebissenen Zähnen zischt sie: »LASS. MICH. ALLEIN!«

»Lola!«, bettle ich schluchzend.

Erst jetzt sehe ich das Grauen ihres rechten Arms. Er wurde am Ellbogen abgetrennt, und der Oberarm hat ein tiefdunkles Rot angenommen. Die Farbe verwesenden Fleisches. Am Ende des fürchterlichen Halbarms sehe ich weißen Knochen und rotes Fleisch. Karminrotes Blut tropft aufs Bett. Ein dunkles, kochendes, aufgewühltes Blut. So heiß, dass es Löcher durch Lolas schönes Kleid brennt.

Der Weihnachtsmann mit Kopfschmerzen

Der Weihnachtsmann mit Kopfschmerzen

Dezember 2023
Stift und Tusche auf Papier

Ein äußerst seltenes Werk, das dem Museum als anonyme Spende überlassen wurde. Es wird angenommen, dass es gezeichnet wurde, als die Künstlerin achtzehn Jahre alt war und den Zug nach Nundah in Northern Brisbane nahm. In dieser Phase wird deutlich, dass der in den Zeichnungen inhärente Optimismus der Künstlerin zunehmend von deutlichen Anflügen der Melancholie oder einer nie da gewesenen Wut der späten Teenagerjahre infiltriert – manche mögen auch sagen infiziert – wird.

Wer bin ich? In einer Welt mit acht Milliarden Menschen bin ich keiner von ihnen. Ich bin niemand. Ich bin nichts. Ich bin ein achtzehnjähriger Fehler in Zeit und Raum. Namenlos. Hauslos. Kein Ausweis. Keine Vergangenheit. Keine Zukunft. Kein Körper. Kein Herz. Ich bin der Geist der Ann Street, der eine Käse-Schinken-Rolle auf der Steingartenmauer neben der Auffahrt zum Hauptbahnhof frühstückt, die die Pendler zur Ecke Ann und Edward Street führt. Um mich sehen zu können, muss man mir bloß ein weißes Bettlaken über den Schädel werfen. Denn in dieser elenden Welt besitze ich nichts außer der Macht der Unsichtbarkeit.

Mein achtzehnter Geburtstag war der Knaller. Ros und Charlie haben achtzehn Kerzen auf ein Bananenbrot von Woolworths gesteckt und mir gesagt, ich solle mir was wünschen. Überwältigt von den vielen Möglichkeiten, darunter ein schnelles Auto und eine dicke Mauer, entschied ich mich schließlich für den Weltfrieden.

Inzwischen sind seit Erica Finlays Tod mehr als zehn Monate vergangen. Wenn ihr wissen wollt, was ich in der ganzen Zeit getrieben habe, dann male ich euch ein Bild. Nennen wir es *Hausloses Nichts, das sich in der Ann Street die Seele aus dem Leib weint*. Es zeigt ein Mädchen, das an genau diesem Ort sitzt und zehn Monate lang durchheult. Es weint so sehr, dass seine Lunge, Leber und Nieren mit seinen Tränen herausflutschen und es sein Herz im Salz der Vergangenheit verliert. Da sitzt es also mit all seinen überlebenswichtigen Organen zu seinen Füßen.

Ich stehe auf und laufe in eine Menschenmenge in Anzügen und Kostümen hinein, die geschäftig zur Arbeit eilen. Dreißig, vierzig, fünfzig Fremde um mich herum. Ich bin ein Baumstamm in einem Strom aus Jemanden. Ein Experiment, das ich mindestens einmal die Woche durchführe. Ein simpler Test, um zu sehen, ob ich noch existiere.

Inmitten all dieser an mir vorbeieilenden Büroangestellten bleibe ich still stehen. Einige rempeln mich mit ihren Schultern an, andere wischen mir mit ihren Aktenkoffern über die Beine, doch keiner sieht mich an. Keiner sieht mich. Das schwöre ich bei Gott. Das Verrückteste überhaupt. Ich bin Edvard Munch, und das ist meine eigene Version von *Abend auf der Karl Johans gate*. Edvard wurde von einer Frau geghostet. Ich wurde vom Leben geghostet. Das Leben hat mich versetzt. Das Leben hat's nicht zum gemeinsamen Abendessen geschafft.

Während all die fremden Gesichter an mir vorbeiziehen, drehe ich mich im Kreis und versuche ihre Blicke nach Anzeichen dafür abzusuchen, dass ich für sie existiere. Nichts. Ich hebe die Arme, als wäre ich Jesus, doch die Menschen um mich herum reagieren nicht. Immer mehr städtische Angestellte strömen vorbei. Dutzende von ihnen. Menschen, die existieren. Sichtbare Menschen. Menschen, die Dinge zu tun haben. Menschen, die ihre Zukunft sehen, weil sie ihre Vergangenheit kennen.

Die neue Häuser sehen. Neue Autos. Neue Kinder. Ich starre in ihre Gesichter, und keiner starrt zurück. Sie laufen einfach weiter.

Und dann erhebe ich die Stimme. »Ich bin unsichtbar«, sage ich.

Keiner hört mich, und keiner sieht, wie ich es sage. Nicht ein einziger mir zugewandter Kopf, nicht ein Blick, nicht eine vor Verwirrung gehobene Augenbraue, nicht ein ungläubiges Lachen.

Ich werde lauter: »Ich bin unsichtbar.«

Nichts. Überhaupt keine Veränderung. Nur jede Menge Fremde, die sich durch ihre eigene Existenz bewegen.

Also hebe ich die Arme und schreie es heraus: »ICH BIN UNSICHTBAR! ICH. BIN. UNSIIIICHTBAAAR!«

Nichts. Keine einzige Rückmeldung. Und das ergibt absolut Sinn. Weil ich nicht existiere. Weil ich ein Niemand bin. Weil ich nichts bin. Dabei muss ehrlicherweise gesagt werden, dass es auch mit einer gewissen Macht einhergeht. Wenn du niemand bist, steht es dir frei, jeder zu sein. Astronautin. Schauspielerin. Archäologin. Oder sogar eine dahergelaufene, dreckige Fahr-doch-zur-Hölle-Vorstadtdrogendealerin. Denn wenn keiner dich sehen kann, sieht auch keiner deine Scham. Keiner sieht dein Leid. Und keiner kann dich dabei erwischen, wie du dir das Herz ausweinst.

Zwei Stunden später sitzt der Weihnachtsmann mir gegenüber im Zug nach Shorncliffe. Ich glaube, er hat mir gerade auf die Titten gelinst.

Wir teilen uns einen Vierersitz. Mein Fahrrad steht auf einer Schiene bei den Türen. Vor dem Fenster des fahrenden Zuges liegt eine Claude-Monet-Version der Brisbaner Vorstadt. Wäscheleinen in Hinterhöfen. Mangobäume mit grünen Früchten und schwachen Zweigen. Gelbe Backsteinwohnblöcke. Immer noch Brisbane, doch alle Farbe wird von der Geschwindigkeit verwischt.

Mein schwarzer Adidas-Rucksack ruht auf meinem rechten Oberschenkel und enthält einen tragbaren CD-Player von Philips, den ich bei JB Hi-Fi für neunundsiebzig Dollar gekauft habe, und sechs von Flora Box' raubkopierten CDs aus Indonesien – Alben von Madonna, Belinda Carlisle, Janet Jackson, Paula Abdul, Whitney Houston und Taylor Swift –, die für jeden wertlos sind außer für mich. Heutzutage hört keiner mehr Politiker, Vogelgesang, Teenager, Solarpanelverkäufer, Alte, Wale oder CDs.

Der Weihnachtsmann trägt einen Seesack der Brisbane Broncos über der Schulter. Den Kopf auf die rechte Faust gestützt, beobachtet er, wie ich sein Konterfei in mein Skizzenbuch zeichne. Der Weihnachtsmann ist nicht echt. Er ist nur ein verkleideter Mann, der mit müden blauen Augen und einer ordentlichen Fahne den Bahnhof Buranda passiert.

»Bist du fertig?«, fragt er.

Ich befeuchte meine rechte Fingerspitze und verwische die Falten unter seinen Augen. Fange das Neun-Uhr-fünfunddreißig-Morgenelend ein. Ich sollte seinen Blick den »Elendsblick« nennen.

»Fast.«

Ich zeichne schnell. Die Geschwindigkeit lässt nicht zu, dass ich mich an Fehlern festbeiße. Stillleben in Raserei. Die nicht perfekten Züge der Figur funktionieren, weil das ganze Ding nicht perfekt ist. Das Leben sollte schnell und mit klaren, rauen Strichen gezeichnet und ebenso schnell gelebt werden. Voller Fehler, über die wir keine Zeit haben nachzudenken.

Die Welt steckt voller Fehler. Man nehme nur mich als Beispiel. Das Mädchen mit dem schwarzen Tintenstift. Der Störfaktor. Großes Geheimnis, aber keine große Sache: Eigentlich sollte ich gar nicht in diesem Zug sitzen. Die harte Realität, die aber keinen wirklich verletzt: Diesen schwarzen Rucksack sollte ich eigentlich nicht mit mir herumtragen. So sollte es eigentlich nicht sein. Der fahrende Zug. Die Bäume vor dem Fenster. Die Häuser. Die öffentlichen Parks. Alles eine einzige tragische Störung, die mir jeder Tag deutlicher vor Augen führt. Ich bin dir auf der Spur, schlaue kleine Welt. Grillhähnchenladen vor dem Fenster, Handyreparaturgeschäft, ich bin euch auf der Spur. Himmel, ich bin dir auf der Spur. Sonne, ich bin dir auf der Spur. All das waren schreckliche Fehler.

»Kann ich dich was fragen, Weihnachtsmann?«

»Klar, nur frag mich bloß nicht, was du zu Weihnachten bekommst.«

»Warum hast du im Zug dein Weihnachtskostüm an?«

»Bin spät dran. Und ich hab's satt, dieses idiotische Ding an- und auszuziehen.«

Während ich zeichne, stelle ich Mutmaßungen an. Das machen wir Künstler so. Wir schlussfolgern. Wir spüren hinein. Der Weihnachtsmann hat sich gestern Abend allein einen hinter die Binde gekippt, ist im Kostüm eingeschlafen und musste heute Morgen hektisch zum Bahnhof Wynnum North rennen, weil er seinen Wecker verschlafen hat.

»Du solltest nicht in deinem Weihnachtsmannkostüm im Zug sitzen«, mahne ich.

»Warum nicht?«

»Der Weihnachtsmann sollte nicht die Shorncliffe-Linie fahren. Du nimmst allen Kindern den Zauber.«

»Welchen Zauber?«

Wir Künstler sehen Dinge. Dinge, die andere nicht sehen können. Der Weihnachtsmann wohnt in einer Wohnung in Wynnum mit einem serbischen Mann namens Petar, der Nachtschichten im Schlachthof Murarrie schiebt. Unter seinem Kostüm prangt ein Drache auf seiner haarigen Brust. Ich zeichne schnell. Lasse all diese gedanklichen Anmerkungen in die Zeichnung einfließen, auch wenn keiner sie erkennen wird. So hat Van Gogh das auch getan. Hat all den Schmerz in die Farbe gemischt. All den Suff in die Malerei. Und auch alle Träume.

»Weihnachtszauber«, sage ich. »Sterne, die dir abends den Weg weisen. Zauberpflanzen, die dir den Freifahrtschein geben, jeden, den du willst, zu küssen. Nette dicke Männer, die dir am Weihnachtsmorgen alles geben, was du willst. Bitte vergiss nicht, Weihnachtsmann, dass der Weihnachtszauber eine der wenigen Zauberformen ist, die es für die Kinder in Brisbane noch gibt. Keine Zauberei mehr, nur noch die Scheißhandys und Zucker.«

Die Lippen unterm Bart verborgen. Die rote Nase eines Säufers. Schatten und Licht. Licht und Schatten.

»Kann ich dich was fragen, Weihnachtsmann?«

»Klar, frag mich nur nicht nach einer Sony PlayStation. Davon hab ich keine mehr.«

Für einen Moment klappe ich mein Skizzenbuch zu. Der Blick des Weihnachtsmanns wandert über die Einbandcollage aus Taylor-Swift-Stickern.

»Wünschen sich die Kinder eigentlich je etwas Bedeutsames?«

»Bedeutsam, was meinst du damit?«

»Na ja, irgendwas, was dich berührt. Irgendwas, was dich daran erinnert, worum es bei Weihnachten eigentlich geht.«

»Worum geht's denn da deiner Meinung nach?«

»Um die Familie«, antworte ich. »Es geht darum, mit den Menschen zusammen zu sein, die du liebst. All die Menschen am Weihnachtsmorgen um den Baum. Da muss doch die Bedeutung des Lebens liegen. Mum. Dad. Bruder. Schwester. Ganz einfache Verbindung. Einfache Zugehörigkeit. Mann. Frau. Tochter. Sohn. Großm...«

»Ja, schon verstanden«, sagt der Weihnachtsmann. »Familie.« Er denkt einen Moment nach. »Doch, es gab einen bedeutsamen Weihnachtswunsch. Gestern erst. Zehn Jahre alter Junge namens Cassius. Niedliches Kind. Hatte was auf dem Kasten. Kommt ganz nah an mich ran und flüstert mir auf Zehenspitzen seinen Weihnachtswunsch ins Ohr. Hat mir das Herz erwärmt.«

»Was hat er sich denn gewünscht?«

»Die Einstellung des Scheidungsverfahrens zwischen seiner Mum und seinem Dad.«

»Das macht mich traurig«, sage ich.

»Mich auch«, erwidert der Weihnachtsmann.

Der Zug nähert sich der nächsten Station und wird langsamer. »Park Road«, sagt eine friedfertige und angenehme Männerstimme, die im Waggon widerhallt. »Park Road Station.«

»Wusstest du, dass der Mann, der die Stimme macht, derselbe ist, der jeden Abend die Vorschau für Channel Nine News spricht?«, frage ich.

»Welche Stimme?«

»Die Durchsagen im Zug. ›Park Road. Park Road Station.‹«

Den Weihnachtsmann scheint das nicht weiter zu interessieren.

Dunklere Schattierung um die Ohren. Dann verdunkle ich den rechten schwarzen Stiefel des Weihnachtsmanns, der auf seiner linken Kniescheibe ruht. Fertig.

Ich kritzele den Namen der Zeichnung unten auf das dicke Papier und reiße die Seite heraus. »Die ist für dich.«

Der Weihnachtsmann nimmt sie lächelnd entgegen. »*Der Weihnachtsmann mit Kopfschmerzen*«, liest er. »Woher weißt du, dass ich Kopfschmerzen habe?«

»Du riechst, als hättest du Kopfschmerzen.«

Der Weihnachtsmann nickt.

»Der Weihnachtsmann hat einen langen Tag vor sich«, stelle ich fest.

»Acht Stunden in einem Stuhl in der Spielzeugabteilung von Myer«, bestätigt er. »Dreißig Minuten Mittagspause. Zwei Pinkelpausen von fünf Minuten. Hundert nervige Eltern. Tausend privilegierte Kinder. Drei französische Hennen, zwei Turteltauben und eine Kugel, um mir das Hirn wegzupusten.« Der Weihnachtsmann reibt sich die Augen und seufzt.

»Du bist müde«, stelle ich fest.

Er nickt.

»Der Weihnachtsmann wird nicht bis zum Weihnachtstag durchhalten.«

Er nickt wieder.

»Willst du was dagegen?«, frage ich und tippe mit dem Finger auf meinen Rucksack.

Der Weihnachtsmann setzt sich in seinem Sitz auf. Seine Stimme wird weich. »Was meinst du?«

»Ich meine, was wünscht sich der Weihnachtsmann zu Weihnachten?«

»Was hast du denn?«

»Ich habe Dinge, die dem Weihnachtsmann den Kamin runterhelfen«, sage ich. »Und ich habe Dinge, die ihm wieder hochhelfen. Ich habe Dinge, die ihn neben dem Feuer sanft in den Schlaf schicken, und ich habe Dinge, die dafür sorgen, dass du im Feuer tanzt.«

»Um Himmels willen«, sagt der Weihnachtsmann. »Wie alt bist du?«

»Achtzehn.«

»Siehst nicht so aus.«

»Wie alt sehe ich denn aus?«

»Du siehst aus, als wärst du siebzehn«, sagt der Weihnachtsmann. »Wie viel kostet es, den Kamin hochzukommen?«

»Fünfzig.«

Der Weihnachtsmann öffnet seinen Seesack und zieht ein dünnes, abgegriffenes Lederportemonnaie heraus. »Ich habe siebenunddreißig Dollar«, sagt er.

»Was, zur Hölle, zahlen sie dir da oben in der Werkstatt, Weihnachtsmann?« Ich rechne blitzschnell im Kopf nach. Seufze tief. »Na gut, Sankt Nikolaus«, sage ich. »Weihnachtsrabatt für blanke Reisende aus dem Norden.«

Ich stecke eine Hand in den Rucksack und händige dem Weihnachtsmann eine Raubkopie von Taylor Swifts Album *1989* aus.

»Was ist das?«, fragt er.

»Das ist eine indonesische Raubkopie von Taylor Swifts bis heute gelungenstem und vollständigstem purem Popalbum. Man beachte die offensichtlichen Rechtschreibfehler bei der Songauflistung, wo man ›Out of the Woops‹ statt dem von Taylor beabsichtigten Songtitel ›Out of the Woods‹ liest. Normalerweise würde ich allein dafür zwei Dollar mehr berechnen, aber wo du doch der Weihnachtsmann bist …«

»Aber … wo ist –«

»Kleine quadratische Tüte hinter der CD.«

Der Weihnachtsmann klappt die CD-Hülle auf und inspiziert den schmalen Spalt hinter der CD.

Wissend zwinkere ich ihm zu.

»Woher soll ich wissen, dass du mich nicht verarschst?«, fragt er.

»Dieses Weihnachten verarscht dich keiner außer Frau Weihnachtsmanns kleine Schwester Hilda.«

Der Zug fährt um die Kurve und schwungvoll in die Station South Bank ein.

»Am Hauptbahnhof muss ich raus«, sagt der Weihnachtsmann. Er überreicht mir die siebenunddreißig Dollar und wirft erneut einen Blick auf die Zeichnung. »Ich sehe hundeelend aus«, beschwert er sich.

»Ich finde, du siehst schön aus«, antworte ich. »Ich finde, du bist perfekt. Voller Fehler, aber gleichzeitig perfekt.«

Er zuckt die Schultern. »Ist jedenfalls eine gute Zeichnung«, bemerkt er. »Ich bin kein Experte, aber ich erkenne gutes Zeug, wenn ich es sehe. Gehst du auf die Kunsthochschule oder so was?«

Schaukelnd nimmt der Zug eine Kurve, und ich lächle den Weihnachtsmann an, während ich in meinem Sitz herumgeschwenkt werde. Ich zeichne jeden Morgen und jeden Abend und bei jeder Gelegenheit, die sich zwischendurch ergibt. Das machen wir Künstler so. Sonntags um die Mittagszeit gehe ich zum freien Kunstunterricht im Well. Ich zeichne mit Kreidesteinen auf Gehwegen. Zeichne auf Steine mit Kreide. Zeichne auf mir selbst mit Kugelschreibern. Zeichne auf die Unterarme meiner Freunde in der Moon Street. Zeichne im Kopf. Zeichne in meinen Träumen. »Nein, ich gehe nicht zur Kunsthochschule.«

»Wer hat dir beigebracht, so zu zeichnen?«

»Erica Finlay«, erwidere ich.

»Wer ist Erica Finlay?«

»Hast du je vom Monster in der March Street gehört?«

»Dem *was*?«, fragt der Weihnachtsmann.

»Egal«, antworte ich.

Ich starre aus dem Fenster. Der Zug überquert gerade den Brisbane River auf der Merivale Bridge, die die Stationen South Brisbane und Roma Street miteinander verbindet. Der Wasserstand ist niedrig.

»He, Weihnachtsmann«, setze ich an. »Wusstest du, dass mehr als tausend Australier allein im vergangenen Jahrzehnt in Flüssen und Bächen umgekommen sind?«

Der Weihnachtsmann schüttelt den Kopf.

»Wusstest du, dass der Brisbane River der zweittödlichste Fluss ist, gleich nach dem Murray?«

Der Weihnachtsmann schüttelt wieder den Kopf.

»Die Leute kommen nach Brisbane und springen in die gewundene braune Schlange, weil sie denken, sie sei ruhig und langsam, ein bisschen so, wie wir alle reden. Aber der Fluss sollte in Yagonnadie Creek oder so was umbenannt werden, weil nichts daran so ist, wie es scheint. Besoffene Trottel springen nachts rein, weil sie denken, sie können ans andere Ufer schwimmen.

Aber die Bitch trägt 'ne Menge Wut in sich. Sie lässt sich nicht einfach so durchqueren. Mit ihrer Strömung saugt sie ihnen alle Kraft aus. Sie macht die Menschen so müde, dass sie irgendwann einfach nur untergehen wollen, damit es endlich vorbei ist. Und dann verschwinden sie in der schwarzen Tiefe. Mir hat mal jemand was gesagt: Solltest du dich je in dem Ding wiederfinden, wenn es wirklich hoch und aufgewühlt ist, Weihnachtsmann, dann ist das Einzige, was du tun kannst, dich auf den Rücken zu legen, dich in aller Ruhe treiben zu lassen und zu Gott zu beten, dass du nicht unsichtbar bist.«

Erica Finlay hat mir das gesagt.

Der Weihnachtsmann sieht verwirrt aus. »Du bist ziemlich interessant, weißt du das?«

»Nicht halb so interessant wie du, Weihnachtsmann.«

Vor dem Fenster Gewerbehallen aus fragilem Wellblech. Ein Zug peitscht vorbei in Richtung Süden.

»Ich unterhalte mich gern im Zug mit Fremden«, sage ich.

»Ich auch«, sagt der Weihnachtsmann.

»Einem Fremden im Zug kannst du alles erzählen, weil der Zug irgendwann hält und der Fremde aussteigt und du ihn nie wiedersiehst. In fahrenden Zügen zählt die Vergangenheit nicht. Auch keine Lebensgeschichten. Das macht die kleine Welt in diesem kleinen Waggon zu einer sicheren Welt. Ergibt das für dich Sinn, Weihnachtsmann?«

»Total«, bestätigt er.

In einer langen Linkskurve fährt der Zug in den Hauptbahnhof ein. Der Weihnachtsmann packt die Armlehne und hievt sich auf die Füße. Dann lehnt er sich für einen letzten Gedanken vor, sanft und unumwunden. »Du solltest auf die Kunsthochschule gehen«, sagt er.

Darüber sinniere ich lange nach. »Ich glaube, du hast recht, Weihnachtsmann«, sage ich. »Ich gehöre wirklich auf eine Kunsthochschule. Ich sollte wirklich etwas tun, was nicht das ist, was ich gerade tue. Ich bin am falschen Ort, Weihnachtsmann. All das hier war ein schrecklicher Fehler. Ist dir je so was passiert, Weihnachtsmann? Du wachst eines Tages auf und weißt mit Sicherheit, dass du nicht da bist, wo du sein solltest? Du bist nicht am richtigen Ort. Du bist nicht in der richtigen Zeit. Du bist noch nicht einmal im richtigen Leben. Wenn du in den Spiegel siehst, hasst du die Person, die dir dort gegenübersteht, und du würdest alles dafür tun, von ihr wegzukommen. Selbst wenn das bedeutet, diese Person, die du geworden bist, in einen reißenden Fluss zu werfen. Hast du dich je so gefühlt, Weihnachtsmann?«

Der Weihnachtsmann starrt mich an. In seinen Elendsblick hat sich ein neuer Funke geschlichen. Nach einigen inneren Überlegungen, die, seinem Gesichtsausdruck nach zu urteilen, unter anderem ein gewisses Maß an Besorgnis um mein Wohlergehen beinhalten, wiederholt er seine frühere Diagnose. »Du solltest auf die Kunsthochschule gehen.«

Der Zug hält, und die Tür geht auf. »Hauptbahnhof«, verkündet die Männerstimme so weich, als hätte er gerade eine Packung Tramadol geschluckt. »Station Hauptbahnhof.«

Der Weihnachtsmann hält mir die Zeichnung unter die Nase. »Schnell«, drängt er. »Unterschreib mit deinem Namen, okay?«

»Geht nicht, sorry, Weihnachtsmann«, gebe ich zurück.

»Warum nicht?«

»Weil ich den nicht weiß.«

»Was?«, fragt er ungläubig. »Du kennst deinen eigenen Namen nicht?«

Ich nicke.

»Das glaube ich nicht«, sagt der Weihnachtsmann. »Das ist unmöglich.«

»Große, dicke, fröhliche Typen zwängen sich durch Kaminrohre in Chapel Hill«, sage ich. »Rentiere fliegen über Chermside. Ein Mädchen wird achtzehn Jahre alt, ohne je seinen Namen zu kennen. Alles ist möglich, Weihnachtsmann. Das müsstest du besser wissen als jeder andere.«

Ich radele zu George Stringers Haus in Nundah. Auf einem schnellen italienischen Fahrrad. Ein Bianchi-Rennrad in Kanariengelb mit einem harten Sattel von der Größe einer Damenbinde. Bei der sanften Straßenneigung und gutem Rückenwind knacke ich sicher die fünfzig Kilometer pro Stunde. Das Fahrrad war ein Geschenk von Esther Inthehole. Vor langer Zeit ihrem Mann abgehauen, änderte sie inoffiziell ihren Nachnamen zu Inthehole, nachdem sie in eine »Familie« aus Brisbaner Treibenden geraten war – Arthur Inthehole, Ezra Inthehole, Gillian Inthehole –, die in einer Reihe geschützter und schwer auffindbarer Höhlen in den Klippen von Kangaroo Point lebten, die über dem Brisbane River gegenüber vom CBD aufragen.

Esther bedeutet »Stern«. Ihr Gesicht habe ich noch nie wirklich gesehen, weil Esther ihr Loch nie bei Tageslicht verlässt. Sie ist überzeugt, dass es hässlich und für die Leute unerträglich anzusehen ist. Ich weiß, dass das Bullshit ist, der ihr vor langer Zeit von ihrem Monster eingetrichtert wurde. Charlie Mould hat mir erzählt, dass er Esthers Gesicht einmal nachts um zwei Uhr gesehen hat, als sie in Spring Hill einen kleinen Berg Gemeindemüll durchforstete. Es war dunkel, aber Charlie schwor, dass sie genauso aussah wie die schöne Schauspielerin in *Edward mit den Scherenhänden*. Manche Leute in der Moon Street sagen, dass Esther in ihrem Loch verrückt geworden ist. Ich sage, sie ist bloß künstlerisch geworden.

Nicht lange nachdem Erica Finlay ertrunken ist, fand ich das kanariengelbe Fahrrad vor Esthers Loch gegen die Backsteinmauer der Kirche gelehnt. Dann hallte Esthers Stimme an den Wänden ihres Loches wider. »Deine Mum hat immer gesagt, sie will dir ein Fahrrad schenken.«

»*Erica Finlay* hat immer gesagt, sie will mir ein Fahrrad schenken«, verbesserte ich.

»Tut mir leid, Erica Finlay meine ich.«

»Das hast du nicht geklaut, oder, Esther?«, fragte ich.

»Nee, hab's gefunden«, erwiderte sie.

»Sieht ziemlich teuer aus, Esther.«

»Ja, und noch dazu italienisch. Ich hab's Makkaroni getauft.«

»Wo hast du's gefunden?«

»Lag auf dem Amphitheaterhügel im Roma Street Parkland. Wollte keiner mehr.«

»Woher weißt du, dass keiner es wollte?«

»Ich erkenne Ungewolltes, wenn ich es sehe«, gab Esther zurück.

»Was, wenn mich irgendein muskelbepackter italienischer Radfahrer auf der Straße anhält und sein Fahrrad zurückwill?«

Darüber dachte Esther einen Moment nach. »Sag ihm, wenn er den Namen von dem Fahrrad weiß, kann er es zurückhaben.«

Die Künstlerin radelte mit einem Rucksack auf dem Rücken. Darin befand sich ein Skizzenbuch, in dem auf einer Seite alle Gegenstände aufgelistet waren, die man benötigt, wenn einem der geheimnisvolle und verstörte Vormund unvermittelt wegstirbt und man im Alter von siebzehn Jahren und zehn Monaten allein auf Erden zurückbleibt, in einem verrosteten Van auf einem Industrieschrottplatz, von einem hohen Stacheldrahtzaun umgeben.

- *Ein kanariengelbes Fahrrad, vorzugsweise nicht geklaut*
- *Ein Fineliner, 1,00-mm-Feder, schwarz*
- *Ein gebundenes RENDR-Skizzenbuch, 5,5 x 8,5 Zoll, schwarz*
- *Eine Ausgabe von* The Penguin Dictionary of Jokes
- *Sechs vertrauenswürdige Nachbarn*
- *Eine Schachtel Redheads folienversiegelte Silvesterböller*
- *Eine Packung Backpulver, um mit Wasser vermischt Seife, Shampoo, Deo und Zahnpasta herzustellen*
- *Eine dicke Bettdecke samt Bezug mit Great Barrier Reef drauf*
- *Ein DIN-A3-großes Poster von Timothée Chalamet*
- *Ein unendlicher Vorrat an Dosenspaghetti von Heinz, um am Lagerfeuer Spaghetti und Käsesandwich zu machen*
- *Ein unendlicher Vorrat an Waschmittel*

- *Ein kollektiver elektronischer Schlüssel mit Zugang zu den 24-Stunden-Duschen und Toiletten im Fitnessclub Good Life Health*
- *Ein gut bezahlter Job, der jemanden ohne Ausweis und ohne jegliche staatliche Registrierung vor dem Hungertod rettet, oder, noch schlimmer, diejenigen unter achtzehn davor bewahrt, in die im Kreis fahrende Geisterbahn alias das staatliche Jugendeinrichtungssystem von Queensland zu geraten. Ideale Jobs sind unter anderem: Regaleinräumerin bei Aldi im West End, Aushilfsverkäuferin im City Beach Shop in der Queen Street Mall, Museumsführerin in der Queensland Art Gallery, Lieferantin kleiner Heroinpäckchen an verzweifelte alte Menschen in den Vororten Brisbanes*
- *Die Fähigkeit, unerwartete Konflikte zu lösen*
- *Die Fähigkeit, sich in unerwarteten Konflikten zu behaupten*
- *Ein Baccarat-Damashiro-Filetiermesser mit fünfzehn Zentimetern rostfreier Stahlklinge, die jeden Abend vor dem Einschlafen geschärft wird*

Ich sause die Buckland Road hinunter, vorbei am ovalen Sportplatz der Nundah State School. Jungs spielen Rugby mit einem schmutzigen Ball. Ein gelber Backsteinwohnblock. Ein Mann, der in einem blauen Overall und mit einem kleinen schwarzen Pudel zu seinen Füßen Unkraut jätet. Im Sommer sehe ich die gleißend heißen Vororte Brisbanes manchmal in Zeichenstrichen, und aus irgendeinem Grund ergibt das Leben in dieser Ansicht mehr Sinn für mich. So machen wir Künstler das. Wir übersetzen. Wir verändern. Die ganze Welt um mich herum wird zu sauberen, schwarzen Tintenstrichen. Gezeichnet vermittelt sie das Gefühl einer Daseinsberechtigung, als wäre nicht alles bloß ein großer Fehler. Ein Lattenzaun, ein Briefkasten und ein abgefallener Palmwedel in einem Vorgarten neben einem Kinderroller, alles Zeichenstriche in meinem Kopf. Stoppschild. Gehsteig. Straßenrinne. Agakröte, platt gefahren wie ein Pfannkuchen. In dieser stillen, lähmenden Tristesse liegt eine Schönheit. Das Enthaarungsstudio Ecke Buckland Road und Hamson Terrace. Alte Queenslander Häuser mit Holzstreben. Eine Satellitenschüssel auf einem Dach mit Terrakottaschindeln. Solarpanele. Ein geparkter Pick-up. Eine Bushaltestelle.

Und inmitten dieser gedanklichen Zeichnung radelte die junge gequälte Künstlerin – lange bevor sie aller Welt ein Begriff wurde – auf ihrem gelben italienischen Fahrrad dahin, in schweren, braunen Springerstiefeln, die ihr bis zu den Schienbeinen reichten. Sie trug schwarze Bermuda-Jeansshorts, die sie im Secondhandladen von Spring Hill St. Vincent de Paul für fünfzig Cent erstanden hatte, und, in den Bund gestopft, ein T-Shirt, auf dem in schwarzen Großbuchstaben KYLIE SAYS RELAX *stand.*

Was seltsam anmuten mag: Die Künstlerin hatte die Suche nach ihrer Identität vorübergehend aufgegeben. Sie sagte sich, sie müsse nicht wissen, wer sie wirklich sei. Sie sagte sich, sie habe keine Angst, von der Wahrheit verletzt zu werden. Sie sagte sich, sie scheue sich nicht vor den wahren Hintergründen der Erica Finlay und warum sie tatsächlich quer durchs Land geflohen war. Sie sagte sich, sie sei zu alt, um sich vor Monstern zu fürchten.

Natürlich gab es auch viele Dinge, die in keinem oberflächlichen Selbstporträt zu sehen sind. Ihre Verwirrung. Ihr Verlust. Ihre Sehnsucht. Ihre Selbstwahrnehmung als Fehler. Ihre schwelende Wut. Oder die fünfzehn Zentimeter lange Klinge des Fischfiletiermessers, das in ihrem rechten Stiefel steckte. An dieser besonderen Gabelung ihres Lebens hatte die Künstlerin eine Vorliebe dafür entwickelt, Dinge zu treten. Dosen auf der Straße. Fenster in versteckten Ecken verlassener Lagerhallen. Verrostete und leere Ölkanister. Leere Bier- und billige Weinflaschen. Sie erinnerte sich daran, wie sie eines Nachts um drei Uhr allein die Montague Road im West End entlanglief und plötzlich dem unwiderstehlichen Drang nachgab, ihren Stiefel in das linke Frontlicht eines Maserati zu rammen. Sie brauchte fünf Tritte eskalierender Kraft, bis der Plastikschutz endlich nachgab. Eine faszinierende Zerstörungswut, wie sie sie noch nie zuvor in sich gespürt hatte.

Außerdem hatte die Künstlerin eine Vorliebe dafür entwickelt, auf Dinge einzustechen. Die lederbezogenen Sitzkissen eines aussortierten Zweiersofas auf dem Gehsteig der Bristol Street. Ein Basketball in der Straßenrinne der Spring Street. Eines Nachmittags fand sich die Künstlerin in der Fleischabteilung des Coles-Supermarkts im Merthyr Village wieder. Als sie den Gang entlangschlenderte, wurde ihr bewusst, dass sie gerade allein war. Sie ließ das Filetiermesser aus dem rechten Ärmel ihrer alten, grauen Puma-Jacke in ihre rechte Hand gleiten, lehnte sich über die Glasabdeckung von sechs eingepackten knochenfreien Schweinskeulenbraten und trieb die Klinge schnell und kräftig in die fettige Mitte jedes einzelnen Fleischstücks. Dann eilte sie weiter in die Keksabteilung, wo sie sich eine Packung Arnott's-Kingston-Mürbeteigkekse für den Nachmittagstee aussuchte.

Scharf nach links in die New Street. George Stringers Straße. George ist der Typ, der mich »Laura Branigan« nennt. Ein freundlicher alter Mann, der mich seine Mangoeiscremeriegel essen und auf seinem Fernseher *Friends* gucken lässt, während er sich einen Schuss setzt. George hat mir erzählt, dass sein Name »Bauer« bedeute oder jemand, der mit Erde arbeite. Er war Buchhalter und sagt, er habe sein Leben lang Zahlen statt Sprösslinge hochgezogen.

Wenn er auf H ist, spielen wir manchmal Scrabble, und er erzählt alle möglichen seltsamen Dinge. Wie er mit dem Geist seiner verstorbenen Frau Cleo streitet. Angeblich hält sie sich in dem halb zerstörten Audi A4 Quattro von 2005 auf, der am hinteren Zaun unter einem Jakarandabaum parkt. Übrigens der gleiche Audi A4 Quattro von 2005, mit dem Cleo an ihrem Todestag im Jahr 2012 zweimal über den Bruce Highway rollte.

»Cleo ist genau wie du, Laura«, sagte George bei unserer letzten Scrabblepartie. »Sie wohnt auch in einem Auto. Vielleicht willst du mal eine Zeit lang mit ihr zusammenwohnen? Du würdest von einem Toyota in einen Audi ziehen. Das ist, als würde man von Woodridge nach Wilston ziehen. Ich weiß genau, dass Cleo sich über Gesellschaft freuen würde. Würdest du das wollen, Laura?«

»Tut mir leid, George«, sagte ich. »Ich kann nicht bei Cleo einziehen. Ich bevorzuge meinen Blick auf den Fluss.«

Daraufhin legte George beiläufig sieben Scrabblesteine, um das Wort »Xanthos« an meinen »Sektor« anzulegen.

»Das ist kein Wort, George!«, wandte ich ein.

»Oh doch, der Bastardsohn von Grün und Gelb, liebe Laura«, beharrte George.

»Dann sag mal einen Satz damit«, verlangte ich.

George dachte einen Moment lang nach und legte die Fingerspitzen vor der Brust zusammen. »Die einsame und verwitwete Leber des Junkies hatte beunruhigende Schattierungen von Xanthos angenommen.«

George wohnt in einem cremefarbenen alten Queenslander Haus, von dem die Farbe abblättert. Zur Straße hin flankieren zwei hohe Giebel einen wackeligen Balkon. Die Frangipanibäume beidseits des Hauses wirken genauso alt wie George. An diesem Morgen quillt sein Briefkasten vor Werbung über – Werbezettel örtlicher Baumpfleger, Reklame für schlechte Pizza und ein Jahreskalender eines örtlichen Unternehmens namens GET Real Estate. Ich schließe Makkaroni am Pfosten des Briefkastens an und entleere diesen, damit George mit seinen müden alten Beinen nicht die L-förmige Holztreppe hinunterschwanken muss. Dann nehme ich, meinen schwarzen Rucksack über den Schultern, zwei Stufen auf einmal. Die weiße französische Holztür führt auf Georges vorderen Balkon. Topfpflanzen hängen von der Balkondecke und flankieren die Haustür. Daran klebt mit Abdeckband eine Notiz von George an mich:

Laura,

die Tür ist nicht abgeschlossen. Bitte komm rein, aber betritt auf keinen Fall das Schlafzimmer. Ich habe mich erhängt. Mach dir keine Sorgen. Wollte raus. Tut mir leid wegen der Schweinerei. Nimm dir so viele Riegel, wie du möchtest. Fröhliche Weihnachten. Danke, dass du so nett zu mir warst. Du bist das Einzige, was ich vermissen werde.

Dein Freund

George

In Georges Haus ist kein Laut zu hören. Alter brauner Teppich in Flur und Wohnzimmer. Wände mit Vertikalverbindungselementen und hohe Decken. Die große dunkle Holztür zu Georges Schlafzimmer ist zu. Ich starre sie volle zwei Minuten lang an. Gehe dann weiter. Gerahmte Landschaftsgemälde an den Wohnzimmerwänden. Wüstenhütten im Westen Queenslands. Flache Bäche und Schafe, die aussehen, als würden sie bald verdursten. Ein Jesusgemälde, auf dem er sein Gewand öffnet und ein rotes Flammenherz offenbart, ein bisschen wie Superman. In der Küche stapelt sich das schmutzige Geschirr. Hart getrocknete Worcestershiresoßenflecken auf jedem Teller. Der Mülleimer unter dem Waschbecken voller Maden. Ein Küchenbankbataillon aus schwarzen Ameisen, die dem Altar aus mit Hefeextrakt bestrichenem Toastbrot huldigen. Sechs Macadamia-Mango-Eiscremeriegel im Tiefkühlfach.

Ich nehme mir zwei heraus, gehe zu Georges Schlafzimmertür und drücke die Klinke runter. Die quietschenden Angeln müssen geölt werden. Von hier aus sehe ich in Georges Schlafzimmer lediglich einen antiken braunen Kleiderschrank mit einem hohen eingebauten Spiegel in der Mitte. Und in diesem Spiegel sehe ich George Stringers nackte Beine rund dreißig Zentimeter über seinem Doppelbett schweben. Sie haben die Farbe von Blaubeeren angenommen.

Als ich diese Beine anstarre, steigt in dem vollgesogenen Ball, den mein Magen darstellt, Übelkeit auf. Die Farbe von Georges Beinen ruft in mir Bilder auf, welche Farbe Erica Finlay am Grund des Brisbane River wohl angenommen hat. Doch ich verfluche mich sofort für solche Gedanken. Ich muss härter werden. Immerhin gibt's jetzt nur noch mich hier auf Erden. Nur mich und den großen Fehler, auf immer und ewig. Ich muss tough sein. Dieser Fehler meiner Welt ist brutal und gnadenlos, und ich kann nicht jedes Mal zusammenbrechen, nur weil vor mir ein paar blaue Beine schwingen. Und wenn ich jetzt und hier in der Tür nicht tough bin, dann tue ich eben so. Also reiße ich lässig die Plastikverpackung vom Riegel oben auf und beiße ab.

Früher war Blau meine Lieblingsfarbe.

Ich mache die Schlafzimmertür wieder zu und gehe durch das Haus zur Vordertreppe, wo ich mich auf die dritte Stufe von oben setze und meinen Eisriegel esse. Dabei lasse ich den Blick über die Häuser der New Street wandern. Auf der gegenüberliegenden Straßenseite sitzt ein Mann in einem parkenden blauen Honda CR-V, der aussieht, als wäre er gerade erst gekauft oder gewaschen worden. Er beobachtet mich. Starrt mich an, könnte man sagen. Ich beiße noch einmal von meinem Riegel ab und starre zurück. Sein rechter Arm ruht auf dem offenen Fensterrahmen. Ein muskulöser, sehniger rechter Arm mit einer dieser riesigen unverwüstlichen Outdoormänneruhren am Handgelenk. Die Art von Uhr, mit der man russische Weltraumoperationen nachverfolgen und erspüren kann, wenn der Haustierleguan nervös wird. Weißes Hemd mit hochgerollten Ärmeln. Sauberes, gut aussehendes Gesicht mit pechschwarzen Augenbrauen und kurzen, von grauen Strähnen durchzogenen dunklen Haaren. Er sieht nach vorn auf die Straße, lässt den Motor an und fährt mit einem letzten Blick in meine Richtung davon. Ein Tropfen Eiscreme läuft über meine Hand, und ich lecke ihn ab.

Eine Stunde später schaue ich *Tage des Donners* im Schlafzimmer von Ursula Lang an der Uferpromenade Flinders Parade in Sandgate, an der vorletzten Haltestelle der Shorncliffe-Linie. Das Wasser hat sich bei Ebbe hinter das Watt vor Ursulas offener Fensterfront zurückgezogen, und durch das Haus weht eine salzige Meeresbrise, die nach Schlamm und dem übel zugerichteten Mittagsdorsch riecht, der im Fish-'n'-Chips-Imbiss drei Türen weiter in altem Öl vor sich hin köchelt. Nicole Kidman und Tom Cruise füllen den breiten Bildschirm des Sony-Bravia-Fernsehers aus, den Ursula mir nach ihrem Tod versprochen hat. Nicole spielt eine Neurochirurgin, die ernsthaft besorgt ist, dass Toms rücksichts- und furchtloses Gehabe beim NASCAR-Rennen zu Gehirnschäden oder seinem Tod führen wird. Nicole bedeutet »Sieg des Volkes«. Tom bedeutet »Zwilling«. Ursula schaut am liebsten Nicole-Kidman-Filme, während sie sich teelöffelweise Schüsse mit Lady Flos Heroin setzt.

Wir sitzen auf einer grünen Viersitzer-Ledersofagarnitur aus der Mitte des vergangenen Jahrhunderts. Mit gut und gerne siebzig Jahren könnte sie meiner Rechnung nach immer noch zehn Jahre jünger sein als Ursula. Ich esse Kekse von einer Untertasse, die Ursula mir zum Nachmittagstee serviert hat. Ein Iced VoVo, ein Kingston

Cream, zwei Spicy Fruit Rolls und einen Venezianer, den ich mir bis ganz zum Schluss aufbewahre.

»Warum hast du die Tür aufgemacht, Vicki?«, fragt Ursula. Sie zieht den neonpink-schwarzen Nietengürtel um ihren linken Bizeps fest und schnallt ihn zu. Ursula nennt mich »Vicki«, weil ich ihr gesagt habe, mein Name sei Vicki Peterson, wie die Leadgitarristin von The Bangles, einer von Erica Finlays Lieblingsbands.

»Ich wollte ihn noch ein letztes Mal sehen«, sage ich.

»Aber er hat dich explizit gebeten, nicht ins Schlafzimmer zu gehen.«

»Ich weiß.«

»Das war dumm von dir.«

Ursula bedeutet »Bärin«. Obwohl ich heute ihre einzige Besucherin bin, hat sie Make-up aufgelegt und einen ihrer Lieblingslippenstifte aufgetragen, einen blauen MAC namens Viva Glam. Breites schwarzes Samthaarband über weißen glatten, zum Pferdeschwanz hochgebundenen Haaren. Ein lose vom Körper hängendes lila Minikleid aus Samt, das ihre Kniescheiben und langen Beine, dünn wie Zeltstangen, zeigt. Und schwarze Samtstöckelschuhe. Unter Ursulas weißer Haut erwacht eine dicke blaue Vene zum Leben. Unwillkürlich frage ich mich, ob ihr Nervensystem aus einem Geflecht aus Ästen besteht, abzweigend von einem Baum aus elektrisch blauem Licht, der seine Wurzeln in ihrem Bauch geschlagen hat.

»Was hast du da drin gesehen?«, fragt sie.

»Wo?«

»In Georges Schlafzimmer.«

Ich wende den Kopf wieder zu Tom Cruise auf dem Bildschirm. »Blau«, antworte ich.

»Du hast Blau gesehen?«

»George. Sein Körper war blau. Wie dein Lippenstift.«

»Armer alter Kerl«, kommentiert Ursula und langt nach einer Spritze, die auf der Samtlehne ihres Sofas bereit liegt. Sie sticht sie in ihren Arm, und Nicole die Neurochirurgin und Tom der Rennfahrer lieben sich im Fernseher. Ursula steckt die benutzte Spritze in eine leere Dose Kirks Ginger Beer, lehnt sich auf dem Sofa zurück und holt tief und zufrieden Luft, ohne auch nur die blauen Lippen zu öffnen.

»Warum hat er das getan, Ursula?«

Ihre Augen sind geschlossen. »Was getan?«, fragt sie.

»Sich so früh verpisst. Warum ist er nicht noch für ein paar Partien Scrabble geblieben? Er hätte sein Haus verkaufen und nach Paris fliegen können. Er hätte eine Bank ausrauben und das Geld an jedes Kind verteilen können, das in diesem Moment Suppe im Well löffelt. Er hätte das Geld mir geben können, und ich hätte mich um ihn gekümmert. Warum hat er so 'n Abgang gemacht?«

Ursula lockert den Gürtel um ihren Arm. »Er war es leid zu verlieren«, sagt sie.

»Zu verlieren?«

Sie schließt wieder die Augen und lässt sich zurück in die Sofakissen sinken. »Deine Kraft zu verlieren, dein Augenlicht zu verlieren, dein Gehör zu verlieren, deine Haare zu verlieren und einen Streit zu verlieren, weil du den Faden verloren hast«, erwidert sie. »Dieses ganze Verlieren hältst du vielleicht noch eine Weile aus, aber dann geht's los mit dem wirklich harten Verlieren, dem echten Nagel-in-den-Sarg-Verlieren.« Sie schlägt die Augen auf und legt mir eine Hand auf den Oberschenkel. »Du verlierst diejenigen, die du liebst. Verlierst Freunde.

Verlierst deine Frau. Verlierst deinen Mann. Dann kommt irgendwann der Zeitpunkt, an dem du einfach nur noch dich selbst verlieren willst.«

Ursula zeigt mit dem Finger auf mich. »Und da kommen du und Lady Flo ins Spiel. Ihr kommt wie der Sandmann zu unseren Häusern und helft uns dabei, einen Augenblick von uns selbst wegzuschweben.«

Mir ist übel. Eine ganze Weile schon. Und das liegt nicht an den ganzen Eiscremeriegeln. »Ziemlich dreckige Form, seine Brötchen zu verdienen, oder, Ursula?«, frage ich.

Ursula zuckt die Achseln. »Angebot und Nachfrage«, erwidert sie. »Mach dir nichts vor, Engelchen ... Du und die alte Lady Flo, ihr seid im Trauergeschäft. Und hier in den australischen Vororten boomt das gerade!«

Flora Box nutzt mich aus, und ich nutze Flora Box aus. Was hätte ich sonst tun sollen? Ich war vollkommen verloren. Ich war vollkommen abgebrannt. Sie versprach, mich durch den Verlust von Erica Finlay hindurchzuschleifen. Ein Mädchen muss essen. Natürlich landete ich in den weit geöffneten Armen von Lady Flo.

Ihr gefällt, was ich hier mache. Quality Time mit ihren älteren Kunden. Flora sagt, die älteren Abhängigen seien die besten Kunden. Oft wohlhabend. Zahlten immer im Voraus. Zu müde und zu schwach, um Ärger zu machen. Flora sagt, ihre älteren Kunden zahlten genauso viel für eine Stunde Gesellschaft mit einer jungen Frau wie für die kleinen weißen Pulvertütchen, die diese junge Frau ihnen bringt. Jugend, sagt Flora, sei beinahe ebenso berauschend für sie wie die Droge. Jep, eine ziemlich abgefuckte Art, seinen Lebensunterhalt zu verdienen.

Ursula wendet ihre Aufmerksamkeit wieder dem Fernseher zu, und ich folge ihrem Blick. Ursulas angeheiterter, wabernder Kopf scheint wie verzaubert vom Filmgeschehen. »Ich habe sie mal angekleidet«, bemerkt sie.

»Wen?«

Ursula nickt in Richtung Fernseher. »Nicole.«

»Wann?«

»Ich war ein Niemand in Sydney«, erzählt sie. »Hab hier und da ein paar Politikerehefrauen für Galaveranstaltungen gestylt und angezogen oder ein paar vollbusigen Mädels geholfen, für die Pokalnacht im Manly Leagues Club glamourös auszusehen. Dann erhielt ich 1995 einen Anruf: ›Nicole Kidman ist gerade wieder zu Hause gelandet und hat für die Premiere von *Batman Forever* in Sydney nichts anzuziehen.‹ Bäm. InterContinental Hotel, Sydney. Sie hatte die Royal Opera Suite. Da bin ich reingeplatzt, vollkommen verschwitzt und atemlos, mit drei Kleidern überm Arm. Das Zimmer hatte zwei große Fenster. Eins blickte über die Sydney Harbour Bridge, das andere über das Opernhaus. Die Nachmittagssonne fiel rein und setzte ihre roten Locken in Brand. Ich hab nur noch das gesehen. Diese Haare, eine Flamme um sie herum, und dann hat sie mich angelächelt, und ich hab mich gefragt, ob ich träume. Und kannst du dir vorstellen, was sie gesagt hat, Vicki? Kannst du dir das vorstellen?«

»Was hat sie gesagt?«

Aufgeregt greift Ursula nach der Fernbedienung und hält *Tage des Donners* an, sodass Nicoles Gesicht den Bildschirm ausfüllt. Ihr Kopf ruht auf einem Kissen.

»Sie hat gesagt: ›Danke, dass du gekommen bist, Ursula.‹«

Sie tätschelt sich die dünnen Wangen mit den Handflächen, und Tränen der Rührung treten ihr in die Augen.

»Wohl doch kein Niemand, wie, Ursula?«, kommentiere ich.

»An dem Tag hab ich mich auf jeden Fall gefühlt, als wäre ich jemand«, sagt Ursula. »Angefangen hab ich ihn als die gute alte Ursula, und als er zu Ende ging, war ich Ursula, die Nicole Kidman angezogen hat.« Sie nickt langsam. »Sie hat sich ein silbernes Minikleid ausgesucht. Ihre Beine reichten darin bis Adelaide. Es war mit Glitzersteinen besetzt, die sie zum Funkeln brachten. Sie sah aus wie ein menschliches Lagerfeuer, eingemummelt in ein Handtuch aus kleinen Diamanten. Als sie sich vor diesem großen Spiegel in ihrer Suite gedreht hat, hat ihr Kleid das Licht reflektiert und Hunderte kleine Regenbogen sind um sie herumgetanzt. Als würden all diese Paparazzikameras losgehen, dabei gab's in dem Zimmer gar keine. Nur Regenbogen. Und dann hat sie sich umgedreht und mich angelächelt. Ein Lächeln so breit wie der Hafen von Sydney. Makellose Haut und kirschroter Lippenstift. Und kannst du dir vorstellen, was sie gesagt hat?«

»Was hat sie gesagt?«

»Sie hat gesagt: ›Du gibst mir das Gefühl, ein Star zu sein, Ursula.‹«

Wieder lehnt Ursula sich in ihrem Sofa zurück und schließt die Augen, als versuchte sie sich wieder zurück in die Hotelsuite zu versetzen. Zurück zum Star.

»Wusstest du, dass sie an dem Abend den ganzen Weg nach Circular Quay allein gelaufen ist?«, erzählt Ursula. »Keine Bodyguards. Keine Sicherheitskräfte. Ich habe sie beobachtet. Die Sonne ging über dem Hafen unter, und da war sie in ihrem Kleid. Beine, Absätze und Haare. Hat Passanten buchstäblich erstarren lassen. Manche sind ihr sogar ausgewichen, als hätte sie eine Art Energiefeld um sich herum. Während sie da also entlangmarschiert ist, hat sie den Kopf gesenkt gehalten, und ich glaube, all die Gaffer dachten, sie will nicht für Aufruhr sorgen. Aber ich weiß, was sie in Wahrheit getan hat.«

»Was hat sie in Wahrheit getan, Ursula?«

»Sie hat ihnen das Leben gerettet«, flüstert sie. »Sie hat nach unten gesehen, weil ein Blick von dieser besonderen Frau an diesem besonderen Nachmittag dazu geführt hätte, dass einem das Herz stehen bleibt. Ein Blick, und sie hätte sie umgebracht. Hunderte mausetot, überall in Circular Quay verteilt.«

Wir lachen. Ich beiße von einer Spicy Fruit Roll ab. Ursula drückt wieder auf Play.

»Stell dir vor, du wärst so schön, dass du jemanden mit einem Blick umbringen könntest«, sage ich.

»Was meinst du mit ›Stell dir vor‹, Engel?«, fragt Ursula. »Hast du in letzter Zeit mal in den Spiegel geguckt?«

Über diese Frage muss ich eine Weile nachdenken. »Ist tatsächlich ’ne Weile her, dass ich in den Spiegel geguckt habe, Ursula«, antworte ich.

Wir schauen noch fünf weitere Minuten schweigend den Film, bis mir ein Gedanke kommt. »Hast du in deinem Schrank noch welche von den hübschen Kleidern, Ursula?«

Aufgeregt trommelt sie mit den Fingern ihrer linken Hand auf die Sofalehne. »Willst du wieder eins anprobieren?«, fragt sie.

Ich nicke.

Der Baum aus elektrisch blauem Licht sendet einen Impuls zu Ursula Langs Augäpfeln. »Welches?«, flüstert sie.

»Das rote, Ursula«, sage ich. »Natürlich das schöne rote.«

Scheißgroßer, dummer

Kokainschwachkopf

Monster-

junge-

Idiot

Scheißgroßer, dummer Kokainschwachkopf-Monsterjunge-Idiot

Dezember 2023
Stift und Tusche auf Papier

Zu diesem Zeitpunkt war die Künstlerin so außer sich vor Wut, dass sie in Erwägung zog, den Buchhalter ihrer Chefin, Ephraim Wall, zu bitten, vier reiche, dämliche Universitätsstudenten in einem Säurebad aufzulösen. Museumsbesucher, die die Audioergänzung zu dieser Ausstellung erworben haben, sollten nun auf die Schaltfläche »›Till Death Do Us Part‹, Madonna« klicken.

Eine simple Lieferung für vier Universitätsstudenten, die sich ein Hotelzimmer im elften Stock des Marriott Hotels in der Queen Street teilen. Hinter der Tür wummert Death-Metal. Ein dumpfer Knall gegen die Wand, als wäre gerade ein Kopf an Gipsplatten abgeprallt. Wie immer, wenn ich in ein Zimmer voller Jungs liefere, die ihre Köpfe gegen Wände schlagen, löse ich vorher die Schnürsenkel an meinem rechten Stiefel. Dann klingele ich.

Die Musik erstirbt, und ein junger Typ mit roten Haaren und blauen Augen steht in der Tür. Haare zu einem Knoten auf dem Kopf gebunden, die Seiten abrasiert. Lange Karottenstange, nicht viel älter als zwanzig. Hinter ihm sind drei weitere Typen im Zimmer. Die beiden, die mir am nächsten stehen, schwitzen an nackten Oberkörpern, die von roten Handabdrücken und Schürfwunden übersät sind. Wahrscheinlich haben sie auf dem übergroßen Bett gerungen oder gevögelt. Sie sind alle angeheitert und blutjung.

Mit einem schnellen Rucken seines Kopfes bedeutet Red mir einzutreten. Die Tür fällt hinter mir zu. Weihnachtshüte. Corona-Bierflaschen auf Kaffeetisch und Fernsehschrank. In einer Zimmerecke eine Bong. Neben dem Bett eine Faltmatratze. Keine Fluchtmöglichkeit bis auf die geschlossene Tür hinter mir. Er zieht eine Handvoll Fünfzigdollarnoten aus der rechten Hosentasche.

»Zweihundert Dollar ist richtig?«

Ich nicke.

Er reicht mir das Geld, und ich schiebe die vier Noten in den grauen Hüftgurt unter meinem Kylie-Minogue-T-Shirt. Im Gegenzug händige ich Red eine indonesische Raubkopie von Madonnas *Like a Prayer* aus.

»Koks ist hinter der CD«, sage ich.

Red dreht die CD so fassungslos in der Hand, als hätte ich ihm eine Seite vom ägyptischen Buch der Toten überreicht.

»Das nennt sich CD«, helfe ich ihm auf die Sprünge. »So haben deine Eltern Nickelback gehört.«

»Ich weiß, was das ist«, schnaubt Red.

Er nimmt ein kleines flaches Plastiktütchen Kokain aus der Hülle und mustert dann das gefälschte Albumcover. Bluejeans, Nahaufnahme einer Taille und der schönste Bauch der Popkulturgeschichte, behängt mit buntem Schmuck.

»Sie war die Queen of Pop«, erkläre ich. »Das Album ist ihr Meisterwerk.«

»Ich weiß, wer sie ist«, gibt er zurück. Dann schleudert er die CD lässig durch den Raum. Am Minibarkühlschrank zerspringt sie in zwei Teile, und ein Teil von mir stirbt mit ihr.

»Wie heißt du?«, fragt der oberkörperfreie und muskulöse blonde Junge neben dem Bett.

»Ich heiße Pat Benatar«, antworte ich, ohne Red aus den Augen zu lassen.

»Warum haben deine Eltern dir einen Jungsnamen gegeben?«, fragt Blondie.

»Pat ist die Kurzform von Patrice«, sage ich, noch immer Red zugewandt. »Meine Mum hieß auch Patrice. Sie ist gestorben, als sie kleine Zwillinge aus einem brennenden Gebäude gerettet hat. Sie hat volle drei Minuten den Atem angehalten und ist dabei drei Treppen hochgerannt auf der Suche nach den weinenden Jungs. Nachdem sie es durch das ganze Inferno irgendwie wieder rausgeschafft hat, ist sie im Erdgeschoss zusammengebrochen. Verbrennungen an den Armen, mausetot, zu Füßen eines Feuerwehrmanns, der ihr die noch atmenden Babys aus den Armen genommen hat.«

Ich drehe den Kopf in Blondies Richtung. »Solltest du jemals durch die Gärten in der Nähe der Feuerwehrstation Roma Street laufen, dann halte Ausschau nach einem kleinen goldenen Schild mit einer Widmung für meine Mutter. Darauf steht: *Danke für alles, Pat Benatar.*«

Aus unerfindlichen Gründen ruft der nichtblonde Ringerliebhaber neben Blondie in dem Moment: »Acht!«

»Fick dich«, sagt der vierte Typ mit dem Weihnachtshut, der mit einem Glas puren Whiskey am Eckschreibtisch steht. »Sechs.«

Red hält das Tütchen mit dem Pulver in die Höhe. »Ein paar Lines davon, und sie knackt vielleicht die Neun«, sagt er. Universitätsjungsnicken und hochfrequentes Erbsen-statt-Hoden-Universitätsjungsgackern und Klatschen allerseits.

»*Jungeeee!*«, ruft Blondie und schnipst mit den Fingern.

Ich frage mich, ob Madonna sich je allein in einem Hotelzimmer mit vier muskelbepackten reichen Studententrotteln und einem Tütchen Kokain wiedergefunden hat.

»Willst du bleiben und mit uns feiern?«, fragt Red.

»Nein danke.«

Red versenkt die Hand in seiner linken Hosentasche und zieht zwei weitere Fünfzigdollarnoten heraus. »Wie viel dafür, dass du bei uns bleibst und mit uns feierst?«

Scheißreiche Kokainschwachköpfe.

»Das ist zutiefst beleidigend, und jetzt fühle ich mich unwohl«, entgegne ich. »Bitte hör auf.«

Ich schlurfe zur Tür, doch Red stellt sich mir in den Weg. »Du hast mich wohl falsch verstanden«, sagt er. »Wir wollen *wirklich*, dass du bleibst.«

Ich mache einen Schritt nach links, um an ihm vorbeizugehen. Red macht einen Schritt nach rechts, um mir wieder den Weg zu versperren. »Heute ist mein Geburtstag«, sagt er. Und dann legt er mir die rechte Hand auf die linke Schulter.

Jetzt kann der Tanz beginnen.

Schwachkopf. Arsch. Loch. Fast dreißig Zentimeter größer als ich. Steht so nah vor mir, dass ich Bier und Bong in seinem Atem rieche, als er flüstert: »It's my party and I'll fuck if I want to.«

Über diese Worte denke ich einen Moment nach und beschließe dann, mir meine Stiefel genauer anzusehen. »Diese verdammten Schnürsenkel«, sage ich.

Als ich vor Red knie, flötet der oberkörperfreie blonde Wannabe-Gangsterrapper mit hoher Stimme: *»Wooo duuu schooon maaal daaa uuunten biiiist, Biiiiitch«*, und die vier Schwachköpfe wiehern. Doch dann hören sie abrupt auf, denn ich stehe wieder auf beiden Füßen und drücke die Spitze eines Filetiermessers mit Fünfzehn-Zentimeter-Klinge in die weiche Haut unter Reds Adamsapfel.

»Fffwas … zz… Hölle!«, keucht er.

Blitzschnell drehe ich den Kopf zu dem oberkörperfreien Blonden hinter mir. »Stehen bleiben, ihr Schwachköpfe, sonst schneid ich diesem Pisser hier den Kehlkopf raus.«

Red hebt die Hände. »Bleibt da«, zischt er seinen Freunden zu. Seine Stimme wird weich. Er ist bloß ein Junge. »Tut mir leid, es tut mir so leid«, sagt er.

»Nein, mir tut es leid«, entgegne ich. »Du tust mir leid, weil ich das Lady Flo erzählen muss und du jetzt sterben musst. Ihr alle müsst jetzt sterben.«

»W… wwa… warum?«, stottert Red. »Warum müssen wir sterben?«

»Aus Liebe«, erkläre ich. »Für die Familie.« Dann ziehe ich an Reds Ärmel, wodurch seine Kehle stärker gegen die Spitze des Filetiermessers gedrückt wird. »Weißt du, mein Boss Lady Flo sagt, sie liebt mich, als wäre ich ihr eigen Fleisch und Blut. Wie eine Tochter. Deshalb muss ich ihr auch von allen unangenehmen Zwischenfällen berichten, die sich bei den Lieferungen ereignen. Vorhin habe ich dir klipp und klar gesagt, dass ich mich wegen dir unwohl fühle, und trotzdem hast du versucht, mit mir den Tyrannosaurustanz zu tanzen.«

»Was ist der Tyrannosaurustanz?«, fragt Red.

»Erica Finlay hat den Tyrannosaurustanz getanzt«, antworte ich.

»Wer ist Erica Finlay?«, quietscht Red.

»Es spielt keine verfickte Rolle, wer Erica Finlay ist. Aber sie hat mir erzählt, dass wir alle unsere Monster haben. Sie hat gesagt, wir alle werden an irgendeinem Punkt in unserem Leben zum Tyrannosaurustanz aufgefordert werden. Kann dein Arschloch von Chef sein.

Kann deine Arschlochtochter sein. Kann dein Priester sein. Kann dein Steuerberater sein. Kannst du sein, Red. Wusstest du, dass jede Woche eine australische Frau von einem Monster wie dir in irgendeinem tragischen Aufeinandertreffen wie diesem ermordet wird? Weg, einfach so.«

Ich schließe die Lücke zwischen uns. »Erica Finlay hat mir mal erzählt, wie sie es geschafft hat, den Tanz mit dem Monster zu stoppen. Willst du wissen, wie?«

»Wie?«

»Sie hat eine Klinge im Kehlkopf des Monsters versenkt. Je mehr ich darüber nachgedacht hab, desto mehr Fragen hatte ich. Wie kann eine so nette Frau mit so viel Liebe in sich etwas so Gewaltvolles tun?« Testweise gebe ich der Klinge einen kleinen Stoß in Richtung Reds Kehle. »Dabei weiß keine Frau, wozu sie eigentlich fähig ist, bis sie gezwungen ist zu erkennen, wozu sie fähig ist.«

Vor mein inneres Auge schiebt sich das Bild von Erica Finlay, wie sie Marcus Finlay ein Schälmesser an die Kehle drückt. Und Marcus stachelt sie an und fordert sie auf, ihm doch das Messer in die weiche Haut unter seinem Kinn zu stecken. Nach diesem Vorfall in der March Street in Bomaderry hat sie der Polizei berichtet, dass sie ihn einmal fast umgebracht hätte. Hätte sie das damals getan, dann würde ich jetzt nicht in diesem verdammten Zimmer voller Neandertaler stehen. Doch meine innere Vision endet mit der Wahrheit hinter der Lüge, die sie mir erzählt hat, als ich siebzehn war. Marcus Finlay packt ihr Handgelenk und dreht es nach hinten, bis es bricht und das Schälmesser aus ihrer Umklammerung fällt.

Ich schreie Red ins Gesicht: »ICH TANZE NICHT MIT DIR, MONSTER.«

Dann flüstere ich: »Tut mir so leid, Monsterjunge. Jetzt muss ich Flora Box erzählen, was hier passiert ist, und zu deinem Unglück wird Flora es ihrem treuesten Freund Ephraim Wall erzählen müssen, und dann wird Ephraim euch vier Jungs einen Besuch abstatten müssen, und ihr vier Jungs werdet blankziehen und euch in ein nettes warmes Säurebad setzen müssen. Und dann bist du unsichtbar, Red. Als wärst du nie hier gewesen. Als hättest du nie existiert.«

»Scheiße, Mann, Lindsay!«, schreit der Junge in der Ecke. »Ich will nicht draufgehen, verdammt!«

»Hör zu«, sagt Red, die Hände noch immer in der Luft. »Es tut mir wirklich leid, dass ich dich in eine unangenehme Situation gebracht habe. Ich bin ein verdammter Idiot.«

»Ein scheißgroßer, dummer Kokainschwachkopf-Monsterjunge-Idiot«, bestätige ich.

»Bitte sag mir, was ich tun kann, um es wiedergutzumachen«, sagt Red. »Bitte sag's nicht Flora Box.« Reds Wangen sind inzwischen rosa angelaufen. Über seiner Lippe haben sich Schweißperlen gebildet, wie kleine Kuppelzelte auf einem Campingplatz aus zitternder Haut. Wo meine Messerspitze noch immer gegen seine Haut drückt, sammelt sich ein Tropfen Blut.

»Weiß irgendjemand von euch verdammten Trotteln überhaupt irgendwas über das *Like a Prayer*-Album?«

Keine Antwort. Nur Grunzen und Kopfschütteln.

»Kann ich dir ein Geheimnis verraten?«, frage ich Red.

»Ja, du kannst mir ein Geheimnis verraten«, sagt Red.

»Als Erica Finlay gestorben ist, hat *Like a Prayer* mich gerettet. Dabei war's nicht nur die Musik, die mir geholfen hat. Es war der Schmerz. Madonna hat ihren Schmerz genommen und ihn zu Kunst gemacht. Genau wie Francis Bacon. Genau wie Jackson Pollock. In diesem Album hat sie der Welt all ihren heiligen Schmerz geschenkt, und ich habe dir das Album als nette Geste eines Menschen an einen anderen gegeben, und du hast es gegen die Wand geschleudert, als wäre es ein Frisbee. Warum hast du das getan?«

»Es tut mir so leid«, sagt Red. »Ich hatte keine Ahnung, was ich da tue.«

»Ich aber. Ich weiß genau, was du getan hast, Red. Weil ich weiß, wer du bist. Weißt du, wer du bist?«

»Nein ... nein«, antwortet er zögerlich. »Wer bin ich?«

»Du bist jemand, der verdammt Glück hat«, sage ich. »So verdammtes Glück, dass du vollkommen blind dafür bist, was für ein verdammtes Glück du eigentlich hast. Hast du dich eigentlich je gefragt, wie ein einziges kleines Ereignis ein ganzes Leben von Grund auf verändern kann? Eine Frau fährt mit ihrem Audi auf die Straße. Eine Frau ertrinkt im Brisbane River, und das nur, weil sie mutig war. Irgendein namenloses Dealermädchen rammt dir ein Filetiermesser in die Kehle. Einfach so! Bäm. Ein kleiner Augenblick, und eines Tages wachst du auf und merkst, dass du nicht mehr so großes Glück hast. Weil du jetzt in einem anderen Leben steckst. Du lebst nicht mehr das Leben, dass du eigentlich führen solltest. Acht Milliarden vom Glück gesegnete Trottel wandeln achtlos durch die Welt, ohne zu erkennen, dass wir alle nur ein winzig kleines Ereignis davon entfernt sind, in einem Van am Fluss zu leben.«

Ich stoße Red meine Handknöchel gegen die Brust. »Weißt du, wer du bist?«, frage ich ihn wieder.

»Nein, wer bin ich denn?«, fragt Red.

»Du bist der Tyrannosaurus«, sage ich. »Du bist die Tyrannenechse.«

Einen Moment schließe ich die Augen, die Klinge nach wie vor gegen Reds Kehle gedrückt. Ich packe das Filetiermesser fester und flüstere: »Im ganzen *Like a Prayer*-Album geht es um den Tanz mit Monstern. Über die gesamte CD hören wir, wie Madonna mit Tyrannenechsen tanzen muss: Väter, Ehemänner, Gott. Aber der Tyrannosaurustanz ist noch nie so perfekt in einen fünfminütigen Popsong gegossen worden wie in Track vier, den die Queen of Pop treffend betitelt hat mit ›'Til Death Do Us Part‹. Bis dass der Tod uns scheidet.«

Ich lasse die Messerspitze von Reds Kehle hinunter auf seine Brust wandern. »Es geht um ein Mädchen, das schon seit Jahren mit einer Tyrannenechse tanzt. Die Echse schlägt das Haus in Stücke und das Mädchen blau, und dann lügt das Mädchen über ihren geheimen Tanz. Die brutale Folter geht weiter, bis das Mädchen erkennt, dass es nur einen Ausweg gibt.«

Ich male mit der Messerspitze einen Kreis auf Reds Brust und lasse sie dann auf seinem Herzen ruhen. »Sie muss sterben.«

Ich ziehe die Messerspitze von Reds Brust hinunter auf seinen Bauch. »Ich trage eine Menge Wut in mir, Red. Erica Finlay hat mir etwas Schreckliches angetan. Weil jemand wie *du* ihr etwas Schreckliches angetan hat. Meine Wut ist aus Liebe geboren und aus Verlust. Ich habe versucht, darin Kunst zu sehen, nur ist die Kunst in letzter Zeit immer schwerer zu finden. Aber die Wut, Red, die Wut. Die ist sehr leicht zu finden.«

Ich klopfe Red zweimal das Messer gegen den Bauch. Male Kreise. »Jedes Mal, wenn ich mir ›Till Death Do Us Part‹ anhöre, wünsche ich dem Mädchen, das den Tyrannosaurustanz tanzt, ein Happy End. Willst du wissen, wie mein Happy End für das Mädchen im Song aussieht?«

Red nickt eifrig. Zweimal. »Was? Was wäre ihr Happy End?«

»Das Mädchen stirbt nicht«, antworte ich. »Das Mädchen zieht ein Fischfiletiermesser, das es in seinem Schuh versteckt hat«, ich ziehe das Fischfiletiermesser von Reds Bauch hinunter zu seinen Eiern, »und dann schneidet das Mädchen der Tyrannenechse den Schwanz ab, und die Tyrannenechse heult, als sie erkennt, dass Schwänze nicht nachwachsen.«

Red zieht scharf die Luft ein und erstarrt. Im Zimmer herrscht Totenstille.

»Und jetzt geh mir, verfickt noch mal, aus dem Weg.«

Mit erhobenen Händen macht Red einen Schritt zur Seite, und ich gehe durch die Tür.

Blau ist nach wie vor meine Lieblingsfarbe.

Zurück am anderen Ende der Stadt in der Edward Street, kommt Charlie Mould vom Ausgang des Hauptbahnhofs auf mich zugerannt. Allein sein Anblick bringt mich zum Lächeln. Einer tiefgründigen und vielfach vom Leben gequälten Künstlerin wie mir tut es gut, jemanden wie Charlie zu haben. Ein Junge, der meine Stimmung durch seine reine Existenz hebt. Alles, was er tun muss, um mich glücklich zu machen, ist, sichtbar zu bleiben.

Als er mich entdeckt, verfällt er aus Spaß in seinen Slow-Motion-Run, bei dem er so tut, als wäre er der Hauptdarsteller in unserer eigenen Schwarz-Weiß-Leinwandromanze und ich seine lang verloren geglaubte Hauptdarstellerin, und wir liefen auf dem Höhepunkt einer zweistündigen Heulerei aufeinander zu, um uns endlich in die Arme zu fallen.

»Princess Di!«, ruft er.

Sein Ausruf ist so laut und theatralisch und seine Arme hochgerissen in unverdientem Triumph, dass ich weiß, er hat getrunken. Wobei ich das ohnehin weiß. Schließlich ist er ein neunzehnjähriger Alkoholiker, dessen eingesunkene Brust und zuckerstangenartigen Arme und Beine von einer strikten Diät aus Ritz-Crackern, Käsedreiecken von Laughing Cow, Selbstgerollten aus Riverstone-Tabak und McWilliam's Royal Reserve Dry Sherry geformt wurden – zwei Liter für glatte fünfzehn Dollar. Außerdem hat er einen Säuferausschlag auf Stirn und Hals.

Charlies Kopf hätte hervorragendes Material für das alte Hollywood sein können: volle braune Haartolle, blaue Augen und ein Anzuglächeln. Alles andere an ihm ist reinstes Brisbane. Auf seinem dünnen Baumwoll-T-Shirt der University of Queensland prangt das Universitätswappen über dem Motto *Scientia ac labore*. Aber Charlie war nie auf der Uni. Seine Ausbildung blieb im sechsten Schuljahr auf der Strecke, als er der Ironside State School in St. Lucia verwiesen wurde, weil er einen fünfzig Meter langen Schwanz samt Eiern mit Motoröl auf den Sportplatz gemalt und ihn dann in der Dunkelheit vor der Morgendämmerung des Schulsporttages in Flammen gesetzt hatte. Dem Schulrektor erklärte er, es handele sich um ein wahres und ungeschöntes Werk zeitgenössischer Kunst, mit dem er auf den Spuren der frühen Werke seiner Idole Doris Salcedo aus Kolumbien und Thomas Hirschhorn aus der Schweiz wandele.

»Lediglich durch die Zerstörung all der Dinge, die wir für geweiht halten, können wir finden, was auf der anderen Seite der Erleuchtung liegt«, erklärte Charlie seinem Schulrektor und dem hinzugerufenen Polizeibeamten.

»Und was, in Gottes Namen, liegt auf der anderen Seite der Erleuchtung?«, fragte der Schulrektor.

Charlie nahm sich Zeit für seine Antwort. »Jennifer Lopez«, erwiderte er schließlich.

Charlie bedeutet »Freiheit«. Er trägt wie immer seine schwarzen Jeansshorts und unpraktische, unpassende dunkle Lederschuhe, wie sie die jungen Anwälte auf der George Street tragen, allerdings nie in Kombination mit kurzen Hosen und limettengrünen Canberra-Raiders-Socken.

Er hebt mich hoch und schleudert mich zweimal herum, als hätte er mich seit einem Jahr nicht mehr gesehen. Dabei habe ich ihn heute Morgen geweckt, bevor ich auf meine Runde gegangen bin.

»Lass mich los«, beschwere ich mich. »Du bist ja völlig nass geschwitzt.«

Charlie packt den rechten Riemen seines alten Rip-Curl-Rucksacks.

»Die verdammte Flo hat mich wegen einer Lieferung nach Bundamba geschickt«, sagt Charlie. »Hätte in Bundamba Station aussteigen sollen, aber bin aus Versehen eine früher in Ebwer Vale raus.«

»Es wird *Ebbuh* Vale ausgesprochen«, korrigiere ich. »Das ist Walisisch.«

»Was hab ich denn gesagt?«

»*Ebwer* Vale hast du gesagt.«

»Ja, wie auch immer. Jedenfalls nähert sich der Zug der verdammten Station, und ich springe raus und muss noch zwei Kilometer zu einem Haus in Bumfuck laufen, um irgendeinem stiernackigen Bikerwichser, der sich einen Vorschlaghammer und einen zerbrochenen Totenkopf auf die Stirn tätowiert hat, ein bisschen Meth zu liefern. Dann sagt er, das sei 'ne Lieferung auf Pump, und er würde Flo nach Weihnachten bezahlen, und ich sag, dass Flo mir sehr überzeugend versichert hat, hier gibt's nichts auf Raten. Da platzen ihm fast die Venen in den Schultern, und er fragt mich, ob ich aus erster Hand wissen will, wie er sich den Spitznamen Hammer verdient hat, wodurch ich gezwungen war, ihn zu fragen, ob er aus erster Hand wissen will, wie ich mir den Spitznamen Scheißschlampe mit Riesenschwanz verdient habe.«

Charlie ist Optimist, der optimistischste Mensch, den ich kenne. Sein Leben begann vor neunzehn Jahren um vier Uhr morgens, als er von einer Krankenschwester des Ipswich Hospital in eine blaue Decke gewickelt vor der Tür der Notfallstation gefunden wurde. Charlie ist der festen Überzeugung, dass es das Beste ist, was einem Menschen passieren kann: früh abgeschoben werden. »Tiefer geht's dann nicht mehr«, sagt er. Er behauptet, das sei der Grund, warum Haifischmütter ihre Kinder vor der Haifischkinderstation aussetzen. »Jetzt geht's nur noch bergauf, Kinder. Viel Glück da draußen. Spielt schön. Und haltet euch von Mick Fanning fern.«

Charlie hat seine Kindheit damit verbracht, in South East Queensland zwischen Pflegefamilien herumgereicht zu werden. Er floh aus dem System, nachdem er eines Nachts in seinem Schlafzimmer in Rochedale South davon aufgewacht war, dass er dachte, eine Mücke würde ihn in seinen linken Ellbogen stechen. Er schlug sich heftig auf den Arm, nur um die Hände seines älteren Pflegebruders zu treffen – der eine beunruhigende Faszination für Vampirmythen hatte und ihm gerade mit einer Spritze eine große Menge Blut abzapfte.

Charlie bedeutet auch »Krieger«. Ich habe Charlie am Tisch in der Cafeteria vom Well kennengelernt, als ich zwölf und er dreizehn war. Er zeigte mir eine Kunstinstallation namens *Und Charlie sah, dass es gut war*, und ich erkannte sofort sein künstlerisches Genie. Ausgelegt für eine Ausstellung von Charlies Gesamtwerk, die noch nicht stattgefunden hat, sieht die Installation vor, dass die Besucher durch einen reinweißen Raum laufen, in dem nichts bis auf ein Einzelbett mit gespannten Bettlaken und Bettdecke sowie ein Nachttisch stehen. Sie werden die Schublade des Nachttisches öffnen und eine Ausgabe der Bibel vorfinden, in der fein säuberlich mit dem Korrekturstift jedes Mal der Name Gott gelöscht und durch den Namen Charlie ersetzt wurde.

Am Anfang schuf Charlie Himmel und Erde. – 1. Mose 1,1

Sie sind allesamt Sünder und ermangeln des Ruhmes, den sie vor Charlie haben sollen. – Römer 3,23

Der Mensch lebt nicht vom Brot allein, sondern von einem jeden Wort, das aus dem Mund Charlies geht. – 1. Matthäus 4,4

Ich zeige auf Charlies T-Shirt. »Was bedeutet das?«

»*Scientia ac labore*«, sagt er überschwänglich. »Das ist Latein für ›Wissen durch Langeweile‹.«

Dann drückt er mit der Hacke seines Schuhs auf den Knopf der Fußgängerampel an der Ann Street. »Gehst du zu Flo?«, fragt er.

»Ja, ich bin durch für heute.«

»Ich komm mit. Aber vorher muss ich dir was zeigen.«

Wir schlendern die Edward Street hinunter, vorbei am alten Backpacker Hostel und dann rechts in die Adelaide Street. Unterwegs reden wir darüber, dass weltweite Kunstbewegungen nicht immer aus New York, London und Paris kommen sollten. Warum können sie nicht im Hier und Jetzt entstehen, auf der Adelaide Street in Brisbane? Wir sehen keinen Grund, warum sich Kunstliebhaber in hundert Jahren nicht darüber unterhalten sollten, was Charlie und ich doch für romantische und mittellose Künstler waren, die nachts in Autos schliefen, tagsüber durch die Straßen Brisbanes liefen und sich, um Kunst machen zu können, damit über Wasser hielten, kleine Pakete harter Drogen auszuliefern.

Charlie Mould und die Künstlerin waren keine Liebhaber. Sie bedeuteten einander viel mehr. Sie waren Freunde, geeint in der Kunst. Flüchtig. Faszinierend. Zerstörerisch. Gequält. Wie Brisbanes ganz eigene Lucian Freud und Francis Bacon. Warhol und Basquiat. Gauguin und

Van Gogh. Jede Zeichnung, jede Installation war vom Straßenbelag und Schmutz, vom wunderbar Unsichtbaren Brisbanes, der bekannten und gefeierten Hauptstadt des herrlichen Sunshine State, durchzogen und angereichert. Brisbane, Queensland, Australien: der Kunstnabel der Welt.

Wir kommen am Bánh Mì Now vorbei, wo wir manchmal mittwochs und donnerstags zu Mittag essen. Viele unserer spannendsten Unterhaltungen drehen sich darum, was wir vorhaben zu essen oder was wir den Tag über schon gegessen haben. Das ist so ein Moon-Street-Ding. Da hat jeder Hunger auf irgendwas. Alk. H. Koks. Flucht. Zugehörigkeit. Freundschaft. Vergebung. Liebe, Liebe, Liebe und nochmals Liebe. Charlie und ich haben gewöhnlich nur Hunger auf Bánh mì mit Putenbrust.

Neben dem Bánh Mì Now befindet sich der Imbiss Ginger & Garlic Indian Cuisine. Charlie winkt dem Eigentümer Ashish Sood im Vorbeigehen zu. »Ashiiish!«, brüllt er mit der rechten Faust in der Luft. Ashish lächelt und zwinkert Charlie hinter einer dampfenden Bain-Marie zu, während er mit der linken Hand die Plastikwanne mit dem besten Kichererbsencurry Queenslands auffüllt. Im Fenster des Take-away-Imbisses hat Ashish seit Jahren dasselbe Schild kleben: *Kostenlose Mahlzeiten für Obdachlose. Montag–Freitag ab 22:45 Uhr, samstags und sonntags ab 21:00 Uhr*. Vor sechs Monaten hat Lady Flo Charlie eine dreimonatige Arbeitssperre auferlegt, weil er eine kleine Heroinprobe, die für ein wohlhabendes Bulimba-Paar vorgesehen war, selbst konsumiert hatte. Nach diesem Verrat hatte Charlie Glück, dass er noch genug Finger behielt, um eine Gabel zu halten. In den langen Monaten, die Charlie ohne Job und ohne einen Penny durchstand, war es Ashish Sood, der seine Gabel mit kostenlosen Zweiundzwanzig-Uhr-fünfundvierzig-Linsencurrys, Butterhuhn und vegetarischen Pakoras füllte.

»Sag mal, hast du Esther heute schon gesehen?«, fragt Charlie mich.

»Nein.«

»Sie will mit dir reden.«

»Über was?«

Charlie zuckt die Schultern. »Ich glaube, sie hat wieder einen Anfall.«

»Was hat sie gemacht?«

»Hat all ihre Sachen verschenkt, weil sie wieder einen Hochwassertraum hatte.«

»Esther und ihre verdammten Hochwasserträume.«

»Sie hat gesehen, wie die ganze Stadt unter Wasser stand. Sie hat Bullenhaie am Batman-Gebäude vorbeischwimmen sehen. Sie hat gesehen, wie deine Mum da unten noch immer den Atem anhält.«

»Erica Finlay meinst du«, verbessere ich.

Charlie wirft mir einen zärtlichen Blick zu. »Ja, Erica Finlay. Sie hat gerade an einem dieser runden Tische vorm Starbucks Tee getrunken. Alles war unter Wasser, aber sie saß einfach da und hat Tee getrunken.«

Ich verziehe die Lippen wie ein wieherndes Pferd.

»Lach nicht«, sagt Charlie. »Mit Esthers Visionen ist nicht zu spaßen. Sie ist ein Orakel.«

»Esther muss mal aus diesem Loch raus und ein bisschen Sonne tanken«, gebe ich zurück.

Zwei grauhaarige Männer mit braunem Teint und noch brauneren Zähnen stehen an die schwarze Ladenfassade des TAB auf der Adelaide Street gelehnt. Dale

»Pot« Potter und Ivan Salhus. Jeder von ihnen hält ein Pappschild in der Hand. Das Erste, was ich auf Pots Schild lese, ist das Wort *MORD* in großen schwarzen Druckbuchstaben. Bei näherem Hinsehen lese ich: *Brauche $$$ für dringende Penis-OP. Kein Scheiß, das Ding ist so groß, dass es MORD an meiner Haltung ist.*

Auf Ivans Schild steht: *Faszinierende Fakten für 50 Cent pro Stück!*

Ich werfe eine Eindollarmünze in die leere Dose einer Mortein-Antimückenspirale vor Ivans gekreuzten Beinen. »Macht zwei faszinierende Fakten, Ivan«, sage ich. »Besser keine, die ich schon gehört habe.«

»Danke«, sagt Ivan. Dann mustert er mich von Kopf bis Fuß. »Sag mal, hast du dich jetzt mal für einen Namen entschieden?«

»Noch nicht, Ivan.«

»Ich hab einen guten für dich.«

»Ich höre.«

Als würde er in einem Broadwayfestzelt aufleuchten, schleudert Ivan den Namen mit seinen Händen in die Luft. »Genoveva ... Sometimes.«

»Wie jetzt, ›Sometimes‹ ist der Nachname?«

»Ja«, antwortet Ivan. »Dachte, das wäre ein cooler Nachname. Manchmal ist Genoveva fröhlich. Manchmal ist sie traurig. Ein bisschen wie du. Genoveva Sometimes. Damit stehen dir alle Möglichkeiten offen.«

Stirnrunzelnd schüttele ich den Kopf.

»Rebecca Always?«, überlegt Ivan optimistisch.

Ich zucke die Achseln und schüttele wieder den Kopf.

»Juliana Never?«, schlägt Ivan vor.

Ich muss lachen. »Lass einfach die Fakten rüberwachsen, Ivan.«

»Okay«, fährt Ivan fort und mustert diesmal Charlie von Kopf bis Fuß. »Der erste Fakt bezieht sich auf diese lächerlichen und unpraktischen Lederschuhe, die Charlie da trägt.«

»Schieß los.«

»Wusstest du, dass man, bevor im Jahr 1908 biologische Weichmacher erfunden wurden, das Leder für Schuhe überwiegend mit Hundescheiße weich gemacht hat?«

Pot klatscht in die Hände.

»Danke, Ivan«, sage ich. »Diesen faszinierenden Fakt kannte ich noch nicht. Den zweiten, bitte.«

Ivan reibt sich erst die Hände und dann das Kinn. »Wusstest du, dass ein Biss der brasilianischen Wanderspinne bei männlichen Opfern eine vier Stunden anhaltende Erektion hervorruft?«

»Nee, wusste ich auch nicht, Ivan«, sage ich. »Zwei von zwei!«

»Ich hab 'ne Frage an dich, Ivan«, sagt Charlie.

»Okay«, antwortet Ivan, zu allem bereit.

»Wo findet man denn in Brisbane eine brasilianische Wanderspinne?«

Ivan schlägt sich heulend auf die gekreuzten Knie. »So 'n junger Prinz wie du braucht doch keine Spinne, um seinen Stachel zu behalten!« Er lacht erneut, und seine rasselnde Brust keucht und spuckt vor Heiterkeit.

Pot zeigt auf das südliche Ende der Adelaide Street in Richtung der Brisbane City Hall. »Habt ihr das da oben schon gesehen?«

Charlie nickt. »Hab's heute morgen entdeckt. Sogar noch vor der Kripo.« Er ruckt seinen Kopf in meine

Richtung. »Ich will sie grad mit hochnehmen, um's ihr zu zeigen.«

»Was zu zeigen?«, frage ich.

»'ne Leiche«, erwidert Charlie.

»Ich will keine Leiche sehen«, zische ich.

»Die Leiche is eh weg«, sagt Pot. »Die Bullen sind vor 'ner Stunde abgezogen. Hat ihn im Schlaf erwischt. Muss 'ne Keule oder so was gewesen sein, sagen sie.«

»Wer sagt das?«, fragt Charlie.

Pot beugt sich vor und legt das rechte Ohr auf den Gehsteig. »Das Einzige, was es wert ist, gehört zu werden, Chuckles«, erwidert er. »Die Straße.« Dann schüttelt er den Kopf und zieht eine Plastiktüte mit zusammengeklaubten halb gerauchten Zigarettenstummeln unter seinem linken Oberschenkel hervor. »Sein halber Schädel ist ihm in den Nacken gerammt worden«, fährt er fort und wühlt durch die Stummel, bis er eine vollmundige Menthol mit roten Lippenstiftabdrücken am Filter findet. »Der arme Teufel lag da die ganze Nacht, bis ihn um acht Uhr morgens einer entdeckt hat.«

»Armer Teufel?«, ruft Ivan aus. »Wer tut dir hier leid, Pot? Die verdammte schleimige Rockerspinne sollte man mit einem starken Gaul durch die Stadt schleifen.«

»Dem Fakt stimme ich zu«, kommentiert Charlie. »Drei von drei, Ivan.«

Wir laufen die Adelaide Street hoch, vorbei am King George Square, auf den die Sonne heute am späten Nachmittag so gleißend scheint, dass die Kinder sich die Hände verbrennen, als sie versuchen, die dicken Mähnenlocken der bronzenen Löwenskulpturen am Eingang zur Brisbane City Hall zu streicheln. Mitten auf dem

Platz steht ein riesiger Weihnachtsbaum, dekoriert mit roten Plastikschleifen, blauen und goldenen Plastiksternen, Plastikzuckerstangen und einem riesigen Goldstern auf der Spitze. Er ist umgeben von einem weißen Sicherheitszaun, und daneben steht ein roter Briefkasten der Australia Post mit der Aufschrift: *Briefkasten vom Weihnachtsmann*.

Lieber Weihnachtsmann,

wenn sie wirklich getan hat, was ich glaube, kannst du mir bitte sagen, warum sie es getan hat?

Wie konnte jemand nur so etwas tun?

War sie wirklich so ein Mensch?

Kannst du mir bitte sagen, was es braucht, um einen Engel in ein Monster zu verwandeln?

Mit freundlichen Grüßen,

Linda Ronstadt

Strahlend blauer Himmel und ein Stadthallenturm mit vier Gesichtern. Laut Charlie genau zwei Gesichter mehr als Leon Rooney sie hatte, bevor er heute Morgen irgendwann vor der Morgendämmerung zu Tode geprügelt wurde.

»Als ich ihn gesehen hab, hatte er gar kein Gesicht mehr«, sagt Charlie.

Wir passieren die Bushaltestelle am King George Square. Durch eine Allee mit schattigen, ordentlich gestutzten Gummibäumen, die aus Erdkreisen im Gehsteigpflaster an der Sandsteinwestmauer der Stadthalle aufragen. Am Rande meines Blickfelds blau-weißes Flatterband. Das gleiche, das die Cops in *Home and Away* benutzen, als sich ein Mord in Summer Bay ereignet.

»Hey, Schwester«, sagt eine Maorifrau namens Kara Rakena, die neben ihrem Mann Rangi auf einer violetten Yogamatte sitzt. Vor Rangis gekreuzten Beinen lehnt ein Pappschild gegen eine leere Blue-Ribbon-Neapolitaner-Eiscremedose. Darauf steht: *Ich bevorzuge die Formulierung »häuslich herausgefordert«.*

»Hi, Kara«, grüßt Charlie zurück.

Kara und Rangi sitzen an ihrem üblichen Bettlerplatz direkt vor der Bronzestatue von Dr. Clem Jones, dem ehemaligen Oberbürgermeister Brisbanes. Charlie ruckt den Kopf in Richtung der steinernen Balustrade, die neben der Statue einen sauber angelegten und mit dunklem Mulch bedeckten Bromeliengarten begrenzt. Die Balustradenstäbe wirken wie Schachfiguren aus Sandstein. Dahinter gähnt eine weite, tiefe Höhlung mit Klimaanlageneinheiten, geschützt durch ein Stahlgitter. Sie kühlen die Zuhörer des Queensland Symphony Orchestra herunter, wenn sie im Hauptauditorium der Stadthalle Weihnachtsliedern lauschen. Das Wort *POLIZEI* und ein Strichmännchensymbol für »Kein Zutritt« sowie eine Kontaktnummer der Crime Stoppers, bei denen man anonyme Zeugenaussagen machen kann, zieren das Flatterband, das die halbe Steinbalustrade entlang und quer über die Klimaanlagensenke verläuft.

»Ich zeig ihr nur, wo sie Leon gefunden haben«, erklärt Charlie.

Kara erschaudert. »Da kann ich nicht hintergucken«, sagt sie. »Verdammter Serienkiller auf den Straßen vom kleinen alten Brisbane. Wie, zur Hölle, soll ich da nachts noch schlafen?«

»Wer redet denn von Serienkiller?«, fragt Charlie.

»Ich, verdammt noch mal«, antwortet Kara, und ihre Stimme steigt eine Oktave höher wie bei Kate Bush, als sie den Refrain von »Babooshka« anstimmt. »Ist schließlich erst acht Tage her. Gleicher Scheiß, anderer Penner.«

»Du meinst Bill Moffitt?«, frage ich.

»Scheiße, ja«, sagt Kara. »Hat ihm im Schlaf den Schädel zertrümmert.«

Bill Moffitt. Obdachloser Alki. Schlägertyp. Fünfunddreißig Jahre und gebaut wie ein Bus. Bill musste sich sein Saufgeld nie auf der Straße erbetteln. Er prügelte es einfach nach Sonnenuntergang aus den hart arbeitenden sonnenverbrannten Gossenpunks raus. Die meisten Penner Brisbanes freuten sich insgeheim, als sich vor acht Tagen herumsprach, dass Bill bei Anbruch der Dämmerung tot auf einer Schaumstoffmatratze neben dem alten steinernen Trinkbrunnen Walter Hill im botanischen Garten an der Alice Street gefunden wurde.

»Ich dachte, der wurde hinterrücks im Streit erschlagen«, wende ich ein.

»Blödsinn«, sagt Kara. »Das war ein kaltblütiger Angriff vom selben Spinner, der Leon kaltgemacht hat.«

Wir gehen durch den Garten und treten an den Sockel von Clem Jones' Statue heran, wo ich zum ersten Mal überhaupt die Bronzeinschrift unter Clems linkem Anzugschuh lese: *Man muss für eine Welt sorgen, die man nie zu Gesicht bekommt.*

Im Schutz der schattigen Sandsteinmauern der Stadthalle sieht Charlie sich in alle Richtungen um und schlüpft unter dem Flatterband hindurch. Dann geht er zu einer rechteckigen Mauernische, groß genug für eine Waschmaschine oder einen kleinen Kühlschrank, die neben dem Wartungsschacht in die Westmauer eingelassen ist. Ein beliebter Schlafplatz für Brisbaner Treibende, da die Balustrade einen Sichtschutz bietet und die Wärme, die von den Kühlanlagen ausgeht, kalte Nächte erträglicher macht.

Wir lehnen uns über die Balustrade und starren in die Nische hinunter, wo Leon Rooney in den vergangenen drei Monaten geschlafen hat. Charlie deutet mit dem rechten Zeigefinger, und mein Blick landet auf einem getrockneten Blutfleck, der unter der Sommersonne fast schwarz geworden ist. Einen halben Tag altes Monsterblut. Der Gestank ist der gleiche wie der, der von den platt gefahrenen Kröten ausgeht, die im Brisbaner Rinnstein liegen.

»Als ich damals als Kind angefangen habe, auf der Straße zu schlafen, war eins der ersten Dinge, die ich gelernt habe, mich von Leon Rooney fernzuhalten«, sagt Charlie.

»Zu zwei Teilen Pädo, zu einem Teil Zuhälter«, sagt Charlie. Leon war bekannt dafür, dass er neue Straßenkinder mit Alkohol und Drogen abfüllte und dann mit dem Stoff vor ihren Augen wedelte, die sie sich verdienen konnten, indem sie ihm einen Finger in den Arsch schoben oder ihm den dreckigen Schwanz bliesen. Bloß eine dreckige, widerliche Tyrannenechse.

»Hat man je einen größeren Wichser tot auf der Straße gefunden als Leon Rooney?«, fragt Charlie.

Meine Antwort kommt wie aus der Pistole geschossen. »Bill Moffitt.«

Charlie nickt und spuckt in die Blutlache. »Sollten wir jemals diesem Typen mit der Keule begegnen, erinner mich dran, dass ich ihm ein Bananen-Paddle-Pop-Eis kaufe.«

»Nee, so läuft das nicht, Charlie«, wende ich ein.

»Was läuft so nicht?«

»Die Welt«, erwidere ich. »Wir können nicht einfach rumlaufen und Psychos, die Leute auf der Straße zu Tode prügeln, Paddle Pops schenken.«

»Meinetwegen«, sagt Charlie. »Kann ich ihm einen Frosty Fruit geben?«

Da ruft Kara uns von der Straße aus zu. »Bulla, bulla, bulla!«

Polizeisirenen erschallen von der Adelaide Street, und wir springen von der Balustrade herunter und rennen durch den Garten neben der Stadthalle zurück zum Fußweg und die Adelaide hinauf in Richtung George Street. Ein Polizeiauto mit zwei Beamten fährt langsam neben uns her.

Der Polizist auf dem Beifahrersitz kurbelt sein Fenster hinunter. »Was, zur Hölle, hast du an einem Tatort zu suchen, Charlie Mould?«, fragt er. Wir erkennen ihn sofort. Butterfield ist ständig hinter den Treibenden her. Weckt sie nachts auf und scheucht sie weiter. Zerschlägt Bier- und Whiskeyflaschen neben ihnen und tritt ihre persönlichen Sachen quer über ihre Schlafplätze.

»Sammle nur ein paar Anhaltspunkte, wer mich heute Nacht vielleicht im Schlaf um die Ecke bringt, Officer Butterfield. Wenn ihr Jungs euch schon nicht beeilt und den Psycho kriegt, der Jagd auf Obdachlose macht«, erwidert Charlie und starrt weiter geradeaus.

Eine Hand am Riemen meines Rucksacks, laufe ich aufrecht und stoisch an seiner Seite. Dabei zähle ich im Geiste, wie viele Pulverpäckchen ich noch mit mir herumtrage. Drei CDs, die für George Stringer vorgesehen waren: *Tuesday Night Music Club* von Sheryl Crow,

Pieces of You von Jewel und *Martika's Kitchen* von Martika.

»Darüber musst du dir nicht den Kopf zerbrechen«, sagt Butterfield. »Sag deinen Pennerfreunden einfach, sie sollen sich von der Straße fernhalten, wenn sie was bemerken.«

Charlie nickt.

»Habt ihr schon einen Job gefunden? Oder nuckelt ihr noch an der Brust des Staates, ihr kleinen dreckigen Schweine?«

Ich lege Charlie eine Hand auf den Arm. »Tu's nicht«, zische ich.

Aber er kann's nicht lassen. »Sie werden sich freuen zu hören, Officer Butterfield, dass ich derzeit tatsächlich in den warmen Armen einer Vollzeitbeschäftigung liege.«

»Ach, ist das so, Charlie Mould? Welche Beschäftigung?«

»Ich bin der allzeit bereite Fuckboy für eine einsame reiche Brisbaner Mutter«, erklärt er. »Sie lässt mich jeden Wochentag arbeiten, bis auf dienstags.«

»Nicht«, flüstere ich.

Aber er kann's nicht lassen.

»Was hat sie gegen Dienstage?«, fragt Butterfield lachend.

Charlie bleibt abrupt stehen und dreht sich zu Butterfield um. »Na ja, Ihre Mutter geht doch dienstags zum Bingo.«

Butterfield braucht eine halbe Sekunde, bis der Groschen fällt. Dann steigen ihm rote Wutflecken in die aufgequollenen Wangen. »Du hinterlistiger kleiner Wichser!«, spuckt er Charlie an und steigt voll in die Eisen.

Butterfield und sein Kollege springen raus, und Charlie und ich sprinten die Adelaide Street hinunter.

»Mann, Charlie«, keuche ich. »Ich hab noch was dabei.«

»Oh Scheiße, warum das denn?«, fragt Charlie. »Du gehst hier links hoch, und ich lenk sie ab.«

Ich werfe einen Blick über die Schulter und sehe die beiden Polizisten hinter uns herjagen.

»Lauf«, befiehlt Charlie. »Nicht anhalten!«

Wir rennen zur Ampel auf der George Street, wo eine Gruppe Büroangestellter darauf wartet, die vom Nachmittagsverkehr verstopfte Straße zu überqueren. Charlie läuft nach rechts zur ANZ-Bank und ich nach links über die geschäftige Straße und werde dabei fast von einem Sattelschlepper mit Plastikrohren mitgenommen. Ich renne auf den Pub Criterion zu. Ein schneller Blick über die Schulter bestätigt mir, dass die beiden Polizisten Charlie nachlaufen. Doch ich sehe, wie Butterfield seinem jüngeren, schlankeren Kollegen befiehlt, mir zu folgen, während er weiterhin Charlie jagt.

Mit gesenktem Kopf sprinte ich den linken Gehsteig der George Street entlang, tauche zwischen all den Fremden in Anzügen und Krawatten, Kleidern und Jeans, Turnschuhen, Halbschuhen und Stöckelschuhen hindurch. Schieße über eine Zufahrt zur Burnett Lane und schlängele mich durch eine Gruppe an Slushies lutschender Schüler der Kelvin Grove High School. Treffe auf eine Gruppe Bauarbeiter, die den Speiseraum eines neuen Subway ausfüllen.

»Halt sofort an!«, höre ich den jungen Polizisten hinter mir rufen. Diese Aufforderung weckt das Interesse eines großen bärtigen Mannes in neongelber Arbeitsweste und Stahlkappenarbeitsstiefeln, der ein Lamm-Taboulé-Kebap isst und dabei seinen Arsch auf einem kleinen Stromkasten abgelegt hat.

Im Lauf bemerke ich das Interesse des Bärtigen an mir und werfe ihm einen Blick zu, der einen Mann, der keine Ahnung von meiner Vergangenheit hat, ermutigen könnte, Sympathie für eine junge Frau zu hegen, die sich aus irgendeinem Grund in der unangenehmen Situation befindet, von einem jungen ehrgeizigen und offensichtlich fitten Polizisten aggressiv eine geschäftige Straße hinuntergejagt zu werden. Wir genießen einen verbindenden Moment, in dem etwas in seinem Blick mir versichert, dass er dort auch schon einmal gewesen ist, das Gleiche getan hat, und ich werfe ihm sogar ein Lächeln zu – bis er aufsteht und mir so hart die Schulter in die Seite rammt, dass ich durch die Luft wirbele und mit der linken Kopfseite hart in die Glasscheibe einer Geldwechselstube krache.

Unsanft lande ich auf dem Gehsteig, wobei die linke Seite meines Steißbeins den größten Stoß abfängt. Instinktiv hebe ich die Hand zu meinem lädierten Schädel. Blut tropft mir von den Fingern. Ich blicke zum Bärtigen mit seinem Kebap auf und sage, mehr als Frage denn als Aussage: »*Arschloch?*«

Dann fliegt ein schwerer schwarzer Stiefel vom Himmel und landet hart auf meiner Brust. Der junge Bulle steht schwer atmend über mir und drückt mir seine Elektroschockpistole an die Kehle. »Wo läufst du hin, kleines Schweinchen?«

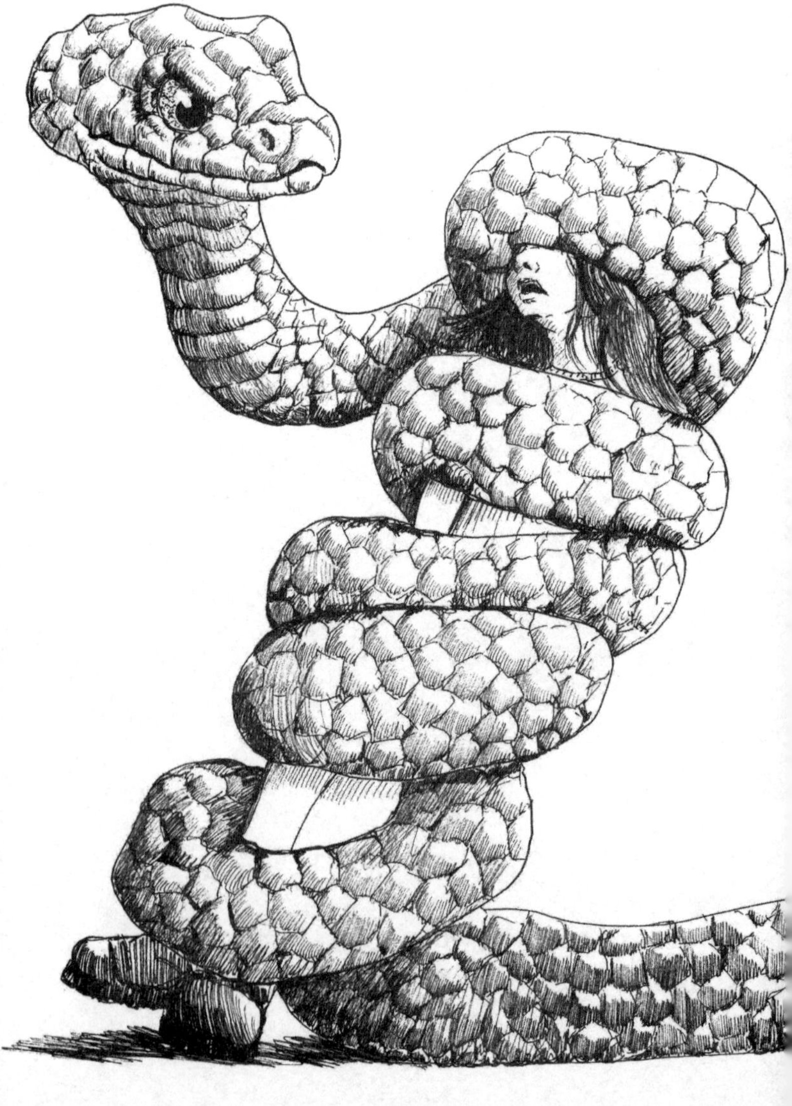

Der lange Arm des Gesetzes

Der lange Arm des Gesetzes

Dezember 2023
Stift und Tusche auf Papier

Der metaphorisch lange Arm eines Queenslander Polizeioffiziers schlingt sich erstickend und erbarmungslos um Taille, Brust und schließlich die Augen unserer geplagten Künstlerin. Es scheint, als würde die Schlange etwas aus der Künstlerin herausquetschen, es aus der Brust hoch in ihre Kehle zwängen. Doch was genau? Die Vergangenheit? Die Zukunft? Oder vielleicht einfach nur die Wahrheit?

Wer bin ich? In einer Welt mit acht Milliarden Menschen bin ich die miese achtzehnjährige Drogendealerin, die in einem kleinen Büro im zweiten Stock der Polizeistation auf der Roma Street sitzt. Ich bin das Mädchen, das all das bekommt, was es verdient, nachdem es sich am menschlichen Leid bereichert hat. Dafür, dass es all die Menschen in den Vororten ausgenutzt hat, die es nicht aushalten, mit dem zu leben, was sie geworden sind, und Flora Box' Pulver kaufen, um sich nicht in reißende Flüsse zu stürzen.

Ich wurde unten im Warteraum abgetastet. Mir wurde der Rucksack abgenommen. Dann wurde ich in einen Aufzug geschleift, der Aufzug ist ein Stockwerk nach oben gefahren, und sie haben mich einen Flur entlanggeschleift und die Tür zu diesem Büro geöffnet und mich hingesetzt. Mir wurde nahegelegt, wenn ich wisse, was gut für mich sei, dann solle ich lieber keinen Muskel rühren. Aber da ich nie weiß, was gut für mich ist, habe ich meine Halsmuskeln bewegt und mich in dem Raum umgesehen. Leere weiße Wände. Zwei Türen. Eine hinter mir, durch die ich reingekommen bin. Die andere vor mir, hinter einem weißen Tisch und einem schwarzen Drehstuhl. Ein Computer mit Monitor. Links von mir hängt eine Pinnwand, allerdings ohne Verbrecherfotos.

Keine roten Fäden, die bildliche Hinweise zu ungelösten Mordfällen verbinden. Bloß Kinderzeichnungen. Buntstiftzeichnungen von Städten und Bauernhöfen und eine orange Buntstiftzeichnung, die einen Mann zeigt, der eine Polizeimütze trägt und mit seinem rechten Strichmännchenarm eine Waffe abfeuert. Kaum entzifferbare Worte: *Mein … Dad … ist … muhtig.* An der unteren linken Ecke der Pinnwand ein auf einem billigen Bürofarbdrucker ausgedrucktes Din-A4-Foto. Zwei Mädchen mit kakifarbenen Käppis des Australia Zoo und Koalabären im Arm, die anscheinend eine Überdosis Eukalyptus intus haben.

Ein Mann mit einem dicken Ordner voller Papiere unterm Arm betritt das Zimmer durch die Tür vor mir. Er setzt sich an den weißen Tisch. Schaltet seinen Computer an. Lächelt mir zu. Mit grauen Strähnen durchzogene Haare. Schwarze Augenbrauen. Große Fick-dich-Outdoortyp-Armbanduhr. Ich kenne diesen Mann.

»Sie haben vor George Stringers Haus geparkt«, stelle ich fest.

Er nickt.

»Wer sind Sie?«, frage ich.

»Wer ich bin?«, gibt er zurück. »Ich bin der Mann, der dich in den vergangenen drei Monaten zweimal am Tag in Flora Box' Meeresfrüchteladen ein und aus gehen sehen hat. Mag ja sein, dass du Garnelen für dein Leben gern isst, aber so sehr kannst du sie nicht mögen.«

Er schlägt den Ordner auf und legt ein DIN-A4-großes Farbfoto vor mich. Es zeigt Flora Box und mich, wie wir aus dem Ebb 'n' Flo kommen. Ihr linker Arm ruht sanft auf meinen Schultern.

»Ich bin der Mann, der dich um Hilfe bittet«, sagt der Mann.

»Um was zu tun?«

»Flora Box hinter Gitter zu bringen.«

»Warum sollte ich Ihnen helfen, das zu tun?«

»Weil sie alles verkörpert, was falsch und hässlich an dieser Stadt ist«, erwidert er. »Weil sie ein Monster ist. Weil wir den Verdacht hegen, dass sie allein in den vergangenen fünf Jahren für die Morde an mindestens sieben Individuen direkt verantwortlich ist.«

Gespannt wartet er auf meine Reaktion. Ich biete ihm keine.

Er fährt fort. »Wenn du mir hilfst, deine Chefin hinter Gitter zu bringen, dann ist mein Chef gewillt, dir eine Leine zuzuwerfen.«

»Was für eine Leine?«

»Eine Rettungsleine«, antwortet er. »Eine, die dich aus dem Scheißesee zieht, in dem du gerade schwimmst. Eine Leine, die dich vor all diesen müden und leicht erregbaren Männern und Frauen in schwarzen Roben gleich die Straße runter im Amtsgericht von Queensland rettet, die dummen jungen Frauen wie dir, die vom rechten Weg abgekommen sind, eine Menge schonungslose und unangenehme Dinge sagen.«

»Was für schonungslose und unangenehme Dinge?«

»Dinge wie ›rechtswidriger Handel mit einer Droge der Kategorie 1‹. Dinge wie ›mehrfache Gesetzesverstöße ahnbar mit fünfundzwanzig Jahren Haft‹. Dinge wie ›Achtzig Prozent Mindestverbüßungsdauer‹. Dinge wie ›Leb wohl, Zukunft. Hallo, Frauenknast.‹«

Verdammt. Diese Dinge klingen tatsächlich schonungslos und unangenehm.

Der Mann beugt sich in seinem Stuhl nach vorn. »Denkst du je über deine Zukunft nach?«, fragt er.

»Ich denke über nichts anderes nach.«

»Gut«, sagt er. »Hast du dir je eine Zukunft ausgemalt?«

»Ja.«

»Wie sieht diese Zukunft für dich aus?«

»Ich werde eine berühmte Künstlerin«, antworte ich. »Ich werde um die Welt reisen und meine bahnbrechenden Gemälde ausstellen. Ich werde mich bis über beide Ohren in einen gut aussehenden Mann wie Timothée Chalamet verlieben, und wir werden fünf Kinder in einem Künstlerloft in Manhattan großziehen.«

Der Mann unterdrückt mit Mühe ein Lachen. »Hast du Flora Box von deinen großen Plänen erzählt?«

»Nein. Warum sollte ich Flora Box von meinen Plänen erzählen?«

Er zuckt die Schultern. »Na ja, ein Job bei Flora Box ist gewöhnlich eine lebenslange Verpflichtung«, erwidert er. »Vor allem, wenn besagtes Leben eher … kurz ist.«

Ich verschränke die Arme vor der Brust. Gebe mein Bestes, tough zu wirken. Blau ist meine Lieblingsfarbe.

Er beugt sich vor und ordnet ein paar Stifte auf seinem Schreibtisch neu an. »Ich heiße Detective Sergeant Geoff Topping«, sagt er. »Ich bin seit …«

»Geoff«, unterbreche ich ihn. »Was bedeutet das?«

»Was bedeutet was?«

»Ihr Vorname«, sage ich. »Geoff. Was für eine Bedeutung hat der?«

»Ich glaube nicht, dass der eine Bedeutung hat.«

»Alle Namen haben eine Bedeutung«, widerspreche ich. »Caleb bedeutet ›Mut‹. Callum bedeutet ›Taube‹.

Bridget bedeutet ›Feuer‹. Neil bedeutet ›Kämpfer‹. Haben Sie sich nie gefragt, was Geoff bedeutet?«

»Nicht wirklich«, erwidert er. »Ich habe einfach angenommen, dass mein Vater seinen Bruder Geoff ziemlich gern mochte.«

Froh, dass das Geoff-Rätsel fast gelöst ist, nicke ich enthusiastisch. »Am Ende landet man immer bei der Familie.«

Officer Topping nickt zustimmend. »Die Frage, wer ich bin, ist momentan allerdings nicht halb so wichtig wie die Frage, wer, zum Teufel, du bist, und warum, zur Hölle, du Constable Peters deinen Namen nicht gesagt hast?«

»Ich weiß meinen Namen nicht.«

»So wurde mir berichtet«, sagt Toppings. »Wie kannst du deinen Namen nicht wissen?«

»Weil Erica Finlay ihn mir nie gesagt hat?«

»Wer ist Erica Finlay?«

»Wer *war* Erica Finlay«, verbessere ich. »Erica Finlay ist vor fast einem Jahr gestorben.«

»Wer war Erica Finlay?«

»Sie war die Frau, bei der ich aufgewachsen bin.«

»Mein Beileid für den Verlust«, sagt Geoff.

»Danke. Damit sind Sie sicher des Öfteren konfrontiert.«

»Womit?«

»Verlust.«

Darüber muss er kurz nachdenken. »Ja. Damit bin ich des Öfteren konfrontiert. Wie ist Erica Finlay gestorben?«

»Tja, das ist eine ziemlich gute Geschichte«, sage ich. »Eine gute schlechte Geschichte. Eine wirklich gute schlechte Geschichte.«

Ich lasse den Blick zu der Pinnwand links an der Wand wandern und zeige auf das Bild der Mädchen mit den Koalas. »Sind das Ihre Töchter?«

Er nickt.

»Wie heißen sie?«

»Links ist Felicia«, antwortet er. »Und rechts Celine.«

»Felicia bedeutet ›glücklich‹«, sage ich. »Celine bedeutet ›Mond‹.« Dann sehe ich ihn lächelnd an. »Glücksmond.«

Officer Topping schaltet seinen Computer ein.

»Sie sind schön«, stelle ich fest.

»Danke.«

»Da liegt also der Sinn Ihres Lebens.«

Brummend erwacht der Computer zum Leben.

»Ich schätze mal, schon.«

»Sehen Sie, mehr müssen Sie nicht machen«, sage ich. »Einfach die Küste hochfahren und diesen Mädchen einen Koala zeigen. Job für den Tag mit Bravour erledigt, Officer Topping. Die Leute erkennen nicht, wie einfach es ist, den Sinn des Lebens zu finden. Meine Mu… Erica Finlay hat mir mal gesagt, dass man den Sinn des Lebens findet, wenn man einem Kind mindestens dreißig Sekunden direkt in die Augen starrt. Haben Sie das je getan, Detective Geoff?«

»Könnte ich nicht behaupten.«

»Sollten Sie mal versuchen. Erica hat gesagt, dann stürzt alles auf einen ein. Bäm. In großen verdammten Wellen. Reiner, ungekürzter Sinn des Lebens.«

Inzwischen starrt Officer Topping mich an. »Warum hat Erica Finlay dir vor ihrem Tod nie deinen Namen gesagt?«, fragt er.

Ich schweige einen Moment. Sortiere meine Gedanken.

Die Künstlerin war würdevoll. Die Künstlerin war direkt.

»Erinnern Sie sich an die kleine Christina, die eine Zeit lang überall in den Nachrichten war?«, frage ich. »Ist mit dem Kinderwagen in den Fluss gefallen und wurde von einer barmherzigen Samariterin gerettet, die dabei ertrunken ist?«

Ich habe jeden einzelnen Zeitungsartikel, den ich je dazu gefunden habe, ausgerissen und aufbewahrt. Zeitungen, die ich aus öffentlichen Mülleimern geklaubt und mir von Kaffeetischen auf der Albert Street geschnappt habe. Endlose Artikel im *Courier-Mail*, die von fruchtlosen Versuchen berichten, Erica Finlays Leiche aus dem Fluss zu ziehen, und über die wundersame Reise der kleinen Christina da Silva vom sicheren Tod im reißenden Fluss zu einer glücklichen Brisbaner Kindheit. Zehn Monate lang Meilensteinüberschriften: *Baby Christina hoppelt in die Osterfeiertage*; *Mutige Christina lernt schwimmen*; *Was wünscht sich die mutige Christina zu Weihnachten?* Mutig? Macht mal 'n Scheißpunkt. Das Kind hatte keine Wahl zwischen Leben und Tod. Erica Finlay auf der anderen Seite …

Ein paar Artikel, die ich an die Vanwände gepinnt habe, handeln von Christinas Mum Bless da Silva und ihrer ewig währenden Suche nach der mysteriösen Tochter des irdischen Engels, der starb, als er ihrer mutigen Christina das Leben rettete. Ich weiß noch, wie ich sie im Aufenthaltsraum des Well im Fernsehen gesehen habe. Sie wurde auf Channel Nine News gezeigt, wie sie Ericas schwarzen Billabong-Kapuzenpulli hochhielt und darüber redete, wie eine Fremde alles für ihre Tochter geopfert hatte. »Ich werde die Suche nie aufgeben«, sagte sie. Ihre ewige Suche dauerte gerade mal sechs Monate. Himmel noch mal, Bless.

»Ich kenne die Geschichte«, sagt Topping. »Die Mutter hatte vergessen, die Reifenbremse zu drücken. Der Kinderwagen ist direkt in den Fluss gerollt.«

»Ja, das habe ich auch gelesen«, sage ich. »Tragischer Fall von Stilldemenz. Die arme Bless war die ganze Nacht mit dem weinenden Baby wach, weil es nicht gut getrunken hat. Bless hat gesagt, sie sei nur eine von vielen frischgebackenen Müttern. Ihr Kopf war völlig vernebelt. Und da passieren schließlich Unfälle, nicht wahr?«

Topping zuckt die Achseln und neigt verwirrt den Kopf zur Seite.

»Ihr Bullen habt das echt geschluckt, oder?«

»Was soll das denn heißen?«

»Ich weiß genau, warum die arme Bless das gesagt hat. Sie wusste, dass die Wahrheit zu schwer für Christina wäre. So was kann man nicht sein Leben lang mit sich rumschleppen. Warum also jemanden, den man liebt, damit belasten?«

»Und was ist die Wahrheit?«, fragt Topping.

»Der Kinderwagen ist nicht einfach so in den Fluss gerollt«, antworte ich.

»Wovon redest du?«

»Ich war da. Ich hab gesehen, wie schnell er war. Von alleine werden Kinderwagen nicht so schnell. Aber ich schätze mal, Sie wollen gar nicht wissen, warum der Kinderwagen so schnell war?«

»Warum sollte ich das nicht wissen wollen?«

»Keiner von den anderen Bullen wollte das wissen. Was würde die Wahrheit schon irgendjemandem bringen? An dem Tag waren nur zwei Leute unter der Brücke, wegen denen der Kinderwagen so schnell rollen konnte.«

»Der Vater?«

»Oder die Mutter«, sage ich. »Aber das tut ja nichts zur Sache, oder? Die haben schon genug durchgemacht. Was tut es schon zur Sache, wenn einer der beiden in Wahrheit für Erica Finlays Tod verantwortlich ist?«

»Willst du mir damit sagen, dass diese Erica Finlay, die Frau, die dich aufgezogen hat, die Frau war, die Christina da Silva gerettet hat?«

Ich nicke.

»Das ist ... außergewöhnlich«, stellt er fest.

Zweimal Nicken. »Ich weiß. Erica Finlay war oft außergewöhnlich.«

»Und das bedeutet, *du* warst das mysteriöse Mädchen, das Christina ans Ufer gezogen hat?«

Nicken.

»Das ist ... erstaunlich.«

Zweimal Nicken. »Weiß ich«, sage ich. »Ich bin oft erstaunlich.« Nervös kratze ich den unteren Knöchel meines rechten Daumens. »Ich schätze mal, Sie ziehen jetzt los und verkünden das aller Welt?«

Topping neigt den Kopf. »Hättest du denn gern, dass wir es aller Welt verkünden?«

»Nein.«

»Warum nicht?«

»Weil ich für Dinge bekannt werden will, die ich in meiner Zukunft tue, nicht für die Dinge, die Erica Finlay in meiner Vergangenheit getan hat.«

Topping lächelt, und ich weiß, dass er genauso Felicia und Celine zulächelt, wenn sie ihn mit Buchstabieren überraschen. Er legt die Handflächen aufeinander, holt tief Luft und pustet sie über seine Fingerspitzen, die er nachdenklich an die Lippen gebracht hat. Dann zieht er einen gelben Schreibblock und einen Füllfederhalter aus einer flachen Schublade unter dem Schreibtisch und schreibt Erica Finlays Namen ganz oben hin. Er bedeutet »die ewig Mächtige«.

»Erzähl mir alles, was du über Erica Finlay weißt«, sagt er.

Und dann erzählte die Künstlerin ihm alles. Hunderte zusammengesammelte Einzelheiten zu einer einzigen Frau strömten über den gebrochenen Damm ihrer Seele. Jede Lüge, die Erica Finlay ihr je erzählt hatte. Jede Wahrheit, die die Künstlerin in endlosen Internetartikeln über das Monster der March Street gefunden hatte – dem Mann, der nie ihr Vater gewesen war. Detective Topping öffnete den Browser und überflog mit seinem tiefgründigen Blick dieselben Artikel, die die Künstlerin zehn Monate zuvor verschlungen hatte, Wort für leidiges Wort. Dann fragte er die Künstlerin, warum sie die Suche aufgegeben habe. Warum sie aufgehört habe, nach Antworten bezüglich ihrer Identität zu suchen. Warum sie nicht zur Polizei gegangen sei. Und die Künstlerin antwortete, dass sie damals noch minderjährig gewesen sei und Angst gehabt habe, in ein Jugendschutzprogramm aufgenommen zu werden. Dabei war das nur die halbe Wahrheit. Sie erzählte ihm auch, dass sie ihren Van, ihre Nachbarn und ihr Schrottland von Oz mochte. Und das war die ganze Wahrheit.

Dann sagte Detective Topping eine Reihe von Dingen, bei denen die Künstlerin die Tränen unterdrücken musste. Er sagte Dinge, die Mitleid mit Erica Finlay aus-

drückten. Er sagte, er wisse genau, was Erica Finlay mit dem Tyrannosaurustanz meinte. Er sagte, seine eigene Mutter habe ihn zwanzig Jahre lang getanzt. Und dass der Tanz seinen Tribut gefordert habe. Er habe seine Mutter verändert. Ihr Herz und ihr Gehirn. Er habe verändert, wer sie war. Er sagte, dass er jede Woche seines Lebens bei seiner Arbeit aus erster Hand die Auswirkungen häuslicher Gewalt erlebte, die weite Wellen schlugen. Wie der Tanz die Menschen dazu brachte, Dinge zu tun, zu denen sie sich nie für fähig gehalten hätten. Manchmal schöne Dinge. Mutige Dinge. Aber auch schreckliche Dinge. Manchmal sogar unverzeihliche Dinge. Und ganz sicher, so fügte er hinzu, sei die Situation, in der die Künstlerin sich nun befinde, eine der seltsamsten und traurigsten Wellen, die er je gesehen habe. Er fragte, ob sie sich viele Fragen zu ihrer ungewöhnlichen Kindheit gestellt habe und wie es dazu gekommen sei.

»Jeden Tag«, antwortete sie. Und sie erzählte ihm, sie habe die Hintergründe auf drei Möglichkeiten eingegrenzt. Erstens, Erica hatte sie irgendwo gefunden. Zweitens, irgendjemand hatte sie Erica irgendwo gegeben. Oder drittens … Die dritte Möglichkeit wollte die Künstlerin nicht laut aussprechen, und das würde sie auch nie tun. Allein sie zu denken, war schmerzhaft genug.

Detective Topping öffnet eine Schreibtischschublade. Schiebt mir über die Tischplatte ein Smartphone zu. Es hat jede Menge Gebrauchsspuren. Drei Risse im Display. Schwarze Schutzhülle, mit Schmutz und Fingerabdrücken verschmiert. Eine Handynummer auf einem zerfledderten Stück Zettel, der auf der Hülle klebt.

»Was ist das?«

»Das ist ein Handy«, sagt Topping. »Dein Handy, wenn du willst. Da hinten drauf steht meine Nummer. Ich will, dass du gehst und Flora von deinen Zukunftsplänen berichtest und ihr in die Augen siehst, wenn sie dir die Wahrheit über die Situation sagt, in die du dich hineinmanövriert hast. Und dann möchte ich, dass du mich in ein paar Tagen mit diesem Handy anrufst und mir sagst, dass du bereit bist, deinem Schicksal eine Wende zu geben.«

»Flora Box hat mir im schlimmsten Jahr meines Lebens geholfen«, sage ich. »Sie ist für mich, was einer Mutter am nächsten kommt.«

Topping sieht frustriert aus. »Flora Box ist eine scheinheilige Verbrecherin mit einem Talent dafür, das Unglück anderer zu ihrem eigenen finanziellen Vorteil auszunutzen. Du bist für sie nicht mehr als eine billige Arbeiterin.«

Ich lasse den stechenden Schmerz abklingen, den dieser Satz in meiner Magengrube auslöst. »Was lässt Sie glauben, dass ich nicht auf der Stelle zu Flora gehe und ihr brühwarm von diesem Treffen erzähle, auch von Ihren lächelnden Töchtern?«

»Weil ich den Ausdruck in deinem Blick gesehen habe, als du mir von deiner Zukunft erzählt hast«, antwortet er. »Weil«, er beugt sich noch weiter über dem Tisch vor, »ich dir helfen kann, die Antworten auf all die Fragen zu finden, die du dir immer gestellt hast. Wenn du mir hilfst. Und vielleicht kann ich dir sogar helfen, dein Geheimnis zu wahren.«

Ich starre auf das Handy zwischen uns auf dem Tisch.

»Willst du wissen, wer du bist?«, fragt Topping. »Bist du bereit zu erfahren, wer du bist?«

Die Künstlerin hatte so lange mit Detective Sergeant Geoff Topping in seinem Büro gesprochen, dass ein Vollmond am Himmel schien, als sie die Polizeistation mit ihrem schwarzen Rucksack verließ. Dort stand sie auf dem Gehsteig vor der Treppe zur Polizeistation und starrte zum Mond hinauf. Glücksmond, sagte sie sich. Schließlich ist jeder Mond, den man sehen kann, ein Glück, weil er bedeutet, man ist noch am Leben.

Die Künstlerin dachte wieder darüber nach, warum sie aufgehört hatte, nach Antworten zu suchen. Der Grund dafür war natürlich Liebe. Sie liebte Erica Finlay zu sehr. Sie hatte sie geliebt, wie jedes Kind seine Mutter liebt. Sie hatte jeden Abend geliebt, an dem sie neben ihr einschlief, und jede Morgendämmerung, in der sie neben ihr mit einem Lichtkreis auf ihrem hungrigen Bauch aufwachte. Jede Wahrheit, jede Antwort, die sie in der düsteren, blutigen Geschichte von Erica, Marcus und Elizabeth Finlay fand, zog einen weiteren Streifen von der einzig wahren Liebe, die sie je erfahren hatte. Es fühlte sich an, als würde ihr das Fleisch von den Knochen gerissen. Je mehr sie ihre Liebe zu Erica Finlay verlor, desto mehr verlor sie auch sich selbst, das wusste sie. Weil Antworten Chaos hervorrufen, sagte sie sich. Antworten verwunden. Antworten verstümmeln. Die Wahrheit hackt dir den rechten Arm am Ellbogen ab. Sauber durch den Knochen. Dunkelrotes Blut strömt über dein rotes Lieblingskleid.

»Spieglein, Spieglein in der Glücksmondnacht, glaubst du, ich bin verrückt, oder bin ich erwacht?«

Ein stiller Schrottplatz bei Mitternacht. Ich stelle meinen Zauberspiegel so auf, dass er das Vollmondlicht einfängt. Gerade genug, um mein Spiegelbild zu sehen. Meine Nachbarn schlafen alle. Sieht so aus, als wäre Charlie Butterfield entkommen, denn auch er schläft geräuschvoll in seinem Kastenwagen.

Ich flüstere in den Spiegel: »Spieglein, Spieglein im Silbermondschein, hast du mich verlassen, Lola? Lässt du mich zu früh allein?«

»Ich bin nirgendwohin gegangen«, sagt Lola.

»Lola!«

»Lange nicht gesehen«, begrüßt sie mich. Mit gesenktem Kopf sitzt sie im Schneidersitz auf einem Einzelbett mit schmutziger Bettwäsche. In einem dunklen Raum mit abblätternder Farbe an den Wänden. Neben ihr steht ein kleiner Fernseher, in dem ein Film läuft. *In einem fernen Land* mit Tom Cruise und Nicole Kidman. Ihr Zimmer sieht aus, als befände sie sich in einer der Absteigen im Peach, dem staatlichen Wohnblock in der Moon Street, in dem bedürftige Rentner untergebracht werden. Lolas rotes Kleid ist voller Blut, zerrissen und an den Rändern ausgefranst. Mit zittrigen Fingern zieht sie lange an ihrer Zigarette. Tiefe Linien haben sich in ihr Gesicht gegraben. Sie wirkt älter als beim letzten Mal. Um zehn Jahre gealtert. Zwanzig Jahre.

»Schön, dich zu sehen, Lola«, sage ich.

Lola Imschatten. Lola Imschwarz. Lola Imabgrund.

Sie schaut zu mir auf und lächelt mich an. Dabei entblößt sie ein paar Zahnlücken. Und eine blutgetränkte weiße Bandage, die ein medizinisches Pflaster über ihrem rechten Auge hält.

»Schön, *dich* zu sehen«, erwidert sie und zwinkert mir mit dem linken Auge zu.

»Was ist mit deinem Auge passiert?«, frage ich.

»Hab's verloren«, antwortet sie.

»Wie hast du's verloren?«

»Das ist Kummerfäule.«

»Kummerfäule? Was ist Kummerfäule?«

»Du hast noch nie von Kummerfäule gehört?«, fragt Lola zurück. »Das ist eine seltene Form der Traurigkeit, die dich von innen nach außen zerfrisst. Sie beginnt im Herzen, breitet sich dann Richtung Kopf aus, wandert zum Bauch, zu deinen Beinen und Zehen und irgendwann wieder hoch zu deinen Augen, wo sie alles verdunkelt, was du je zu Gesicht bekommst.«

»Zeig mir dein Auge.«

»Nein.«

»Zeig's mir, Lola.«

»Nein. Das hältst du nicht aus. Du bist momentan nicht stark genug.«

»Ich halte es aus, Lola. Ich hab's schon immer ausgehalten.«

Lola drückt ihre Zigarette aus. Stößt eine Rauchwolke aus, die sich im Zimmer verteilt. Dann hebt sie ihre blutige Augenbinde hoch. Wo ein Augapfel sein sollte, gähnt ein schwarzes Loch, das kein Ende zu haben scheint. Mehr ein Tunnel als eine Höhlung. Das Licht fängt feine Staubpartikel ein, als herrschte ein Luftzug im Tunnel.

Lola zieht die Binde wieder runter. »Zufrieden?«

Lola Imschrecken. Lola Imblut. Lola Inangst.

»Wo ist dein Typ?«

»Welcher Typ?«

»Dein Typ. Der süße Typ, der nach dir sieht. Der Typ im braunen Vintage-Anzug.«

»Ach, der. Ist gegangen. Wollte nicht mit einer zusammen sein, die so traurig ist.«

»Was macht dich so traurig?«

»Du«, gibt sie zurück. »Immer du. Verstehst du das nicht? Dein Kummer ist mein Kummer. So läuft das bei dir und mir.«

»Stirbst du, Lola?«

»Ich sterbe nicht«, antwortet sie. »Ich löse mich auf.«

Lola Inasche. Lola Imstaub. Lola Amende.

Ich ziehe Detective Toppings Smartphone aus meiner Tasche, klopfe damit gegen den Spiegel und fange aus unerfindlichen Gründen an zu weinen.

»Du verlässt mich doch nicht, oder, Lola?«, frage ich. »Bitte bleib. Bitte bleib bei mir, Lola.« Ich wische mir eine Träne aus dem Augenwinkel und nicke mehrfach, während meine Faust seitlich gegen den Spiegel schlägt. »Ich rette dich, Lola. Ich mache dich wieder stark. Ich finde all die Antworten. Ich finde raus, wer ich bin. Ich gehe auf die Kunsthochschule. Ich werde eine berühmte Künstlerin. Und ich werde mich verlieben. Ich mache mich wieder glücklich, und dann mache ich dich auch wieder glücklich.«

Lola lächelt. »Du wirst rausfinden, wer du bist?«

»Ja, ich werde rausfinden, wer ich bin!«

»Aber du weißt doch schon, wer du bist.«

»Nein, weiß ich nicht.«

»Du wusstest immer, wer du bist.«

»Nein, wusste ich nicht.«

»Warum musst du von der Welt hören, wer du sein wirst, wenn du ganz genau weißt, wer du sein willst?«

Ich lasse den Kopf sinken und sehe zur Seite, doch Lola redet weiter. »Wirst du dir von der Welt erzählen lassen, wer du bist, oder wirst du der Welt erzählen, wer du bist?«

Ich antworte nicht.
»Wer bist du?«, fragt Lola.
Ich schweige.
»Wer bist du?«, wiederholt sie.
»Ich hab's verstanden, Lola«, sage ich. »Das reicht.«
Doch sie lässt nicht locker. Sie hält ihr Gesicht so nah an den Spiegel, dass ich Zorn, Wut und Fäulnis in ihm sehe. Rote Flecken haben sich auf ihren Wangen ausgebreitet.
»Warum hat sie sich beim Schwimmen nicht mehr angestrengt?«, fragt Lola.
»Lass das.«
»Sie konnte es nicht ertragen, oder? Sie konnte es nicht ertragen, dir die Wahrheit zu sagen.«
Triefende Wunden bilden sich auf ihrer Stirn. Blut zwischen ihren Zähnen, während sie mir die Worte entgegenschleudert. Beängstigend. Geisterhaft. Monströs.
»Wer bist du?«, wiederholt sie. Diesmal lauter.
»Hör auf, Lola.«
»Wer bist du?« Jetzt schreit sie.
»Hör auf. Das reicht.«
»WER BIST DU? WER BIST DU? WER BIST DU?«
Ich schreie zurück: »Hör auf, habe ich gesagt!« Meine rechte Faust saust auf das Spiegelglas, und zwei Risse zucken wie ein gespaltener Blitz über ihr Gesicht.
In Ros' Auto geht das Licht an. Ich drehe mich um.
Dann wende ich mich wieder meinem Zauberspiegel zu.
Lola ist fort.

Der schlechteste Speisefisch in ganz South East Queensland

Ebb 'n' Flo
Meeresfrüchtehandel
Geschäft mit dem Tod seit 1982

Der schlechteste Speisefisch in ganz South East Queensland

Dezember 2023
Stift und Tusche auf Papier

Es wird angenommen, dass die Künstlerin eine Zeit lang für den Meeresfrüchtehandel Ebb 'n' Flo tätig war, dessen berühmt-berüchtigte Eigentümerin und Leiterin »Lady« Flora Box, eine verwitwete Mutter, Verbindungen zu verschiedenen kriminellen Netzwerken im australischen Untergrund unterhielt. Die Künstlerin sagte einmal, dass der beste Speisefisch in South East Queensland weißes Fleisch hat, flockig auf der Gabel liegt, nach Meer schmeckt und lediglich mit Butter, Salz und Pfeffer zubereitet werden sollte. Außerdem, sagte sie, dass der schlechteste Speisefisch in ganz South East Queensland in Überseegebieten gefangen und ausgeweidet, sein Bauch mit versiegelten Tütchen Black-Tar-Heroin gefüllt und in Kühlboxen zum Hintereingang des Ebb 'n' Flo in der Moon Street Nummer 6, West End, geliefert werde.

Heute Morgen trage ich eine kurze Hose von Erica Finlay aus armeegrünem Baumwollgemisch. Toppings reichlich mitgenommenes Smartphone von gestern wippt bei jedem Schritt in meiner Tasche. Mein schwarzes T-Shirt zeigt die Band The Bangles in Imitation der Beatles auf dem Zebrastreifen auf der Abbey Road, bloß dass sie dabei gehen wie die alten Ägypter.

Neben mir schlendert Charlie Mould. Vor dem Eingang des Ebb 'n' Flo halte ich ihn an. »Sag nichts von den Bullen gestern.«

»Bei Flora Box verlier ich kein Scheißwort über die Bullen«, gibt er zurück.

Heute Morgen stehen drei Kunden vor der Verkaufstheke. Glenn Ash wickelt gerade vier Nilbarschfilets für eine Frau in einem pinken Trikot ein, die sich mit der rechten Hand auf einen faltbaren Einkaufstrolley stützt. Ich gehe auf einen langen, dünnen Langzeitangestellten namens Nathan Rose zu, der gerade auf einer Bank neben zwei Kisten Zitronen und Limetten frische Steinaustern öffnet. Er hat arktisch blaue Augen, blonde Augenbrauen und einen langen, dichten blonden Spitzbart, den er am Ende mit einem Gummiband zusammengebunden hat. Unter seinem gebräunten Glatzkopf verläuft ein tiefschwarz tätowierter Streifen mitten über

Stirn und Schädel und gibt ihm das Aussehen eines Tomahawk schwingenden nordamerikanischen Ureinwohners, der damit vielleicht seine über fünfzig getöteten Bären symbolisch zum Ausdruck bringen würde. Wenn er nicht gerade frische Austern knackt, spielt Nathan hin und wieder den Schläger für Flo. Mir ist zu Ohren gekommen, dass sich seine Austernknacktechnik gar nicht so sehr von seiner Fingernagelziehtechnik unterscheidet.

»Flo ist da drin?«, frage ich.

»Sie ist nicht allein«, antwortet Nathan.

»Mit wem ist sie da?«

»Keine Ahnung, irgendein windiges Arschloch.«

»Kannst du sie fragen, ob wir nach hinten gehen und sie sprechen können?«

»Kannst du nicht sehen, dass ich beschäftigt bin?«, gibt Nathan zurück. Er spielt immer irgendeinen Hierarchiescheiß aus. Mein Austernmesser ist größer als deins.

Ich rufe Glenn Ash, der gerade einen ganzen Kaiserschnapper aus dem Eis der Verkaufstheke nimmt, quer durch den Verkaufsraum zu: »Glenn, ich muss von Nathan wissen, ob er Flo fragen kann, ob wir sie hinten sprechen können, aber er sagt, er ist beschäftigt.«

Glenn muss kein einziges Wort sagen. Er dreht einfach nur den Kopf Richtung Verpackungsraum. Nathan stöhnt mich genervt an, sticht sein Austernmesser drohend in ein hölzernes Schneidebrett und verschwindet mit erhobenen behandschuhten Händen durch die weiße Schwingtür.

»Hey, Glenn, können wir ’ne Auster haben?«, rufe ich ihm zu.

»Aber jeder nur eine, ihr Aasgeier«, antwortet er.

Ich buddele mit der Hand in der Kiste ungeschälter Steinaustern und nehme mir Nathans Austernmesser. Wickle meine linke Hand in ein blau-weißes Handtuch, das auf Nathans Bank liegt. Druck auf die linke Seite der Auster. Spitze des Austernmessers in die rechte Seite des Muschelscharniers. Den Deckel aufknacken, als wäre es eine Dose Farbe, dann das Messer im Uhrzeigersinn drehen, bis die Auster ganz zum Vorschein kommt, in einem Becken aus frischem Meeressaft. Es dauert mehr als drei Jahre, bis eines dieser kleinen Wunder herangewachsen ist, und weniger als drei Sekunden, bis es meinen Mund erreicht und meine dankbare Kehle hinunterrutscht.

Ich öffne eine zweite Auster für Charlie.

»Oh, du bist wahrhaftig eine Prinzessin«, kommentiert er und schluckt das fette Weichtier.

Nathan kommt zurück. »Flo sagt, ihr könnt durchgehen.«

Hinter der weißen Schwingtür heben Angestellte links im Verpackungsbereich Styroporkisten in eine riesige Kühltruhe. Rechts befinden sich eine hohe Rolltür, eine Laderampe voller Paletten und ein kleiner Gabelstapler. Hier kommen die frischen Meeresfrüchte an, die am Weihnachtstag unter Pergolen und Terrassensonnenschirmen in den Brisbaner Vororten verzehrt werden. Eine blaue Tür an der Rückwand des Raumes führt in einen weiteren großen Bereich der Halle. Ich klopfe zweimal.

»Komm rein«, ertönt Flos Stimme.

Gemeinsam gehen Charlie und ich mit unseren Geldgurten durch die Tür.

Kaum betreten wir den Raum, werden wir laut bellend von einer Furcht einflößenden, aber glücklicherweise gehorsamen Deutschen Schäferhündin begrüßt. Aus ihrem Fleischfressergebiss tropft Sabber, und sie starrt mir ins Gesicht und knurrt.

»Audrey, sitz!«, ruft der Besitzer von der linken Seite des Raumes aus. Flos bester Freund und Geschäftsberater Ephraim Wall sitzt mit einer Lesebrille, einem rostroten Pullover mit V-Ausschnitt und konzentriertem Blick an seinem Schreibtisch und tippt auf die Tastatur seines Mac. Ephraim Wall ist lang und dünn, schätzungsweise Ende fünfzig und hat den sauberen Haarschnitt eines katholischen Schuljungen der Fünfzigerjahre. Kein leicht zu durchschauender Mann: Er glaubt an die restaurative Macht brutaler Gewalt, aber auch an die Freude, seine Lieblingsschauspielerin in *Frühstück bei Tiffany* zu sehen. Obwohl er den Blick während seines Befehls noch nicht einmal vom Bildschirm abwendet, entspannt sich die Hündin und legt sich wieder auf eine rote quadratische Hundedecke, die eher an eine Turnmatte erinnert.

Der Raum ist kalt. Glatter Betonboden. Sofort wird mein Blick von etwas angezogen, was normalerweise nicht hier ist. Ein Mann, vielleicht Mitte dreißig. Sein Hals steckt in einer Schlinge, doch ich weiß sofort, dass er nicht tot und blau wie George Stringer ist, weil ich sehen kann, wie seine nackten Füße auf einem großen Block Trockeneis herumrutschen. Der Block hat ungefähr die Größe der kubenförmigen IKEA-Hocker, die Ursula Lang in ihrem Wohnzimmer stehen hat.

Der Mann ist dünn und hager und trägt eine marineblaue Anzughose mit einem weißen Anzughemd und eine burgunderrote Krawatte. Das dicke Seil um seinen Hals ist etwa zwei Meter über ihm an einem tragenden

Balken angebracht, der über die gesamte Länge der Lagerhalle verläuft. Der Mann verlagert unentwegt das Gewicht von einem Fuß auf den anderen. Ich schätze, der Eisblock verursacht ihm Erfrierungen.

In der Mitte des Raumes sitzt meine Chefin Flora Box direkt vor dem Mann auf einem schwarzen Klappstuhl. Durch ihre große transparente Brille mit dicken Gläsern betrachtet sie ihn mit neugierigem, aber mäßigem Interesse, wie ein Kunstliebhaber die Siegesstatue der Nike von Samothrake im Louvre studiert. Flo trägt einen lavendelfarbenen Pulli von Sloppy Joe und ihre übliche weiße Caprihose mit weißen Sneakers. Ihre kräftigen Hüften und der breite Rücken wären sicherlich dankbar für einen größeren Stuhl, um Männer dabei zu beobachten, wie sie sich in Seilschlingen winden.

Charlie sagt immer, dass Flo ihn an die Verkäuferinnen im Kiosk der Ironside State School erinnert, die ihm als Kind Hähnchenchips und Erdbeerriegel verkauft haben. Doch in dieser ganzen Szenerie gibt es in meinen Augen ein bedeutsames Detail, das zeigt, dass Flora Box einen Tick gefährlicher ist als die durchschnittliche Grundschulkioskverkäuferin: Auf ihrem rechten Oberschenkel ruht unauffällig eine Gartenschere aus rostfreiem Stahl. Dabei ist weit und breit keine einzige verdammte Pflanze in Sicht, bloß jede Menge Finger und Zehen.

»Die Täubchen sind heimgekehrt, Ephraim«, bemerkt Flo mit einem Blick über die Schulter und wirft uns ein breites Lächeln zu. »Unsere unermüdlichen Weihnachtskuriere.«

Wir gehen schnurstracks zu Ephraim und händigen ihm unsere Geldgürtel aus.

»Danke«, sagt er.

»Wie ist es gelaufen?«, fragt Flo.

»Gut«, erwidere ich. Dann wende ich mich an Ephraim: »Aber George Stringer wird wohl keine weiteren Bestellungen mehr machen.«

Ephraims Blick wandert von seinem Bildschirm zu mir, und er schiebt sich die Brille hinunter auf die Nasenspitze.

Ich zeige auf den Mann in der Schlinge. »Er hat sich aufgehängt.«

»Oh, zu schade«, kommentiert Flo, als stünde sie vor einem leeren Milchregal im Supermarkt.

Ephraim nimmt die Neuigkeit vollkommen emotionslos auf. Dann steht er auf, geht auf Audrey zu und schnalzt mit der Zunge. Sofort springt die Hündin auf und gibt ihre Matte frei. Ephraim kniet sich hin und öffnet einen Reißverschluss seitlich an der Decke. Dann zieht er zwei dicke weiße Schaumstoffmatten heraus, zwischen denen ein dünner grauer Laptop steckt.

Der Mann auf dem Eisblock verliert einen Moment den Halt und lässt einen Schmerzenslaut ertönen, als er sich vorübergehend in der Schlinge stranguliert.

»Pssst, Liebling«, sagt Flo sanft und wiegt die Gartenschere in ihrer rechten Hand.

Der Mann gibt keinen weiteren Laut von sich. Um den Eisblock bildet sich langsam eine Wasserlache.

»Ephraim, bring den beiden Stühle, bist du so lieb?«, befiehlt Flo.

Ephraim legt den Laptop auf seinen Schreibtisch und nimmt zwei Stühle von einem Stapel neben dem Bierkühlschrank in einer Ecke des Raumes. Er stellt sie beidseits von Flo für uns auf.

Dann setzt er sich wieder an seinen Schreibtisch, klappt den Laptop, auf, und ich weiß, dass er eine Seite mit codierten Informationen öffnet – von einem Langzeitkunden, dessen Konto nun bedauerlicherweise geschlossen wird.

Charlie und ich wenden unsere Aufmerksamkeit wieder dem Mann in der Schlinge zu, der nach wie vor versucht, mit einem erfrierenden Fuß auf dem Eisblock zu stehen. Es fühlt sich an, als wären wir das kleine Publikum eines seltsamen Varietétheaterstücks.

Bei seinem Anblick schüttele ich den Kopf.

»Komm mir bloß nicht mit Vorwürfen«, warnt Flo.

»Was? Ich hab doch gar nichts gesagt.«

»Musst du auch nicht«, sagt Flo. »Ich hör doch das Pochen deines blutenden Herzens.« Sanft klopft sie mir auf die linke Kniescheibe, nur etwa eine Handlänge von Toppings Smartphone entfernt. »Vergeude an den Kerl bloß keinen Teelöffel deiner süßen Besorgnis. Der kleine Wurm hätte Schlimmeres verdient.« Dann beugt sie sich vor und flüstert mir hinter vorgehaltener Hand ins Ohr: »Keine Bange, ich jage ihm nur ein bisschen Angst ein.«

»Wer ist das?«, frage ich.

»Bryce«, antwortet Flo. »Aber ihr beide könnt ihn ›Scheißkopf‹ nennen.«

»Tag, Scheißkopf«, sagt Charlie, ohne die Miene zu verziehen.

»Was hat er denn getan?«, frage ich.

»Was sie alle tun«, gibt Flo zurück.

»Und das wäre?«, frage ich.

»Mich unterschätzt.«

»Ttttut mmm…mmmir sss…sssoo leid, Flo«, stammelt der Mann auf dem Eisblock.

»Das wird dir noch vvv...vvviel mehr lll...llleid ttt... ttttun, Liebling«, sagt Flo. Dabei lächelt sie und klingt so nett, als würde sie den Kuchenstand des Landfrauenvereins in Brisbane schmeißen und müsste gerade jemandem sagen, dass der Lamington-Kuchen für heute leider aus ist.

»Aber Scheißkopf hat mich nicht nur unterschätzt«, fährt Flo fort. »Er hat mich auch noch vorübergehend um meine Weihnachtsstimmung gebracht. Dabei gibt es um diese Jahreszeit wenige Dinge, die ich mehr schätze als meine Weihnachtsstimmung.«

»Was kriegst du dieses Jahr vom Weihnachtsmann, Flo?«, fragt Charlie.

Flo strahlt ihn an und antwortet wie aus der Pistole geschossen: »Einen Fön. Remington Hydraluxe Pro. Für Locken der beste Fön in ganz Australien. Zweitausend Watt, digitaler Motor. Föhnt mit einer Luftgeschwindigkeit von sechzig Kilometern pro Stunde. Und was wünschst du dir zu Weihnachten, junger Charles?«

»Ich wünsche mir eine Flasche 1947er Cheval Blanc, ein Kingsize-Wasserbett und Margot Robbies Telefonnummer, aber am Ende wäre ich auch mit einem Nutri-Bullet-Mixer zufrieden.«

»Seht ihr, das ist das Schönste an Weihnachten«, sagt Flo. »Die Vorfreude. Man weiß nie, was man unterm Baum findet. Was ist mit dir, Scheißkopf?«

»Was?«, fragt der Mann auf dem Eis und versucht, mit den Knöcheln Platz zwischen Schlinge und Hals zu schaffen.

»Was findest du an Weihnachten am schönsten?«

Wieder rutscht der Mann auf dem Eis aus und fängt sich wieder. »Keine Ahnung. Weihnachtslieder?«

»Natürlich, Weihnachtslieder«, sagt Flo zustimmend. »Welches ist dein Lieblingsweihnachtslied, Scheißkopf?«

Der Mann hebt den Kopf aus der Schlinge und presst drei Worte aus dem Mund: »Little Drummer Boy.«

»Oh, ja«, sagt Flo. »Der schöne Trommlerjunge.« Sie wendet sich an mich. »Da geht's um einen Jungen in der Krippe mit dem kleinen neugeborenen Jesus, und alle beschenken das Baby, aber der arme Junge bekommt keinen Penny. Alles, was der Junge kann, ist die Trommel schlagen.«

Ich werfe Flo einen irritierten Blick zu. Das macht sie ständig. Die bekanntesten und allgegenwärtigsten Geschichten nacherzählen, als hätte sie sie als erste Person ausgegraben.

Dann wendet sie sich an Charlie und fährt fort. »Aber dann beschließt der Junge, dem kleinen Jesus das schönste Geschenk von allen zu machen.« Mit weit aufgerissenen Augen nickt sie Charlie zu. »Musik«, sagt sie. Dabei klopft sie ihm auf den Oberschenkel, als würde sie ihm die spannende Handlung eines neuen Films erzählen, den sie gerade gestern erst gesehen hat. »Und dann steht der mutige kleine Junge auf und spielt die Trommel, als gäbe es kein Morgen mehr.« Sie hebt den Blick zu dem Mann auf dem Eisblock. »Erzähl ihnen, was dann passiert, Scheißkopf.«

Der Mann nimmt sich einen Moment Zeit, um Flos Zurechnungsfähigkeit einzuschätzen. »Der kleine Jesus lächelt dem Trommlerjungen zu«, sagt er schließlich.

Flo schlägt mir auf den Oberschenkel. »Jap«, stimmt sie strahlend zu. »Das Kind, das nichts hatte, bekommt am Ende das schönste Geschenk, das es an Weihnachten überhaupt gibt: ein Lächeln von Jesus.«

Sie wendet sich an Charlie. »Darin liegt eine Lehre für dich, junger Charles: Selbst wenn du nichts hast, kannst du immer noch alles bekommen.«

»Danke, Flo«, sagt Charlie ungerührt. »Ich kann's kaum erwarten, bis der Rest der Welt von der Reise dieses außergewöhnlichen kleinen Jungen erfährt.«

Flo wendet sich wieder mir zu. »Was ist mit dir, Kind?«, fragt sie. »Was findest du an Weihnachten am schönsten?«

»Weihnachtsgeld«, antworte ich.

Sie lächelt und bedenkt mich mit einem langen Blick über die Ränder ihrer Brille, die bis auf die Nasenspitze heruntergezogen ist. »Was du nicht sagst«, gibt sie trocken zurück. »Sehr subtil, Kind.«

Sie zwinkert Ephraim zu, der zur Antwort nickt und dann fortfährt, das Bargeld aus unseren Geldbeuteln zu zählen.

»Haben diese Studenten dir Ärger gemacht?«, fragt Flo.

Ephraim hört die Frage und wartet ebenso gespannt auf die Antwort wie Flo. Reds Gesicht schiebt sich vor mein inneres Auge. Scheißgroßer, dummer Kokainschwachkopf-Monsterjunge-Idiot.

»Nee«, sage ich. »Alles gut.«

»Du bist gut nach Ebbw Vale gekommen, Charlie?«, fragt sie.

»Lief wie am Schnürchen, Flo«, antwortet Charlie. »Und man spricht es *Ebbuh* Vale aus. Nicht *Ebwer* Vale. Das ist Walisisch.«

»Hmmm«, gibt Flo zurück. »Du kennst nicht zufällig auch den Ursprung des Ausdrucks ›Knuckle Sandwich‹, wie?«

»Der ist, glaube ich, irisch, Flo«, sagt Charlie ungerührt.

Ephraim geht um seinen Tisch herum und reicht uns jeweils einen versiegelten Briefumschlag mit Bargeld. Unser Anteil an den Lieferungen. Der Mann auf dem Eisblock verdreht seinen Körper und wechselt das Standbein.

Ich stecke das Geld ein und drehe mich zu Flo um. »Kann ich dir eine Was-wäre-wenn-Frage stellen?«

»Eine Was-wäre-wenn-Frage?«

»Genau. Du weißt schon, was wäre gewesen, wenn Hitler bei seiner Geburt auf den Kopf gefallen wäre? Was wäre gewesen, wenn der junge Don Bradman lieber Schach gespielt hätte? Was, wenn Australien von James Brown statt James Cook entdeckt worden wäre?«

»Du kannst mich alles fragen, Liebes.«

»Was, wenn ich dir sagen würde, dass ich aufhöre?«

»Aufhören womit?«

»Aufhören mit dem hier. Aufhören, Drogen für dich auszuliefern.«

Flo verdaut die Frage einen Moment und wiegt zweimal die Gartenschere in der Hand.

Charlie beugt sich vor und schüttelt über Flos Körper hinweg entschieden den Kopf in meine Richtung. »Wovon, zum Teufel, redest du?«, fragt er.

Flo dreht sich in ihrem Stuhl zu mir um und legt die Ellbogen auf der Rückenlehne ab. Volle Aufmerksamkeit von Lady Flo höchstpersönlich. »Nun, Schätzchen, dann würde ich dich fragen, warum du eine so vielversprechende Karrieremöglichkeit aufgeben willst«, sagt sie. »Eine Möglichkeit, das lass dir gesagt sein, die dich in den letzten Monaten über Wasser gehalten hat und dir eine mehr oder weniger gesicherte Existenz ermöglicht hat, trotz der unglücklichen Umstände, in denen du und deine verschiedene Mutter euch wiedergefunden habt.«

»Zuerst einmal war Erica Finlay nicht meine Mutter«, sage ich. »Und zweitens ist das nicht das Leben, in dem ich mich in Zukunft sehe. Ich bin nicht der Mensch, der ich sein wollte. Mein Leben war ein einziger großer, schrecklicher Fehler. Alles ist falschgelaufen. Die Geschichte ist falsch. Ich bin vollkommen falsch.«

»Was ist falsch daran, wer du bist?«, fragt Flo. »Du hast doch eine anständige Position hier, oder etwa nicht? Klar, dein Van könnte mal 'ne Reparatur vertragen, aber du schlägst dich doch ganz gut durch, oder?«

»Ich habe das Gefühl, ich renne immer noch weg«, gebe ich zurück.

»Und wovor, Liebes?«, fragt Flo.

»Vor dem Leben, das ich führen sollte«, antworte ich. »Ich stecke im falschen Leben. Ich hätte das eigentlich nicht für dich machen sollen. Ich hätte eigentlich keinen Stoff für Lady Flora Box ausliefern sollen.«

»Und was hättest du stattdessen tun sollen, Liebes?«

»Ich glaube, ich sollte ein dreijähriges Studium in visuellen Künsten am Queensland College of Art machen. Ich glaube, ich sollte lernen, wie ich meine Zeichnungen in großartige Gemälde verwandle. Ich glaube, ich sollte eine weltberühmte Künstlerin werden. Ich glaube, in mir steckt eine schöne, glänzende Version meiner selbst, und je länger ich hier bei dir bleibe, desto schwerer ist diese Version von mir zu erkennen. Und ich glaube, deine Welt, Flora, wird diesen Menschen in mir töten. Wenn ich es weiterhin zulasse. Und deshalb muss ich aufhören, für dich zu arbeiten.«

Flora sieht mich gedankenverloren an. Ich lese Verständnis und Mitgefühl aus ihrem Blick. Doch dann wiehert sie vor Lachen. »Hast du das gehört, Ephraim?«, sagt Flo. »Da ist eine weltberühmte Künstlerin gefangen in unserem kleinen Moon-Street-Straßenkind. Ich frage mich, wen ich wohl in mir stecken hab, der unbedingt raus und die Welt sehen will.«

Ephraim dreht sich zu Flo um und zieht die Brille auf die Nasenspitze herunter. »Du hast den Premierminister von Australien da drinstecken, Flo.«

»Ach, ist das so?«, gibt Flo zurück. »Und du, Ephraim, du hast den Gouverneur von Queensland in dir stecken, und der spießige Bastard wäre dir dankbar, wenn du aufhören würdest, all diesen Plattfisch mit Bierkruste zu essen!«

Lachend lässt sie sich in ihren Stuhl zurückfallen. Doch dann wird ihre Miene ernst. »Tut mir leid, Liebling.« Sie tätschelt meinen Oberschenkel, und ihre Hand landet genau auf der Tasche mit Detective Toppings Smartphone. »Ich schätze mal, deine arme Spinnerin Erica Finlay hat dir nie alles darüber erzählt, was es bedeutet, für Flora Box zu arbeiten. Wenn du einmal in dieser speziellen Branche angefangen hast, dann kannst du nicht einfach so aufhören. Tut mir leid, deine Blase platzen lassen zu müssen, Süße, aber du hast dir einen Job fürs Leben angelacht.«

Sie kommt mir so nah, dass ich die Härchen unter ihren geblähten Nasenflügeln sehen kann. Und eine Dunkelheit, wie ich sie noch nie zuvor in ihrem Blick und ihren zitternden Lippen gesehen habe. »Und um ehrlich zu sein, geht es mir am Arsch vorbei, wer da in deinem schlaffen Sack Knochen gefangen ist«, flüstert sie. Dann setzt sie im Handumdrehen eine andere Miene auf. Warmes, zärtliches Lächeln. »Haben wir uns da jetzt verstanden, Liebling?«, fügt sie hinzu und klimpert mit den Wimpern hinter ihrer Brille.

Ein Schauder läuft mir den Rücken hinunter. Zum Teufel mit diesem schrecklichen Fehler. Zum Teufel mit dieser leibhaftigen Hölle von einem Leben, das ich nicht hätte leben sollen. Flos Wandel lässt mich staunend zurück. Schätze mal, ich dachte wirklich, ich könnte einfach gehen. Wie dumm bin ich eigentlich? Und dann denke ich an Detective Sergeant Topping und das Handy in meiner Tasche.

»Unten im Well würdest du zwanzig Kids finden, die sich darum reißen, meinen Platz einzunehmen«, sage ich.

»Ich weiß«, erwidert Flo. »Aber keiner könnte so gut mit den Kunden wie du. Du solltest mal hören, was sie mir alles erzählen. ›Das Mädchen ist dazu geboren, die Leute zum Lächeln zu bringen‹, sagen sie. ›Das Mädchen ist dazu geboren, uns glücklich zu machen.‹«

Ich schüttele den Kopf. Mir ist übel. Und das liegt nicht am Eis. Eine Träne rollt mir die Wange hinunter.

Flora entdeckt sie und nimmt meine Hand in ihre. »Oh, Liebes«, sagt sie. »Ich weiß, das ist eine bittere Pille. Aber ich glaube wirklich nicht, dass dein Leben ein Fehler ist, Engelchen. Ich glaube, dass all die Dinge deiner Vergangenheit, die du als Fehler bezeichnest, tatsächlich die Dinge sind, die dich zu einer so wohlgeratenen Frau machen. Die Art von Frau, die ich gern meine Tochter nennen würde. Die Art von Frau, die ich gern Familie nennen würde.«

Sie klopft mir auf die Schulter. »Schluss mit Trübsalblasen«, sagt sie. »Ich habe gute Neuigkeiten für dich.«

Ihre Augenbrauen schießen hoch, und ihre Augen blitzen.

»Was für gute Neuigkeiten?«

»Du wirst befördert.«

Ich sehe Charlie an. Er hat sich besorgt in seinem Stuhl aufgerichtet. Wenn man für Flora Box arbeitet, sind Beförderungen nicht immer eine angenehme Sache.

»Was für eine Beförderung?«

»Du wirst mit Brandon zusammenarbeiten«, sagt Flora.

»Brandon?«, rufe ich aus. Allein bei dem Klang seines Namens windet sich ein Wurm in meinem Magen. »Um was zu tun?«

»Eintreiben.«

»Brandon treibt ein?«, fragt Charlie.

Flo schießt ihm einen scharfen Blick zu, wahrscheinlich beleidigt wegen seines zweifelnden Untertons. »Ja«, sagt sie bestimmt. »Er hat vor drei Monaten angefangen, und es ist in den fünf Jahren, die er im Geschäft ist, der erste Job, der ihm endlich mal gefällt. Ist auch verdammt gut darin.«

Schulden durch Einschüchtern von schwachen ausgestoßenen Junkies eintreiben. Brandon ist für den Job geboren.

»Warum ich?«, frage ich.

»Weil ich will, dass du es tust«, antwortet Flo.

»Warum willst du, dass ich es tue?«

»Weil Brandon will, dass du es tust.«

»Nein«, sage ich gepresst. »Ich will es nicht tun.«

»Warum nicht?«

»Weil es scheißgefährlich ist, Flo.«

»He, fluch nicht in Gegenwart unserer Gäste«, mahnt

Flo und wendet sich an den Mann auf dem Eis. »Entschuldige, Scheißkopf.«

»Mir fehlen die nötigen Muskeln«, sage ich. »Ich bin einfach nicht der Typ dafür.«

»Und aus genau dem Grund bist du perfekt geeignet«, widerspricht Flo. »Du bist einzig und allein da, um zu reden, zu lächeln, ruhig zu bleiben und zu tun, wozu du doch angeblich geboren bist, wie alle sagen: die Leute glücklich machen. Daran ist überhaupt nichts gefährlich.«

Ich blicke auf zu dem armen Scheißkopf, der nach wie vor darum kämpft, auf dem Eis stillzustehen.

»Kann ich dir die Wahrheit sagen, ohne dass du meinen Kopf in eine Schlinge steckst?«, frage ich.

»Du kannst mir alles sagen, Schätzchen.«

»Brandon jagt mir Angst ein.«

Flo spannt dreimal die Gartenschere. »Warum das?«

»Er sieht mich komisch an.«

Flo lacht. »Ach, Liebes.« Mit einem lässigen Wink ihrer Hand wischt sie meine Gedanken fort. »Er mag dich. Er sorgt sich um dich. Und er sieht jeden, um den er sich sorgt, komisch an. Er sieht mich schon sein ganzes Leben lang komisch an.«

Wieder landet ihre Hand auf meinem Oberschenkel. »Ich glaube, es wäre schön für dich, ein bisschen Quality Time mit Brandon zu verbringen. Vielleicht hast du Glück und entdeckst Seiten an ihm, die er bisher vorm Rest der Welt verborgen hat.«

Die Sammlung Rotrückenspinnen auf seinem Schrank? Die Schachtel Fingerknöchel unter seinem Bett? Die Tüte Schädelknochen im Handschuhfach seines Autos?

»Soll ich mir überhaupt die Mühe machen, Nein zu sagen?«, frage ich.

»Nun, wie Erica Finlay es dir hätte beibringen sollen, bevorzugen wir in dieser Branche das Wort Ja.«

Schweigend starre ich geradeaus.

Flo klatscht in die Hände. »Zeit fürs Weihnachtsgeld!«, verkündet sie und zwinkert Ephraim Wall zu. Mit einem kleinen, quadratischen Geschenk, säuberlich eingepackt in Schneemann-Geschenkpapier, schlurft er zu meinem Stuhl.

»Parummpummpumm«, singt Flo.

Ich reiße eine Ecke des Geschenkpapiers ein und lasse eine kleine Geschenkschachtel aus roter Pappe in meine Hand gleiten. Hebe den Deckel hoch.

Darin liegt ein Schlüssel. Ein kupferfarbener Hausschlüssel. Er liegt auf einem kleinen quadratischen Zettelchen, auf dem vier Nummern stehen: 4853. Eine PIN. Ein Code. Eine Kuriosität.

Lady Flo schlägt sich aufgeregt die Hände auf die Brust. »Frohe Weihnachten!«

Detective Sergeant Topping in einem Boot im Sturm mit Rettungsleine

Detective Sergeant Topping in einem Boot im Sturm mit Rettungsleine

Dezember 2023
Stift und Tusche auf Papier

Man beachte den Bärenkopf, den die Künstlerin auf Detective Sergeant Geoff Toppings Körper gesetzt hat. Kunstkritiker beharren darauf, dass der Bär Officer Toppings tiefgreifenden Beschützerinstinkt symbolisiert. Möglicherweise handelt es sich auch um einen Seitenhieb auf sein Widerstreben, im Winter rauszugehen. Die Zeichnung entstand nur wenige Wochen, bevor die Künstlerin Danny Collins auf der Victoria Bridge traf.

Morgens um zehn Uhr dreißig esse ich Toastbrot mit Salami und Mayonnaise in der Tür meines orangen Toyota HiAce. Elizabeth Finlays Kuscheltierelefant liegt auf der Matratze. Ich nehme Detective Toppings Handy aus der Tasche und wähle die Nummer auf der Rückseite. Sechsmal Klingeln, dann: »Dies ist die Nummer von Detective Sergeant Geoff Topping. Bitte hinterlassen Sie eine Nachricht.«

»Hallo, Detective Geoff«, sage ich. »Ich bin's, das Mädchen ohne Namen. Ich ruf bloß an, um Ihnen zu sagen, dass Sie recht hatten mit *Flor…*, mit meiner Chefin. Und ich habe darüber nachgedacht, dass Sie ja Polizist sind. Sie könnten wahrscheinlich jede Wahrheit rausfinden, oder? Sie könnten bestimmt jede Frage richtig beantworten, wenn Sie nur tief genug graben, oder? Dann kommt hier meine Frage an Sie, Detective Geoff. *Wissen Sie, wer Sie sind?* Ich nehme mal an, Sie haben all die nötigen Informationen, um zu wissen, wer Sie sind. Ich nehme mal an, Sie wissen, wer Ihre Mum und Ihr Dad waren, wo sie herkamen, woran sie glaubten und was ihnen bei ihrem Aufwachsen als Wahrheit verkauft wurde. Ich nehme mal an, Sie haben Bilder von sich als kleinem Jungen und ein Verständnis dafür, wie Sie Detective Sergeant Geoff Topping geworden sind, der liebevolle Vater von Felicia und Celine. Aber trotzdem mal Hand aufs Herz: Wissen Sie wirklich, wer Sie sind? Ich erzähle Ihnen jetzt, wer Sie gerade zu sein glauben, und Sie sagen mir, wie gut ich getroffen habe. Ich glaube, Sie sind ein guter Vater, und ich glaube, Sie sind ein guter Ehemann, und Ihre Frau ist schön, aber allzu oft stellen Sie den Kampf gegen das Verbrechen über die Liebe, weil Ihr Sinn für Gerechtigkeit stärker ist als Ihre Hingabe. Sie sind Polizist. Sie sind Vater. Sie sind freundlich. Sie sind mutig. Sie sind gerecht. Sie sind ein guter Zuhörer. Und ... Sie sind ... hmm ... *einsam*. Ja, einsam. Der Gedanke ist mir erst in diesem Moment gekommen. Vielleicht liege ich so falsch wie eine alte Uhr, aber ich habe das Gefühl, in Wahrheit sind Sie das. Aber was weiß ich schon? Jedenfalls nicht, wer ich bin, das ist verdammt sicher.«

Ich lege auf. Lasse das Handy neben mich auf die Matratze fallen. Packe das Bein von Elizabeths Elefant. Er trägt noch immer Elizabeth Finlays Armband. Unter ihrem Namen ihr Geburtsdatum: *23.04.2005*. Angeblich mein Geburtstag. Aber das war bloß eine weitere Lüge von Erica Finlay. Ich weiß noch nicht einmal, wie alt ich bin.

Wieder nehme ich Toppings Smartphone zur Hand. Tippe auf seine Nummer. Die Mailbox springt an. »Ich schäme mich einfach so, Geoff«, sage ich. »Wie konnte ich nur so naiv sein? Als würde sie mich einfach so gehen lassen. Wie dumm kann man sein?! Na ja, scheiß auf sie, oder? Wissen Sie, was? Ich hoffe, dass Ihre Jungs sie kriegen, Geoff. Mir ist jetzt alles egal. Ich dachte, sie wäre so was wie meine Familie. Aber Sie hätten mal sehen sollen, wie sie mich angesehen hat, als sie mir gesagt hat, dass es ihr scheißegal ist, wer in mir steckt.

Flora Box ist nur noch so ein Monster. Noch eine Tyrannenechse.«

Ich lege auf. Schiebe die Seitentür vom Van hinter mir zu. Gehe über den Schrottplatz. Tippe wieder Toppings Nummer ein. Warte seine Ansage ab. »Wenn diese Nachricht Sie erreicht, Detective Geoff, dann treffe ich Sie um drei Uhr nachmittags an der Gallery of Modern Art. Auf dem Rasen am Fluss. Ich werde neben der großen Statue vom umgedrehten Elefanten sitzen. Ich muss heute noch ein paar Orte abklappern, aber hier ist schon mal ein bisschen Futter für Ihr großes Bullenhirn. Ephraim Wall. Ein Typ, den Sie im guten alten Verhörraum wirklich gut in die Mangel nehmen wollen. Der Typ, der für Flo bei all ihren Operationen den Saft rausdrückt. Sie sollten sich einen Gefallen tun und an den Laptop kommen, den er zwischen zwei Schaumstoffmatten im Bett von seinem großen hässlichen Köter aufbewahrt. Hat jede erdenkliche Tarntechnik drauf. Den zu hacken, kann man sich abschminken. Keine Spuren. Das ist der Laptop, mit dem er seine Lieferanten kontaktiert. Mit dem kriegt er die ganzen Lieferungen an Malaysischem Yellowtail rein. Über den Malaysischen Yellowtail wissen Sie Bescheid, oder? Wenn Sie mir diese Blutuntersuchungen ermöglichen, die Sie mir gestern Abend versprochen haben, dann verrat ich Ihnen die Tage, an denen der Malaysische Yellowtail geliefert wird. Ich verrate Ihnen, wie die Päckchen früher in die gefrorenen Fischbäuche genäht wurden und heute in die Eisbeutel um den Fisch herum gelegt werden. Ich verrate Ihnen, mit welchem Laster der Yellowtail geliefert wird. Ich verrate Ihnen sogar, dass der Name vom Lastwagenfahrer ›Schlamm‹ bedeutet. Das ist mal nominativer Determinismus vom

Feinsten, wie, Detective Geoff? Mir ist inzwischen alles egal. Wenn ich die Klatsche kriege, dann bekomme ich vielleicht nur, was ich verdiene. Das nennt man dann den Determinismus der gezogenen Pistole. Ich habe einem Monster geholfen. Ich habe den Überblick verloren, wie viele Pulvertütchen ich inzwischen in der ganzen Stadt für Flora Box verteilt habe. Verdammt, ich bin nicht blöd, Detective Geoff. Ich wusste schon immer, was diese Tütchen mit Menschen machen. Ich wusste schon immer, dass diese Tütchen das Beste in uns töten. Diese Tütchen haben ...«

Das Piepen von Toppings Mailbox sagt mir, dass meine Zeit um ist. Also rufe ich erneut an, um meinen Satz zu beenden. »Diese Tütchen haben meinen Freund George Stringer auf dem Gewissen. Diese Tütchen haben all die schönen, intelligenten Menschen umgebracht, die sich unter der Haut all der traurigen, verzweifelten Menschen in den Vororten verbargen. Manchmal konnten diese Menschen das Beste in sich sehen, und genau deshalb brauchten sie die Tütchen. Dass sie hier und da das Beste in sich selbst aufblitzen sahen, hat sie ja gerade so traurig gemacht. Wissen Sie, Detective Geoff, manchmal geht es einem besser, wenn man nicht weiß, wer man hätte sein können. Ergibt das für Sie irgendwie Sinn?«

Ich lege auf. Gehe die Moon Street hinunter zum Well. Rufe wieder Toppings Nummer an und hinterlasse ihm eine Nachricht über mein Viertel. Über meine Nachbarn und warum sie mir etwas bedeuten. Rufe wieder an und erzähle ihm von Charlie und seinem Alkoholproblem und von Ros und ihrem Spiel- und Clinkers-Problem. Rufe wieder an und erzähle ihm von June und Sully und den Gründen, warum Sully mucksmäuschenstill ist. June hat mir davon erzählt. »Das liegt daran, dass seine Gedanken in seinem Kopf allesamt durcheinandergewürfelt sind und er nicht den richtigen finden kann. Deshalb sagt er meistens einfach gar nichts«, erkläre ich. »Sully ist einer der umsichtigsten und großzügigsten Menschen, die ich kenne. Er nimmt immer meine schmutzigen Klamotten mit zur Wäsche ins Well. Hängt danach sorgsam meine T-Shirts, Shorts und Unterhosen auf der weißen Leine auf, die zwischen dem Wohnwagendach von den Sullivans und dem rückwärtigen Zaun gespannt ist. Und dabei lacht er über die Schmetterlinge, die um die Klamotten herumflattern. Laute, tiefe Nebelhornheuler.«

Ich erzähle Detective Geoff, dass June eine Krankenschwester Ende fünfzig ist, die Nachtschichten im Royal Brisbane Hospital schiebt und Charlie und mich hin und wieder fragt, ob wir ein Auge auf Sully haben können, wenn wir hören, dass er einen Anfall hat. Und ich erzähle Detective Geoff, dass Sully mitten in der Nacht manchmal anfängt zu schreien und ich glaube, dass es etwas mit seinem Vater zu tun hat. June hat mir mal erzählt, dass Sullys Vater eine Tyrannenechse der schlimmsten Sorte war. Grausam und Furcht einflößend, und er hat Sully oft gequält. Als June und Sully aufhörten, den Tyrannosaurustanz zu tanzen, bedeutete das ein überwiegend elendes, aber stets friedliches Leben in einem Wohnwagen im West End und Nachschichten im Krankenhaus, wann immer June an eine kommt.

»Sehen Sie, Detective Geoff«, sage ich. »June steht schon seit zwei Jahren auf der Warteliste für Sozialwohnungen. Meine Freundin Evelyn Bragg drüben vom Well hat June gesagt, sie sei leider eine von vierzigtausend alleinstehenden Frauen über fünfundfünfzig, die in Queensland obdachlos oder von Obdachlosigkeit bedroht sind. Evelyn hat June und Sully auch gesagt, dass sie leider in einem Bundesstaat leben, der im letzten Jahrzehnt um siebenhundertfünfzigtausend Menschen gewachsen ist, und die meisten von ihnen haben sich in genau der Stadt niedergelassen, in der auch sie auf eine Wohnung warten. In einem Bundesstaat, in dem die Obdachlosenzahl dreimal höher ist als im nationalen Durchschnitt. Evelyn sagt, da muss man dann noch all die verfluchten Überschwemmungen dazunehmen, die den Leuten die Häuser wegreißen, ganz zu schweigen von den zweihunderttausend Neuzugängen, die man in den nächsten fünf Jahren aus Melbourne und Sydney erwartet. Hier draußen hat das Gasthaus keine Tische mehr frei, Geoff, ganz egal, wie dick der Geldbeutel ist. Die Wohnblocks sind voll. Die Wagenplätze sind voll. Die Notunterkünfte sind voll. Gibt nicht genug Zelte. Nicht genug Bündel. Nicht genug Schrottplätze, die Schraubern im West End gehören, die mehr Herz als Verstand haben. Sorry, Maria und Josef, ihr müsst weiter nach Adelaide laufen. Aber wie immer, sagt Evelyn, schöpfen wir Hoffnung aus den hellen lächelnden Gesichtern eurer Jugend. Sehen Sie, Detective Geoff, denen da im Anzug in der George Street fliegt die Scheiße langsam richtig um die Ohren, weil sie inzwischen checken, dass auch Arbeiterfamilien mit Kindern auf der Straße leben, nicht nur die üblichen Säufer und Drogenabhängigen, wegen denen sie nicht mal mit der Wimper zucken. Die Leute werden mit der Zeit den kleinen Joey dabei beobachten, wie er jeden Abend im Pancake Manor für seinen Mathewettbewerb lernt und dabei nicht einen verdammten Pfannkuchen bestellt. June sagt, wenn alles glattläuft, bekommt Sully ein Zuhause mit Strom und fließend Wasser, gerade bevor sie zu ihrer Ruhestätte im warmen Boden vom Mount-Gravatt-Friedhof weiterzieht. ›Schönes, gemütliches Loch im Dreck‹, sagt sie. ›Kann's, verdammt noch mal, kaum erwarten.‹ Das nennt man dann wohl bezahlbaren Wohnraum, wie, Detective Geoff?«

Dann atme ich durch, lege auf und rufe wieder an, um das Thema abzuschließen. »Wissen Sie, Geoff, der Grund, warum ich Ihnen das alles erzähle, ist, dass dies die Welt ist, in der Flora Box aufblüht. Leuten wie June drückt sie schon seit Jahren ihren Stoff aufs Auge. Verzweifelten Menschen, die kurz mal vergessen wollen, wer sie sind. Die einfach sich selbst entfliehen wollen, wissen Sie, Geoff? Haben Sie das schon mal gewollt? Sich selbst mal kurz entfliehen? Wegrennen vor dem, der Sie sind? Tja, die meisten Leute in der Moon Street wollen ewig vor sich selbst wegrennen. Deshalb sind Flora Box' Kunden Kunden fürs Leben. Und deshalb müssen Sie sie, verdammt noch mal, drankriegen, mein Freund.«

Ich lege auf.

Von außen wirkt die Begegnungsstätte The Well wie das Hauptquartier einer Stasivernehmungsbehörde: zwei Stockwerke schmuckloser Beton mit Fenstern und Läden. Doch das Innere leuchtet in allen Farben des Regenbogens, und die Wände wurden von den Teilnehmern der Kunstkurse mit Wandgemälden geschmückt. Ich habe dabei geholfen, die riesige Karettschildkröte zu malen, die die lange Südwand des Aufenthaltsraumes im ersten Stock entlangschwimmt.

Heute gibt es einfach zu viele alleinerziehende Mütter in dieser Begegnungsstätte. Mütter, die aufgehört haben, den Tyrannosaurustanz zu tanzen. Gemeinsam mit den meisten Stammgästen haben sie sich in einem Redekreis im Aufenthaltsraum unter dem Fernseher versammelt. Evelyn Bragg hat sie zusammengerufen, um dringende Neuigkeiten zu dem Furcht einflößenden Arschloch zu verkünden, das in der ganzen Stadt Obdachlose erschlägt. Charlie und Roslyn stehen ebenfalls am Rand des Kreises, und Roslyn hält wie alle einen DIN-A4-Zettel in der Hand.

Ich tippe ihr auf die Schulter. »Was ist das?«, frage ich.

Sie dreht sich zu mir um und flüstert: »Die Polizei hat eine Zeugenaussage zu unserem netten Psychokiller in der Nachbarschaft. Er hat's gestern Nacht bei Popeye Lawson versucht. Der alte Pop schlief unter der Mahatma-Gandhi-Statue in Wickham Terrace. Ist davon aufgewacht, dass ein Cricketschläger seinen Kiefer in vier Stücke geschlagen hat. Wären in dem Moment nicht zwei Säufer vorbeigetorkelt, dann wär's das für ihn gewesen.«

Sie reicht mir den Zettel mit einem schwarz-weißen Phantombild von einem Mann mit einem spatenförmigen Kinn und einer Türschwelle als Nase. Er trägt einen Pulli, dessen Kapuze über Stirn und Augen gezogen ist.

»Ich stehe in ständigem Kontakt mit den Polizeidienststellen im Valley, der Stadt und in der Roma Street«, verkündet Evelyn.

Evelyn Bragg ist eine kleine, dünne Frau mit roten Haaren und grüner Brille. Sie trägt einen farbenfrohen Cardigan und grüne Dunlop-KT-26-Joggingschuhe mit farbenfrohen Socken. Wenn es sein muss, ist sie streng und Fucht einflößend, bleibt dabei aber immer freundlich. Trunkenheit und Diebstahl sind unter ihrem Dach ein absolutes No-Go. Für den Fall, dass es Ärger gibt, hat sie stets die Nummer eines großen samoanischen Polizisten an der Hand. Er heißt Tristan, arbeitet auf der Wache von West End, und ich habe ihn einmal dabei beobachtet, wie er die Klinge eines Stahlmessers in der Hand eines ausrastenden Treibenden auf Koks abgebrochen hat.

»Ich meine es wirklich ernst und rate euch dringend, euch gut zu überlegen, wo ihr heute schlaft«, sagt Evelyn. »Das ist nicht das erste Mal, dass kaputte Menschen unserer obdachlosen Gemeinschaft gefährlich werden. Wegen dieses überaus feindseligen Individuums ist die Frage, wo ihr in diesem Sommer im Freien schlaft, eine von Leben und Tod geworden. Bitte schlaft nicht allein oder an exponierten Orten. Keine dunklen Ecken in Parks und keine abgeschiedenen Orte im städtischen Raum. Wenn es irgend geht, haltet bitte hier vor Ort ein Nickerchen in den Tagesbetten. Solltet ihr nachts schlafen, dann bitte zu zweit oder in Gruppen und in Einkaufspassagen oder in der Nähe von Polizeiwachen. Oder sucht euch ein Plätzchen, das von Überwachungskameras abgedeckt wird. Schlaft oder dämmert nicht in den Mangroven am Fluss weg.«

Ich stoße Charlie den Ellbogen in die Seite und zische: »Damit bist du gemeint, Trottel.«

»Schlaft nicht auf Baustellen«, fährt Evelyn fort. »Und, verflucht noch mal, bloß nicht im botanischen Garten.« Sie wirft einen Blick auf den Ordner in ihrer Hand und blättert zu einer neuen Seite voller Notizen. »So, dann geht's von eiskalten Mördern direkt weiter zu den fünfunddreißigsten Olympischen Spielen!« Einige lachen und klatschen, andere buhen und pfeifen dramatisch.

»Dieser Ort ist für die meisten von euch das einzige Zuhause«, sagt Evelyn. »Wenn ihr wollt, dass er überlebt, dann müsst ihr diese Petition unterschreiben. Die Mistkerle werden das Well nicht kampflos bekommen.«

Letzten Monat wurde Evelyn davon in Kenntnis gesetzt, dass die Queenslander Behörden planen, die Moon Street – samt der Hälfte ihrer Gebäude, Wohnblocks und orangen Toyota HiAces – in das Sportlerdorf für Mitglieder des italienischen Teams bei den Olympischen Spielen 2032 zu verwandeln, die erstaunlicherweise in unserer braunen Stadtflussschlange von Brisbane unterkommen werden.

»Bitte zeigt der Regierung, dass ihr Schutz- und Begegnungsstätten für wichtiger haltet als Sport«, ruft Evelyn. »Ich stehe genauso auf die Olympischen Spiele wie jede andere rothaarige Lesbe, aber wir haben soziale Verantwortung. Wir dürfen den Hunger nicht vergessen. Wir dürfen die Verzweiflung nicht vergessen …«

»Und wir dürfen auf keinen Fall Dulcies Pavlovas vergessen«, ruft ein alter Stammgast namens Jock Sinclair, von dem die meisten glauben, dass er seine jüngste Krebserkrankung nur wegen seines ungebrochenen Glaubens an die Rhabarber-Pistazien-Pavlovas des Kantinenkochs Dulcie Prior überlebt hat.

»Guter Punkt, Jock«, sagt Evelyn. »Wenn du die Petition wegen nichts anderem unterschreibst, dann mach's wenigstens wegen Dulcies Pavlovas.«

Evelyn ist die inoffizielle Bürgermeisterin der Moon Street. Ihr Herz ist größer als eine Ananas und ihr Charakter ebenso stachlig. Evelyn liebte Erica Finlay wie eine Schwester, und Erica liebte Evelyn sogar noch mehr als Evelyn sie. Evelyn bedeutet »die Leben Schenkende«.

Seit zehn Jahren Leiterin des Well, wurde Evelyn gewürgt, bespuckt, und ihr wurde eine Gabel in den Bauch gerammt. Doch vor allem wurde sie von Tausenden Besuchern umarmt, die kommen, um die sechs Tage Service der Anlaufstelle wahrzunehmen. Heiße Duschen. Essen. Beratung. Entzug von Drogen und Alkohol. Arbeitssuche. Rund zweihundert kostenlose Mittag- und Abendessen pro Tag, serviert von Freiwilligen, die Evelyn in der Küche des Well unterstützen. In der Stadt Brisbane sind rund sechstausend Obdachlose unterwegs, und rund dreitausend von ihnen haben Evelyn an irgendeinem Punkt in ihrem Leben schon mal umarmt. Manche Stammgäste sind Junkies, denen der Absprung nicht gelingt. Manche sind einsam und manche verloren. Viele haben bezahlte Jobs, die jedoch die Mieten der immer schwerer zu ergatternden Wohnungen nicht abdecken. An einem Tag ist noch alles schön, am nächsten alles von der Inflation und zu knappem Wohnraum zerstört.

»Und zu guter Letzt, meine Damen und Herren«, setzt Evelyn an und reckt mit Blick auf meine Nachbarn aus Oz, Serge und Samantha, die neben Evelyn Händchen halten, den Daumen in die Höhe. Seit Sam am Morgen von Erica Finlays Tod aus Serges Holden Jackaroo stieg, haben die beiden was am Laufen. »Serge hat euch noch was zu sagen.«

Serge kratzt sich die Wange und tritt widerstrebend in den Kreis. Trotz der fünfunddreißig Grad draußen trägt er wie immer seinen olivgrünen Cardigan. »Ja, ähm, danke, Ev«, sagt er. »Ich wollte euch allen nur sagen … ähm …« Er fängt an zu weinen und reibt sich mit den Fingern die Augen. »Ich werde Vater!«, ruft er unter

Tränen aus. Dann legt er einen Arm um Sam. »Und noch viel besser: Sammy wird Mutter!«

Jeder Gast im Well jubelt. Ohrenbetäubende Pfiffe.. Tex Bishop, ein sonnenverbrannter Alki mit einer fertig gerollten Zigarette in der Hand und einem keuchenden Lachen wie Keith Richards', verpasst ihm einen heftigen Schubs, den Serge mit einer Umarmung abfängt. Danach weint Sam an Serges Schulter, und ich würde am liebsten mein Handy nehmen und Detective Sergeant Topping von all den schönen Dingen erzählen, die sich in der Moon Street ereignen. Ich will ihm die Geschichte von Serge Martin erzählen.

Früher war er Panzerfahrer der australischen Armee, doch dann ging er zu einer Saisonendfeier des Footballvereins Mayne Australian Rules in Enoggera im Nordwesten Brisbanes. Dort verstrickte er sich in einen Streit mit einem jungen, vielversprechenden Footballspieler, der gerade seiner eigenen Verlobten eine Kopfnuss verpasst hatte. Daraufhin warfen sich zwei Freunde des jungen Footballspielers auf Serge, und einer von ihnen hielt eine Bierflasche in der Hand, die er Serge, ohne zu zögern, über den Kopf zog. Dabei zerschnitt und verletzte er sein linkes Auge so sehr, dass es für immer erblindete. Die Armee verlor Serge, und Serge verlor seinen Verstand in billigem Fusel und Pillen. Der Gemeindepfarrer der St.-Peter-Apostelkirche auf der Canoe Street, Father Joseph Kikelomo, fand Serge eines Samstagmorgens vor fünf Jahren bewusstlos auf der Freiwurflinie des öffentlichen Basketballplatzes in Davies Park. Father Joe brachte Serge ins Krankenhaus und besuchte ihn während seiner Genesung in der folgenden Woche fünfmal. Bei seinem fünften Besuch weinte Serge und redete über seine Angst, wieder auf die Straße zu gehen, weil er sich sicher war, dass er sich absichtlich eine Überdosis an irgendwas Gepanschtem setzen würde.

Alles, was Father Joe dem entgegenzusetzen hatte, waren ein paar Worte aus der Bibel: »›Die Nacht ist vorgerückt, der Tag ist nahe herbeigekommen.‹«

Doch dann stand er auf und zog den olivgrünen Cardigan aus, den er trug. »›So lasst uns ablegen die Werke der Finsternis und anlegen die Waffen des Lichts.‹« Und er überreichte Serge den Cardigan. »Ich möchte, dass Sie diesen Cardigan tragen, wenn Sie das Krankenhaus verlassen.«

»Warum?«, fragte Serge.

»Weil dieser Cardigan Ihre Waffe sein wird«, erwiderte Father Joe. »Ihre Waffe des Lichts. Wenn Sie diese Waffe tragen, werden Sie sich stark fühlen. Vielleicht sogar stark genug, um den letzten Schuss zu vergessen.«

Was auch immer dich um Mitternacht auf der Moon Street durchbringt. Sterne- und Mondszenen durch Rostlöcher im Autodach. Verlässliche Fineliner, Kopflampen und leeres weißes Papier. Oder hässliche olivgrüne Cardigans wie der, den Serge in den folgenden sechs Monaten jeden einzelnen Tag trug, selbst den halben sengenden Brisbaner Sommer hindurch, bis er sich sicher war, dass seine seltsame neue Waffe des Lichts ihn zum ersten Mal in einem halben Jahrzehnt hatte clean und nüchtern werden lassen.

Ein paar Wochen nachdem Serge sich als dauerhafter Bewohner von Oz in seinem nutzlosen Holden-Jackaroo-Wrack eingerichtet hatte, malte er auf eine abgebrochene Zaunlatte ein Willkommensschild und steckte es in die weiche Erde neben seinem Auto: *Es geht doch nichts über ein Zuhause.*

»Sie ist noch ganz am Anfang«, erzählt Serge gerade seinen Freunden im Well. »Aber so weit scheint bei Sammy alles gut zu laufen.«

Ich schlinge die Arme um Sam und gebe Serge einen langen Kuss auf die Wange.

»Danke«, sagt er.

»Jetzt noch ein paar für einige traurige, aber insgesamt gute Neuigkeiten«, verkündet Evelyn. »Unserer Leiterin für Übergangsunterkünfte, Sita, und den Engeln bei Bric Housing ist es gelungen, den beiden nach Sams Babynachricht eine Einzimmerwohnung in – Teufel noch mal – Spring Hill zu besorgen. Oh ja, meine Damen und Herren, ich spreche von einer richtigen Wohnung mit einem Dach und fließend Wasser! Gelobt sei Gott, verdammt!«

Die Well-Besucher jubeln und johlen, und Evelyn reckt eine Faust in die Luft. »Und jetzt müsst ihr mir vergeben, Serge und Sam, aber ich habe ein paar von euren Freunden schon früher eingeweiht, und sie möchten euch mit reichen Gaben überschütten!«

Ein paar Stammgäste reihen sich in einer Schlange auf und präsentieren Serge und Sam ihre Geschenke, als wären sie in einem Königspalast und beschenkten den König und seine Königin.

»Ich will euch meinen Heizstrahler geben«, sagt einer.

»Hier ist meine elektrische Pfanne«, sagt ein anderer.

»Das ist das Passwort zu meinem Netflix-Konto.«

»Nehmt meinen Toaster.«

»Das ist ein iPad. Sorry wegen der Risse im Display.«

»Das ist ein Strampler. Unbenutzt.«

Nachdem sich die Versammlung aufgelöst hat, gehe ich zu Evelyns Büro hinüber, um sie abzufangen, bevor sie sich in die Schreibtischarbeit stürzt.

»Na, du«, sagt Evelyn. »Alles fein, Patsy Cline?«

»Gut wie nie, Brenda Lee«, gebe ich zurück.

»Was hast du so getrieben?«

»Gearbeitet.«

»Lady-Flo-Arbeit?«

Ich nicke zweimal.

Enttäuscht schüttelt Evelyn den Kopf. »Du bist dir im Klaren darüber, dass sie nicht deine Freundin ist, oder? Du weißt, dass diese Frau nicht in der Lage ist, irgendjemanden zu lieben außer ihren Sohn.«

»Ja, habe ich gehört«, erwidere ich. »Du, kann ich dich mal was fragen?«

»Ja, aber ich sag's dir gleich, ich hab keine Gutscheine mehr von Woolies.«

»Ich bin nicht auf der Suche nach Woolies-Gutscheinen.«

»Was suchst du dann?«

»Ich suche einen Platz an der Kunsthochschule«, sage ich. »Ich habe mir die Kurse am Queensland College of Art angesehen.«

Evelyns Miene hellt sich auf. Sie verschränkt die Arme vor der Brust und nickt begeistert. »Na, das wird ja auch höchste Zeit, Patsy Cline, mein Sonnenschein. Du bist viel zu begabt, um als Lieferantin für Flora Box draufzugehen.«

»Und du bist der Burner, Tina Turner. Wie ist das, hilfst du hier immer noch Straßenkindern, sich für die Uni einzuschreiben und all das?«

Evelyn lächelt. »Ja, all das machen wir hier noch.

Jeden Mittwoch zwischen zwei und vier haben wir eine Beauftrage für den dritten Bildungsweg im Haus.«

»Kannst du mir bitte einen Termin machen?«

»Ja, das kann ich. Aber unter einer Bedingung.«

Ich bin ihr weit voraus. »Ich soll aufhören, für Flora zu arbeiten?«

Evelyn zwinkert mir zu. »Siehst du, das meine ich. Begabt.«

Ich wende mich zum Gehen.

»Wie willst du das mit dem Geld machen?«

Ich drehe mich wieder zu Evelyn um. »Welches Geld?«

»Die dreißig Riesen oder so, die es dich kostet, drei Jahre auf die Kunsthochschule zu gehen.«

»So viel kostet das?«

»Ja, so viel kostet das. Warum? Wie viel hast du denn gespart?«

Ich denke einen Moment nach. »Sechsundzwanzig Dollar und fünfundachtzig Cent.«

Evelyn lächelt. »Na ja, das ist ein Anfang«, sagt sie. »Und noch etwas brauchst du.«

»Was denn?«

»Einen Namen«, antwortet sie.

»Daran arbeite ich.«

»Verdammt noch mal höchste Zeit«, sagt Evelyn. Und dann geht sie pfeifend in ihr Büro. »Crazy« von Patsy Cline.

Nach dem Mittagessen springe ich über den Maschendrahtzaun zwischen dem Well und der St.-Peter-Apostelkirche in der Canoe Street und laufe durch das Gras zu Esthers Loch an der Rückseite der Kirche. Dort lasse ich mich auf die Knie fallen und blicke in die schwarze gähnende Leere hinter einer kleinen dreieckigen Öffnung, durch die die meisten Erwachsenen nicht passen würden.

»Bist du da, Esther?«, frage ich.

Aus der Finsternis ertönt die Stimme einer älteren Frau. »Ja, ich bin da.«

»Ich hab gehört, du willst mich sprechen?«

»Ja, ich muss dir was sagen.«

»Was musst du mir sagen, Esther?«

»Bist du allein?«

»Ja, ich bin allein. Was gibt's?«

»Du musst dich vom Fluss fernhalten«, sagt sie.

»Warum?«

»Weil ich von dir geträumt habe.«

»Ja, Charlie hat mir davon erzählt. Du hattest wieder einen Hochwassertraum.«

»Das war nicht bloß noch so ein Hochwassertraum«, widerspricht sie.

Ich höre, wie Esther von einem Apfel abbeißt.

»Ist das ein Pink Lady?«, frage ich sie.

»Royal Gala«, gibt sie zurück.

»Hast du noch mehr?«

Ein weicher, reifer rot-oranger Apfel rollt sanft aus Esthers schwarzem Loch durch das Gras auf mich zu.

Ich beiße zwei große Stücke ab. »Charlie hat gesagt, du hast Erica Finlay in deinem Traum gesehen«, bemerke ich und wische mir Apfelsaft aus den Mundwinkeln. »Sie hat unter Wasser eine Tasse Tee vorm Starbucks im Myer Centre getrunken.«

»Oh ja, das hat sie«, bestätigt Esther. »Hat einfach nur unter Wasser dagesessen. Ganz entspannt. Ich weiß noch, wie sie mir erzählt hat, das sei ihr Lieblingsplatz.

Sie hat mir erzählt, ihr beide würdet da oft sitzen und durchs Fenster die Leute beobachten, die vorbeigehen und nichts davon bemerken. Sie hat gesagt, es fühle sich an, als wärt ihr unsichtbar. Sie würde immer einen Tee bestellen und du einen Erdbeermilchshake.«

»Frappé«, verbessere ich.

»Was 'n das?«, ruft Esther aus ihrem Loch.

»Ich habe immer Erdbeerfrappé bestellt und Erica einen Earl Grey«, erkläre ich.

»Ganz genau«, sagt Esther. »In meinem Traum hat sie einfach ihren Tee geschlürft, und all die Menschen und die Dinge, die es so in der Stadt gibt, sind um sie herumgeschwommen. Mülltonnen. Hunde an der Leine. Autos. Scooter. Skateboards. Ich habe sogar eine Schachtel Krispy-Kreme-Donuts vorbeischwimmen sehen.«

»Und was soll das alles heißen?«, frage ich.

»Ich glaube, wir können mit Sicherheit davon ausgehen, dass wir vor Ende des Sommers ein weiteres Hochwasser haben werden«, antwortet Esther. »Und zwar ein großes. Ich glaube, diesmal wird die gesamte Moon Street weggespült. Dein Van. Trevors Werkstatt. The Well. Diesmal geht alles unter. Unsere Tage sind gezählt, Kind.«

Esther klingt zwar manchmal wie ein verrückter Prepper, aber zu ihrer Verteidigung muss ich sagen, dass es sich in den letzten drei oder vier Jahren um diese Jahreszeit am Fluss immer ein bisschen düster und schwermütig angefühlt hat. Früher haben die Leute immer von Jahrhundertüberschwemmungen gesprochen, doch in letzter Zeit bekommt man den Eindruck, die Jahrhundertüberschwemmung überrollt uns alle zwei oder drei Jahre.

»Ich glaube, diesmal könntest du falschliegen, Esther«, sage ich.

»Das hoffe ich doch sehr«, sagt sie. »Aber ich glaube trotzdem, du solltest dein Zeug zusammenraffen, nur für den Fall.«

»In den letzten zwei Monaten hat es noch nicht mal geregnet«, widerspreche ich.

»Du klingst wie der Bäcker in Pompeji, der gesagt hat: ›Der Vulkan ist in den letzten zwanzigtausend Jahren nicht ausgebrochen.‹«

»Na ja, mich beunruhigt das so oder so nicht«, sage ich. »Hab eh kein Zeug, das ich vor der großen Sintflut retten müsste.«

»Und was ist mit all diesen wunderschönen Zeichnungen?«, fragt sie.

Ich zucke die Achseln und beiße erneut vom Apfel ab. »Tja, momentan sind die nicht viel wert, fürchte ich.«

»Momentan nicht«, sagt Esther. »Aber warte erst mal ab, bis du dir einen Namen gemacht hast.«

Esther Inthehole ist davon überzeugt, dass ich mir eines Tages einen Namen machen werde. Esther Inthehole ist außerdem davon überzeugt, dass sie die Zukunft vorhersehen kann. Aber Esther Inthehole sagt auch, dass wir alle die Zukunft vorhersehen können. Zumindest ein bisschen. Jeden Tag erhaschen wir einen Blick auf Dinge, die noch nicht geschehen sind, sagt sie. Wir sehen Kinder auf der Rutsche oder der Schaukel spielen und in ihnen die Männer und Frauen, zu denen sie heranwachsen werden. Wir lesen morgens den Himmel und planen dementsprechend unser Picknick am Nachmittag. Wir beobachten Frischverliebte, wie sie sich küssen, und haben unsere ganz persönliche Vision, wie es mit ihnen weitergehen wird. Ein Tennisball springt dreimal über eine Straße voller fahrender Autos, und ein kleiner Junge will um jeden Preis hinterher. Da sind wir uns sicher, was als Nächstes passieren wird, denn wir haben es schon erlebt. Wir prüfen unseren Kontostand, und wir sehen, wie unsere Jahre sich entwickeln werden. Wir starren in Spiegel und sehen, wie unsere Gesichter in ein paar Jahrzehnten Risse, Tränensäcke und Falten bekommen werden. Eine liebende Mutter beobachtet, wie ihre Tochter im Hochzeitskleid nervös den Kirchengang hinunterläuft, und sie dreht den Kopf zu dem Mann um, den dieses tolle Mädchen heiraten wird. Da sieht sie durch die rückwärtigen Fenster ihres Geistes und in ihrer Magengrube eine Zukunft, in der diese frische weiße Liebe zu Schlamm wird, und sie würde am liebsten vor all ihren alten Freunden aufstehen und schreien: *»Bitte tut nicht, was ich getan habe!«* Und sie will die Hand ihrer Tochter packen und mit ihr wegrennen, doch als ihre Tochter sie anlächelt, kann sie nichts weiter tun, als zurückzulächeln und eine Träne der Freude und des Leids zu verdrücken.

Wir alle haben Eingebungen und Instinkte, Ahnungen durchzucken uns. Wir prophezeien jeden Tag. Dieser Job wird mich glücklich machen. Auf dieser Party werde ich mich langweilen. Diese Liebe wird mir wehtun. Wir verlassen Kinos, weil wir ahnen, was auf der Leinwand geschehen wird. Wir lesen mitreißende Liebesgeschichten, erzählt von jungen Romantikern, genau wie wir es sind, und glauben zu wissen, wohin die Geschichte führt, weil wir es ganz sicher alles schon mal gelesen haben.

Aber eines Tages wirst du mit einem Prinzen tanzen, hat Erica Finlay gesagt. Damals klang es, als könnte sie die Zukunft vorhersehen. Ich fühlte mich wie Aschenputtel. Als würde dort draußen auf der Palasttreppe meines Schicksals ein Prinz auf mich warten. Dabei ist Schicksal bloß etwas, über das wir Künstlertypen gern nachdenken, weil es dem ganzen furchtbar zufälligen Zeug, das sich an einem Tag ereignet, Sinn einhaucht. *Aber eines Tages wirst du mit einem Prinzen tanzen*, hat Erica Finlay gesagt. Als hätte sie die Wahrheit gekannt. Esther sagt, Erica konnte in die Zukunft blicken. Aber ich weiß, dass Erica nur Augen für die Vergangenheit hatte.

»Du hast Erica am Tisch gegenübergesessen«, fährt Esther fort, ihren Traum zu beschreiben.

»Ach ja?« Wieder beiße ich von meinem Apfel ab.

»Ja. Du hast dein Getränk ausgetrunken, Erica angelächelt und wolltest gehen, aber sie hat dich am Handgelenk gepackt und zurückgelächelt.« Esther schweigt einen Moment. »Weißt du, dieses schöne Lächeln vermisse ich.«

»Ja, ich weiß.«

»Dann ist ihr Lächeln verschwunden«, fährt Esther fort. »Und du hast auf die Hand hinuntergeblickt, die dich gepackt hielt, und die Nägel haben sich in Klauen verwandelt. Und dann hast du ihr ins Gesicht gesehen, und es hat sich in ein Monstergesicht verwandelt. Du hast versucht wegzuschwimmen, aber das Monster war stärker. Es hat den Träger von deinem Kleid gegriffen, und du konntest nicht länger die Luft anhalten und hast angefangen, Wasser zu schlucken.«

»Und was ist dann passiert?«, frage ich.

»Nichts«, sagt Esther. »Das war's. Dann bin ich aufgewacht.«

Ich beiße noch zweimal ab und werfe den Apfelbutzen in eine Blumenhecke, die den rückwärtigen Zaun des Kirchengeländes begrenzt.

»Was bedeutet das alles, Esther?«

»Es könnte alles Mögliche bedeuten.«

»Oder auch gar nichts«, wende ich ein. »Oder wie das so oft in Träumen ist: Vielleicht bedeutet es, dass dir kalt war und du die Decke wieder hochziehen musstest.«

»Oder«, sagt Esther, »es könnte bedeuten, dass ich dich all die Nächte am Fluss gesehen habe, wie du dasitzt und unter der Victoria Bridge ins unruhige Wasser starrst. Ich hab dich da im Mondlicht mit deinem Skizzenbuch im Schoß gesehen. Als würdest du auf etwas warten. Darauf, dass jemand seinen Kopf aus dem Fluss steckt und das schlammige Ufer zu dir hochkriecht. Schleimig und voller Matsch und Flussschlamm. Wie ein Seeungeheuer aus dem schwarzen Abgrund. Wie ein Monster.«

Vor mein inneres Auge schiebt sich das Bild von Esther im Schatten der Nacht. Die Frau ohne Gesicht, wie sie in den Mangroven steht und mich dabei beobachtet, wie ich im Mondlicht zeichne. Der schlammig braune Fluss glitzert nachts, als wäre er der sauberste der Welt.

»Schön zu wissen, dass du ein Auge auf mich hast, Esther«, sage ich.

»Ich habe ein Auge auf dich«, bestätigt Esther. »Ich wache über dich.«

»Vielleicht bist du so was wie mein Schutzengel, Esther.«

»Nee, ich bin nur eine alte Hexe im Loch, die will, dass du dich von diesem Fluss fernhältst.« Und in dem Moment, als sie das sagt, landet etwas Nasses auf der bloßen Haut meines Haarscheitels. Und dann landet etwas Nasses auf dem Zeh meines linken Stiefels.

Ich blicke zum Himmel auf: Zum ersten Mal seit zwei Monaten regnet es.

Um drei Uhr nachmittags hat der Regen die üblichen Leser, Tagträumer und Liebenden vom Rasen rund um die Gallery of Modern Art vertrieben. Den Rucksack schützend über dem Kopf, Toppings Smartphone fest in der rechten Hand, sitze ich mit feuchtem Hintern auf dem Rindenmulchboden um die Bronzestatue eines großen Elefanten, der aussieht, als wäre er einen Berg hinuntergerollt und auf seinem großen runden Kopf gelandet. Meine Ellbogen ruhen auf einem seiner bronzenen Stoßzähne.

Da ertönt hinter mir von der anderen Seite der Statue eine Stimme. »Bitte gratuliere Serge und Sam von mir«, sagt Detective Topping.

Als ich mich umdrehe, entdecke ich ihn mit dem Ellbogen auf den anderen Stoßzahn gestützt, das Gesicht von mir weggedreht. Lässiges T-Shirt, Jeans und Leder-Flip-Flops. Knalloranger Regenschirm überm Kopf.

Zwei große bronzene Ohren, zwei große Augen und ein Rüssel zwischen uns.

»Was, zur Hölle? Woher wissen Sie von Serge und Sam?«

Er zeigt auf das Handy in meiner Hand. »Das ist kein normales Smartphone«, sagt er.

Ich blicke nach unten. »Sie sind ein Arschloch.«

»Tut mir leid.«

»Was ist es dann?«

»Ein ferngesteuertes Abhörgerät«, antwortet er. »Eine mobile Wanze.«

»Sie haben die ganze Zeit zugehört?«

Er nickt.

»Was sind Sie nur für ein verdammtes Arschloch.«

Er zuckt die Schultern und nickt wieder. »Ich habe deine Nachrichten erhalten«, sagt er. »Solche Informationen sind für unsere Ermittlungen von unschätzbarem Wert.«

»So viel wert, dass Sie sich jetzt verpissen und mich in Ruhe lassen?«

»So viel nun auch wieder nicht«, sagt er. »Aber wertvoll genug, um mein Versprechen zu halten.«

Er wirft mir über den Rüssel ein Kärtchen zu. Darauf steht eine Adresse.

»Das ist unsere Pathologieabteilung«, erklärt er. »Sie rechnen mit dir. Du lässt dein Blut analysieren, ich besorge dir Antworten.«

»Wie lange brauchen Sie dafür?«

»Wofür?«

»Um rauszufinden, wer ich bin?«

»Schwer zu sagen«, erwidert er. »Hängt ganz davon ab, wer du bist.«

»Und was soll ich in der Zwischenzeit machen?«

»Du gehst mit Brandon Box arbeiten«, sagt Topping.

»Aber ich hasse Brandon Box. Er ist ein Monster.«

»Bring ihn einfach zum Reden. Bring ihn dazu, sich ein für alle Mal aus deinem Leben zu reden. Glaubst du, das schaffst du?«

»Habe ich denn eine Wahl?«

»Momentan kann ich dir etwa so viele Wahlmöglichkeiten anbieten wie Flora Box«, gibt er zurück. »Der

Unterschied ist nur, dass keine dieser Möglichkeiten mit dir in einer Kiste endet.« Topping steht auf und wischt sich Rindenmulch vom Hintern. »Hat Flora dir ein Weihnachtsgeschenk gegeben?«, fragt er.

Ich nicke und sehe den kupferfarbenen Hausschlüssel vor mir. Die PIN kenne ich auswendig: 4853.

»Was hat sie dir gegeben?«

Schnell lege ich mir eine Antwort zurecht und halte dabei seine Karte an die Brust gedrückt. »Einen Copic-Fineliner. Mit einer Einmillimeterfeder. Der beste Zeichenstift der Welt.«

Topping nickt und vergräbt die Hände in den Taschen seiner Jeans.

»Hat mir gefallen, deine Frage.«

»Welche Frage?«

»›Wissen Sie, wer Sie sind‹?«

»Na ja, ich dachte, wenn das jemand weiß, dann Sie.«

»Ich habe ein bisschen nachgeforscht.«

Das bringt mich zum Lächeln. »Irgendwelche handfesten Spuren?«

»Jede Menge«, gibt er zurück. »Dachte, von meiner Mum bekomme ich vielleicht eine Aussage. Oder von meiner Frau. Ich brauche mehr handfestes Beweismaterial, um einen Fall aufzubauen. Aber ich glaube, gestern Abend hatte ich einen Durchbruch.«

»Was war gestern Abend?«

»Ich habe meine jüngste Tochter ins Bett gebracht und getan, was Erica Finlay gesagt hat. Einem Kind dreißig Sekunden oder länger in die Augen geschaut. Ich habe Celine gefragt, ob ich das bei ihr machen kann. Da hat sie gelacht, mich an den Wangen gepackt und meinen Kopf so nah an ihren gezogen, dass sich unsere Nasen fast berührt haben. Und wir haben's länger durchgehalten als dreißig Sekunden. Wir müssen auf drei Minuten oder noch mehr gekommen sein, schätze ich.«

»Drei Minuten?«, rufe ich aus. »Wow, stabile Leistung. Und, haben Sie ihn gesehen?«

»Was gesehen?«

»Den Sinn des Lebens?«

»Ja, ich glaube, das habe ich wirklich.«

»Was haben Sie denn gesehen?«

»Das kann ich dir nicht sagen.«

»Warum nicht?«

»Weil ich nicht spoilern will.« Damit wendet er sich zum Gehen. Auf halbem Weg über den Galerierasen sagt er über die Schulter: »Das musst du selbst für dich rausfinden.«

»Aber das kann ich nicht!«, rufe ich ihm nach.

»Warum nicht?«

»Weil ich keine Kinder kenne.«

37
Christina
und der
Löwe

Christina und der Löwe

Dezember 2023
Stift und Tusche auf Papier

Während sie im Fluss der Sorgen schwimmt, umklammert die Künstlerin ihr Skizzenbuch, als wäre es eine Boje, die sie über Wasser hält. Vor sich stößt sie auf ein Leuchtfeuer in der unwahrscheinlichen Form eines kleinen Mädchens, das auf einem gutbürgerlichen Briefkasten steht. Es gibt wenige Figuren, die die Künstlerin mit solcher Sorgfalt und Hingabe gezeichnet hat. Offenbar empfand sie eine tiefe Verbindung zu dem jungen Mädchen, dessen Identität nicht vollends geklärt ist. Weithin wird jedoch angenommen, dass es sich um die titelgebende Christina handelt.

Die Eingangstür ist rot und das kleine Holzhaus weiß. Doyle Street Nummer 37, Oxley. Während die Mutter sich umdreht und die Tür abschließt, hält sie die Hand ihrer Tochter. Doch das Kind entwindet sich ihrem Griff, hüpft den braun gepflasterten Weg zum Tor hinunter und öffnet den schwarzen Briefkasten aus keinem anderen Grund, als hineinzuschauen. Dann läuft sie zum Tor hinaus und vollführt, offensichtlich berauscht von ihrer Flucht, drei Sternsprünge auf dem Grasstreifen. Sie trägt ein blaues Tutu und silberne Glitzerballerinas. In der Hand hat sie ein Kuscheltier. Simba aus *Der König der Löwen*. Fröhlich sprintet sie zwanzig Meter den Grasstreifen entlang.

»Christina«, ruft ihre Mutter. »Warte auf mich.«

Bless da Silva schließt das Gartentor zu ihrem Haus. Hier stand sie bei der Pressekonferenz, als sie Erica Finlays Kapuzenpulli in die Fernsehkameras hielt.

Reinweißes Licht auf ein weißes Blatt Papier zu malen, ist unglaublich schwer. Das Licht entsteht durch die Dunkelheit drum herum. Doch dieses inzwischen fast dreijährige Mädchen ist reinstes Licht, ohne Dunkelheit. Es ist reine Freude. Aus dem Fluss gefischt und mit diesem perfekten Moment im Vorort belohnt.

Mutter und Tochter schlendern zum Stadtpark am

Ende der Straße. Das Paradise ist eine Sportanlage samt Basketballplatz in einem Park in Oxley, Brisbane, nur elf Haltestellen vom Hauptbahnhof entfernt an der Ipswich-Linie. In meinem Kopf halte ich diesen Moment mit dem Stift fest. Verwandle all dieses Leben in Linien aus schwarzer Tinte. Der violette Jakarandabaum, unter dem sie eine Pirouette vollführt. Die rot-schwarz gepunktete Haarspange, die ihre Haarspitzen wie einen Kaktus hochstellt. Die beiden Regenbogenloris, denen sie nachjagt und die sie dann mit dem Blick verfolgt, wie sie in die Wolken fliegen.

Sie treffen eine Freundin von Bless, die einen Sohn etwa im selben Alter wie Christina hat. Er trägt ein T-Shirt mit dem Aufdruck *Give Peas a Chance*.

Eine Tunnelrutsche, Drehscheiben und Wippen. Eine Festung aus Metall, Plastik und weißen Seilen. Ein Klettergerüst. Eine Hängebrücke aus Holz. Bless und ihre Freundin schlürfen Kaffee aus wiederverwendbaren Bechern. Zu ihren Füßen stehen Beutel mit mitgebrachten Snacks und Plastikwasserflaschen in grellen Farben. Und dann gibt's da noch mich, auf mein Fahrrad gestützt und außer Sichtweite an einem hohen schwarzen Metallzaun. Ein Stalkermädchen auf der schiefen Bahn.

Aber so ist es nicht. Ich will sie ja nur noch mal sehen. *Schön, dich wiederzusehen, Christina. Du erinnerst dich bestimmt nicht an mich. Ich habe damals die Hand ausgestreckt und dich aus dem Fluss gezogen. Darf ich mich vorstellen? Mein Name ist. Mein Name ist. Mein Name ist.*

Christina und ihr Löwe gehen auf eine Drehscheibe, die aussieht wie eine Teetasse auf dem Picknicktisch bei *Alice im Wunderland*. Sie bettelt ihren Freund an, ihr

Anschwung zu geben. Wer könnte diesem Gesicht schon widerstehen? Also packt er den Rand der Tasse und stemmt die Füße in den Sand, als wäre es der Startblock eines Sprinters. Sie dreht sich im Kreis. Das Flussmädchen. Die Schwerkraft zieht seinen Kopf nach hinten, und es blickt in den endlosen Himmel mit weißen Wölkchen auf. »Woooow!«, jubelt es, während es sich dreht.

Die Welt dreht sich. Für uns alle. Vor allem für Christina. Und sie bringt mich zum Lachen. Es bricht aus mir heraus und veranlasst Bless da Silva, den Kopf in meine Richtung zu drehen. Einen Moment begegnen sich unsere Blicke. Die Stille des Wiedererkennens. Und dann sein Schrecken. Vergangenheit steht ihr ins Gesicht geschrieben.

Ich stehe hier schon viel zu lange. Schnell aufs Fahrrad und nichts wie weg.

Aber eines Tages wirst du mit einen Prinzen tanzen

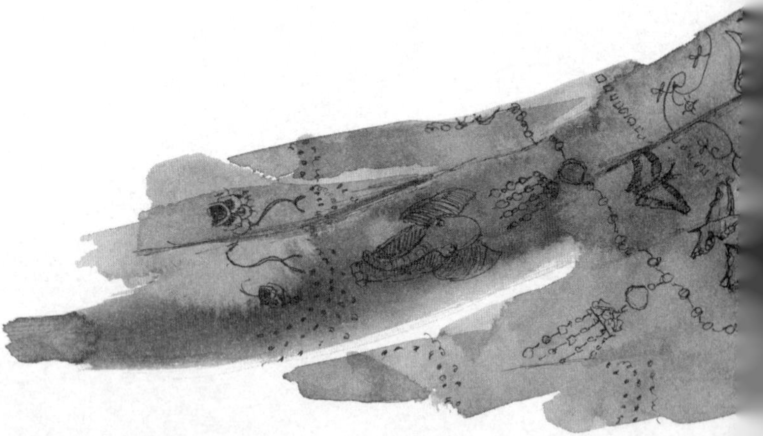

Aber eines Tages wirst du mit einem Prinzen tanzen

Dezember 2023
Stift und Tusche auf Papier

Man beachte die Flecken am linken Rand des Papiers. Kunstwissenschaftler dachten zunächst, es handele sich um Weißweinflecken, wahrscheinlich aus dem Glas des berüchtigten jungen Alkoholikers Charlie Mould. Doch nach eingehenden chemischen Analysen wird angenommen, dass sie von chlorhaltigem Wasser verursacht wurden. Eines der optimistischsten Werke der Künstlerin und ganz offensichtlich die Zeichnung einer jungen Frau, die zunehmend an Liebe, Schicksal und den Wert schrecklicher Fehler glaubte.

Alles, was ich mir zu Weihnachten wünsche, ist ein Freund.

»Zähl mit«, sagt Charlie, ein dünner, sonnenverbrannter neunzehnjähriger Säufer mit einem dünnen, nassen Schwanz in roten Bonds-Boxershorts, während er sich in das Schwimmbecken rollt. Das Wasser spritzt hoch, und ein paar Tropfen landen auf seinem Rotweinglas am Beckenrand.

Ich, eine dünne, schmächtige Achtzehnjährige in einem zwei Jahre alten BH und Unterhose, bewaffnet mit Skizzenbuch und Stift, beobachte Charlie von der Sonnenliege aus. Wie ein Stück Treibholz klatscht er ins Wasser und sinkt blubbernd zum Grund des Beckens ab.

»Ein Burpengary«, fange ich an. »Zwei Burpengary. Drei Burpengary. Vier Burpengary.«

Charlie stellt sich tot. Und ich zähle im Kopf mit. Zwölf Burpengary. Dreizehn Burpengary. Wenn er wirklich gehen würde, dann würde ich ihn natürlich begleiten. Beste Freunde sollten immer gemeinsam reisen. Sunshine Coast auf der Landsborough-Linie. Gold Coast auf der Helensvale-Linie. Ipswich auf der Rosewood-Linie. Der Himmel auf der Perlentor-Linie. *Klopf, klopf.*

Einunddreißig Burpengary. Zweiunddreißig Burpengary.

Schätze mal, das hier nennt man eine Villa. Nicht wie man sie in Beverly Hills von Beyoncé findet, sondern die australische Version in Brisbane. Zwei Stockwerke gotischer Sandstein. Steiles Schindeldach. Eine Zufahrt, die so lang ist, dass Charlie die gesamte erste Hälfte des Songs »Jesus Walks« von Kanye geschafft hat, während wir vor Anbruch der Dämmerung zum Haus liefen.

Wir befinden uns im hügeligen Norden der Stadt. Hamilton Hill. Freier Blick auf den sich dahinschlängelnden braunen Brisbane River, aufgrund des dichten Sichtschutzes aus alten Jakarandabäumen, Kampferbäumen und Moreton-Bay-Kastanien jedoch auf keinen einzigen Nachbarn. Die Zufahrt endet an einem ovalen Rosengarten, in dessen Mitte ein Springbrunnen steht, den ein nackter, geflügelter, männlicher Engel krönt. Sandsteinsäulen flankieren weiße Marmorstufen, die zu einer herrschaftlichen weißen Eingangstür führen. Heute Morgen um vier Uhr dreißig wirkte sie auf mich, als bräuchte man drei starke Diener, um sie zu öffnen und die Morgenzeitung reinzuholen.

Der Swimmingpool befindet sich im rückwärtigen Garten, ganz am Ende eines Rasenstücks von der Größe eines halben Fußballfelds. Das Gras, im Zickzack gemäht, um ein Schachbrettmuster zu erzeugen, scheint restlos begeistert davon, am Leben zu sein.

Zweiundvierzig Burpengary. Dreiundvierzig Burpengary. Charlie ist eine Aquarellmalerei am Grund des Beckens. Ich stopfe Skizzenbuch und Stift zurück in meinen Rucksack und springe in den Pool. Das Wasser ist vom halben Tag Sommersonne aufgewärmt. Zwei kräftige Züge Brustschwimmen, und schon treibe ich unter

Wasser in Totenhaltung über Charlie, der die Augen geschlossen und seine Haut-und-Knochen-Arme vor der Brust verschränkt hält. Dracula, wie er in seinem Sarg schläft. Langes, dichtes braunes Haar, das unter Wasser die Form von Flammen annimmt. Eine kleine perlenförmige Luftblase entfleucht seinem linken Nasenloch, und er öffnet langsam die Augen. Als er mich sieht, lächelt er. Das tut er immer, wenn er mich sieht. *Lass uns in diesem Moment bleiben, Charlie. Lass uns niemals zurück an die Oberfläche steigen. Lass uns nie zurückgehen. Lass uns nie wieder zur Arbeit gehen. Lass uns einfach hier unten bleiben.* Am Grund eines Swimmingpools in Hamilton Hill, hoch über der Stadt.

Ich tippe mir ans rechte Ohr. Wenn er mich hören kann, soll er nicken.

Und hier unten, auf diesem blauen Unterwasserplaneten, nickt Charlie.

Da schreie ich: »Libellenstich!«, und er schreit dasselbe Wort zurück. Wenn man unter Wasser »Libellenstich« schreit, dann sieht es nämlich genauso aus und hört sich genauso an, als würde man »Ich liebe dich« schreien. Libellenstich. Libellenstich. Libellenstich. *Ich liebe dich. Ich liebe dich. Ich liebe dich.*

»Libellenstich, Charlie!«, schreie ich wieder. Und die Liebe zu meinem Freund verwandelt sich in Luftblasen, und vielleicht sind Luftblasen alles, was sie verdient. Charlie lacht. Dann kommt er näher. Fünfundfünfzig Burpengary. Sechsundfünfzig Burpengary. Nah genug, um mich zu küssen, und nah genug, dass ich mir Sorgen mache, er könnte mich küssen. Siebenundfünfzig Burpengary. Achtundfünfzig Burpengary. Er schreit seine Worte nicht. Er formt sie bloß.

»Ich liebe dich«, sagt er. Und dann ist er bei neunundfünfzig Sekunden außer Atem und schwimmt an die Wasseroberfläche, während ich auf den Grund sinke.

Friedlich hier unten. Ruhig. Mein persönlicher Tauchrekord sind zwei Minuten und sechzehn Sekunden. Eine volle Minute länger, als die meisten Menschen den Atem anhalten können. Heute habe ich das Gefühl, ich könnte hier unten mindestens zwei Minuten lang aushalten. Vielleicht weil Weihnachten ist und meine Lungen vom Weihnachtsgeist beseelt sind.

Wie immer verbringe ich die rund zwei Minuten damit, über Vererbung nachzudenken. Woher kommt meine Augenfarbe? Woher kommen diese schwimmenden Finger? Woher kommen meine Lungen? Mein Atem? Mein Herzschlag? Mein Herz?

In der Villa mit noch nassen Haaren vom Schwimmen. Meine Arme und Beine riechen nach Chlor. Charlie wählt unten im Keller einen Rotwein zum Mittagessen aus. Stille. Ruhig am Weihnachtsfeiertag. Barfuß tappe ich durch den Flur. Ölgemälde hängen an den Wänden.

Diese Szene zeichnen. In schwarzer Tusche auf Papier in meinem Kopf festhalten. *Die Künstlerin und das Haus ihrer wildesten Träume.* Sechs große Zimmer. Drei auf jeder Seite des Korridors. Die Küche sieht aus, als gehörte sie zu einem Dreisternerestaurant. Im Speisezimmer steht ein Esstisch, der fast so lang ist wie der ganze Raum. Gutes Holz. Ob so Mahagoni aussieht? Ich streife mit den Fingerspitzen über die Tischplatte. Kein Staub. In der ganzen Bude kein einziges Staubkörnchen. Ich nehme mir vor, Charlie zu fragen, ob er nach dem Weihnachtsessen eine Partie Lufthockey spielen will.

Das gerahmte Ölgemälde einer Familie an der Wand am hinteren Ende des Tisches. Vater, Mutter, Tochter, Sohn. Stolz sieht der Vater in seinem Anzug aus. Und liebevoll, wie er den linken Arm um seine Frau gelegt hat, die wiederum in ihrem violetten Kleid und den wallenden braunen Haaren so glamourös wirkt, als wäre sie *Zeit der Sehnsucht* entstiegen. Ihre Tochter wirkt intelligent und sportlich und gutherzig und erfolgreich und alles, was Eltern sich noch so wünschen könnten. Und der Sohn. Er sieht jünger aus als die Tochter. Sein Lächeln fällt nicht so breit aus wie das der anderen. Es wirkt, als wollte er dem Maler des Porträts etwas sagen. *Ich tue das nur ungern. In der Sekunde, wenn du hier fertig bist, springe ich auf mein kanariengelbes Rennrad und bin weg. Lasst mich gehen.* Seine Hände hängen aus braunen Anzugärmeln. Man könnte ihn fast als braunen Vintage-Anzug bezeichnen, schätze ich. Braune Lederschuhe. Karamellfarbenes Haar. Muskulös. Sportlich. Irgendwie gut aussehend. Also wirklich irgendwie verdammt gut aussehend. Etwas an seiner Ausstrahlung erinnert mich an den bemalten Stromkasten in der Moon Street: *U R MAGNETIC*. Einschlagend. Wie ein Blitz am Himmel. Oder ein Streichholz. Wie Feuer.

»Wer bist du?«, frage ich mich laut, während ich den gut aussehenden Typen in seinem braunen Anzug anstarre, Sohn des Königs und der Königin dieses unglaublichen Hauses. Und dann kommen mir Erica Finlays Worte in den Sinn. »Aber eines Tages wirst du mit einem Prinzen tanzen«, flüstere ich.

»Frohe Weihnachten«, hat Flo gesagt. Das Geschenk bestand in einem Hausschlüssel und der Adresse eines

Luxushauses in Hamilton Hill. Außerdem die vierstellige PIN für das Sicherheitspad neben der Wäschekammertür auf der Rückseite des Hauses.

Flo macht das nicht zum ersten Mal. Im Gegenteil, für sie ist es eine Standardpraktik. Bloß ein Weg für einen verzweifelten Brisbaner Junkie, seine Schulden bei Flo und Ephraim zu begleichen – dem Mann, den besagter Junkie womöglich mit einem Akkuschrauber in der Nähe lauern sieht. Du kannst deine Schulden bei Flo nicht begleichen? Dann braucht sie bloß den Ersatzschlüssel zu einem Haus von jemandem, den du liebst. Das Haus deiner Eltern. Das Haus deines Onkels. Das Haus der Eltern deiner Ex-Freundin. Einen Schlüssel von jemandem zu klauen, den du liebst, ist schließlich die einfachste Sache der Welt. Du weißt, wo du ihn findest. Und wenn es eine Alarmanlage gibt, dann braucht Flo den Code. Gibt es Videoüberwachung, dann wird sie dich nett bitten, sie auszuschalten. Und schon sind deine Schulden beglichen. Keine weiteren Fragen.

»Die Familie ist in ihrem jährlichen Sommerurlaub in Noosa«, erklärte Flo. »Bleibt bitte unsichtbar.« Flo sagt, die besten Diebe seien die unsichtbaren. Diejenigen, die wenig und geduldig klauen. Unsichtbare Diebe hinterlassen ein Haus anstandslos. Als wäre es nie betreten worden. Kein Einbruch. Kein auf den ersten Blick ersichtlicher Diebstahl. Manche Menschen sind von Zeit, Ort und Geburt so gesegnet, dass sie kaum mitbekommen, welche Schätze geborgen wurden und welche vielleicht zufällig in die Ritzen im alten Dielenboden unter der Kommode gerollt sind. Der unsichtbare Dieb stiehlt eine Kette im April und kommt im September wegen eines Diamantensteckers wieder. Niemals beide Ohrringe auf einmal.

Die Trägerin der Ohrstecker wird erst im Dezember zu ihrem Mann sagen: »Verdammt, Schatz, ich glaube, die Putzfrau hat einen meiner Diamantstecker aufgesaugt.« Und eine halbe Stunde später wird ihr dämmern: »Verdammt, Schatz, ich glaube, die Putzfrau bestiehlt uns.«

Unseren Besuch verdanken wir dem hübschen Mädchen im Familienporträt. Laut Flo heißt sie Samara Collins. Hell strahlender Stern im Alter von einundzwanzig Jahren. Ehemalige Vizeschulkapitänin von Somerville House. Studiert Jura an der University of Queensland. Hell strahlender Stern und rasende Meth-Süchtige, die in einer schwindelerregenden neunmonatigen Gruppenballerei die Schulden bei Lady Flo auf fünfzehntausend Dollar plus Zinsen hochgeschraubt hat. Laut Flo beging Samara in ihrem ersten Jahr an der Universität den dummen Fehler, sich in einen windigen und abgebrannten zweiundzwanzigjährigen Stipendiaten für Englische Literatur zu verlieben. Er hieß P.J. Gleeson und lebte in einer Dreizimmerwohngemeinschaft in Kelvin Grove, die ausschließlich aus Meth-Süchtigen bestand.

Panisch und verängstigt hingen Samara und P.J. in den Sitzsäcken im Wohnzimmer des Kelvin-Grove-Hauses, während Ephraim Wall über ihnen aufragte und ihnen in allen Einzelheiten darlegte, in welchen Währungen Lady Flo das Geld akzeptierte, das sie ihr schuldeten. »Sie nimmt Dollars«, erklärte Ephraim, »als Scheck, Banküberweisung oder was auch immer euch lieber ist. Außerdem nimmt sie auch Knochen. Zehen, Finger, Ohren – was auch immer euch lieber ist.«

Dann sah er Samara Collins in die Augen. Er kannte ihre ganze Familiengeschichte, die sich bis zu ihren pastoralen Vorfahren in den 1840er-Jahren zurückverfolgen ließ. Er wusste von ihrem Ururgroßvater Henry Collins, Teilhaber der landesweit ersten Bank, einer Zweigstelle der Bank of New South Wales, die im November 1850 in der Queen Street öffnete. Er wusste von dem historischen Familienhaus in Hamilton Hill, erbaut 1908 von Samaras Urgroßvater, dem ehrenwerten Alfred Talbot Collins, Richter am Obersten Gerichtshof von Queensland. Er wusste, dass Samaras Vater Conrad Collins hieß und Miteigentümer der Anwaltskanzlei Collins Lambert in der Eagle Street war. Er wusste, dass Samaras Mutter Gwynne Collins hieß. Er wusste, dass ihr Bruder Danny Collins hieß. Er kannte sogar Samaras Zweitnamen.

»Und sie nimmt das Geld auch in Form eines einfachen Hausschlüssels von dir, Samara Eleanor Collins«, schloss Ephraim.

Ich mag es hier. Es ist warm. Es ist familiär. Überall führen Fenstertüren auf kleine Balkone. Dekorative Türbögen führen zu herrschaftlichen Wohnzimmern mit Flügeln und Schränken voller teurer Weine und Whiskeys und Bücherwänden, in denen sich teure und seltene Hardcoverausgaben aneinanderreihen. Teppiche so groß wie Squashfelder. Zedernholz. So viel Zedernholz, dass mich der Geruch an die Zeit erinnert, als Erica und ich durch die Wälder in der Nähe des Mary River spazierten.

»Mehr Wein?«, ruft Charlie. Er sitzt am anderen Ende des langen, formellen Collins'schen Familientisches. Ich sitze ihm gegenüber, und es fühlt sich an, als befände sich ein ganzes Cricketfeld zwischen uns.

»Nee danke«, rufe ich.

Das ist unser Weihnachtsessen. Unsere Teller sind beladen mit Dingen, deren Fehlen man im Kühlschrank oder der Vorratskammer nicht bemerken wird. Eingelegte Speisen. Käsescheiben. Türkische Delikatessen. Ein Glas gefüllte Oliven. Entenleberpastete. Bioorangen und Chilischokolade.

Neben Charlies Teller liegt eine alte Hardcoverausgabe von *Moby-Dick*. Er hat sie aus der Bibliothek mitgehen lassen und will sie Flo als Dankeschön überreichen. Aus dem Weinkeller hat er eine Flasche Penfolds Bin 169 Cabernet Sauvignon von 2009 ausgesucht, die seiner Schätzung nach fünfhundert Dollar wert sein muss. Charlie sagt, Mr. Collins wird nichts davon merken, weil unten im Keller mindestens hundert Flaschen Rotwein herumstehen und sechs davon Penfolds Bin 169 Cabernet Sauvignon von 2009 sind.

Charlie schenkt sich nach und hebt sein Glas. »Es war mal ein Mann aus Nantucket«, dichtet er grölend, »der brachte den Wein gleich im Fass mit. Er liebte ihn rot, doch sein Geschmackssinn war tot, drum sagt' er bei jedem Schluck: ›Fuck it!‹« Und damit stürzte er das ganze Glas runter.

»Ich wünschte, du würdest aufhören, so hart zu saufen, Charlie«, sage ich.

»Kann nicht, will nicht, kannst mich nicht zwingen, kein Grund, es überhaupt zu versuchen«, sagt er in Maschinengewehrsalven.

»Was, wenn Sterben ein Grund wäre?«

»Hab keine Angst vorm Sterben«, gibt er zurück.

»Was, wenn ich ein Grund wäre?«

Er beißt sich auf die Oberlippe. Dann lächelt er und hebt das Glas in meine Richtung. »Jetzt gibt's einen

Grund«, sagt er. Ernster, als ich erwartet hätte.

»Ohne die Sauferei wärst du wunderschön«, sage ich. »Weniger stachelig. Weniger schlechte Manieren. Die meisten Leute finden die Welt im Suff leichter zu ertragen. Ich glaube, bei dir wäre es andersherum. Ich glaube, du hast nüchtern mehr Geduld.«

»Scheiße, nee«, widerspricht Charlie. »Ohne den Alk wäre ich ein Riesenarschloch. Elend. Verrückt. Aber vielleicht auch brillant.«

»Das ist doch lächerlich. Komm mal hier rüber«, fordere ich ihn auf.

»Wieso? Ich wollte meine Mahlzeiten schon immer so einnehmen«, ruft Charlie mir über den langen Tisch zu. »Dann fühl ich mich wie Bill Gates. Noch besser, wie Bruce Wayne. Alfred«, poltert er. »Mehr Wein!«

Er hält die Flasche hoch und studiert die Binde. »2009. Gutes Jahr.«

»Wo warst du 2009?«, frage ich.

»Ich hab mit den Robinsons gelebt«, antwortet er. »Die waren Mormonen. Gute Leute. Riesige Mahlzeiten jeden Abend. Aber Mrs. Robinson hat einen vegetarischen Hackbraten gekocht, der nach Gülle geschmeckt hat.«

»Wie macht man denn einen vegetarischen Hackbraten?«

»Drei Tassen Linsen, zwei Teelöffel Hefe, eine Tasse beste Absichten«, sagt Charlie. »Wo warst du 2009?«

»Keine Ahnung«, erwidere ich. »Ich war vier. Aus der Zeit erinnere ich mich nur an jede Menge Sand und Hitze. Ich glaube, wie waren irgendwo am Rand der Wüste in Südaustralien. Ich erinnere mich an all diese Löcher im Boden. Hunderte. Tausende. Wo wir auch hingingen, die waren überall. Erica hat mir gesagt, ich solle mich von ihnen fernhalten, weil ich hineinfallen und sterben könnte, und niemand würde mich je finden.«

»Was waren das für Löcher?«

»Hab ich nie rausgefunden.«

»Klingt wie Gräber«, sagt Charlie. »Du warst im Land der Toten.«

»Na, Ipswich war es jedenfalls nicht.«

»Fick dich, ich bin in Ipswich geboren«, röhrt Charlie. Er nimmt eine eingelegte Zwiebel von seinem Teller und wirft sie nach mir. Lachend ducke ich mich.

»Hör auf, Sachen rumzuschmeißen«, warne ich ihn. »Wir müssen unsichtbar bleiben. Alles picobello hinterlassen. Wie wir es vorgefunden haben.«

Ich nippe an meinem Wein und sehe mich im Zimmer um. »Ich will weiter hierherkommen, Charlie. Ich glaube, das könnte unser besonderer Ort sein. Ein Ort, auf den wir uns freuen. Jedes Mal, wenn die Familie im Urlaub ist, kommen wir her. Und jedes Mal bleiben wir unsichtbar. Dann können wir immer wiederkommen. Wenn wir es immer so hinterlassen, wie wir es vorgefunden haben.«

Lächelnd zieht Charlie einen einzelnen Ohrring aus der Tasche und hält ihn zwischen Daumen und Zeigefinger hoch. Ein goldenes Kreuz mit kleinen Diamanten, die in jedem Quadrat des Kreuzes eingefasst sind. Er hebt den Ohrring ins Licht, das durch die raumhohen Buntglasfenster einfällt.

»Genauso, wie wir es vorgefunden haben«, sagt er.

Als der Abend anbricht, ziehen wir ins Wohnzimmer um und setzen uns unter den Weihnachtsbaum der Collins.

Alles, was ich mir je an Weihnachten gewünscht habe, ist ein Weihnachtsbaum so groß wie dieser, geschmückt mit roten und goldenen Kugeln und Porzellanengeln und Glocken, die von den Zweigen hängen. Und einem glänzend goldenen Stern auf der Spitze.

Ich sitze im Schneidersitz auf dem Teppich unter dem Baum. Charlie liegt auf dem Rücken, sein Kopf ruht auf einem Kissen und das Weinglas zwischen Arm und Rippenbögen.

»Du denkst an Erica Finlay«, stellt Charlie fest.

»Ich denke ständig an sie.«

»Du vermisst sie, oder?«

»Warum sollte ich die Frau vermissen, die mein Leben zerstört hat?«, gebe ich zurück.

»Kein Problem«, antwortet er. »Liebe ist ziemlich stark, Prinzessin. Ich habe schon immer die Menschen geliebt, die mein Leben zerstört haben. Ich hasse sie alle miteinander. Aber ich liebe sie auch. Weil Liebe stärker ist als Hass. Und auf jeden Fall viel stärker als Zerstörung.«

Charlie holt tief Luft und gibt einer goldenen Kugel, die an den unteren Zweigen hängt, mit dem rechten großen Zeh einen Schubs. »Weihnachten ist echt lausig«, stellt er fest. »Bringt die Leute nur dazu, zu viel nachzudenken.«

Ich nicke dreimal. Strecke den linken Arm aus und lege ihn Charlie um die Schultern. Dann sehe ich ihm in die Augen, beuge mich nach unten und drücke ihm einen sanften Kuss auf die linke Wange. »Danke, Charlie.«

»Wofür?«

»Dafür, dass du der Bruder bist, den ich nie hatte. Der mit mir an Weihnachten neben einem Baum sitzt. Dafür, dass du meine Familie bist.«

Charlie nickt. Er schweigt einen Moment und schubst wieder die goldene Kugel mit dem Zeh an. »Kann ich dir eine Was-wäre-wenn-Frage stellen?«

»Du kannst mich alles fragen, Charlie.«

»Was, wenn ich mehr als nur ein Bruder für dich wäre?«, fragt er.

Ich wende den Blick ab und sehe zu Boden.

»Was, wenn ich aufhöre zu trinken?«, fragt er. »Was, wenn ich mich zusammenreiße? Was, wenn ich losziehe und mir einen richtigen Job suche? Tischler oder so was. Buchhalter. Der Typ, der dir bei The Good Guys einen Fernseher verkauft. Ich bin ein guter Typ. Ich könnte so was machen. Was, wenn ich uns auf irgendeine Liste eintrage, damit wir eine nette Wohnung bekommen? Was, wenn ich uns von diesem verdammten Schrottplatz hole?«

Nun setzt er sich auf und stellt sein Glas neben sich ab. Streckt die Hand aus, und seine Handfläche legt sich sanft unter mein Kinn. »Ich mein's ernst«, sagt er. »Schon immer. Und das wird auch so bleiben.«

Ich lasse den Kopf sinken und umfasse sein Handgelenk.

»Libellenstich«, flüstert er, und sein Gesicht kommt meinem ganz nah. Seine Lippen nähern sich meinen. Unsere Nasenspitzen berühren sich. Ich spüre seinen Atem. Und ich denke ans Rad schlagen. Will ich durch dieses Leben gehen, oder will ich darin Rad schlagen? Wie würde E.P. Buckle im Nachhinein über diesen Moment in meiner Zeit auf Erden reden, während er durch die Ausstellungsräume des Metropolitan Museum of Art schlendert? Ich will leben, wie große Künstler es getan haben. Ich will mutig leben. Kühn. Ich will gewagte

Entscheidungen treffen. Ich will ihn jetzt küssen, aber ich will ihn nicht länger küssen. Weil er mir mehr bedeutet als Leidenschaft. Ich liebe diesen Jungen mehr als Gefahr und Begehren. Ich liebe diesen Jungen mehr als Kunst. Und deshalb wende ich mein Gesicht von seinem ab und ziehe seinen Körper in die Umarmung, die ich an Weihnachten brauche. Ich drücke meine Familie eng an mich. Meine Lippen an sein Ohr. »Tut mir leid, Charlie«, flüstere ich.

Das Schlafzimmer eines Prinzen in der Weihnachtsnacht. Stille Nacht, heilige Nacht. Es ist spät geworden, und Charlie ist immer noch unten. Mit dem Kopf auf dem Flügel weggenickt, dort unten am Fuß der riesigen Holztreppe, die mich zu Danny Collins' Schlafzimmer geführt hat. Ein aufgeräumtes Schlafzimmer. Musikposter an den Wänden. Tourposter von australischen Indiebands. Ball Park Music. Camp Cope. King Gizzard & the Lizard Wizard. Ein Bild von John Lennon, wie er den oberkörperfreien Paul McCartney im Schwitzkasten hat.

Ich ziehe Detective Geoffs Smartphone raus. »Hören Sie noch zu, Detective Geoff?«, frage ich. »Sind Sie da draußen irgendwo? Wahrscheinlich kuscheln Sie irgendwo mit Ihrer Frau und Ihren Kindern und trinken Eierlikör. Ich hab ganz vergessen, Sie nach dem Namen Ihrer Frau zu fragen. Lemme, könnte ich mir vorstellen. Theresa? Mabel? Jessica? Lily? Ja, Lily passt. Lily bedeutet ›rein‹.«

An Danny Collins' Wand hängt ein Poster von Alfred Hitchcocks *Vertigo*. Auf seinem Schreibtisch ein Stapel juristischer Bücher. Studienzettel, die mit mir vollkommen rätselhaften Titeln beschriftet sind: *LAWS5172:*

Weiterführende Rechtsprechung, LAWS5165: Jessup International Law Moot. Auf seinem Regal stehen Sporttrophäen. Goldmedaillen im Schwimmen. *U17-Jahressieger Brisbane Nord.* Sieger im Freistil. Sieger im Schmetterlingsstil. Eine Miniatur-DeLorean-Zeitreisemaschine aus der Filmreihe *Zurück in die Zukunft*, die ich mit meinem rechten Zeigefinger auf Dannys Regal vor mir herschiebe, bis ich an eine Pinnwand gelange, die neben seinem Bett hängt. Darauf sind allerlei Dinge gepinnt, darunter ein Button, auf dem steht *Krieg ist Quatsch.*

»Wie haben Sie und Lily sich kennengelernt?«, frage ich in das Handy. »Hat das Schicksal Sie angeschubst und auf der Straße zu Fall gebracht? Haben Sie Ihren Kopf aus dem Staub gehoben und ihre helfende Hand gesehen? Oder haben Sie sich ins Zeug legen müssen? Haben Sie Herzblut reingesteckt? Alles auf eine Karte gesetzt? Stolz, Vertrauen und alles, was Sie sind? Haben Sie ihr alles gegeben? Und war sie bereit, alles von Ihnen anzunehmen?«

Eine Postkarte mit einem saphirblauen Schmetterling, wie ich sie oft in Far North Queensland gesehen habe. Ein zusammengefalteter Fahrplan der Londoner U-Bahn. Ein ausgeschnittenes Bild von Abraham Lincoln. Eine kleine Karte mit einem langen Zitat in winziger Schrift von Walt Whitman über Liebe, Zeit und darüber, im Gras mit denen zusammenzusitzen, für die uns nie genug Zeit bleibt, sie zu lieben. Fotos aus Dannys Teenagerleben. Danny Arm in Arm mit seinen Eltern. Danny und Samara und ein Geburtstagskuchen mit Kerzen, die Samara gerade im Begriff ist auszupusten. Danny und Samara auf der Victoria Bridge beim Marsch für den

National Sorry Day. Danny und ein paar Freunde in Anzügen. Highschoolabschluss vielleicht. Abschlussball. Er bringt mich zum Lächeln. Welch eine Freude in dem Jungen steckt. Welch ein Leben in dem jungen Mann. Auf mich wirkt es, als würde es im Leben von Danny Collins keinerlei Fehler geben. Keine Monster. Auf mich wirkt es, als wäre er genau da, wo er sein soll. Und ich frage mich, ob ich auch dort wäre, hätte Erica Finlay nicht mit ihrem Monster tanzen müssen. Wenn sie nicht den Tyrannosaurustanz hätte tanzen müssen. Wenn ich nicht hätte unsichtbar bleiben müssen.

»Woher wussten Sie, dass sie die Richtige ist?«, frage ich in das Handy. »Ausgerechnet sie aus acht Milliarden Menschen auf der Welt. Verdammtes Glück, dass Sie sie in einer so riesigen Menge erspäht haben.«

Ich setze mich auf Dannys Bett. Doppelbett. Blau-grau karierter weicher Deckenüberzug, viel zu warm für eine Weihnachtsnacht in Brisbane. Zwei Kissen. Ich reibe meine nackten Füße in seinem Teppich und gähne, weil wir seit drei Uhr morgens auf den Beinen sind, um noch im Dunkeln am Tor des Hauses anzukommen. Ich frage mich, wie es wohl wäre, in einem Zimmer wie diesem zu schlafen. Nur für eine Nacht, inmitten einer Familie, die dich so sehr liebt, wie Danny Collins' Familie es offensichtlich tut.

Ich spreche ein letztes Mal ins Handy. »Gute Nacht, Detective Geoff. Frohe Weihnachten.« Dann schwinge ich meine Beine aufs Bett und lege mich auf die Seite, sodass ich die Pinnwand und die Fotos von Danny Collins' Leben betrachten kann. Ich lege meinen Kopf auf Dannys Kissen, lasse meine schweren Augenlider zufallen und öffne sie wieder. Lasse sie zufallen und öffne sie wieder. Lasse das strahlende Lächeln des Jungen das Letzte sein, was ich in dieser fast perfekten Weihnachtsnacht sehe. Ich bin schon fast eingeschlafen, als ich etwas Hartes unter dem weichen Kissen spüre. Etwas Flaches, Hartes. Ich schiebe eine Hand unter das Kissen. Es ist ein dünnes Buch. Schwarzer Einband. Den kenne ich. Ein Moleskine-Hardcover-Skizzenbuch. Fühlt sich an, als wäre es in Leder gebunden. Hat was Klassisches an sich. DIN-A4-Format. Auf der ersten Seite ist eine Zeichnung zu sehen. Schwarze Tinte auf Papier. Anständiger Zeichenstift. Gute, dicke Tintenlinien. Abgebildet ist eine öffentliche Parkbank. Links oben auf der Ecke der Bankrückenlehne sitzt ein Vogel, der aussieht wie ein Honigfresser. Wahrscheinlich ein Weißstirn-Schwatzvogel. Rechts auf der Bank liegt eine leere Chipstüte. Bloß ein ganz alltägliches gewöhnliches Stück Müll, doch der Künstler hat dieses überaus Alltägliche mit solcher Leidenschaft und Aufmerksamkeit eingefangen, dass das Bild außergewöhnlich wird. Er scheint was von Proportionen und Perspektive zu verstehen. Symmetrie und Gleichgewicht. Geworfene Schatten und Kernschatten. Und die Schattierungen um die Bankfüße herum lassen darauf schließen, dass der Künstler etwas von den Gesetzen des Lichts versteht.

Auf der nächsten Seite ist die Tuschezeichnung eines Mannes im Kilt, der auf der Straße Dudelsack spielt. Ich glaube, es ist Piper Joe, der manchmal am King George Square Straßenmusik macht. Auf der Seite danach sieht man eine Frau, die in der ausgestreckten rechten Hand einen Regenschirm hält. Sie erklärt jemandem den Weg. Neben ihrem Mund eine Sprechblase: »Biegen Sie bei Hungry Jack's rechts ab.« Ich blättere durch das Buch.

Endlose Zeitaufnahmen. Eingefangene Lebensmomente. Ein Junge mit Tierballon in der Hand. Daneben die Sprechblase: »Sieht eher aus wie ein Nashorn.« Ein Ibis, der seinen langen schwarzen Schnabel in die offene Schultasche eines Schülers steckt. Die Skizze eines Treibenden, der auf einer erbeuteten Matratze neben der Old Windmill in Wickham Terrace in Spring Hill schläft. Eines meiner Lieblingswahrzeichen von Brisbane. Eine Mutter, die ihrem Sohn den Verschluss am Fahrradhelm einstellt. »Weil Mum heute keine Lust hat, die Notaufnahme zu besuchen, Connor.« Ein Junge im Superman-Umhang. »Jetzt, wo ich sieben bin, macht Fliegen mehr Spaß.« Ein Mann im Anzug, der an einer Bar ein Bier umklammert. »Ich hab ehrlich gedacht, sie sei glücklich.«

Und dann blättere ich zu einer Zeichnung, die ich minutenlang betrachte. Es ist die Zeichnung eines Mädchens. Eine junge Frau, ungefähr achtzehn Jahre alt. Sie steht neben einem Briefkasten der Australian Post an der Ecke Ann und Edward Street. Neben ihr ein Fahrrad. Sie hebt die Arme. Handflächen Richtung Himmel ausgestreckt. Stiefel. Schwarze Bermuda-Shorts. Und ein T-Shirt, auf dem in schwarzen Blockbuchstaben steht KYLIE SAYS RELAX.

»Was, zur Hölle?«, flüstere ich in mich hinein.

Ich setze mich kerzengerade am Ende des Bettes auf. Der Künstler hat in diesem Mädchen etwas Wahres eingefangen. Ihr Leid. Ihre Hoffnung. Worte kommen aus ihrem Mund. Dumme Worte. Dämliche Worte, die nie hätten eingefangen werden sollen. »Ich bin unsichtbar«, lautet die Sprechblase. »ICH BIN UNSICHTBAR!«

»Er hat mich gesehen«, flüstere ich unter Tränen, die von etwas Seltsamerem als Traurigkeit herrühren. Da sehe ich mich selbst als schwarze Tuschezeichnung auf weißem Papier in einem Moment auf diesem Bett, und ich radiere die Worte in meiner Sprechblase aus und ersetze sie durch stärkere, die ich gern bis zum Ende der Zeit in einer Sprechblase eingefangen hätte: »Er sieht mich.«

Ich brauche deine Erlaubnis nicht

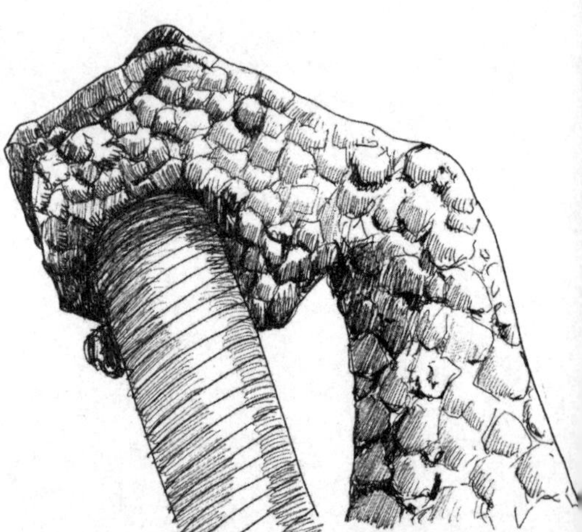

Ich brauche deine Erlaubnis nicht

Januar 2024
Stift und Tusche auf Papier

Zum Zeitpunkt des Entstehens war die Künstlerin achtzehn Jahre alt und arbeitete als Schuldeneintreiberin für die berüchtigte Brisbaner Schattenweltfigur und Verbrecherin Flora Box. In diesem Werk ist die Angst deutlich spürbar. Offensichtlich hat die Künstlerin hinsichtlich ihres dargestellten Subjekts sehr bewusste Entscheidungen getroffen und viel Zeit und Mühe investiert, um die klar ersichtliche Bedrohung, die von ihm ausgeht, zu vermitteln. Kritiker verorten dieses Werk in ihrer bekannten Geplagtes-Mädchen-balanciert-zwischen-Gut-und-Böse-Phase.

Mitte Januar. Neues Jahr. Neue Tür. *Klopf, klopf. Wer ist da?* Ich bin mir nicht so sicher. In einer Welt mit acht Milliarden Menschen ist es die Künstlerin ohne Namen. *Und du musst Brandon Box sein.*

Wird jetzt jeder Eintreibetag so anfangen? Wir treffen uns um neun Uhr morgens bei Brandon in Highgate Hill. Wie immer oberkörperfrei und gebräunt öffnet er die orange Wohnungstür. Wie immer muss er noch zehn Minuten seines Morgen-Workouts absolvieren. Letzte Woche habe ich ihm vorgeschlagen, ob es nicht besser sei, wenn ich um neun Uhr zehn käme.

Er stemmt acht schwere Gewichte, die an einer silbernen Stange hängen, und starrt sich dabei in dem raumhohen Spiegel an, der die gesamte Ostwand seiner Wohnung einnimmt. »Ich bin mir nicht sicher, ob du hier genug reflektierende Oberflächen hast, Brandon«, habe ich letzte Woche angemerkt. Eine Klimmzugstange im Türrahmen seines Schlafzimmers. Von einem Deckenbalken hängt ein Boxsack. Ich glaube nicht, dass er sich je etwas Sinnvolles fragt, wenn er in den Spiegel sieht. Wer, zum Teufel, bist du, Brandon Box? Was genau erhoffst du dir von diesen Muskeln? Was sollen sie dir sagen? Du siehst sie ständig an, als wolltest du, dass sie dir was sagen. Ständig spannst du den Bizeps an, als wolltest du ihn aufwecken. Was genau willst du denn von ihm?

Auf seinem Rücken prangt das lebensechte Tattoo eines Löwen und einer Löwin in einer Art Serengeti-Sonnenuntergangsszene. Die Löwen starren nach Osten und Westen und zwischen ihnen liegt, sicher und geborgen, das Löwenjunge. Laut Brandon handelt es sich bei der Löwin um seine Mutter Flora. Der Löwe soll Brandons letzten Vater, John Box, darstellen, der, laut Brandon, im brutalen und plötzlichen Vergeltungsschlag einer Motorradbande durch eine Schrotflinte hingerichtet wurde. Das Löwenjunge ist natürlich Brandon, und er sagt, das Tattoo sei eine ständige Erinnerung an die Familie und daran, dass er der Auserwählte sei, der nun in Abwesenheit seines Vaters die Geschäfte übernehmen muss. Ich glaube, es wäre nicht sehr weise von mir, Brandon zu sagen, dass das Löwenjunge auf seinem Rücken mich nicht im Mindesten an Familie und Banden der kriminellen Brisbaner Schattenwelt erinnert, sondern vielmehr an Simba aus *Der König der Löwen*.

Jedes Mal die gleiche Spiegelroutine. Erst den Bizeps anspannen, dann den Trizeps. Dann die Schildkrötenpanzerbauchmuskeln. Dann Oberschenkel und Waden, und schließlich – Brandons üblicher Schlusspunkt und abschließende Unterschrift auf dem Spiegel – lässt er seine Brustmuskeln hüpfen, sodass sie aussehen wie kleine Puppen, die in einem Cornflakespackungstheater auftreten. Dann wischt er sich mit einem Handtuch den Schweiß ab und geht zur Küchenbank. Löffelt eine Mixtur aus muskelaufbauenden Pulvern, die er in vier verschiedenen Choc-Nilla-Eiscremedosen auf der Küchenbank stehen hat, in einen blau-weißen Mixer. Lässt das brüllend laute Ding eine volle Minute lang laufen und stürzt dann den geheimnisvollen Superdrink direkt aus dem Behälter runter.

In meiner Jeanstasche tippe ich auf Detective Geoffs verborgenes Abhörgerät. Brandon wittert nichts davon. Brandon ist ein gefährlicher Idiot. Brandon hat ein neues großes Tattoo, das seine gesamte linke Schulter bedeckt. Eine dämonenartige Kreatur in Kapuzenumhang, die eine abgesägte Schrotflinte in der Hand hält.

»Wer ist das?«, frage ich und deute darauf.

»Der Sensenmann«, gibt Brandon zurück.

»Ich dachte, der trägt eine Sense?«

»Früher ja«, erwidert Brandon. »Heutzutage bevorzugt er eine Schrotflinte.«

Klopf, klopf. Wer ist da? Nur ich und Brandon Box. Wir kommen, um das Geld einzusammeln, dass du Lady Flo schuldest.

»Aber das habe ich noch nicht beisammen«, wendet eine dreifache Mutter in Deception Bay ein. Sie heißt Tracey Loane, und ihre rechte Hand zittert, als sie eine Zigarette zu ihren Lippen führt. Zu dünn. Offene Wunden an Hals und Wangen, die sie ständig kratzen muss.

Wir sitzen an Traceys Küchentisch. Ihre beiden ältesten Kinder sind in der Schule. Darüber bin ich heilfroh. Neben ihrem rechten Fuß schläft ihre kleine Tochter Asha in einer Babyliege, deren Muster an einen der hundertundeins Dalmatiner erinnert. Brandon steht neben der Wohnungstür.

»Dann müssen wir einen Weg finden, wie du es zusammenbekommst, Tracey«, sage ich sanft.

Sie hat mir eine Zitronenlimo gemacht und Eis in den Becher getan, weil draußen eine Affenhitze herrscht und mir von der Fahrt durch Brisbane in Brandons silbernem Nissan Skyline der Schweiß übers Gesicht läuft. Die ganze Zeit Rapsongs über Herkunft und Töten, Töten und Herkunft.

Tracey sieht zu Brandon auf, der mit den Nacken knackt. »Und was macht der hier?«, fragt sie. »Ich bin zuverlässig. War ich immer. Flo muss mir keinen Schläger vorbeischicken, um mir Angst einzujagen.«

»Er ist zu meinem Schutz da«, sage ich. »Nur für den Fall, dass jemand mir das Leben schwer macht.«

»Ich hab nicht vor, dir das Leben schwer zu machen«, sagt Tracey und schnippt Asche von ihrer Zigarette. »Ich hab dir 'ne verdammte Limo gemacht. Mehr nicht. Scheiße noch mal.«

»Warum hast du das Geld nicht?«

»Mein verdammter Sohn, Gareth«, sagt sie. »Er hat die Hauptrolle im Schulmusical bekommen. Spielt Danny Zuko in *Grease*. Deshalb musste er zu einem Musicalcamp, und ich hab ihm all mein Geld dafür gegeben. Ich weiß, ich hätte es eigentlich Flo geben sollen, aber ich wollte ihn wohl einfach mal glücklich machen. Weißt du, ich hab den Jungen seit fünf Jahren nicht mehr glücklich erlebt, und ich dachte, das ist es mir wert. Wenn ich mal 'ne Tracht Prügel von einem von Flos Schlägern kassiere, aber dafür die verdammten Zähne von meinem Jungen sehe, weil er endlich mal lächelt.«

»Kennst du irgendjemand, der dir aushelfen könnte?«, frage ich.

Tracey inhaliert tief und drückt dann ihre Zigarette aus.

»Würden deine Eltern dir was leihen?«, frage ich.

»Arschlöcher«, gibt Tracey kopfschüttelnd zurück.

»Wer?«

»Mum und Dad«, antwortet sie. »Arschlöcher durch und durch.«

»Tut mir leid, das zu hören«, sage ich. »Gibt's irgendjemand anderen?«

Traceys Baby wacht in seiner Liege auf und dreht den Kopf in alle Richtungen, als versuchte es, sich einen Reim auf seine Umgebung zu machen.

»Ich pump noch mal meine Oma an oder so«, sagt Tracey. »Ich krieg's schon zusammen, keine Sorge.«

»Ich erzähl Flo von dem Musicalcamp«, antworte ich. »Mit so was ist sie ziemlich großzügig. Aber du musst es wirklich zusammenkriegen, Tracey.« Ich rucke den Kopf in Richtung Brandon. »Nächstes Mal redet dann nämlich Vin Diesel hier mit dir, und der gibt sich nicht mit Zitronenlimo zufrieden.«

Asha fängt an zu weinen. Tracey hebt sie hoch und drückt sie sich an die Brust.

»Du musst mit dem Zeug aufhören«, sage ich.

»Ach wirklich, Sherlock«, faucht sie. Sie wiegt Asha im Arm und holt tief Luft. »Tut mir leid«, sagt sie dann. »Ich hab schon versucht, davon wegzukommen, weißt du. Aber ich krieg's einfach nicht hin, aus dem Karussell auszusteigen. Die Scheiße dreht sich einfach weiter.«

Ich sehe mich in der Küche um. Überall stapelt sich das Geschirr. Leere Babyflaschen. Ein Mülleimer voll schmutziger Windeln, eingebunden in Einkaufstüten.

»Hast du einen Stift?«, frage ich.

Tracey setzt Asha auf ihren Oberschenkel und zeigt auf ein paar Schubladen neben dem Waschbecken. Ich ziehe die dritte von unten auf, nehme mir einen blauen Kugelschreiber und kritzele eine Handynummer auf die Rückseite einer überfälligen Telefonrechnung, die auf Traceys Küchenbank liegt. Klatsche sie vor ihr auf den Tisch.

»Das ist die Nummer von einer Frau namens Evelyn«, sage ich. »Sie arbeitet im Well, einem Begegnungszentrum, zu dem ich manchmal im West End gehe. Und ich schwöre dir, Tracey, Evelyn hat mehr Leute von den Drogen weggeholt, als ich Cornflakes gegessen habe. Sie ist eine verdammte Junkieflüsterin. Du solltest sie anrufen. Ich garantiere dir, sie kennt den richtigen Menschen in diesem Teil der Stadt, der dir helfen kann.« Ich tippe auf die Telefonnummer. »Ruf sie an«, sage ich. »Steig aus dem Scheißkarussell aus.«

Tracey starrt die Nummer eine Zeit lang an. Asha fängt an zu weinen.

»Schhhht«, sagt Tracey sanft und beruhigend. »Schhht, Asha.«

»Das bedeutet ›Hoffnung‹, weißt du«, kommentiere ich.

»Was?«, fragt Tracey.

Ich nicke Asha zu. »Der Name Asha. Er bedeutet ›Hoffnung‹.«

Ein Lächeln droht sich auf Traceys Gesicht breitzumachen. »Fuck me«, sagt sie kopfschüttelnd und starrt Asha in die Augen. »Und ich dachte schon, das war's dann mit mir.«

Bumm, bumm rollen die Reifen von Brandons Nissan über die Bodenwellen des grauen Lego-Technik-Gerüsts der Story Bridge. Als Nächstes treiben wir Schulden von zwei Männern in einem Wohnblock in Moorooka ein.

Brandon fährt rückwärts auf einen Parkplatz, nicht weit von der Bushaltestelle in der geschäftigen Beaudesert Road. Blickt durch das das Fenster auf der Fahrerseite zu einem Wohnblock, bestehend aus zwei weißen, zweistöckigen Backsteingebäuden mit braunen Treppen. Macht den Motor aus, ruckt den Kopf herum und sucht die Umgebung ab. »Ich würde es sehr zu schätzen wissen, wenn du die nächsten beiden Schwachköpfe nicht auch noch zu retten versuchst«, sagt er. »Wenn du Glück hast, erzähle ich Mum nichts von deiner Wohlfahrtsarbeit.«

»Was ist falsch daran, ihr ein paar Alternativen zu all dem Elend aufzuzeigen, von dem sie da hinten umgeben ist?«

»Alternativen sind schlecht fürs Geschäft«, sagt Brandon. »Und all das Elend hat dich in den letzten sieben Jahren vor dem Hunger bewahrt, also mach hier mal keinen auf Mutter Teresa.«

Er beugt sich über meinen Schoß und öffnet das Handschuhfach. Darin befinden sich zwei schwarze Pistolen. Eine hat einen Streifen rotes Elektroklebeband um den Schaft. Er greift danach, schiebt sich den Pistolenschaft in den Gürtel, lässt sein Converse-T-Shirt darüberfallen und reicht mir die andere Waffe.

Ich schrecke zurück. »Ich nehm keine Pistole in ein Scheißdrogenloch in Moorooka mit, Brandon.«

»Verlange ich ja auch nicht von dir. Verdammt, das Ding ist noch nicht mal geladen.« Damit steckt er sich die Pistole vorn in die Hose. »Los.«

Lautlos gehen wir den gepflasterten Gehsteig zur Wohnanlage hinunter. Zwei Blöcke. Acht Wohnungen pro Block. Vier oben, vier unten. Am Ende der Anlage biegt

Brandon scharf nach rechts ab und läuft einen schmalen Weg an einem hohen dunkelbraunen Holzzaun entlang, der die Gärten der Erdgeschosswohnungen umschließt. Jeder Garten hat einen kleinen betonierten Grillplatz, ein faltbares Wäschegestell und ein trauriges Rasenstück von der Größe einer Tischtennisplatte.

Am Ende des langen Zaunes kniet Brandon sich hin und späht durch die Ritzen zwischen den Zaunlatten hinter dem vierten Garten. Dann dreht er sich zu mir um: »Einer oder beide von diesen Vollpfosten wird versuchen abzuhauen«, flüstert er. »Über diesen Zaun kraxeln und sich nach Adelaide verpissen oder so 'n Scheiß. Aber dazu wird's nicht kommen, weil du das hier nimmst.« Er zieht die Pistole vorn aus seiner Hose. »Alles, was du zu tun hast, ist, hier Wache zu stehen. Sobald du siehst, wie der Kopf von irgendeinem Junkieabschaum überm Zaun auftaucht, ziel einfach zwischen beide Augäpfel, die dich anstarren, und ermutige den Besitzer, wieder dahin zurückzugehen, wo er hergekommen ist.«

Ich schüttele den Kopf. All das ist ein schrecklicher Fehler. Seid ihr jemals in einem Leben aufgewacht, das nicht für euch vorgesehen war? Habt ihr je die schockierende und herzzerreißende Entdeckung gemacht, dass ihr in Wahrheit die Hauptfigur in der größten Scharade seid, die je durch Zeit, Ort und Dasein hervorgebracht wurde?

»Was, wenn sie auch Waffen haben?«, frage ich.

»Die haben keine Waffen«, schnaubt er höhnisch. »Diese dreckigen Wichser können sich noch nicht mal Klopapier leisten, ganz zu schweigen von illegalen Waffen.«

Er drückt mir die Waffe in die Hand, wo sie nutzlos herumbaumelt. »Halt sie fest«, befiehlt er. Seine linke Hand schraubt sich um mein rechtes Handgelenk, brutal genug, um blaue Flecken zu verursachen. »Halt fest, verdammt«, zischt er. Meine Hand umfasst die Waffe. Er eilt den gepflasterten Weg zurück.

Ich hocke mich hinter den Zaun. Meine Unterarme ruhen auf meinen Oberschenkeln. Ich starre in den grauen Himmel hinauf. Heute Morgen hat es geregnet. Gestern hat es geregnet. Heute Nachmittag wird es noch mehr regnen, und morgen wird es auch regnen. *Unsere Tage sind gezählt, Kind,* hat Esther gesagt. All das war ein schrecklicher Fehler.

Doch dann denke ich an Danny Collins. An den Jungen auf dem Familienporträt im Haus in Hamilton Hill. Denke an seine Zeichnungen. Wie er seine dargestellten Figuren eingefangen hat. So kunstvoll. So sorgfältig. So schlau. So liebevoll. So wahr. *Ich bin unsichtbar,* sagt das Mädchen mit einem Lächeln. Aus ihrem breiten Lächeln wird klar ersichtlich, dass Danny Collins die Unsichtbarkeit des Mädchens offenbar für ihren größten Vorteil hält. Für den Quell ihres Stolzes. Ihr größtes Talent. Danny Collins hat sie gezeichnet, als wäre sie genau so, wie sie sein sollte. Er hat sie gezeichnet, als wäre sie kein schrecklicher Fehler. Er hat sie gezeichnet, als wäre sie genauso vorhergesehen. Tausendundein Fehler bewegen sich alle zu einer glorreichen und perfekten Korrektur.

Das Geräusch einer Schiebefliegengittertür, die aus den Schienen getreten wird, reißt mich aus meinen Gedanken. Ich drehe mich um und sehe durch die Zaunlatten einen großen, dünnen halb nackten Mann mit Stachelhaaren und schlackernden gelben Unterhosen auf mich zurennen. Verzweifelt und in einem Aufflackern sportlicher Höchstleistung erreicht er mit fünf großen Schritten den rückwärtigen Zaun.

»Stehen bleiben, Arschloch!«, ruft Brandon aus der Wohnung.

Doch der große Mann denkt gar nicht dran. Er packt die oberen Zaunlatten, zieht sich hoch und schwingt ein Bein auf das Holz. Gefährlich schief hockt er da oben und sieht nach unten auf den Gehsteig – direkt in den Lauf einer schwarzen Pistole, mit der ich auf den Punkt zwischen seinen aufgerissenen Augäpfeln ziele.

»Stehen bleiben, bitte«, sage ich.

Der Mann mit den Stachelhaaren seufzt. »Scheiße«, sagt er ergeben. »Wer bist du denn?«

»Ich wünschte, das könnte ich dir sagen«, erwidere ich.

Mit einem erneuten Seufzer lässt er sich wie eine störrische Weinranke von Brandon vom Zaun ziehen. Ich höre, wie sein Körper mit einem dumpfen Schlag auf dem kleinen Rasenstück aufkommt.

»Du wolltest vor mir weglaufen, Arschloch«, bellt Brandon. Durch die Ritzen im Lattenzaun beobachte ich, wie der Schaft von Brandons Pistole auf die Nase des großen Mannes trifft und Blut auf seine Brust spritzt. Ich drehe mich vom Zaun weg und hocke mich wieder hin. Wieder blicke ich in den Himmel und erschaudere jedes Mal, wenn Brandons rechter Stiefel eine Schulter, eine Rippe oder eine Schläfe findet. All das war ein schrecklicher Fehler, beschwöre ich mich. Bitte hör auf. Bitte hör auf. Bitte hör auf. Ich bin nicht unsichtbar, beschwöre ich mich. Ich existiere, sage ich mir. Darf ich mich vorstellen? Mein Name ist. Mein Name ist. Mein Name ist.

Zurück im Nissan kramt Brandon eine McDonald's-Serviette aus der Mittelkonsole und wischt das Blut von Fingern und Pistolenschaft.

»Magst du JK-47?«, fragt er lässig.

Ich kann seine roten Hände nicht ansehen. Kann sein Gesicht nicht ansehen. Starre einfach nach vorn durch die Windschutzscheibe auf eine alte Frau, die ihren Einkauf in einem Trolley nach Hause zieht.

»Was ist JK-47?«, frage ich.

»Du meinst, wer ist JK-47?«, gibt Brandon zurück. »Der beste Rapper in ganz Australien. Schwarzer Typ aus Tweed Heads. Blitzschnell, der Wichser. Klingt, als hätte man Kendrick auf doppelte Geschwindigkeit gestellt.«

»Verstehe.«

»Er spielt heute Abend im The Zoo.« Brandon knüllt die blutige Serviette zusammen und wirft sie über die linke Schulter auf den Rücksitz des Nissans. »Willst du mitkommen?«, fragt er.

»Kann nicht«, gebe ich zurück.

»Warum nicht?«

»Hab schon was vor.«

»Und das wäre?«

»Ich treffe jemanden.«

»Kenne ich ihn?«

»Nee, tust du nicht.«

»Hast du unten am Fluss wieder eine Schlammratte aufgelesen?«

»Er ist aus Hamilton Hill, um genau zu sein.«

Lächelnd öffnet Brandon einen Plastikbehälter mit Extra-Kaugummis, Erdbeergeschmack. Schiebt sich zwei in den Mund. »Was redest du für 'n Scheiß«, kommentiert er. »Du streunst bloß wieder mit diesem Taugenichts Charlie rum. Mehr machst du heute Abend nicht.«

»Charlie ist kein Taugenichts«, widerspreche ich. »Er ist ein brillanter zeitgenössischer Künstler.«

»Charlie ist ein beschissener Säufer, der in spätestens fünf Jahren den Löffel abgibt«, höhnt Brandon.

»Ich finde es spannend, wie die Menschen sich die Zukunft von anderen ausmalen«, bemerke ich. »Es ergibt Sinn, dass du in Charlies Zukunft nur Schlechtes siehst.«

»Warum ergibt das Sinn?«

»Weil du im Herzen schlecht bist«, antworte ich und starre mit leerem Blick nach vorn durch die Windschutzscheibe. »Menschen mit schlechten Herzen sehen bei anderen nur Schlechtes in der Zukunft, weil sie wollen, dass den Menschen Schlechtes widerfährt. Menschen mit guten Herzen sehen nur gute Dinge bei anderen, weil sie sich wünschen, dass den Menschen gute Dinge widerfahren.«

»Und was siehst du dann in meiner Zukunft, Miss Moralapostel?«

»Das willst du nicht wissen.«

»Warum nicht?«

»Weil ich nicht immer gut bin«, sage ich. »Ich sehe nicht immer nur gute Dinge bei Menschen.«

»Tja, ich habe aber deine Zukunft gesehen«, sagt er.

»Ach ja?«

»Ja.« Brandon lacht. »Du hast die Augen geschlossen und lächelst, und deine Muschi ist feucht und ich klatsche dir von hinten auf den Arsch, und JK-47 rappt auf der Anlage, und ich war noch nie so verdammt gut für dich.«

Ich drehe mich zu Brandon um und sehe ihm direkt in die Augen. »Das wird niemals passieren.«

Brandon lacht erneut.

»Vorher bring ich dich um«, sage ich.

Brandon heult inzwischen vor Lachen und schüttelt den Kopf. »Nee, ich glaube nicht. Das ist Erica nicht gelungen, und dir wird's auch nicht gelingen.«

»Monster müssen nicht von Anfang an das Monster in sich tragen«, erwidere ich. »Monster können hervorgebracht werden, Brandon. Und es sind Monster wie du, die Monster hervorbringen.«

Mehr Gelächter.

Ich sehe ihm weiterhin geradewegs in die Augen. An dem, was ich im Begriff bin zu sagen, gibt es keinen Zweifel. »Ich werde niemals zulassen, dass du mich so anfasst.«

Er lächelt. Dreht den Zündschlüssel und dann die Klimaanlage hoch. »Ich glaube, du hast deine Situation noch nicht ganz verstanden.« Nun lacht er nicht mehr. »Du arbeitest jetzt für mich. Ich brauche deine Erlaubnis nicht.«

Mittagessen auf dem Schrottplatz. Ich esse ein Sandwich mit Margarine und Salatblättern vor meinem Spiegel und lasse mich von Lola beraten, was ich zu tun habe, sollte Brandon Box auch nur einen einzigen unwillkommenen Finger auf meinen Körper legen.

»Hast du noch das Filetiermesser?«, knurrt sie.

Ich nicke.

»Gut.« Lola leckt Salz von ihrem Handrücken und kippt sich einen Tequila hinter die Binde. Sie befindet sich in einem Raum, der aussieht wie ein mexikanischer

Weinkeller, und trägt eine lächerliche Piratenaugenklappe über ihrer leeren rechten Augenhöhle.

»Ich schlage vor, du schneidest ihm die Eier ab und schredderst sie in seinem Blender. Hodensmoothies sollen beim Muskelaufbau Wunder wirken.«

»Ich glaube, du hast zu viel getrunken, Lola.«

»Ich glaube, du hast zu viel nachgedacht«, gibt sie zurück.

»Um ehrlich zu sein, Lola, glaube ich, ich hätte nicht den Mumm, dieses Messer je zu benutzen.«

»Keine Frau weiß, wozu sie eigentlich fähig ist, bis sie gezwungen ist zu erkennen, wozu sie fähig ist«, verkündet Lola.

Ich schlucke den letzten Bissen Sandwich hinunter. »Gut siehst du heute aus, Lola.«

Sie schnaubt. »Scheiße seh ich aus.«

»Du siehst besser aus als beim letzten Mal. Deine Haut. Vielleicht bilde ich mir das ein, aber ich glaube, du leuchtest.«

Sie lacht. »Wovon, zur Hölle, redest du?« Sie hebt die linke Hand und mustert ihren bloßen Unterarm. Dann lehnt sie sich erstaunt in ihrem Barhocker zurück. »Gottverdammter, sieh dir das an!«

Zwei Stunden später. Detective Geoff isst Thunfisch-Avocado-Sushi auf der Bank hinten auf dem King George Square neben einer Bronzestatue von Emma Miller. Die Hemdenmacherin und Suffragette aus den frühen 1900er-Jahren stach während einer Frauendemonstration vor dem Parlament eine Hutnadel in ein Pferd und sorgte dafür, dass der Reiter, der Queenslander Polizeikommissar William Cahill, im hohen Bogen aus dem Sattel flog.

Ich setze mich ans andere Ende der Bank. Zwischen uns lasse ich drei Körperbreiten frei. Minimaler Blickkontakt. Echter Spionagekram.

»Nicht gerade originell, dieser Brandon«, bemerkt Topping, die linke Backe voller Reis und Seegras.

Ich setze meinen Rucksack neben meinen Füßen ab und wische mir kopfschüttelnd den Schweiß von der Stirn. »So originell wie eine Hämorrhoide«, seufze ich.

»Du bewegst immer die Beine, während er redet«, stellt Topping fest. »Beeinträchtigt die Audioqualität. Hast du das Restless-Legs-Syndrom?«

Ich presse die Zähne so hart aufeinander, dass ich mir in die Zunge beiße. »Tja, vielleicht bin ich ein bisschen nervös, weil ich Schiss hab, dass er die rattenarschige Spionin bemerkt, die direkt neben ihm 'ne offene Leitung zu Queenslands feinstem Bullen unterhält.« Ich zeige auf den über uns aufragenden Uhrturm der Brisbane City Hall. »Noch ein schlechtes Wort über meine Spionagearbeit, und ich schmeiß das beschissene Wanzentelefon von da oben runter. Das Ding hat ja noch nicht mal Spotify.«

Topping hebt abwehrend die Hände. »Tut mir leid.«

»Was für 'n Scheiß«, sage ich. »Ist das überhaupt legal? Mich so den Wölfen zum Fraß vorzuwerfen? Gibt's da nicht irgendwelche Gesetze gegen Bullen, die Menschen dazu zwingen, so was zu machen?«

»Beruhig dich«, sagt er.

»Sagen Sie mir bloß nicht, ich soll mich beruhigen. Haben Sie nicht gehört, wie er mir gedroht hat? Der Wichser ist schon mal auf mich losgegangen.«

»Hör zu«, sagt Topping. »Wir sind immer in deiner Nähe. Wir beobachten. Und das werden wir auch weiterhin tun. Sollte er sich an dir vergreifen, bin ich wie der Blitz bei dir.«

»Wie schnell ist das?«

»Was?«

»Wie schnell ist ein Blitz?«

»Ein Blitz ist so schnell wie … ein Blitz.«

»Vielleicht müssen Sie schneller sein.«

»Okay, du hast ja recht. Es ist nicht fair. So viel Verantwortung sollte nicht auf einem einzelnen Mädchen lasten. Aber es funktioniert auch. Du leistest eine außergewöhnliche Arbeit. Wir sind näher dran denn je. Nur noch Wochen, vielleicht sogar Tage davon entfernt, das ganze stinkende Geschäft ans Licht zu holen. Und das alles nur dank dir.«

»Haben Sie nicht langsam mal genug?«, frage ich. »Drücken Sie einfach den großen roten Knopf und machen Sie das Blaulicht an.«

Er stellt die Sushiplastikverpackung und drei kleine leere Sojasoßenbehälter in Fischform neben seinen Oberschenkel. Dann nimmt er einen der kleinen Fischbehälter in die Hand und hält ihn hoch. »Du kennst dich doch ein bisschen mit Fischen aus, oder?«

»Ja, tu ich.«

Er bewegt den Plastikfisch auf und ab, als würde er im Meer schwimmen. »Dann weißt du ja, dass im Meer kleine und große Fische leben.«

»Von dem Phänomen hab ich schon gehört, ja«, gebe ich zurück.

»Was bedeutet, dass man immer kleine und große Fische fangen kann.«

Ich nicke zweimal.

»Nun, ich denke, man kann über Flora Box sagen,

dass sie ein schöner großer, saftiger Forellenbarsch ist«, sagt Topping.

»Guter Speisefisch«, kommentiere ich.

»Sehr lecker«, bestätigt Topping. »Aber wir haben eigentlich nie nach Forellenbarschen gefischt. Wir wollen den großen Weißen Hai fangen.«

Ich nicke wieder. »Großer Fisch. Nicht so lecker.«

»Nein«, bestätigt Topping. »Aber das Fangen macht Spaß.« Einen Moment leuchten seine Augen auf. »Wir umzingeln die internationalen Versorgungswege. Importe. Unsichtbare Schiffsnetzwerke. Herkunftsorte.«

»Und was genau tun Sie für mich auf Ihrem kleinen Anglerausflug?«

»Wir finden Antworten für dich«, sagt er und wischt sich mit der Serviette Sojasoße vom Mund.

»Haben Sie denn schon etwas gefunden?«, frage ich.

Er lässt den Plastikfisch in die leere Sushiverpackung fallen und reibt sich die Hände. Dann sieht er mich mit einem sanften Ausdruck an. »Wir haben alles gefunden.«

Ich starre erst ihn an und dann meine Stiefel. Drehe mich um und blicke auf die Uhr der Brisbane City Hall. Die Minutenhand auf ihrer Reise rund um die Welt.

»Komm morgen in mein Büro«, sagt Topping.

»Sie wissen, wie gefährlich das ist.«

»Wir bringen dich durch den Hintereingang rein. Keiner wird was erfahren.«

»Warum in Ihrem Büro?«

»Da will dich jemand kennenlernen.«

»Wer?«

»Detective Sergeant Cameron Millar.«

»Wo kommt der denn her?«, frage ich.

»Er ist aus Perth hergeflogen, nur um dich zu treffen«, erwidert Topping.

»Perth«, sage ich. »Da war ich noch nie.«

»Doch, warst du. Da wurdest du geboren.«

Schweigen macht sich zwischen uns breit.

»Morgen früh«, sagt Topping schließlich. »Zehn Uhr.«

Ich sage immer noch nichts. Dann nehme ich meinen Rucksack und wende mich zum Gehen.

»Warte, wo willst du hin?«, fragt Topping.

»Ich muss jemanden sehen«, gebe ich zurück.

Weil er mich gesehen hat.

Zwei Liebende
in einem Boot,
wie sie aufs
Licht
zutreiben

Zwei Liebende in einem Boot, wie sie aufs Licht zutreiben

Januar 2024
Stift und Tusche auf Papier

Auf den ersten Blick eine der hoffnungsvollsten Zeichnungen aus dem frühen Werk der Künstlerin. Zwei junge Liebende treiben auf einem silbernen Lichtstreifen des Vollmonds, der auf den Brisbane River fällt. Bei näherer Betrachtung erkennt man, dass ihr »Boot« – ein seltener australischer Lungenfisch – keinen Motor hat und unsere verliebten Fahrgäste keine Paddel in den Händen halten. Sie treiben unaufhaltsam und unwiderruflich auf ihr Schicksal zu. Bei noch eingehenderer Betrachtung ist zu erkennen, dass das Licht in dieser Zeichnung in Wahrheit nicht vom Mond kommt. Als Quelle dient eine Taschenlampe, deren Lichtkegel über die Liebenden geworfen wird. Doch wer hält sie?

Er hat mich gesehen, weil er gern hinschaut. Er beobachtet gern Dinge. Menschen, Babys, Hunde, Katzen und Wolken. Gerade verfolgen seine Augen einen schlanken silbergrauen Schlangenhalsvogel, der neben unserer CityCat-Fähre zum CBD entlanggleitet. Sein karamellfarbenes Haar ist windzerzaust. Ich weiß, was die Flussluft mit ihm macht, weil sie das Gleiche mit mir macht. Sie erlaubt mir zu atmen. Sie erweckt mich zum Leben. Sie wirft Fragen auf. Sie bringt mich zum Zeichnen. Sie bringt mich dazu, das Leben mit einem schwarzen Stift zu dokumentieren, um allem einen Sinn zu verleihen.

Er sitzt ganz vorn auf der Fähre, in einer Ecke auf dem Außendeck. Ich beobachte ihn durch die Frontfenster des Innendecks, wo sich die meisten Fährgäste vor der brennenden Sonne verstecken. So kann ich ihn sehen, aber er mich nicht. Wir Fährgäste sind für ihn unsichtbar, existieren womöglich gar nicht für ihn. Aber der Schlangenhalsvogel existiert für Danny Collins. Er schwebt über ihm dahin, steigt und fällt mit Luftströmungen und in Luftlöcher, die unseren Augen verborgen bleiben. Flügel aufgespannt, den Blick unbeirrbar aufs Wasser gerichtet, jagt er nach Fischen. Und der Junge aus dem Haus in Hamilton Hill beobachtet ihn. Sein Skizzenbuch klemmt zwischen seinem rechten

Oberschenkel und seinem rechten Unterarm. Um jeden Preis die Zeichnungen schützen. Nimm mich, besagt dieser Griff, aber lass meine Zeichnungen am Leben. Danny Collins ist durch und durch Künstler.

Dort sitzt er immer, wenn er die Fähre nimmt. Derselbe Platz wie gestern. Und vorgestern. Wenn er sich in die Stadt wagt, nimmt er immer denselben Weg. Die Langside Road runter, rechts in die Crescent Road, links in den Kingsford Smith Drive, dann den Radweg neben dem Fluss entlang.

Schwarze Jeans und alte blaue Chucks. Lockeres marineblaues T-Shirt mit Löchern im Nacken. Keinerlei Interesse an der eigenen Erscheinung, aber an der Erscheinung der Dinge. Wir Künstler sehen, was andere nicht sehen. Wir Künstler nehmen Dinge wahr. Wir Künstler erfassen intuitiv. Ein schwarzer Zeichenstift zwischen seinen Fingern. Der Junge besteht aus einer Seele und einem Herzen, zwei Lungenflügeln, zwei Beinen und Schläfen beidseits seiner Stirn, einer Nase und Lippen unterhalb dieser Nase und einem Lächeln, das er den Flussvögeln vorbehält.

Am QUT Gardens Point steigt er aus. Dann zeichnet er im nahen botanischen Garten einen Jungen, der Fußball spielt. In der Albert Street zeichnet er einen schweren Mann im Hawaiihemd, der Ukulele spielt. In Queens Gardens sitzt er auf einer Bank und zeichnet eine Taube, die verächtlich auf die Krone von Queen Victoria kackt. Auf der George Street taumelt ein alter Säufer aus dem Pub Irish Murphy's und lässt sich wie ein Sack Kartoffeln neben Danny auf die Bank fallen. Zu betrunken, um sich eine Zigarette zu drehen, wendet er sich an Danny. Und weil er nett ist, hilft der Junge ihm. Dreht die Zigarette und zündet sie für ihn an. Dann fragt der alte Mann ihn nach seinem Skizzenbuch, und Danny lässt ihn einen Blick hineinwerfen. Beeindruckt fragt der Alte, ob er ihn zeichnen würde. Ich glaube, Danny antwortet einfach nur: »Halt still«, aber von so weit weg kann ich es nicht genau sagen. Er zeichnet schnell. Fließende Linien. Vertrauen in den Moment. Der Moment ist wichtiger als Fehler. Fehler sind unausweichlich, sage ich mir. Fehler muss es geben.

In der Queen Street Mall bleibt Danny stehen, um einen höchstens sechs Jahre alten Jungen im Anzug zu betrachten, der den Kopf in den Nacken legt und ein kleines Flugzeug dabei beobachtet, wie es *HOCH* an den Himmel schreibt.

Auf der Adelaide Street lungere ich im Eingangsbereich von David Jones herum und beobachte Danny, wie er auf dem Gehweg stehen bleibt und dem Mann aller Fakten, Ivan Salhus auf seiner Yogamatte, einen Dollar zuwirft. Ivan lächelt und übermittelt Danny zwei seiner unzähligen Fakten. Sieht aus, als wären sie sich vorher schon begegnet.

Auf der Charlotte Street zeichnet Danny eine Gruppe Menschen, die vor dem AJ Vietnamese Noodle House auf ihre Bestellung warten. Weiter oben an der Straße hat jemand in limettengrüner Sprayfarbe *Trostlos GmbH!* quer über die braune Backsteinmauer neben dem Pancake Manor gesprüht, dem rund um die Uhr geöffneten Pfannkuchenimbiss, in dem Charlie und ich zwischen unseren Lieferungen gern eine Pause einlegen. Dannys Spaziergang folgt keinem Muster. Ziellos läuft er umher. So viel Zeit abseits jeglicher Zeit. Und während ich ihn beobachte, habe ich das Gefühl, ich hätte mit ihm die Zeit verlassen.

An einem Sushiimbiss neben 7-Eleven auf der Albert Street bleibt er stehen. Zwei Geschäftsmänner sind in ein hitziges Gespräch vertieft. Schlechter Deal vielleicht. Schlechte Liebesgeschichte, die vielleicht böse geendet hat. Oder vielleicht hat einer von ihnen einfach die letzte California Roll gegessen. Danny hält beim Zeichnen nicht genug Abstand, und ich bin drauf und dran, ihn zu warnen. Die beiden Typen haben im Moment keinen Sinn für Kunst. Jap, da geht's schon los. Mit wütenden Mienen drehen sie sich zu Danny um. »Was, zur Hölle, glaubst du eigentlich, was du da tust?«, schreit der eine. Danny klappt sein Skizzenbuch zu und entfernt sich von den wütenden Männern, die ihm nicht nachlaufen. Offenbar ist ihnen ihr Sushi mehr wert, als Danny Collins, dem Prinzen mit Stift aus dem Haus in Hamilton Hill, eine reinzuhauen.

Der Abend bricht an, und Danny isst einen Whopper und Pommes von Hungry Jack's mitten in der Queen Street Mall. Die vielen Angestellten nehmen ihre Züge und Busse nach Hause. Die Putzkräfte treffen ein und fegen Essensreste und Fast-Food-Verpackungen auf Kehrbleche mit langen Griffen. Bullige Straßenreinigungsmaschinen bewegen sich wie kleine Panzer die Rinnsteine der Adelaide Street hoch und runter. Dann tauchen die ersten Treibenden auf, von denen ich einige aus dem Well kenne. Froh, dass der Trubel in der Fußgängerzone sich beruhigt hat und all der Beton und Marmor der Einkaufsstraße wieder ihnen gehört, sichern sie sich früh ihre Schlafplätze.

Danny steht mit dem Rücken gegen die steinerne Kante eines Springbrunnens gelehnt. Sein Kopf ruht auf seinem Skizzenbuch, und er blickt zu den Sternen auf. Nichts treibt ihn zur Eile an. Dann stößt er sich ab und läuft die Einkaufsstraße hinunter zur George Street. Vorbei an einem Mann mit Dreadlocks, der auf einer schimmernden Hang Drum Calypsorhythmen spielt. Hinter ihnen führen Steinstufen zum Treasury Casino hinauf, das in pinkes Licht getaucht ist. Es sieht aus, als käme es geradewegs aus einer Barbie-geht-nach-Vegas-Geschenkebox. Danny überquert die William Street und schlendert über den Gehsteig auf die Victoria Bridge, die über den Brisbane River führt. Der Fluss hat sein schmutziges Tageskleid abgeworfen und dank des Glühbirnenmondes am Himmel seinen Nachtglanz aufgelegt.

Mitten auf der Brücke bleibt Danny stehen und stützt sich mit den Ellbogen aufs Geländer. Beugt sich vor und blickt aufs Wasser hinunter. Doch in Wahrheit scheint es ihm um etwas anderes zu gehen. Vielleicht schätzt er die Entfernung zwischen sich und dem Wasser. Er beugt sich zurück und dann wieder vor. Zurück und vor. Zurück und vor. Dreißig Meter zu seiner Linken stütze auch ich mich aufs Geländer und drehe meinen Kopf leicht nach rechts, sodass es aussieht, als würde ich das Riesenrad, das Wheel of Brisbane, beobachten, das sich langsam auf dem Kulturplatz von South Bank dreht. Dabei sehe ich nur ihn.

Er holt tief Luft und fährt sich mit den Fingern durchs Haar. Drückt das Skizzenbuch an seine Brust. Und dann fängt er an zu weinen. Das Skizzenbuch noch immer umklammert, wischt er sich mit dem rechten Handrücken die Augen. Instinktiv mache ich vier Schritte seitlich auf ihn zu. Ich wäre gern neben ihm. Ich will ihm erzählen, was Ursula Lang über Tränen sagt. Dass sie Lachen für den zweitbesten Weg hält, mit einem Fremden in Verbindung zu treten, und Weinen für den besten. Eine Erklärung an die Welt, dass du fühlst. Eine Erklärung an die Welt, dass du hier bist und keine Angst davor hast wahrzunehmen, wie sich dieses Hier anfühlt.

Wieder reibt er sich die Augen und schüttelt den Kopf. Schlägt sein Skizzenbuch auf und blickt zu drei hoch aufragenden Kränen, die auf drei Bürotürmen erleuchtet sind. Wie Störche sehen sie aus, die auf Baumstümpfen nach Larven picken. Im schummrigen Licht der Stadt kriecht geisterhaft der Nebel niedriger Nachtwolken über den Fluss. Danny zeichnet die Szenerie mit schnellen Strichen. Verharrt nicht über Fehlern. Sein Kopf zuckt zwischen Skizzenbuch und Kränen hin und her. Er ist vollkommen in seine Zeichnung versunken. So versunken, dass er die beiden jungen Männer nicht bemerkt, die auf orange-schwarzen Elektrorollern vom südlichen Ende der Brücke auf ihn zufahren.

Danny tritt einen Schritt zurück, um einen besseren Blick zu erhalten. Dabei stellt er sich versehentlich dem ersten Rollerfahrer in den Weg, der eine Reihe von Flüchen ausstößt und den Lenker nach links herumreißt, um ihn nicht zu überfahren, und in das Geländer kracht. Der zweite Fahrer bremst, springt von seinem Roller und schubst Danny so hart, dass er auf den Hintern fällt und sich die Ellbogen auf dem Asphalt aufschlägt. Raue Gesellen, die beiden. Betrunken. Vielleicht sogar high. Anfang zwanzig. Drahtig und bedrohlich.

Der zweite Fahrer trägt eine Jacke von Lonsdale, deren Reißverschluss bis zum Kinn hochgezogen ist. Tattoos auf den Handknöcheln. »Was, zur Hölle, war das denn, Arschloch?«, faucht er Danny an.

Ich gehe auf die Gruppe zu. Danny rappelt sich auf. Blut tropft aus einer Schürfwunde am rechten Ellbogen. »Tut mir leid«, sagt er. Gewählte Worte. Sanft. »Ich hab … gezeichnet.« Er zeigt auf die Nordseite des Flusses. »Die Kräne … auf den … Gebäuden.«

Der erste Rollerfahrer fasst von hinten um Danny herum und entreißt ihm das Skizzenbuch. »Wie kannst du zeichnen, wenn du blind bist wie 'ne Fledermaus?«, fragt er und schubst Danny von hinten. »Du hast mich fast umgebracht, Schwuchtel.«

Er trägt ein Tanktop von Adidas, Basketballshorts bis über die Kniescheiben und Joggingschuhe von Nike. Sieht aus, als würde er trainieren. Jetzt schlägt er Dannys Skizzenbuch auf. »Hast du irgendwas zu deiner Verteidigung zu sagen, Schwuchtel?«

Nur noch wenige Meter von ihnen entfernt bleibe ich stehen und bücke mich zu meinem rechten Stiefelschaft.

»Entschuldigung«, sagt Danny. »Ich wollte dir keinen Ärger machen.«

»Und ich wollte deine Zeichnungen auch nicht in den Fluss schmeißen, Schwuchtel«, höhnt der erste Fahrer.

»Bitte tu das nicht«, sagt Danny.

»Keine schlechten Zeichnungen, Schwuchtel.« Der erste Fahrer blättert durch die Seiten. Dann hält er die Zeichnung eines Vogels in die Höhe. »Was ist das für einer?«

»Ein Prachtstaffelschwanz.«

»Und was macht seinen Schwanz so prächtig?«

Dannys Antwort fällt anders aus, als der Rollerschlägertyp erwartet hat. »Die Mütter des Prachtstaffelschwanz singen ihren Küken ein Lied vor, wenn sie noch im Ei sind. Darin verbirgt sich ein geheimer Code. Eine Art Schallpasswort. Wenn die Küken schlüpfen, kennen sie diesen besonderen Ruf schon, und wenn sie ihn singen, kann ihre Mutter sie überall finden, selbst im Dunkeln. Es handelt sich um eine Art geteiltes biologisches Liebeslied.«

Die beiden Rollerfahrer sind vorübergehend sprachlos angesichts dieser Information. Und ich glaube, Danny Collins spielt den beiden Grobianen einen Streich. Bekämpft Aggression mit Wundern.

Dann bricht der zweite Fahrer das Schweigen. »Wovon, zur Hölle, redest du?«, fragt er und stößt Danny hart die Hand gegen die Schulter.

Instinktiv schubst Danny ihn ebenso heftig zurück. »Bitte hör auf, mich zu schubsen, verdammt«, schleudert er ihm entgegen. Fort ist der nette Junge, der über Muttervögel spricht. Die Situation ist kurz davor, aus dem Ruder zu laufen.

»Uuuh, die Schwuchtel hat ja doch ein bisschen Feuer«, höhnt der zweite Fahrer, ballt die rechte Hand zur Faust und stürzt sich auf Danny.

»Aufhören, bitte«, sage ich. Der zweite Fahrer dreht sich um und nimmt die unerwartete Wendung in Augenschein. Ich stehe hinter seinem Rollerfahrerfreund und drücke ihm ein rasiermesserscharfes Filetiermesser an die Kehle.

Auch Danny dreht sich verwirrt um.

»Das hier zerteilt einen Haischwanz wie ein heißes Messer die Butter«, verkünde ich. »Ich kann dem Arschloch den Hals abschneiden, als wäre er ein Moreton Island Tailor.«

»Bist du bescheuert?«, keucht der erste Fahrer und verlagert in meiner unangenehmen Umarmung unruhig das Gewicht.

»Bescheuert nicht«, gebe ich zurück. »Bloß müde. Ich bin's leid, mich mit Tyrannenechsen wie euch rumschlagen zu müssen, die immer die Kunst von jemandem zerstören wollen. Die immer das Schöne ins Hässliche verkehren wollen.« Ich sehe den zweiten Fahrer an. »Ich kenne euch. Ich hab euch beim Training auf dem Trainingsplatz unter der Go Between Bridge gesehen.«

»Ja, ich kenn dich auch vom Sehen«, sagt der zweite Fahrer. »Du drückst dich immer bei den obdachlosen Ärschen rum.«

»Wohnungslos«, verbessere ich.

»Was?«, faucht der zweite Fahrer.

»Sie sind wohnungslos, nicht obdachlos. Viele von ihnen haben ein Zuhause. Bloß keine Wohnung und kein Haus.«

»Wen interessiert das?«

»Keinen«, sage ich. »Das ist ja gerade das Problem. Keinen interessiert das. Aber egal, was ich sagen wollte: Wenn ihr unter der Go Between Bridge trainiert, dann kennt ihr wahrscheinlich meinen Arbeitskollegen Brandon Box, der auch da trainiert. Kennt ihr Brandon Box?«

»Ja, ich kenne Brandon«, antwortet der zweite Fahrer.

»Wenn du Brandon kennst, dann wahrscheinlich auch Brandons Mum Flora?«

»Ja, ich hab von Flora gehört.«

»Was weißt du alles über Flora?«

»Genug«, gibt er zurück.

»Genug«, wiederhole ich. »Na ja, dann weißt du ja vielleicht auch, dass ich ihr so viel bedeute wie ihr eigenes Fleisch und Blut?«

»Mach die Wichser einfach fertig«, faucht der erste Fahrer und windet sich unter meiner Klinge.

»Halt die Fresse«, befiehlt der zweite.

»Ja, halt einfach die Fresse«, flüstere ich ihm ins Ohr und lege die Klinge einen Zentimeter unter seinen Adamsapfel. Dann drehe ich mich wieder zum zweiten Fahrer um und rucke mit dem Kopf in Dannys Richtung. »Der Typ ist Künstler«, verkünde ich. »Er ist verdammt gut darin, Prachtstaffelschwänze zu zeichnen. Aber dafür nicht so gut darin, sich mit Schlägern wie euch auf Rollern zu prügeln. Das wäre kein fairer Kampf. Heute Nacht sind eure Welten leider vorübergehend auf dieser wunderschönen Brücke miteinander kollidiert. Warum gebt ihr ihm nicht einfach sein Skizzenbuch zurück, damit er weiter seine Kunst machen kann. Und ihr könnt gehen und euren Eltern weiter Sorgen machen. Dann muss ich kein Wort darüber an meine Freundin Flora Box verlieren.« Ich starre dem Monster in die Augen. Die Tyrannenechse in Lonsdale-Jacke.

Er denkt fast volle zehn Sekunden über meinen Vorschlag nach.

»Gib ihm sein Buch«, sagt er schließlich und steigt wieder auf seinen Elektroroller. Dann zieht er am Gaspedal und zischt an Danny vorbei. »Pass, verdammt noch mal, auf, wo du hinläufst!«, ruft er ihm über die Schulter zu und fährt über die Brücke nach Norden.

Der erste Fahrer lässt Dannys Skizzenbuch zu Boden fallen. Sofort nehme ich die Arme von seinem Hals, habe das Messer jedoch nach wie vor erhoben. Er spuckt neben Danny auf den Boden. »Du hast anscheinend einen Schutzengel, Vogeljunge. Hat dich wohl im Dunkeln singen hören.«

Dann packt er seinen Rollerlenker, springt auf und rast davon.

Nun gibt es nur noch uns auf der Brücke. Danny Collins aus der Villa in Hamilton Hill und ich aus dem orangen Toyota HiAce auf der Moon Street. Es fühlt sich so an, als gäbe es niemanden sonst auf Erden. Um uns herum herrscht Stille. Keine Busse fahren vorbei. Keine Autos. Keine Menschen. Zwischen uns ist eine Lücke, und Danny Skizzenbuch liegt in der Mitte dieser Lücke. Er starrt mich an. Mustert mich. Neigt den Kopf, als wäre ich ein Gemälde, das er zu verstehen versucht. Und ich spiegele seine Bewegungen, als wäre ich ein Alien, der versucht, sich einen Reim auf den Jungen aus Brisbane mit den zerzausten karamellfarbenen Haaren zu machen, der gern zeichnet.

Mein Lächeln bringt ihn ebenfalls zum Lächeln. Doch genauso schnell ist es auch wieder verschwunden, und die kurze Freude weicht Verwirrung. Sein Mund öffnet sich, und da er ganz offensichtlich im Begriff ist, etwas zu sagen, hebe ich den rechten Zeigefinger.

»Warte.« Ich lege den Finger auf meine Lippen. »Bevor du irgendwas sagst, würdest du mir den Gefallen tun und dir die nächsten Worte genau überlegen? Als würden sie in hundert Jahren aufgeschrieben werden?«

Er blinzelt und zieht verwirrt den Kopf ein.

»Meinst du, das könntest du für mich tun?«, frage ich.

Er kratzt sich am Kopf und schenkt mir ein unsicheres Lächeln.

»Was, wenn du und ich eine außergewöhnliche Geschichte teilen?«, fahre ich fort. »Was, wenn diese Geschichte für den Rest unseres Lebens anhält? Und was, wenn Menschen diese Geschichte irgendwann aufschreiben? Vielleicht begegnen wir uns nur für die nächsten fünf Minuten, oder vielleicht redest du auch eine halbe Stunde mit mir, und dann geht dir auf, wie bescheuert du mich findest. Dann fliehst du in die Stadt, und ich sehe dich nie wieder. Das ist in Ordnung. Aber was, wenn dies der Anfang einer wunderschönen Geschichte ist, die sich bis zu meinem Tod fortspinnt? Was, wenn wir später einmal glänzen? Was, wenn wir beide einmal bahnbrechend und berühmt werden? Und was, wenn unsere Geschichte in ferner Zukunft von großen Schriftstellern und Denkern diskutiert wird? Sie würden über die Worte schreiben, die jetzt aus deinem Mund kommen. Weil diese Worte bis ans Ende aller Zeiten als die ersten in Erinnerung bleiben werden, die du je zu mir gesagt hast.«

Er lacht und beißt sich auf die Unterlippe.

»Ich weiß, wie verrückt das klingt«, sage ich. »Du musst mich für ziemlich bescheuert halten. Da brauchst du gar keine halbe Stunde, um das rauszufinden.«

Er schüttelt den Kopf. Das soll Nein heißen, ohne Nein zu sagen, denn Nein soll nicht das erste Wort sein, das er je zu mir gesagt hat. Dann macht er einen Schritt auf mich zu. Hebt zum Sprechen an, hält jedoch inne. Blickt auf seine Schuhe hinunter, legt nachdenklich einen Daumen an den Mund und hebt den Kopf. Als wäre ihm ein blitzartiger Gedanke gekommen, der sein ganzes Leben erhellt, huscht ihm ein Lächeln übers Gesicht. Er kommt noch näher auf mich zu und legt sich eine Hand auf die Brust, als wollte er etwas Großartiges, Mutiges und Starkes sagen. Eine Ankündigung. Doch wieder unterbricht er sich. Wahrscheinlich sind ihm doch Zweifel gekommen, denn er hebt den linken Zeigefinger und dreht sich von mir weg. »Warte« soll das heißen, doch es soll nicht das erste Wort sein, das er je zu mir gesagt hat. Die Hand noch immer erhoben, stolpert er rückwärts gegen das Geländer. *Hab's gleich. Eine Sekunde noch. Bin gleich wieder bei dir.* Dann lässt er den Arm fallen, starrt hinunter in den Fluss, holt tief Luft, dreht sich um und sieht mir direkt in die Augen. Sein Ausdruck ist wunderbar ernst und wahr.

»Ich liebe dich«, sagt er.

»Was?« Instinktiv schrecke ich zurück.

»Ich liebe dich«, wiederholt er.

Angewidert schüttele ich den Kopf. »So was kannst du nicht sagen.«

»Warum nicht?«

»Du bist völlig übers Ziel hinausgeschossen«, antworte ich. »Tut mir leid. Du bist zu weit gegangen. Das ist lächerlich.«

»Nein, bin ich nicht«, widerspricht er. »Du weißt doch gar nicht, was ich gerade fühle. Vielleicht bin ich auch nicht weit genug gegangen? Ich dachte erst, ich sage was anderes. Was Blödes, Langweiliges. Aber dann habe ich gedacht, wenn die Leute wirklich in hundert Jahren über uns lesen, dann will ich etwas Mutiges und Schönes sagen. ›Scheiß drauf. Ich liebe dich.‹ Das wird denen in hundert Jahren wie Butter runtergehen. Ganz egal, was danach noch passiert. Dass ich das einfach so rausgeschleudert habe, ist unglaublich cool.«

»Du hast dich für das Wagnis entschieden«, stelle ich fest. »Statt zu laufen, hast du Räder geschlagen.«

»Was? Tut mir leid, das verstehe ich nicht.«

»Macht nichts. Du liebst mich nicht. Das geht gar nicht.«

»Es ging ganz schnell«, sagt er. »Ich hab einfach entschieden, sechs bis zwölf Monate voller zerfleischender Selbstzweifel vorzuspulen. Bäm. Da sind wir.«

Ich muss lachen. »Du kennst mich ja noch nicht mal.«

»Doch«, entgegnet er. »Ich kenne dich jetzt seit drei langen Minuten, und ich habe jede Sekunde davon geliebt.«

»So große Dinge darfst du so früh noch nicht sagen«, widerspreche ich. »Und das ist vielleicht das größte überhaupt.«

Er hebt die Hände und sieht sich im Dunkeln der Nacht um. Was sieht er nur an?

»Spürst du das?«, fragt er.

»Was?«

»Das Am-leben-Sein. Das Am-leben-Sein dieses Moments.«

»Das Am-leben-Sein?«

»Ja, das Am-leben-Sein«, sagt er. »Ich schwöre dir, etwas, was du gerade gesagt hast, hat mir das Am-leben-Sein in Erinnerung gerufen. Als könnte man es fühlen, sehen und anfassen. Als wäre es so echt wie Strom. Spürst du das? Das ist das Am-leben-Sein.«

Ich spüre es. Wobei ich ihm das nicht sage, weil ich mir noch nicht ganz sicher bin, was es ist.

»Willst du mich heiraten?«, fragt er.

»Hör auf«, protestiere ich. Etwas ernster jetzt.

Er lacht, und ich lasse mich anstecken.

»Das ist nicht lustig«, sage ich.

»Ich versuche ja auch gar nicht, lustig zu sein«, entgegnet er. »Ich zeige Mut. Scheiß drauf. Willst du mich heiraten? Ich habe mich danach gefühlt, das zu sagen. Das sind die wahrsten Worte, die mir eingefallen sind.

Ich sage einfach all diesen Menschen in hundert Jahren, wie ich mich genau jetzt in dieser Nacht, auf dieser Brücke und in diesem konkreten Moment hier mit dir fühle. Ich kenne dich. Sogar besser, als du ahnst. Ich habe dich in der Stadt gesehen. Und jetzt stehst du plötzlich höchstpersönlich vor mir. Du hast mich vor ein paar Arschlöchern gerettet, die mein Skizzenbuch in den Fluss werfen wollten. Und das ist noch viel unglaublicher, weil du nicht glauben wirst, was es da für Zeichnungen in dem Skizzenbuch gibt. Jap. Scheiß drauf. Das will ich zuerst zu dir sagen. Ich liebe dich. Ich will dich heiraten. Das sind meine ersten Worte an dich. Und du kannst antworten, was du willst. Aber es soll für den Rest meiner Tage bekannt sein, dass ich das als Erstes gesagt habe, und ich bin froh, dass ich meine ersten Worte auch so gemeint habe.«

»Du kannst sie immer noch ändern«, schlage ich vor.

»Nope, ich find sie gut«, sagt er. »Jetzt ist es dafür eh zu spät. Die Worte sind raus. Selbst wenn ich sie ändere, sind sie immer noch draußen. Sie sind frei. Wahrscheinlich auf halbem Weg zum Gabba-Stadion. Die kommen nicht mehr zurück.«

Inzwischen ist mein Lächeln so breit wie diese leere Brücke.

Er legt sich die Hände an die Stirn. »Warte nur, bis du die nächsten Worte hörst, die ich dir zu sagen habe.«

»Ich kann's kaum erwarten«, sage ich. »Hast du schon ein übergeordnetes Thema parat, mal abgesehen von Liebe und Ehe?«

Er nickt zuversichtlich. »Wunder. Das reinste Wunder. Vielleicht auch Zauberei. Bist du bereit für meine nächsten Worte?«

»Klar«, sage ich.

»Du bist es«, stellt er kopfschüttelnd fest. »Ich kann nicht glauben, dass du's wirklich bist.«

Erstaunt ziehe ich die Augenbrauen hoch und muss glucksen. Sein »Du bist es« klingt so ungläubig, als würde ich »Du bist es« zu Taylor Swift sagen, während sie mir bei McDonald's ein Softeis verkauft.

»'tschuldigung, kennen wir uns?«, frage ich.

»Ja«, platzt Danny heraus. »Ich meine … nein … aber … ja. Ich hab dich vorher schon gesehen.«

Ganz still steht er da. Diese seltsame Lücke zwischen uns. Noch hat keiner von uns Anstalten gemacht, sein Skizzenbuch aufzuheben. Wenn er das nicht bald macht, dann mach ich's. Die Bilder gehören nicht auf den Boden. Doch er steht nur da und starrt.

Ich will, dass er das Skizzenbuch aufhebt. Ich will, dass er mir die Zeichnungen zeigt. Das unsichtbare Mädchen an der Ecke Ann und Edward Street.

Nun hebt er eine Hand, um sich am Kinn zu kratzen, doch sie verharrt an seinem Gesicht, als wollte er prüfen, ob er wirklich aus Fleisch und Blut und nicht ein Produkt aus eigenartigen Mondscheinträumen ist.

Ich knie mich hin und hebe das Skizzenbuch auf. Wische Steinchen und Staub vom Einband. Dann gehe ich noch einen Schritt auf Danny zu und halte es ihm hin.

Instinktiv greift er danach. Seine Gedanken und sein Blick sind nach wie vor bei mir. »Du bist es«, wiederholt er.

Der Typ bringt mich zum Lachen. »Jap, ich bin's.«

Kopfschüttelnd schlägt er sein Skizzenbuch auf. »Ich zeichne Dinge.«

»Hab ich gehört«, antworte ich. »Du zeichnest Prachtstaffelschwänze.«

Danny scheint nach wie vor das Puzzle aus Schicksal und etwas mehr als nur einer subtilen Überwachung meinerseits zusammenzulegen. »Ich zeichne nicht nur Prachtstaffelschwänze«, sagt er. »Ich komme fast jeden Tag in die Stadt. Ich laufe gern rum und zeichne alles, was ich sehe.«

»Was genau?«

»Alles Mögliche. Ungewöhnliche Dinge. Seltsame Dinge. Und traurige Dinge.« Er wischt sich eine Haarsträhne aus den Augen, um mich besser ansehen zu können. »Schöne Dinge.«

Auf der Suche nach etwas Bestimmtem beginnt er, durch die Seiten zu blättern. »Vor ein paar Wochen, noch vor Weihnachten, habe ich in der Ann Street gesessen, mit dem Rücken ans Adina Hotel gelehnt. Da gegenüber von der Rampe, die hoch zum Hauptbahnhof führt. Hab einfach dagesessen und alles gezeichnet, was vorbeikam.« Endlich findet er die Zeichnung, nach der er gesucht hat. »Und dann hab ich aufgesehen, und all die Autos standen an der Ampel. Als sie grün wurde, sind alle nach links gefahren, und da habe ich dieses Mädchen gesehen. Sie hat mit einem Skizzenbuch auf der anderen Straßenseite gesessen und gezeichnet.«

Die Zeichnung zeigt er mir nicht. Stattdessen sieht er mich nur unverwandt an, als versuchte er, mit seinen Worten eine Erinnerung zu zeichnen. »Es hat sich angefühlt, als würden wir uns spiegeln.«

»Spiegeln?«, wiederhole ich.

»Ein Spiegelbild, ja«, bestätigt er. »Zwei Seiten einer Münze. Ich habe auf die andere Straßenseite geschaut und hatte das Gefühl, ich sehe mich selbst. Und dann habe ich beobachtet, wie das Mädchen aufgestanden ist und sich zwischen all die Menschen gestellt hat, die vorbeigelaufen sind.« Es klingt, als würde er von einem Traum erzählen. »Auf einmal hat sie etwas sehr Ungewöhnliches gemacht. Da zwischen den Menschen, alles Büroangestellte, die Feierabend hatten und zum Bahnhof oder woandershin geeilt sind. Sie stand da einfach mitten in der Menge, die an ihr vorbeigeströmt ist, hat die Arme gehoben und geschrien …«

»›Ich bin unsichtbar‹«, beende ich seinen Satz. Ich mag die Art, wie er Dinge mit Worten zeichnet. Deshalb zeichne ich die letzten Striche für ihn.

Danny schließt die Lücke zwischen uns. »›Ich bin unsichtbar‹«, flüstert er. Und dann zeigt er mir die Zeichnung, nach der er gesucht hat. Sie zeigt mich an der Ecke Ann und Edward Street. Dieselbe Zeichnung, die ich in der Weihnachtsnacht entdeckt habe.

»Du hast mich gesehen«, stelle ich fest.

»Ich habe dich gesehen. Am liebsten wäre ich sofort über die Straße gerannt, um dir das zu sagen. Ich wollte, dass du weißt, dass du nicht unsichtbar bist. Ich wollte, dass du weißt, dass du gesehen wirst. Aber dann hast du deinen Freund umarmt, und ihr seid die Edward Street runtergelaufen. Da bin ich wieder an meine Mauer zurückgegangen und habe genau das gezeichnet, was ich gesehen habe. Das warst du.« Er tippt auf meine Figur in der Zeichnung. »Das bist du.«

»Jep, das bin ich«, bestätige ich.

Er hält mir das Skizzenbuch hin, als handelte es sich um eine Hähnchenkeule, die er soeben aus dem Ofen geholt hat. Ich blättere durch die Seiten.

Dannys Wangen glühen. Der süße Junge aus Hamilton Hill ist rot geworden.

»Deine Zeichnungen sind wunderschön«, stelle ich fest. »Von Fehlern durchzogen, aber zugleich perfekt. Ich mag, wie schnell du zeichnest. Du hast das Talent, Dinge auszudrücken, und die Kraft, die du deinen Figuren gibst, gewinnst du aus Geschwindigkeit. Aber die Knochen stimmen auch. Guter Sinn für Licht und Schatten. Solides Verständnis für Perspektive. Und das Wichtigste: Du verstehst, dass das Bild nur so gut ist wie die Geschichte, die es erzählt.«

»Zeichnest du auch viel?«

»Wann immer ich die Gelegenheit habe«, antworte ich. »Ich spare, um am Queensland College of Art zu studieren. Ich will lernen, wie ich meine besten Zeichnungen in großartige Gemälde verwandle, und dann will ich nach New York ziehen und mein Werk im Metropolitan Museum of Art ausstellen.«

»Nimm mich mit«, sagt er.

Ich lächle ihn an. Unmöglich zu sagen, ob er es ernst meint. Unmöglich zu sagen, ob er ein Prinz, ein Schurke oder ein Dieb ist. Nur eins ist sicher. »Ich bin froh, dass du mich damals auf der anderen Straßenseite gesehen hast.«

Schweigen macht sich breit. Danny starrt mich wieder an. »Und was machen wir jetzt?«, fragt er.

Da muss ich laut lachen. »Was meinst du?«

»Na ja, es ist ein ungewöhnlicher Moment, findest du nicht? Wie standen schon die Chancen, dass wir uns auf diese Weise begegnen würden? Das war so gut wie unmöglich. Irgendein Schlägertyp will mein Skizzenbuch von der Brücke schmeißen, wird aber von einem echten Mädchen aufgehalten, das in dem Skizzenbuch abgebildet ist. Wie unwahrscheinlich ist das denn, bitte?«

»Jetzt, wo du es sagst, ist es wirklich ziemlich ungewöhnlich«, stimme ich ihm zu. »Fast wie vorherbestimmt. Vom Schicksal vielleicht.«

Es ist beinahe genug, um ein Mädchen an die Macht von Fehlern glauben zu lassen. An die Bedeutung von Unglück. Um es glauben zu lassen, dass sich das leidgetränkte, missratene Elend ihrer Vergangenheit lediglich zugetragen hat, damit sie in diesem glänzenden Hier und Jetzt erscheint. Bis zum Hals im Am-leben-Sein.

»Und, was *machen* wir jetzt?«, wiederholt er.

»Warum müssen wir überhaupt irgendwas machen?«

»Etwas so Ungewöhnliches muss aus gutem Grund geschehen«, erklärt er. »Ich glaube, wir müssen rausfinden, was dahintersteckt.«

Ich gehe zum Geländer und stütze die Ellbogen auf das schwarz lackierte Metall. »Tja, ich mache jetzt Folgendes: Ich werde hier stehen und fünfzehn Minuten lang schweigend auf den Fluss starren und über meine Vergangenheit nachgrübeln.«

»Noch so eine außergewöhnliche Wende des Schicksals«, stellt Danny mit leuchtenden Augen fest. »Noch so ein glorreicher Zufall. Genau das wollte ich auch tun. Macht es dir was aus, wenn ich mitmache?«

Lachend schüttele ich den Kopf.

Danny stützt sich direkt neben mir aufs Geländer. Auf der flachen Oberseite ist genug Platz, um sein Skizzenbuch sicher abzulegen.

Der Fluss schimmert im Nachtlicht. Schweigend starren wir nach unten. Ein Touristenboot fährt unter der Brücke durch. Im Wasser dümpelt eine gelbe Boje mit runder Unterseite und sich kreuzenden Metallstreben, die über einem blinkenden orangen Licht zwei X bilden.

Rund zwanzig Meter vom Ufer entfernt hüpft sie in der Strömung auf und ab. Plötzlich erkenne ich, dass sie sich fast genau dort befindet, wo Erica Finlay vor einem Jahr Christinas dahintreibenden Kinderwagen erreicht hat. Ich weiß, dass es nur ein Sicherheitsanzeiger für Boote bei Nacht ist, doch in diesem Moment kommt mir die Boje vor wie ein Mahnmal an Ericas Mut. Hier ist der Ort des Geschehens. Hier hat sich für die Künstlerin von Grund auf alles verändert.

Was hat sie noch gesagt? *Die Welt dreht sich für uns alle. Eines Tages wirst du aufwachen und merken, dass sich die Welt für dich wieder richtig herumgedreht hat und dass alles Schlechte, was du auf der Unterseite nicht verdient hattest, durch etwas Gutes ausgeglichen wird, das dir auf der Oberseite widerfährt. Eines Tages wirst du aufschauen und in ein Gesicht sehen, und plötzlich wird alles Sinn ergeben und all der schlechte Unterseitenkram dir im Nachhinein notwendig erscheinen. Es wird einfach nur ein ganz gewöhnliches Leben sein, einfach nur der ganz normale Lauf der Welt, aber für dich wird es sich anfühlen wie ein Wunder. Wie für dich gemacht. Für dich entworfen, gezeichnet wie eines deiner verrückten Bilder. Du wirst es Schicksal nennen. Du wirst sagen, dass es so kommen sollte. Und vielleicht ist es auch so. Weil das alles ist, was die Welt tun soll. Sich drehen. Und du bist dazu bestimmt, dich mit ihr zu drehen.*

Warme Sommerluft. Hinter uns geht Arm in Arm ein Paar vorbei. Zwei Teenager auf Skateboards kommen vom nördlichen Ende der Brücke und schlingern auf ihren Fishtail-Skateboards Richtung South Bank. Die pinken Lichter des Casinos. Das weiße Licht des Riesenrads.

Ich sehe zum Mond auf. Dannys Blick wandert nirgendwohin, wo meiner nicht bereits verharrt hat.

Nach fast drei Minuten Schweigen hält er es nicht mehr aus. »Hat die Form von M&Ms, weißt du«, sagt er mit einem Kopfrucken zum Nachthimmel.

»Was?«

»Der Mond. Die Leute denken, er hat die Form eines Golfballs, aber in Wahrheit sieht er aus wie ein M&M. Alle denken, er sei perfekt rund, dabei sehen wir nur, was für uns von der Sonne angestrahlt wird.«

Ich nicke in Richtung Mond.

»Es gibt da diesen Typen, der immer in der Adelaide Street sitzt«, fährt Danny fort. »Der hat mir das erzählt. Ivan heißt er. Du gibst ihm einen Dollar und kriegst im Gegenzug zwei faszinierende Fakten.«

»Was hat Ivan dir noch erzählt?«

»Der Durchschnittsmensch verbringt sechs Monate seines Lebens an roten Ampeln und wartet auf Grün«, sagt Danny.

»Was für eine Verschwendung«, bemerke ich. »Hat Ivan dir auch irgendwas Nützliches gesagt?«

»Er hat mir den Sinn des Lebens gesagt.« Danny zuckt die Schultern.

»Hat er wirklich?«

»Ja, hat er. Ich habe ihm gesagt, ich gebe ihm zwanzig Dollar, wenn er mir eine zufriedenstellende Antwort auf die Frage: ›Was ist der Sinn des Lebens?‹ geben kann.«

»Und hat er dir eine gegeben?«

»Ja.«

»Und du hast ihm zwanzig Dollar gegeben?«

»Hab ich.«

Ich drehe mein Gesicht zu Danny und stütze die rechte Wange auf meine rechte Faust. Dann sehe ich ihm abwartend in die Augen und sage nichts.

»Willst du seine Antwort gar nicht wissen?«, fragt er.

Ich schüttele den Kopf. »Ich kenne die Antwort schon.«

»Wirklich? Okay, was ist der Sinn des Lebens?«

»Ivan zufolge besteht er darin, vor deinem Tod so viele Menschen zu lieben, wie du kannst. Und zuzulassen, dass so viele Menschen wie möglich deine Liebe erwidern.«

»Heilige Scheiße«, entfährt es Danny. »Genau das hat Ivan gesagt!«

»Na ja, das glaubt Ivan ja auch«, sage ich.

»Und was glaubst du?«, fragt Danny. »Was ist für dich der Sinn des Lebens?«

»Radschlagen«, gebe ich zurück.

»Radschlagen.« Danny nickt. »Natürlich.«

Ich schüttele den Kopf. »Ich weiß es nicht. Eine Frau hat mir mal gesagt, dass man den Sinn des Lebens erkennt, wenn man einem Kind dreißig Sekunden oder länger direkt in die Augen schaut. Sie hat gesagt, man sieht den Sinn des Lebens in Kinderaugen.«

»Hast du das je gemacht?«

»Nee, ich kenne keine Kinder, mit denen ich das machen könnte.«

»Wie heißt du?«, fragt Danny.

Ich lasse mit der Antwort auf mich warten. »Vicki Peterson.«

Danny nickt und lacht. »Cool«, sagt er. »Du hast denselben Namen wie die Leadgitarristin der Bangles.«

Danny Collins kennt The Bangles. Von allen Poprockbands, die ausschließlich aus Frauen bestehen, kennt Danny Collins ausgerechnet The Bangles.

»Wie heißt du?«, frage ich.

»Danny. Danny Collins.«

»Es ist schön, mit dir auf einer Brücke zu stehen und auf den Fluss zu starren, Danny Collins.«

»Schön, mit dir auf einer Brücke zu stehen und auf den Fluss zu starren, Vicki Peterson.«

Ich lasse den Kopf sinken. Dann mache ich Liegestützbewegungen gegen das Brückengeländer, weil ich mit dem Gedanken spiele, diesem Jungen aus Hamilton Hill etwas Wichtiges zu sagen. Vor und zurück. Vor und zurück. »Kann ich dir eine Was-wäre-wenn-Frage stellen?«

»Klar. Ich liebe Was-wäre-wenn-Fragen.«

Ich lasse das Geländer los und drehe mich zu ihm um. »Was, wenn ich dir die Wahrheit sage? Aber was, wenn jede Wahrheit, die ich dir sage, genau hier, unter uns bleiben müsste? Und was, wenn du mir auch nichts als die Wahrheit sagen würdest und diese Wahrheiten hier bei uns in der Nacht bleiben müssten? In der Nachtwelt.«

Danny sieht aus, als wäre er kurz davor, was zu sagen, ist aber zu verwirrt, um einen Satz zu formulieren.

Ich lasse meinen Blick über die Stadt wandern. »Sieh dir das an, die ganze Stadt geht um neun Uhr schlafen.«

»Sinatra hat über diese Stadt gesungen«, bemerkt Danny. »Brisbane, die Stadt, die immer schläft.«

Er bringt mich zum Lächeln.

»Wenn du hier an einem Wochentag wie heute nachts rumläufst, fühlt es sich an, als wärst du der einzige Mensch auf der Welt«, sage ich. »Und die einzige Welt, die es gibt, ist die, deren Zentrum du bist. Nach neun Uhr ist es ein völlig anderer Ort. Was, wenn diese Welt deine werden würde? Unsere Nachtwelt, die es nur gibt, wenn Brisbane schläft. Und was wäre, wenn ich dir in dieser Welt nichts als die Wahrheit sagen würde? Wenn es eine solche Welt gäbe, würdest du sie mit mir teilen wollen?«

»Warum ich?«, fragt Danny.

»Weil ich dich nicht kenne«, erwidere ich. »Weil wir in dieser Stadt herumlaufen könnten, als wären wir zwei Fremde, die sich im Zug unterhalten. Weil du mich nicht kennst, aber aus irgendeinem Grund gesehen hast.«

Er denkt eine Weile nach. Hinter uns überquert ein 385er-Bus die Brücke, er rumpelt und ächzt, während der Fahrer durch die Gänge schrammt.

»Ja«, sagt Danny schließlich.

»Was, ja?«, frage ich.

»Meine Antwort lautet Ja. Ich würde die Welt gern mit dir teilen.«

Ich nicke dreimal und wende meinen Blick wieder dem Fluss zu. »Wirklich schön, das zu hören, Danny Collins.«

»Wirklich schön, gefragt zu werden, Vicki Peterson.«

Er stützt sich wieder mit den Ellbogen auf das Geländer. Schweigend starren wir auf den Fluss.

»Und, was jetzt?«, fragt er.

Ich sauge die warme Nachtluft tief durch die Nase ein und atme sie durch den Mund wieder aus. »Jetzt sage ich dir die Wahrheit.«

Eine halbe Stunde später laufen zwei Künstler über die Victoria Bridge durch die Nacht nach Süden.

»Wo wohnst du?«, fragt Danny.

»Nicht weit von hier«, erwidere ich. »Kleiner Ort. Nicht sehr fancy.«

»Ich kann mir vorstellen, dass du in einem coolen Stadthaus in New Farm zeichnest.«

»Nee, kleiner als das.«

»Ein gemütliches kleines Künstlerloft?«

»Kleiner.«

»Ein Dachboden. Wohnst du in einem schmuddeligen Dachboden wie ein Moulin-Rouge-Künstler?«

»In einem Van«, sage ich. »Ich wohne in einem orangen Toyota HiAce von 1987.«

Danny verlangsamt seine Schritte. »Wo ist dein Van?«

»Nicht weit von hier«, sage ich.

»Dann fährst du rum und schläfst immer da, wo du gerade parkst?«

»Nee. Mein Van hat vier platte Reifen. Steht auf einem Schrottplatz, seit ich zwölf bin.«

»Kann ich ihn sehen?«

»Nein.«

»Warum nicht?«

»Weil es verdammt peinlich ist, einen Jungen mit nach Hause zu nehmen, um ihm dein Bett neben der Handbremse zu zeigen.«

»Du bist also obdachlos?«, fragt er.

»Nicht obdachlos«, antworte ich. »Hauslos. Hast du ein Problem damit?«

»Nein«, sagt er und bleibt stehen. »Damit habe ich kein Problem.«

Wir gehen weiter.

»Wie alt bist du?«

»Achtzehn«, antworte ich.

»Und du schläfst seit sechs Jahren im Van?«

Langsam nicke ich dreimal.

»Wie ist das so?«

»Beängstigend«, erwidere ich. »Zermürbend. Ermüdend. Aber manchmal macht's auch Spaß. Kalt im Winter. Zu heiß im Sommer. Ich kann die Fenster vorn nicht runterkurbeln, um eine bisschen frische Luft zu bekommen. Da sind einfach zu viele Mücken. Durch ein Loch im Dach regnet's rein. Gibt kaum noch Platz, um meine Zeichnungen unterzubringen. An manchen Tagen wache ich auf und finde einen Rautenpython zusammengerollt unterm Lenkrad. Da ist quasi meine Küche. Ich kann nicht abschließen, deshalb klauen die Leute manchmal. Ich hab ein Stück Klebeband an der Schiebetür, auf dem steht: *Nimm, was du zu brauchen glaubst, aber bitte nicht meine Zeichnungen. Sie sind alles, was ich in dieser gottverdammten Welt habe.*«

»Scheiße«, sagt Danny. »Das klingt ja schrecklich.«

»Als Erica Finlay noch mit mir zusammengewohnt hat, war es okay.«

»Wer ist Erica Finlay?«

»Die Frau, die mich großgezogen hat.«

»Deine Mutter?«

»Nein, aber sie hat mich genauso geliebt. Wenn du jemanden bei dir hast, den du liebst und der dich auch liebt, dann kann man unter so ziemlich allen Umständen leben. Ich bin nicht obdachlos, aber ich habe rund dreißig obdachlose Freunde, die alle härtere Schlafplätze haben. Ich glaube, jeder von ihnen würde dir sagen, dass ihnen nicht das fließende Wasser oder die IKEA-Hocker fehlen. Ihnen fehlt Liebe. Wenn du weißt, dass da draußen jemand ist, der an dich denkt, dann kannst du so ziemlich alles überleben.«

»Wo ist Erica Finlay jetzt?«

»Ich zeig's dir.«

Wir kommen zu einem Marmorgedenkstein am Ende der Brücke, der einem elfjährigen griechischen Zeitungsjungen namens Hector Vasyli gewidmet ist. Er wurde im Jahr 1918 von einem ausscherenden Auto angefahren und getötet, als er gerade überglücklich die heimkehrenden Soldaten aus dem Ersten Weltkrieg begrüßte, die er so verehrte. Fehler sind unausweichlich. Fehler muss es geben.

Der Gehsteig auf der Brücke schwenkt sanft nach links und folgt einem Trampelpfad, der um den Fluss, den Kulturhof in South Bank und das überdimensionale *BRISBANE*-Schild führt, auf dem tagsüber Kinder mit klebrigen Eiscremefingern herumklettern. Ich führe Danny zum Ufer, vorbei am Fuß des Brückenpfeilers der Victoria Bridge, wo Erica und ich immer gesessen haben, während sie den guten Bürgern Brisbanes Flos Stoff verkauft hat.

Heute Nacht steht das Wasser hoch, und der Fluss ist voll und gefährlich. Es hat die ganze Woche geregnet, aber das Schlimmste scheint vorbei zu sein. Über dem Ufer hängt der Geruch von Mangroven, Abwasser und toten Fischen. Danny und ich starren auf die braune Schlange.

»Erinnerst du dich an die Geschichte von der kleinen Christina?«, frage ich Danny.

Danny hebt den Blick gen Himmel und reibt sich das Kinn. Da klingelt nichts.

»Es war vor rund einem Jahr«, erzähle ich. »Genau hier ist ein Kinderwagen in den Fluss gerollt. Eine gute Samariterin ist reingesprungen und hat verhindert, dass er untergeht. Das Baby hat überlebt, die gute Samariterin hatte nicht so viel Glück.«

Danny schnipst mit den Fingern. »Ja, jetzt weiß ich's wieder«, sagt er. »Sie haben versucht rauszufinden, wer sie war. Keiner wusste was über sie.«

Ich nicke zweimal und klopfe mit der Hacke meines Stiefels unruhig gegen das gepflasterte Flussufer. »Das war Erica Finlay«, sage ich und starre auf die Stelle, wo ihr Gesicht damals unter die Wasseroberfläche gezogen wurde.

»Sie war eine Heldin«, bemerkt Danny.

»An dem Tag, ja.«

Die gelbe Boje, die ich oben von der Brücke aus im Wasser habe herumhüpfen sehen, sieht von hier unten größer aus. Aus dieser Perspektive. Man kann die Dinge aus vielen verschiedenen Blickwinkeln betrachten.

»Ich sollte eigentlich gar nicht hier sein, Danny«, sage ich.

»Nicht?«

»Nein. Mein Leben hätte nicht so verlaufen sollen. Jemand hat einen furchtbaren Fehler gemacht, und ich wurde in ein Leben gezwungen, für das ich nicht bestimmt war.«

»Wie sieht das Leben aus, das du hättest haben sollen?«, fragt Danny.

»Ich weiß es nicht genau«, antworte ich. »Aber ich weiß, dass es leichter gewesen wäre als dieses. Schöner. Mit weniger Kämpfen. Es hätte nicht so viele unerwartete Konflikte geben sollen. Ich hätte nachts besser schlafen sollen. Nicht ständig in Angst leben. Es hätte weniger kalt werden sollen. Weniger verwirrend. In dem Leben hätte ich keine Muskelschmerzen gehabt. Ich wäre nachts nicht schweißgebadet aufgewacht. In dem Leben hätten meine Achseln besser gerochen. Mein

Magen hätte sich nicht so viel zusammengezogen. Und ich glaube, ich hätte einen Swimmingpool haben sollen. Und einen dieser Kühlschränke mit zwei Türen, die nach außen aufgehen, und in einer gibt es einen Wasserspender mit Eiswürfeln. Ich hätte eine Familie haben sollen.«

Eine Träne rollt meine linke Wange hinunter. Ich schüttele den Kopf. »Ich heiße nicht Vicki Peterson. Ich benutze manchmal statt meinem echten Namen die von Popstars. Hätte nicht gedacht, dass du The Bangles kennst. Die meisten Leute kennen nur Susanna Hoffs. Aber ich merke langsam, dass du anders als die meisten Leute bist, Danny Collins.«

Er zuckt die Schultern und kickt mit der Hacke seines Schuhs einen Flussstein.

»Tut mir leid«, sage ich. »Ich weiß, wie verrückt ich klingen muss. Ich verstehe vollkommen, wenn du dich jetzt unauffällig von mir entfernen und deinen eigenen Kram machen willst.«

Er lacht. »Mir geht's gut, aber danke für den Fluchtweg. Wie ist denn dein richtiger Name?«

»Ich weiß es nicht«, sage ich.

»Warum weißt du das nicht?«

»Erica Finlay hat mir meinen richtigen Namen nie gesagt. Das wollte sie eigentlich an meinem achtzehnten Geburtstag machen. So war unser Deal. Aber sie ist zwei Monate zu früh in den Fluss gesprungen.«

Ich wische mir mit den Handflächen das Gesicht ab. »Aber all das ist nach morgen nicht weiter wichtig.«

»Was passiert morgen?«

»Ein Polizist wird mir sagen, wer ich bin.«

Ich drehe mich ganz zu Danny um. »Hast du je einen einzigen Moment in deinem Leben erlebt, der jedem anderen kleinen Moment, den du vorher erlebt hast, neue Bedeutung verliehen hat?«

Danny denkt eine ganze Weile nach. »Ich glaube, ich befinde mich jetzt in einem dieser Momente. Warum hat Erica Finlay dir nie deinen echten Namen gesagt?«

»Sie hat was Schreckliches getan, Danny. Was wirklich Schlimmes. Sie hat mir gesagt, dass sie meine Mutter ist, dabei war das nur eine fette, stinkende Lüge. Sie hat mir erzählt, dass sie meinem Vater ein Schälmesser in die Kehle gerammt hat. Ich hab sie gefragt, was ein Schälmesser ist, und sie meinte, damit schneidet man Zitronen.«

Ich beobachte Danny, um zu sehen, welche Wirkung diese Worte auf ihn haben. Er verzieht das Gesicht, bleibt aber nach wie vor stehen. Hört nach wie vor zu. Danny Collins ist ein Künstler. Danny Collins ist ein Zuhörer. Danny Collins hat gesagt, er will die Nachtwelt mit mir teilen.

»Sie hat immer gesagt, das wäre das wirklich Schlimme, das sie getan hat. Sie hat mir erzählt, sie habe es getan, weil mein Vater ein Monster gewesen sei. Und ich hab's verstanden, weil das manchmal die letzte Chance zu sein scheint, wenn man aufhören will, mit einem Monster zu tanzen. Wusstest du, dass jede Woche eine australische Frau von so einem Monster umgebracht wird?«

»Nein«, erwidert Danny sanft. »Das wusste ich nicht.«

»Erica wusste das. Sie hat gesagt, dass wir deshalb geflohen sind, als ich noch ein Baby war. Aber willst du die Wahrheit wissen, Danny?«

»Klar«, flüstert er. »Aber nur, wenn du sie mir sagen willst.«

»Ja, ich will dir die Wahrheit sagen, Danny«, sage ich. »Ich habe die Leute schon viel zu lange über Erica Finlay belogen. Ich habe mir die hellsten Lügen für sie ausgedacht. Lügen, die keinem wehtun sollen. Aber ich muss damit aufhören, weil ich merke, wie sie anfangen, mir wehzutun. Sie machen mich wütend. Sie verwandeln mich in eine Person, die ich nicht sein will.«

»Okay, dann sag mir die Wahrheit.«

»In Wahrheit hat sie etwas viel Schlimmeres getan, als meinem Vater ein Schälmesser in die Kehle zu rammen. Etwas so Schlimmes, dass sie wusste, dass ich ihr nie vergeben könnte. Und sie wusste, in dem Moment, in dem ich meinen echten Namen erfuhr, würde ich auch erfahren, was sie getan hat.«

Ich lasse den Blick über den Nachthimmel schweifen. Die Gebäude des Queensland Performing Arts Centre sind in grellgrünes Licht getaucht. Seine massiven Wände aus cremefarbenem Beton sehen nun aus wie riesige vibrierende Kryptonitbrocken.

»Und morgen erfährst du die Wahrheit«, stellt Danny fest. Gedankenverloren starrt er ins Wasser. »Aber du hast Angst, weil … weil …« Noch mehr Gedanken. Dann entscheidet er sich für einen. »Weil du Erica Finlay immer noch liebst.« Er lässt die Worte in der Luft hängen.

Ich sehe ihm in die Augen und flüstere: »Wer bist du?«

Eine Stunde später. Wir laufen den Radweg am Fluss entlang in Richtung der Rasenstreifen, die von der schachtelförmigen Gallery of Modern Art zum Wasser hinunterrollen.

»Und wo wohnst du, Danny Collins?«

»Ich wohne noch bei meinen Eltern«, antwortet er. »In einem Haus in Hamilton Hill.«

»Hamilton Hill? Muss ein schönes Haus sein.«

Danny zuckt die Schultern. Die Hände hat er tief in den Taschen vergraben. »Na ja, du weißt schon, dieses andere Leben, von dem du gesprochen hast?«

»Ja.«

»Weißt du noch, der Swimmingpool, von dem du geredet hast?«

»Du hast einen?«

Er nickt. »Und weißt du noch, der große Kühlschrank mit den zwei Türen, die Eiswürfel machen?«

»Ja. So einen hast du auch?«

Von seinem linken Mundwinkel aus breitet sich ein Lächeln aus und macht den Blick frei auf eine Reihe guter Zähne. Er nickt. »Ja, wir sind verdammt fancy da oben in Hammo Hill.« Er kickt einen Stein vom Pfad in den Fluss.

»Hast du Geschwister?«

»Eine ältere Schwester.«

»Wie heißt sie?«, frage ich.

»Samara.«

»Wie ist das so?«

»Wie ist was so?«

»Eine ältere Schwester zu haben.«

Danny zuckt die Schultern und sieht zu den Sternen hoch. »Wie ein babyscheißegelber Pulli.«

»Wie das?«

Lachend schüttelt er den Kopf. »Als ich zehn war, bin ich auf dieses Pfadfinderlager in einen Wald hinter der Gold Coast gefahren«, erzählt er. »Bevor ich los bin, ist meine Mutter meinen Rucksack durchgegangen und hat mich gefragt, warum ich denn keinen Pulli eingepackt habe. Ich meinte, dass all meine Pullis mir zu klein sind. Da hat meine Mutter darauf bestanden, dass ich diesen babyscheißegelben Pulli mitnehme, der meiner Schwester gehört hat.«

»Xanthos«, sage ich.

»Bitte?«

»Xanthos heißt die babyscheißegelbe Farbe.«

»Xanthos.« Danny nickt. »Jedenfalls hätte ich diese Xanthosscheußlichkeit nie im Leben angezogen. Der war nicht gewaschen und stank noch nach Impulse-Bodyspray. Aber in einer Nacht konnte ich nicht schlafen. Irgend so ein Arschlochkind hat mich gemobbt, weil ich an dem Tag den Sportwettkampf gewonnen habe. Da habe ich so richtig Heimweh bekommen und mich nur noch im Bett rumgewälzt. Und mir war kalt, deshalb blieb mir nichts anderes übrig, als Samaras babyscheißegelben Pulli anzuziehen. Und weißt du was, der Geruch hat mich daran erinnert, wie es ist, sie zu umarmen. Und das erinnerte mich an zu Hause. Und da hab ich plötzlich nicht mehr so viel Heimweh gehabt, weil ich ein bisschen Zuhause dabeihatte. Lange Rede, kurzer Sinn, für mich ist Zuhause ein babyscheißegelber Pulli. Zuhause ist Samara. Samara ist Zuhause.«

Ich lächele ihn an. »Wohnt sie immer noch bei euch?«

»Nein, im Moment nicht.«

»Wo ist sie?«

»In einer Villa in den Bergen«, sagt Danny. »Fancy Haus. Es heißt das Plateau.«

»Mit Swimmingpool?«

»Ja, verdammt«, antwortet Danny. »Und mit eigenem Fitnessstudio. Plus Kino und unverstelltem Blick über South East Queensland.«

»Gehört das Haus auch deiner Mum und Dad?«

»Nein.« Er lächelt. »Es ist eine Entzugsklinik.«

»Tut mir leid, das zu hören.«

»Schon in Ordnung.«

»Was versucht sie loszuwerden?«

»Meth.«

Ich schüttele den Kopf. »Scheiße, warum ist sie denn auf den Zug aufgesprungen?«

»Das frage ich mich auch«, sagt er. »Zuerst habe ich über meinen Anteil an dem Ganzen nachgedacht. Habe ich ihr je was getan? Habe ich sie je verletzt? Habe ich sie nicht genug unterstützt? Habe ich sie nicht genug geliebt oder so?«

»Und dann bist du zu deinen Eltern übergegangen«, stelle ich fest.

»Jap«, sagt Danny. »Binnen Minuten. Und dann habe ich über ein paar Freunde von Samara nachgedacht, die echt schlimme Dinge getan haben, um sich an ihren selbstsüchtigen Arschlocheltern zu rächen.«

»Sind deine Eltern selbstsüchtige Arschlöcher?«

»Nein«, erwidert er. »Das ist es ja gerade. Meine Eltern sind toll. Verdammt reich, aber wenn du sie treffen würdest, würde dir das nicht gleich auffallen. Sie bilden sich nichts drauf ein, sondern sind echt nett. Durchgeknallte Künstlertypen, die sich fast dafür schämen, dass sie eine gut laufende Kanzlei in eine Geldmaschine verwandelt haben. Sie streiten mal, aber nichts, wofür man den Seelenklempner rufen muss. Sie lieben Samara und mich zum Mond und zurück. Und nachdem ich über all das nachgedacht hatte, blieb mir nur noch eine Erklärung: Vielleicht hat sie sich gelangweilt. Ihr Leben hat sie gelangweilt. Das Leben, in das sie geboren wurde.

Der Swimmingpool hat sie gelangweilt. Der Kühlschrank mit den beiden Türen, die Eis machen, hat sie gelangweilt. Samara Collins zu sein, hat sie gelangweilt.«

»Verdammtes Privileg, so gelangweilt zu sein«, stelle ich fest.

»Habe ich dir nicht erzählt, wie fancy es da oben in Hamilton Hill ist?« Danny lächelt.

Wir laufen weiter. Inzwischen haben wir die Bronzestatue des umgedrehten Elefanten vor der Gallery of Modern Art erreicht, wo ich mich mit Detective Topping getroffen habe.

»Von Meth runterzukommen, ist krass«, sage ich. »Nicht nur körperlich. Halluzinationen und so'n Kram. Aggressionen. Wenn sie nach Hause kommt, müsst ihr aufpassen, wie sie so drauf ist. Es gibt da diesen Zustand namens Anhedonie. Man verliert die Fähigkeit, Freude zu empfinden, ganz egal, was man erlebt. Und keine Familie kann das ändern. Keine Freunde. Keine babyscheißegelben Pullis. Kein Fernseher, kein Essen, kein Sex und keine Filme, noch nicht einmal die mit Timothée Chalamet. Sie wird in ein dunkles Loch fallen, und das Einzige, was sie da rausholen kann, ist die Sonne. Und ich meine damit nicht ihre Strahlen, sondern wie sie auf- und untergeht. Nur die gute alte Zeit, Danny. Und dann hört ihr eines Tages ›Ob-La-Di, Ob-La-Da‹ im Radio da oben in Hamilton Hill, und sie wackelt einen großen Zeh zum Rhythmus. Das wird sich anfühlen wie ein verdammtes Wunder.«

Danny bleibt abrupt stehen. »Scheiße noch mal. Du kennst dich aber gut aus.«

Ich zucke die Schultern. »Ich habe früher Meth an Süchtige in ganz Brisbane geliefert.«

»Was?«

»Das war mein alter Job«, erkläre ich.

»Du hast Meth an Süchtige in ganz Brisbane geliefert?«

»Nicht nur Meth. Manchmal Kokain. Meistens Heroin.«

»Ist das dein verdammter Ernst? Du warst ein Scheißdrogenkurier?«

»Ich hab dir doch gesagt, ich erzähl dir die Wahrheit.«

»Hast du je in die Langside Road in Hamilton Hill geliefert?«

»Nein.«

»Du weißt schon, dass du eine Mitschuld daran trägst, dass meine Schwester ein einziges Chaos ist«, sagt Danny.

»Nee. Wenn jemand ein Chaos werden will, ist es egal, welche Gesichter zwischen dem Menschen und dem Chaos aufblitzen.«

»Blödsinn«, entgegnet Danny. »Das ist echt ein Scheißjob. So was für ein paar Kröten zu tun. Mir egal, wie zusammengezogen dein Magen oder wie klein dein verrosteter Van ist. Das ist das Letzte, und dafür wanderst du sehr wahrscheinlich in die Hölle.«

»Tja, dann wirst du dich ja freuen zu hören, dass ich dem illegalen Drogenhandel den Rücken kehre«, stelle ich fest.

»Und was hast du jetzt vor?«

»Ich will Kunst studieren. Dann werde ich eine bahnbrechende, international anerkannte Künstlerin. Ich werde die Welt bereisen, Kaffee an kleinen grünen Kaffeetischen schlürfen und wunderschöne Bilder malen.«

Danny lacht. »Kann ich mitkommen?«

»Klar, aber du musst deine eigenen Kunstutensilien mitbringen.« Genug über mich. Ich lenke die Unterhaltung wieder auf Danny. »War Samara der Grund, warum du auf der Brücke geweint hast?«

»Du hast mich auf der Brücke weinen sehen?«

»Kurz bevor diese Rollerjungs uns in die Quere gekommen sind«, sage ich. »Ich hab dich gesehen. Große, schwere Tränen waren das, die du wegwischen musstest. Waren die wegen Samara?«

Danny lächelt. »Willst die Wahrheit wissen?«

»Das ist alles, was ich heute Nacht will.«

Aber Danny sagt nichts mehr. Stattdessen geht er noch ein paar Schritte auf die Elefantenstatue zu. Das große Bronzetier wirkt verwirrt, als könnte es nicht fassen, warum das Universum es umgedreht hat. Die Ohren liegen wie Teppiche auf dem Boden. Der Rüssel ist eingerollt. Die mächtigen Stoßzähne berühren fast die Erde. Oben ist unten. Unten ist oben.

»Es heißt *The World Turns*. Die Welt dreht sich«, erklärt Danny. »Ein Neuseeländer hat es geschaffen. Hat die Regierung Millionen gekostet. Ich schätze mal, zehn Millionen Dollar wäre noch günstig. Das ist das beste Kunstwerk im öffentlichen Raum in ganz Brisbane.«

Er tritt ganz nah an das umgedrehte rechte Auge des Elefanten. Als er einen Handstand am Fuß der Skulptur macht und seine Beine an den großen Elefantenbauch legt, tauchen Mondschein und die städtischen Laternen den Jungen aus Hamilton Hill in sanftes Licht. »Wenn sie die Statue betrachten, sehen die meisten Leute bloß einen umgedrehten Elefanten«, erklärt er, während ihm das Blut in den Kopf schießt. »Dabei entgeht ihnen, was der Elefant mit seinem umgedrehten rechten Auge anstarrt. Am besten sieht man es, wenn man die Welt genauso betrachtet wie der Elefant.«

Sichtlich fit und sportlich lässt er die Beine wieder zu Boden sinken. »Komm, sieh's dir an«, sagt er. Ich bewege mich auf die Statue zu und bleibe mit den Füßen vor dem rechten Stoßzahn stehen. »Mach einen Handstand«, befiehlt Danny.

»Ich kann nicht einfach so einen Handstand machen«, protestiere ich.

»Klar kannst du. Du kannst den Handstand machen, und ich halte deine Beine nach oben und gegen unseren Elefantenfreund hier gelehnt.«

»Halt mich bloß fest.«

»Vertrau mir«, sagt er. »Du musst aus derselben Richtung schauen wie der Elefant. Du musst der Elefant werden.«

»Der Elefant werden?«, wiederhole ich.

»Der Elefant seeeeeein«, brummt Danny mit tiefer Stimme wie ein tibetanischer Mönch.

Ich lege beide Hände auf den Rindenmulch um die Skulptur. Dann schließe ich die Augen, lasse beide Beine in die Luft schnellen und in Dannys Arme fallen. Vorsichtig legt er meine Füße gegen die große Körpermitte des Elefanten. Ich öffne die Augen, und die Welt steht kopf. Einen Moment wird mir schwindelig. Der Sternenhimmel befindet sich nun da, wo der Fluss sein sollte, und der Fluss dort, wo der Sternenhimmel sein sollte. Das bedeutet, dass Erica aus dieser Perspektive im Himmel ist. Gebäude und Brücken stehen kopf. Und dann konzentriere ich mich auf das, was der Elefant schon die ganze Zeit aus seinem aufgerissenen rechten Auge anstarrt.

»Eine Ratte«, stelle ich fest. Die Bronzeskulptur einer Ratte.

Mir rauscht zu viel Blut in den Kopf, und ich schwinge meine Beine wieder nach unten zur Erde, wo meine Füße hingehören. Schnappe nach Luft und klopfe Rindenmulchstückchen ab, die sich in meine Handflächen gebohrt haben.

»Warum starrt der Elefant eine Ratte an?«, frage ich.

»Die Frage habe ich mir auch oft gestellt«, sagt Danny. »Eine Lesart könnte lauten, dass der gewaltige Elefant sich mächtig ins Zeug gelegt hat, um der Ratte nah zu kommen. Soll heißen, ein starkes und gewaltiges Lebewesen hat sich dafür entschieden wertzuschätzen, was mickrig ist und übersehen wird. So weit ist er bereit zu gehen, um die Welt aus der Perspektive der armen kleinen Ratte zu sehen. Aber wir müssen auch bedenken, dass das Land um uns herum ein Ort der Ratten ist. Das hat mir eine Freundin aus der Uni erzählt. Tess, eine Aborigine. Ihre Großmutter ist hier in der Gegend aufgewachsen. Sie hat gesagt, dass hier in Wahrheit große, fette Wasserratten, die am Ufer des Flusses leben, das Sagen haben. In dieser Gegend müssen sie sich nicht im Schatten verstecken. Hier stellt sich die ganze Welt auf den Kopf, um einen Blick auf die Ratte zu erhaschen. Und jetzt sieh dir die kleine Ratte mal genauer an.« Danny kauert sich hin. »Guck mal, sie dreht sich vom Elefanten weg. Er ist ihr scheißegal. Hier ist also die Ratte stark und gewaltig, und der Elefant ist mickrig und wird übersehen. Plötzlich wird das größte, aufsehenerregendste Lebewesen der Welt irgendwie ...« Danny stockt auf der Suche nach dem richtigen Wort.

Ich komme ihm zu Hilfe. »Unsichtbar.«

Die Künstlerin starrte Danny Collins eine volle Minute lang im Mondschein an. Noch nie zuvor war ihr jemand begegnet, der von den Machtdynamiken zwischen Elefanten und Ratten sprach. Sie fragte sich, wie die Welt ihr wohl erscheinen würde, wenn sie den seltsamen Jungen aus Hamilton Hill häufiger darin sehen würde. In dieser Nacht lagen sie rücklings auf der weichen Grasböschung, die zu Elefant und Ratte hinaufführte, und unterhielten sich stundenlang. Die Künstlerin blätterte durch Danny Collins' Skizzenbuch und fragte ihn, wo seine Bilder herkamen. Fragte ihn nach den Dingen, die in seinen Bildern dargestellt waren. Die Dinge, die er zeichnete. Die Dinge, die er wahrnahm. Die Dinge, die er fühlte. Sie redeten über ihre Lieblingskünstler, Bleistiftbreiten und Stiftminen. Sie redeten über ihre Stadt und die Olympischen Spiele, die nach Brisbane kamen.

Danny Collins sagte, er könne es kaum erwarten, weil er sehen wolle, wie sich die Stadt Brisbane bei der Eröffnungszeremonie der Welt präsentiere. Er beschrieb auch, wie er sich die Zeremonie ausmalte: Tänzer, die statt eines Kopfes eine Ananas trugen. Eine ganze Armee tanzender Friseure aus den Stefan Salons. Tribute an das Pancake Manor in der Charlotte Street und eine interpretative Tanzszene mit fünf Teenagern, die vor dem Hungry Jack's in der Queen Street Mall an E-Zigaretten zogen. King Wally Lewis sollte auf einem riesigen aufblasbaren Ibis ins Stadion reiten. Und wenn die Zuschauer es am wenigsten erwarteten, sollte es einen Teil geben, der unangenehmen Wahrheiten gewidmet war: Siedler auf ihren Farmen rund um Ipswich, die der lokalen Aboriginebevölkerung Mitte der 1850er-Jahre mit Arsen gefüllte Kekse gegeben hatten. Außerdem das

Massaker an Indigenen Anfang des 20. Jahrhunderts auf Bentinck Island im Golf von Carpentaria und ein Musicalsong, der den Aufstieg und Fall der Queenslander Regierung der Siebziger- und Achtzigerjahre begleitete, samt Polizeikorruption und all den damit einhergehenden Morden und Gewaltfällen in der Schattenwelt. Die Musik dazu sollte »Staying' Alive« von Redcliffes Lieblingssöhnen, den Bee Gees, liefern.

Da merkte die Künstlerin an, dass sie hoffe, die Eröffnungszeremonie werde auch die Brisbaner Wohnkrise thematisieren. Sie dachte an ein Musical über die Geschichte eines Brisbaner Mädchens, das in einer Müllstadt aus Autowracks aufwuchs, und zwar vor dem Soundtrack von »Dreamworld« von Midnight Oil. Die Künstlerin erklärte, sie mache sich Sorgen, was die Olympischen Spiele für all die ihr bekannten Menschen bedeuten würden, die draußen schliefen. Sie wies darauf hin, dass die Olympischen Spiele im Winter begannen und es knapp an warmen und sicheren Schlafplätzen würde.

Die Künstlerin redete auch davon, wie die Stadt Brisbane für sie zugleich eine Quelle der Verzweiflung und der Freude war. Verzweiflung aufgrund der vielen kleinen Momente von Grausamkeit, die sie täglich mitansehen musste. Freude wegen der Freundlichkeit, die ihr täglich begegnete. Die Imbissbudenbesitzer, die Essen für Brisbanes Obdachlose beiseitestellten. Eine Obdachlosengemeinschaft, die sich umeinander kümmerte. Menschen, die anderen Decken in geheimen Verstecken hinterlegten. Menschen, die Eintrittscodes für private Toilettenhäuschen teilten. Menschen, die Netflix-Passwörter, Wi-Fi-Passwörter, Spotify-Passwörter, Büchereiausweise und Gutscheine fürs Fitnessstudio teilten.

Danny und die Künstlerin redeten über ihre Träume und ihre Zukunft, und dann redeten sie über Träume, die man hat, wenn man wach ist und alle anderen schlafen. Und dann wandte die Künstlerin den Kopf einem städtischen Laternenpfahl am Fluss zu und dachte über die Beziehung zwischen Licht und Elektrizität und ihrem eigenen Herzen nach. Die Lampe hing an einem schwarzen Pfosten, der sich über den Uferweg beugte wie eine Nachttischlampe über einen nächtlichen Leser. Sie fragte sich, ob das Licht, das von der Laterne ausging, heller war als noch vor einer Woche, als sie den Uferweg entlanggelaufen war. Sie fragte sich, ob die schiere Anwesenheit von Danny Collins sich auf ihre Sehkraft auswirkte. Waren die Dinge in seinem Wirkungskreis heller? Würden die Sterne von nun an regelmäßiger für sie scheinen? Würde der Mond ihr jede Nacht mehr Licht schenken, als die Sonne zuließ?

Wir blicken zu den Sternen auf. Rücklings im Gras.

Dann rollt Danny sich auf die Seite und stützt seinen Kopf in die linke Hand. »Hey, willst du eigentlich noch wissen, warum ich auf der Brücke geweint habe?«, fragt er.

»Ja.«

Er setzt sich auf. Zerbricht einen Zweig zwischen den Fingern in kleine Teile. »Es ist ein bisschen verrückt.« Ein Zweigteilchen landet auf seinem Fuß.

»Manchmal gehe ich in die Mitte der Brücke, sehe über das Geländer und denke darüber nach zu springen.«

»Okay.«

»Aber nicht auf eine traurige Art, die mit dem Tod zu tun hat, sondern mit dem Am-leben-Sein«, erklärt er.

»Es hat mit dem Am-leben-Sein zu tun?« Ich nicke und versuche ihm zu folgen.

»Ich glaube nicht, dass ich je runterspringen würde, aber manchmal denke ich so intensiv darüber nach, dass es mir Angst macht«, sagt er. »Und dann fühle ich mich umso mehr am Leben. Dann bin ich dankbar. Weil ich in dem Moment das Gefühl habe, ich hätte mich selbst vor dem sicheren Tod gerettet. Keine Ahnung, was in mir runterspringen will. Ich kann nicht erklären, wo es herkommt. Aber irgendein seltsamer Teil in mir will immer sterben. Ich glaube, deshalb habe ich auch Höhenangst. Warst du jemals auf einem der Balkone von diesen hohen Wohnblöcken an der Gold Coast?«

»Nein«, entgegne ich. »Ich wohne in einem Auto.«

»Stimmt«, sagt er. »Tut mir leid. Arroganter Arsch.«

»Hast ja auch was, auf das du dir was einbilden kannst.«

»Jedenfalls haben diese Wohnungen an der Gold Coast Balkone hoch in den Wolken, aber das Geländer reicht einem noch nicht einmal über den Bauchnabel. Du könntest stolpern, und das war's. Klatsch. Ich glaube, manche Leute bekommen Angst auf diesen Balkonen, weil sie Angst vor diesem Teil in sich haben, der sterben will. Für die meisten von uns ist das einer der wenigen Momente im Leben, in denen wir alles so einfach beenden könnten. Wir erschrecken uns vor der Stimme in unserem Kopf, die schreit: ›Spring nicht, du Trottel!‹ Und dann fragen wir uns: Welcher Verrückte muss sich das überhaupt erst sagen? Wenn ich also auf der Brücke stehe und über diesen ganzen Kram nachdenke, dann zeigen mir diese Gedanken, wie verdammt schön alles ist. Der Gedanke an den Tod macht mir bewusst, warum ich alles so sehr liebe. Ich gucke auf den Fluss, die Gebäude, die Lichter, den Mond, die Sterne und all die Menschen, die vorbeigehen, und sage mir: ›Du hast echt ein Schweineglück.‹ Immer dieselben dummen Worte. Immer wieder sage ich mir die im Kopf. Du hast echt ein Schweineglück. Du hast echt ein Schweineglück. Und plötzlich werde ich ganz aufgeregt. Ich bin, verdammt noch mal, hier und am Leben. So intensiv am Leben, dass es mich zum Weinen bringt. Und dann lasse ich die Tränen einfach laufen und fühle mich lächerlich und schäme mich, aber gleichzeitig ist es auch schön, weil es die Wahrheit ist. Ich bin am Leben. Ich bin hier. Ich habe ein Schweineglück.«

Danny wirft sein Stöckchen weg und dreht sich zu mir um.

»Das stimmt doch, oder?«, fragt er. »Es ist doch wirklich schön, oder nicht?«

»Was?«

»Alles«, erwidert er. »Oder liege ich da falsch?«

Ich liege rücklings im Gras und sehe den Mond an. Wolken hüllen eine Hälfte in einen geisterhaften Schleier. »Manchmal.«

»Sagen wir uns immer noch die Wahrheit?«, fragt er.

»Klar.«

»Wolltest du je sterben?«

»Ja«, sage ich. »Ein Mal.«

»Wann?«

»Als Erica Finlay gestorben ist.«

»Weil du sie so sehr geliebt hast«, vermutet Danny.

»Auch«, antworte ich. »Aber es war mehr als das. Ich habe die Frau geliebt, zu der ich durch sie geworden bin. Sie hat mir geholfen, mutig zu sein. Sie hat mir gezeigt, wie man Künstlerin wird. Wie man überall Kunst sieht. Wie man Wunder erkennt. Die Wunder, die im Leben verborgen sind und in mir selbst. Ich mochte den Menschen, der ich um sie herum war. Wir alle tragen diese Versionen von uns selbst in uns, glaube ich. Traumversionen. Manchmal sehen wir sie so deutlich vor uns, dass wir überzeugt sind, diese Menschen in uns gibt es wirklich. Aber dann kommt die Welt dazwischen und tötet sie. Die Welt wirft sich auf uns und erstickt diese Menschen. Sie verändert sie, manchmal ohne dass wir es überhaupt bemerken. Die Welt zerstückelt diese Menschen. Löst sie auf. Bringt sie zum Verschwinden. Und dann kommen sie nie wieder.«

Ich drehe Danny das Gesicht zu. »Sagen wir uns immer noch die Wahrheit, Danny Collins?«

»Nichts als die Wahrheit.«

»Du hast vorhin davon gesprochen, dass wir Spiegel sind«, sage ich. »Kann ich dir was Verrücktes erzählen?«

Er nickt.

»Es ist ein bisschen abgefahren.«

»Na, jetzt musst du's mir aber wirklich erzählen.«

Ich wende den Blick wieder nach oben zu den Sternen. »Ich habe einen Spiegel, den ich auf dem Sperrmüll gefunden habe. Manchmal, wenn ich hineinsehe, ist darin eine Frau, die mit mir spricht. Sie erzählt mir Dinge über mein Leben und was ich später mal machen werde. Manchmal trägt sie ein rotes Kleid und liegt genau wie wir jetzt im Gras. Dann guckt sie genau wie wir aus all diesen exotischen Orten in der ganzen Welt in die Sterne. Und dann ist da manchmal noch ein gut aussehender Mann neben ihr. Der Typ kommt immer einfach so reingelatscht und küsst sie, und er trägt immer diesen braunen Vintage-Anzug …«

»Vintage-Anzug?«, fragt Danny.

»Ja, so einen braunen Vintage-Anzug.«

Danny zieht die Augenbrauen hoch und nickt.

»Was?«

»Egal«, erwidert er. »Wie heißt die Frau?«

»Lola.«

»Lola.« Danny lässt sich den Namen auf der Zunge zergehen. »Und wie sieht diese Lola aus?«

Gute Frage.

»Na ja, schön«, sage ich. »Kultiviert irgendwie. Und tough, schlau und stark. Meistens jedenfalls. Aber an manchen Tagen sieht sie echt grässlich aus. Gebrochen. Kaputt. Als würde sie sich auflösen.«

»Ich meine, wie sieht ihr Gesicht aus?«, hakt Danny nach. »Wie das von Sophia Loren? Oder eher Cate Blanchett? Hat sie ein Gesicht wie Beyoncé, oder ist sie grottenhässlich?«

Darüber muss ich eine ganze Weile nachdenken. Wirklich eine gute Frage. »Tja, ich schätze mal, am ehesten sieht sie noch mir ähnlich«, sage ich schließlich.

Die Worte schweben in der Sommerluft. Doch dann füllt sie sich mit Musik. Auf der Suche nach dem Ursprung dreht Danny den Kopf. Der Klang eines Klaviers schwebt über Kurilpa Point.

»Was ist das?«, fragt er.

»Das ist Daisy«, erwidere ich.

»Wer ist Daisy?«

»Daisy Gong. Jetzt spielt sie wieder ›My Heart Will Go On‹«, stelle ich fest. »Daisy singt ausschließlich Liebeslieder. Vorzugsweise Powerballaden.«

Wir stehen auf und überqueren die Kurilpa Bridge, eine Fußgängerbrücke aus Stahl und Seilen, die über den Fluss zur Tank Street verläuft. Von blauen Scheinwerfern beleuchtet und mit ihren hoch aufragenden Strukturmasten, die aussehen wie Stecknadeln in einem Stecknadelkissen, wirkt das ganze Ding wie ein Ufo, das über dem Fluss schwebt. Die Brücke geht in einen erhöhten Gehweg über, der in einer Kurve vom Uferweg abzweigt. Unter diesem Gehweg befindet sich ein Klavier, auf dem jeder spielen darf. Doch keiner in ganz Brisbane spielt so oft und mit so viel Freude auf dem Klavier wie Daisy Gong. Fast jede Nacht, wenn die Stadt sich schlafen gelegt hat, spielt sie für ein Publikum aus Opossums, Fledermäusen, Wasserratten und seltsamen nächtlichen Fußgängern. Keiner weiß, wie alt Daisy ist, doch ich glaube, sie ist älter als das Klavier, auf dem sie spielt. Und das will was heißen. Das Ding sieht nämlich aus, als würde es noch Blutflecken von einer durch Billy the Kid ausgelösten Schießerei im Wilden Westen im Holz tragen. Daisy ist in Shanghai geboren und in Sydney aufgewachsen. Heute wohnt sie in dem vierzehnstöckigen Sozialwohnbau Common Ground in der Hope Street im West End, nur wenige Gehminuten von hier entfernt. Die Miethöhe für die Wohnungen ist vom Einkommen ihrer Bewohner abhängig. Das bedeutet, dass Menschen wie Daisy Gong, die etwa so viel Einkommen haben wie eine durchschnittliche Brisbaner Wasserratte, sich dort tatsächlich die Mieten leisten können.

Als Daisy uns entdeckt, lächelt sie. »Zwei Liebende im Mondschein«, sagt sie zwischen ihren Refrains. »Strangers in the Night.«

Wir lachen. Ich halte nach wie vor Dannys Skizzenbuch in der Hand. Jetzt lege ich es aufs Klavier und meine Unterarme darauf. Danny steht hinter mir und nickt im Takt zur Musik.

Hinter ihrer alten Lesebrille schließt Daisy die Augen und lässt ihre dünnen Finger über die Tasten fliegen. Der Song ist bei den Endnoten angelangt, und Daisy hebt den Blick in Richtung Mond. »Vollmond«, stellt sie fest. »Das bedeutet, dass Liebende tanzen müssen.« Und dann spielt sie einen fließenden Übergang von »My Heart Will Go On« zu »Moon River« – das Lied über Treibende und Träume, Schicksal und den Auszug in die Welt.

Die Noten schweben um uns herum.

»Ich glaube, wir müssen tanzen«, bemerkt Danny.

»Nein, ich glaube, das müssen wir wirklich nicht.«

Die Noten steigen auf zum Sommermond.

»Ich glaube, das ist einer dieser Momente, in denen man sich vergegenwärtigen muss, was Menschen später einmal darüber sagen werden«, sagt Danny. »Du weißt schon, in hundert Jahren oder so.«

»Tanzt den Walzer, meine Freunde«, sagt Daisy. »Tanzt den Walzer.«

»Ich arbeite dran, Daisy«, beteuert Danny. Dann wendet er sich wieder an mich. »Komm schon, wie soll das denn in hundert Jahren rüberkommen, wenn der Teil dran ist, in dem die nette alte Frau ›Moon River‹ auf dem Klavier unter der Brücke spielt und ich dich zum Tanz auffordere, aber du mich abweist?«

Während ich ihn ansehe, denke ich über diese Zukunft nach und tippe mit meinem Daumen auf die Oberseite des Klaviers. Die Welt dreht sich. Es wurden Fehler gemacht. Fehler sind unausweichlich. Ich, dieser schreckliche Fehler. Dieser schreckliche Fehler von mir. Und die kurz aufflackernde Korrektur dieser Nacht.

Danny streckt seine rechte Hand aus. »Weißt du, wie man Walzer tanzt?« Mondschein erhellt sein Gesicht.

Aber eines Tages wirst du mit einem Prinzen tanzen. Sie hat es gesagt, als hätte sie es vorausgesehen.

Seine rechte Hand ist ausgestreckt und die linke hält er hinter dem Rücken. Als wäre dies ein formeller Anlass, als würde Daisy in einem herrschaftlichen Ballsaal in einem englischen Schloss spielen.

»Nein, nie gelernt.«

Er hält mir beide Hände hin.

Ich greife nach ihnen. Seine Hände sind weich, und in diesem Moment schäme ich mich für meine. Sie könnten wirklich sauberer sein – weniger Schmutz unter den Fingernägeln, weniger Risse von der Sommersonne.

»Macht es dir was aus, wenn ich führe?«, fragt er.

»Nein.«

»Also. Wenn du bereit bist, mache ich mit dem linken Fuß einen Schritt nach vorn, und du machst mit dem rechten Fuß einen Schritt zurück«, erklärt er.

Ich nicke.

»Und von da an spiegeln wir uns einfach.«

»Wir spiegeln uns«, wiederhole ich.

»Ja«, bestätigt er. »Wir sind das genaue Gegenteil, aber zugleich irgendwie dasselbe.«

»Das Gegenteil«, wiederhole ich. »Aber irgendwie dasselbe.«

»Bist du bereit?«

»Ich bin bereit.«

Er tritt mit dem linken Fuß einen Schritt vor und ich mit meinem rechten einen Schritt zurück. Dann zieht er den rechten Fuß zum linken nach und ich meinen linken zu meinem rechten. Dann macht er mit dem rechten Fuß einen Schritt zurück, und ich trete mit dem linken einen Schritt vor. Er bringt den linken Fuß wieder zum rechten und ich meinen rechten zu meinem linken. Und wir tanzen. Wir malen neben Daisy Gongs Klavier Quadrate ins Gras und drehen uns langsam in Richtung Ufer. Während die Welt um mich kreist, starre ich ihm unentwegt ins Gesicht.

»Denkst du gerade darüber nach, was passiert, wenn dieser Walzer endet?«, fragt Danny.

»Nein, ich genieße einfach den Moment«, erwidere ich. »Und ich sage mir innerlich immer wieder dieselben Worte.«

»Welche?«

»Er hat ein Schweineglück. Er hat ein Schweineglück. Er hat ein Schweineglück.«

Er lächelt. Linker Fuß, rechter Fuß, Drehung. Meine rechte Hand liegt in seiner linken, und Daisys perfekte Klänge führen unsere Schritte.

»Ich glaube, wenn Daisy aufhört zu spielen, sollten wir uns küssen«, sagt Danny.

»Warum glaubst du das?«

»Es wäre das perfekte Ende zu diesem Kapitel der Geschichte«, antwortet er. »Das würden die Leute in hundert Jahren lieben. Jahrhundertelang würden sie darüber reden. Stell dir vor, du denkst daran zurück, wenn du achtzig bist. Dass du so was Verrücktes gemacht hast. Mich einfach zu küssen. Wie mutig du warst, etwas so Sorgloses und Romantisches zu tun. Ganz egal, was danach kommt. Einfach im Moment leben. Einfach am Leben und hier sein.«

»Du hast so ein Schweineglück«, flüstere ich.

»Ich weiß«, sagt Danny.

»Ich hatte nicht so 'n Glück.«

»Ich weiß.«

»Ich werde nie so 'n Schweineglück haben wie du. So ist es einfach.«

»Wer weiß«, sagt er. »Was, wenn sich das Blatt wendet? Was, wenn du deinen Anteil an Pech hattest? Was, wenn es an der Zeit ist, Gewinne einzustreichen? Genau ab jetzt.«

»Die Welt dreht sich«, flüstere ich.

»Was, wenn jedes beschissene Blatt, das du bekommen hast, genau zum Hier und Jetzt geführt hat?«

»Was, wenn es ein schrecklicher Fehler wäre, dich nach diesem Tanz zu küssen?«, frage ich.

»Was, wenn Fehler unausweichlich sind?«, gibt er zurück. Sanft hebt er den rechten Arm, um mich darunter herumzuwirbeln, und zieht mich dann wieder an die Brust. Nah genug, um seinen Atem und seinen Herzschlag zu spüren. Und dann bricht die Musik plötzlich ab, nur wenige Noten vor dem eigentlichen Ende.

»Regen«, brüllt Daisy und zeigt in den Himmel. »Und zwar so richtig.« Mit einem Schlag klappt sie den hölzernen Klavierdeckel zu. Die Tasten geben einen letzten dumpfen Ton von sich. »Tut mir leid, die Show ist erst mal vorbei, Mondscheinträumer!«, verkündet sie. Und dann verschwindet sie in der Dunkelheit hinter der Kurilpa Bridge Richtung Zuhause.

Der Regen, vor dem sie uns gewarnt hat, lässt nicht auf sich warten. Schwerer, heftiger Sommerregen prasselt uns auf die Schultern. Doch wir bewegen uns nicht vom Fleck. Unsere Hände berühren sich noch in der formellen Walzerhaltung. Unsere Körper stehen nah beieinander. Berühren sich. Regen auf seinem Gesicht. Regen durchnässt seine Haare. Regen benetzt seine Lippen. Die Lippen, die ich küssen soll. Ein leichtsinniger Kuss, um dieses Kapitel der Geschichte zu beenden. Und ich wäge diese Möglichkeit ab. Ich stelle sie mir sogar vor. Ich beobachte, wie er den Anfang macht. Ich beobachte den Kuss wie einen Walzer. Ich betrachte ihn wie Kunst. Ich sehe diesen Kuss wie eine Zeichnung vor mir.

Er beugt sich vor, und ich beuge mich zurück. Dann beuge ich mich vor und er sich zurück. Wir spiegeln uns. Wir sind das genaue Gegenteil, aber zugleich irgendwie dasselbe. Ich weiß, dass ich den Kuss diesmal einleiten muss. Denn das ist es, was Prinzen tun. Sie lassen dem Mädchen den Vortritt. Mädchen führt, Junge folgt. Doch irgendwas hindert mich daran, mich noch weiter vorzubeugen, und ich weiß, es ist meine Vergangenheit. Ich weiß, es ist mein Fehler. Wir sind überhaupt nicht dasselbe. Wir sind das genaue Gegenteil. Und wir werden es immer sein. Ich habe nicht so ein Schweineglück. Ich habe nicht so ein Schweineglück. Ich habe nicht so ein Schweineglück. Einige von uns werden einfach so geboren. Und dann prasselt der Regen zu heftig auf uns nieder, und ich habe den Moment zu lange in die Länge gestreckt. Danny weicht einen Schritt zurück, und ich folge nicht.

Seine Brust löst sich von meiner, und er lässt meine Hände los. »Einen Augenblick habe ich wirklich geglaubt, du würdest es tun. Wäre eine gute Geschichte gewesen.« Er lächelt und wischt sich Regentropfen aus dem Gesicht. »Ich muss los.«

»Ja.«

Er hebt die Stimme, um den Regen zu übertönen. »In welche Richtung musst du?«

Ich zeige mit dem Daumen über die Schulter Richtung West End. »Da lang.«

Er ruckt den Kopf in Richtung Zentrum. »Ich muss zurück über die Brücke.« Dann hebt er den Kopf gen Himmel. »So heftig hat es seit Monaten nicht mehr geregnet.«

Ich nicke und wische mir ebenfalls Regentropfen aus dem Gesicht.

»Ich rede wirklich gern mit dir«, sagt er.

»Ich rede wirklich gern mit dir, Danny.«

»Willst du Handynummern austauschen oder so?«, fragt er. »Du weißt schon, für den Fall, dass wir wieder reden wollen.« Er zieht ein iPhone aus der Hosentasche. »Wie ist deine Nummer?«

»Ich hab keine.«

Er lässt das Handy zurück in die Tasche gleiten. »Okay. Und wie sehe ich dich dann wieder?«

Ich zucke die Schultern. »Keine Ahnung. Wie hast du mich denn an dem Tag an der Ecke gesehen?«

»Ich hab einfach den Kopf gehoben, und da warst du.«

»Na ja, vielleicht musst du es genauso wieder machen«, sage ich. »Du kannst mich jederzeit sehen, Danny. Heb einfach den Kopf, und da bin ich.«

Und die Künstlerin lief in die Dunkelheit hinter der Kurilpa Bridge. Der Legende nach hatte sie in diesem Moment die Vision eines Gemäldes, das später zu einem ihrer ikonischsten werden sollte: Die Künstlerin in einem leidenschaftlichen Kuss auf einer Brücke im Regen. *Das berühmte Werk zeigt Danny Collins und die Künst-*

lerin in einer Umarmung. Während sie sich leidenschaftlich küssen, fallen silberne Tropfen Starkregen auf ihre Schultern. Als sie sich eine halbe Minute später umdrehte, sah sie Danny Collins auf die Victoria Bridge zugehen.

Er wiederum fragte sich in jenem Moment, durch welch seltsamen Traum er doch gewandelt war, als er mit dem seltsamen Mädchen ohne Namen durch die schlafende Stadt gelaufen war. Er fragte sich, ob am Taxistand in der George Street wohl gerade ein Taxi wartete, denn andernfalls stand ihm ein langer Heimweg nach Hamilton Hill bevor. Und doch, so dachte er sich, war er am Leben und hier, und der Spaziergang würde ihm guttun. Eine Entfernung, die er vielleicht auf Wolken zurücklegen würde. Während er sich dem Ort näherte, an dem er seine ersten Worte an sie gerichtet hatte, lachte er in sich hinein und konnte seinen Mut kaum fassen. Doch er wusste mit Sicherheit, dass er die Worte mit einem wahren Herzen ausgesprochen hatte, so lächerlich und absurd sie auch wirken mochten. Er fühlte sich so sehr am Leben, dass er Lust bekam, durch den Regen zu rennen. In den Himmel zu schreien, der all diesen Regen von sich gab. Und er war drauf und dran, beides zu tun, als er spürte, wie ihm jemand auf die rechte Schulter tippte.

Er blieb stehen und drehte sich um. Vor ihm stand die atemlose Künstlerin. Keuchend und erschöpft von ihrem Sprint durch den Regen. Verwirrt beobachtete Danny Collins, wie die Künstlerin zwei tiefe Atemzüge tat und ihre Gedanken sammelte …

»Scheiß drauf«, sage ich. »Ich liebe dich auch.« Dann mache ich zwei Schritte auf ihn zu und gebe ihm einen

Kuss auf die Lippen. Und Danny Collins legt beide Hände um meine Ohren und springt von der Brücke der Vernunft – mit Körper, Seele und Lippen – in einen Kuss mit einem Mädchen ohne Namen.

Noch nie zuvor habe ich mich so am Leben und im Hier gefühlt. Er schließt seine Augen und ich meine, und ich sehe nur noch Musik. Die Klänge von »Moon River« tauchen wie explodierende Sterne in meinem Kopf auf. Und der einzige Grund, warum Danny seine Augen wieder öffnet, ist, dass ich ihn aus dem Kuss entlassen habe.

»Ich werde genau hier sein«, sage ich, und Regen klatscht mir ins Gesicht.

»Wann?«, fragt er.

»Morgen Abend. Jeden Abend. Jeden Abend, den du mich hier sehen willst.«

»Morgen Abend«, sagt er.

»Okay, morgen Abend«, erwidere ich. »Ich warte genau hier auf der Brücke auf dich.«

»Und welche Zeit?«

»Um diese Zeit. Genau jetzt. Wenn die Stadt sich schlafen gelegt hat.«

»Du wirst genau hier sein?«, vergewissert Danny Collins sich und deutet auf den Boden.

»Ich werde genau hier sein, Danny«, beteuere ich. »Heb einfach den Kopf. Und ich werde genau hier sein.«

Und dann drehe ich mich um und laufe zurück über die Brücke. Doch Gehen ist nicht das Richtige, um die elektrische Energie in meinen Beinen, meinem Herzen und in meinem Blut zu entlassen. Also tue ich, wozu ich geboren bin.

Ich renne.

Dinge, die sich nachts ereignen

Dinge, die sich nachts ereignen

Januar 2024
Stift und Tusche auf Papier

Im Werk der Künstlerin herrscht oft ein Gefühl des Misstrauens vor, vor allem in den Darstellungen ihrer Heimatstadt. In diesem Bild führt eine einfache Straßenbrücke in ein alles sehendes Auge des Todes. Man vermutet, dass es sich um eine Verhandlung der Dunkelheit handelt, wie sie in jeder Stadt zu finden ist, selbst in einer so hellen wie der Hauptstadt von Australiens Sunshine State.

Ich bin klatschnass, aber kalt ist mir nicht. Das Blut rauscht mir viel zu schnell durch Arme und Beine. Ich laufe den Riverside Drive entlang, einen dunklen Weg, der unter Feigenbäumen und ausufernden Gummibäumen ganz bis zum rückwärtigen Zaun von Oz in der Moon Street führt. Ungefähr alle dreißig Meter beleuchten städtische Parklaternen den Sommerregen, der in diagonalen Fäden auf die Erde prasselt. Auf meinem Heimweg komme ich an der Parmalat-Milchfabrik mit ihren riesigen Milchtanks, alten dampfenden Rohren und Kisten mit leeren Zweilitermilchbehältern vorbei. Es tut so gut, zu Hause zu sein. Es tut so gut, am Leben zu sein. Ich habe so ein Schweineglück, hier zu sein. Was für ein glorreicher Fehler ich doch bin.

Einen Moment lang suche ich unter der Go Between Bridge Schutz vor dem Regen. Dort befindet sich der Fitnesspark, in dem Brandon Box manchmal seine endlosen Liegestützen an einer orangen gebogenen Fitnessstange absolviert. Ein paar Treibende haben in einem geschützten Garten von Transurban Queensland – das Unternehmen, das die Go Between Bridge unterhält – ein Zweipersonenzelt aufgestellt. Sie haben einen Woolworth-Einkaufswagen mit gelben Gepäckspannern an einer Parkbank befestigt. Darin befindet sich ein blauer

Schwerlasthandwagen, wie ihn Treibende hier in der Gegend oft mit mehreren teilen, falls jemand einmal eine schwere Kiste in ein Auto laden oder einen Kasten Bier zu den Grillplätzen in South Bank rollen muss.

Dann führt mich mein Weg hinter der Visy-Glasfabrik mit ihren rostigen Schiffscontainern in Rot, Silber, Blau und Schwarz vorbei. Zwei weitere kleine Zelte unter einem weiteren Feigenbaum, dessen Stamm so breit ist wie mein Van. Jedes Zelt hat seinen eigenen Woolworth-Einkaufswagen davor geparkt. An einem rostigen Stacheldrahtzaun mit Warnschildern sind Planen als Regenschutz gespannt, die bis zum mit Blättern bedeckten Boden reichen.

Weitere fünfzig Meter den Riverside Drive entlang entdecke ich schemenhaft einen Körper auf der Grasböschung hinter der rückwärtigen Mauer des Hanson-Betonwerks in der Hockings Street. Er wird von einer einzelnen orangen Laterne beschienen. Diesen Haarschopf würde ich überall erkennen. Charlie. Der blöde betrunkene Trottel liegt mal wieder völlig weggetreten im Regen. Kopf und Gliedmaßen stehen in zum Schlafen völlig unbequemen Winkeln ab, als wäre er ein Unfalldummy, der durch die Windschutzscheibe eines Autos geschleudert wurde. Neben ihm liegt eine silberne Plastikweintüte. Der Hahn wurde die Nacht über leergesaugt und der letzte Tropfen aus der Tüte gewrungen. Charlies regelmäßiges Blackoutplätzchen an Wochentagen. Hier ist das Gras weich, und im Sommer weht meist eine kühle Brise. Mit Regen hat er offensichtlich nicht gerechnet.

Ich habe bereits an Tempo zugelegt, als ein Mann aus der Dunkelheit tritt. Schwarze Stiefel. Schwarze Hose.

Ein grauer Kapuzenpulli, dessen Kapuze tief über die Stirn gezogen ist. Sieht so aus, als hätte er eine Keule in der Hand. Nein, keine Keule, einen Cricketschläger. Als er langsam aus der Nacht auf den laternenbeschienenen Charlie zugeht, beschleunigt ein mulmiges Gefühl meine Schritte. Einerseits verspüre ich den Drang, mich auf der Stelle umzudrehen und zurück zur Victoria Bridge zu rennen, zurück in die Walzer tanzenden Arme von Danny Collins. Doch zugleich verspüre ich den Drang, nach vorn zu stürmen. Der Mann hat etwas Furchterregendes an sich, und es ist weit und breit niemand anderes in Sicht. Bei dem schweren Regen ist die ganze Stadt schlafen gegangen.

Inzwischen bin ich ein gutes Stück näher dran und sehe, wie der Mann mit Kapuze sich hinkniet, um Charlie zu inspizieren. Seinen rechten Arm hat er auf den Cricketschläger gestützt. Als er eine Hand ausstreckt und Charlie einen sanften Klaps auf die Wange gibt, sprinte ich los.

»Weg von ihm!«, schreie ich durch den peitschenden Regen.

Der Mann fährt zusammen und dreht sich um. Inzwischen bin ich ihm nah genug, um sein Gesicht zu sehen. Seine Augen sind unter der Kapuze verborgen, doch ich erkenne eine große Höckernase und dünne zusammengepresste Lippen.

»Verpiss dich, Psycho!«, schreie ich. Dann komme ich stolpernd zum Stehen und greife in meinem rechten Stiefelschaft nach dem Filetiermesser. Ziehe es raus und strecke es dem Mann unter der Kapuze entgegen, der nach wie vor neben Charlie kniet. »Wenn du ihm auch nur ein Haar krümmst, dann stech ich dich ab, ich schwör's!«, belle ich, wobei mindestens die halbe Ankündigung ein Bluff ist.

Der Mann steht auf und sieht mich einen Moment lang an. Sein Kinn ist spitz wie ein Gartenspaten. »Nein, tust du nicht.« Seine Stimme ist sanft und über den prasselnden Regen kaum hörbar.

»Oh doch.«

»Nein, wirst du nicht. Du bist ein guter Mensch.«

»Bin ich nicht. Glaub mir. Ich bin der schlechteste Mensch der Welt.«

»Eins ist sicher, der schlechteste bist du nicht.«

Mit zitternder Hand strecke ich mein Messer in die Luft. Denke einen schier endlosen Moment im Regen nach. Dann nehme ich all meinen Mut zusammen. »Bist du der Mann, der Leon Rooney erschlagen hat?«

Nur ein Wort kommt über die Lippen unter der Kapuze. »Ja.«

»Bist du der Mann, der Bill Moffitt erschlagen hat?«

»Ja.«

»Was, zur Hölle, stimmt bei dir nicht? Wie kannst du einfach so rumlaufen und Leute umbringen?«

»Das habe ich mich auch schon gefragt«, erwidert er. »Ich glaube, es liegt daran, dass ich kein Mensch bin.«

»Kein Mensch? Du siehst aber ganz danach aus. Was bist du denn, wenn du kein Mensch bist?«

»Das ist es ja gerade«, sagt er. »Ich bin nicht irgendwas. Ich bin niemand. Ich bin nichts. Ich empfinde kein einziges menschliches Gefühl. Ich bin mir noch nicht einmal sicher, ob ich gerade hier bin.«

Er dreht den Cricketschläger in den Händen. Ein Gray-Nicholls Twin Scoop. Einen Moment lang meine ich Cricketballabdrücke auf dem Schläger zu erkennen, doch dann geht mir auf, dass das keine Abdrücke sind. Es sind Blutflecken.

Er sieht wieder auf Charlie hinunter, der laut im Gras schnarcht.

»Du darfst ihn nicht erschlagen«, rufe ich aus. »Hörst du mich? Nicht ihn, okay? Er ist mein bester Freund. Wenn du wissen willst, wie man ein Mensch wird, dann kannst du was von Charlie Mould lernen. Er ist ein guter. Ein wirklich guter.«

Als würde er seine Möglichkeiten abwägen, dreht er sich erst zu mir um und wendet sich dann wieder Charlie zu. Dann umfasst er den Schläger fester.

»Hey, hör zu«, sage ich. »Sieh mich an. Sieh mich an.«

Er blickt auf, und ich schiebe mein Messer zurück in den Stiefelschaft.

»Wenn du heute Nacht jemanden erschlagen musst, dann nimm mich«, sage ich und hebe die Hände. »Ich hab's viel mehr verdient. Ich habe gebrochenen und verzweifelten Menschen harte Drogen verkauft. Und gerade verrate ich die Drogendealerfamilie, die mir durch meine Teenagerjahre geholfen hat, an die Polizei. Ich kenne überhaupt keine Ehre. Keine Loyalität. Keine Manieren. Keine Familie. Überhaupt nichts.«

Der Mann mit Kapuze verlagert das Gewicht und macht einen Schritt auf mich zu.

»Aber«, sage ich. »Aber, aber, aber ... Ich fände es auch gut, wenn du mich nicht erschlägst, weil ich heute Nacht etwas Schönes erlebt habe.«

»Was hast du denn erlebt?«, fragt der Mann mit der Kapuze. Seine Worte klingen, als hätte er eine Socke im Mund.

»Ich hab mich verliebt«, antworte ich.

»Wie hast du das gemacht?«, fragt der Kapuzenmann.

»Was? Mich verliebt?« Ich sehe, wie sich das Kinn unter der Kapuze auf und ab bewegt. »Na ja, ich glaube, das ist nichts, was man aktiv tun kann. Es ist nicht vergleichbar damit, das Deck zu ölen oder die Stromrechnung zu bezahlen. Sich verlieben ist eher wie ein Regenbogen, der nach einem großen Sturm erscheint. Es passiert einfach. Eines Tages siehst du auf, und er ist einfach da.«

»Wie fühlt sich das an?«, fragt der Kapuzenmann.

Ich atme tief durch. Wische mir mit der linken Hand den Regen vom Gesicht. »Also, es fühlt sich an, als würde man einen Fluss hinuntertreiben, bloß dass der Fluss der Mond ist. Ja, genauso fühlt es sich an. Wie Mondflussschwimmen.«

»Mondflussschwimmen«, wiederholt der Mann.

Der Regen prasselt in Strömen auf ihn nieder. Er streckt die Hand aus und sammelt schwere Tropfen in ihrer Mulde.

»Spürst du das?«, frage ich und strecke ebenfalls meine rechte Hand aus.

Statt einer Antwort blickt er nur unverwandt auf seine Handfläche, als hätte er noch nie zuvor Regen gesehen oder gespürt. Dann dreht er sich im Schein der Laterne um und verschwindet unter dem dunklen Blätterdach der alten Feigenbäume in die Nacht.

Erleichtert atme ich auf. Lasse die Schultern fallen. Beruhige meinen Herzschlag. Was bin ich nur für eine Schwindlerin. Wie eine Kragenechse, die eine Rotbauch-Schwarzotter anfaucht. Alles Bluff.

Ich eile zu Charlie und stehe im prasselnden Regen vor ihm. Verpasse ihm einen Tritt in die Seite. Nicht genug, um einen blauen Fleck zu verursachen. Nur genug, um ihn aufzuwecken. »Charlie.«

Sein Kopf wackelt kurz. Rotweinfarbene Sabberfäden rinnen aus seinen Mundwinkeln.

Ich trete ihn erneut. »Zeit, nach Hause zu gehen, Arschloch.«

Am nächsten Morgen regnet es nach wie vor. Roslyn wusste, dass der Regen kommt, und hat in einer Ecke des Hinterhofes eine Schutzplane für die Bewohner von Oz aufgespannt. Wir versammeln uns um den kleinen Gaskocher, den wir nutzen, wenn die gemeinschaftliche Feuerstelle ausfällt, und warten darauf, dass das Wasser im Kessel kocht. Ich, Roslyn, June, Sully und Charlie sitzen dort im Kreis. Charlie trägt nach wie vor das T-Shirt von Rip Curl und Boxershorts von X-Men, in die ich ihm gestern Nacht geholfen habe. Er löffelt eine Dose Baked Beans.

»Er hat sich über dich gebeugt und dein Gesicht berührt, Charlie«, sage ich.

»Heilige Scheiße«, sagt Charlie. »Mir wurde fast von einem Serienmörder eine übergebraten.«

»Du musst zu deinem Polizisten gehen und ihm erzählen, was du gesehen hast«, sagt Roslyn zu mir.

»Ich treffe mich heute mit ihm.«

»Schade, dass er mich nicht erschlagen hat«, bemerkt Charlie. »Ich könnte berühmt sein.«

»Ich hab mich fast eingeschissen, Charlie«, fauche ich. »Das war, verdammt noch mal, nicht lustig. Irgendein sadistischer Psycho schleicht mit einem Cricketschläger hier in der Gegend rum, und du machst dein Schläfchen am Fluss. Hör auf mit dem Scheiß, Charlie. Du kannst nicht einfach auf der Straße deinen Rausch ausschlafen.«

Charlie sieht zu mir auf. Offenbar hat er die Angst in meiner Stimme gehört. Und zwar nicht die Angst vor irgendeinem Verrückten, der denkt, er sei kein Mensch. Sondern die Angst, meinen Freund zu verlieren. Angst, ihn zu verlieren.

»Tut mir leid«, sagt er.

»Wann warst du das letzte Mal einen Tag lang trocken?«

Verärgert schüttelt er den Kopf und buddelt den Löffel tiefer in die Dose. »Was geht dich das an?«

»Jede Menge. Und das ist mehr, als du verdienst.«

»Hast du gestern Nacht deinen Prinzen von Hamilton Hill getroffen?«

Einfach nicht antworten. Ausschweigen. Aussitzen. Charlie schmoren lassen.

»Du hast ihn also getroffen?«, fragt er. »Und ihr trefft euch wieder?«

»Vielleicht. Hast du ein Problem damit?«

»Ja, habe ich tatsächlich.« Wütend stopft Charlie sich einen Löffel Bohnen in den Mund.

»Was ist dein Problem, Chucky? Bist du enttäuscht, dass ich nicht den Rest meines Lebens mit einem besoffenen Taugenichts verbringen will, der sich umbringt, indem er auf der Straße schläft?«

»Nein, das ist nicht mein Problem.«

»Was ist es dann, Charlie?«

»Mein Problem ist, dass du denkst, ich sei ein Fehler.«

»Wovon redest du?«

Charlie deutet auf unsere Nachbarn im Sitzkreis. »Du findest, wir alle sind Fehler. Du denkst, das Leben hier mit uns ist die schlimmste Hölle auf Erden. Das schlimmste Schicksal, das ein Mädchen ereilen kann. Das sagst du doch die ganze Zeit. Du denkst, dein ganzes Leben ist ein Fehler und du wärst 'ne Art Prinzessin, die das alles nicht verdient hat. Deshalb nutzt du auch das erstbeste Ticket, das dich aus Oz rausholt. Auf zu Richie Rich aus Hamilton Hill.«

»Werd erwachsen, Charlie«, gebe ich zurück. »Du bist echt ein Kind.«

»Ja, bin ich«, pampt er. »Siehst du, wie ich mein Essen rumschmeiße?« Und er steht auf und schleudert seine Dose Bohnen mit einem Knall gegen die Wellblechwand des Schuppens. Laut hallt er durch den Regen.

»Das hat uns jetzt weitergebracht«, stelle ich fest.

»Musst du immer so eine Sauerei machen, Charlie?«, mahnt June vorwurfsvoll.

»Tut mir leid, June, erwartest du Gäste oder so?«

»Wir müssen hier zusammenleben, Charlie«, erwidert June.

»Na, dann habe ich gute Neuigkeiten für dich, June«, gibt Charlie zurück. »Sieht so aus, als müsstest du das in Zukunft nicht mehr. Hab gestern mit Evelyn gesprochen. Trev hat seinen Schuppen verkauft.«

»Was?«, rufe ich aus.

Charlie dreht sich zu mir um. »Ist schon alles in trockenen Tüchern. Er hat uns verarscht. Sieht so aus, als bräuchte das italienische Volleyballteam den Platz dringender als wir.«

Mir wird schlecht. Und das liegt nicht daran, dass ich hungrig bin und meine Portion Bohnen noch nicht bekommen habe. »Macht er das wirklich?«, frage ich Ros. »Hat er echt alles verkauft?«

Ros nickt bedauernd. »Tut mir leid, Schätzchen. Der Staat kauft alle möglichen Grundstücke am Fluss auf. Ich wusste nicht, wie ich es euch beibringen soll. Und es ist nicht Trev. Es sind seine Kinder. Sie verteilen seinen Besitz, bevor der Krebs ihm den Rest gibt. Das Angebot war zu gut, um es auszuschlagen.«

»Wann schmeißen sie uns raus?«

»Wir haben eine Woche Zeit, was anderes zu finden«, antwortet Ros.

June lässt den Kopf sinken. Sully legt ihr liebevoll eine Hand auf die Schulter. Charlie stürmt vom Schrottplatz und lässt das Tor weit offen.

»He, komm zurück und wasch deinen Teller ab, du verwöhnte Göre!«, ruft Ros ihm nach.

Eine Stunde später.

»Danke, dass du gekommen bist.« Detective Toppings Hände ruhen auf einem großen gelben Briefumschlag.

»Das lass ich mir doch nicht entgehen, Geoff.« Ich nicke einem breit gebauten muskulösen Mann mit Bürstenschnitt zu, der in einem weißen Hemd neben Toppings sitzt. Seine diagonal gestreifte Krawatte hat die Farben der französischen Flagge und des Rugbyvereins Sydney Roosters, dem Esther Inthehole folgt.

»Wie geht es dir?«, fragt Topping.

»Nicht schlecht«, erwidere ich. »Jedenfalls, wenn man bedenkt, dass ich mitten im strömenden Regen diesem Psychokiller begegnet bin, der Wohnungslose erschlägt.«

»Du hast ihn gesehen?«

»Jep. Ist mit einem Cricketschläger den Riverside Drive langgelaufen. Der Typ sah aus wie ein Spieler, der sich zum Schlag bereit macht. Wir haben uns fünf Minuten unterhalten.« Ich wende mich an den Mann mit der gestreiften Krawatte. »Er wollte meinen Freund Charlie erschlagen, aber ich hab's ihm ausgeredet.«

»Wie hast du das denn angestellt?«, fragt er.

»Ich hab ihm erzählt, dass ich mich gerade verliebt habe«, antworte ich. »Ich glaube, das fand er süß.«

»Du hast dich gestern Nacht verliebt?«, fragt Topping.

Ich muss lachen. Wirklich kaum zu glauben. »Ja.« Ich schüttele den Kopf. »Hab mich kopfüber in diese klebrige Pampe gestürzt. Wie ein großer Klumpen Cheddarkäse. Plumps!«

Topping grinst. »Die im Stockwerk unter uns werden eine Aussage von dir brauchen.«

»Klar, kein Ding, Detective Geoff. Sie wissen doch, wie gern ich den Jungs in Blau helfe.« Ich zwinkere dem Typen mit Bürstenschnitt zu und wende den Blick zu Felicia, Celine und ihren Koalas auf der Pinnwand.

»Wie geht's den Mädchen?«, frage ich.

Topping lächelt warm. »Gut, danke der Nachfrage.«

Ich frage mich, warum seine Hände die ganze Zeit auf diesem gelben Umschlag liegen. Er zieht seinen Stuhl näher an den Schreibtisch, streicht über den Briefumschlag und räuspert sich.

Ich studiere den Blick des zweiten Mannes. Nicht so warm wie Toppings. Eher, als würde er eine schwere Last schultern. Hat wahrscheinlich mit dem Briefumschlag zu tun.

»Das ist Detective Sergeant Cameron Millar von der Western Australian Police Force«, sagt Topping. »Cameron ist gestern aus Perth nach Brisbane geflogen, nur um dich persönlich zu treffen.«

Millars rechter Ellbogen ruht auf einem dicken Schnellhefter voller Unterlagen.

»Krumme Nase«, sage ich.

»Wie bitte?«, gibt Millar zurück.

»Cameron bedeutet ›krumme Nase‹.«

Der Polizist gluckst und fasst sich an die Nase, als wollte er überprüfen, ob sie gerade ist. »Schön, dich persönlich kennenzulernen. Zu Hause gibt es eine Menge Menschen, die es nicht erwarten können, dich auch endlich zu treffen. Wir suchen seit sehr langer Zeit nach dir.«

»Wie lang ist eine sehr lange Zeit?«, frage ich.

»Rund achtzehn Jahre«, antwortet Millar. »Vielleicht weißt du es noch nicht, aber du bist eine ganz besondere junge Frau.«

»Was macht mich denn so besonders?«, frage ich.

Millar lächelt. »Deine Geschichte.«

Cool bleiben. Ein gewieftes Mädchen und zwei gewiefte Bullen. Bloß keine Eile.

»Ich hab gehört, du bist eine ziemlich talentierte Künstlerin«, stellt Millar fest.

Ich lächele Topping zu. »Haben Sie ihm erzählt, dass ich eine talentierte Künstlerin bin, Geoff?«

Er nickt. »Ich habe gerade gesagt, wie glücklich ich mich schätze, dass du mir nach unserer letzten Unterhaltung ein paar deiner Zeichnungen gezeigt hast.«

»Noch am selben Abend habe ich Sie gezeichnet. Mit einem Bärenkopf.«

»Warum denn ein Bär?«

»Weil Sie stark, aber irgendwie auch sanft sind und mir nur ein bisschen Angst einjagen.«

Kurzes Auflachen von Topping.

Mein Blick wandert wieder zu dem Foto von Felicia und Celine. »Und weil Sie alles tun würden, um Ihre Jungen zu beschützen.«

Er nickt stolz. »Meinst du, die zeigen sie in der Ausstellung?«

»Welche Ausstellung?«

»Deine Ausstellung im New Yorker Met.«

Wieder muss ich lächeln. Er hat es nicht vergessen.

Topping wendet sich an Millar. »Wir haben davon gesprochen, dass ihr Werk eines Tages im Metropolitan Museum of Art in New York ausgestellt wird.«

»Soso«, sagt Millar.

»Es wird Führungen geben, in denen ihr Leben und Werk näher betrachtet werden«, ergänzt Topping.

Verdutzt sieht Millar mich an.

»Es motiviert mich, mir zu überlegen, was wohl all die Menschen eines Tages von meinen Lebensentscheidungen halten werden«, erkläre ich. »Es ruft mir in Erinnerung, allem, was ich tue, eine Bedeutung zu verleihen.«

Millar nickt. »Ich glaube, dieser Tag könnte sich als sehr bedeutend für dich herausstellen.«

Ich zucke die Schultern. »Wir werden sehen.«

Ein Schatten huscht über Millars Ausdruck. Topping hält den gelben Briefumschlag hoch. Mein Kopf fühlt sich an wie ein Wattebausch.

»Officer Millar arbeitet eng mit dem westaustralischen Zweig der nationalen Vermisstenbehörde zusammen«, erklärt Topping. »Wir haben deine DNA durch die Datensysteme jedes einzelnen Staates und jeder Region gejagt und in Westaustralien eine Übereinstimmung gefunden.«

In meinem Magen hat sich ein Klumpen Blei gebildet. Ich sollte nicht in diesem Raum sein.

»Officer Millar und sein Team haben seither eine Reihe von Unterlagen zusammengestellt. Ich habe sie mir angesehen und gegengeprüft.«

Millars Finger tippen auf den dicken Aktenordner. Ich sollte nicht quer über den Tisch mit diesen ernsten Männern reden. Das alles ist ein schrecklicher Fehler.

»Wer bin ich?«, frage ich.

Topping nickt und faltet schweigend die Hände. Dann setzt er sich aufrecht hin. »Bei unserem ersten Treffen hast du gesagt, du wirst eines Tages berühmt sein.«

Ich winke lachend ab. Bloß meine Künstlerinnenträume, die ich so oft laut ausspreche, bis das Universum sie vielleicht erhört und wahr werden lässt.

»Hast du das ernst gemeint?«, fragt er.

»Schätze schon.«

»Willst du das wirklich?«

»Was will ich?«

»Berühmt sein?«

»Keine Ahnung«, gebe ich zurück. »Ich will einfach nur etwas in der Welt bewirken. Und wenn man etwas in der Welt bewirkt, wird man manchmal auch berühmt.«

»Was, wenn ich dir erzähle, dass du schon berühmt bist?«, sagt Topping. »Was, wenn ich dir erzähle, dass es vor rund achtzehn Jahren eine Zeit gab, in der du bei allen Menschen in Westaustralien Gesprächsthema Nummer eins warst?«

Übelkeit. Bauchschmerzen. Schwarzer Teer dreht sich in meiner Magengrube. »Wovon, zum Teufel, reden Sie?«

»Ich rede von deinem Namen«, erwidert er. »Ich rede davon, wer du bist. Wo du herkommst. Und warum Erica Finlay dir nicht sagen konnte, wer du bist.«

Ich wende meinen Kopf in Richtung Bürotür. Sie ist nur vier Meter von meinem Stuhl entfernt. Ich sollte wegrennen. Ich hätte nie anhalten dürfen.

»Es gibt da ein paar Dinge, die du erfahren musst«, fährt Topping fort. »Aber ich bin mir nicht sicher, ob du sie ausschließlich von mir hören solltest.«

»Wer sollte sie mir denn sonst erzählen?«

Topping hört ernsthaft zu, bringt seine geschlossene Faust an die Lippen und nickt verständnisvoll. »Kann ich dir was zeigen?«

»Hängt ganz davon ab.«

»Ich will dir das Foto einer Person zeigen, die wir in Perth ausfindig gemacht haben. Sie ist mehr als gewillt, herzufliegen und sich in den kommenden Tagen mit dir zu treffen. Sie würde dich gern persönlich kennenlernen. Um ehrlich zu sein, wartet sie schon ihr ganzes Leben darauf. Und ich fände es sehr schön, wenn du bereit dazu wärst. Ich glaube, wenn ich dir das Foto zeige, wirst du alles verstehen. Darf ich?«

Ich beäuge den gelben Briefumschlag in seinen Händen. Blicke wieder zu seinen Töchtern, die liebevoll die Koalas halten.

»Darf ich es dir zeigen?«, wiederholt er.

Ich nicke zweimal und ziehe meinen Stuhl näher an den Tisch.

Topping schiebt ein Foto im DIN-A4-Format über den Tisch. Es handelt sich um den Papierausdruck eines einfachen Selfies. Ein Mädchen mit Haaren wie ich. Es lächelt. Grübchen auf der linken Wange. Älter als ich.

Schöner als ich. Sie trägt eine braune Jacke mit hochgerollten Ärmeln und darunter ein weißes Shirt. Das ist die Information. Das ist die Hintergrundgeschichte, besser bekannt als die Wahrheit.

»Und wer ist das?«, frage ich. Überflüssig. Ihr Gesicht sagt mir alles. Am liebsten würde ich mich in Luft auflösen. Weglaufen. Zur Victoria Bridge rennen, in den Brisbane River springen, bis zur Quelle dieser matschbraunen Schlange schwimmen und dort unten mit Erica Finlay und ihren neuen besten Freunden, den australischen Lungenfischen, leben.

Topping, sanft und zärtlich, Wächter der Wahrheit und der verschlafenen Koalas. Ein Bär von einem Mann. Beschützt seine Jungen. »Sie ist deine Schwester. Würdest du gern ihren Namen wissen?«

Eingehend starre ich das Bild in meinen Händen an. Führe es so nah an die Augen, dass meine Wimpern darüberstreichen.

»Ja, bitte.«

»Sie heißt Phoebe Gould«, sagt Topping. »Phoebe hat darum gebeten, diejenige zu sein, die dir alles erzählt. Sie ist davon überzeugt, dass die Geschichte einfacher zu ... *verdauen* ... sein wird, wenn du sie von ihr erfährst. Wir tendieren auch dazu, aber letzten Endes musst du das entscheiden.«

»So schlimm ist es also, wie?«

Millar beugt sich über den Schreibtisch nach vorn. »Es wird schwer sein, die Geschichte zu hören.«

»Ich kann Schweres ertragen.«

»Vielleicht ist schwer nicht das richtige Wort«, erwidert Millar.

»Welches Wort ist denn besser, Cameron?«, frage ich.

»Traumatisierend? Brutal? Unmöglich? Unglaublich? Wenn sie irgendwas davon ist, machen Sie sich keine Sorgen. Ich komme mit alldem klar.«

Er nickt. Steckt seinen rechten Daumen in die Faust und drückt ihn dreimal.

»Traurig«, mischt Topping sich ein. »Traurig ist das richtige Wort.«

»Davon sehen Sie wohl jede Menge.«

»Wovon?«

»Traurige Geschichten.«

»Ja. Zu viele.«

»Tut mir leid, dass ich den Berg vergrößere.«

Er schüttelt den Kopf. »Tut mir leid, dass du eine so traurige Geschichte hören musst.«

»Wie traurig ist sie?«

»Könnte die traurigste Geschichte sein, die mir je untergekommen ist. Deshalb bin ich mir nicht sicher, ob du sie von uns hören solltest.«

Einen Moment lang sitzen wir schweigend da. Millar klopft mit einem Kugelschreiber gegen den Bildschirm.

Dann lehnt Topping sich vor. »Hör zu. Denk doch noch mal drüber nach. Ich kann dir gern mehr erzählen. Oder wir ermöglichen euch beiden dieses Treffen. Wenn du möchtest. Ihr könntet die Geschichte gemeinsam durchgehen.«

Statt einer Antwort starre ich nur weiterhin auf das Foto. In ihre Augen. Gould. Phoebe Gould. »Phoebe ist ein schöner Name«, stelle ich fest. »Er bedeutet ›strahlend‹. Phoebe bedeutet ›Licht‹.«

Wieder halte ich das Foto nah an meine Augen. Studiere ihre Ohren. Abstehend wie meine. Die Finger ihrer linken Hand umfassen den Saum ihrer Jacke.

Keine Spekulation, nur Fakten. Die Fakten ihres Gesichts. Es ist beinahe so, als würde ich in einen Spiegel schauen.

Topping beugt sich noch weiter vor. »Bitte glaub mir, dass von dir nichts erwartet wird. Sie bittet dich um nichts. Wenn du dich damit nicht wohlfühlst, musst du kein Wort mit ihr reden.«

Inzwischen ist mir schwindelig. Die Decke dreht sich. Der Boden entfernt sich. Und ich kann Phoebes Gesicht nicht mehr sehen, weil es hinter einem Tränenschleier verschwindet. So sitze ich dreißig Sekunden weinend vor dem Mädchen auf dem Foto. Dann schiebe ich es über den Tisch zurück. »Er bedeutet ›Frieden‹.«

Stirnrunzelnd legt Topping die rechte Hand ans Kinn. »Entschuldige, wer bedeutet ›Frieden‹?«

»Ihr Name«, antworte ich. »Geoff. Ich schlage gern die Bedeutungen von Namen nach. Deshalb könnte ich Ihnen inzwischen die Bedeutung von fast jedem Namen sagen. Aber Ihren kannte ich nicht, Geoff. Ich musste ihn am Computer in der Bibliothek nachschlagen. Er bedeutet ›Frieden‹.«

Topping hebt die Augenbrauen und nickt.

»Ich finde, das passt zu Ihnen, Geoff. Sie helfen Menschen, Dinge aufzuklären. Sie finden heraus, wer ein Verbrechen begangen hat, und sorgen dafür, dass die Personen vor Gericht kommen. Das tröstet die Opfer. Sie liefern den Menschen Antworten. Sie bringen ihnen Frieden.«

Ein Lächeln huscht über Toppings Gesicht. »Schön, das zu hören.«

Ich atme einen Moment tief durch. Zweimal. Dann wische ich mir mit zittrigen Fingern die Tränen aus den

Augen. Noch ein tiefer Atemzug. Phoebe bedeutet »strahlend«. Phoebe bedeutet »Licht«.

»Ich will es von ihr erfahren.«

Zwei Stunden später stehe ich im Türrahmen der Küche in einer Wohnung in der Quay Street im CBD. Meinen Rucksack auf der Schulter, denke ich über den Walzer nach, den ich mit Danny Collins getanzt habe, während Brandon Box seinen rechten Stiefel im Bauch eines gut aussehenden muskelbepackten italienischen Mannes namens Julian Rossi versenkt. In meinem Kopf höre ich die süßen Klänge von »Moon River«, doch vor meinen Augen sehe ich die Gewalt von Brandon Box. Früher war Julian sein Freund. Jetzt nicht mehr.

»Autsch!«, ruft Brandon, als Julian seine Knie an die Brust zieht. »He, Julian, magst du eigentlich Batman?«

Julian ist zu benommen, um zu antworten. Seine Gesichtsbehaarung ist tadellos frisiert. Schwarze Linien verlaufen von seinen Ohrläppchen zu seinem Kiefer und formen einen herrlichen Springbrunnen schwarzer Stoppeln, der sich über sein Kinn ergießt.

Weiße Küche. Weiße Ledercouchgarnitur. Rote und blaue Vasen und grüne Farne. An der Wand des Wohnzimmers, das von der Küche abgeht, hängt der gerahmte Druck eines Picasso. *Weinende Frau.* Die im Gemälde dargestellte Frau trägt einen Hut mit blauen Blumen und heult sich die Augen aus. Sie könnte all die trauernden Mütter des blutigen Spanischen Bürgerkriegs darstellen. Sie könnte auch Julians Mutter darstellen.

»Bist du ein Fan des maskierten Rächers?«, fährt Brandon fort. »Ich schon.« Die Ellbogen in Superheldenpose und die Fäuste in die Hüftknochen gestemmt, thront er über Julian. »Ich liebe alles, was mit Batman zu tun hat. Ich habe die alte *Batman*-Serie aus den Sechzigern geguckt. Man kann jede einzelne Folge auf Apple TV streamen. Und immer wenn Batman jemanden erschlägt, kommen all diese witzigen Worte aus dem Bildschirm geflogen.«

Brandon lässt seine rechte Faust auf Julians linken Wangenknochen niedersausen. »Kabumm!«, brüllt er. Noch ein Tritt in Julians Bauch. »Kapau!« Dann klemmt er Julians Kopf unter seine rechte Achsel. Instinktiv fasse ich an die Tasche meiner Jeans und streiche die Finger über Toppings Smartphone. Als könnte es mich irgendwie vor dieser Gewalt hoch oben im vierzehnten Stock eines städtischen Wohnbaus schützen.

»Ich bin süchtig nach dieser verdammten Serie«, verkündet Brandon. »Aber das Lustige ist, ich gucke sie gar nicht mehr wegen Batman. Ich gucke sie wegen der bösen Jungs. Der Joker. Der Riddler. Der Pinguin. Alles abgefuckte Arschlöcher. Du solltest dir mal reinziehen, was der Pinguin in der Serie macht, Julian. Hat echt eine Kunst draus gemacht, der Wichser.«

Brandon zerrt Julian in die mit Marmor geflieste Kochnische. »Der Pinguin benutzt alles Mögliche, um Batman eine überzuziehen.« Er reißt die Küchenschranktür unter dem Waschbecken auf, holt einen Topf raus und schmettert ihn Julian auf den Hinterkopf. »Bonggggg!« Sein tiefes geistesgestörtes Lachen schallt durch die Küche. Dann wirft er den Topf durchs Zimmer. Krachend landet er in einem Stapel schmutziger Teller. Brandon reißt nacheinander drei Schubladen neben dem Waschbecken auf und stößt auf eine Teigrolle, die er Julian über die Schulterblätter zieht. »Schnapp!«, singt er.

Brandon hebt Julians Kopf und raunt ihm ins Ohr: »Sag mir, wo's ist, Kackfresse.«

»Kann ich nicht«, bringt Julian hervor. »Das ist Barlow, Alter. Barrrrrlow! *Bitte*, Diggie. Der macht kurzen Prozess mit mir, Bran.«

»Tja, das passiert eben, wenn Kätzchen sich mit Löwen anlegen«, verkündet Brandon. »Du machst hinter dem Rücken von meiner Mum krumme Deals. Nach allem, was sie für dich getan hat? Du suchst dir neue Freunde, wo wir doch die besten Freunde sind, die du je hattest. Du hast mir verdammt wehgetan, Jules. Und was noch viel schlimmer ist: Du hast meiner Mama wehgetan.« Er greift über die Arbeitsplatte und reißt das Toasterkabel aus der Steckdose.

Ich schließe die Augen und stelle mir Danny Collins vor, wie er mitten auf der Victoria Bridge steht. Sein Lächeln. Das ist die Zukunft. »Morgen Nacht«, sagt er. Morgen Nacht ist heute Nacht. Heute Nacht sehe ich ihn in Fleisch und Blut.

Dann denke ich über die ersten Worte nach, die er an mich gerichtet hat. Worte, die auf jemanden, der in hundert Jahren meine Lebensgeschichte niederschreiben wird, vollkommen absurd wirken müssen. *Ich liebe dich*, hat er gesagt. *Scheiß drauf*, habe ich ihm geantwortet, *ich liebe dich auch*. Weil eine Künstlerin das gesagt hätte. Eine große Künstlerin hätte sich für Romantik entschieden. Eine große Künstlerin hätte sich für das Wagnis entschieden. *Ich liebe dich*. Die gewagtesten Worte der Welt.

Ich schlage die Augen wieder auf. Gerade schwingt Brandon den Toaster über Julians blutigem Gesicht. »Kawumm!«, schreit er triumphierend. Einen Moment lang taumelt er über Julian. Dann packt er ihn am marineblauen Seidenhemd und reißt ihn vom Boden hoch.

»Noch einmal frage ich dich nicht«, flüstert Brandon.

Julian hängt schlaff in seinem Griff. »Vorratskammer«, röchelt er atemlos und vollkommen erledigt. Blut rinnt aus seinem Mund. »Kartoffelsack.«

Brandon lässt ihn hart zu Boden fallen und marschiert zur Vorratskammertür in einer Ecke der Küche. Kniet sich hin. Kartoffeln fliegen über seine Schulter, und drei oder vier landen auf Julian.

»Her mit deinem Rucksack«, sagt er.

Es dauert einen Moment, bis mir aufgeht, dass er mit mir redet. Ich lasse meinen Adidas-Rucksack von den Schultern gleiten und werfe ihn Brandon zu. Nach kurzer Zeit steht er auf, reicht mir den geschlossenen Rucksack und stürmt auf Julians Wohnungstür zu. »Wehe, du machst den Rucksack auf«, sagt er.

Wir fahren in Brandons Nissan durch die Stadt. Regen trommelt auf die Windschutzscheibe. Seit wir Julians Wohnung verlassen haben, habe ich kein Wort von mir gegeben. Die rechte Hand am Lenkrad, reißt Brandon mit den Zähnen einen Energieriegel auf. Hält mir die angebissene Hälfte hin.

»Nein danke.«

Er schiebt sich den restlichen Riegel in den Mund und nimmt einen großen Schluck fluoreszierend blauer Powerade. Rülpst zweimal.

»Wer ist Barlow?«, frage ich.

Er wirft mir einen Seitenblick zu und schmeißt die Powerade auf den Rücksitz. »Was, zur Hölle, geht dich das an?«

Ich zucke die Schultern. »Wenn ich schon so viel Zeit mit dir verbringen muss, dann kann ich auch ein, zwei Dinge darüber erfahren, was du eigentlich machst.«

Brandon schüttelt den Kopf und verdreht die Augen. »Kennst du Zeus?«

»Ja.«

»Kennst du Shiva?«

»Ja.«

»Barlow steht einen Rang über diesen Wichsern«, erklärt Brandon. »Die meisten lutschten Mum den Schwanz. Aiden Barlow ist der einzige Wichser, für den Mum niederkniet.«

Ich nicke. »Klein, aber feurig.«

»Hä?«

»Aiden. Das bedeutet ›klein, aber feurig‹.«

Brandon lacht in sich hinein. »Eins davon haut hin.«

Dann tritt er aufs Gas, und wir rasen St. Paul's Terrace hoch in Richtung Spring Hill. Biegen rechts in die Parish Street ein und halten vor einem staatlichen Sozialbau namens Ashton House. Hier haben auch meine früheren Nachbarn von Oz, Serge und Samantha, ein Zuhause gefunden. Endlich ein Zimmer mit Dach, Strom und fließend Wasser. Weil sie eine Familie werden. Weil sie ein Kind großziehen müssen.

»Warum halten wir hier an?«, frage ich.

»Was meinst du wohl?«, gibt Brandon zurück. Dann steigt er aus und schlägt die Tür hinter sich zu.

Auf halbem Weg zu der blassgrünen Eingangstür hole ich ihn ein. Der Rasen wurde seit Monaten nicht gemäht.

»Aber hier fixt keiner«, wende ich ein.

Brandon schnauft verächtlich. »Wann hast du Serge eigentlich zum letzten Mal gesehen?«

»Nicht Serge«, protestiere ich schwach. »Nein. Der konsumiert nicht mehr.«

»Wann wachst du endlich auf und siehst die wahren Gesichter dieser Tiere, die du deine Freunde nennst? Er schuldet uns drei Riesen.«

»Aber er wird bald Vater.«

»Nein, wird er nicht.« Brandon scheint es zu genießen, mir diese Neuigkeiten unter die Nase zu reiben. »Die Öfen von Junkies backen kein gutes Brot.«

Ich bleibe abrupt stehen. Brandon betritt den Gemeinschaftsflur und klopft aggressiv an Serges Tür.

Hart lande ich wieder in der Realität und laufe ihm nach. »Du hast Serge Martin Stoff verkauft? Du bist einfach nur krank.«

»He, wer bin ich, einem verzweifelten Kunden seinen innigsten Wunsch abzuschlagen? Dem armen Kerl ist sein Mädchen nach Sydney abgehauen, und da hat er sich auf der Suche nach ein bisschen Trost an Onkel Brandon gewandt.«

Der Mann macht mich sprachlos. Das kann kein Mensch sein. Er gehört zur selben Spezies wie der Kapuzenmann mit dem Cricketschläger.

»Bitte, tu ihm nicht weh, Brandon«, bettele ich.

Brandon gluckst. Hinter der Tür rührt sich nichts.

»Er ist sanftmütig«, beschwöre ich ihn. »Er ist ein guter Mann. Hat für nichts anderes gelebt als Sammy.«

»Er ist kein guter Mann«, widerspricht Brandon. »Gute Männer begleichen ihre Schulden.«

Wieder klopft er. Lauter. Diesmal sind hinter der Tür schlurfende Schritte zu hören. Jemand nähert sich. Eine weiche, gebrochene Stimme ertönt. »Wer ist da?« Serge.

»Elvis Presley«, gibt Brandon zurück. »Ich war so einsam, Serge. Du bist nicht gekommen, um mich zu sehen.«

Langes Schweigen hinter der Tür. »Es tut mir leid, Brandon. Ich hatte ein paar Notfälle.«

»Mach die Tür auf, Serge«, verlangt Brandon.

»Bitte, sei nicht zu hart mit ihm«, flüstere ich.

Serges Entschuldigungsstrom bricht nicht ab. »Ich hab das Geld bald. Ich muss nur …«

»Mach die Tür auf, Serge«, wiederholt Brandon, tritt einen Schritt zurück und dehnt seine Oberschenkelmuskeln, indem er die Waden an seinen Beinrückseiten hochzieht.

Serge brabbelt weiter. »Ich hätte nie erwartet, dass sich die Dinge so entwickeln, wie …«

Krachend fliegt die Tür auf. Brandons kräftiges rechtes Bein hat das schwache Holz rund um das Türschloss zum Bersten gebracht.

»Brandon!«, schreie ich.

Serge landet auf dem Rücken. Brandon stößt die Tür weit auf und verschafft sich Zutritt zu seinem Zuhause wie die Tyrannenechse, die er ist. Keinerlei Eleganz. Bloß Krallen, Zähne und ein unsichtbarer Schwanz, der den Schädel eines Mannes zertrümmern kann wie eine Walnuss.

»Brandon, warte!«, rufe ich aus.

Panisch schiebt Serge sich rückwärts über den blanken Holzboden seiner Wohnung. Auf der Suche nach Sicherheit.

»Warum hast du die Tür nicht aufgemacht, Serge?«, fragt Brandon.

Serge verkriecht sich in einer Ecke des Wohnzimmers, kauert zwischen einem billigen Flachbildfernseher und einem Regal mit nur vier Büchern und ein paar Schallplatten. Hager und runtergekommen sieht er aus. So runtergekommen wie diese Absteige. Dünner als beim letzten Mal, als ich ihn gesehen habe. Seine Haut spannt sich gelb über sein Gesicht. Xanthos. Er trägt ein Unterhemd und eine alte ausgefranste kurze Hose. Auf den Innenseiten seiner Arme erkenne ich rosa und blaue Flecken. Es stinkt nach Klo.

»Warum machst du es dir so schwer?«, fragt Brandon und klingt dabei wie ein besorgter Lehrer, der einen Kaugummi kauenden Schuljungen ermahnt. »Es ist doch alles ganz einfach. Du gibst mir freundlicherweise die drei Riesen, die du Mum schuldest, und ich lasse freundlicherweise davon ab, dir das Gesicht zu zerstampfen.«

»Es tut mir leid, Brandon«, sagt Serge. »Ich hab's nicht.«

»Falsche Antwort, Serge«, poltert Brandon und tritt einen schweren Stahlkappenarbeiterstiefel mit voller Wucht gegen Serges Schienbein.

Heulend vor Schmerz zieht Serge seine Beine an, genau wie ich es oft bei Riesenkrabbenspinnen beobachtet habe, die Ros von unserem Esstisch in Oz jagt. Ein Ball von einem Mann in einer Ecke des Zimmers. Gebrochen und um Verständnis bettelnd.

»Es tut mir leid«, jammert er. Dann zuckt sein Blick zu mir. »He, Schwester, sag ihm, dass er auf mich zählen kann. Hab meine Stunden bei der Metzgerei verloren. Ich klär das und krieg meinen Job zurück.« In Serges Blick liegt so viel Scham, dass ich ihm ausweichen muss.

Da fängt er an, heftig zu schluchzen. »Es tut mir leid«, wiederholt er. Und ich weiß, dass er es mehr zu mir sagt als zu Brandon. Immer stärker weint er, den Kopf abgelegt, zuckend, die linke Hand in den Boden gestemmt, als würde er Liegestütze machen. Als würde er durch den Boden greifen wollen, auf der Suche nach der Sache, die er verloren hat. Nach dem Baby vielleicht. Nach seiner Zukunft. Nach Sammy. Nach der besten Version seiner selbst, auf die er einen Blick erhascht hat. Und all das viel zu kurz. Oder vielleicht zu lang.

»Hör auf, Brandon«, schreie ich. »Er hat dir nichts zu geben. Du hättest ihm von vornherein nichts verticken dürfen. Du wusstest, dass man auf ihn nicht zählen kann.«

Doch Brandon tritt Serge noch viermal gegen die nackten Beine und sagt im Rhythmus seine Worte: »Wo.« *Krach.* »Ist.« *Krach.* »Unser.« *Krach.* »Geld?« *Krach.*

Serge krümmt sich vor Angst und Schmerz. »Neeeeeeeeeeeeein!«, schreit er unter Tränen.

Brandon tritt einen Moment zurück und gibt sich aufgeregt einen Klaps auf die Wange. Er weckt sich auf. Wie ein Boxer, der nach der ersten Runde mit seinem Trainer in einer Ecke des Rings steht. Dann hüpft er im Kreis. »Wuuuuuh!«, brüllt er voller Freude über die allgemeine Anspannung. Elektrisiert von seiner Macht. In heftigen Stößen pumpt er Luft durch die Nase. »Wuuuh, wuuuuh. Einfache Regel der Evolution, Serge. Der Stärkste überlebt. Du bist schwach. Du gibst der Versuchung nach. Ich gebe niemals nach. Das macht mich stark.«

Brandon stampft zu Serge in seiner Ecke, und sein rechter Stiefel zuckt in Vorbereitung auf den nächsten Tritt. Da werfe ich mich über Serges zuckenden Körper, und nun sind es meine Schienbeine, die den Schmerz des nächsten Aufpralls abfangen. Wie ein weißer Blitz durchzuckt er mein Gehirn, und ich trete nach Brandon. »Hör auf mit dem Scheiß, du Monster!«, schreie ich. Spucke sprüht von meiner Unterlippe. Ich bin tollwütig. Ich bin ein Wolf. Eine Bärin. »Das reicht!« Den linken Arm halte ich schützend vor Serge, und mit dem rechten Zeigefinger deute ich auf meine Brust. »Ich bezahle«, rufe ich so laut aus, dass meine Stimme bricht. »Ich bezahle es, hörst du, du Scheißechse. Flo kann's von meinem Gehalt abziehen.«

Da schlingt Serge Martin, das schluchzende Häuflein Elend, die Arme um mich, als wäre er ein kleiner Junge. Ein verängstigter Junge, der nicht versteht, warum die Welt plötzlich kopfsteht. Er zittert, und ich spüre seinen Schweiß. Spüre seine Angst. Tränen strömen ihm das Gesicht hinunter, das er an meinen Hals gedrückt hält. »Es tut mir so leid«, murmelt er. »So sehr leid. So sehr leid. So sehr leid.«

Brandon weicht zurück und begutachtet mich und Serge in dieser tragischen Ecke des tragischen Wohnzimmers. »Sieh dich bloß an«, höhnt er. »Du denkst immer noch, dass diese dreckigen Tiere deine Liebe verdient haben.«

In dem Moment sehe ich, wie sich ein Rinnsal in der Rille im Dielenboden unter meinen Beinen bildet, und da geht mir auf, dass mein Arsch nass ist. Meine Nase verrät mir, was es ist. Um uns herum bildet sich eine Pfütze von Serges Angstpisse. Ich kann mich nicht entsinnen, je etwas Hoffnungsloseres gesehen zu haben.

Über mir bricht Brandon in schallendes Gelächter aus. Er lacht so sehr, dass ihm die Seiten wehtun. Die Ellbogen in die Seiten gepresst, krümmt er sich japsend vornüber. Ich sehe nur noch einen Tyrannosaurus. Er lacht nicht. Er brüllt. Genau wie er früher am Fluss gebrüllt hat, als wir noch Kinder waren. *Brüll.* Die Tyrannenechse. *Brüll. Brüll. Brüll.*

Serges Stimme dringt in mein Ohr. »Es tut mir so leid«, wiederholt er. »Es tut mir so leid.« Ich lege eine Hand auf den Arm, der mich so fest umschlingt. Und erst da fällt mir auf, dass er seinen olivgrünen Zaubercardigan nicht trägt.

Ich halte diesen Moment in einer Zeichnung vor meinem inneren Auge fest. Die Künstlerin und das Monster fahren die Hardgrave Road im West End hinunter nach Süden. Stift und Tusche auf Papier in meinem Kopf. Stromkabel hängen über die Straße. Ein blaues Wellblechdach. Weiße Lattenzäune. Ein Haus, die Eingangstür flankiert von zwei roten chinesischen Laternen. Ein Lasertattooentfernungsstudio. Ein Telstra-Telefonkasten. Eine Bushaltestelle mit einer Bank, so breit, dass sie vier Menschen einen Sitzplatz bietet. Lefkas Taverna, das griechische Restaurant am Ende der Straße. Caravanserai, das türkische Restaurant. Links in die Dornoch Terrace.

»Du stinkst nach Serges Pisse«, stellt Brandon fest.

Statt einer Antwort starre ich aus dem Seitenfenster.

Eine Fahrradverleihstation. Das alte Backsteinanwesen in Highgate Hill namens Toonarbin mit Bogenfenstern, wie ich sie auch bei Danny Collins' Haus in Hamilton Hill gesehen habe. Ein roter Briefkasten. Eine öffentliche Parkbank und ein blauer Pavillon, wo ich mich mit Danny Collins über die Verdienste von Crackern mit Barbecuegeschmack und die Unzufriedenheit der Präraffaeliten mit den Lehren der Kunst unterhalten könnte.

Ich blicke in den Seitenspiegel des Autos und meine, Detective Geoff Toppings blauen Honda CR-V zwei Autos hinter uns zu entdecken. Ich hoffe, er folgt uns. Sofort fühle ich mich sicherer neben dem Monster. Ich tippe mit den Fingern auf Geoffs Smartphone in meiner Tasche. Hat er die ganze Geschichte mit Julian mit angehört? Hat er das Gemetzel an Serge mit angehört?

In meinem Kopf zeichne ich Brandon Box' Nissan, wie er direkt vor dem Wohnblock auf einen Parkplatz fährt. Brandon macht den Motor aus, und ich folge ihm in den Hauseingang. Flo will uns in der Wohnung treffen. Sie hat mir aufgetragen, dort auf sie zu warten, weil sie mir meinen Wochenlohn geben will.

Wir betreten den Fahrstuhl. Dann den Flur hinunter und in Brandons Wohnung. Ich lasse meinen Rucksack auf die Fußmatte hinter der Wohnungstür fallen. Brandon nimmt ein hohes Glas aus einem hohen Küchenschrank und füllt es mit Wasser aus dem Hahn. Stürzt es runter, ohne innezuhalten. »Wasser?« Er hält mir das Glas hin.

Ich schüttele den Kopf.

»Du kannst gern unter die Dusche, wenn du willst«, sagt er. »Ich kann dir ein T-Shirt oder so zum Wechseln geben.«

»Ich dusche später im Well.«

»Und jetzt willst du einfach da rumstehen und nach Pisse stinken?«, fragt er.

»Wann kommt Flo?«

»Sie ist auf dem Weg«, gibt er zurück.

Ich gehe zu Brandons Esstisch und ziehe einen Stuhl raus.

»Da setzt du dich nicht hin«, sagt er. »Nicht mit der ganzen Junkiepisse am Arsch.«

Ich schiebe den Stuhl zurück und lehne mich stattdessen gegen die weiße Wohnzimmerwand. Brandon fängt an, mit einem Füri-Messer aus rostfreiem Stahl Bananen und Birnen auf einem roten Plastikschneidebrett zu schnippeln. Kratzt die Obststückchen in einen Mixer und löffelt cremefarbenes Pulver aus seinen vier alten Eiscremedosen hinein. Dann gibt er ein Glas Wasser hinzu, und der Mixer beginnt seine ohrenbetäubende Arbeit. Flos einziger Sohn lässt ihn länger laufen als nötig. Dann füllt er den Muskelaufbaudrink in einen Glasbecher und stürzt auch ihn gierig in wenigen Schlucken hinunter. Er rülpst laut und sieht mich erwartungsvoll an, als sollte ich ihm eine Schleife an die Brust stecken. In Anerkennung an seine selbstlosen Bodybuildingdienste. Rülpst wieder.

Dann vibriert sein Smartphone auf der Küchenbank. Während er mit einer Hand das Glas ausspült, geht er mit der anderen dran. »Ja, wir sind hier. Ja, sie ist bei mir.« Er sieht zu mir herüber. Lauscht angestrengt. Sein Blick wird bohrend. »Verstehe.«

Sein Gesicht hat einen ernsten Ausdruck angenommen. Etwas Dunkles huscht darüber. Er wirkt nicht schockiert. Eher verletzt. Fast, als hätte er gerade erfahren, dass jemand Geliebtes gestorben ist. Er lässt den Kopf sinken. Dreht sich zum Ofen um und stützt sich mit einer Hand auf der Kante ab. Dann flüstert er: »Ja, verdammt, ich mach keinen Scheiß.«

Mit dem Daumen beendet er den Anruf und schleudert sein Smartphone auf die Küchenbank. Ballt die Hände zu Fäusten und presst sie so heftig auf die Sitzfläche, dass die Knöchel weiß hervortreten. Dabei macht er tiefe bewusste Atemzüge. Ein und aus.

Schließlich blickt er wieder zu mir auf. Ich lehne noch immer an der Wand.

»Zieh dein T-Shirt aus«, befiehlt er.

»Wie bitte?«

»Zieh dein T-Shirt aus.« Er umrundet die Küchenbank und kommt auf mich zu.

»Was hast du gerade zu mir gesagt?« Ich löse mich von der Wand und suche Zuflucht hinter einem IKEA-Tisch mit Glasplatte.

»Zieh. Dein. Verfluchtes. T-Shirt. Aus«, schleudert Brandon mir entgegen.

»Wovon, zum Teufel, redest du, Brandon?«

Wir umrunden den Tisch und schieben Stühle darunter, um den Weg freizumachen.

»Du Verräterfotze«, zischt er. »Zieh dein beschissenes T-Shirt aus, oder ich reiß es dir vom Leib.«

»Bist du verrückt geworden?«

Er lässt eine Faust auf die Glasplatte niedersausen. »Detective Sergeant Geoff Topping, du irre Scheißfotze.« Und er umkreist den Tisch, genau wie ich. Monster und Mädchen. Hai und Goldfisch. »Ehemann einer Kate Topping. Vater von zwei Töchtern. Felicia Topping, elf Jahre alt. Celine Topping, neun Jahre alt. Ihr habt euch in seinem Büro getroffen.«

Blei in meinem Herzen. Zement in meinen Beinen. In dieser Drecksstadt hat Flora ihre großen, fetten Glupschaugen einfach überall.

»Warum hast du das getan?«, fragt Brandon. Seine Miene ist tot. Sein Blick ist tot.

Schnell sprechen. Jetzt sprechen. »Er hilft mir rauszufinden, wer ich bin. Er organisiert ein Treffen für mich. Er hat meine Schwester gefunden, von der ich nie was wusste. Er hat sich darum gekümmert, dass wir uns treffen können, Brandon. In vier Tagen. Sie kommt extra aus Perth, nur um mich kennenzulernen.«

»Detective Topping hat all das für dich getan, wie?«, fragt Brandon quer über den Tisch. Sein Gesicht ist blutrot angelaufen, und an seinem Gewichtheberhals pocht eine Ader. Er beugt sich vor und zischt mich an wie eine Kobra: »Du meinst wohl den Geoff Topping, der seit drei Jahren rund um Mums Geschäfte ermittelt. Dieselbe Drecksau, die Mum das Leben zur Hölle macht. Ich frage mich, was der blaue Pisser wohl als Gegenleistung verlangt hat?« Und damit spannt Brandon seine Armmuskeln an, hebt die Fäuste in die Luft und lässt sie wie ein Gorillamännchen auf die Glasplatte niedersausen.

Meine Welt zerspringt genau wie das Glas. Keine Kreise mehr für den Hai, denn es gibt nichts mehr zu umkreisen. Nur noch zwei Meter Glasscherben auf dem roten Wohnzimmerteppich zwischen uns.

Ich bin vorübergehend wie erstarrt, und das nutzt er aus. Gerade mal einen Meter weit komme ich, da stolpert er schon über die Scherben und schleudert mich brutal zu Boden. Ich versuche, mich aus seinem Griff zu befreien, aber er ist zu stark. Wie die Tyrannenechse, die er ist, kriecht er auf mich zu, rollt mich unter seine Oberschenkel, und ich bin mir sicher, dass er mich umbringen wird. Da schreie ich den einzigen Namen, der mir in den Sinn kommt.

»Geoff!«, schreie ich. »Geoff! Er bringt mich um!«

»Du verfickte Ratte«, sagt Brandon. Seine geschlossene Faust kracht auf meine linke Wange, und meine

Zähne graben sich in die Innenseite meiner Wange. Blut rinnt mir die Kehle hinunter.

»Wo ist es?«, bellt Brandon. Er reißt mein T-Shirt hoch, und seine schwitzigen, schmuddeligen Hände grabbeln über meinen Körper, meine Brüste, meinen Unterbauch, meine Seiten, meinen Rücken.

»Geoff!«, schreie ich in Richtung Decke. »Bitteeeee!«

Brandon tastet meine Shorts ab, trifft auf einen harten Gegenstand in der rechten Tasche, zieht Geoff Toppings bescheuertes geheimes, mich zwangsläufig irgendwann auffliegen lassendes Spionagesmartphone raus.

Brandon hält es in die Höhe und sieht es an, als hätte er noch nie ein Handy gesehen. »Fuuuuuck!«, schreit er und bricht es in zwei Teile. Dann donnert er sie zusammen, sodass sie in viele weitere Kleinteile zerspringt.

»Du hinterhältige Schlange!«, schreit er. Seine großen Hände packen meinen Hals. Und diesmal ist meine Zeit gekommen. Ich sterbe. Und zwar alle Versionen von mir. Die guten und die schlechten und die, von der ich immer geträumt habe. Das Monster versucht, mir durch zusammengebissene Zähne etwas zu sagen, doch seine wütenden Worte verlassen seinen Mund nur in Form von Spucke.

Ich blicke ihm in die dunklen Augen und weiß, dass er mich kaltblütig umbringen will. So schwer sitzt er auf meinem Körper, dass jedes Kilogramm meinen Bauch eindrückt und meinen Hintern zu Boden quetscht. Seine großen Hände umklammern meine Kehle. Seine wütenden Daumen drücken auf meine Luftröhre, und ich kann nicht atmen.

»Top…«, röchele ich. »Topping …« Ich zerkratze ihm das Gesicht. Blut läuft ihm die Wangen hinunter. Unter meinen Fingernägeln Hautfetzen. Meine Handflächen drücken gegen sein Kinn. Ich zerre an seinen Fäusten und versuche, seinen Griff an meiner Kehle zu lösen. Schnappe nach Luft, finde jedoch nur Ersticken. Mir wird schwarz vor Augen.

Er hebt meinen Kopf und donnert ihn auf den Teppich. »Du beschissenes Tier«, schleudert er mir entgegen. »Du beschissenes nutzloses Vieh.«

Wieder schnappe ich nach Luft. Denk nach. Messer. Denk nach. Stiefel. Messer. Stiefel. Greifen. Ich löse meine rechte Hand von seiner stählernen Faust und ziehe meine Wade in Richtung Hand. Taste mit den Fingern nach meinem Stiefelschaft. Spüre den Lederrand. Meine Socke. Wie einen Hähnchenflügel biege ich mein Bein weiter nach hinten. Schnappe weiter nach Luft. Bleib am Leben, sage ich mir. *Bleib hier,* flüstert Erica Finlay mir vom Grund des Flusses aus zu. Auge um Auge mit dem Monster. *Bleib hier, ich liebe dich.* Lass ihn nicht sehen, wo deine Finger hinwandern. Augen schließen. In meinen Lungen ist keine Luft mehr. Ich werde ohnmächtig. Muss atmen.

Meine Finger ertasten den Griff des Filetiermessers, mit dem Monstermutter Flora Box mir mit vierzehn Jahren das Filetieren und Ausnehmen im besten Meeresfrüchteladen in ganz Queensland beigebracht hat. Ich ziehe es aus dem Stiefel. In meinem Kopf nur noch Schwarz. Ich glaube, ich sterbe. Ich glaube, hier bleibe ich nicht länger. Nur ein Lichtkreis. Ein Lichtkreis. Wie groß ist der Lichtkreis? So groß wie eine Softdrinkdose. Wie zeichne ich einen Lichtkreis auf ein weißes Blatt Papier? Das Licht entsteht aus der Dunkelheit, die wir drum herum legen.

Inzwischen habe ich das Messer fest gepackt. Ziehe meine rechte Hand an meine Seite. Langsam. Das Monster darf es nicht bemerken. Das Monster darf es nicht wissen. Stück für Stück wandert meine rechte Hand meinen Bauch hoch. Jetzt schlage ich die Augen auf und erkenne das Monster. Jetzt stoße ich die Klinge nach oben und in das weiche Fleisch direkt unter seinem Adamsapfel.

Brandon hustet. Sofort strömt Blut aus seinem Mund und über mein Gesicht. Ich drehe den Kopf zur Seite, um der ekelerregenden Dusche zu entgehen. In seinem Gesicht, das die Farbe von Zahnpasta, die Farbe von Geistern, angenommen hat, zeichnet sich eine Mischung aus Erstaunen und Schrecken ab. Schock und die langsamen Gedankengänge eines Muskelmannes. Dann füllt sein eigenes Blut seine Luftröhre, und er fängt an zu gurgeln. Spuckt alles über mich und gurgelt erneut. Doch er hat noch etwas Kraft übrig, und ich kann seinen letzten Wunsch in seinem Blick lesen. Bevor sich seine Augen schließen, will er das bisschen Luft, das bisschen Leben, das noch in meinem Körper übrig ist, aus mir herauspressen. Und wir werden hier beide sterben. Das Monster namens Brandon Box und das Mädchen, das nie seinen Namen erfuhr. Licht zu Schwarz. Schwarz zu Licht. Licht zu Schwarz. Farben verblassen. Das Leben ist nun eine schwarze Tuschezeichnung auf weißem Papier. Überall schwarze Tinte. Nur noch Schwarz.

Doch dann höre ich ein Krachen. Brandons Wohnungstür wird aufgetreten. Ein einzelner Schuss löst sich aus einer Waffe. Brandon Box wird ganz still. Die Kugel ist von hinten in sein Gehirn eingedrungen. Sein totes Gewicht kippt auf meine Brust, und ich rieche

Schweiß und Hirnfleisch. Plötzlich bekomme ich wieder Luft und fange an, unkontrolliert zu schreien. In meinen Schreien finden sich keine Worte. Kein Mädchen. Kein Mensch. Nur Tier. Schreien, brüllen, schreien.

Detective Sergeant Topping hastet zu mir und wälzt Brandons Körper von meinem. Ich sehe an mir runter. Überall Brandons Blut. Ich zittere so sehr, dass ich nicht sprechen kann.

»Schhhhhhh.« Topping tätschelt mir die Stirn. »Ich bin ja da. Alles wird gut.« Er legt einen Finger an meinen Hals und kontrolliert meinen Puls. »Atmen. Einfach atmen. Beruhige dich. Du bist jetzt in Sicherheit.«

Er kniet sich neben mich, und es ist so gut, sein Gesicht zu sehen. Von hier unten auf dem Teppich erscheint sein Ausdruck so gütig. Wie er mich im Arm hält, fühle ich mich wie einer der Koalas seiner Töchter.

»Ich hol dich hier raus«, verspricht er. »Atme jetzt. Atme.«

Langsam fängt sich mein Atem. Mein Herzschlag wird ruhiger. Schließlich habe ich genug Sauerstoff in der Lunge, um zu sprechen. Ich wende ihm mein Gesicht zu und flüstere: »Schnell wie der Blitz.«

Sanft und beruhigend legt er mir eine Hand auf die rechte Schulter. »Schnell wie der Blitz«, bestätigt er und grinst mich an, als im selben Moment ein weiterer ohrenbetäubender Knall durch die Wohnung hallt. Im Wahnsinn des Augenblicks verstehe ich zunächst nicht, warum der nette Bulle neben mir auf die Seite kippt. Im Horror des Riesenfehlers, das mein sich entspinnendes Leben darstellt, verstehe ich nicht, warum Geoff Topping ein Loch im Hinterkopf hat und drum herum all diese grauenvollen Brocken roter Materie verstreut sind.

»Nein!« Als ich schreiend den Kopf hebe, entdecke ich Flora Box in der Wohnungstür ihres Sohnes. Ihre Pistole zielt noch immer auf Topping.

Da sehe ich seine Töchter Felicia und Celine vor mir. Glücksmond. Sie halten die Koalas im Arm. Mit so viel Liebe und Sorgfalt. Und ich fange an zu weinen.

Flora dreht sich zu mir um. Limettengrüner Pulli von Sloppy Joe. Darunter ein gelbes Poloshirt, dessen Kragen herauslugt. Caprihose. Große Brille mit transparentem Gestell, durch deren Gläser sie den Raum absucht.

Denk nach. Messer. Denk nach. Meine Finger bewegen sich. Messer in meiner Hand. Dasselbe Messer, das gerade Floras Sohn getötet hat. Das Monster, dessen blutigen Körper sie jetzt betrachtet. Sie rückt sich die Brille zurecht, als würde sie ein abstraktes Gemälde anstarren, dessen Bedeutung die Fähigkeiten ihres Gehirns übersteigt.

Langsam bewegt sie sich ins Wohnzimmer. Ich stolpere linkisch auf meine Füße und weiche vor ihr zurück, während sie sich Brandon nähert. Sie sieht mich noch nicht einmal an. Die Hand mit der Waffe baumelt an ihrer Seite. »Bleib, wo du bist, Schätzchen«, sagt sie. Unglaublich sanft klingt ihre Stimme, und bei diesen Worten sieht sie nur Brandon an. Mit stockendem Atem beobachte ich, wie Flora sich nach unten beugt und den Körper ihres Sohnes inspiziert. Er liegt mit dem Gesicht nach unten auf dem Teppich. Sie betrachtet das Einschussloch in seinem Hinterkopf. Die Stichwunde in seiner Kehle kann sie nicht sehen. Dann wendet sie ihre Aufmerksamkeit Topping zu, der seitlich auf dem Teppich liegt. Ihr linker Schuh. Asics Gel-Quantum. Der Künstlerin entgeht nichts. Der Schuh drückt gegen Geoffs schlaffe Schulter.

Sie kontrolliert, ob er tot ist. Dabei kommt es mir vor, als wollte sie ihn am liebsten aufwecken. Doch dann feuert sie ihm, ohne mit der Wimper zu zucken, zwei weitere Schüsse in den Kopf.

Das Gesicht in den Händen vergraben, drehe ich mich um und stürze zur Tür.

Doch Floras Pistolenlauf ist nun auf mich gerichtet. »Ich hab gesagt, bleib, wo du bist.«

Ich erstarre. Sprachlos vor Entsetzen. Zu verstört, um den Befehl an meinen Kehlkopf zu senden, sich zu öffnen, und an meine Zunge, sich zu bewegen und die Worte zu sagen, die dieser erschreckend unscheinbaren Frau mit den weit aufgerissenen Augen erklären, was hier los ist.

Von ihr ist kein Laut zu hören. Keinerlei erkennbare Gefühlsregung, bis auf Neugier und Interesse an der Untersuchung des Unmöglichen. Der eigenartige und unmögliche Anblick ihres einzigen Sohnes, der bäuchlings auf dem Boden liegt. Er wird von der Mutter betrachtet, als wäre sie ein gefühlloser Roboter. Ein Cyborg. Sie ist nur noch halb Mensch. Ihre menschliche Seite hat sie verloren. Ihre mütterliche Seite. Ihre Sohnseite.

Jetzt sind nur noch Flo und ich übrig. Nur die Mutter eines toten Sohnes und das Schrottplatz-Van-Mädchen ohne Namen.

»Er hat …« Lediglich ein Flüstern. Ein atemloser Satz, den ich nicht beenden kann. Schließlich bringe ich die Worte doch heraus. »Er hat versucht, mich umzubringen, Flo.« Ich fahre mir mit der Hand über die Brust, und da fällt mir auf, dass sie noch in sein Blut gebadet ist.

Flo antwortet nicht. Sieht mir nur wortlos zum ersten Mal ins Gesicht. Und ich folge dem Blick hinter den großen Gläsern. Zwischen uns liegen vielleicht fünf oder sechs Meter. Zwei oder drei Meter zwischen der Eingangstür und meinen Füßen. Ihre leeren Augen wandern von meinem Kopf meinen Oberkörper hinunter zu dem Fischfiletiermesser mit der blutigen Klinge in meiner rechten Hand. Und meine Augen wandern ihren rechten Arm hinunter zu der Waffe, die gerade einen guten, anständigen Mann getötet hat, auf den zwei Mädchen namens Felicia und Celine zu Hause warten. Kein Laut zwischen uns. Doch der Künstlerin entgeht nichts. Floras dicker rechter Zeigefinger bewegt sich kaum merklich über den Abzug ihrer Pistole. Und nun bewegt sich ihr rechter Ellbogen, und ich weiß im Herzen und in meinem Monet-Blut, dass sie gleich den rechten Arm hebt und auf mich schießt.

Doch mein rechter Arm ist schneller als ihrer. Wie ein Peitschenschlag hole ich aus und schleudere ihr das Messer entgegen. Instinktiv dreht sie den Körper zur Seite und hebt den linken Arm, um ihr Gesicht zu schützen. Tief gräbt sich die Klinge in ihre linke Schulter. Einen Moment beobachten wir beide starr vor Staunen, wie es wackelt, als sie sich den Hals verrenkt, um die Wunde zu inspizieren.

Jetzt ist es Flo, die schreit. Tobsüchtig, verloren und unmenschlich. Und sie begeht den Fehler, zuerst das Messer aus ihrer Schulter zu ziehen, bevor sie auf mich zielt. Das gibt mir genug Zeit, mir meinen Rucksack zu schnappen und aus diesem Höllenloch von einer verspiegelten Wohnung zu rennen. Hinter mir hageln Schüsse. Eine Kugel verfehlt mich und gräbt sich in die Wohnzimmerwand. Eine weitere surrt über meinen geduckten Kopf und durchschlägt die Wohnungstür von Brandons Nachbarn gegenüber.

Ich sprinte durch die große grüne Tür zur Feuertreppe. Die wird die keuchende Flo nie im Leben schaffen. Ein weiterer Schuss hinter meinem Rücken, und ich renne die Treppe aus Stahl und Beton hinunter, die sich zwischen alten Backsteinmauern nach unten windet. Im Zickzack geht es vierzehn Stockwerke sich kreuzender Treppen nach unten, zwei, drei, sogar vier Stufen auf einmal nehmend.

Über mir ertönen Schüsse. Als ich nach oben sehe, entdecke ich Flo. Sie lehnt über dem Geländer und sucht meinen Blick.

Wieder zielt sie auf mich, doch inzwischen sind ihr die Kugeln ausgegangen. »Ich dachte, du wolltest aufhören wegzurennen«, schreit sie mir nach.

Einen kurzen Augenblick hole ich Luft und denke über ihren Satz nach.

Dann renne ich.

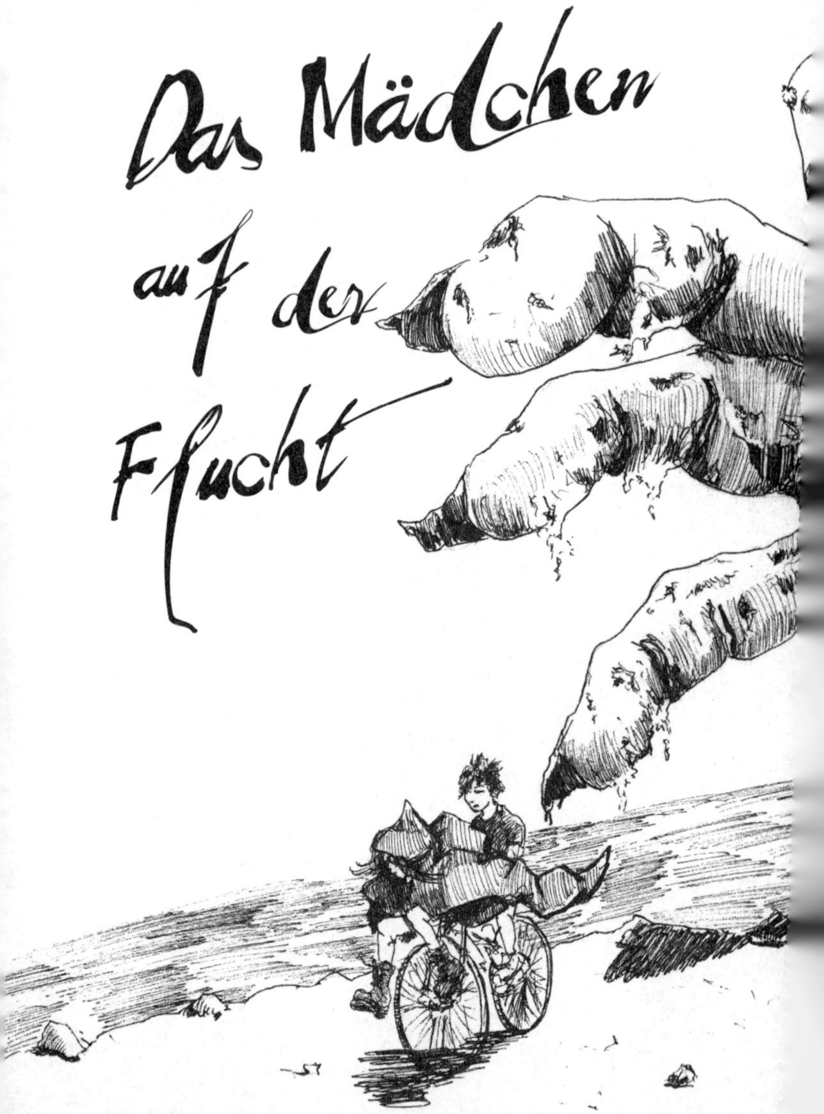
Das Mädchen auf der Flucht

Das Mädchen auf der Flucht

Januar 2024
Stift und Tusche auf Papier

Das vielleicht berühmteste Werk der Künstlerin. Skizziert in absoluter Dunkelheit, als sie auf der Flucht vor Flora Box und ihren diversen Handlangern war – allesamt wild entschlossen, ihr Leben zu beenden und dementsprechend auch ihre als gesichert betrachtete Karriere als weltweit berühmte Künstlerin zu zerstören. Das rätselhafte Wesen aus früheren Werken hat sich weiterentwickelt. Monströs und bösartig tritt es in Erscheinung. Unausweichlich, und, zumindest im Auge des Betrachters, unbesiegbar.

Denk nach. Renn. Denk nach. Eine Sache kann ich nicht tun: Zuflucht auf unserem Schrottplatz in der Moon Street suchen. Denk nach. Wen ruft Flora zuerst an, um ihm vom Tod ihres Sohnes zu erzählen, dessen verfluchte Visage ich nicht aus dem Kopf bekomme? Genau, ihren besten Freund auf der ganzen Welt, Ephraim Wall. Und was passiert dann? Ephraim Wall erzählt seinen sechs engsten Schlägerfreunden, dass ich Floras geliebten Sohn Brandon umgebracht habe, dessen verzerrtes Gesicht unentwegt durch meine Gedanken geistert. Während er mich würgt, sprüht Spucke aus seinem Mund. Die brüllende Tyrannenechse. Ephraim wird all die Typen mit unsteter Vergangenheit anrufen, die hinten im kalten Verpackungsraum von Ebb 'n' Flo helfen, die Fischkisten zu packen. Er ruft den schlaksigen Nathan Rose mit seinem blond gefärbten Ziegenbart an. Er ruft den Priester an. Keiner dieser braunnasigen Schleimscheißer wird auch nur eine Silbe darüber verlieren, dass Brandon ein Psychopath war, der es verdient hatte. Oder darüber, dass ich aus Notwehr gehandelt habe. Dass ich den Tyrannosaurustanz beenden wollte.

Eine Sache kann ich sehr wohl tun: schnurstracks zur Polizeistation in der Roma Street laufen. Nach Detective Sergeant Cameron Millar fragen. Er kennt meine

Geschichte. Er weiß meinen Namen. Ich kann ihm erzählen, was Flora Topping angetan hat. Sie hat meinen Freund erschossen. Sie hat einen guten Mann erschossen, der mir gerade das Leben gerettet hatte. Millar wird mich beschützen.

Warte. Renn nicht sofort dahin. Mein Filetiermesser. Ich habe es auf Flora Box geschleudert. Wie eine Tetanusspritze steckte es in ihrem Arm. Über und über mit meinen Fingerabdrücken bedeckt. In Blut getaucht. Das Messer, das ich Brandon in die Kehle gerammt habe. Wie soll ich da je wieder rauskommen? Wie soll Millar mich davor schützen? Nein. Renn nicht sofort dahin. Flora hat einen miesen Spion in das Hauptquartier der Bullen gepflanzt. Ihre Schläger werden mich dort abpassen, an den Marmorstufen der Polizeistation. Scheiße noch mal.

In Gedanken sehe ich ein Mädchen im Jahr 2100 vor mir. Es trägt einen gelben Mantel und steht im Metropolitan Museum in New York vor meiner Kunst.

»Ich hätte nicht gedacht, dass sie zu solcher Gewalt fähig ist«, sagt es zu seiner Mutter.

»Eine Frau weiß nie genau, wozu sie eigentlich fähig ist, bis sie genau weiß, wozu sie fähig ist, Schätzchen«, antwortet seine Mutter.

Ich hätte nie gedacht, dass ich dazu fähig bin, und nun wünsche ich mir mit jedem Blutstropfen in meinem Körper, ich hätte es nicht getan. Gut, es war Notwehr, aber wen interessiert das schon, wenn ich mich erhebe und meinen nutzlosen Fall vor Richter Cavanagh im Brisbane Mags Court vortrage?

Nach Hause. Der Schrottplatz in der Moon Street. Ich will nach Hause. Aber ich kann nicht. Ephraims Jungs werden mich da hundertpro abpassen. Da würde ich zuerst nach mir suchen. Wetten, sie warten schon da und strecken meinen Nachbarn ihre miesen Visagen entgegen. Jagen June, Ros, Sully und Charlie, wenn er denn zu Hause ist, Angst ein. Finstere Typen mit Bürstenhaarschnitt, die in unserem friedlichen Hof rumrandalieren. Der Ort, aus dem wir rausgeschmissen werden. Die Welt dreht sich. Die Welt dreht sich immer weiter. Doch wann dreht sie sich für mich auf die richtige Seite? Zuhause. Die schmeißen uns aus unserem Zuhause. Wo ist dann jetzt überhaupt mein Zuhause? Überall und nirgends. Zuhause ist, wo der pulsierende rote Klecks ist.

Eine Sache kann ich sehr wohl tun: einfach weiterrennen. Und so sprinte ich die Gladstone Road in Highgate Hill bergab. Lange, große Schritte. Autos fahren an mir vorbei auf ihrem Weg in die Innenstadt. Ich renne an niedrigen Cottages, weißen Lattenzäunen und gepflegten Vorgärten vorbei. Vorbei am Highgate Hill TAB-Wettbüro und dem Spirituosenladen neben der Golden-King-Bäckerei. Zwei alte Damen stehen an der Ampel in der Blakeney Street und starren mich an, als ich an ihnen vorbeihaste. Bestimmt fragen sie sich, warum meine Klamotten blutverklebt sind. Wie, zum Teufel, habe ich so viel Blut abbekommen? Auf mir finden sich so viele rote Spritzer wie im Land von Jackson Pollock blaue, schwarze und gelbe. Ich muss dringend von den Hauptstraßen verschwinden. Renn. Einfach immer weiterrennen. Hör niemals auf zu rennen. Wir hätten niemals anhalten dürfen. Hätten niemals unsere Ärsche ans Flussufer setzen dürfen, um Drogen für Lady Flo zu verticken. Blöde, dämliche Drogenkuriere, die dämliche Drogen verticken. Ich hätte nie zulassen dürfen, dass sie dem Wunderkind im Kinderwagen nachjagt und in den Fluss springt. Hätte nie zulassen dürfen, dass sie so mutig ist. Blöder, dämlicher

Mut. Hätte niemals zulassen dürfen, dass diese Frau irgendwas anderes ist als verrückt.

Flora Box, das Monster. Meine Chefin, das Monster. Sie hat sich verwandelt. Sie war was anderes. Sie war die Dunkelheit. Sie war die Dunkelheit, die Künstler nutzen, um Licht auf Papier zu malen. Um Licht zu erschaffen. Um lichte Gedanken zu denken. Glückliche Gedanken. Zitronencrêpes am Schrottplatzlagerfeuer. Die schwimmende Schildkröte, die Erica und ich mal in der Stadt Seventeen Seventy gesehen haben. Mit Makkaroni von Ursulas Haus zum Bahnhof fahren und im Affentempo die Sandgate-Promenade entlangrasen, während der Salzwasserwind mir ins Gesicht bläst und in den Wimpern kitzelt. Der schöne Junge auf der Brücke. *Danny Collins*.

Renn. Rein in die Kundentoilette der weiß-rot-blauen Liberty-Tankstelle in der Gladstone Road. Ich schließe die Tür hinter mir ab. Pumpe den Seifenspender und wasche mir Gesicht und die blutüberströmten Arme ab. Brandon Box' dunkles Blut strudelt in den Abfluss. Von hier aus renn ich bis nach Cairns, sage ich mir. Ich renne bis Canberra, sage ich mir. Ich brauche nichts weiter als einen Daumen, den ich am Highway in die Höhe strecke. Mit der Kraft meines erhobenen Daumens kann ich es bis Südaustralien schaffen. Könnte bis Alice Springs rennen. Könnte mich in der Wüste verstecken. Könnte nach Weipa rennen und ein paar von Ericas alten Freunden um Hilfe bitten. Wer war ich noch mal für sie? Claudia? Holly? Welchen Namen hat sie mir damals gegeben? Pamela? Donna? Maria? So viele Namen über die Jahre. So viele und zugleich kein einziger.

Ich starre in den Spiegel überm Waschbecken. Topping ist fort. In Gedanken sehe ich seine Mädchen vor mir, wie sie die Koalas im Arm halten. Felicia und Celine. Glücksmond. Wer bringt ihnen bei, dass ihr Papa nicht nach Hause kommen wird? Geoff bedeutet ›Frieden‹. Geoff bedeutet einen Kloß in meiner Kehle, der mir das Atmen schwer macht. Wasser. Ich brauche Wasser. Ich lege meine Lippen an den schmuddeligen Hahn. Drei Schlucke metallisch schmeckenden Wassers.

Ich sehe mein Gesicht im Spiegel und zugleich das Mädchen auf dem Foto, das Detective Topping aus dem gelben Briefumschlag gezogen hat. Ich sehe Phoebe. Meine ältere Schwester. Meine Familie. Ich habe eine Familie. Ich habe eine Schwester. Ich habe eine Geschichte. Die traurigste Geschichte, die Detective Sergeant Topping je gehört hat. Die Geschichte, wegen der Phoebe extra aus Perth herfliegt. Um sie mir zu erzählen.

Ich klatsche mir Wasser ins Gesicht. Nur noch ein paar Tage. Montag, drei Uhr nachmittags. Die Stunde der Wahrheit. Zeit der Erkenntnis. Topping hat gesagt, ich könne den Treffpunkt wählen, und ich habe gesagt, ich möchte sie im Starbucks unten im Myer Centre treffen. Ericas Lieblingsplatz. Dort wird meine Schwester auf mich warten. Ich werde hineingehen, mich zu ihr an den Tisch setzen, und sie wird mir erzählen, wer ich bin. Bloß eine Sache darf ich *nicht* tun. Ich darf nicht vor ihr wegrennen. Ich muss sie treffen. Ich werde nicht vor ihr wegrennen. Und eine Sache *kann* ich tun. Bleib. Bleib *hier. Bleib hier, ich liebe dich.* Das hat der Prinz auch gesagt. *Scheiß drauf. Ich liebe dich.* Er war mutig. Er hat die Geschichte an wundersame Orte getragen. Er hat sie genau dorthin geführt, wo ich sie haben wollte. *Du wirst genau hier sein?,* hat er gefragt. *Heb einfach den Kopf. Und ich werde genau hier sein,* habe ich geantwortet.

Danny. Bald geht die Sonne unter, und der Mond geht auf, und Danny Collins wird über die Victoria Bridge laufen, um mich zu treffen. Er wird den Kopf heben, genau wie ich es ihm aufgetragen habe, und ich werde nicht da sein. Weil ich nicht da sein kann. Weil ich tief in mir weiß, dass ich unmöglich bleiben kann. Wie könnte ich bleiben? Flora hat ihre Männer überall in der Stadt. Und all diese Männer haben Augen, und das bedeutet, sie hat ihre Augen überall. Sie sieht alles. Wenn ich heute Abend diese Brücke betrete, dann wird Ephraim mich in Scheiben schneiden wie einen Makohai. Ich kann nicht bleiben. Ich darf nicht bleiben. Was ich tun muss, ist rennen.

Ich wische mein Gesicht mit einem Papiertuch ab und werfe es in den überquellenden Mülleimer. Über dem Spiegel ein Graffito: *Du kannst es dir nicht leisten, die Glocken zu ignorieren.*

Draußen regnet es. Und zwar heftig. Ein prasselnder Sommerregen, als hätte das Universum über South East Queensland den Hahn geöffnet. Die Art prasselnder Regen, die diese Stadt binnen weniger Stunden überfluten kann. Hier kommt es immer wieder zu Überschwemmungen. Ich muss von den Straßen runter. Mich vor dem Regen verstecken. Verstecken. Ja. Ich brauche ein Versteck. Einen Ort, an dem ich abwarten kann. Ich brauche einen Plan. Ich muss bleiben. Ich brauche Hilfe.

Ich starre in den Spiegel. »Lola?«, flüstere ich. »Lola? Bist du da?«

Ich hole tief Luft und bringe mein Gesicht ganz nah an den Spiegel. »Lola. Bitte, ich brauche dich. Ich brauche dich mehr denn je.«

Ich warte darauf, dass Lola erscheint. Aber dieser Tankstellenspiegel kennt keine Zauberei. Er zeigt nichts als mich. Mich und mein zerzaustes braunes Haar, das aussieht wie ein Vogelnest, das im Sturm zur Seite geweht wurde. Ich ziehe den Reißverschluss meines Adidas-Rucksacks auf, um meine Haarbürste rauszuholen. Da fällt mein Blick auf den Kartoffelsack, den Brandon in Julian Rossis Vorratskammer gefunden hat. Ich löse die Schnur und ziehe ihn auf. Deshalb also wurde Julian zu Brei geschlagen. Drei Bündel Bargeld. Alles Hundertdollarnoten. Insgesamt vielleicht fünfzig Riesen.

Ein lauter Schlag an der Klotür. »Diese Toilette ist nur für zahlende Kunden«, bellt eine Männerstimme.

Ich ziehe den Reißverschluss wieder zu und stürze hinaus. Ein bärtiger Mann in Poloshirt und schwarzer Hose faucht: »Ich muss das Ding putzen. Ist nicht dein persönliches Scheißhaus.«

Renn jetzt. Renn wieder. Such dir ein Versteck. Wo verstecken sich Menschen in dieser Stadt? Denk nach. Wo?

Natürlich. In den Löchern. Renn.

Die Künstlerin spürte, wie der Regen ihr gegen die Schultern und die Arme peitschte, und sie fühlte sich sicher. Sie fühlte sich verborgen. Unsichtbar. Hätte sie diesen Augenblick ihres Lebens gezeichnet, dann würde man sehen, wie ihre Stiefel durch Pfützen plantschten, während sie an den braunen Backsteinklassenzimmern der Brisbane State High School in der Vulture Street vorbeisprintete. Sie hätte die hohen Palmen und die gedrungenen Flammenbäume gezeichnet, die sich im Wind beugten, und wie sich der Regenschirm einer Frau auf die falsche Seite drehte. Sie hätte den weißen Plastikgartenstuhl gezeichnet, der von der Terrasse eines gelben Backsteinwohnblocks in der Browning Street geweht wurde. Eine Reihe von zehn Mülltonnen auf Rollen mit roten Deckeln, die sich drehten und anrempelten wie unruhige Soldaten bei einer Parade. Menschen, die Schutz unter der Markise der Red Stone Pizzeria suchten. Kleine Hagelkörner, die auf das Blechdach der West End Uniting Church trommelten. Am Notizbrett der Kirche prangte eine Botschaft an die Öffentlichkeit: Das Leben hat keine Fernbedienung. Steh auf und ändere es selbst.

Die Künstlerin rannte über die geschäftige Boundary Street. Vor dem Imbiss Indian Kitchen in der Vulture Street blieb sie stehen, um zu Atem zu kommen. Sie beugte sich vornüber, stützte die Hände auf die Knie und schnappte neben einer Frau mit grauen Locken und in einem gelben Regenmantel, die mit sich selbst redete, nach Luft. In den Ohren der Künstlerin ergaben die Worte der Frau keinen Sinn. »Verschwindet aus meinem Kopf«, sagte die Frau und gab ihrer linken Schläfe mit der Handfläche einen Klaps. »Verschwindet aus meinem zerrissenen Kopf.«

Und die Künstlerin rannte.

Ich biege von der Montague Road links in die Canoe Street ein. Keine Treibenden in Sicht. Überhaupt keine Fußgänger. Eine Welt voller Menschen in ihren Häusern, die dem prasselnden Regen entfliehen. Die St.-Peter-Apostelkirche ist wegen spiritueller Angelegenheiten geschlossen. Ich öffne die kleine rote Eisenpforte, laufe den Weg links an der Kirche vorbei und flitze einen Grasstreifen hinunter zum abgeschiedenen Hinterhof. Schnappe dreißig Sekunden lang nach Luft und knie mich dann nieder. Ich spreche in das Loch, das meine Freundin Esther ihr Zuhause nennt.

»Bist du da, Esther?«, frage ich.

Von drinnen faucht eine Stimme: »Wer ist da?«

Da geht mir auf, dass ich sie aus ihrem Schläfchen gerissen habe. Esther weiß ihre Schläfchen ebenso sehr zu schätzen wie ihre Cherry-Ripe-Schokoriegel.

»Ich bin's, Esther«, antworte ich zwischen tiefen Atemzügen. »Liv Bytheriver.«

»Liv?«, gibt Esther zurück. »Was machst du da draußen im Regen?«

»Ich stecke in Schwierigkeiten, Esther. Ich kann nirgendwohin.«

»Was ist los, Liv?«, fragt Esther.

»Ich brauche ein Versteck, Esther«, erwidere ich. »Ich brauche ein Loch. Ich muss zu dir.«

»Keine Chance, Kind«, gibt Esther zurück. »Hier kommt niemand rein.«

»Bitte, Esther«, beschwöre ich sie. »Nur für ein paar Tage.«

»Warum? Was hast du getan, Liv?«

»Lass mich zu dir reinkriechen, und ich erzähl dir alles«, bettele ich. »Bitte. Nur dieses eine Mal. Da sind Leute hinter mir her, Esther. Gefährliche Leute.« Tränen tropfen mir aus den Augen. »Ich habe Angst, Esther. Ich habe eine verfluchte Scheißangst.«

Langes Schweigen. Im Loch ist absolut nichts zu sehen.

»Hör auf zu fluchen«, mahnt Esther. »Bei mir zu Hause gibt's kein Fluchen. Regel Nummer eins: Esthers Loch, Esthers Regeln. Verstanden?«

»Verstanden«, erwidere ich. »Esthers Loch, Esthers Regeln.«

»Gut«, antwortet Esther. »Und jetzt komm rein und werd erst mal trocken. Hab ich dir nicht gesagt, dass das Hochwasser kommt?«

Jäger und Beute

Jäger und Beute

Januar 2024
Stift und Tusche auf Papier

Dieses Bild kommt einem echten Selbstporträt im gesamten Werk der Künstlerin am nächsten. Es ist in zwölf Spiegelscherben zerbrochen. Die Intention könnte im Titel zu finden sein: eine klare Anspielung auf den philosophischen Gedankengang, der den Akt des Sichspiegelns mit einer Raubtierjagd vergleicht – einer Suche nach Selbst-Bewusstsein, bei dem der Betrachter zugleich Jäger und Gejagter ist. Zudem könnte er sich auf den Lebensabschnitt der Künstlerin beziehen, in dem sie unbarmherzig von einer Gruppe Schattenweltverbrecher durch Brisbane gejagt wurde.

Allein im Loch. Muss inzwischen fast Mitternacht sein. Esthers Zuhause ist breiter als mein Vanschlafzimmer, aber nur halb so hoch. Hier kann man nur kriechen. Das Loch stinkt nach Esthers Schweiß, ihrem Körpergeruch und einem Rosenpotpourri, das sie in einer Mülltonne auf der Granville Street gefunden hat. Esther kann einem die Leerungszeiten der Mülltonnen in fast jedem Brisbaner Vorort sagen.

Ich hocke auf einem alten, ausgefransten Teppich, der auf dem harten Betonboden liegt. Vor Jahrzehnten wurde dieser Raum von der Kirche als Keller und Abstellkammer genutzt. Über uns befinden sich Holzdielen und eine seit Langem versiegelte Luke, auf der jetzt die moderne Küche von Father Kikelomos Sakristei steht.

Esther schläft auf einer Federkernmatratze. Mir hat sie eine lila Yogamatte und eine alte karierte Wolldecke gegeben, mit der ich mich zudecken kann. Eine Einkaufstüte von Dollars and Sense, vollgestopft mit Esthers zusammengerollten Unterhosen, dient mir als Kopfkissen.

Das ist bereits meine dritte Nacht im Loch, und draußen hat der Regen seit dem Nachmittag, als ich aus Brandon Box' Wohnung geflohen bin, nicht nachgelassen. Es regnet so unnachgiebig, dass man das Gefühl hat, der Regen durchweicht einen bis in die Innereien. Ich verbringe meine Zeit damit, auf das dreieckige Loch in der Wand zu starren und über den Riesenfehler nachzugrübeln, den mein Leben darstellt. Und darüber, was davon noch übrig ist. Dort draußen ist nichts zu sehen, bis auf Gras und einen kleinen Teil einer Jasminpflanze, die über den rückwärtigen Zaun des Kirchenhofs klettert. Gestern habe ich beobachtet, wie ein graubrauner Vogel auf einem Grasfleck gelandet und für mich im Kreis gehüpft ist. Ein kleiner Federball mit einem winzigen roten Schnabel und einem hoch angesetzten schmalen Schwanz, der senkrecht in die Luft ragt. Ich glaube, es war ein Prachtstaffelschwanz. Der Vogel, von dem Danny gesprochen hat. Der Vogel, in dessen Gesang sich ein Code verbirgt, damit die Küken in der Dunkelheit nach Hause finden. Durch mein Guckloch habe ich dem Vogel zugepfiffen, und er blickte in die Schwärze dieses feuchten Verstecks und neigte verwirrt das Köpfchen. Dann hob er seinen kleinen roten Schnabel gen Himmel und sang ein so klares und wahres Liebeslied wie jedes, das Taylor Swift je geschrieben hat. Als der Vogel wegflog, fragte ich mich, ob er mir einen versteckten Code in dem Lied mitgegeben hatte, der mir helfen sollte, meinen Weg durch die Dunkelheit zu finden.

Das Loch ist gut ausgerüstet. Nicht enden wollende Dosen Thunfisch und Bohnen und diverses Frischobst, das Esther auf ihren regelmäßigen Sammlungsodysseen bei Nacht zusammenklaubt. Gerade kaue ich auf einem Schoko-Cranberry-Müsliriegel. Esther hat mir eine rotgraue Campinglaterne dagelassen, die mit wiederaufladbaren Batterien läuft und ein Mittelwellenradio eingebaut hat. Und so sitze ich im Dunkeln und stelle mir Fragen über eine Außenwelt, die ich nicht sehen kann. In Jefferson City, Missouri, hat jemand fünf Leute erschossen. Unter dem Werkzeugschuppen eines chilenischen Maisbauern hat sich ein zweihundertzwölf Meter tiefer Krater aufgetan. Außerdem höre ich eine Geschichte über die sogenannten Amsterdamer Fahrradfischer, die dafür verantwortlich sind, jedes Jahr fünfzehntausend Fahrräder aus den Grachten zu bergen. Offenbar finden die Amsterdamer große Befriedigung darin, Fahrräder durch die Luft fliegen zu sehen und in etwas zu versenken, was der Sprecher als »Europas größten Fahrradfriedhof« bezeichnet. All dieses Fahrradgerede erinnert mich an Makkaroni, das gerade zu Hause am Schrottplatzzaun angekettet ist, und Makkaroni wiederum erinnert mich an Charlie. Ich wünschte, er wäre hier mit mir im Loch. Charlie würde aus der Sache hier unten einen Spaß machen. Charlie würde aus einem Albtraum ein Abenteuer machen. Zuhause ist, wo der pulsierende rote Klecks ist.

Ich drehe am Radioknopf und höre alte Popsongs auf 4KQ. »Hey, St. Peter« von Flash and the Pan, »My Mistake« von Split Enz und »Borderline« von Madonna. Um mich herum Backsteinmauern. Ein paar Becher und Schüsseln auf einem umgedrehten Karton, der als Kaffeetisch dient. Esther sagt, ihre Augen haben sich an die Dunkelheit hier unten gewöhnt. Sie sagt, sie habe inzwischen die Augen einer Eule, aber die Weisheit eines Ochsen. Einsamkeit macht dumm, sagt sie. Gemeinschaft macht schlau, sagt sie, im Kopf und im Herzen. Wäre sie nicht so einsam und dumm, dann würde sie in einer Zweizimmerwohnung mit Klimaanlage in Burleigh Heads an der Gold Coast und nicht in einem Loch hinter einer Kirche im West End wohnen. Gestern Abend habe ich Esther gefragt, wie sie mit der ständigen Dunkelheit zurechtkommt, und sie hat gesagt, zuerst sei es schwer gewesen, doch dann sei sie dazu übergegangen, die Dunkelheit wie eine tröstende Decke zu betrachten. Wie die karierte Wolldecke, die ich mir an die Brust drücke. Dunkle Räume seien gut, um im Wachzustand zu träumen, hat sie gesagt. Sie hat diesen Raum mit einem der weißen Papierblätter verglichen, auf die ich immer zeichne, mit einer Leinwand, auf der man träumen kann. Der Raum sei ein Theater, hat sie gesagt, und sie könne ihre Tagträume auf die schwarzen Wände projizieren. In diesem Loch kannst du alles sehen, hat Esther gesagt. Sieh es in deinem Geist. Sieh es im Loch.

»Was wird heute gezeigt?«, habe ich Esther gestern Abend gefragt.

»Patrick Swayze«, antwortete sie. »Er ist fünfundzwanzig Jahre alt, trägt Lederhosen und hält meine Hand, während wir die Schweizer Alpen erklimmen.«

Im Dunkeln gibt es nichts Echtes zu sehen, hat sie gesagt, und nichts Echtes, das dich sehen könnte. Hier unten kann man getrost unsichtbar sein. Wer unsichtbar ist, ist niemand. Und wer niemand ist, der kann jeder sein. Esther hat gesagt, sie sei nicht wirklich eine Einsiedlerin. Sie möge es nur nicht, gesehen zu werden. In dieser Welt gibt es einige Menschen, hat sie gesagt, die alles dafür tun würden, gesehen zu werden. Sie bauen große Häuser auf Hügeln und lassen ihre Autos, Muskeln, ihre Titten und Hintern hervorstehen wie Leuchttürme. Sie leben ihr Leben auf voller Lautstärke, weil sie ihren Erfolg in Klatschen, Jubeln und Dezibel messen. Esther bleibt gern leise. Esther bleibt gern ungesehen. Im Dunkeln. Im Loch.

Schritte draußen im Gras. Sofort packe ich die Axt, in diesem Haus das Gerät, was einer Alarmanlage am nächsten kommt. Eine Hand schiebt etwas durchs Loch, und ich schalte die Taschenlampe ein, um nachzusehen, was es ist. Ein knallgelber Regenmantel.

»Ich bin's nur«, sagt Esther. »Mach das Licht aus.«

Die Kapuze fest unter ihrem Kinn zugebunden, trägt sie selbst ebenfalls einen Regenmantel. Ich habe lediglich einen kurzen Blick auf ihr Gesicht erhascht. In den vergangenen drei Tagen habe ich ihr Gesicht häufiger gesehen als in den drei Jahren zuvor. Kräftiges Kinn. Breites Lächeln, wenn es denn mal in Gang gesetzt wird. Grüne Augen und silbrige Haare, noch vereinzelt von schwarzen Strähnen durchzogen. Das Loch hat ihrem Teint gutgetan: makellose Porzellanhaut wie die Gothics, die oft um das Hungry Jack's in der Queen Street Mall herumlungern. An Esther Inthehole ist nichts hässlich. Weder innen noch außen.

»Hast du ihn gesehen, Esther?«

Esther schält sich aus ihrem klatschnassen Regenmantel. Schüttelt ihn und breitet ihn in einer Ecke des Loches aus.

»Ja, ich habe ihn gesehen«, sagt sie.

»Was hat er gemacht?«

»Das Gleiche wie gestern Abend. Und wie vorgestern. Stand einfach da, mitten auf der Brücke. Aber heute Abend war er irgendwie zurechtgemacht.«

»Was meinst du mit ›zurechtgemacht‹?«

»Er hat einen schicken braunen Anzug getragen.«

»Einen braunen Anzug?«, frage ich ungläubig. »Im Regen?«

»Ja. Durch und durch Vintage. Klassisch. Der Junge ist hübsch wie ein alter Baum, wie?« Sie stößt mir den Ellbogen in die Schulter. »Aber wie er da auf der Brücke stand, sah er eher aus wie ein trauriger Welpe. Armer Teufel. Mitten im Regen unter seinem Schirm. Was hast du ihm bloß für einen Fluch aufgedrückt?«

Danny Collins in einem braunen Vintage-Anzug, wie er auf der Brücke auf mich wartet. Heute Abend schon wieder. An meinem ersten Abend hier im Loch habe ich Esther gebeten, für mich auf Erkundungsmission zu gehen. Mit gesenktem Kopf, aber gehobenem Blick lief sie geradewegs an ihm vorbei. So nah, dass sie das Skizzenbuch unter seinem linken Arm entdeckte, während er selbst unter einem großen schwarzen Regenschirm mitten auf der Brücke Schutz suchte. Mitten auf *unserer* Brücke. Punktgenau dort, wo wir uns kennengelernt haben, wartete er auf mich. Der Prinz aus dem Gemälde. Während ich Esther zuhörte, hüpfte mein Herz wie das eines Kaninchens auf einem Karottenfeld.

Esther ging weiter nach Fortitude Valley, wo sie hinter dem Calile Hotel in der James Street durch ein paar Mülleimer wühlen wollte. Als sie zwei Stunden später die Brücke überquerte, stand Danny immer noch da. Mir ging auf, dass das vielleicht das Schönste war, das je jemand für mich getan hat. Am liebsten wäre ich aus dem Loch gekrochen und den ganzen Weg bis zur Brücke gerannt. Ich wollte Danny Collins erklären, warum ich nicht auftauche, warum ich nicht dastehe, wenn er den Kopf hebt. Und jetzt sind es schon drei Abende in Folge, die er auf mich wartet. Er kommt immer wieder. Er sucht immer noch nach mir. Und ich bin immer noch nicht da.

»Warum kommt er immer wieder zurück, Esther?«

»Der Kleine ist offensichtlich nicht ganz richtig im

Kopf«, erwidert sie. »Aber was ihn da im Regen stehen lässt, ist sein Herz.«

»Wie oft, meinst du, kommt er noch zurück, Esther?«

»Tja, dem todtraurigen Hundeblick nach zu urteilen, trägt er entweder nur ein weiteres Mal in sich oder eine ganze Ewigkeit. Ganz ehrlich, ich hab noch nie einen derart verzauberten Jungen gesehen. Was, zur Hölle, hast du mit ihm gemacht?«

»Nichts«, verteidige ich mich. »Wir haben bloß geredet.«

»Da muss schon mehr zwischen euch beiden gewesen sein als bloß 'n bisschen Gerede.«

»Wir haben ein bisschen getanzt«, gebe ich zu.

»Und ...?«

»Dann haben wir noch ein bisschen geredet.«

»Und dann ...?«

Im Dunkeln kann Esther mein Lächeln nicht sehen. Überhaupt kann sie nichts von mir sehen, aber sie weiß, was ich fühle. Ich fühle mich am Leben. Ich fühle mich ... Ich fühle ... Wie hat er das noch genannt?

»Und dann hat's angefangen zu regnen, und wir haben uns verabschiedet«, erzähle ich. »Wir sind in unterschiedliche Richtungen gegangen, und ich war schon auf dem Weg nach Hause, als ich die Idee hatte, die Geschichte noch ein bisschen zu verändern. Ich dachte, die Nacht könnte ein dramatischeres Ende vertragen. Ich hab mich für das Wagnis entschieden, Esther. Fürs Radschlagen statt Gehen. Also hab ich kehrtgemacht und bin ihm nachgerannt und hab ihm auf die Schulter getippt, und er hat sich umgedreht.«

»Wie hat er in dem Moment ausgesehen?«, fragt Esther und lässt sich auf ihre Federkernmatratze zurücksinken.

»Wie meinst du das?«

»Hat er verwirrt ausgesehen?«, fragt sie. »Oder glücklich, dich zu sehen? Sah er erleichtert aus?«

»Er sah einfach nur wahr aus«, antworte ich. »Hübsch und wahr. Er sah aus wie ein Prinz, Esther. Seine Haare waren klatschnass und seine Wangen bleich und sauber im Regen, und da sind ganz viele Rinnsale seine Stirn runtergelaufen und um seine Augen rum und seine Nasenkurven entlang und über die Hügel, die seine Lippen waren.«

»Dann hast du wahrscheinlich was gesagt, was du besser nicht gesagt hättest«, vermutet Esther.

»Woher weißt du das?«

»In solchen Momenten sagen wir immer Dinge, die wir besser für uns behalten hätten«, erwidert sie.

»Ja. Ich hab ihm gesagt, dass ich ihn liebe.«

»Klar hast du das. Scheiße, verdammt, der arme Junge hatte keine Chance.«

In meinem Magen hüpfen noch mehr Kaninchen herum. Mit Schwung schlage ich die Wolldecke von meinen verschränkten Beinen. »Ich muss ihn sehen, Esther«, sage ich und krieche zum Loch.

Aber Esther packt mich an der Schulter. »Du kannst ihn nicht sehen, Kindchen. Ephraims Jungs. Flos Jungs. Die lungern immer noch da draußen rum. Mit zuckenden Köpfen lauern die, wie Hyänen auf der Jagd. Allein vorm Schrottplatzzaun bin ich an zweien vorbeigekommen. Die standen direkt vor deinem Van, Liv. Dann bin ich den Fluss langgelaufen und hab noch zwei entdeckt. Die haben da unten ’ne Zigarette geraucht, wo die Kreuzfahrtschiffe abfahren, direkt vor der Staatsbibliothek. Ein anderer ist in der Queen Street Mall auf und ab getigert. Hatte immer noch sein Ebb-'n'-Flo-Poloshirt voller Fischdärme an.«

Ich setze mich wieder auf meine Yogamatte. »Was soll ich bloß machen, Esther?«

»Du musst warten.«

»Warten auf was?« Ich lege mich zurück und lasse meinen Kopf auf die Tüte voll mit den zusammengerollten Unterhosen meiner Gastgeberin sinken.

»Warte auf das Hochwasser«, sagt Esther. »Bald füllt sich dieses Loch mit Wasser. Bald ist die ganze Straße überschwemmt. Halb West End wird untergehen. Dieser Regen wird nicht aufhören.«

Ich drehe ihr meinen Körper zu und stütze meinen Kopf auf meine rechte Hand. »Siehst du wieder die Zukunft, Esther?«

»Nur einen kleinen Teil davon«, antwortet sie. »Aber mehr brauchst du auch gar nicht.«

»Ich will nicht in diesem Loch hier ertrinken.«

»Keine Sorge, bis dahin bist du längst weg.«

»Was soll ich tun, Esther?«

»Du wartest, bis der Fluss um weitere dreieinhalb Meter steigt und über die Ufer tritt«, erklärt sie. »Du wartest, bis all das Regenwasser von den Bergen runterspült und sie alle Dämme öffnen. Und du wartest, bis das ganze Wasser in den Abwasserrohren, in der Kanalisation und in den Parkplatzgullys überläuft und sich die ganze Stadt in ein einziges Chaos verwandelt. Dann pfeift Lady Flo all ihre Schlägerspäher von ihren finsteren Wachposten, damit sie ihren kostbaren Meeresfrüchtehandel und alles, was darin ist, vor der Überflutung retten, und du kannst dich frei bewegen. Im Hochwasserchaos wirst du unsichtbar. Dann kannst du nachsehen, ob der Junge immer noch auf der Brücke auf dich wartet. Und wenn er so dumm und schön ist, wie ich annehme, dann wird er immer noch dastehen, und du wirst ihm sagen müssen, dass er noch ein bisschen länger warten muss, weil du wegrennst. Du musst deinen Prinzen in einem anderen Moment, an einem anderen Ort auf der anderen Seite des Schicksals wiedersehen. In einem anderen Leben. Und dann triffst du deine Schwester und erfährst alle Antworten und deinen Namen. Und dann wirst du rennen.«

»Was, wenn ich nicht mehr rennen will?«, frage ich. »Was, wenn ich bei meiner Schwester bleiben will?«

»Dann wirst du sterben«, erwidert Esther.

»Warum?«

»Erinnerst du dich an meinen Traum?«

Ich erinnere mich. Das Monster trinkt Tee im Starbucks. Das Monster ist Erica Finlay. Die Stadt ertrinkt, und ich will fliehen, doch das Monster drückt mich unter die Fluten. Und ich fange an, Wasser zu schlucken.

»Jeder hat mal verrückte Träume, Esther«, sage ich. »Das heißt nicht, dass sie was zu bedeuten haben.«

»Ich weiß«, gibt sie zurück. »Aber das ist ein Traum, der was zu bedeuten hat.«

»Woher weißt du das?«

»Er hat mir Angst eingejagt. Dann bedeuten Träume was.«

»Ich hab dir noch gar nicht erzählt, wo ich mich mit Phoebe treffe«, sage ich.

»Wo triffst du dich mit Phoebe?«, fragt Esther in die Dunkelheit.

»Ich glaube, ich habe den Starbucks nur vorgeschlagen, weil er mir im Kopf rumgespukt ist, nachdem du mir von deinem Traum erzählt hast«, antworte ich. »Also ist es deine Schuld.«

»Natürlich ist es meine Schuld«, erwidert Esther. »Deshalb rede ich nicht gern mit Menschen. Besser, ich bleibe in diesem Loch und halte mich aus dem Leben der anderen raus.«

»Glaubst du, ich sollte mich vom Starbucks fernhalten?«, frage ich.

»Was ich denke, tut nichts zur Sache«, gibt Esther zurück.

»Warum nicht?«

»Weil nichts dich davon abhalten wird, zum Starbucks zu gehen. Du musst dich mit deiner Schwester treffen. Du musst deinen Namen erfahren.«

Schweigend lassen wir uns zurücksinken. Draußen prasselt der Regen.

»Wo gehst du hin, wenn dieses Loch überschwemmt ist, Esther?«, frage ich.

Esther nimmt sich Zeit für die Antwort. »Ich erklimme mit Patrick Swayze in Lederhosen die Schweizer Alpen.«

Die Stunden vergehen, und der Fluss steigt. Vielleicht ist es Erica Finlay dort unten mit den Lungenfischen, die das ganze Chaos in der Stadt erbeten hat. Sie weiß, dass ich meine große Flucht antreten muss. Aus diesem furchtbaren Loch rauskommen. Auf Esthers rot-grauer Radiolaterne lausche ich auf ABC 612 knarzenden Nachrichten zum Hochwasser in Brisbane. Über eine Million Quadratkilometer sind in Queensland bereits überschwemmt, das ist eine Fläche größer als Frankreich und Deutschland zusammen. Die Metropolregion Brisbane hat im vergangenen Monat vierhundertvierundachtzig Komma acht Millimeter Regen abbekommen. Das ist das Dreifache vom Durchschnitt. Eine vierköpfige Familie ist in einem Mitsubishi Lander umgekommen, der von den Fluten mitgerissen wurde, als sie versuchte, eine überflutete Kreuzung in Pullenvale, West Brisbane, zu überqueren. Ein neunjähriger Junge namens Harley Page ertrank in einem überfluteten Fußgängertunnel in Tanah Merah im Süden von Brisbane. Unter dem Suncorp Stadium schwamm ein Bullenhai in die Umkleidekabinen. In Ipswich mussten mehr als tausend Menschen in höher gelegene Notunterkünfte in Schulen, Hallen und Veranstaltungsräumen fliehen. Die Regale in den Supermärkten sind leer. Der staatliche Notdienst hat neunzigtausend Sandsäcke aus den Notfalldepots geholt und in der ganzen Stadt verteilt. Männer in Metallbooten retten weinende Menschen, die außer sich vor Angst auf ihren Terrassen in Jindalee, Goodna und Rocklea ausharren.

Heute ist Montag. Heute erfahre ich meinen Namen. Meine Schwester fliegt an diesem Morgen aus Perth hierher. Sie landet in einer Stadt, die das Hochwasser fest im Griff hat. Eine Stadt im Chaos.

»Danke, Esther«, sage ich, während ich mich darauf vorbereite, das Loch zu verlassen. In der Dunkelheit schließe ich sie fest in die Arme. Ich trage den gelben Plastikregenmantel, den sie gefunden hat.

Sie zieht die Kapuze so fest zu, dass von mir nur noch Augen, Nase und Mund zu sehen sind. »Halt dich vom Fluss fern«, mahnt sie.

»Mach ich. Du solltest auch gehen.«

»Du kennst mich doch. Bei Tageslicht bin ich nicht gern unterwegs.«

Ich spähe hinaus in den strömenden Regen. »Viel Tageslicht ist da draußen heute eh nicht. Du musst hier raus, wirklich, Esther. Du kannst nicht länger hierbleiben.«

Ich knipse die Taschenlampe an und leuchte ihr ins Gesicht. Zu meiner Überraschung versteckt sie es diesmal nicht. Stattdessen schenkt sie mir ein wissendes, warmes und wahres Lächeln unter ihren wunderschönen grünen Augen. Ihre Haare fallen ihr ins Gesicht, und ich sehe Esther plötzlich an ihrem Hochzeitstag vor mir, das Gesicht hinter einem dünnen Schleier verborgen.

»Du bist wunderschön, Esther«, sage ich. »Du bist wunderschön im Dunkeln und noch viel schöner im Licht.«

Sie schließt die Augen. »Halt dich vom Fluss fern.«

Hart trommelt der Regen auf die Schultern meines Regenmantels. Meine Stiefel platschten durch tiefe Pfützen, die sich im Gras vor Esthers Loch gebildet haben. Um ein Bein über den Zaun zwischen der Kirche und dem Well schwingen zu können, muss ich drei Knöpfe meines Regenmantels öffnen. Ich husche über den Hof des Begegnungszentrums und versuche dabei, nicht den frischen Salat und die Paprikaschoten im Gemeinschaftsgarten zu zertreten. Der schnellste Weg führt nämlich direkt unter den Fenstern von Küche und Cafeteria vorbei. Damit mich von drinnen niemand sieht, laufe ich gebückt. Doch weil ich dumm bin und dem Drang nicht widerstehen kann, recke ich einmal kurz den Kopf hoch und erhasche einen Blick auf Evelyn Bragg, die mithilfe von einem Dutzend Stammgästen Küchengeräte und Stühle auf hohe Arbeitsflächen stellt. Dann sprinte ich nach vorn zum Eingang und verstecke mich hinter dem großen rechteckigen Schild, das die Besucher auf Yuggera willkommen heißt. In meinem Kopf brabbelt E. P. Buckle Unfug auf Englisch.

Eines war der Künstlerin klar: Wenn irgendjemand sie in der Moon Street sah, dann würde das Wort bald zur monströsen Flora Box getragen werden, die verzweifelt nach Blutrache für den bedauerlichen, aber nötigen Tod von Brandon Box trachtete. In den vier Tagen, die sie sich in einem Loch unter der St.-Peter-Apostelkirche in der Canoe Street versteckt hatte, hatte die Künstlerin einen simplen und leicht umsetzbaren Plan ausgeheckt, der sie am Leben halten sollte. Einer, bei dem sich alles darum drehte, dass sie am Nachmittag ihre Schwester Phoebe traf, die extra dafür durch das ganze Land geflogen war.

Während sie sich hinter dem Willkommensschild des Well verbarg, wurde die Künstlerin sich ihres Schicksals plötzlich überaus gewahr. Ihr schien es beinahe, als hätte jeder Moment ihrer wilden, komplexen und verwirrenden Kindheit zu diesem bestimmten Tag geführt. Sie beobachtete, wie Menschen durch den Regen in der Moon Street liefen und Stühle, Fernseher und Kisten voller Familienerbstücke schleppten. Tische und Sofas wurden in LKWs geladen. Örtliche Obdachlose trugen Mülltüten voller Kleidung über der Schulter und stolperten auf der Suche nach einem neuen Zuhause ziellos umher. Der Künstlerin kam es vor wie das Ende der Welt. Oder vielleicht war es nur das Ende einer Geschichte.

Vor dem Ebb 'n' Flo parken zwei Lieferwagen. Junge Männer in blauen Poloshirts – Flos junge Männer – laden Styroporboxen, Waagen, Kassen und Büroausstattung in die LKWs, die normalerweise kistenweise Kaiserschnapper, Plattköpfe und blaue Schwimmkrabben auf Eis transportieren. Ich ziehe mir die Kapuze tiefer ins Gesicht. Hier darf mich keiner sehen.

Hinter dem Meeresfrüchtehandel springe ich über die niedrige Backsteinmauer und renne die Moon Street hinunter in Richtung des Schrottplatzes, den wir Oz nennen. Links vorbei an der Werkstatt zu einem hohen silbernen Tor – der offizielle Eingang von Oz, den wir nur selten nutzen, wenn wir ausnahmsweise von der Moon Street und nicht durch die rückwärtige Pforte vom Uferweg kommen wie ich beinahe jeden Tag meines Lebens. Wenn Flos Schläger mir immer noch auflauern, dann tun sie es da unten am Fluss.

Neben dem Werkstattschuppen liegen die vier verrosteten Zylinderblöcke eines Automotors. Jeder weist oben eine Reihe Löcher auf, die aussehen wie Getränkehalter an Kinosesseln. Ich knie am vorletzten Block nieder, strecke meine Hand in das letzte Loch und ziehe einen Schlüsselanhänger in Form eines Hulk-Kopfes heraus. Schließe das lange Kettenschloss am Seitentor auf und lasse es offen. Dann lasse ich Hulk zurück in das Motorblockloch fallen, ziehe das Tor hinter mir zu und schließe es ab.

Als ich um die Ecke komme, stolpere ich fast über zwei kaputte Kübel mit Chilipflanzen von Ros. Die Erde ist über den Rasen verstreut. Ihre Feuerstelle wurde auf den Kopf gestellt. Alle Autofenster sind eingeschlagen, und die rückwärtige Pforte aus ihren Angeln gerissen. Oz wurde verwüstet. Alles, was wir in unserer Idee eines Zuhauses lieb gewonnen haben, wurde zerstört. Alle sind fort. Meine Nachbarn. Meine zusammengewürfelte Familie.

Ein paar von Junes und Sullys Habseligkeiten liegen verstreut vor ihrer offenen Wohnmobiltür. Als ich eintrete, ist der Boden mit dem Inhalt aufgerissener Zuckerpakete bedeckt. Haferflocken sind über den ganzen Tisch verstreut. Gewalt und Einschüchterung. Die Starken lassen vor den Schwachen ihre Muskeln spielen. Ich stelle mir vor, welche Angst Sully gehabt haben muss. Ich stelle mir vor, wie laut er geschrien haben muss. Dabei haben sie nach mir gesucht. Das ist alles meine Schuld. Ich habe Oz kaputt gemacht. Ich habe unser Zuhause zerstört.

In meiner Kehle hat sich wieder ein Klumpen gebildet. Diesmal ein Klumpen Scham. Ich trete aus dem Wohnmobil und entdecke im selben Moment meinen Zauberspiegel neben dem Werkstattschuppen auf dem Boden.

Hastig stürze ich hin und lasse mich davor auf die Knie fallen. Sie sinken tief in den aufgeweichten, matschigen Boden ein. Der Spiegel wurde in hundert Stücke zerschlagen. Überall Risse und Glasstaub, wo die Scherben aus dem mattgoldenen Rahmen gesprungen sind. Ein unvollendetes Puzzle aus missgestalteten Spiegelscherben zeigt mir eine erschreckende Version meiner selbst: Meine rechte Wange fällt aus meinem Gesicht, und mein linkes Ohr ist von meinem Kopf abgetrennt. Ein zerbrochenes Porzellanpuppen-Ich. Linker Unterarm vom Ellbogen amputiert. Bei der rechten Hand fehlen zwei Finger.

»Lola?«, flüstere ich. »Lola, bist du da?«

Nichts. Nichts als dieses zerbrochene Ich. Dieses zerstückelte Ich. Verstümmeltes Ich. »Spieglein, Spieglein kaputt, nicht am Stück, bitte komm, Lola, komm zu mir zurück.«

Ich blicke in den Spiegel, sehe jedoch nur, wie sich meine Augen mit Tränen füllen. Sie tropfen auf die Spiegelscherben wie der Regen auf meinen Rücken. Ich versuche sie wie ein Puzzle wieder zusammenzusetzen, doch das ist reine Zeitverschwendung. Also lasse ich den Kopf sinken und schließe die Augen, um die Tränen zu stoppen.

Da ertönt aus dem Spiegel unter mir eine Stimme: »Warum weinst du?«

Ich öffne die Augen. »Lola«, flüstere ich.

Sie liegt in einem schmutzigen Loch. Um sie herum reichhaltige, braune Erde von der Farbe dunkler Schokolade. Lola Inthehole. Lola Indererde. Lola, wie ich sie noch nie gesehen habe. Sie ist zusammengesetzt aus hundert verschiedenen Lolas. Ihr rechter Wangenknochen bedeckt eine einzelne Spiegelscherbe, und sie zeigt eine fünfundzwanzigjährige Lola mit makelloser Haut. Auf der Scherbe ihres linken Wangenknochens ist dagegen der blanke, spröde Knochen einer Skelett-Lola zu sehen. Eine weitere Scherbe fängt ein tiefgrünes Auge mit Mascara und klimpernden Wimpern ein, während eine andere lediglich eine tiefschwarz gähnende Augenhöhle zeigt. Wie immer das rote Kleid, doch in einigen Scherben ist es zerrissen und ausgeblichen, in anderen leuchtet es wie neu. Manche Scherben ihrer Arme gehören zu einer fünfundneunzigjährigen, faltigen Lola, andere zu einer fünfzigjährigen, sonnengebräunten Lola. Zwei Scherben setzen ihren Mund zusammen: In einer lächelt sie mir aus einem dreißigjährigen Gesicht entgegen, während die andere Hälfte der Lippen schlaff herunterhängt – angegriffen von einer Krankheit, die ihrem Mund dieselbe schwarze Farbe verliehen hat, wie ich sie in meinen Zeichnungen verwende. All ihre Körperteile in all den zerbrochenen Scherben meines Zauberspiegels bewegen sich asynchron zueinander. Alles ist verzerrt.

»Ich habe dich gefragt, warum du weinst«, sagt Lola.

»Alles zerfällt, Lola.«

»Was alles?«

»Mein Leben, Lola. Jeder einzelne Teil davon.«

»Ich weiß«, antwortet sie.

»Was soll ich tun?«

»Du musst deine Antworten finden«, erwidert sie. »Triff deine Schwester. Hör die Wahrheit. Du kannst deine Vergangenheit nicht ignorieren.«

»Topping hat gesagt, es sei die traurigste Geschichte, die er je gehört habe.«

»Ich hab's dir ja gesagt«, gibt sie zurück. »Deine Vergangenheit ist eine unvorstellbare Horrorshow der Tragik und Faszination. Aber vergiss bitte nicht, dass die Vergangenheit nichts damit zu tun hat, wer du bist. Und auch nicht damit, wer du sein wirst.«

»Wer ich sein werde«, wiederhole ich. »Wer werde ich einmal sein? Du hast mal gesagt, meine Zukunft wird ein Triumph, Lola.«

»War sie auch. Und wird sie sein.«

»Was findest du daran bitte triumphierend?«, frage ich.

»Du atmest schließlich noch, oder?«, antwortet Lola. »Du bist noch nicht in den Fluss gesprungen, oder?«

»Ich hatte mir was Besseres erhofft.«

»Ich habe dir gesagt, es würde schlimm, dann gut, dann schlimmer als je zuvor und dann besser, als du dir je erträumt hast.«

»Ich glaube dir nicht, Lola.«

»Du musst mir glauben.«

»Ich sehe es einfach nicht. Ich kann dir nicht glauben. Vielleicht erzählst du mir einfach nur, was ich hören will.«

»Bitte, glaube mir.«

»Es tut mir leid, Lola. Ich kann dir nicht glauben. Ich glaube dir nicht.«

Da fällt mein Blick auf eine Spiegelscherbe, die Lolas abgetrennte linke Hand zeigt. Ihr Zeigefinger löst sich in fruchtbare Erde auf. Dann folgt die ganze Hand. Langsam verblasst sie zu braunem Mutterboden.

»Was ist das für ein Loch, in dem du da liegst, Lola?«, frage ich.

Dann verschwinden alle Teile ihres linken Arms in den Spiegelscherben und werden zu Erde.

»Du musst aus dem Loch raus, Lola«, dränge ich sie.

Doch sie rührt sich nicht vom Fleck, sondern lässt zu, dass ihre anderen Körperteile ebenso verschwinden. Nun ist es ihre Hüfte. Ihr Becken.

»Lola, bitte. Was tust du da?«, frage ich unter Tränen.

»Ich muss fort«, gibt sie zurück.

»Warum?«

»Weil du es von mir willst.«

»Nein, will ich nicht. Das will ich wirklich nicht, Lola. Bleib hier, Lola. Bleib hier, ich liebe dich.«

Ihre Schultern. Zu Staub zerfallen. Ihr Hals. Lola Instücken. Lola Imboden. Lola Imgrab.

»Nein, Lola. Geh nicht. Wie soll ich dich je wiedersehen? Die haben meinen Zauberspiegel zerbrochen.«

»Das war nie ein Zauberspiegel«, sagt Lola.

»Nicht?«

»Natürlich nicht. Zauberspiegel gibt es nicht.«

»Und wie kommt es, dass ich dich jetzt sehen kann?«

»Weil *du* zaubern kannst«, antwortet Lola. »Das konntest du schon immer. Du brauchtest noch nie einen Spiegel, um zu sehen, wer du bist.«

»Aber was, wenn ich es nicht wieder hinbekomme?«, frage ich. »Was, wenn ich dich nicht wieder herbeirufen kann?«

»Weißt du noch, was du über Liebe gesagt hast?«, fragt sie.

»Was? Was habe ich gesagt?«

»Du hast gesagt, Liebe sei nichts, was wir tun können. Eher ein Regenbogen nach einem Sturm. Du hebst einfach eines Tages den Kopf, und da ist sie.« Während sie lächelt, zerkrümelt die von Krankheit befallene, infizierte Hälfte ihres Mundes zu Schmutz.

»Lola!«, schreie ich.

Da verschwindet auch die lächelnde Hälfte.

»Lola, bitte«, weine ich.

Ganz zuletzt verschwindet Lolas rechtes Auge.

Unter Tränen breche ich über meinen Spiegelscherben zusammen. Nichts als das Spiegelbild eines Mädchens im Regenmantel, das mit angezogenen Knien im strömenden Regen hockt und seine Verzweiflung rausweint.

Da ertönt eine Stimme durch die Sintflut: »Was, zum Teufel, machst du hier, Prinzessin?«

Charlie. Ich setze mich auf und wische mir die Tränen aus den Augen. In der Hand hält er einen Karton mit Konserven von der städtischen Essensausgabe. Als er meinen Gesichtsausdruck sieht, lässt er ihn fallen, stürzt zu mir und wirft sich auf mich. Schlingt seine Arme um meinen Körper und drückt seinen Kopf an meine Brust. Hält mich lange fest. In dieser Umarmung sagt keiner von uns ein Wort. Ich erinnere mich, Erica manchmal so umarmt zu haben. *Bitte geh nicht. Bitte tu das nicht wieder. Bitte verlass mich nie.* Ich schlinge die Arme um meinen besten Freund.

Schließlich murmelt er erstickt in meine Schulter: »Ich dachte, du seist weggerannt. Ich dachte, ich sehe dich nie wieder.«

Zwei Freunde im Regen. Charlie hebt den Kopf und legt seine Stirn an meine. »Du bist die einzige Familie, die ich habe.«

»Ich werde dich nie verlassen, Charlie«, antworte ich. »Selbst wenn ich dich verlasse, werde ich dich nie verlassen.«

»Was, zur Hölle, hast du getan?«, fragt er. »Flo ist außer sich. Sie hat ihre Jungs geschickt, um den ganzen Schrottplatz auseinanderzunehmen. Die haben uns eine Riesenangst eingejagt. Alles kurz und klein geschlagen, weil sie uns nicht geglaubt haben, dass wir keine Ahnung haben, wo du bist.«

Da erst bemerke ich die Schürfwunden und blauen Flecken in Charlies Gesicht. Ich fahre mit dem Daumen über einen lila Bluterguss auf seinem geschwollenen rechten Wangenknochen.

»Wer war das?«, frage ich.

»Ephraim«, antwortet Charlie. »Er ist völlig ausgetickt. Hat mich immer wieder gefragt, wo du dich versteckt hast, und ich hab ihm immer wieder gesagt, dass ich keine Scheißahnung habe, aber er hat mir nicht geglaubt. Am Ende musste ich ihm erzählen, dass du den hübschen Jungen aus Hamilton Hill auf der Brücke getroffen hast und vielleicht mit ihm abgehauen bist. Weil ich das tatsächlich geglaubt habe.«

»Wo sind die anderen jetzt?«

»Die St.-Mary's-Kirche nimmt alle West-End-Treibenden auf, bis das Hochwasser nachgelassen hat. Die sagen, ganz Brisbane wird wieder überschwemmt.«

»Warum bist du noch nicht gegangen, Charlie?«, frage ich. »Bald steht die ganze Straße unter Wasser.«

»Ich wollte nicht ohne dich gehen. Ich hab gehofft, dass du irgendwann zurückkommst.«

Er schnappt sich seine Konserven und zieht mich zu seinem Kastenwagen. Auf der Suche nach Schutz vor dem strömenden Regen klettern wir hinein. Charlie zieht ein Handtuch aus einer Ecke und rubbelt mir die klatschnassen Haare. Dann lehnt er sich auf der Matratze zurück. Er hat etwas Zerbrechliches an sich. »Ich dachte wirklich, du bist mit ihm abgehauen.«

Ich schüttele den Kopf. »Ich hab mich bei Esther Inthehole bei der St.-Peter-Apostelkirche versteckt. Hast du Ephraim seinen Namen gesagt?«

»Wessen Namen?«

»Dannys Namen«, sage ich. Vor meinem inneren Auge sehe ich Ephraims Männer an Dannys Eingangstür klopfen. »Hat Ephraim nach dem Namen von dem Jungen auf der Brücke gefragt?«

»Klar hat er das«, antwortet Charlie. »Aber ich hab gesagt, ich kenne ihn nicht. Da hat er mir auf gut Glück noch vier Tritte in die Rippen verpasst und ist abgehauen. Seitdem schleichen seine Schläger hier rum und warten darauf, dass du nach Hause kommst.«

Ich schüttele den Kopf und fahre mir mit den Händen übers Gesicht.

»Was, zur Hölle, hast du getan?«, wiederholt Charlie.

Ich knöpfe meinen Regenmantel auf und schäle mir das gelbe Plastik von der Haut. Dann lehne ich mich gegen die geschlossenen Hecktüren des Kastenwagens. Knie hoch, Finger ineinander verknotet. Die Erinnerung lässt mich schaudern. All das Blut. Das Monster.

»Ich habe Brandon ein Messer in die Kehle gerammt.«

Charlie lässt den Kopf sinken und vergräbt sein Gesicht in den Händen.

»Am Ende hat Topping ihn umgebracht«, erzähle ich. »Aber ich bin mir verdammt sicher, dass es geholfen hat. Ich hab's getan, Charlie. Ich musste es tun. Ich musste den Tanz beenden. Ich wusste nicht, dass ich so was kann. Aber dann habe ich das Monsterblut in mir gespürt. Es war richtig in Wallung, Charlie. Ich konnte mich nicht stoppen. Und dann hat Flo Topping umgebracht ... Armer Geoff ... Seine armen Töchter.«

Mein Freund schüttelt den Kopf, und dieses Kopfschütteln bringt mich zum Weinen. Weil ich weiß, dass Charlie weiß, wie sehr ich am Arsch bin. Charlie weiß, dass Flora Box erst aufhören wird, nach mir zu suchen, wenn ich tot bin. Sie wird den Mord an ihrem Sohn niemals ungesühnt lassen. Das könnte sie nicht ertragen.

»Er hat versucht, mich umzubringen«, erkläre ich. »Er saß auf mir drauf. Seine Riesenhände um meinen Hals. Ich hab nur noch Schwarz gesehen. Ich bin, verdammt noch mal, gestorben, Charlie. Und dann ...«

»Hör auf«, sagt Charlie. »Du musst mir nicht erklären, warum das schleimige Arschloch es verdient hatte zu sterben. Du musst mir nur sagen, dass du einen Plan hast.«

Ich nicke dreimal.

»Was hast du vor?«, fragt Charlie.

»Ich treffe meine Schwester um drei im Starbucks unten im Myer Centre. Ich finde raus, wer ich bin. Und dann renne ich weg.«

»Wohin willst du?«

»So weit nach Norden wie möglich«, antworte ich. »Weipa, wenn ich's bis dahin schaffe. Da kenn ich ein paar Leute, die mir helfen würden.«

»Wovon willst du leben?«, fragt er.

Ich öffne den Reißverschluss meines Rucksacks. Ziehe den Kartoffelsack auf und halte ihn Charlie hin. »Das ist ein Anfang.«

Charlies Blick fängt Feuer. »Scheiße, was ist das denn?«

»Wir haben unser Weihnachtsgeld dieses Jahr früher bekommen.«

»Ich komm mit«, verkündet Charlie.

»Nein, kommst du nicht«, widerspreche ich. »Du hast in diesem Albtraum nichts zu suchen.«

»Okay, dann eben nicht«, sagt er. »Aber eins ist klar: Wenn du wegrennst, renne ich auch weg. Vielleicht bin ich immer ein, zwei Meter hinter dir. Vielleicht sogar neben dir. Aber das wird der reine Zufall sein. Du kannst mich also gern ignorieren.«

Ich werfe dem dünnen Jungen mit dem Beatles-Haarschnitt ein schwaches Lächeln zu. »Du willst wirklich mitkommen?«

Das wahrscheinlich ehrlichste Kopfnicken, das ich je von ihm gesehen habe. Vielleicht das Ehrlichste überhaupt, was ich Charlie Mould je habe tun sehen. »Hier gibt's nichts für mich. Gab's noch nie.«

Ich beuge mich vor und schlinge die Arme um meinen Freund. »Libellenstich«, flüstere ich.

»Libellenstich«, flüstert er zurück.

»Ich muss noch ein paar Dinge erledigen, bevor ich loskann«, sage ich. »Wir treffen uns beim Starbucks unten im Myer Centre. Um drei bin ich da.«

»Ich auch«, sagt er.

Charlies Blick hat frischen Wind bekommen. Seine Augen wirken blauer, als ich sie seit Langem gesehen habe. Ich lehne mich zurück und sehe mich im Auto um. Taschenbuchthriller. Leere Chipstüten. Eine Cornflakespackung. Eine Bananenschale.

»Obst?«, frage ich ungläubig. Ich habe Charlie Mould selten etwas Festes zu sich nehmen sehen, ganz zu schweigen von frischem Obst.

Wieder blicke ich mich um. »Keine Fuseltüten? Keine Flaschen? Und du isst auf einmal Bananen. Geht's dir gut, Charlie?«

Er schnaubt. »Hab seit vier Tagen nicht getrunken.« Er zuckt die Schultern. Tut, als wäre es keine große Sache, dabei wissen wir beide, dass es das, verdammt noch mal, ist.

»Was ist passiert?«

»Hab Gott auf dem Grund von meinem Weinglas getroffen«, erklärt er. »Wir sind einen Deal eingegangen. Ich hör auf mit dem Scheiß, und du kommst zurück nach Hause. Sieht ganz so aus, als hätte sie ihr Wort gehalten.«

»Sie?«

»Ja, mit ›Gott‹ meine ich Jennifer Lopez.«

Wir lachen. Ich trete Charlie gegen das Schienbein. »Ich bin stolz auf dich.«

»Mach dir bloß nicht zu große Hoffnungen.«

»Keine Sorge, mach ich nicht.«

Charlie hängt das nasse Handtuch über den Beifahrersitz.

»Ich muss los«, sage ich.

»Ich seh dich um drei am Starbucks.«

»Starbucks«, wiederhole ich. »Um drei.« Ich bewege mich auf die Tür zu, halte jedoch inne. Jetzt weiß ich wieder, weshalb ich gekommen bin. Ich drehe mich zu Charlie um. »Hey, bevor ich gehe, brauche ich noch was von dir.«

»Was?«

»Den Schlüssel zu Dannys Haus.«

Porträt der Künstlerin, wie sie rücklings auf den Boden liegt, offenbar tot

Porträt der Künstlerin, wie sie rücklings auf dem Boden liegt, offenbar tot

unbekanntes Datum
Stift und Tusche auf Papier

Eine verblüffende Abnormalität. Eine Zeichnung, die zwischen den anderen in der Ausstellung gezeigten Werken beinahe fehl am Platz wirkt. Hinsichtlich des Entstehungsdatums gehen die Meinungen auseinander. Wahrscheinlich apokryphe Theorien besagen, dass es sich bei der Zeichnung um einen Akt der Vorahnung handelt, indem die Künstlerin Visionen einer Zukunft erforscht, die sie unmöglich sehen konnte. Man beachte die deutlich erkennbare Blutlache um ihren Unterleib. Wie so oft ragt die erstickende Stadt über ihr auf. Unbewegt und unbeteiligt stellt der Uhrturm der Brisbane City Hall den einzigen Zeugen des scheinbar unvermeidlichen Untergangs der Künstlerin dar.

Sagt es weiter. Heute gehe ich. Heute lasse ich den Fluss hinter mir. Verlasse die toten nassen Blätter unter Makkaronis dahinflitzenden Rädern. Verlasse die Häuser mit den platten Reifen. Verlasse den Stacheldrahtzaun meines dreckigen Schrottplatzzuhauses. Verlasse Oz. Leb wohl, Moreton-Bay-Feigenbaum. Leb wohl, überschwemmte Chaosstadt. Vergiss, was überflutet ist, haben sie in allen Beiträgen von ABC-Radio in Esthers Loch gesagt. Vergiss alles. Vergiss die Vergangenheit. Vergiss Erica Finlay. Vergiss die mutige Christina. Vergiss all die Namen, die sie dir gegeben haben. Vergiss all die Lügen, die sie dir erzählt haben.

Braune Stiefel an den Füßen, den Rucksack sicher unter dem gelben Regenmantel, sehe ich aus wie der Glöckner von Notre-Dame bei einer Spazierfahrt durch die überfluteten Straßen von Brisbane. Im Rucksack befindet sich alles, was ich noch besitze.

- *Vier Unterhosen*
- *Zwei kurze Hosen*
- *Zwei T-Shirts*
- *Eine Packung Feuchttücher*
- *Fünfundzwanzig meiner Lieblingszeichnungen*
- *Drei Bündel echtes Drogengeld*

Heftig strampele ich gegen den peitschenden Regen an. Leb wohl, Victoria Bridge. Ich werfe einen Blick auf den Fluss hinunter. Er schlägt Wellen. Normalerweise schlägt dieser Fluss keine Wellen. Doch heute ist die alte Bitch so wütend, dass sie Zornwellen durch ihren zuckenden und sich windenden Körper sendet. Ich sehe einer Haushälfte nach, die zügig flussabwärts treibt. Muss irgendwo flussaufwärts von ihren Stelzen gerissen worden sein. Feuerfarbene Rostflecken auf dem im aufgebrachten Strom auf und ab hüpfenden Dach. Eine umgedrehte Jacht namens *Miss Behavin'* ist dem Haus dicht auf den Fersen. Gleich hinter der Jacht treibt eine aus der Verankerung gerissene Schwimmplattform samt ihren Ketten, Schlössern und Toren. In wilden Kreisen legt sie ihren Weg Richtung Pazifik zurück.

Ich fahre weiter durch die Stadt. Leb wohl, Queen Street Mall. Lebt wohl, Verkehrspolizisten in der George Street, die versuchen, panischen Autofahrern Anleitungen zu geben, die heute niemals hätten zur Arbeit fahren dürfen. Weiter durch die Regenwand die Elizabeth Street hinunter und an der geheimnisvollen St.-Stephen-Kathedrale vorbei, wo Ibisse, Elstern und Kookaburras unter Dachvorsprüngen, Vordächern und dem steinernen Bogeneingang der Kirche Schutz suchen. Als ich über die Kreuzung von Elizabeth und Creek Street rase, werde ich beinahe von einem Möbellaster mitgenommen.

Ich fahre weiter. Leb wohl, Fortitude Valley. Leb wohl, New Farm. Leb wohl, Newstead. Und weiter auf dem Radweg, der dem wütenden steigenden Fluss folgt. Den ganzen Weg bis zu dem Haus in Hamilton Hill.

Das hohe schwarze Tor zu Danny Collins' Haus steht offen. Ein silberner Mercedes-Benz parkt auf dem kiesbestreuten Wendeplatz, der den Springbrunnen umgibt. Während ich heftig in die Pedale trete, lasse ich auf der gesamten Zufahrt Dannys Schlafzimmerfenster im zweiten Stock nicht aus den Augen. Kurz vor der Treppe zur Haustür ziehe ich hart an Makkaronis Bremsen und komme mit schlingernden Reifen so abrupt zum Stehen, dass ich beinahe einen Salto über den Lenker mache.

Mit einem Knall lasse ich das Fahrrad zu Boden fallen, stürze zur Haustür und klingele Sturm. Finger auf der Klingel. Finger auf der Klingel. Dann trete ich von der Tür zurück und wische mir den Regen vom gelben Mantel. Um noch mehr Wasser loszuwerden, hüpfe ich auf und ab. Um meine Füße bildet sich eine Pfütze. Mein Herz platzt fast. Blöder, dummer, unzuverlässiger Puls.

Die Tür geht auf, und vor mir steht eine Frau mit einem grauen Cardigan über einem pfirsichfarbenen T-Shirt. Anfang fünfzig vielleicht. Die Mutter in dem Ölgemälde, das ich in Dannys Esszimmer gesehen habe. Doch hier im Türrahmen wirkt sie geerdeter. Realer. Dasselbe braune Haar, nur dass es glatt und nicht in Wellen fällt.

Ihre linke Hand ruht noch auf der Türklinke, und mit dem rechten Daumennagel schabt sie nervös auf dem Nagel ihres rechten Zeigefingers herum. »Hallo«, sagt sie. Es klingt eher wie eine Frage: *Hallooo?*

Ich habe keine Ahnung, was ich zu ihr sagen soll. Also stehe ich wie erstarrt auf der marmornen Veranda eines Märchenschlosses in Hamilton Hill herum.

»Kann ich dir helfen?«, fragt sie schließlich.

Sag was. Eine Frage. Fang mit einer Frage an. Doch mir will keine Frage einfallen. Dann eben ein Name. Fang mit einem Namen an. Sag ihr deinen Namen. Ich kenne meinen Namen nicht. Kannte ich noch nie. Dann sag einfach was Nettes. Sag einfach was, was ihr ein gutes Gefühl gibt.

»Danny«, sage ich.

»Danny?«, wiederholt sie. »Bist du gekommen, um Danny zu sehen?«

»Ja.«

»Und wer, soll ich sagen, ist wegen ihm gekommen?«, fragt sie.

»Ich … Ich …«

Tja, wer ist denn gekommen, um ihn zu sehen? Wer? Wer. Zur. Hölle. Bist. Du? Zwischen der Frage und meiner ausbleibenden Antwort liegt zu viel Schweigen und zu viel Raum. Lächelnd öffnet die Frau die Tür etwas weiter.

»Du bist das Mädchen von der Brücke«, stellt sie fest. »Das unsichtbare Mädchen.«

»Er hat Ihnen von mir erzählt?«

»Er kann gar nicht mehr aufhören«, erwidert sie und lacht dabei, und ich muss mitlachen. Sie weiß, dass es schön für ein Mädchen ist, das zu hören. Schön zu wissen, dass es in seiner Welt einen Jungen gibt, der nicht mehr aufhören kann, von ihm zu erzählen. Dannys Mutter will mir auch ein gutes Gefühl geben.

»Er sagt mir immer wieder, dass alles wie Zauberei war«, erzählt sie. »Da ist er auf einmal genau dem Mädchen in die Arme gelaufen, das er so oft in sein Skizzenbuch gezeichnet hat.«

Ich nicke und fingere nervös an den schwarzen Knöpfen meines Regenmantels herum.

»Ich muss zugeben, dass ich die Geschichte auch ziemlich schön finde«, fügt Dannys Mutter hinzu. Sie verschränkt die Arme vor der Brust und lehnt sich mit der Schulter gegen den Türrahmen. »Vielleicht eine dieser Geschichten, die einfach so kommen mussten«, fährt sie fort. »Danny glaubt das zumindest. Deshalb geht er jeden Abend im Regen runter zur Brücke und kommt irgendwann spät völlig durchweicht nach Hause. Und verschwindet in seinem Zimmer, um noch mehr Bilder von dem unsichtbaren Mädchen zu zeichnen, das offenbar nie auf der Brücke auftaucht.«

»Ich wollte jeden Abend da sein«, verteidige ich mich.

»*Ich* wollte auch, dass du jeden Abend da bist«, sagt sie.

»Warum ist er immer wieder hingegangen, obwohl ich nie gekommen bin?«, frage ich.

Sie schüttelt den Kopf und lächelt kurz. »Tja, das kann ich mir schon denken. Aber die Frage solltest du meinem Sohn besser selbst stellen.« Mit diesen Worten weicht sie zurück und zieht die Tür wieder zu, bis sie fast ins Schloss fällt. Nur einen Spaltbreit steht sie noch offen.

Das ist mein kleiner Raum Hoffnung. Die Breite meiner verlorenen Gelegenheit. Ich drehe mich um und sehe, wie mein gelbes Fahrrad unter dem nach wie vor tiefgrauen Himmel von noch mehr Regen übergossen wird. Ich grabe in meiner Tasche nach dem Hausschlüssel und umschließe ihn mit der rechten Faust.

Da ertönt hinter mir eine Stimme: »Mum hat gesagt, du willst mich was fragen?«

Ich drehe mich um. Er trägt ein schwarzes T-Shirt und blaue Jeans. Sieht aus, als käme er geradewegs aus dem

Bett. Zerzauste Haare. Trauriger Blick. Barfuß. Die Hände tief in den Taschen vergraben. Er sieht so gut aus, dass ich mir wünschte, ich würde nicht diesen lächerlichen Regenmantel tragen. Da steht er und sieht aus wie James Dean, und da stehe ich und sehe aus wie Paddington Bär.

»Was wolltest du mich fragen?«, versucht er es erneut.

Ich blicke hinunter auf meine Faust. Drücke den Schlüssel. »Warum hast du auf der Brücke einen braunen Anzug getragen?«

»Du hast mich gesehen?«

»Ich nicht. Aber meine Freundin Esther. Du hattest einen braunen Vintage-Anzug an. Warum?«

Er fährt sich mit der Hand über das stoppelige Kinn. »Na ja, irgendwie dachte ich, dass du vielleicht uns gesehen hast. Du weißt schon, im Spiegel. Dass du das Mädchen im roten Kleid bist und ich der Typ im braunen Anzug, der immer wieder ins Bild kommt, um dir einen Kuss zu geben. Ich wollte das Ganze für dich wahr werden lassen.«

»Warum gehst du immer wieder zur Brücke, obwohl ich nie da bin?«, frage ich.

Er macht zwei Schritte auf mich zu. Ich weiche einen zurück. Da bleibt er abrupt stehen und hält die Hände gefaltet vor sich, als wäre er Teil eines Kirchenchors, der lateinische Lieder über Engel singt. Jetzt starrt er mich nur noch an. Steht da und starrt.

»Mir ging die Geschichte einfach nicht aus dem Kopf, die man über dich schreiben wird«, sagt er schließlich. »Die im Met neben deinen Gemälden zu lesen sein wird. Ich dachte, wie toll es für die Leute wäre, wenn sie lesen, dass ich nie aufgegeben habe. Wie ich dich immer wieder in Gedanken gesehen und mir weiterhin gewünscht habe, ich würde eines Tages den Kopf heben, und da stehst du auf der Brücke. Ich dachte, das wäre ein echt schöner Teil deiner Geschichte.«

Ich halte den Kopf gesenkt. Wie soll ich ihn auch ansehen, wenn er so sanft und zärtlich mit mir redet?

Er wählt seine Worte mit Bedacht und spricht sie so langsam und vorsichtig aus, dass ich ihn über dem prasselnden Regen kaum verstehe. »Und als du immer noch nicht aufgetaucht bist, dachte ich, ich würde vielleicht ein trauriger Teil deiner Geschichte«, fährt er fort. »Nur so eine Zeile, die jeder überliest.«

Ich werfe ihm einen verstohlenen Blick zu. Auch er hält den Kopf gesenkt. Dann hebt er den Blick und sieht mich an. Da lasse ich meinen schnell wieder sinken, weil ich dumm und außerdem jemand komplett anderes bin.

»Aber dann ist mir aufgegangen, dass es mir am Ende egal ist, welche Rolle ich in deiner Geschichte spiele«, fügt er hinzu. »Am Ende ist es mir nicht so wichtig. Traurig. Verrückt. Tragisch. Schön. Ganz egal. Ich will einfach nur in deiner Geschichte vorkommen.«

Meine Lippen zittern, und mein Herz ist wieder kurz vorm Platzen. Am liebsten würde ich zu ihm rennen und meine nassen Regenmantelarme um ihn schlingen und ihn hier im Türrahmen küssen. Ein Kuss, der so lange andauert, bis das Hochwasser abebbt und die Sonne aufgeht und der Mond sie abends ersetzt.

Doch stattdessen weiche ich seinem Blick aus und blicke zum grauen Himmel auf, der nicht aufhört zu weinen. »Ich wünschte, so würde es laufen, Danny«, sage ich. »Ich wünschte, wir könnten Geschichten genauso schreiben, wie wir wollen. Aber inzwischen weiß ich, dass das nur meine albernen Künstlerinnenträume sind. Wir können einen Scheiß an unserer eigenen Geschichte drehen, weil sie von anderen geschrieben wird. Von Leuten, die Macht haben. Die Glück haben. Wie Flora Box.«

Er kommt näher. »Was ist mit dir passiert? Ich kann dir helfen. Lass mich dir helfen.«

»Bei den Dingen, bei denen ich Hilfe brauche, kannst du mir nicht helfen.«

Noch näher. »Woher wusstest du, wo ich wohne?«

Ich drehe mich wieder zu ihm um. Mache zwei Schritte auf ihn zu und strecke ihm mit der rechten Hand den Hausschlüssel entgegen. Meine Augen füllen sich mit Tränen. Die Worte wollen einfach nicht raus. Ich schäme mich zu sehr. »Nimm den. Der gehört euch.«

Er nimmt den Schlüssel aus meiner Hand.

»Ich habe dir nicht die ganze Wahrheit gesagt«, gestehe ich. »Weil ich zu große Angst hatte, dass du dann aufhörst, mit mir zu reden. Und ich hab wirklich gern mit dir geredet.«

Schmerz und Staunen spiegeln sich in seiner Miene.

»Deine Schwester hatte Schulden bei meiner Chefin Flora Box. Flora hat den Haustürschlüssel als Teil ihrer Tilgung angenommen. Das war unser Weihnachtsgeschenk von Flora.«

Fassungslos starrt Danny auf den Schlüssel in seiner Hand. Die Lücken in der Geschichte schließen sich.

Inzwischen strömen mir die Tränen unaufhaltsam die Wangen hinunter. »Ich und mein bester Freund Charlie ... Wir haben den Weihnachtsabend hier in diesem schönen Haus verbracht«, erzähle ich. »Wir haben gut aufgepasst. Wir haben nichts geklaut. Na ja, fast nichts.

Ich glaube, Charlie hat einen Ohrring von deiner Mum mitgehen lassen.«

Kopfschüttelnd blicke ich zu Boden und kicke eine Ferse in den Marmorboden. »Ich habe dich in dem Gemälde im Esszimmer gesehen. Ich fand dich so schön. Da bin ich zu deinem Schlafzimmer gegangen und hab mir all die Fotos von dir und deinen Freunden auf der Pinnwand angesehen. Und dann habe ich mich auf dein Bett gelegt, Danny. Auf so einem Bett hatte ich noch nie gelegen. Ich habe meinen Kopf auf dein Kissen sinken lassen und mich im Zimmer umgesehen und mir vorgestellt, wie es wohl wäre, in so einer Familie aufzuwachsen.«

Ich wische eine Träne fort und ziehe unbewusst die Nase hoch. »Dann hab ich die Hand unter das Kissen geschoben und dein Skizzenbuch gefunden. Ich hab's aufgeschlagen, Danny, und aus irgendeinem seltsamen und schönen Grund war ich da drin. Es hat sich angefühlt wie ein Weihnachtswunder. Ich glaube, das war es auch. So hätte Erica es beschrieben. Sie hat gesagt, es sei nur das ganz normale Leben, aber es würde sich wie für mich entworfen anfühlen. Es würde sich anfühlen wie Kunst. Wie etwas, was ich in Gedanken gezeichnet habe. Es würde sich anfühlen, als hätte alles plötzlich eine Daseinsberechtigung. Als würde alles plötzlich Sinn ergeben. Es wäre egal, wie ich heiße oder was für eine Vergangenheit ich habe, weil alles aus dem guten Grund geschehen wäre, dass du nun in mein Leben getreten bist. Und so hat es sich in der Nacht auf der Brücke auch angefühlt. Ich bin mit dem Skizzenbuch im Arm eingeschlafen. So gut habe ich in meinem ganzen Leben noch nicht geschlafen.«

Inzwischen habe ich es aufgegeben, meine Tränen fortzuwischen. Ich würdige sie. Würdige meine Gefühle darin. Ich lasse meine Gefühle laufen, über Lippen und Kinn rinnen. Ich verberge sie nicht vor ihm. Lasse ihn sehen, wie es sich angefühlt hat. Wie es sich anfühlt. Vielleicht versteht er mich dann.

»Es tut mir so leid, Danny.«

Er betrachtet den Schlüssel in seiner Hand. Erschaudert, als hätte ihm jemand einen Elektroschocker an den Hals gehalten. Als wäre er soeben erwacht. Ich warte darauf, dass er etwas sagt, doch er hält den Kopf weiterhin gesenkt. Ich glaube, er weint auch. Ich glaube, er hält den Kopf gesenkt, weil er es nicht über sich bringt, mich anzusehen.

Ich flüstere seinen Namen. Seinen schönen Namen. »Danny.«

Dann warte ich darauf, dass er aufsieht, doch er tut es nicht.

Und so drehe ich mich um und schlurfe mit schweren Schritten die Marmorstufen hinunter. Ziehe mir wieder die Kapuze über den Kopf und höre den Regen dagegenklatschen. Hebe mein Fahrrad auf und umklammere den Lenker, während ich zu dem Jungen neben der Tür mit dem Schlüssel in der Hand einen letzten Satz sage: »Bitte hör auf, zur Brücke zu gehen.«

Erst da hebt er den Kopf. Umschließt den Schlüssel mit der Faust und starrt mich an. »Nein.«

»Was?« Ich muss ihn wohl über dem Lärm des Regens falsch verstanden haben.

»Nein«, wiederholt er. Dann tritt er zwei Schritte aus der Haustür in meine Richtung. »Ich höre nicht auf, zur Brücke zu gehen.«

Kopfschüttelnd schwinge ich mein rechtes Bein über Makkaronis Querstange und stelle meinen Fuß auf das Pedal. Zeit zu verschwinden. Zeit, diese Geschichte zu verlassen. »Ich werde nicht da sein«, sage ich. »Ich werde nie da sein, Danny. Ich renne weg. Ich kann nicht länger in der Stadt bleiben.«

Er macht drei weitere Schritte auf mich zu. »Lass mich dir helfen.«

Ich schaue ihm direkt ins Gesicht. Die schönen Wangenknochen. Der geöffnete Mund. Und da weiß ich, dass sein Herz genauso schnell schlägt wie meins. »Du kannst mir nicht helfen, Danny«, entgegne ich. »Die Geschichte wurde schon geschrieben. Das hat jemand anders für uns getan. Es tut mir leid, Danny. Es tut mir so leid.«

Und damit verlagere ich all mein Gewicht auf den rechten Fuß. Pedal runter. Pedal hoch. Fahr. Dreh dich nicht um. Dreh dich nicht zu dem Jungen um. Fahr fort von dem Prinzen und seinem Schloss auf dem Hügel.

Regen klatscht mir ins Gesicht. Der Fluss wird weiter steigen. Immer weiter. Ich hoffe, die ganze verdammte Stadt wird untergehen. Ich hoffe, der Fluss reißt uns alle fort in den Pazifik. Alle Gebäude. All die Asbesthäuser auf Stelzen mit ihren roten Zinndächern. All die schönen violett blühenden Jakarandabäume. All die Läden und Autos mit toten Reifen, in denen all die armen Treibenden schlafen werden, wenn die Welt kommt, um uns dabei zuzusehen, wie wir das olympische Feuer entzünden. Wascht alles fort. All den Hass. Alle Vergangenheit. Alle Gegenwart. All die Mütter und Väter. All die Kinder. All die Wunderkinder in ihren Kinderwagen. All die Zeichnungen. All die dummen Träume von Mädchen, die fliegen wollen. All die Liebesgeschichten in dieser gottverdammten Stadt. All die Mädchen auf gelben Fahrrädern. All die Jungen, die durch den Regen rennen. All das schlechte Timing. All die Polizisten. All die Mörder. All die Sehnsucht. All die Liebe …

Da knirschen plötzlich schnelle Schritte hinter mir auf dem Kies. Ich drehe mich um. »Was tust du?«, schreie ich.

Danny Collins ist mir nachgerannt. Dieser schöne Junge namens Danny.

»Warte!«, ruft er durch den Regen. »Lass mich dir helfen.«

»Hör auf, mir nachzulaufen«, rufe ich zurück. »Du kannst mir nicht helfen.« Dabei schluchze ich wie ein Idiot. »Hör auf«, sage ich, doch es ist auch an mich selbst gerichtet. Hör auf. Hör auf, diesen Moment zu fühlen. Hör auf, etwas darauf zu geben. Hör auf zu weinen.

»Ich höre *nicht* auf«, ruft er atemlos. Er keucht vor Anstrengung. »Und wenn ich jede Nacht zu dieser Brücke gehen muss.«

Ich fahre schneller. So schnell, dass das Hinterrad durch den Kies schlittert und schlingert. Durch das hohe schwarze Tor hinaus und links auf die Straße. Die Entfernung zwischen Danny Collins und mir vergrößert sich, auch wenn er immer noch schnell sprintet. Zwischen teuren geparkten Autos, über schneeweiße Fußwege und unter riesigen Feigenbäumen mit wild im Sturm flatternden Blättern hindurch. Irgendwann fahre ich einfach zu schnell für ihn, und er gibt sich geschlagen.

Mitten auf der Straße hält er an und ruft mir ein letztes Mal durch den Regen nach. »Ich sehe dich! Ich werde dich immer sehen!«

Dann bin ich fort. Das Mädchen im gelben Regenmantel auf dem gelben Fahrrad. Weinend durch den Regen.

Heftig strampele ich weiter. Inzwischen fühlen meine dünnen Beine sich an, als wären sie aus Eisen. Hör nie auf zu treten. Hör nie auf, all das zu fühlen. Davor wegzufahren. Davor wegzurennen. Hör nie auf zu rennen. Dazu bist du geboren.

Fluss-monster

Flussmonster

Januar 2024
Stift und Tusche auf Papier

Die zugleich fantastischste und wahrheitsgetreueste Zeichnung im Gesamtwerk der Künstlerin. Man hat beinahe den Eindruck, als hätte sie schließlich die rosarote Brille abgenommen und ihre unruhige Welt so gesehen, wie sie ist. Tödlich. Gewaltsam. Monströs.

Ich stehe mit Makkaroni an der Ecke Adelaide und Albert Street, am Rand vom King George Square, im Herzen des CBD. Warte darauf, dass der kleine grüne Mann an der Ampel aufleuchtet, um die Kreuzung zu überqueren. Die Menschen gehen auf ganz eigene Weise mit den stadtweiten Überschwemmungen um. Manche hasten mit hektisch zusammengepackten Einkaufstüten voller Konserven und Toilettenartikel über die Straße. Ein Mann eilt, mit zwei Sechzehnerpacks Klopapier an die Brust gepresst, an mir vorbei. Andere sitzen in Cafés und essen Scones mit Marmelade und Sahne, als wären die Überschwemmungen ganz normaler Alltag in Brisbane. Solange ihre Fersen noch trocken sind, sehen sie keinen Grund, ihren English Breakfast Tea zu unterbrechen.

Busse und Autos verstopfen die Adelaide Street. Alle hatten denselben Einfall: früh Feierabend machen und auf Straßen die Stadt verlassen, die in wenigen Stunden bestimmt von der Polizei abgeriegelt werden. Ein Mann in einem weißen Toyota Prado schlägt mit der Faust auf die Hupe, weil jemand ihm den Weg abgeschnitten hat. Beinahe eine halbe Minute lang hält er sie gedrückt, verzweifelt und im Hochwasserwahn. So starke Regenfälle verändern die meisten Menschen. Elektrisiert vom steigenden Wasserpegel bekommen sie eine Elektroschocktherapie. Manche laufen mit weit aufgerissenen Augen und blassen Gesichtern herum und reden vom Ende aller Tage oder zumindest vom Ende Brisbanes.

Etwas weiter die Adelaide Street hinunter sehe ich, wie Ivan Salhus und sein langjähriger Straßenkumpel Pot ihre Siebensachen zusammenpacken. Wenn sie noch Sinn und Verstand haben, gehen sie zur St. Mary's Church, die auf einer Anhöhe in der Merivale Street im Süden Brisbanes liegt. Dort können sie mit Hunderten weiteren Brisbaner Treibenden den Regen aussitzen.

Ich hebe den Blick zur Uhr der Brisbane City Hall. Beinahe hundert Meter ragt der Turm über mir auf und sieht in meinen Augen aus wie ein großer Zeichenbleistift, der mit angespitzter Graphitmine auf die grauen Wolken zeigt. Ich verspüre den Drang, diesen Bleistift vom Dach zu reißen und auf der unendlichen Himmelsleinwand ein Porträt von Danny Collins zu zeichnen. Ich würde ihm diesen Titel geben: *Es tut mir leid, dass ich im Regen vor dir weggefahren bin, Danny Collins, aber ich musste los, um meine Schwester zu sehen.*

Die Turmuhr ist fünf Meter breit, und ihre schwarze Metallhand ist drei Meter lang. Sie springt ein Stück nach vorn und sagt mir, dass es inzwischen fünfzehn Uhr zehn ist. Ich bin schon zehn Minuten zu spät. Dabei ist es das wichtigste Treffen meines Lebens. Wie kann ich zu spät kommen, wenn meine Schwester extra wegen mir durch das ganze Land geflogen ist und einen Taxifahrer bitten musste, sie ins Stadtzentrum zu bringen, aus dem die meisten Menschen gerade zu fliehen versuchen? Meine Schwester heißt Phoebe. Phoebe bedeutet »strahlend«. Phoebe bedeutet »Licht«.

Eine lange Autoschlange bleibt widerstrebend vor der Kreuzung stehen, die Ampel summt, und das kleine grüne Männchen blinkt auf. Ich schiebe Makkaroni in die Mitte der Straße. Noch immer prasselt der Regen auf meine Kapuze. Inzwischen haben sich meine Ohren an das unablässige Geräusch gewöhnt. Meine Stiefel sind völlig durchweicht. Wenn ich meine dicken blauen Socken auswringe, könnte ich bestimmt zwei Kaffeetassen mit schmutzigem Regenwasser füllen. Mein Rucksack ist nach wie vor unter meinem Regenmantel verborgen, sodass meine Lieblingszeichnungen sicher und trocken bleiben. Die Zeichnungen meines Lebens. Meine Träume. Meine Zukunft. Erica. Sogar eine Zeichnung von Flora Box befindet sich darin. Mein Albtraum.

Ich habe es beinahe bis auf die andere Seite geschafft, als aus der Autoschlange voll stotternder Motoren ein wütendes Hupen ertönt. Es kommt von einem grünen VW-Golf, keine fünf Meter von meiner linken Schulter entfernt. Zunächst kann ich das Gesicht des Fahrers durch die beschlagene Windschutzscheibe nicht erkennen, doch dann reibt er mit der Faust das Kondenswasser weg und lehnt sich vor.

Es ist Glenn Ash. Der Mann, der »der Priester« genannt wird. Der Mann, der im Ebb 'n' Flo den Kühlraum leitet. Da ich Glenn mag, ist mein erster Instinkt, ihm zuzulächeln, doch er erwidert mein Lächeln nicht. In seinem Gesicht ist nichts als Sünde zu lesen, und plötzlich geht mir auf, dass er hundertpro den Anweisungen von Flora folgt und nach mir sucht. Er schüttelt den Kopf. Sein Ausdruck ist drohend, frustriert und mitleidig. Die Ampel springt auf Grün. Ich stehe immer noch auf der Straße, und auch Glenns Auto bewegt sich nicht. Wir sind erstarrt wie die zwei Tage alten Garnelen, die Glenn in Salzwasser auftaut und als Frischware verkauft.

Hinter ihm fangen die Autos an zu hupen, und ich werde zurück in die Realität gerissen. Eilig schiebe ich Makkaroni über die Straße, hebe das Vorderrad auf den Gehsteig und lasse das Hinterrad dagegenprallen, sodass es buckelt wie ein Bulle, der versucht, einen Cowboy loszuwerden. Glenns Reifen drehen kreischend auf dem nassen Asphalt durch. Er fährt los und rast die Adelaide Street entlang. Ich muss ihn nicht sehen, um zu wissen, was er gerade tut. Er ruft Ephraim Wall auf seinem Handy an und erzählt ihm, er habe gerade das Mädchen von der Moon Street gesichtet, das Brandon Box ein Messer in die Kehle gerammt hat.

Noch immer Makkaronis Lenker umklammernd, sprinte ich die Albert Street hoch zur Queen Street Mall. Dabei schlüpfe ich zwischen Büroangestellten, Einkaufenden und schließlich einer Gruppe Schüler hindurch, die vor dem 7-Eleven an E-Zigaretten saugen. Hunderte Menschen suchen Schutz unter den Vordächern der Einkaufsstraße.

Makkaronis rechtes Pedal bohrt sich in die Wade eines dicken Mannes im Trainingsanzug, der vor dem Telstra-Handyladen steht. »Was soll der Scheiß?«, ruft er.

»Sorry«, sage ich und schiebe weiter.

»Pass auf, wo du hinläufst, Schlampe«, bellt der Trainingsanzugtyp mir nach.

Ich haste die Einkaufsstraße entlang und entdecke Charlie vor dem Hungry Jack's, an der Ecke Queen und Albert Street. Er wartet auf mich. Hintern am Boden, Knie angezogen, und sein Blick huscht zu jedem Men-

schen, der an ihm vorbeikommt. Auf dem Rücken trägt er einen alten blauen Rucksack von Mountain Designs, und neben ihm liegt eine große, ausgebeulte rot-weiß-blau-gestreifte Plastiktragetasche mit kaputtem Reißverschluss.

»Ich habe gerade Glenn Ash gesehen«, keuche ich und gebe mir dabei alle Mühe, nicht schreiend in Panik zu verfallen.

Charlie sieht zu mir auf. »Hat er dich auch gesehen?«

»Ja. Aber er hat im Verkehr festgesteckt. Er konnte nicht aus dem Auto.«

»Der redet in diesem Moment mit Ephraim.«

Ich nicke.

»Wir müssen zusehen, dass wir hier wegkommen«, sagt Charlie.

»Nicht, bevor ich meine Schwester gesehen habe.« Ich zeige auf die Tragetasche neben Charlie. »Was ist das?«

»Mein Zeug«, antwortet er.

»Was für Zeug?«

»Meine Klamotten. Meine Bücher. Mein Föhn. Meine Schneekugelsammlung.«

Entgeistert schüttele ich den Kopf. »Spinnst du, Charlie? Die ist viel zu groß, um sie den ganzen Weg mit dir rumzuschleppen. Wir müssen vielleicht 'ne ganze Weile latschen, und du kannst das Riesending nicht die Highways langtragen und so.«

Charlie steht auf, schnappt sich die dünnen Plastikträger der Tasche und wirft sie sich mit einer Grimasse über die Schulter. »Keine Sorge«, sagt er und krümmt den Rücken. »Leicht wie eine Schneeflocke.« Dann richtet er sich auf, holt zweimal tief Luft und lächelt.

»Sicher, dass du mit mir kommen willst?«, frage ich.

Ein scharfes Zwinkern seines linken Auges.

»Dein Kastenwagen wird dir fehlen. Der war dein Zuhause.«

»Quatsch«, erwidert Charlie. »Das einzige Zuhause, das ich habe, ist irgendwo an deiner Seite.« Er macht einen Schritt auf mich zu und legt mir beide Hände auf die Schultern. »Und, bereit, deine Schwester zu treffen?«

Ich nicke und hole tief Luft. Öffne die Knöpfe meines Regenmantels, schlüpfe aus dem gelben Plastik und hänge ihn über Makkaronis Lenker. Dann betrachte ich mich kritisch im Fenster von Hungry Jack's. Meine nassen Haare sehen aus wie ein Teller Spaghetti. Mein Rucksack hängt noch von meinen Schultern. Schwarze kurze Hose und ein altes lila T-Shirt. Nasse Socken. Nasse braune Stiefel. Schlotternde Knie. Zittrige Finger. »Ich bin bereit«, flüstere ich.

Ich schiebe Makkaroni an einem Nike-Schuhladen und dem House of Hoops vorbei, in dem teure Basketballschuhe verkauft werden, von denen Charlie immer träumt. Weiter am OPSM-Brillenladen vorbei. Dann bleibe ich stehen, um einen Laster aus einer Einfahrt herausfahren zu lassen, die zum Myer-Kaufhaus führt. Jetzt sind wir nur noch zehn Meter vom Starbucks entfernt. Mir ist übel. Da geht mir auf, dass ich seit Stunden nichts gegessen habe. In meinem Magen befindet sich nichts als Luft, und diese Luft hat sich in einen grausamen Wind verwandelt, der sich zu kleinen Wirbelstürmen ballt.

»Okay, geh rein«, sagt Charlie. »Ich bleib hier draußen und halte Ausschau nach Floras Schlägern.«

Doch ich stehe wie angewurzelt vor der Glasscheibe. Als hätte ich all meine motorischen Fähigkeiten verloren. Ich will losgehen, aber meine Beine gehorchen mir nicht.

Da legt sich eine warme Hand in meinen Nacken. Die Hand meines Freundes Charlie. »Los geht's«, sagt er sanft. »Sie wartet auf dich.«

Rechter Fuß. Linker Fuß. Rechter Fuß. Meine Hände umklammern nervös die Riemen meines Rucksacks. Ich spähe durch die verspiegelte Glasfront in den Starbucks. Normalerweise wäre der Coffeeshop voller Stammkunden, die große Lattes, Frappuccinos mit Kürbisgewürz und Hibiskusteelimos schlürfen. Doch heute Nachmittag ist er leer. Alle fliehen aus der Stadt. Alle bis auf eine Frau mit braunen Haaren, die ihr knapp über die Schultern reichen. Ich drücke meine Handfläche gegen die Scheibe. Jetzt kann ich sie besser sehen. Ganz allein sitzt sie an einem Zweiertisch und hält in der linken Hand eine kleine weiße Kaffeetasse. Sie trägt eine elegante schwarze Kurzjacke über einem schlichten weißen T-Shirt, und an ihrem Handgelenk leuchtet eine rote Uhr. Ich beobachte, wie sie auf ihrem Handy scrollt. Dann höre ich ein Wort hinter mir. »Scheiße.«

Erschrocken fahre ich herum. Charlie zeigt hinter mich in die Albert Street. Ich folge mit dem Blick seinem Finger.

»Der Priester!«, sagt Charlie.

Glenn Ash steht auf der anderen Straßenseite an einer Kreuzung, wippt auf der Stelle und schaut nach links. Er wartet auf eine Lücke im dichten Verkehr. Dann dreht er sich um, und als könnte er mich aus der Ferne wittern, begegnen sich unsere Blicke. Er schüttelt zweimal den Kopf, was besagt: *Wag es ja nicht, wieder vor mir wegzulaufen.*

Ich drehe mich zum Coffeeshop um und drücke meine Stirn gegen die Scheibe. Sie beschlägt von meinem warmen Atem. Ich muss sie noch ein letztes Mal sehen.

»Wir müssen sofort verschwinden«, drängt Charlie mich.

Aber ich kann nicht gehen, ohne dass sie mich sieht. Ich will, dass sie aufblickt. Ich will ihr sagen, dass ich nicht unsichtbar bin. Dass ich gekommen bin, um sie zu sehen. Aber die Geschichte hat dafür gesorgt, dass ich wieder wegrennen muss. Ich wollte bleiben. Ich will bleiben. *Phoebe, heb den Kopf.*

Ich werfe einen Blick über die Schulter und sehe Glenn Ash über die Elizabeth Street hasten, wobei er fast von einem roten Kia mitgenommen wird. Da kommt er. *Er kommt wegen mir, Phoebe. Es tut mir leid, ich muss jetzt wegrennen.*

In dem Moment, als ich bereit bin zu gehen, hebt meine Schwester ihren Blick vom Handy und begegnet meinem. Das Licht in ihren Augen. Der Sonnenschein in ihrem Lächeln. Phoebe ist strahlend. Phoebe ist Licht. Sie bringt mich zum Lächeln.

Ich hebe eine Hand und lege meine rechte Handfläche auf die Scheibe. Kontakt. Verbindung. Hoffnung in ihrem Lächeln. Und auch Tränen. Jetzt erklingt ihr Lachen. Unsicher, zwischen Freude und Verwirrung. Es besagt:

Worauf wartest du?

Komm rein und lern mich kennen.

Ich habe mein ganzes Leben darauf gewartet, dich kennenzulernen.

Worauf wartest du?

»Lauf!«, zischt Charlie. »Lauf!«

Glenn Ash hat mich beinahe eingeholt. Ich werfe meiner Schwester einen letzten Blick zu, trete von der Scheibe zurück und hole tief und schmerzhaft Luft. So wird sie mir im Gedächtnis bleiben. Kopfschüttelnd. Verwirrt. Verletzt.

Ich renne los. Charlie ist bereits mit der schweren Tragetasche über der Schulter zurück in Richtung Hungry Jack's gesprintet. Ich schiebe Makkaroni durch ausweichende Fußgänger und Shoppinghungrige.

»Komm schon, schneller!«, schreit Charlie mir über die Schulter zu.

Wir biegen scharf nach links ab und folgen dem Blindenleitweg zum oberen Ende der Queen Street Mall. Als ich mich umsehe, entdecke ich Glenn Ash, wie er rigoros Fußgänger aus dem Weg schiebt und die Entfernung zwischen uns immer weiter verkleinert.

Wir rennen am Myer Centre und dem Veranstaltungsort der Einkaufsstraße vorbei. Passieren die Treppen, die zu den Untergrund-Busbahnhöfen führen.

Hinter uns ertönt Geschrei. Ein breiter, kräftiger Mann zerrt Glenn Ash am Arm, offensichtlich gar nicht begeistert davon, dass er zur Seite geschoben wurde.

Charlie nutzt die kurze Verzögerung, um auf mich zu warten. »Weg mit dem Scheißrad«, sagt er.

»Nee, weg mit deiner Scheißtasche, und dann steigen wir zusammen aufs Fahrrad«, entgegne ich.

Charlie schüttelt den Kopf, überdenkt seine Entscheidung jedoch bereits einen Augenblick später. Er lässt seine Riesentasche auf den Gehsteig fallen und packt Makkaronis Lenker. »Steig auf.«

Ich setze mich auf die Querstange, und Charlie strampelt durch die Einkaufsstraße. Mit jeder Pedaldrehung nehmen wir mehr Fahrt auf. Schon bald haben wir die Entfernung zu unserem Fisch ausnehmenden, Austern lutschenden Verfolger vergrößert. Ganz oben an der Queen Street Mall zischen wir durch eine Reihe Sicherheitspoller. Wie ein Rennradfahrer, der sich bei der Tour de France bergauf arbeitet, steht Charlie schnaufend und keuchend in den Pedalen, während seine dünnen Beine heftig strampeln und das Fahrrad auf die derzeit noch offene und verkehrsarme George Street zufährt. Auf der anderen Straßenseite kann ich das Treasury Casino erkennen und dahinter die Victoria Bridge, auf der Danny Collins all die Nächte auf mich gewartet hat, während ich mich im Loch versteckt habe. Gerade als wir über die leere Straße in ein schmales Stück Freiheit rasen wollen, überfährt ein schwarzer BMW die rote Ampel und bremst direkt vor Makkaroni.

Krachend kollidiert das Vorderrad des Fahrrads mit dem unbarmherzigen schwarzen Metall des Autos. Charlie und ich werden auf die Motorhaube geschleudert. Zuerst kommt meine rechte Schulter auf. Kurze Zeit dreht sich alles, doch mein Blick wird schnell wieder klar genug, um durch die Windschutzscheibe eine Person auf dem Beifahrersitz ausmachen zu können. Mein persönliches Monster Flora Box. Lippen zusammengepresst. Blick einer Tyrannenechse.

Ich schaue zum Fahrersitz, und die kalten blauen Augen von Ephraim Wall starren mir entgegen. Seine Hände umklammern das Lenkrad im Würgegriff.

Charlie rollt vom Auto auf den Asphalt. Einer von Floras Schlägern – Nathan Rose, der Typ mit dem blond gefärbten Ziegenbart – ist bereits aus dem Auto gesprungen und marschiert auf ihn zu.

»Charlie!«, schreie ich. Doch benommen und angeschlagen, wie er ist, hebt Charlie zu spät den Kopf, und die Hände von Floras Schläger schlingen sich um seinen Hals.

»Lauf!«, schreit Charlie.

»Charlie!«, heule ich.

»Lauf, verdammt!«, schreit er erneut.

Diesmal gehorche ich meinem besten Freund. Ich rolle von der Motorhaube, hebe Makkaroni auf und packe den Lenker. Drauf und dran, die George Street zu überqueren, lässt mich das Gebrüll von Ephraim Wall erstarren.

»Wag es ja nicht, vor mir wegzulaufen!«, bellt er.

Als ich mich umdrehe, steht er vor dem Auto. Einen Sekundenbruchteil hebt er seine Jacke, sodass der schwarze Pistolenschaft zu sehen ist, der seitlich aus seiner Hose ragt. Ein paar Meter weiter schlägt Nathan Rose Charlie die Faust ins Gesicht. Der sackt sofort bewusstlos in sich zusammen. Dann sehe ich Flo auf dem Beifahrersitz an. Die Mutter eines toten Sohnes. Nur noch Tod im Blick.

Ich sehe wieder Ephraim Wall an. Er schüttelt den Kopf. »Tu's nicht.«

Doch ich tu's.

Die Ampel springt auf Grün, und ein paar Autos bleiben stehen, um zu gaffen, während andere auf der Kreuzung beschleunigen. Auf genau diese Autos renne ich geradewegs zu und schlängele mich gefährlich durch den fahrenden Verkehr. Ein oder zwei kommen mit kreischenden Bremsen zum Stehen. Andere halten ihre Geschwindigkeit und fahren mich beinahe um, während ich über die Straße stolpere und Makkaroni dabei wie einen Bobschlitten neben mir herzerre.

Wie durch ein Wunder schaffe ich es über die Straße. Als ich einen Blick über die Schulter wage, zwängt Ephraim Wall sich gerade widerwillig zurück auf den Fahrersitz. Schließlich kann er Flora Box nicht einfach mitten im Verkehr der George Street stehen lassen. Nathan Rose schubst Charlie auf den Rücksitz, und der BMW rast davon. Ich schiebe Makkaroni über die Straße auf den Brisbane Square, vorbei an den weißen Steinstufen zum Treasury Casino und zu einer weiteren verkehrsreichen Kreuzung an der William Street. Nur noch eine Straße zwischen mir und der Victoria Bridge. Gleich springe ich auf Makkaroni, überquere die Straße und fahre fort. Wie der Wind. Aber wohin und wie könnte ich ohne Charlie gehen?

Auf der Suche nach dem schwarzen Auto drehe ich den Kopf in alle Richtungen. Ephraim fährt bestimmt einmal um den Block. Er kann die William Street nehmen, aber auf der Victoria Bridge sind keine Autos erlaubt. Vier Autos rasen die William Street entlang, dann tut sich im Verkehr eine Lücke auf. Ich will gerade auf die Straße treten, als mich eine Hand im Nacken packt.

»Du verdammte Idiotin«, zischt Glenn Ash. »Was hast du nur getan?«

Instinktiv ziehe ich meinen Hals weg, doch Glenns Schraubgriff wird nur noch fester. Er packt mich genauso wie einen Kaiserschnapper, den er in die Kühlbox legt. Wild schlage ich um mich und trete ihm mit dem Stiefel gegen das linke Schienbein.

»Beruhig dich, verdammt, und hör auf, so ’ne Szene zu machen«, faucht er. »In meinem linken Ärmel steckt ein Messer. Ich benutze es nur ungern.«

»Da bin ich ja froh, dass du ein Messer mitgebracht hast, Glenn«, gebe ich zurück und zerre meinen Nacken nach hinten. »Vielleicht hab ich ja 'ne Gelegenheit, es zu benutzen. Hast du nicht mitbekommen, was ich mit Brandon gemacht habe? Bring besser nicht das Monster in mir zum Vorschein.«

»Halt die Fresse und beweg dich.«

Er schiebt mich und Makkaroni über die Straße und auf den linken Gehsteig, der über die Victoria Bridge führt. Dabei hält er mich unauffällig seitlich am T-Shirt fest. Von außen betrachtet muss es wirken, als wären wir zwei Menschen, die einander wichtig sind. Vater und Tochter vielleicht, die bei einer Riesenüberschwemmung einen netten Spaziergang über die Brücke machen.

Er zieht sein Handy aus der Tasche und ruft jemanden an. »Ich hab sie«, sagt er. »Ja, kommt zum South-Bank-Ende der Victoria Bridge.« Dann lässt er es zurück in die Tasche gleiten.

Wir laufen über die Brücke. Inzwischen hat der Regen zwar ein wenig nachgelassen, doch er füllt den wilden braunen Fluss unter uns weiterhin unablässig mit Wasser. Die Brücke ist gesäumt von Schaulustigen. Offenbar wollen sie sich den besten Blick auf die Katastrophe nicht entgehen lassen, die Häuser in der ganzen Stadt zerstören, Vororte dezimieren und selbst geliebte Menschen für immer mit sich in die Dunkelheit reißen wird, wo sie auf ewig bei den Lungenfischen leben. Mit Regenschirmen bewaffnet stehen sie da und keuchen, wenn umgedrehte Boote, zerstörte Stege und aus der Verankerung gerissene Schwimmplattformen im Wasser herumgeworfen werden, als wären sie aus Schaumgummi.

»Du arbeitest für Monster, Glenn«, sage ich.

»Ach, wirklich, Sherlock«, gibt er zurück. »Ich hab mich immer gefragt, wann du das endlich kapierst.«

Ein Mann in einem grauen Anzug eilt vom Südende der Brücke auf uns zu. Regenschirm in einer Hand, Aktentasche in der anderen. Blond, schlank und sportlich. Als wir aneinander vorbeigehen, studiert er Makkaroni eingehend. Wir laufen weiter, doch er ruft uns nach. »Entschuldigung.« Da liegt ein Akzent in seiner Stimme. Amerikaner vielleicht. Oder Kanadier.

Ich bleibe stehen und drehe mich zu dem Mann um. Glenn legt mir warnend eine Hand auf die linke Schulter.

»Darf ich fragen, woher Sie das Fahrrad haben?«, fragt der Mann.

Ich nicke und antworte, ohne zu zögern: »Ich hab's im Roma Street Parkland geklaut.«

»Entschuldigung?«, sagt der Blonde.

Glenn gräbt seine Finger tief in mein Schlüsselbein. Lacht und verzieht den Mund zu einem freundlichen Lächeln. »Sie macht nur Spaß«, sagt er. »Hören Sie nicht auf sie. Es war ein Geburtstagsgeschenk.« Und damit zieht er mich weiter die Brücke entlang.

Doch der Mann im grauen Anzug blickt verwirrt drein und folgt uns. »Moment mal, bitte bleiben Sie stehen.«

Glenn läuft schneller.

Der Anzugmann holt uns ein. »Das ist ein kanariengelbes Bianchi-Rennrad«, stellt er fest.

»Richtig.« Ich lächele ihn an.

»Vor einem Jahr ist meinem besten Freund ein kanariengelbes Bianchi-Rennrad im Roma Street Parkland gestohlen worden.«

Ich nicke enthusiastisch. »Das ist ja wirklich lustig. Weil ich vor einem Jahr im Roma Street Parkland ein kanariengelbes Rennrad gestohlen habe.«

»Halt die Fresse, verdammt«, zischt Glenn mir zu.

»Wenn ich Sie wäre, würde ich die Polizei rufen«, füge ich hinzu.

Glenn bleibt stehen und dreht sich zu dem blonden Mann im Anzug um. »Wenn Sie wissen, was gut für Sie ist, dann verschwinden Sie jetzt freundlicherweise«, sagt er. Dann schiebt er mich mit der Hand im Nacken weiter.

Der Blonde lässt sich einen Moment lang zurückfallen, holt Glenn dann aber erneut ein. Diesmal tippt er ihm mit seiner Aktentasche auf die rechte Schulter. »Es tut mir leid, aber ich kann Sie nicht einfach so mit dem Fahrrad gehen lassen.«

Ich höre, wie Glenn zischend die Luft durch die Zähne einzieht. Sein Druck in meinem Nacken wird fester, und ich spüre, dass seine kurze Ex-Knacki-Zündschnur bereits auf die Länge eines Streichholzkopfes geschrumpft ist.

»Entschuuuuldigung«, ruft der Mann mit der Aktentasche. »Ich rede mit Ihnen!«

Wieder verbindet sich die Aktentasche des Blonden mit Glenns Schulter. Zu hart diesmal.

Die Zündschnur des Priesters fängt Feuer.

Glenn löst seine rechte Hand von meinem Nacken, dreht sich um und sticht die Klinge seines verborgenen Messers in einer fließenden Bewegung in die linken Rippen des Mannes. Der stürzt lautlos auf den vom Regen durchnässten Asphaltweg.

Ich brauche Lärm. Ich brauche Aufmerksamkeit. Also schreie ich aus Leibeskräften gegen den Regen an. Laut.

Hysterisch. Ich lasse mein Fahrrad fallen und weiche drei entgeisterte Schritte von Glenn und seinem verborgenen Messer zurück. Heiße Wut steigt ihm in die Wangen, denn natürlich durchschaut er, was ich vorhabe.

»Er hat ihn erstochen!«, kreische ich und zeige auf Glenn. »Er hat ihn erstochen!«

Da lenken mehrere Überschwemmungsgaffer ihre Aufmerksamkeit vom schlammigen karamellfarbenen Fluss auf den blonden Mann. Voller Schmerzen windet er sich in einer Blutlache am Boden, gespeist durch einen anderen Fluss, der zwischen seinen Rippenbögen entspringt.

Ich drehe mich um und renne. »Hilfe!«, schreie ich. Glenn Ash stürzt mir nach.

Mehr Lärm. Mehr Schreien. Heulend renne ich über die Brücke. »Er hat ein Messer! Er versucht mich umzubringen.« Mehrere Menschen, die unter ihren Regenschirmen die Brücke säumen, drehen sich zu mir um und erfassen erstaunt die Situation.

»Hilfeeeee!«, schreie ich.

Ein paar mutige junge Männer in Regenmänteln und Windjacken, die aussehen wie Rugbyspieler, strömen hinter mir auf dem Gehweg aus und versperren Glenn den Weg.

»Verpisst euch«, faucht Glenn, doch die Mauer aus jungen Männern weicht nicht von der Stelle. Stattdessen sehe ich, wie Glenn Ash von muskulösen Körpern bedeckt wird. Während die jungen Männer ihn zu Boden ringen, schlagen seine Arme und Beine wild zu allen Seiten. Ein Rugbygetümmel mitten auf einer verregneten Brücke.

Mehr Schaulustige versammeln sich um die Gruppe, und schon bald gibt es für Glenn Ash keinen Ausweg mehr, nur noch die Polizeistation und dann zurück ins Gefängnis, wo er vielleicht wieder versuchen wird, sich mit einem Stück Stacheldraht zur erhängen.

Ich hingegen renne weiter.

Meine Habseligkeiten hüpfen in meinem schwarzen Rucksack auf und ab. Hör niemals auf zu rennen. Während ich über die Brücke sprinte, nehme ich mir noch nicht einmal die Zeit, auf den Strom hinunterzusehen, der mir Erica Finlay stahl. Damals, als ich noch ein Mädchen war, das gern zeichnete. Mein altes Leben. Meine traurige Geschichte. Man stelle sich bloß dieses Kapitel der Geschichte vor, denke ich bei mir. Man stelle sich vor, was künftige Kunstliebhaber wohl sagen werden, wenn E. P. Buckle diesen Moment im Met nacherzählt.

Die Künstlerin rannte. Mit pochendem Herzen und wirbelndem Kopf. Sie hatte Angst um ihren besten Freund Charlie Mould, der von den Schurken auf der Straße mitgenommen worden war. Mitten am Tag entführt. Sie fragte sich, ob er wohl noch am Leben war. Sie fragte sich, ob Flora Box wohl genug schwarze Tinte in ihrem schwarzen Tintenherz hatte, um einen wilden Taugenichts umzubringen, der so bezaubernd war wie Charlie Mould. Brisbane war verrückt geworden. Gaffer glotzten sich auf der Brücke die Augen aus, während der Fluss ein Blutbad anrichtete. Nirgendwo war es sicher für die Künstlerin. Während sie rannte, sah sie sich unentwegt nach bekannten Gesichtern um. Nach den Gesichtern von Flora Box' Handlangern. All den Gesichtern, die normalerweise hinten im Meeresfrüchtehandel Kisten packten. Den Gesichtern der Männer, die sie jetzt umbringen wollten.

Die Künstlerin rannte.

Ich erreiche das Ende der Brücke und folge dem Gehweg runter zum Gelände des Queensland Cultural Centre. Als ich um die Ecke biege, höre ich das Kreischen von Reifen auf Asphalt – Flora Box' schwarzer BMW schlingert auf die U-förmige Auffahrt des Kulturparks, in deren Mitte sich ein Blumenbeet mit einer hohen weißen Fahnenstange befindet.

Kurzerhand nehme ich die Abkürzung durch das Beet und springe in großen Sätzen die kiesbetonierte Treppe hinunter zum Eingang des Kunstgalerieparkplatzes. Aber ich bin zu erschöpft, zu panisch, und ich springe zu hoch und lande zu hart. Beim Aufprall knickt mein Knöchel im Stiefel um, Knochen drehen sich in meiner Haut, und ein stechender Schmerz schießt mir ins linke Schienbein.

Kreischend schneidet der BMW mir den Weg ab. Beinahe donnere ich mit dem Kopf auf die Motorhaube. Doch ich rette mich, indem ich mit dem rechten Fuß abspringe und mein linkes Bein hochreiße, wie es all die olympischen Hürdenläufer tun werden, wenn sie im Jahr 2032 in meine wilde Stadt kommen. Ich lande hart und verbeule Floras glänzende Motorhaube mit zwei schweren Stiefelschritten, bevor ich auf der anderen Seite herunterspringe und mir dabei fast meinen bereits verdrehten Knöchel breche. Hinter mir ertönt das Geräusch einer sich öffnenden und dann zuknallenden Tür. Jemand ist hinter mir her.

Renn. Den schmalen weiß gepflasterten Gehsteig runter und vorbei am turmförmigen Brückenpfeiler der Victoria Bridge. Hinunter zu dem Ort, wo ich Erica verloren habe. Der Ort, an dem der Kinderwagen der kleinen Christina über all die blaugrauen Kieselsteine gerollt und dann in den Fluss gefallen ist. Der überschwemmte Uferweg entlang der State Library und der Gallery of Modern Art wurde von der Polizei abgesperrt. Ich ducke mich unter dem Absperrband hindurch und renne an dem Warnschild vorbei ins Hochwasser, das mir bis zu den Kniekehlen reicht.

Hinter mir höre ich platschende Schritte. Ich werfe einen schnellen Blick über die Schulter. Nathan Rose, der Typ, der Charlie bewusstlos geschlagen hat, rennt keuchend hinter mir her. Er ist nicht in Form, doch seine Wut treibt ihn an. Immer schneller platsche ich durch das Wasser. Vorbei an der Gallery of Modern Art und der Skulptur des umgedrehten Elefanten und der mutigen und mächtigen Wasserratte. *Die Welt dreht sich,* hat Erica gesagt. *Die Welt dreht sich für uns alle*. Ich will, dass sie sich jetzt für mich dreht und das Monster hinter mir auf seinen dicken Metallschädel knallen lässt. Dann will ich, dass die Welt ihn in den Fluss schleudert, wo Erica ihm für den Rest ihres Lebens das Fleisch von den eingefallenen Knochen lutschen kann.

Denk nicht nach. Einfach rennen. Vorbei an vor Anker liegenden Ausflugsbooten, die wie Gummienten unter einem laufenden Wasserhahn gefährlich auf dem Fluss auf und ab hüpfen. Vorbei an Terrassengärten, entworfen nach dem Vorbild der Hängenden Gärten von Babylon. Unter den feuerroten Kronen riesiger Flammenbäume hindurch, die über dem Uferweg hängen und sich hell gegen den grauen Sturmhimmel abzeichnen.

Der Schläger ist immer noch hinter mir her, doch der Abstand zwischen uns vergrößert sich zunehmend. Selbst mit meinem kaputten Knöchel bin ich schneller als er. Er sollte mal weniger Bier trinken und mehr Aldi-Sardinen essen. Scheißschläger. Wie er meinem Freund beinahe nachlässig eine in die Fresse verpasst hat. Kaltblütige Tyrannenechse ohne Luft in den Rippen.

Renn. Renn. Einfach rennen, sage ich mir. Aber so kann ich nicht ewig weitermachen. Ich muss runter vom Weg. Links steigt er zum höher gelegenen Kurilpa Point an. Da muss ich immerhin nicht mehr gegen die Überschwemmung anlaufen. Ich ducke mich unter die Kurilpa Bridge und stolpere an Daisy Gongs inzwischen mit Regen vollgesogenem Klavier vorbei. Unter dem Brückenbogen finden normalerweise mindestens zehn Treibende mit ihren Zelten Zuflucht. Doch heute sind sie auf der Flucht vor dem Hochwasser weitergezogen. Alles, was von ihnen geblieben ist, sind ein paar verlassene Einkaufswagen, ein Halbkreis aus Milchkartons und ein inzwischen vollkommen durchweichtes Brettspiel. Das Spiel des Lebens.

Inzwischen laufen nur noch ich und mein Monster diesen Weg entlang. Ich renne unter der William Jolly Bridge hindurch, unter der Pablo Picasso gern malt. Wo der große Künstler zu mir gesagt hat, ich müsse weinen, um meine Träume zu erreichen. Tja, wenn das alles ist, Mr. Picasso, dann betrachte ich meinen Teil der Abmachung als erfüllt. Denn inzwischen weine ich im Regen. Ich weine vor Schmerz. Ich weine um Charlie. Ich weine, weil ich Danny Collins verletzt habe, den Jungen in der

Villa auf dem Hügel. Ich weine um meine Schwester, die quer durch Australien geflogen ist, nur um mich zu sehen. Ich weine um Erica Finlay im Fluss. Ich weine, weil ich gerade am Schrottplatz hinter dem Schuppen vorbeirenne und nichts lieber täte, als auf diesen Hof zu gehen, die Tür meines Vans aufzuschieben, einzuschlafen und am nächsten Morgen mit einem Kreis Sonnenlicht auf dem Bauch wieder aufzuwachen. Ein Kreis Sonnenlicht für mich allein.

»Bleib stehen«, ruft Nathan Rose hinter mir. »Ich tu dir nicht weh.«

Was für ein Trottel. Er verzweifelt langsam. Würde ich einfach weiterrennen, dann würde ich seinen Kampfgeist brechen, doch leider kann ich das nicht. Hab selbst keinen Kampfgeist mehr übrig. Mein Kopf ist schwer vor rauschendem Blut. Mein Knöchel fühlt sich gar nicht gut an. Selbst jetzt, beim Laufen, schwillt er an und wird zu Beton, was irgendwie passt, weil ich gerade die hohe zum Fluss weisende Mauer des Hanson-Betonwerks passiere. Links am Laternenpfahl, an dem Charlie gern seinen Rausch ausschläft, verlasse ich den Weg.

Das Betonwerk hat heute geschlossen. Die Betonmisch-LKWs der Frühschicht haben ihre Lieferung bereits vor Stunden erledigt. Ich renne am Sicherheitszaun entlang zum vorderen Tor, klemme meinen Fuß zwischen zwei Pfosten, stoße mich vom unteren Geländer ab und überwinde den Zaun mit einer Radschlagbewegung. Bei der Landung muss ich einen Schmerzensschrei unterdrücken, denn sie wird von meinem lädierten linken Knöchel abgefangen. Dann haste ich zur Ladefläche, wo Charlie und ich früher immer mit seinem Skateboard gefahren sind, Brandon Box mit Kreidesteinen

Obszönitäten in den Asphalt geschrieben hat und ich Dinge gezeichnet habe, die es nur in meinem Kopf gab. Wie zum Beispiel Flussmonster.

Ein Monster ist immer noch hinter mir her. Kein gezeichnetes, ein echtes mit einem blonden Ziegenbart, in Jeans und einem blauen Fischmarktpoloshirt. Mein Blick fällt auf die raketenförmigen blauen Silos ganz hinten auf dem Werksgelände. Das Förderband verläuft von ganz oben links runter zum Wasser rechts von mir. Unser Freizeitparkspaß, den wir uns immer so lustig ausgemalt haben.

Ich schlüpfe in eine der Parkbuchten, verstecke mich hinter einer grauen Betonmauer und hole, die Hände in die Knie gestützt, fünfmal tief Luft. Ich hocke genau dort, wo Brandon Box mir als jungem Mädchen die Hände unters T-Shirt geschoben hat. Hier habe ich das Monster in ihm erkannt.

Mein Herz rattert wie ein Kohlenzug, als ich die Mauer entlangschleiche. Ich werfe einen Blick nach hinten zum Sicherheitszaun. Auf der Straße ist nichts zu sehen. Nur das Geräusch von Regen und Wind.

Dann entdecke ich den oberen Teil des Monsterkopfes über dem Sicherheitszaun. Er späht die Hockings Street auf und ab, auf der Suche nach seiner namenlosen Beute. Das Mädchen, das wie vom Erdboden verschluckt ist. Abrakadabra. Simsalabim. Mist, Mist, Mist. Das Monster wendet sich nach links und geht auf das Eingangstor zu. Ich krieche lautlos rückwärts, klettere über ein gelbes Tor und haste in das Herz des Betonwerks.

Mein Blick wandert zu einem Eisendach mit Fenstern rund zwanzig Meter über mir. Eine verschlungene Struktur, bestehend aus aquamarinfarbenen Stahlrahmen, silbernen Treppen und Plattformen sowie grauen Mischtanks und Gießschächten, ragt fast bis zum Dach. Ich erkenne keinerlei Ordnung darin, auf mich wirkt es wie ein Spiel aus Schlangen und Leitern.

Durch die Dachfenster ist lediglich grauer Himmel zu sehen. Regen trommelt auf das Glas. Im Werk ist es stockduster, was mir ganz recht ist, denn so kann ich mich besser vor dem Monster verstecken. Ich bücke mich und krieche durch ein Labyrinth aus Maschinen. Drücke seitlich gegen etwas, was aussieht wie eine Art Schalttafel. Da ertönt ein Geräusch. Metall auf Metall. Das Monster hat offenbar eine Art Stange gefunden, die er nun gegen die Maschinen schlägt und über die Betonmauern hinter mir schleift. Vielleicht zieht er auch etwas über den Boden. Er kommt immer näher, und mir gehen die Fluchtwege aus. Er ist bewaffnet, und ich habe nichts außer einem Rucksack voller Zeichnungen. Vor meinem inneren Auge zeichne ich diesen Moment. *Mädchen ohne Möglichkeiten. Mädchen ohne Ausweg im Betonwerk.*

Ich umrunde scharf links einen weiteren Mischtank und lande neben vier großen Behältern vor einer Betonmauer. Eine Sackgasse. Zwei der Behälter sind mit grauschwarzen Steinen und die anderen mit feinem gelbem Sand gefüllt.

Wieder ertönt ein metallischer Knall hinter mir. Und die Stimme des Monsters. »Mach's dir nicht noch schwerer, als du es ohnehin schon hast«, ruft Nathan Rose. »Flo will nur mit dir reden.«

Zwischen dem letzten Behälter und der Betonmauer entdecke ich einen schmalen Spalt, gerade groß genug für mich. Ich krieche hinein, nehme den Rucksack ab und ducke mich. Mir schlägt das Herz bis zum Hals. Mit angehaltenem Atem öffne ich den Reißverschluss meines Rucksacks. Langsam, um ja keinen Laut von mir zu geben. Ziehe meine Zeichnungen heraus. Fünfundzwanzig meiner besten. Die, die ich dem Zulassungsbeauftragten am Queensland College of Art zeigen wollte. Damals, in einer anderen Zeit. In einer anderen Welt. Ein anderes Mädchen. Ich lasse die Zeichnungen zu Boden segeln.

Das Knallen wird lauter. »So langsam pisst du mich echt an, kleine Schlampe«, wütet das Monster. »Ich schwör's, wenn ich das nächste Mal aushole, zertrümmer ich dir mit dieser Stange den Schädel.«

Ich stehe auf, halte den Rucksack vor meine Brust und fange an, ihn mit grauschwarzen Steinen zu befüllen.

»Da kommst du nicht mehr raus«, ruft das Monster triumphierend. »Du sitzt in der Falle, kleine Ratte.«

Steine bedecken meine Habseligkeiten und die Geldbündel. Handvoll um Handvoll um Handvoll schaufele ich hinein. Bald wiegt der Rucksack schwer in meiner Hand. Leise trete ich nach links und kröne das Ganze mit ein paar Händen Sand. Eine Ladung und noch eine und noch eine. Der feuchte Sand vermischt sich mit den Steinen, und ich habe das Gefühl, eine Bowlingkugel mit mir herumzutragen. Zufrieden ziehe ich den Reißverschluss zu, bewaffne mich mit einer weiteren Handvoll Sand und schlüpfe wieder in mein Versteck zwischen Behälter und Betonmauer.

Dort lauere ich in gebückter Haltung. Außer Sichtweite. Bleib hier. Mach dich klein. Gib ja keinen Laut von dir. Ich packe den Sand so fest, dass meine Finger schmerzen. Langsame Atemzüge, durch die Nase ein und durch die Nase aus. Den Mund traue ich mich nicht aufzumachen. Dann höre ich leise Schritte auf dem Betonboden. Gummisohlen. Die Stange in der Monsterhand kratzt über Metall, als er sich durch den Spalt in meine Sackgasse quetscht. Ich höre seine Schuhe über meine Lieblingszeichnungen rascheln und wie die Sohlen innehalten, als er meine kostbaren Werke vom Betonboden aufhebt.

Vorsichtig beuge ich mich in meinem schmalen Versteck vor. Gebannt steht Nathan Rose mit einer Eisenstange unter den linken Arm geklemmt mit gesenktem Kopf da. Er betrachtet etwas. Es ist die Zeichnung, die ich *Der Tyrannosaurustanz* genannt habe. Ich habe sie auf Grundlage der Geschichten gezeichnet, die Erica mir über die Küche erzählt hat, in der sie mit meinem Vater tanzen musste. Nathan scheint völlig versunken. Jetzt oder nie. Sei mutig. Ohne Rücksicht auf Verluste. Ich muss mich für das Wagnis entscheiden. Welch eine unglaubliche Geschichte, die E. P. Buckle im Jahr 2100 bei seiner Met-Führung erzählen kann. Umso unglaublicher, sollte ich sie tatsächlich überleben.

Jetzt. Tu es jetzt. Sei mutig. Jetzt.

Schreiend stürze ich aus meinem engen Versteck direkt auf das Monster zu. Mein Angriff trifft ihn unvorbereitet, und er braucht einen Moment, um zu realisieren, was gerade passiert. Erst dann lässt er die Zeichnung fallen und packt seine Stange. Doch ich bin ganz Lied und Tanz, Verwirrung und Ablenkung. Laut schreiend schleudere ich ihm eine Handvoll Sand ins Gesicht, und er lässt die Stange fallen, um seine Augen zu schützen. Diesen Moment nutze ich, um ihm den schweren Rucksack mit dem Sand-Stein-Gemisch und dem kalten, harten Drogengeld direkt ins Gesicht zu schwingen.

Krachend trifft er auf Nathans Nase. Blut strömt aus seinen Nasenlöchern, und er landet auf dem Hintern, die rechte Hand auf meiner Zeichnung mit dem Titel *Mädchen mit kalten Potato Scallops* abgestützt.

Bloß weg hier. Im Lauf wage ich einen Blick über die Schulter und sehe, wie Flos Schläger sich das Blut vom Gesicht wischt und wütend aufheult, als er auf seine rechte, rote Handfläche hinuntersieht. Ich zwänge mich an einem großen Betonmischtank und einer Schaltfläche vorbei und schlängele mich zwischen mehreren Metallkisten und Maschinen mit Zinken, Schaufeln und Trichtern hindurch. Schließlich komme ich in den Bereich, der zu den LKW-Ladebuchten führt, doch die Tyrannenechse hat mir mit einem umgeworfenen Metallschaltkasten von der Größe eines Kühlschranks den Weg versperrt. Verzweifelt werfe ich mich mit vollem Gewicht dagegen, doch ich könnte ihn niemals bewegen, selbst wenn ich noch Kraft in Armen und Beinen übrig hätte.

Als ich mich umdrehe, sehe ich, wie das Monster den Durchgang betritt, den ich gerade entlanggelaufen bin. Mit seinem blutüberströmten Gesicht sieht er aus wie ein rasender Kannibalenkrieger von einem uralten Kult, der sich für die bevorstehende Jagd mit Blut eingerieben hat.

Mein Blick fällt auf das Metallsammelsurium, das sich fast bis zum Dach des Gebäudes stapelt. Mein einziger Ausweg führt nach oben. Ich stürze zurück in die Mitte des Durchgangs und ziehe mich auf den Rand des Mischtanks. Er ist gerade breit genug, um darauf zu balancieren. Flos Schläger packt ebenfalls den Rand des Mischtanks und beginnt sich hochzuziehen. Ich gebe mein Bestes, ruhig weiterzubalancieren, die Arme ausgestreckt wie eine Turnerin. Wenn ich ausrutsche, falle ich in die dunkle Mitte eines kegelförmigen Tanks, der mich an einem unbekannten dunklen Ort ausspuckt.

Nachdem ich im Halbkreis einmal um den Rand balanciert bin, lehne ich mich beinahe einen halben Meter ins Leere und packe einen der Querstreben der Metallstruktur. Dann schwinge ich den rechten Fuß auf eine der X-förmigen Kreuzverstrebungen. Vorsichtig wie eine Einbrecherkatze, die ein Gartenspalier erklimmt, klettere ich weiter. Schon bald bin ich fünf Meter nach oben und fünf Meter zur Seite geklettert. Von hier aus kann ich ein Bein in die Luft strecken und bekomme so gerade einen Fuß auf die Ecke einer stählernen Plattform, die Teil einer Metalltreppe ist. Wahrscheinlich benutzen die Werksarbeiter sie, um zum Förderband rund zehn Meter über meinem Kopf zu gelangen.

Ich werfe einen Blick nach unten. Unermüdlich arbeitet Nathan sich die Metallstruktur nach oben. Er ist stärker und wütender als ich und klettert schneller. Ich strecke die linke Hand aus, packe die obere Stange des Sicherheitsgeländers der Plattform, ziehe mich ungelenk hinauf und lande auf dem Rücken. Dort schnappe ich mit flachen Atemzügen nach Luft. Über mir gähnt der Eingang zum Förderband. Mein einziger Fluchtweg.

Während mein Verfolger mir über das Gestänge hinterherklettert, arbeite ich mich immer weiter hoch. Die Treppe ist so steil, dass sie sich eher anfühlt wie eine Leiter. Ich muss die Knie weit hochziehen, und meine Beine brennen mit jedem Schritt mehr. Ganze drei Treppen sind es bis zum Förderband. Als ich es endlich erreiche, sehe ich, dass der Schacht von einer verschlossenen Sicherheitstür abgeriegelt ist.

Flos Schläger holt auf, er erklimmt schon die zweite Treppe. Mir bleibt keine Zeit für große Überlegungen. Jetzt ist es an der Zeit, mutig und ohne Rücksicht auf Verluste zu handeln. Zeit, die Geschichte so zu erzählen, wie ich sie erzählen will. Zeit, lebend wieder aus der Geschichte rauszukommen. In die Wand des Gebäudes ist ein großer Freiraum für das Förderband eingelassen, sodass man auf das gebogene Wellblechschutzdach klettern kann. Draußen regnet es nach wie vor in Strömen, und das Regenwasser läuft in kleinen Bächen die Rinnen des Wellblechs hinunter. Ich sehe Brandon Box vor mir, wie er vor all diesen Jahren ganz oben auf dem Förderbandtunnel stand. Damals dachte ich, er sei verrückt geworden. Nicht ganz richtig im Kopf. Jetzt bin auch ich offenbar nicht mehr ganz richtig im Kopf, denn ich umfasse den Rand des Förderbandtunnels mit beiden Händen und ziehe mich erst auf die Brust und dann bäuchlings hinauf, schwinge das rechte Bein hoch und ziehe vorsichtig auch den linken Fuß nach. Mit angewinkelten Beinen stehe ich auf dem höchsten Punkt des schlauchförmigen Daches wie ein Surfer, der verzweifelt um sein Gleichgewicht kämpft. Als ich einen Blick nach unten wage, schwirrt mir der Kopf. Der Boden muss gut fünfzehn Meter entfernt sein.

Rechter Fuß. Ein Schritt nach unten. Linker Fuß. Noch ein Schritt nach unten. Ein Schritt und noch einer. Doch dann fährt plötzlich ein Schauder durch meine Zehen. Ein Kitzeln ausgelöst durch Angst und eine unbestimmte Ahnung. In mir knistert ein elektrisches Feld, das von einem Ort jenseits meines logischen Verständnisses herrührt. Es handelt sich um eine Warnung. Eine Prophezeiung, wie die, von denen Esther berichtet. Wir alle können ein bisschen in die Zukunft sehen. Und in diesem Moment sehe ich vor meinem inneren Auge, wie ich vom Dach rutsche und mein Gehirn sich überall auf dem Asphalt verteilt.

Da kommt mir in den Sinn, wie Brandon Box es damals zurück auf den Boden geschafft hat: Ich pflanze meinen Hintern fest auf das regennasse Wellblech, strecke die Beine aus und robbe mit den Füßen nach vorn. Langsame, wohlüberlegte Bewegungen. Keine ruckartigen Stöße. Wenn ich mein Gleichgewicht wiederfinden muss, breite ich die Beine rittlings aus, wie auf einem Pferdesattel. Schon bald habe ich ein Drittel des Weges geschafft und stelle zufrieden fest, dass ich nur noch zehn Meter vom sicheren Tod entfernt bin.

Hinter mir ertönt der Klang von Stiefeln auf dem Wellblech. Flos blutverschmierter Schläger hat sich ebenfalls auf das Dach geschwungen. Ich klammere mich mit den Beinen fest und werfe langsam einen Blick über die Schulter. Geduckt und zu einer Seite gelehnt, bewegt er sich auf mich zu. Als liefe er auf einem Surfboard. Mutiger als ich. Er will schneller sein. Und er holt auf.

»Du hast nicht auf mich gehört, miese kleine Ratte«, sagt er zwischen schleichenden Schritten. »Hättest du mal besser auf mich gehört.«

Ich wende den Blick wieder nach vorn und ziehe meinen wunden Hintern weiter, so schnell ich kann.

Doch seine Schritte kommen unaufhaltsam näher. *Stapf. Stapf. Stapf.* »Das ist das Problem mit den jungen Leuten von heute«, sagt er. *Stapf. Stapf. Stapf.* Jetzt ist er direkt hinter mir. »Die hören nie auf ihre …«

Und dann höre ich nur noch das Quietschen rutschender Gummisohlen auf Metall und ein Geräusch, als hätte man eine Wassermelone aus zehn Meter Höhe auf den Asphalt fallen lassen. Ich werfe einen Blick nach unten, und was ich sehe, verwandelt sich sofort in ein Kunstwerk. Eine Zeichnung in meinem Kopf. Stift und Tusche auf Papier. *Toter Schläger mit zerplatztem Wassermelonenkopf.*

Zittrig und schwindelig rutsche ich langsam, aber sicher zum Ende des Förderbandtunnels nach unten, klettere runter und laufe über die Verladebucht zu drei alten Lastwagen, die aussehen, als wären sie seit einem Jahrzehnt nicht mehr bewegt worden. Ich lasse mich auf den Bauch fallen und robbe wie ein Soldat beim Training unter den mittleren Laster. Kollabiere auf dem Boden, strecke die Arme in alle Richtungen und schnappe nach Luft. Hier ist es trocken und sicher, und alles, was ich will, ist schlafen. Alles, was ich will, ist träumen. Alles, was ich will, ist weinen. Ich will mit Pablo Picasso malen. Ich will meine Gemälde im Met sehen. Ich lege eine Wange auf den Asphalt. Klebrig und warm. Ich atme. Ich schließe die Augen. Ich träume.

Jemand ruft meinen Namen. Es ist meine Schwester. Aus dem Starbucks unten im Myer Centre schreit sie meinen Namen. Ich stehe davor und sehe sie an, kann aber nicht verstehen, welchen Namen ihre Lippen formen. »Ich kann dich nicht hören«, sage ich.

Da sagt meine Schwester lautlos ein Wort, und diesmal weiß ich, welches es ist, weil ich es von ihren Lippen ablesen kann: »Libellenstich.«

Und ich antworte ihr: »Libellenstich.«

Sie tippt sich ans linke Ohr. »Kannst du mich hören?«, fragt sie. »Kannst du mich hören?«

Dann füllt sich der gesamte Coffeeshop mit einem Tsunami aus Flusswasser. Fische schwimmen an meiner treibenden Schwester vorbei, und es gibt gewöhnliche Haushaltsgegenstände, die eigentlich nicht in diesen Traum gehören. Ein Staubsauger. Eine orange Nachttischlampe. Ein Kinderspielzeugklavier. Der alte Fernseher, auf dem Erica Finlay und ich die Dokumentation über Pablo Picasso gesehen haben, als ich zwölf war.

Wieder presst meine Schwester die Nase gegen die Scheibe. Sie schreit etwas, doch aus ihrem Mund kommen nur Blasen.

Ich öffne die Augen. In der echten Welt ist es Abend geworden.

»Hörst du mich?«

Eine Männerstimme. Tief, durchdringend, laut und wütend. Von meinem Versteck unter dem LKW aus sehe ich, wie der Regen nach wie vor auf den Verladehof fällt. Im orangen Licht der Werkslaternen tanzen Regentropfen.

Szenen meines Tages jagen an mir vorbei. Ein Mädchen fährt von Danny Collins weg. Ein Mädchen rennt von seiner Schwester weg, die es noch nie getroffen hat. Ein Mädchen überlässt seinen besten Freund den Schlägertypen. Ein Mädchen entkommt dem Mann, der vom Förderband fiel. Dieses Mädchen ist zum Wegrennen geboren.

»Hörst du mich?«

Das ist Ephraim Wall. Seine Stimme kommt von der Straße hinter dem Haupteingang zum Betonwerk. »Komm jetzt raus, und ich lass ihn in Ruhe!«

Einen Moment lang herrscht Schweigen. Nur der Regen fällt. Schwächer als zuvor. Vielleicht hat das Hochwasser inzwischen seinen Höhepunkt erreicht. Dennoch fühlt sich die Stadt nach wie vor verlassen an. Etwas Totes hängt über ihr. Als wären alle Bewohner des West End in höher gelegene Stadtteile geflüchtet. Vielleicht stimmt das auch. Vielleicht sind alle in ihre Autos gestiegen und nach Hamilton Hill, Wavell Heights, Jamboree Heights oder Wellers Hill gefahren. Vielleicht gibt es im ganzen West End nur noch Ephraim Wall und mich. Doch dann höre ich das dumpfe Geräusch einer Faust, die auf Fleisch und Knochen trifft, und das Aufheulen meines besten Freundes Charlie Mould. Und da weiß ich, dass noch jemand nicht ohne mich gegangen ist.

»Hörst du das?«, ruft Ephraim. »Ich weiß nicht, wie viel der Kleine noch aushält!«

Ich lasse den Rucksack von meiner Schulter gleiten und klemme ihn über die verrostete und seit Langem im Dornröschenschlaf schlummernde Antriebswelle des Lasters. Mein Leben kann Ephraim meinetwegen haben, aber nicht mein Drogengeld. Dann krieche ich unter dem LKW hervor und husche gebückt zu einem Stapel weißer Mauerblöcke, die auf einer Palette unter einem breiten, cremefarbenen Wassertank liegen. Ich schleiche um die Ecke und verstecke mich hinter einem großen Stein, auf dem eine bronzene Gedenktafel an die Sanierung des Werkes erinnert.

Ephraim steht völlig durchnässt mitten auf der Hockings Street unter einer Straßenlaterne. Hinter ihm erkenne ich, dass der Brisbane River im Laufe des Tages über die Ufer getreten ist und einen Großteil des Riverside Drive geschluckt hat. Wo zuvor eine Straße mit den parkenden Autos von Spaziergängern, Ruderern und Marktverkäufern war, erstreckt sich nun ein See aus Hochwasser, teilweise erleuchtet von der bernsteinfarbenen Straßenlaterne. Zu Ephraims Füßen liegt Charlie flach auf dem Rücken. Sein Gesicht ist geschwollen. Altes, getrocknetes Blut verteilt sich unter der Nase und quer über Mund und Kinn.

»So langsam verliere ich meine Scheißgeduld«, ruft Ephraim, während er seinen rechten Stiefel brutal in Charlies Rippen versenkt.

Das erneute Aufheulen meines Freundes bringt mich zum Weinen und treibt mich hinter dem Gedenkstein hervor. »Hör auf!«, schreie ich. »Lass ihn in Ruhe.«

Ephraims Kopf fährt herum.

»Ich komme raus. Lass meinen Freund in Ruhe.« Ich laufe quer über den Verladehof und ziehe mich über den Sicherheitszaun. Als mein linker Knöchel in dem mit Rindenmulch bedeckten Beet davor aufkommt, unterdrücke ich einen Aufschrei.

Während ich in die Mitte der leeren Straße humpele, lässt Ephraim mich nicht aus den Augen. Verausgabt, kaputt, schmutzig und müde. Ich sehe mich nach allen Seiten um. Kein Mensch zu sehen. Keine Autos. Nur der Regen, Ephraim und mein Freund rücklings auf der Straße.

»Hast du's jetzt endlich mal?«, fragt Ephraim kopfschüttelnd.

Als ich mich Charlie nähere, beschleunige ich meine Schritte. Weinend knie ich neben ihm nieder. »Es tut mir so leid.« Mit dem Regenwasser auf seiner Stirn versuche ich, ihm das Blut vom Gesicht zu wischen, verteile es jedoch nur noch mehr auf Wangen und Kinn. »Es tut mir so leid«, flüstere ich wieder. Ich nehme seine Hand und drücke sie fest an meine Brust. Er zittert am ganzen Leib, und ich will, dass er aufhört. Etwas pulsiert durch seinen Körper, das spüre ich. Er kann nur mit Mühe die Augen offen halten.

»Auf geht's«, befiehlt Ephraim.

»Wir können ihn nicht einfach hier liegen lassen«, protestiere ich unter Tränen.

Ephraim tritt einen Schritt zurück und schlägt die Jacke auf, um die Pistole aus seinem Gürtel zu ziehen. Er lädt sie und zielt mit dem Lauf auf meinen Kopf. »Steh auf und beweg dich. Sonst lass ich euch beide hier liegen.«

Tränenüberströmt lege ich Charlies Hand auf meine Stirn und reibe sie dann über meine Wange. »Ich muss gehen, Charlie«, schluchze ich. »Es tut mir leid.«

Charlie kann nur noch mit einer schwachen Geste antworten.

Langsam erhebe ich mich. Schwindelig vor Gefühlsaufwallungen, meiner erschöpfenden Flucht und meiner Angst vor dem Mann, der mit einer Waffe auf mein Gesicht zielt. Als ich schließlich genug Mut gesammelt habe, um ihn anzusehen, entdecke ich hinter seiner Schulter eine Figur. Ein kurzer Schrecken durchfährt mich. Ein Umriss. Ein Schatten. Immer deutlicher zeichnet er sich ab. Ein Mann in Kapuzenpullover taucht zwischen den Büschen auf.

»Los, lauf«, befiehlt Ephraim.

Doch ich tue, als wäre ich erschöpfter, als ich bin. Verausgabter. Erstarrter. Ich täusche vor, den Mann nicht zu sehen, der gerade die Straße überquert. Diesen fremden, Furcht einflößenden Mann mit der tief ins Gesicht gezogenen Kapuze und einem Cricketschläger in der rechten Hand.

Er hebt den linken Zeigefinger an die Lippen. Das ist an mich gerichtet. *Sei still. Kein Wort.* Lass der Geschichte einfach ihren Lauf. Lass sie später alles darüber an den Mauern des Metropolitan Museum of Art lesen. Die unglaubliche Reise, die die größte Künstlerin hervorgebracht hat, die die Welt je gesehen hat.

»Los, beweg dich!«, faucht Ephraim.

Doch ich schüttele den Kopf. »Nein.«

Angesichts dieses einfachen, perfekten Wortes weiten sich seine Augen vor Staunen. Es ist das letzte Wort, das Ephraim Wall hört, bevor ein Cricketschläger ihm die rechte Hälfte des Schädels zertrümmert. Er ist sofort außer Gefecht. Die Waffe fällt ihm aus der schlaffen Hand, als er mit dem Gesicht voran auf dem Asphalt aufkommt.

Der Kapuzenmann steht über seiner Leiche. Blut rinnt aus Ephraims rechtem Ohr.

Der Kapuzenmann dreht sich zu mir um. Neigt den Kopf, als würde er mich analysieren und sich fragen, wie ich wohl in diese Situation gekommen bin. Leichter Regen fällt auf uns nieder.

Dann schiebt er den Cricketschläger in eine Art Halterung hinter seinem Rücken. Unwirklich sieht er aus, wie er dort im Regen steht. Unmenschlich. Nicht von dieser Welt. Eine ganze Zeit lang betrachtet er mich und Charlie. Dann hält er die geöffnete rechte Hand in den Regen. Tropfen benetzen seine Handfläche.

»Ich spüre es«, sagt er. »Spürst du es auch?«

Ich strecke ebenfalls meine Handfläche aus. »Ja, ich spüre es auch. Ich habe es immer gespürt.«

Er nickt zustimmend, als würde ihm das alles hier vollkommen einleuchten. Dann beugt er sich nach unten, steckt die Waffe ein, packt Ephraim Wall bei den Knöcheln und schleift ihn grob mit dem Gesicht über den Asphalt in die gähnende Dunkelheit jenseits der Feigenbäume.

Eine Minute lang stehe ich schweigend da und erwarte halb, dass er noch einmal auftaucht. Doch nichts passiert. Nichts als Dunkelheit und das Tosen des aufgewühlten Flusses.

Jetzt gibt es nur noch Charlie und mich auf der Straße. Ich knie neben ihm nieder. Seine Augen sind geschlossen. Sie sehen aus wie die frischen Rote-Bete-Knollen, die Ros früher auf dem Schrottplatz geerntet hat. Sein restliches Gesicht sieht aus wie ein Stück rotes Sandpapier, das zwei Stunden lang an einem Stein geschliffen wurde. Entweder er schläft, oder er ist bewusstlos.

Ich habe das unzählige Male gemacht. Meinen Freund Charlie an einem Ort aufgeweckt, an dem er nicht liegen sollte. »Ey, Charlie«, sage ich und stupse ihm beide Hände in die Rippen. »Wach auf, Charlie, wir müssen los.«

Ich gebe ihm einen Klaps auf den Oberschenkel. Stupse ihn erneut an. »Charlie, wach auf! Wir müssen weiter!« Noch ein weiterer Stoß in die Rippen, und er schlägt die Augen auf. Erleichtert schnappe ich nach Luft.

»Sind wir im Himmel?«, fragt er.

»Ja, Charlie«, stöhne ich erschöpft. »Im Scheiß-West-End in Brisbane.« Ich greife nach seiner Hand. »Und jetzt steh auf, du Nichtsnutz. Wir müssen schleunigst von hier verschwinden.«

Als ich versuche, ihn über meine Schulter hochzuhieven, fällt er beinahe hin. Doch er schafft es mit letzter Kraft, mir einen Arm um den Hals zu legen.

»Ich seh überhaupt nichts«, stellt er fest.

Langsam führe ich Charlie auf den überschwemmten Fluss zu. Das ist der schnellste Weg. Außerdem sind wir dort außer Sicht. Wie verwundete Soldaten auf dem Schlachtfeld stolpern wir weiter. In der Queensland Gallery of Art habe ich Ölgemälde von australischen Kriegsgefangenen gesehen, die einander halb nackt, blutüberströmt und mit Binden um den Kopf helfen, Hügel im Dschungel hochzukriechen. Genauso bewegen wir uns voran. Verwundet, erschöpft und gebrochen.

»Wohin gehen wir?«, flüstert Charlie.

»Zurück nach Oz«, erwidere ich.

Ich erklimme den höher gelegenen Teil des grasbewachsenen Flussufers hinter dem Betonwerk. Wasser schwappt um meine Füße, doch es gibt noch genug trockene Bereiche, um nach Hause zu laufen.

»Wenn dieser Hügel nicht unter Wasser steht, dann tut es der Schrottplatz auch nicht«, stelle ich fest. »Da können wir uns heute Nacht ausruhen.«

»Und dann?«, murmelt Charlie.

»Dann rennen wir weg. Mit dem ersten Tageslicht. Immer nach Norden.«

»Wie weit nach Norden?«, fragt Charlie.

»So weit nach Norden, wie du Lust hast, Charlie«, gebe ich zurück.

»Wir könnten ganz bis zur Spitze von Queensland.«

»Wir könnten ganz bis zur Spitze der Welt, Charlie«, sage ich.

»Wo ist die Spitze der Welt?«

»Wo auch immer wir uns gerade befinden, Charlie.«

Entlang des Riverside Drive funktionieren die Straßenlaternen nicht, und ich sehe nichts als schwarze Dunkelheit. Der Regen lässt weiter nach, und der Mond versucht seinen hübschen Kopf über all die dunklen Wolken zu schieben. Dennoch kann ich nicht weiter als einen Meter sehen. Charlie stützt sich auf meiner linken Schulter ab, und ich halte meinen Arm ausgestreckt, um die rostigen Maschendrahtzäune von all den Industrieanlagen entlang des Riverside Drive nicht zu verlieren. Sie führen uns nach Hause. Wir stolpern über Feigenbaumwurzeln und platschen durch niedriger gelegene Uferbereiche. Mit ihren schemenhaften Umrissen sehen die überfluteten Uferbäume aus wie Monster: wild gekrümmte Arme und furchterregende Klauen. Die Baumkronen der Mangroven, die aus dem Fluss ragen, erinnern an die Finnen riesiger schrecklicher Seeungeheuer.

»Wir sind fast da, Charlie«, rede ich ihm gut zu. »Gleich sind wir zu Hause.«

Doch dann entdecke ich vor uns in der Dunkelheit einen Lichtkegel. Er kommt aus der Richtung, wo ich den Schrottplatzzaun vermute. Ein schwebender Lichtkreis nur für mich. Ein reinweißer Klecks, der ziellos im Schwarz herumdümpelt.

»Was ist das?«, fragt Charlie.

»Eine Taschenlampe«, gebe ich zurück.

Der Lichtkegel der Taschenlampe wird immer größer. Er kommt näher, und wir stolpern darauf zu. Bald kann ich dahinter eine schwarze Figur erkennen.

Ungefähr zehn Meter vor uns verharrt der Lichtkegel auf einem Fleck.

»Hallo«, sage ich.

Keine Antwort.

»Hallo«, versuche ich es erneut. »Bist du das, Ros?«

Kein Laut, nur das leise schwappende Flusswasser zu unseren Füßen. Und ich sehe nichts als Finsternis und darin den Lichtkreis. Doch dann zerreißt ein Schuss die Nacht, und ich spüre, wie Charlie mit vollem Gewicht auf meiner linken Schulter zusammensackt. Seine Beine knicken neben mir weg, und im Schein der Taschenlampe sehe ich, wie ein roter Blutball vorn aus seinem weißen T-Shirt sprudelt.

»Charlie!«, schreie ich.

Jetzt weiß ich, wer die Taschenlampe hält. Ich erkenne die Umrisse des Monsters in der Dunkelheit. Dunkelheit aus dem Licht, das ich drum herum lege.

»Charlie«, flüstere ich und sacke neben meinem Freund auf dem Boden zusammen. Er krümmt sich zu einem Ball, und ich werfe mich vor seinen Körper, um ihn vor weiteren Schüssen zu schützen. Klein und warm fühlt er sich in meiner Umarmung an. »Charlie«, flüstere ich unter einem Tränenstrom, der sich über meine Wimpern ergießt, genau wie das Hochwasser sich über die Ufer dieses schlammigen Flusses ergossen hat. Ich halte ihn so fest ich kann. Schlinge Arme und Beine um ihn und drücke ihn, weil ich das Blut in seinem Körper halten will. All das Blut, das aus seiner Brust fließt. Er beginnt unkontrolliert zu zucken, und ich drücke ihn noch fester und presse meine Wange gegen seine. »Es tut mir leid, Charlie, es tut mir so leid.«

Obwohl er sich nicht mehr bewegt, halte ich ihn weiter fest und weine über ihm. Wiege seinen Körper vor und zurück. »Charlie«, flüstere ich ihm ins Ohr. »Charlie. Charlie. Libellenstich, Charlie. Libellenstich.«

Aus der Dunkelheit hinter mir ertönt eine Stimme. »Du hast mein Baby umgebracht.« Flora Box.

Da packt mich eine unbändige Wut. Ich löse mich von meinem leblosen Freund. Stehe auf und starre direkt in das Licht der Taschenlampe. Stark und mutig stelle ich mich einer Frau entgegen, die ich nicht sehen kann.

»Dein Baby war ein Monster«, sage ich und mache einen Schritt nach vorn. »Du hast ihn zu einem Monster erzogen. Du hast ein Monster aus ihm gemacht.«

Noch ein Schritt nach vorn. »Du hast ihn glauben lassen, er kann tun, was er will. Dass er mit allem davonkommt. Selbst damit, mich zu erwürgen.«

Noch ein Schritt. »Dein Baby hat versucht, mich umzubringen.«

Noch einer. »Dein Baby hatte es verdient zu sterben.«

Wieder zerreißt ein Schuss die Stille. Er lässt mich innehalten, doch mein Atem geht noch ruhig und gleichmäßig. Zu meiner Überraschung wurde ich nicht getroffen.

Ich mache einen weiteren Schritt auf sie zu, und Flora feuert einen weiteren Schuss ab. Wieder lässt er mich innehalten, doch meine Gedanken unterbricht er nicht. Wieder daneben.

Noch ein Schritt. »Siehst du, Flo. Du kannst mich nicht treffen.«

Und noch einer. »Du kannst mich nicht treffen, weil du mich nicht sehen kannst.«

Sie schießt erneut.

»Ich besitze die Macht der Unsichtbarkeit.« Dann balle ich die Fäuste und lasse die Wut durch mich hindurchwallen wie Stromstöße, die von meinen Zehen zu meinen Knien pulsieren und meine Beine heben. Sie werden weitergeleitet zu meinem Herzen, das mit Mut befeuert wird, und zu meiner Erinnerung, die mein Schicksal befeuert.

»Ich bin niemand«, sage ich und gehe noch weiter auf sie zu. »Ich existiere noch nicht einmal.«

Ein weiterer Schritt. »Ich bin unsichtbar.«

Dann sprinte ich los, geradewegs auf das Licht der Taschenlampe zu. Noch ein Schuss fällt, doch ich höre nicht auf zu rennen. Ein wilder Schrei ballt sich in meinem Bauch, blüht in meiner Kehle, und ich brülle das Licht an, Spucke, Schweiß, Schnodder, Tränen und Dreck auf meinem Tiergesicht. Jetzt bin ich das Monster. Jetzt bin ich die Tyrannenechse. Und jetzt ist es an Lady Flora Box, mit mir zu tanzen.

In dem Moment, als ich mich wie ein tollwütiger Werwolf auf das Licht stürze, löst sich ein weiterer Schuss. Ein stechender Schmerz fährt mir in die Seite. Ein Schmerz, wie ich ihn noch nie zuvor gespürt habe. Irgendwas ist gerade durch mein Fleisch gedrungen. Doch mein Gehirn lässt mich nicht innehalten, weil ich nur daran denken kann, meine Hände auf ihr Fleisch zu bekommen, meine Arme um ihren Körper. Ich ramme meine Schulter in ihren Bauch und stemme ihren ganzen schweren Körper in die Luft. Dann schiebe ich sie immer weiter in Richtung des aufgestauten Flusses, der mich seit meiner Geburt erwartet.

»Neeeeeein«, heult Flora. »Neeeeein.«

Immer weiter schiebe ich sie. Inzwischen reicht mir das Flusswasser bis zu den Knöcheln. Dann bis zu den Kniekehlen. Nun spüre ich die Steinkante des Flussufers unter meinen Füßen und stoße uns beide in die willkommene Umarmung des sommerwarmen Flusses.

Hier unten herrscht absolute Finsternis. Stromschnellen werfen uns herum. Flo packt den Kragen meines T-Shirts. Dann wandern ihre Hände zu meiner Kehle. Sie will mich erwürgen, genau wie ihr Sohn. Während ich sie an den Handgelenken packe und versuche, ihre Hände wegzuzerren, schlucke ich jede Menge Flusswasser. Ich trete ihr gegen Schienbeine und Rippen, doch sie lässt nicht locker.

Ich muss atmen. Ich brauche Luft, denn ich will leben. Ich will weiterhin Dinge wahrnehmen. Ich will Dinge sehen. Ich will Dinge zeichnen.

Wir werden gegen etwas Hartes getrieben. Die Seite eines Bootes oder einer Anlegestelle oder ein Teil eines Stegs, der von der Flut mitgerissen wurde und sich an den Mangrovenwurzeln am Ufer und am Grund des Flusses verhakt hat. Flo lockert ihren Griff an meinem Kragen, umklammert stattdessen verzweifelt den rechten Ärmel meines T-Shirts. Ich reiße den Kopf zurück und versuche an die Oberfläche zu gelangen, doch sie zieht mich hinunter. Da erkenne ich, dass sie sich nicht im Wasser bewegt, weil sie an etwas feststeckt. Sie ist eingeklemmt. Ich bin ihre einzige Rettung.

Der Fluss hat sie gepackt. Der Fluss will sie behalten. Und ich erkenne, dass er nur sie will. Mich nicht. Ihr wird bald die Luft ausgehen. Bald bin ich frei. Also beruhige ich mich und spare mir den Atem. Ein Burpengary. Zwei Burpengary. Drei Burpengary. Mein bisheriger Tauchrekord sind zwei Minuten und sechzehn Sekunden. Ich schätze mal, dass mir noch maximal dreißig Sekunden bleiben. Ich stelle mir vor, ich wäre ein Lungenfisch. Ein Wunderwesen, ein verlorenes Teil des großen Evolutionspuzzles. Die große fehlende Verbindung zwischen Menschen und Amphibien.

Noch immer hält Flo mich in wilder Verzweiflung am T-Shirt gepackt und zieht mich nach unten. Da wird das Wasser plötzlich von Lichtstrahlen durchzogen. Dort oben in der echten Welt muss der Regen aufgehört haben. Der Mond ist aufgegangen. Vielleicht ein Vollmond. Ein voller M&M-Schokoladenmond für ein Werwolfmonster wie mich. Ich blicke nach oben und erkenne, dass ich gar nicht weit weg bin von der Wasseroberfläche. Nicht weit weg von der Luft. Die Lichtstrahlen wandern spielerisch über meine Schultern, meinen Arm und über Flos Faust und dann über ihr Gesicht. Das Licht entsteht aus der Dunkelheit, die wir drum herum legen.

Zeichne diesen Moment. Zeichne dieses verblüffte, leidgeprüfte Gesicht. Seine Farbe. Zombiegrün. Die Farbe, in der Picasso seinen toten Freund Casagemas gemalt hat. Im fahlen Mondlicht sieht sie aus wie ein Ölgemälde. Risse im Gesicht. Falten und die Erkenntnis ihres Scheiterns. Flo hat verloren. Und im selben Moment, als ich erkenne, wie alt sie eigentlich ist, erkenne ich, dass sie tot ist. Zeichne, wie ihre Finger von meinem T-Shirt abfallen. Zeichne mich selbst hier unten. Zeichne die Künstlerin, wie sie heftig mit den Beinen strampelt und an die Wasseroberfläche steigt. Zeichne all dieses Leben. Zeichne das Wunder des Atmens. Fürs Erste wird die Künstlerin leben. Die Künstlerin wird atmen. In diesem Moment ist bloß eines sicher: Atem. Nur Atem. Ich breche durch die Wasseroberfläche und reiße den Mund auf, als wollte ich eine ganze Orange schlucken, doch alles, was ich aufsauge, ist Luft. Tiefe, verzweifelte Atemzüge.

Die Strömung zieht mich in die Mitte des Flusses. Auch wenn der Regen aufgehört hat, ist der Fluss noch unruhig. Bitter und tosend. Sturmspuren treiben an mir vorbei. Ausgerissene Baumstämme und Äste. Teile zerstörter Flussschiffe. Große Gipskartonplatten, die von einem Haus abgerissen wurden. Alles, einschließlich der Künstlerin, die vom Schicksal dafür bestimmt ist, eines Tages nach New York zu gehen, wird zur Mündung des Flusses getragen, vorbei an Portside Wharf, Luggage Point und dem Brisbaner Hafen mit seinen unzerstörbaren Frachtern. Immer weiter in Richtung seiner Mündung, die mich in die südliche Bramble Bay und dann hinaus in den Pazifik spucken will.

Auf und ab dümpele ich mit den Wellen. Ich versuche ans südliche Ufer zu schwimmen. Hebe den Blick, um mich zu orientieren. Über mir kommt die Merivale Bridge in Sicht. Weiße Bögen, Beton und verrostete Eisenstreben. Am Ufer kann ich die schwarzen Umrisse der Bäume erkennen. Ich versuche der Strömung mit drei, vier, fünf Kraulzügen zu entkommen, doch die Kraft des Wassers trägt mich mühelos zurück in die Mitte.

Ein stechender Schmerz in meiner Seite. Als würde eine Biene durch meinen Bauch krabbeln und mich immer wieder mit ihrem kochend heißen Stachel stechen. *Scheiße*. Ich schlucke einen Mundvoll Wasser, das nach Schlamm schmeckt. Wenn ich weiterhin versuche, aus der Strömung zu schwimmen, bin ich irgendwann bewusstlos. Besser, ich ruhe mich aus. Spare meine Kraft. Wie Erica Finlay es mir gesagt hat. Vielleicht sieht mich ja irgendjemand in diesen schwarzen Wassermassen. In all dieser Gewalt.

Ich beschließe, mein Schicksal dem Heldentum anzuvertrauen. Nein, noch nicht einmal dem Heldentum. Der Menschlichkeit. Der Freundlichkeit fremder Menschen.

Menschen sind gut. Menschen können Wunder wirken. Ob Erica Finlay das wohl auch gedacht hat? Sie ist damals genau wie ich auf dem Rücken getrieben. Hat sich dem wankelmütigen Fluss überlassen. *Solltest du dich je in dem Ding wiederfinden, wenn es wirklich hoch und aufgewühlt ist, Weihnachtsmann, dann ist das Einzige, was du tun kannst, dich auf den Rücken zu legen, dich in aller Ruhe treiben zu lassen und zu Gott zu beten, dass du nicht unsichtbar bist.* Einen Moment schließe ich die Augen, doch dann schießt mir wieder Adrenalin durch den Körper. Eine Stromschnelle hat mich erfasst und einmal im Kreis gedreht. Blick nach oben. Über mir wirbelt der Himmel. Ist es die Welt, die sich dreht, oder drehe ich mich? *Die Welt dreht sich für uns alle,* hat Erica Finlay gesagt. Auch die Sterne strahlen für uns alle. Jetzt sind sie wieder zu sehen. Die grauen Wolken haben sich über den Pazifik verzogen, und die Sterne zeichnen Formen für mich auf der ewigen schwarzen Leinwand. Sterne haben Namen. Zumindest die hellsten unter ihnen.

Ich lasse den Kopf nach hinten fallen und breite Arme und Beine aus wie ein Stern. So muss ich mich treiben lassen. Spare das bisschen Kraft, das du noch in dir trägst, und ergib dich deinem Schicksal. Oh, wunderschöner Fehler. Ich habe keine Angst zu sterben. Ich habe nur Angst um all die Dinge, die ich dann verpassen würde.

Mein Sternenpanorama wird kurz unterbrochen, als ich unter einem weiteren Streifen Beton und Stahl hindurchtreibe: die Unterseite der William Jolly Bridge, unter der Picasso in meinem Traum seinen blutroten Klecks gemalt hat. Zuhause ist, wo der pulsierende rote Klecks ist. Ich spüre meinen in der Brust. Ein dröhnender Muskel aus zweiter Hand. Der Bienenstich an meiner Seite lässt das Herz härter arbeiten. Lässt es Überstunden schieben.

Wie ein Laubblatt drehe ich mich auf der Wasseroberfläche. Jetzt treibe ich rückwärts. Immer weiter auf die Flussmündung zu. Helle blaue Lichter über mir. Ich muss Fieber haben, denn einen Moment denke ich, dass es sich um niedrig hängende blaue Sterne handelt. Doch es sind nur die Laternen der Kurilpa Bridge, an der der Fluss eine scharfe Rechtsbiegung zum CBD macht. Weiße Stahlstreben voller Stacheln, damit die Tauben nicht auf ihnen landen und alles vollkacken.

Ich treibe weiter dahin. Der Fluss wird breiter, und die zentrale Strömung gewinnt an Kraft. Mein Körper sinkt kurz und dreht sich dann wieder um. Mein Bauch tut weh. Ich denke an den letzten Schuss zurück. Und dann denke ich an Charlie. *Libellenstich, Charlie*. Und dann will ich nicht mehr hier sein. Ich will nicht in einer Welt ohne ihn sein. Ich will nicht mehr in diesem Wasser sein. Meine Trauer schmerzt mehr als mein Bauch. Während ich mit all den Trümmern flussabwärts treibe, strömen mir Tränen das Gesicht hinunter. Mir wird kalt. Mein Körper zittert. Meine Zähne klappern. Bald gehe ich unter. Bald werde ich vom Fluss geschluckt und treffe vielleicht Erica Finlay wieder. Zwischen dem Schilf und den Mangrovenwurzeln, wo die Lungenfische schwimmen. Vielleicht kann ich sie dann fragen, warum sie getan hat, was sie getan hat.

Eine weitere Brücke schiebt sich in mein Sichtfeld. Die Unterseite meiner Lieblingsbrücke in ganz Brisbane, der Victoria Bridge. Ihre breiten, geschwungenen Querstreben. Zähl sie. Eins, zwei, drei. Ich drehe den Kopf zur

Seite. Dort am Ufer ist Christina in den Fluss gefallen. Die T-Kreuzung der drei asphaltierten Wege, an der ihre Eltern sich gestritten haben, bevor der Kinderwagen auf dramatische Weise in meine ganz persönliche Geschichte gerollt ist, steht unter Wasser.

Jetzt schau nach oben. Dunkelheit unter der Brücke, dann wieder Sterne und Himmel. Außerdem ... *ein Gesicht*. Das Gesicht eines Mannes. Oder vielleicht eines Jungen. Unmöglich. Ich kenne dieses Gesicht. Hoch oben auf dem Gehsteig hängt sein Kopf über dem Brückengeländer. Einen Moment begegnen sich unsere Blicke. Er sieht mich. *Er sieht mich wirklich.* Was geht dem Jungen wohl durch den Kopf, als er mich in diesem Moment sieht? Da starrt er ins Wasser, und plötzlich erscheint unter ihm mein Gesicht. Gespenstisch treibt es dahin. Ein Flussgeist. Ein Traum.

Außer ihm ist niemand auf der Brücke. Keine Schaulustigen, die sich das Überschwemmungsmassaker ansehen. Hatten wohl genug für heute. Nur noch dieser Mann. Nur noch dieser Junge. Ich lasse ihn nicht aus den Augen, und er starrt zu mir runter, während ich in der riesigen braunen Schlange immer weiter von ihm forttreibe. Ich verlasse ihn, und es gibt nichts, was er oder ich daran ändern können. Doch als ich beinahe dreißig Meter von der Brückenunterseite fortgetrieben wurde, kollidiert mein Schädel plötzlich mit einer gelben Warnboje. Mein Nacken knackt beim Aufprall schmerzhaft, und die Strömung schiebt meinen Körper gegen ihre Plastikunterseite. Darüber befindet sich ein gelber Elektrokasten, auf dem ein oranges Licht unterhalb eines hellgelben metallenen X blinkt wie die Scheinwerfer eines Polizeiautos.

Instinktiv schlinge ich in einer verzweifelten Geste die Arme um die Boje, die etwa so groß ist wie ein Rouletterad. Doch sie ist zu glatt. Gerade als die Strömung mich fast außer Reichweite getragen hat, schießt meine linke Hand in einem letzten blinden Versuch nach hinten und verhakt sich in einem Metallring an der Unterseite. Die Strömung zerrt meinen Körper in die Länge, bis ich aussehen muss wie Superman in der Luft, und ich schlucke jede Menge Wasser. Mit letzter Kraft ziehe ich mich näher an die Boje, und schließlich gelingt es mir, auch mit der anderen Hand den Ring zu packen. Dann hole ich zweimal tief Luft, um Energie zu sammeln und meine linke Hand weiter um den Bauch der Boje zu strecken. Rund einen halben Meter weiter befindet sich ein weiterer Metallring, um den ich nacheinander beide Hände schließe. Nun drückt mich die Strömung wieder in die Boje, statt mich von ihr wegzuzerren.

Genug Zeit, um Luft zu holen. Genug Zeit, um hier in diesem wild um mich herumtosenden Fluss meine Gedanken zu sortieren. Ich höre den Jungen hoch oben auf der Brücke rufen. Beide Hände um den Mund gelegt, schreit er etwas, was ich nicht verstehen kann. Inzwischen bin ich zu schwach, um meinen Kopf länger als zehn Sekunden hochzuhalten. Zu schwach, um mich weiter an der Boje festzuhalten. Zu schwach, um weiter am Leben festzuhalten. Schlaff fällt mein Kopf ins Wasser, doch ich reiße ihn wieder raus, weil ich noch nicht bereit bin aufzugeben, und drehe ihn zurück zur Brücke. Dort steht der Junge im Schein der Straßenlaterne auf dem Gehsteig. Ich sehe, wie er seine Regenjacke auszieht. Dann klettert er übers Geländer.

Wieder schreit er mir etwas zu, doch ich kann ihn

nicht verstehen. Jetzt schiebt er sich vor dem Brückengeländer entlang. Dann hält er an, schlingt einen Arm um einen Laternenpfahl, beugt sich nach vorn und blickt hinunter ins Wasser. Als würde er sich das Muster des Flusses einprägen. Die Stromschnellen. Die Strömung. Wieder sackt mein Kopf zur Seite, und als ich ihn erneut hebe, sehe ich gerade noch, wie der Junge mit den Füßen zuerst ins Wasser springt. Ich bin so erschrocken, dass ich beinahe die Boje loslasse. Nicht mehr lange, und ich werde ohnmächtig. Mir ist übel und kalt, und ich bin müde und etwas, was dem Tode nah sein könnte.

Der Junge verschwindet im Wasser. Der mutige Taucher, der offenbar versucht, mich zu retten. Gegen meinen Willen schließen sich meine Augen. Ich zwinge mich, eins nach dem anderen wieder zu öffnen. Im Wasser kommt etwas schnell auf mich zu. Wieder fallen meine Augen zu. Diesmal länger. Dunkelheit. Süße, behagliche Dunkelheit. Vielleicht schlafe ich jetzt. Lasse mich in diese wunderschöne warme Finsternis hinter meinen Augenlidern sinken. Doch die Stimme des Jungen weckt mich. Ein Wort. Ein Schrei. »Neeeeein«, heult er auf. Meine Augen öffnen sich wieder, und ich sehe Arme, die durch das Wasser pflügen. Ein starker Schwimmer. Jemand, der für seine Technik Medaillen gewonnen haben muss. Er bewegt sich wie ein U-Boot und wird von der Strömung angetrieben.

Wieder fallen meine Augen zu. Finsternis. Wieder auf. Jetzt erkenne ich das Gesicht des Jungen, der auf mich zuschwimmt. Das Gesicht kenne ich. Es ist das Gesicht von Danny Collins. Das Gesicht eines Prinzen. So nah ist er mir schon. Aber immer noch zu weit weg. Wieder fallen meine Augen zu, und mein Griff löst sich von der

Boje. Ich spüre, wie mein Körper frei ist. Jetzt gehöre ich dem Fluss. Nichts mehr zu tun. Nichts mehr zu denken. Nichts mehr zu wünschen. Nichts mehr zu träumen. Nichts mehr zu zeichnen. Nichts mehr zu bereuen. Nichts mehr zu hassen. Nichts mehr zu lieben.

Doch dann packt eine Hand mein linkes Handgelenk. Kräftig, fest und stark. Und mein Körper treibt nicht mehr. Ich lausche seinem Aufschrei der Anstrengung, als er mich zurück zur Boje schleppt. Spüre seine Beine um meine Taille, als er mich zu sich zerrt. Seinen Arm um meine Rippen. Alles von ihm. Seinen warmen Atem und seine Umarmung.

Mir bleibt nur noch genug Kraft, um meine Augen ein weiteres Mal aufzuschlagen. Ich sehe, wie seine starke linke Hand den Metallring der Boje umklammert hält. Er zieht mich zu sich heran, und ich lege meinen Kopf an seinen Hals und schließe die Augen. »Du hast mich gesehen«, flüstere ich.

Dann sinke ich wieder in mich zusammen und verschwinde vollständig in der warmen Dunkelheit hinter meinen geschlossenen Augenlidern.

Tageslicht fällt in meinen Unterwasserschlaf. Traumlicht. Helles Traumlicht. Blendend hell. Gleißende Sonne am Fluss.

»Was zeichnest du?«, fragt Erica Finlay.

»Dich, Erica Finlay«, antworte ich und füge drei schnelle Striche zu ihrer Kinnlinie hinzu. »Wird überhaupt nichts.«

Wir sitzen auf der Betongartenmauer unten am Brückenpfeiler der Victoria Bridge.

»Warum bekomm ich dein Gesicht nicht hin?«

»Weil du die Wahrheit weißt«, sagt sie. »Weil du schon immer die Wahrheit wusstest.«

»Welche Wahrheit?«

»Du weißt, was ich dir angetan habe.«

»Ja, das weiß ich, Erica Finlay.« Mein Blick ist starr auf die Tintenstriche gerichtet, die ich zeichne. »Ich glaube, ich habe es immer gewusst. Ich wollte es mir nur nicht eingestehen. Ich musste dich lieben. Und wie ich dich geliebt habe. Ich habe dich mehr geliebt als alles auf der Welt. Ich habe dich mehr geliebt, als es Eis in der Antarktis gibt. Mehr, als es Monde im Universum gibt.«

»Du hast mich einfach mitgenommen, oder?«, frage ich. »Du hast mich von einem Ort gestohlen, an den ich gehörte. Hast mich geschnappt wie eine Packung Kaugummis, für die du nicht bezahlt hast. Du hast etwas Wertvolles mitgenommen, was dir nicht gehört. Das Wertvollste überhaupt. Du hast ein Leben mitgenommen.«

Erica Finlay blickt auf den Fluss und nickt. »Ich habe etwas gesucht, was ich lieben kann«, sagt sie. »Da habe ich dich gefunden. Ich habe dich vom ersten Moment an, als ich dich in den Armen hielt, geliebt.«

»Wie konntest du etwas so ... *Monströses* tun?«

»Das war nicht ich«, erwidert sie. »Ich meine, ich war damals nicht ich. Ich war niemand. Noch nicht einmal Mensch. Ich war nicht einmal da.«

Hinter Erica Finlay ertönt ein Platschen im Wasser. Sie steht auf. Eine frischgebackene Mutter schreit nach ihrem Baby, doch wir reden einfach weiter.

»Warum nennst du mich eigentlich immer noch Erica Finlay?«, fragt sie.

»Das ist doch dein Name, oder?«

»Nicht mehr«, sagt sie.

»Wie ist dann dein Name?«

»Es ist der schönste Name der Welt«, sagt sie. »Ich heiße Mum.« Und sie wischt mir eine Träne aus dem Auge, die ich noch gar nicht bemerkt habe.

»Ich will mit dir kommen«, sage ich.

»Das wäre Verschwendung.«

»Von was?«

»Von allem, was du noch tun wirst. Allem, was du einmal sein wirst.« Sie sieht mir tief in die Augen. »Bleib hier. Ich liebe dich.«

Und dann läuft sie zum Flussufer. Ich höre ein Platschen, kann jedoch die Ursache nicht erkennen. Weil ich nur auf meine Zeichnung starre. Und jetzt weiß ich, warum sie mir nie gelingt. Ich habe gar nicht das Gesicht von Erica Finlay gemalt. Ich habe das von Lola gemalt.

Zwei
Liebende
sitzen
auf einen
Ast
und sehen einen
Pterodactylus nach,
der in den
Vollmond fliegt

Zwei Liebende sitzen auf einem Ast und sehen einem Pterodactylus nach, der in den Vollmond fliegt

Januar 2024
Stift und Tusche auf Papier

Das Werk entstand Berichten zufolge, während die Künstlerin sich im Krankenhaus von einer beinahe tödlichen Schusswunde erholte. Ein Bild voll schamloser Romantik und gezielt sentimental. Zwei Liebende – wohl die Künstlerin und ihre einzig wahre Liebe Danny Collins – sitzen auf einem Ast und blicken auf eine Stadt, die gar nicht mehr so bedrohlich wirkt. Es ist wenig darüber bekannt, warum die Künstlerin einen Pterodactylus darstellte, der in den Mond fliegt. Recht verbreitet ist jedoch die Ansicht, es handele sich um eine Repräsentation der hart errungenen Akzeptanz ihrer Vergangenheit.

Natürlich ist es immer die Zeit, die uns aufweckt. Und damit meine ich nicht nur Wecker und so was. Ich spreche vom Lauf der Zeit, der Säuglingen im Mutterleib sagt, dass sie bereit sind, die Welt zu entdecken. Ich rede von der Zeit, die uns unsere Lieben nimmt. Die sagt, du hast genug von der Welt gesehen oder die Welt hat genug von dir gesehen. Dort im Fluss dachte ich wohl, meine Zeit sei um. Und es jagt mir ein bisschen Angst ein, wenn ich daran zurückdenke, wie bereitwillig ich in die Wurzeln und das Schilf des stinkenden braunen Reptils gegangen wäre. Doch dann nahm die Zeit ihren Lauf und brachte mir einen Jungen namens Danny Collins. Er hob den Kopf aus dem Wasser, spritzte um mich herum, und ich hatte das Gefühl, in einem Traum zu sein. War ich das?

Es stimmt, dass mich an diesem Nachmittag das Piepen des Herzfrequenzmessers aus meinem langen Schlaf weckt. Doch wenn man es genau nimmt, dann war es die Zeit. Meine Schlafenszeit ist um. Meine Zeit zu sterben auch. Nun ist es an der Zeit zu leben.

Eine weiße Decke gesäumt mit Löchern von der Größe der rosa Radiergummis am Ende eines HB-Bleistifts. Der Geruch nach Ammoniak und Desinfektionsmitteln hängt in der Luft. Tageslicht. Vor meinem Zimmer unterhält sich das Krankenhauspersonal. Menschen in blauen Kitteln eilen an der offenen Tür vorbei. Rechts von mir hängt ein Poster an der Wand, das vor den Gefahren von Hautkrebs warnt. In meinem linken Handrücken steckt ein Schlauch mit einem gelben Klebestreifen darüber. Über meinen Beinen ein steifes weißes Betttuch. Ein dumpfer Schmerz in meinem Unterleib. Aber ich habe keine schlimmen Schmerzen. Vielleicht liegt das an den Schmerzmitteln, die aus einem Tropf an einem Rollständer links neben meinem Bett in mich hineinfließen.

Ein Mann in einem grauen Anzug sitzt auf einem Stuhl. Blaue Krawatte. Sein rechter Fuß ruht auf seinem linken Knie. In seinem Schoß liegt ein in braunes Packpapier eingewickeltes Bündel Papiere. Silberner Stift in der linken Hand.

»Willkommen zurück«, sagt Detective Sergeant Cameron Millar.

Ich erinnere mich an ihn. Cameron bedeutet »krumme Nase«. Der Mann, der aus Perth hergeflogen ist, um mich zu sehen. Der meine Schwester Phoebe kennt. Phoebe bedeutet »Licht«.

»Wo war ich?«, frage ich.

»Unseren bisherigen Ermittlungen nach …«, Millar lässt die Worte einen Moment in der Luft hängen, »warst du in der Hölle und zurück. Ich habe angefangen, mir ernsthaft Sorgen zu machen. Du warst fünf Tage lang völlig ausgeknockt. Eine Kugel ist direkt durch den linken unteren Quadranten in deinem Unterleib gegangen.«

Ich lüfte die Bettdecke und entdecke einen Bauchverband, der mit mehreren Binden um meinen Torso befestigt ist.

»Ein Millimeter weiter links, und sie hätte vielleicht

deinen Dickdarm getroffen. Das hätte dir das Licht ausgepustet«, sagt er.

Ich lasse meinen Kopf zurück auf das Kissen sinken und blicke hinauf zur Decke. »Unsichtbar«, flüstere ich in mich hinein.

»Bitte?«

»Nichts.«

»Die Krankenschwestern haben gesagt, du hast erst heute Morgen angefangen dich zu rühren«, erzählt Millar. Er zeigt auf einen durchsichtigen Plastikbecher mit einem Trinknuckel wie für ein Kleinkind. »Willst du Wasser? Die meinten, du würdest sicher durstig aufwachen.«

Ich sehe das Wasser an und lege mir dann eine Hand auf den pochenden Bauch. »Ich habe Durst, aber ich glaube, ich würde es auskotzen.«

»Alles zu seiner Zeit«, sagt Millar.

Meine Lippen sind trocken. Ich fahre mit der Zunge über die tiefen Risse.

Millar zieht ein Gummiband von dem Papierbündel, beugt sich vor und verteilt die Blätter auf meinem Bett. Es sind meine Zeichnungen. Anhand meiner Zeichnungen kann man nachverfolgen, wo ich war. Einmal Hölle und zurück in schwarzer Tusche auf Papier. Lieferungen in die Vororte. Freunde und Feinde. Monster und Prinzen.

»Die hat man im Hanson-Betonwerk in der Hockings Street gefunden«, sagt er.

Ich nehme die oberste Zeichnung vom Haufen. Schwach fühle ich mich. Aber ich will sie in der Hand halten. Der Titel lautet: *Die Künstlerin, ihr bester Freund Charlie Mould und ein Meeresfrüchtehandel voller Haie*. Ich muss weinen.

»Haben Sie Charlie gefunden?«

Officer Millar nickt. »Erst haben wir Ephraim Wall gefunden«, berichtet er. »Seine Leiche wurde neben dem alten Gas-Stripping-Turm hinter dem Souths Leagues Club entsorgt. Sein halber Schädel eingeschlagen.«

»Es war der Kapuzenmann«, erkläre ich. »Er hat mir das Leben gerettet. Ich habe gesehen, wie er Ephraim in die Dunkelheit geschleift hat.«

»Hast du sein Gesicht gesehen?«

»Einen Teil.«

»Denkst du, du könntest mir den Teil zeichnen, den du gesehen hast?«

»Ich kann alles zeichnen.«

Millar zieht ein kleines Notizbuch aus seiner Brusttasche und kritzelt eine Notiz hinein. Schiebt es wieder zurück. »Es tut mir leid, dass du deinen Freund verloren hast.«

Ich drehe den Kopf zur Seite. Mein Blick fällt auf ein Poster, das jemand an die Wand gepinnt hat. Offenbar ein Versuch, Kinder im Krankenhaus aufzuheitern. Es zeigt einen Pterodactylus im Flug über den Worten: *Sei immer du selbst, aber wenn du ein Pterodactylus sein kannst, sei ein Pterodactylus.* Ich will ein Pterodactylus sein.

»Tut mir leid, dass Sie Ihren verloren habe«, sage ich.

Millar nickt stumm. »Morgen ist Geoffs Trauerfeier.«

»Wie geht es seinen Töchtern?«, frage ich.

»Ganz okay, sagen sie, aber ...«

»Es geht ihnen nicht gut.«

»Nein«, antwortet Millar. »Es geht ihnen nicht gut.«

Wieder steigen mir die Tränen in die Augen. Felicia und Celine Topping. Zwei Mädchen mit Koalabären in den Armen. Unglücksmond.

»Damit sind Sie sicher des Öfteren konfrontiert«, stelle ich fest.

»Womit?«, fragt Millar.

»Verlust«, sage ich.

Millar lächelt. »Ja. Damit bin ich des Öfteren konfrontiert.«

»War es das wert?«, frage ich.

»Was?«

»War irgendwas, was die getan haben, es wert, dass Geoff stirbt?«

»Natürlich nicht«, gibt Millar zurück. »Das ist es nie. Aber dank dir haben sie Julian Rossi geschnappt. Den Herrn, den Brandon Box zu Brei geschlagen hat. Er ist durchlässig wie ein Sieb. Hat gar nicht mehr aufgehört zu singen. Hat alles über Aiden Barlow ausgepackt.«

»Der große Weiße Hai«, bemerke ich.

Millar nickt. »Mit Barlows Verhaftung versiegt ein Drogenstrom über die australische Grenze im Wert von fünfundsiebzig Millionen Dollar jährlich.« Millar zuckt die Schultern. »Irgendwas muss das ja wert sein.«

Er zieht seinen Stuhl näher an mein Bett. »Im Matsch rund um Charlies Leiche waren Fußspuren. Wir haben Flora Box' Leiche im Fluss gefunden. Eingeklemmt zwischen einer Mangrovenwurzel und einem Betonblock, rund fünfzehn Meter vom Ufer entfernt.«

Vor meinem inneren Auge blitzt der Anblick von Floras aschfahlem Gesicht auf, wie sie tot im Wasser meiner Erinnerung treibt.

»Und Danny?«, frage ich.

»Dem geht's gut«, sagt Millar. »Mutiger Junge. Wir vermuten, dass er dich ungefähr fünfzehn Minuten lang über Wasser gehalten haben muss. Irgendwann haben ein paar Jugendliche, die Graffitis sprühen wollten, ihn um Hilfe rufen hören. Die kleinen Ratten hätten gar nicht so nah am Fluss sein dürfen. Das ganze South-Bank-Ende wurde von Polizei und Notdienst abgesperrt.«

Millar nickt in Richtung der Binden um meinen Bauch. »Der Wasserrettungsdienst hat gute Arbeit geleistet und die Blutung gestoppt. Trotzdem dachten alle, das war's mit dir. Auch die Krankenschwestern.« Millar zeigt auf meine Zeichnungen. »Aber ich hab ihnen gesagt, dass du auf keinen Fall einfach so abhauen würdest. Schließlich musst du noch zu einer Ausstellung in New York.«

Eine Träne rinnt über mein linkes unteres Augenlid. Ich schenke dem Polizisten ein kurzes Lächeln und wende meinen Blick dann wieder dem Pterodactylus zu. Ich will ein Pterodactylus sein.

»Wo ist Danny jetzt?«, frage ich.

Millar ruckt den Kopf in Richtung eines braunen Lederstuhls auf der gegenüberliegenden Seite des Bettes. »Bis vor zehn Minuten hat er genau da gesessen. Hat sich nicht vom Fleck gerührt. Er ist dir in den letzten fünf Tagen nicht von der Seite gewichen. Ich hoffe, er ist duschen gegangen, er roch echt übel.«

Danny Collins. Der Prinz in dem Bild. *Aber eines Tages wirst du mit einem Prinzen tanzen*, hat Erica Finlay gesagt. Eines Tages wirst du einen Prinzen finden, der fünf Tage lang neben deinem Krankenhausbett sitzt. Mein Herz ist ein Ballon voll warmer Luft, der sich unter meinem Brustbein aufbläst.

Millar sieht auf seine Uhr und steht auf. »Ich muss los«, sagt er. »Ich lass die Krankenschwestern wissen, dass du wieder unter den Lebenden weilst. Aber hör zu, sobald du einigermaßen bei Kräften bist, brauche ich eine ausführliche Aussage. Also renn mir bloß nicht wieder davon.«

Ich nicke lächelnd, weil dieser Satz so gut passt zu einem Mädchen, das sein ganzes Leben lang auf der Flucht war.

Millar geht auf die Tür zu.

»Detective Millar?«

Er dreht sich um.

»Meine Schwester. Phoebe.«

»Ja?«

»Ist sie noch in Brisbane?«

Er nickt eifrig. »Ja, sie ist noch hier. Willst du, dass ich ein Treffen für euch organisiere?«

»Ja«, sage ich. »Das würde ich sehr gern.«

Millar lächelt und wendet sich wieder zum Gehen, doch dann lässt ein Gedanke ihn offenbar innehalten. »Ach, und übrigens: Julian Rossi sagt immer wieder, dass Brandon Box ihm einen Haufen Bargeld geklaut hat. Drei Bündel, insgesamt dreiundfünfzigtausend Dollar. Davon weißt du nichts, oder?«

Ich denke einen Moment nach. »Nein«, sage ich dann. »Keine Ahnung.«

Millar mustert mich eingehend, und der Anflug eines Lächelns huscht über sein Gesicht. »Reine Routine.« Dann ist er fort.

Ein Krankenhausmitarbeiter kommt mit einem Tablett und einem Plastikbecher Apfelsaft herein und stellt es auf dem hohen Betttisch ab. Ich habe mein halbes Eiersalatsandwich gegessen, als es leise an der Tür klopft. Sofort lasse ich das Sandwich auf den Teller zurücksinken.

Danny Collins steht im Türrahmen. Danny Collins in meinem Zimmer. Danny Collins in meinem Leben.

»Du hast mich gesehen«, stelle ich fest.

Er lächelt und zuckt die Schultern. »Klar hab ich dich gesehen. Ich hab ja auch Augen für nichts anderes.«

48
37

Mädchen im gelben Mantel

Mädchen im gelben Mantel

Februar 2024
Stift und Tusche auf Papier

Über dieses Werk ist wenig bekannt, nur dass es sich um die liebste der frühen Tuschezeichnungen der Künstlerin handelte. Ein Tribut an den Betrachter, der alle Kunst erst möglich macht.

Immer wieder sehe ich das kleine Mädchen im gelben Mantel vor mir, das im Jahr 2100 bei einer Ausstellung im New Yorker Metropolitan Museum of Art meine Kunst betrachtet. Inzwischen ist es im letzten Ausstellungssaal angekommen, wo E. P. Buckle all die Geschichten rund um die beängstigende Verfolgungsjagd durch das Hanson-Betonwerk herunterleiert und die mutigen Taten von Danny Collins rühmt – der Liebe meines Lebens, die mich davor bewahrte, auf den Grund des Flusses zu sinken. Fasziniert lauscht die Kleine, wie E.P. Buckle eben jenen Moment beschreibt, der sich in Echtzeit gerade am Ende der Moon Street, West End, abspielt: Dort stehe ich auf einen Besen gelehnt neben meiner früheren Nachbarin Ros. Gemeinsam sehen wir dabei zu, wie ein Bagger seine Schaufelzähne in die Erde unseres ehemaligen Zuhauses, des Schrottplatzes, den wir Oz genannt haben, gräbt. Trevs alte Backsteinwerkstatt wurde bereits plattgemacht. Nun wendet der Bagger die Erde von Oz von unten nach oben und befördert schaufelweise Schrott und Müll in einen Container.

»Die haben ihr Zuhause kaputt gemacht«, sagt das Mädchen im gelben Mantel und stupst seine Mutter in die Seite. »Wo sind sie alle hingegangen?«

»Wer weiß?«, gibt seine Mutter zurück.

Also, June und Sully sind vier Stunden weiter nördlich nach Bundaberg gezogen. Barnie vom Bedrock-Abwrackhof ist ihnen zu Hilfe geeilt und hat June ihren Newlands-Wohnwagen gegen einen klimatisierten LDV-G10-Transporter von 2016 eingetauscht. Natürlich wusste Barnie, dass er bei dem Deal königlich verarscht wird, aber von Brisbanes Obdachlosen lässt er sich gern verarschen, und ich hoffe inständig, dass Gott oder jemand ähnlich Einflussreiches wie David Bowie oder John Lennon wohlwollend auf Barnie herabsieht. June hat im Krankenhaus von Bundaberg eine Anstellung als Krankenschwester gefunden und parkt mit Sully derzeit auf dem Festspielplatz neben einem vorübergehenden Hochwasserschutzzentrum, zu dem Menschen aus allen Winkeln der Region Queensland Wide Bay in Scharen gekommen sind. Ros hat immer noch nichts gefunden und packt jede Nacht im Musgrave Park ihr Bündel aus.

Ich beobachte, wie der Bagger eine Riesenladung Schutt aushebt, in der sich auch mein kaputter Zauberspiegel befindet. Der Amina-Rahmen zerbricht in der Mitte und dann in viele kleine Teile, als die Schaufel den Inhalt zermalmt.

»Aber was macht die Künstlerin ohne ihren Zauberspiegel?«, keucht das Mädchen im gelben Mantel in meiner Vorstellung.

Ros und ich wenden uns ab und schlendern die Moon Street zurück in Richtung Well. Unsere Stiefel sinken in Schlick und Matsch ein. Heute herrscht eine gleißende Hitze, und über allem hängt der Gestank nach Abwasser und Stadtmüll. Das Leben nach dem Hochwasser. Den Hochwassern. Sechs Tage nachdem ich aus dem Krankenhaus entlassen wurde, ereilte Queensland ein weiteres. Das nennt man wohl einen K.-o.-Schlag. Das zweite Hochwasser überflutete das gesamte Erdgeschoss des Well – und das am Tag nachdem Evelyn Bragg erfahren hatte, dass das Begegnungszentrum die Erneuerung der Moon Street im Zuge der Olympischen Spiele überleben würde. Ihre groß angelegte Petition hatte Wirkung gezeigt. Sie war auf Seite drei des *Courier-Mail* und argumentierte, wie wichtig ein Ort wie das Well derzeit sei, umso mehr in den Nachwehen eines Hochwassers. Tatsächlich erhielt sie einen Haufen Geld, um das Well wiederaufzubauen. Neue Küchenausstattung. Neuer Aufenthaltsraum. Ein neuer Kunstsaal, in dem Treibende malen können und den Evelyn in Gedenken an meinen besten Freund den »Charlie-Raum« nennen will. Sie hat mir versichert, er werde farbenfroh wie eine Libelle werden.

Vorher müssen Evelyn und sechs Stammgäste, darunter Ros und ich, jedoch jede Menge giftigen Schlamm und Schlick aus allen Ecken und Rissen des Gebäudes wischen und putzen.

»Und, wer gewinnt, Ros?«, frage ich, während wir uns vorsichtig über die Schlammschicht bewegen, die unter unseren Füßen schliert und glitscht.

»Wer gewinnt was?«, fragt Ros zurück.

»Wer gewinnt heute die Schlacht zwischen dem guten und dem bösen Shit?«

»Der böse Shit, natürlich«, entgegnet Ros. »Es gewinnt immer der böse Shit, Kindchen.«

Kaum hat sie ihren Satz beendet, biegen drei Stadtbusse in die Moon Street ein und kommen vorm Well zum Stehen. Hinter ihnen parkt ein Transporter, und ein Mann beginnt Besen, Wischmopps und Hochdruckreinigungsgeräte an die etwa hundert Freiwilligen zu verteilen, die wie Soldaten eines gut gedrillten Bataillons aus den Bussen steigen und sich vor dem Transporter aufreihen. Sie alle tragen neonpinke T-Shirts mit dem Frontaufdruck *Matscharmee*. Ohne Umschweife marschieren sie ins Well und nehmen Befehle von Evelyn Bragg entgegen.

»Na gut.« Ros dreht sich zu mir um. »Heute geht es unentschieden aus, würde ich sagen.«

»Hat sie eigentlich je ihre Schwester wiedergetroffen?«, fragt das Mädchen im gelben Mantel.

»Natürlich«, erwidert ihre Mutter. »Sie musste doch die Antworten herausfinden.«

Früher Morgensonnenschein fällt durch das Rostloch in meinem Vandach und bildet einen Lichtkreis auf meinem Bauch. Ein einzelner Sonnenstrahl nur für mich. Ich lege Daumen und Zeigefinger darauf. Wie breit ist er heute morgen? So breit wie eine Dose Fanta. Ich lege meine linke Hand darunter und lasse den gelben Mond in meiner Handfläche tanzen. Wer bin ich?

»Amanda«, flüstere ich.

Amanda bedeutet »geliebt«.

»Diana«, flüstere ich.

Diana bedeutet »göttlich«.

»Brenda«, flüstere ich.

Brenda bedeutet »Schwert«.

»Anna«, flüstere ich.

Anna bedeutet »Gnade«.

Ich nehme die Hand des oberkörperfreien Manns, der neben mir schläft. Verschränke meine Finger mit seinen, und dort, wo unsere Handflächen sich treffen, teilt sich der Lichtkreis in zwei Halbmonde.

»Gut geschlafen?«, murmelt Danny in sein Kissen.

»Ja. Ich hatte einen Picasso-Traum.«

»Ach ja? Wo war er diesmal?«

»Er hat auf den Pflastersteinen auf dem King George Square ein knallrotes Ölgemälde gemalt.« Ich fahre mit einem Finger über Dannys Arm wie mit einem Pinsel. »Es war so groß, dass keiner mehr über den Platz laufen konnte. Alle haben sich beschwert, weil sie außenrum gehen mussten und zu spät zur Arbeit kommen würden. Sie haben angefangen, Picasso anzuschreien. Dann wurde er angespuckt und mit Kaffeebechern beworfen. Die Leute haben sein Meisterwerk mit Füßen getreten und zerstört. Und ich habe sie angeschrien: ›Hört auf, das ist sein größtes Werk überhaupt, und er malt es nur für uns!‹ Aber ich konnte sie nicht aufhalten. Sie sind einfach weiter drübergetrampelt.«

»Wie eine Herde Bullen«, flüstert Danny.

»Ja, wie eine Herde Bullen«, flüstere ich zurück.

Eine Stunde später wird die Schiebetür meines orangen 1987er Toyota HiAce mit vier platten Reifen aufgeschoben. Danny steht mit einem Tablett mit Schinken und Eiern auf Toast, einer Schale Fruchtsalat, einem Cranberrysaft und einer Tasse Kaffee vor meinem Zuhause. Hinter ihm erstreckt sich der fein gestutzte Rasen des Familienanwesens der Collins. Dannys Eltern haben mir erlaubt, mit meinem Van in ihren Garten umzuziehen. Sie haben mir außerdem angeboten, den Umzug zu bezahlen, doch ich habe entgegnet, dass mein Erspartes dafür ausreiche.

»Heute ist der große Tag«, stellt Danny fest.

»Oh ja, ein sehr großer Tag«, bestätige ich.

Nach dem Frühstück hocke ich in der Tür und binde mir die Schnürsenkel zu. Unterdessen rollt Danny mir ein Mountainbike vor die Füße. Staub und Matsch bedecken den Rahmen.

»Kein Bianchi-Rennrad«, bemerkt er. »Aber damit kommst du in die Stadt.«

Ich packe den Lenker und schwinge probehalber ein Bein über die Querstange. »Das ist perfekt, Danny.«

Danny reicht mir einen Rucksack. Es ist ein alter Schulrucksack von ihm. »Verdammt großer Tag.«

»Wirklich ein verdammt großer Tag«, bekräftige ich.

»Sicher, dass ich nicht mitkommen soll?«

»Ja, da bin ich mir sicher«, antworte ich lächelnd.

Dann steige ich mit dem rechten Fuß auf das rechte Pedal, und Danny wendet sich zurück zum Haus. Im letzten Moment packe ich ihn am Ärmel und ziehe ihn an meine Brust. »He, du.« Ich drücke meine Lippen auf seine. Lang genug, um diese ganze Morgensonnenszene in Tusche auf Zeichenpapier zu sehen.

Von einem tiefen Gefühl der Sicherheit erfüllt, schloss die Künstlerin die Augen. Nie wieder würde sie obdachlos sein, denn die Lippen des Jungen waren ihr Zuhause. Seine weichen Lippen bildeten vier Wände und einen Kamin und Kinder neben einem Weihnachtsbaum. Schließlich schlug sie die Augen wieder auf und blickte ihm ins Gesicht, als sähe sie ihn zum ersten Mal.

»Ich sehe dich«, sagte die Künstlerin.

»Ich sehe dich«, sagte Danny Collins.

Ich sitze im Schlafzimmer in einem Haus an der Sandgate-Strandpromenade. Im Haus meiner Freundin Ursula Lang. Nebeneinander stehen wir vor ihrem hohen Schlafzimmerspiegel.

»Und jetzt mach mal einen Schritt zurück«, fordert Ursula mich auf.

Ein Schritt zurück, und ich sehe das ganze Kleid. Ein rotes Cocktailkleid mit gekreuzten Rückenträgern, die meine Schulterblätter zur Geltung bringen. Der Saum reicht mir bis zu die Kniekehlen und schwingt, als würde ich mich ständig um die eigene Achse drehen.

Ursula atmet zischend ein. Es entgeht mir nicht. »Und Audrey Hepburn weinte, denn es waren keine Welten mehr zu erobern«, flüstert sie. »Dreh dich mal für mich.«

Barfuß vollführe ich eine volle Pirouette.

Sie stupst mir einen Handknöchel gegen die Wirbelsäule. »Rücken gerade«, mahnt sie. »Wie fühlt sich das an?«

Ich fühle mich nach Lächeln. Ich fühle mich wie Nicole Kidman. Ihre Worte kommen mir wieder in den Sinn. »Du gibst mir das Gefühl, ein Star zu sein, Ursula«, sage ich.

Ursula blickt in den Spiegel und fährt mit den Händen durch meine Haare. Ein dichter brauner verlorener Fall.

»Um wie viel Uhr triffst du dich mit ihr?«

»Um zwei.«

»Gut«, sagt Ursula. »Dann bleibt uns noch genug Zeit, um dieses Vogelnest in Ordnung zu bringen.«

Elf Haltestellen auf der Cleveland-Linie bis ins Zentrum. Am Hauptbahnhof schiebe ich das Fahrrad aus dem Zug und lasse es die Rampe hinunterrollen, die zur Edward Ecke Ann Street führt. An der Ampel sammeln sich die Passanten und warten auf das kleine grüne Männchen.

Rot-weißer Briefkasten der Australia Post. Raucher auf der Gartenmauer. Telefonhäuschen. Hier stand ich und habe der Welt verkündet, dass ich unsichtbar bin. Verrückt muss ich gewesen sein. Nicht ganz richtig im Kopf.

Ich blicke auf die andere Straßenseite, wo Danny mit seinem Zeichenbuch saß. An jenem Tag, als ich ihn nicht sah, aber er mich aus irgendeinem Grund schon. Die Ampel summt, und das kleine grüne Männchen geleitet die Fußgänger über die Straße. Vielleicht liege ich falsch, aber ich könnte schwören, dass die Leute mich ansehen, während ich die Straße überquere. Nur verstohlene Blicke. Hin und wieder starrt jemand. Ich glaube, das liegt am Kleid. Oder an den Haaren. Einfach weiterlaufen.

In der Adelaide Street komme ich an einem Mann vorbei, der an einem tragbaren Schreibtisch sitzt und mit einer alten himmelblauen Olivetti-Schreibmaschine echte, aus dem Leben gegriffene Liebesgeschichten von Menschen in Brisbane niederschreibt. Am liebsten würde ich anhalten und ihm meine erzählen, aber sie ist noch nicht zu Ende.

Weiter geht's in die Queen Street Mall. Ein Straßenmusiker in Zwangsjacke balanciert auf einem Brett, das auf einer rollenden roten Dose liegt. »Ich habe mir das nicht gut genug überlegt«, sagt er in ein Mikrofon, das mit Klebeband an seinem Ohr befestigt ist. Um ihn herum essen Büroangestellte Sushi und schlürfen grüne Smoothies auf den öffentlichen Bänken der Einkaufsstraße. Daneben schließe ich Dannys Mountainbike an den Fahrradständern an.

Vor Aufregung ist mir ganz flau im Magen. Vor dem Hungry Jack's bleibe ich stehen und begutachte mich in der Scheibe. Ich kenne diese Person. Ich habe sie schon mal gesehen. Ihre Gliedmaßen sind nicht knochig, seltsam und fremd, sondern stark, elegant und schön. Braune Locken. Wie aus Hollywoods goldenen Zeiten. Fasziniert sehe ich, dass sie mich anlächelt und mir aufmunternd zunickt. Ich kenne diese Frau einfach zu gut. Zusammen haben wir eine Menge durchgemacht. Sie hat mir durch die traurigsten Tage meines Lebens geholfen. Sie hat mich davon abgehalten, in den Fluss zu springen. Sie ist der einzige Grund, warum ich heute noch hier stehe. Selbstsicher ist sie, die Frau im roten Kleid. So international. So gewollt. Wertvoll ist sie, die Frau im roten Kleid.

Ich fahre mit den Fingern durch meine Haare und rücke die Träger meines Kleides zurecht. Zeit zu gehen. Die Albert Street hinunter in Richtung botanischer Garten. Vorbei am Nike-Schuhladen und dem House of Hoops, dem OPSM-Brillenladen, und dann stehe ich vor dem Starbucks unten im Myer Centre. Ich lehne meine Stirn gegen die dicke Fensterscheibe und entdecke meine Schwester Phoebe an einem Tisch mit zwei Stühlen. Mit einem Strohhalm trinkt sie Eistee und stellt ihn zurück auf den Untersetzer. Dann sieht sie auf ihre Armbanduhr und dreht den Kopf in Richtung Tür. Bestimmt hat sie das heute schon ein paarmal gemacht.

Doch plötzlich blickt sie, einem inneren Gefühl oder vielleicht auch Blutsbanden folgend, stattdessen zum Fenster. Überrascht stellt sie fest, dass ich sie anstarre. Sie freut sich. Ihr Lächeln sieht genauso aus wie meines. Und ihr Weinen auch. Ihr laufen sofort die Tränen die Wangen hinunter. Ich schüttele den Kopf, stürze zur Tür und trete hastig ein. Zwischen einem Pärchen hindurch, das sich am Abholtresen unterhält, und um eine Gruppe herum, die den Zugang zum Gastbereich des Cafés blockiert. Zwei weitere Schritte den erhöhten Gastbereich hinauf und dann direkt auf ihren Tisch zu.

Als ich bei ihr ankomme, steht sie schon. Eine Armeslänge vor ihr halte ich an. Und dann mache ich einen weiteren Schritt und schließe meine Schwester in die Arme.

Phoebe erzählte der Künstlerin, wer sie war. Eine volle Stunde redete sie ohne Unterbrechung. Manchmal lächelte sie, manchmal fluchte sie, und manchmal weinte sie. Um das, was verloren war, und um das, was wiedergefunden wurde. Ihre echte Mutter hieß Anna Gould, geborene Parsons, erzählte Phoebe. Eine gute Frau. Eine nette Frau. Die Art von Frau, die sich hinkniete, wenn sie sich mit ihren Kindern unterhielt, um mit ihnen auf Augenhöhe zu sein. Die Art von Frau, die Freunden, mit denen sie seit Jahren keinen Kontakt mehr hatte, Weihnachtskarten schrieb. Anna Gould war keine Künstlerin, besaß aber Dutzende von Achtsamkeitsmalbüchern. Sie war eine tolle Köchin und begeisterte Leserin von Spionageromanen. Sie liebte das Meer, und Phoebe hatte sie einmal nackt darin schwimmen sehen. Sie lebte in einem halb ländlichen Vorort von Bedfordale in South East Perth und arbeitete fünfzehn Jahre lang als Verkäuferin im Myer. Sie war auf Frauenschuhe spezialisiert, und manchmal beschwerten sich die Frauen, lange nachdem die Künstlerin verschwunden war bei Anna Gould über kaputte Sandler-Keile und die verblassenden Farben ihrer Stilettos. Dann fragte Anna sich, wie es diesen Frauen wohl ergehen würde, wenn ihre gesamte Welt an einem einzigen Samstagmorgen zusammenbräche. Ihre

Trauer war unsichtbar. Niemand sah, dass ihr Herz unwiderruflich gebrochen war. Sie war die Art Frau, die stundenlang weinte, wenn sie glaubte, allein zu Hause zu sein.

Als Phoebe vierzehn Jahre alt gewesen war, hatte man bei ihrer Mutter Bauchspeicheldrüsenkrebs diagnostiziert. Die Ärzte versicherten ihr, der Krebs suche sich die Menschen willkürlich aus, doch Phoebe glaubte ihnen nicht. Es gab weder Grund noch Erklärung, sagten sie. Doch Phoebe hatte das Gefühl, dass der Krebs aus der Trauer geboren war. Und dann fragte Phoebe die Künstlerin, ob sie wisse, dass wahres Leid körperliche Gebrechen auslösen könne. Da streckte die Künstlerin die Hand aus, nahm die ihrer Schwester fest in ihre und sagte, ja, das wisse sie.

Phoebe sagte, dass Anna ihren Vater John Gould im Juni 1999 geheiratet hatte. Damals arbeitete er als Öl- und Gaselektriker bei Western Gas. Die beiden hatten sich in einer Karaokebar in Northbridge kennengelernt. John gab Anna einen Wodka mit Limette und Soda aus, um ihr zu ihrer überragenden Karaokedarbietung von Madonnas »Like a Prayer« zu gratulieren. Im Starbucks erfuhr die Künstlerin auch ihr wahres Geburtsdatum: der 12. Juli 2005. Die Künstlerin brauchte eine Weile, um zu verarbeiten, dass sie beinahe drei Monate jünger war, als sie gedacht hatte. Dann fuhr Phoebe Gould mit ihrer Geschichte fort.

Anna und John hatten sich im Jahr 2012 scheiden lassen und gaben als Grund an, dass sie daran gescheitert seien, gemeinsam multiple Traumata zu überwinden, die im Zusammenhang mit dem erschreckenden und unerklärlichen Verschwinden ihrer jüngsten Tochter im Jahr

2005 standen. John Gould war laut Phoebe derzeit arbeitslos und lebte allein auf einem Grundstück in Serpentine, rund fünfundfünfzig Kilometer südöstlich von Perth.

»Geht es ihm gut?«, frage ich.

»Nicht wirklich«, antwortet Phoebe. »Der Alte ist ziemlich durcheinander. Trinkt ein bisschen. Redet mit keinem. Er weiß noch nicht einmal, dass ich hier bin.«

»Du hast es ihm nicht erzählt?«

»Ich wollte erst mal sehen, wie es läuft. Würde es schlecht laufen, dann wollte ich ihm das nicht zumuten. Das wäre zu viel für ihn, glaube ich. Du könntest der letzte Strohhalm sein, weißt du? Er gibt sich die Schuld an allem, was passiert ist.«

»Aber es läuft nicht schlecht, oder?«

»Nein.« Phoebes Lächeln ist reines Licht. Phoebe bedeutet »Licht«. »Nein, es läuft gut.«

Ich beuge mich über den Tisch nach vorn. »Erzähl mir, was passiert ist, Phoebe. Sag mir, was sie getan hat.«

Phoebe streicht sich eine braune Haarsträhne hinters Ohr und rückt ihren Stuhl näher an den Tisch. »Das war im Jahr 2005, drei Tage nach Weihnachten. Der heißeste Tag im ganzen Jahr. Mum und Dad sind mit uns zum Wasserspaßbad in Canning Vale gefahren. Halb Perth war an dem Tag da. Du warst noch ganz klein. Gerade mal sechs Monate alt. Ich war zweieinhalb. Du hast in einer Babyschale unter einem tragbaren Pavillon geschlafen. Sie wollten gerade mit uns nach Hause. Aber dann hat Dad es verkackt ... und ... es war das Leichteste der Welt. Mum ist mit mir zur Frauentoilette gegangen, um sich umzuziehen. Da hat Dad einen Typen aus seiner Highschoolzeit gesehen. Er ist aufgesprungen und ist ihm ein Stückchen nachgelaufen. Du lagst noch in deiner Schale im Schatten. So verdammt dämlich und einfach. Er hat sich zu lange unterhalten. Als er zurückkam«, sie kratzt sich am Kopf, als könnte sie es immer noch nicht glauben, »warst du ... einfach ... *weg.*«

Weg. Verschwunden. Achtzehn Jahre lang. Zu früh verschwunden. Zu lange verschwunden. Das war's. Alles so ekelerregend normal und einfach. Armer John Gould. Durcheinander und zurückgezogen wegen mir und Erica Finlay. Im Kopf verschwunden. John Imdunkeln. John Inderschuld. *John Inthehole.* Der Mann verlässt das Haus nicht mehr. Hat's nie verwunden, dass er's verkackt hat. Dieser eine Fehler hat seine Ehe kaputt gemacht. Erica hat mein Leben und sein Leben und das Leben meiner echten Mutter zerstört. Die Fremde, die behauptete, meine Mutter zu sein. Ich sehe sie in meinem Kopf vor mir. Kann diesen Moment im Geiste zeichnen. Tusche und Stift auf Papier. *Erica mit dem Baby in den Armen.* Erica Finlay verschwindet in einer Sommermenschenmenge in Badeanzügen. Ein schlafendes Baby eng an ihre Schulter geschmiegt.

»Sie hat mir immer geschworen, dass sie mich vor Monstern beschützt«, sage ich.

Ich sehe sie vor mir, wie sie das Baby in einen Kindersitz legt. Mit ihm einen endlosen Highway entlangfährt, der nirgendwo- und überallhin in Australien führt.

»Dabei war sie das Monster, Phoebe«, sage ich. »Meine Mum war das Monster.« Dabei wird mir so schlecht, dass ich kurz davor bin, Dannys Schinken, Ei und Toast wieder auszukotzen.

»Warum macht jemand etwas so Grausames?«, fragt Phoebe.

Und ich kenne die einzige Antwort. »Aus Liebe. Sie musste jemanden lieben.«

Phoebe erzählt mir, wie mein Name sechs Monate lang oder länger in allen Zeitungen und auch in Fernsehen und Radio in aller Munde war. Monatelang parkten Journalisten vor Anna und John Goulds Haus und warteten auf frische Spuren in der tragischen und erschreckenden Geschichte des vermissten kleinen Mädchens, dessen Namen alle außer mir kennen. Phoebe erzählt von Trauer. Ohne Lösung. Ohne Aufarbeitung. Ohne Ende.

»Du hast mir meinen Namen noch nicht gesagt«, stelle ich fest.

»Ich war mir nicht sicher, ob du ihn hören willst.«

Phoebe versteht. Phoebe ist einfühlsam. Phoebe ist Licht.

»Ich will ihn von dir hören. Aber ich weiß auch, dass ich nicht die Person sein kann, die du mir gleich sagst. Wie auch immer ihr Name ist, Phoebe, das werde nicht ich sein. Der Name wird nichts damit zu tun haben, wer ich bin und wo ich war und wohin ich gehe. Ich will nicht den Rest meines Lebens das Mädchen sein, das gestohlen wurde. Irgendein verdammtes Traumababy, das die Leute aus der Zeitung kennen. Die Bullen in Perth werden den Namen von den Dächern rufen und mir Kameras und Taschenlampen ins Gesicht halten, und dann muss ich den Rest meines Lebens über einen Schmerz und ein Leid reden, die nicht zu mir gehören. Die werden die Frau, die ich sein will, durch eine andere ersetzen, die ich nicht bin. Ich schwöre dir, Phoebe, in mir steckt jemand Tolles, und ich weiß mit Sicherheit, dass man sie umbringt, wenn ich sie lasse. Die würden sie auflösen. Sie zum Verschwinden bringen. Und dann bekomme ich sie nie wieder. Ich würde sie nie wiedersehen. Ergibt das für dich Sinn, Phoebe? Oder ist das das Verrückteste, was du je in deinem Leben gehört hast?«

Tränen in Phoebes Augen.

Tränen in meinen Augen. »Es tut mir leid, Phoebe. Es tut mir so leid, was passiert ist. Annas Schmerz tut mir leid. Und dass Johns Leben verpfuscht ist. Ich verspreche, dass ich alles tun werde, um ihm zu helfen, aber ich kann nicht ...«

»Scht«, macht Phoebe. »Scht.« Sie schüttelt den Kopf.

Ich verstumme.

»Du musst mir nichts erklären.« Tränen fallen auf ihre Wangen. Sie lässt den Kopf sinken und wischt sich mit dem Ärmel die Augen. Holt tief Luft, streckt beide Hände über den Tisch aus und legt sie auf meine. »Hör mir zu. Ich nenne dich, wie du von mir genannt werden willst, solange ich dich meine Schwester nennen darf.«

Da muss ich zugleich lachen und weinen und kurz an meiner Freude ersticken. Ich bin überglücklich, dass sie das gesagt hat. Denn auch wenn ich sie erst seit einer Stunde kenne, weiß ich jetzt schon, dass ich sie mehr liebe, als Dänemark Gänseblümchen und London Lollipops hat.

Sie beugt sich vor und sagt leise einen Namen. Ich sehe ihn noch, bevor ich ihn höre. Ich sehe zu, wie er von ihren Lippen fällt. Ein gegebener Name. Ein einfacher Name. Kurz. Vier Buchstaben. Eines dieser süßen kurzen Wörter, die leicht über die Zunge gehen, wie »Herz« und »Mond« und »Meer« und »Heim« und »Licht« und »Liebe«.

»Iris«, sagt sie. »Diesen Namen hat man dir nach der Geburt gegeben. Iris Gould.«

Der Name hängt in einem unsichtbaren Raum zwischen uns in der Luft.

Ich umfasse ihre Hand fester. »Iris«, wiederhole ich und lasse mir den Namen auf der Zunge zergehen. Kein Zögern. »Ein schöner Name.«

Meine Schwester nickt lächelnd. Phoebe Gould blendet mich mit ihrem Licht.

»Er bedeutet ›Regenbogen‹«, sagt sie.

Ich weiß. Und vor meinem inneren Auge entspinnt sich kurz das Kino-Showreel eines anderen Lebens, das ich als Iris Gould hätte haben können. Schulhof-Iris, Hochzeits-Iris und Abendessen-Iris mit Kartoffelstampf und Gemüse und drei tollen Kindern in einem Vorort. Iris Gould bringt mich zum Lächeln.

»Er ist schön, Phoebe«, stelle ich fest. »Aber das bin ich nicht.«

Sie holt tief Luft und nickt verständnisvoll. Ihre Finger spielen nervös an ihrem Glas herum. »Wer bist du dann?«

Stimmt, meine Schwester sollte es zuerst erfahren. Also lehne ich mich über den Tisch und flüstere ihr einen Namen ins Ohr.

Wer bist du?

Wer bist du?

März 2024
Stift und Tusche auf Papier

Die letzte große Schwarz-Weiß-Zeichnung der frühen Mädchen-auf-der-Flucht-Phase der Künstlerin, bevor sie bald darauf zur Ölmalerei auf Leinwand wechselte und ihre farbenfrohe Regenbogenperiode einläutete. Der Journalist einer Zeitschrift befragte die Künstlerin einmal zu den Ursprüngen der Zeichnung und vermutete, es handle sich um ein Spiegelbild der Eröffnungszeichnung dieser Ausstellung, mit dem Titel *Der Tyrannosaurustanz*.
»Es ist die gleiche Szene, aber das Monster fehlt«, stellte er fest.
»Richtig«, bestätigte die Künstlerin.
»Haben Sie das Monster besiegt?«, fragte der Journalist.
»Ja, das habe ich.«
»Und wie ist Ihnen das gelungen?«
»Mit einem Stift«, erwiderte die Künstlerin.

Wer bin ich? Ich bin das Mädchen, das vor dem Büroschreibtisch von Dr. Rose Tanaka, Hochschuldozentin am Queensland College of Art in South Brisbane sitzt. Eine Frau mit blond gefärbten Haaren und einem knallgelben Jumpsuit. Sie blättert durch eine Plastikmappe mit meinen Tusche-auf-Papier-Zeichnungen und lacht über meine Kunst. Aber auf eine gute Art. Sie lacht, wie ich lache, wenn ich Sternschnuppen oder grüne Ameisen sehe, die Blätter herumtragen, die mindestens viermal so schwer sind wie sie selbst. Bei einer Zeichnung mit dem Titel *Scheißgroßer, dummer Kokainschwachkopf-Monsterjunge-Idiot* hält sie inne. »Worum geht's bei der?«, fragt sie.

»Ich habe früher in der ganzen Stadt Drogen für eine Frau namens Flora Box ausgeliefert«, erkläre ich. »Das war eine Kokainlieferung für vier Studenten im Marriott Hotel.«

»Warum haben sie Wolfsgesichter?«

»Nicht wie Wölfe«, sage ich. »Schakale. Todeshunde. So haben sie auf mich gewirkt. Einfach Jungs, die versucht haben, wie ägyptische Götter zu handeln.«

Rose blättert zur nächsten Zeichnung. *Sie hält die ganze Welt in den Händen.* Meine Zeichnung von Roslyn, wie sie den Schlüsselanhänger mit dem Globus hält.

»Ein Schlüssel?«, fragt Rose.

Ich nicke. »Früher habe ich auf einem Schrottplatz am Fluss gewohnt. Meine Nachbarin Roslyn hat mir den Schlüssel gegeben, damit ich das Handschuhfach eines gelben Holden Gemini aufmachen kann, in dem sich die Antworten befanden, die ich brauchte, um meine wahre Vergangenheit zu entschlüsseln.«

»Und was hast du in dem Handschuhfach gefunden?«, fragt Rose.

»Einen Elefanten«, antworte ich.

Rose erwägt offenbar, eine weitere Frage zu stellen, entscheidet sich jedoch dagegen und wendet ihre Aufmerksamkeit wieder meiner Mappe zu. Ein Porträt von Ursula. »Wo willst du mit deiner Arbeit einmal hin?«, fragt sie.

»Was meinen Sie damit?«

Sie betrachtet eine Zeichnung mit dem Titel *Ich brauche deine Erlaubnis nicht*. »Was für eine Künstlerin wärst du gern? Hast du Träume?«

»Ich würde gern eine Laufbahn haben, die so wichtig und einflussreich ist, dass das New Yorker Metropolitan Museum of Art nach meinem Tod im Alter von fünfundneunzig Jahren eine Ausstellung über mein Lebenswerk machen wird«, antworte ich. »Ein renommierter Kunstkritiker wird Führungen durch die Ausstellung geben und Geschichten über mein Leben und mein Werk erzählen.«

Ich deute auf Rose Tanaka. »Er wird auch über Sie sprechen.«

»Wird er das, ja?«

»Natürlich wird er das. Er wird über Sie sprechen, und die Leute werden erfahren, wie inspirierend Sie in diesem Moment für mich waren.«

»Werden sie das, ja?«

»Natürlich werden sie das. Weil dies der Moment ist, in dem Sie mir alles ermöglicht haben.«

»Habe ich das?« Rose strahlt.

»Ja, das haben Sie.«

Rose lacht. »Na, dann bin ich ja froh, dass ich meinen Teil dazu beitragen konnte.«

Sie blättert zu dem Stift-und-Tusche-Porträt einer Frau. Die ältere Schwester, die Kylie Minogue nie hatte. Mit kurzen Haaren wie ein Gossenjunge im London des 17. Jahrhunderts.

»Hmmmmm«, macht sie.

»Was ist?«

Eingehend betrachtet sie das Bild. »Ein überragendes Porträt«, stellt sie fest. »Authentischer als der Rest. Das hier tat weh, oder?«

Ich zucke die Schultern.

Rose Tanakas Blick wandert zum unteren Teil der Seite, wo der Titel zu lesen ist. *»Erica Finlay«*. Sie hebt den Kopf und sieht mir in die Augen.

»Wer ist das?«, fragt Rose.

Ich überlege einen Moment lang, bevor ich ihr antworte.

»Sie war meine Mutter.«

Rose fährt mit dem Finger über den Namen, mit dem ich mein Werk unterzeichnet habe.

»Spannender Name«, bemerkt sie. »Cool für eine Künstlerin.«

Ich nicke.

»Aber das ist nicht dein echter Name, oder?«, fragt sie.

Ich blicke auf den Namen. »Für mich ist er echt.«

Sie lächelt und sieht mich mit hochgezogenen Augenbrauen an. Dann klappt sie die Mappe zu. »Nun, du hast offensichtlich viel Talent. Und für mich ist es ebenso offensichtlich, dass die Kunst dir in deinem etwas … *ungewöhnlichen* … Aufwachsen eine Stütze war.«

Während sie redet, angele ich nach dem schwarzen Adidas-Rucksack zu meinen Füßen.

»Meine einzige Sorge ist, wie du volle drei Jahre Studium bezahlen willst«, fährt Rose fort. »Sicherlich können wir dir helfen, indem wir verschiedene Stipendienorganisationen …«

Bevor sie den Satz zu Ende bringen kann, lasse ich einen Kartoffelsack auf ihren Tisch plumpsen. »Nehmen Sie Bargeld?«

Fast zwei Stunden später stehe ich am Zaun eines öffentlichen Parks in Oxley, elf Haltestellen vom Hauptbahnhof entfernt auf der Ipswich-Linie. Ich beobachte Christina da Silva, wie sie freudig auf einer Spielplatzwippe in Form einer Hummel wippt. Die mutige Christina, die den Fluss ebenso überlebt hat wie ich. Ihre Mutter Bless da Silva sitzt neben dem Spielplatz auf einer Parkbank, nippt an einem To-go-Kaffee und scrollt durch ihr iPhone. Vor allem junge Mütter sieht man heute hier. Und Vögel. Bachstelzen. Weißstirn-Schwatzvögel. Australbuschhühner, die im Rindenmulch graben, der Menschenkinder abfedern soll, wenn sie vom Klettergerüst fallen.

Ich überquere den Spielplatz und bleibe weniger als zwei Meter vor der Bank stehen. Da stehe ich und starre Bless da Silva an, die mich noch nicht gesehen hat. Zehn lange Sekunden warte ich vergeblich darauf, dass sie mich bemerkt.

»Entschuldigung«, sage ich.

Sie blickt auf und blinzelt. Dann schirmt sie mit der Hand die Sonne ab, die hell über meine Schulter strahlt.

»Tut mir leid, Sie zu stören«, sage ich. »Aber ich muss Ihnen etwas über meine Mum erzählen.«

Ich mache zwei Schritte auf sie zu, damit sie mich besser sehen kann. Etwas huscht über ihr Gesicht. Sie hat mich erkannt. Das weiß ich, weil Angst in ihren Gesichtsausdruck getreten ist.

»Erinnern Sie sich noch an mich?«, frage ich.

Sie nickt und lächelt nervös.

»Ich erinnere mich an jede Einzelheit«, sage ich. »Ich habe jeden Tag meines Lebens an Sie und Christina gedacht.« Mit diesen Worten drehe ich mich zu Christina auf der Hummelwippe um. Sie hat den Kopf in den Nacken gelegt und sieht zum blauen Himmel auf. »Meine Mutter hat sie gerettet.«

»Ich weiß«, erwidert Bless.

»Ich muss Ihnen etwas über sie erzählen. Ist das okay?«

Ich muss wirken, als wäre ich nicht mehr ganz richtig im Kopf. Völlig durchgeknallt. Tränen steigen mir in die Augen. Zerstört und mitgenommen muss ich aussehen, aber das bin ich nicht. Ich versuche nur, wahrhaftig zu sein.

Bless mustert mich eine ganze Weile und macht dann Platz auf der Parkbank. »Bitte«, fordert sie mich mit sanfter Stimme auf. »Setz dich.«

Ich setze mich neben sie. Hände an der Seite, die Finger trommeln nervös auf die Bank.

»Ich muss mich bei Ihnen entschuldigen«, sage ich.

»Du musst dich für gar nichts entschuldigen«, widerspricht Bless.

Mein Blick wandert wieder zu Christina. Das Mädchen, das freudig wie ein Wolf den Himmel anheult.

»Doch, das muss ich«, sage ich. »Ich habe Sie für das gehasst, was mit meiner Mum passiert ist.« Dann rucke ich den Kopf in Richtung Christina. »Sie habe ich auch gehasst. Ich war einfach so wütend. Ich habe den Deal gehasst, den wir eingegangen sind. Meine Mum für Ihre Tochter. Ich hatte das Gefühl, dabei schlecht weggekommen zu sein.«

Und dann fange ich an zu weinen, weil ich Christina lächeln sehe. Dieses Lächeln ist Leben, und dieses Lächeln ist Kunst und Liebe und Zukunft und Schönheit und noch mehr Leben.

»Dabei ist das überhaupt nicht wahr. Es war ein fairer Deal. Weil Ihre Tochter das Schönste war, was ich je in den Armen gehalten habe«, erzähle ich.

Inzwischen schluchze ich hemmungslos. Bless ebenso. Schweigend. Ihr Weinen ist vollkommen geräuschlos.

»Und ich glaube, dass meine Mum ohnehin gehen wollte«, fahre ich fort. »Weil sie mir etwas Schreckliches angetan hat, und ich glaube, sie wollte nicht dabei sein, wenn ich nach und nach herausfinde, was es war.«

Ich wische mir mit dem Unterarm die Tränen weg. Atme tief ein und aus. Jetzt bloß nicht aufhören zu reden. »Sie war nicht meine echte Mutter. Meine echte Mutter hieß Anna Gould. Eine gute Frau und liebevolle Mutter. Aber das habe ich selbst nie erlebt. Sie ist an Bauchspeicheldrüsenkrebs gestorben, als ich zwölf war. In einem Krankenhaus in Perth, und ich habe viertausend Kilometer entfernt in einem Van mit vier platten Reifen neben dem Brisbane River gelebt.«

Ich zeige auf Christina. Sie rutscht von der Hummelwippe und rennt zu einer Holzburg mit dicken verknoteten Seilen.

»Die Frau, die Christina das Leben gerettet hat, hieß Erica Finlay«, erzähle ich. »Ein schöner Name. Erica bedeutet ›die ewig Mächtige‹. Aber um dieses Monster herum, mit dem sie verheiratet war, war sie nicht immer mächtig. Das Monster hat sie völlig aus der Bahn geworfen. Es hat sie in gewisser Weise selbst in ein Monster verwandelt, und sie hat mir etwas Furchtbares angetan. Ich habe versucht, sie dafür zu hassen. Wirklich, ich habe mich angestrengt, Bless. Aber ich kann's nicht. Ich liebe sie trotz allem noch zu sehr. Abgefuckt, ich weiß, aber ich kann nicht anders. Zusammen sind wir einfach zu weit gerannt. Wir haben zu viele Nächte Seite an Seite geschlafen. Und ich habe darüber nachgedacht, wie ich das alles in meinem Kopf zusammenbekomme, um damit leben zu können. Und das Beste, was mir eingefallen ist, ist ... *sie*.« Mein Finger deutet auf Bless' Tochter Christina. »Das Beste, was mir einfällt, ist, wie schön Ihre Tochter ist.«

Bless nickt und rückt auf der Bank näher an mich heran.

»Ich bin schon mal hergekommen. Vor einer ganzen Weile«, erzähle ich. »Und Sie sahen so schön aus, dass ich mich besser gefühlt habe. Es hat mir das Gefühl gegeben, dass alles, was ich durchmache, es irgendwie wert ist. Wenn das Mädchen dort nur glücklich ist. Wenn es sein ganzes Leben lang so glücklich ist, dann kann ich mit dem ganzen Mist leben, mit dem ich leben muss.«

Bless legt mir eine Hand auf den Oberschenkel und drückt ihn. Dann richtet sie sich auf. »Sieh mich an.« Sie legt mir beide Hände auf die Schultern und sieht mir direkt in die Augen. »Ich kann dir nicht versprechen, dass sie immer so glücklich sein wird. Aber ich gebe dir mein Wort, dass ich ihr, solange ich atme, ein Leben gebe, in dem sie alle Chancen hat, so glücklich zu sein, wie sie es genau jetzt ist.«

Ich presse die Augen zusammen, um meine Tränen zu unterdrücken. Bless da Silva schlingt ihre Arme um mich und versucht sie ebenfalls zu unterdrücken.

»Und jetzt muss ich dir noch etwas erzählen«, sagt sie. »Ich weiß, wie das ist.« Ihre rechte Hand vollführt eine Kreisbewegung. »Mit einem Monster zusammenzuleben, meine ich.« Weinend vergräbt sie das Gesicht in den Händen.

»Es war nicht mein Fehler«, sagt sie irgendwann. »Es tut mir so leid, was dir alles zugestoßen ist. Aber du musst wissen, dass es nicht mein Fehler war.« Sie wischt sich über die Augen und ballt die Fäuste. »Er hat ihn angeschubst. Er hat dem Kinderwagen einen Schubs gegeben. Ich glaube nicht, dass er ihn in den Fluss schubsen wollte. Ich glaube, er hat nicht bemerkt, wie steil der Abhang war. Bloß noch so ein Schuljungenaufstand von ihm. Dieser dumme wütende Mann. Und ich musste all den Polizisten erzählen, es sei mein Fehler gewesen. Ich habe ihnen gesagt, ich hätte vergessen, die Bremse runterzutreten.« Sie beißt die Zähne zusammen und schlägt sich zweimal mit der rechten Faust auf den Oberschenkel. »Als wäre ich so 'ne abgespacte Träumerin, die ihr Kind ins Wasser rollen lässt.«

Damit lässt sie den Kopf fallen und den Tränen freien Lauf. Nur kurz schaut sie hoch, um sicherzugehen, dass ihre Tochter sie nicht weinen sieht. »Ich wusste, dass allen klar sein muss, was das für ein Quatsch ist. Mir wird immer noch ganz schlecht bei dem Gedanken. Wir haben ihm einen Freifahrtschein gegeben. Seine Mutter hält ihn für einen Helden. Hat keine Sekunde dran gezweifelt. Sie glaubt, er sei bei dem Versuch gestorben, sein kleines Mädchen zu retten. Manchmal würde ich ihr am liebsten ins Gesicht schreien, dass wegen ihm eine Frau tot ist.« Sie schlingt die Arme um mich und drückt mich so fest an sich, dass ich ihre Tränen am Hals spüre.

»Deine Mutter hat das Leben meiner Tochter gerettet«, sagt Bless. »Und *mich* hat sie damit auch noch gerettet.«

Ich schluchze in ihre Schulter. Dann wird unsere Umarmung von Christina da Silva unterbrochen, die wild auf Bless zurast. Sie kollidiert mit ihren Knien und klettert mit demselben Enthusiasmus auf ihren Schoß wie vorher auf die Spielplatzburg.

»Ooohh, Mama weint.« Christina tätschelt ihrer Mutter den Kopf. »Nicht weeeeeiiinen, Mama.«

Bless lächelt und wischt sich die Tränen aus den Augen. »Mama weint nicht mehr, Christina«, versichert sie ihr und schließt sie in die Arme. Dann dreht sie ihre Tochter zu mir um. »Sieh mal, Christina, magst du meiner Freundin Hallo sagen?«

Christina winkt mir mit ihrer kleinen Speckhand zu. Dann kichert sie, hüpft auf der Stelle auf und ab und krabbelt über die Oberschenkel ihrer Mutter. Steht zwischen Bless und mir. Sie fährt mir durchs Haar, und eine sanfte Hand mit kleinen weichen Fingern legt sich unerwartet auf meine Wange. »Du bist schön«, stellt sie fest. Dann legt sie ihre Stirn gegen meine und starrt mir mit heruntergezogener Unterlippe direkt in die Augen.

Die Kleine ist nicht ganz richtig im Kopf. Völlig durchgeknallt. Ich erkenne eine Verrückte, wenn ich sie sehe. Eine perfekte kleine Verrückte.

Sie schaut mir in die Augen. Konzentriert. »Ich kann mich in deinen Augen sehen«, sagt sie.

Sie sieht ihr Spiegelbild. Sie blickt in einen Spiegel. Langsam zieht sie ihren Kopf ein paar Zentimeter zurück, hört jedoch nicht auf zu starren. Und während ich ihren Blick erwidere, fange ich beinahe wieder an zu weinen, denn ich sehe darin Hunderte mögliche Versionen einer zukünftigen Christina da Silva. Ich sehe, wie sie ihren Highschoolabschluss macht. Ich sehe, wie sie Berge besteigt. Ich sehe, wie sie Ozeane und Wüsten durchquert. Ich sehe sie im Kreißsaal mit einem neugeborenen Baby. Ich sehe sie in Paris unter dem Eiffelturm. Ich sehe sie tanzen. Ich sehe, wie sie mit ihrem Sohn einen Schneemann baut. Ich sehe sie mit ihrer Tochter neben einem Weihnachtsbaum. Ich sehe sie mit achtzehn Jahren, jung und schön, und mit fünfundneunzig, alt und weise. Ich sehe sie. Der reine, ungekürzte Sinn des Lebens trifft mich in Wellen. Der Sinn des Lebens durch die Augen eines Kindes, vom Anfang über die Mitte bis hin zum Ende in dreißig Sekunden.

»Ich bin Christina Tadhana da Silva«, sagt sie. »Und wer bist du?«

Wer bin ich? Ich bin Liebe. Ich bin Vergebung. Ich bin Erinnerung. Ich bin Unglück. Ich bin Schmerz. Ich bin Kunst. Ich bin Freundschaft. Ich bin Familie. Ich bin Leid. Ich bin Hass. Ich bin Wut. Ich bin Schönheit. Ich bin Wunder. Ich bin Tinte. Ich bin Blut. Ich bin Lernen. Ich bin Sehnsucht. Ich bin Handeln. Ich bin Mut. Ich bin Gelächter. Ich bin Freude. Ich bin Dankbarkeit. Ich bin Feuer.

Ich bin Wasser. Ich bin Schmutz. Ich bin Vergangenheit. Ich bin Zukunft. Ich bin Schicksal. Ich bin vergeben. Ich bin verloren. Ich bin zurückgekehrt. Ich bin gefunden worden. Ich bin erhört worden. Ich bin gesehen worden. Ich bin zu Hause. Ich bin hier.

»Ich bin Lola«, sage ich. »Lola Imspiegel.«

Danksagung

Der Fluss ist natürlich eine Metapher. Der Fluss ist, was auch immer du in dir trägst, was sich unter deiner Haut dreht und rührt. Damit versuche ich nicht oberschlau zu klingen, sondern etwas über die Menschen zu sagen, die uns aus dem Fluss ziehen. Ihr, liebe Leser, zieht mich aus dem Fluss. Danke. Catherine Milne, auch du ziehst mich aus dem Fluss. Scott Forbes, Pam Dunne, Madeleine James, Darren Holt, Alice Wood, Laura Benson, ihr zieht mich ebenfalls raus. Jedes Wort, jede Kürzung, jede Änderung, jede Speicherung, jede Idee, jedes faszinierende Cover kommt mir vor wie ein weiterer Akt der Freundschaft. Ich danke euch, liebe Teamkollegen.

Paul Heppell, deine Liebe zu Lola ist in jedem der eindrucksvollen schwarzen Tintenstriche spürbar, die du durch das Buch geflochten hast. Mit deinen zutiefst wundersamen Bildern hast du eine ganz eigene Geschichte geschrieben. Stift und Tusche *und Liebe* auf Papier. Ich danke dir, guter Freund, auch in Lolas Namen.

Ein Dank geht auch an die unermüdlichen Mitarbeiter und Besucher des 3rd Space in Brisbane – früher der 139 Club. Danke, dass ihr mir erlaubt habt, die Arbeit der außergewöhnlichen Begegnungsstätte zwischen 2013 und 2018 zu dokumentieren. Teile jeder Demut lehrenden und ermutigenden Begegnung, die ich unter eurem schützenden und ungeheuer notwendigen Dach hatte, lassen sich in diesem Buch wiederfinden.

Vielen Dank, Mandy McAlister. Vor vielen Jahren hast du mir neben dem Brisbane River etwas Außergewöhnliches gesagt, was mir als Inspiration für meine Lieblingspassagen in diesem Buch diente.

Fiona, Beth und Sylvie, ihr zieht mich raus und schiebt mich weiter. Das ist elementar. Ich versuche nicht oberschlau zu klingen, aber ich erkenne Erde, Luft und Feuer, wenn ich sie sehe. Libellenstich, von ganzem Herzen.

Eine Anmerkung des Illustrators Paul Heppell

Eli und Slim haben mich berührt. Als sie sich zum letzten Mal trafen, saßen sie angelnd Seite an Seite, blickten nach vorn und sagten alles, was gesagt werden musste. Überhaupt werden die besten Unterhaltungen auf diese Weise geführt. Ob im Auto, zeichnend am Tisch, beim Legospielen oder auf dem Sofa vor einem Videospiel – Seite an Seite, Blick nach vorn.

Zum ersten Mal habe ich diese perfekte Szene auf einem Kindergeburtstag gelesen. Um unbeholfenen sozialen Interaktionen zu entgehen, hatte ich ein Buch, einen Stift und ein Skizzenbuch mitgenommen. Mein Buch des Tages, *Der Junge, der das Universum verschlang*, brachte mich zum Weinen, und ich verspürte sofort den Drang, den Moment zu zeichnen, diese beiden Figuren auf der Brücke im Regen. Der Schreibstil war toll, und es gab nichts hinzuzufügen, keine Schnörkel oder eigenartigen Wesen – nur zwei Menschen, die einander das Herz öffnen.

Nachdem ich die Zeichnung auf Instagram hochgeladen hatte, überredete mich meine Frau, die mir übrigens das Buch ans Herz gelegt hatte, den Post zu bearbeiten und den Autor zu verlinken. So kam ich zum ersten Mal in die Umlaufbahn des kreativen Sterns Trent

Dalton. Liebenswürdig wie immer, schickte er mir eine Nachricht, und ich versprach ihm die Zeichnung.

Während des Lockdowns rief Trent mich an, weil er Ausdrucke der Zeichnung an die Darsteller der Theateradaption von *Der Junge, der das Universum verschlang* am Queensland Theatre verteilen wollte. Dumm wie ich bin, versuchte ich die Unterhaltung schnell zu beenden, um zu einem Arbeitstreffen zurückzukehren. Doch zum Glück lässt Trent sich nicht so leicht abwimmeln und lenkte die Unterhaltung irgendwann auf eine zukünftige Zusammenarbeit in Form einer Kurzgeschichte oder eines Zeitschriftenartikels. Ich könnte schwören, dass ich tatsächlich gehört habe, wir etwas in Trents Kopf geplatzt ist, als er sagte: »Ich mein's ernst, lass uns was zusammen machen.«

Für mich war die Arbeit an *Lola im Spiegel* eine märchenhafte Erfahrung. Wie in einem Dickens-Roman, wenn der Waisenjunge aus der Dunkelheit gerettet wird. Wie sonst könnte ich das Gefühl beschreiben, wenn man überraschend einen Text von seinem Lieblingsautor bekommt und gefragt wird: »Hey, hast du Interesse, ein paar Illustrationen für mein neues Buch zu machen?« Wie sonst könnte ich den Zauber beschreiben, der darin liegt, wenn einem am Telefon die Handlung von Trent, dem großen Geschichtenerzähler, erzählt wird und man das Gefühl hat, man kennt die Protagonistin, kaum dass er gesagt hat »Und sie zeichnet«?

Ich fühle mich geehrt, einen kleinen Teil zu dieser wundervollen Arbeit beigetragen zu haben. Ich werde dir immer dankbar für das Vertrauen sein, das du mir entgegengebracht hast, Trent. Dein unermüdlicher Enthusiasmus, deine Ermunterung und deine sprühende

Kreativität waren überaus inspirierend, und ich schätze mich glücklich, ein unvergleichlich kreatives Unterfangen wie dieses mitgestaltet zu haben.

Danke auch an alle, die je ein Kunstwerk von mir gekauft, gelikt oder gelobt haben. Ein besonderer Dank geht an »Die Drei« dafür, dass ihr meine vertrauenswürdigen Kritiker und größten Fans seid, und an meine drei wunderbaren Kinder Will, Ollie und Noosh – »Ihr werden Dinge tun, von denen ich nur geträumt habe.« Und zuletzt, am wichtigsten, danke ich meiner Frau Nerida. Ohne dich gäbe es diese Zeichnungen nicht. Ich liebe dich von ganzem Herzen.

»Ich habe so ein Schweineglück.«